L'Autre

Pour mes enfants - Pour mon mari

Astrid TOIRON

L'Autre

Imprimé à la demande par KDP
Mise en page Astrid Toiron
Impression à la demande par Kindle Direct Publishing Amazon
38 avenue John F. Kennedy
L-1855 Luxembourg

Dépôt légal : juillet 2024
ISBN : 978-2-9594-147-0-1

Antoine de Saint-Exupéry : « *On ne voit bien qu'avec le cœur. L'essentiel est invisible pour les yeux.* »

Mohamed Ali *: « N'abandonne pas. Endure maintenant et vis le restant de ta vie en tant que champion. »*

Sénèque : *« Ce n'est pas parce que les choses sont difficiles que nous n'osons pas, c'est parce que nous n'osons pas qu'elles sont difficiles »*

PRÉFACE

Âgée de 48 ans, Élodie est une femme séduisante. Intelligente, joyeuse et fonceuse, ne pouvant envisager de vivre oisivement sans challenge ou dépassement de soi, elle a besoin d'admirer l'autre. Elle déborde d'amour et d'empathie pour son entourage, une véritable éponge émotionnelle se cache en elle malgré une apparente assurance. Son humour fait mouche auprès de ses proches. Il se dégage une expression à la fois de force et de douceur de son regard pétillant bleu-vert. Son nez en trompette et ses lèvres charnues complètent son doux visage ovale. De fins cheveux châtain clair, qui peuvent virer sur un beau reflet cuivré l'été, encadrent joliment ses traits qui abordent la cinquantaine sereinement. Relativement mince et de taille moyenne, Élodie est énergique dans sa démarche, détestant au plus haut point la passivité, fuyant la bêtise et la médiocrité par-dessus tout ! Très attachée à son indépendance, elle ne se laisse rarement guider par une quelconque autorité, sauf si elle l'estime légitime à ses yeux, ce qui n'est pas toujours simple à gérer dans sa vie ! Il n'y a en elle aucune once de jalousie envers qui que ce soit. Mariée depuis 26 ans avec Joseph, mais en couple depuis leur adolescence tels deux inséparables, ils forment une charmante famille, heureux parents de deux enfants de 24 et 20 ans, et pour ne rien gâcher, un garçon et une fille : le choix du roi ! Sans compter leur animalerie qui vient compléter l'heureuse maisonnée : quatre chats, deux chiennes et un cheval !

Joseph est un très bel homme, la cinquantaine passée. Il est incroyablement cultivé et brillant, doté d'une drôlerie et d'une gentillesse à toute épreuve. Son visage élégant, son teint clair et la couleur de ses iris, bleue presque turquoise, fascinent dès la première rencontre. De longs cils noirs, épais et recourbés, accentuent la beauté de son regard en amande. Son nez fin et sa bouche gourmande ne laissent personne indifférent. Son corps élancé dévoile une musculature sportive. De nature réservée, Joseph sait se montrer cordial et bavard lorsqu'il se sent bien entouré, en confiance et à l'aise. Il est respectueux des traditions, se montrant vertueux. Il est très focalisé sur son travail, élément majeur de sa vie d'adulte, malgré un très fort attachement à la famille.

Aujourd'hui, directrice d'école maternelle et professeur des écoles après une reconversion professionnelle à 37 ans, le début de carrière d'Élodie s'est déroulé dans le secteur privé. Depuis sa plus tendre enfance, elle a toujours aimé écrire : poèmes, journaux intimes, lettres... Tout est précieusement conservé dans de jolies boites métalliques, jamais rouvertes à ce jour... Son aspiration la plus folle ? Être la meilleure des mamans, la plus dévouée des épouses, la plus serviable et aimable des filles, des sœurs et enfin la plus investie des salariées ! Tout cela en même temps, cela va sans dire ! Sans oublier le désir d'avoir un corps de déesse et une santé inébranlable, évidemment ! Élodie y a longtemps cru et œuvré pour que cela fonctionne, ignorant allègrement les signaux envoyés par son corps, les douleurs ressenties, niant ses émotions. Oui, elle reconnait cette absence totale d'écoute ! Pourquoi faire d'ailleurs ?

Seulement voilà, à 48 ans et des poussières, Élodie vient d'apprendre qu'elle souffre d'un cancer du sein… Quelle drôle expression : « souffrir » ! Parce que, justement, non, elle ne souffre pas, Élodie ne sent rien de particulier. Et puis, cela n'est pas à l'ordre du jour de son programme bien rempli de Wonder Woman ! Élodie ne se rappelle pas l'avoir invité, celui-là ! C'est le coup d'arrêt brutal à toute cette utopie. Son combat contre la maladie et pour la vie est engagé, mais au fond d'elle, Élodie sent déjà qu'elle doit en faire une force : quelque chose de beau et de bon doit en sortir, sans misérabilisme ! C'est évident qu'il y aura un avant et un après. Élodie éprouve alors un besoin vital de se recentrer, de réaliser une rétrospective de sa vie, d'entamer une introspection et surtout d'écrire ! Comprendre pour pouvoir PARTAGER.

Élodie vous invite à la suivre durant ce fabuleux voyage, sans aucun doute le plus beau de tous ceux qu'elle aura entrepris. Laissez-vous embarquer dans son récit…

L'AVANT

Chapitre 1 - Sage comme une image

Du plus loin que je me souvienne, j'avais toujours entendu dire autour de moi :

— *Ooooh, Élodie, elle est sage* !

Ou bien

— *Élodie, elle est robuste !*

Des mots répétés à l'infini ou subtilement suggérés, des attitudes ou des regards portés qui avaient fini par s'imprégner en moi de manière indélébile, comme le ferait l'encre d'un tatouage, à la différence que le dessin du tatouage, je le choisis librement après l'avoir mûri. Petit à petit, cela avait fait de moi, par imprégnation, l'enfant, l'adolescente puis l'adulte « sage » répondant aux attentes de chacun. J'étais devenue cette petite fille docile, parfaitement disciplinée, excellente élève à l'école, celle que l'on enviait, celle que l'on copiait, celle qui était dans le « fait plaisir » : à maman, à papa, à sa sœur, à l'école, à la maîtresse, à la famille, à ses camarades… Mais à moi, qu'en était-il vraiment ? Il arrive que mon mari m'interpelle et prononce ce « *sois sage* », même avec beaucoup d'humour… Incroyable que ce qualificatif me poursuive jusqu'à l'âge adulte !

Je crois que très tôt, volontairement ou pas, nous sommes conditionnés par les parcours de vie des personnes qui nous entourent heureux ou malheureux, par notre milieu, nos proches et leurs attentes, la société, la place que nous devons prendre et occuper et pire encore par nos propres exigences allant parfois contre nos envies réelles. Pèse alors sur nos épaules un poids incommensurable dont nous ne pouvons mesurer la portée ni les conséquences que cela aura sur notre vie future. Sauf si un évènement brutal vous oblige à regarder à l'intérieur de vous…

Deux ans auparavant, alors que j'étais en rééducation fonctionnelle à l'hôpital de jour pour des problèmes de dos, la psychologue du service m'avait dit qu'il était temps que je dépose mon armure devenue trop lourde et trop étroite pour moi. Comme elle avait raison ! Lors d'un de nos longs échanges pendant mon séjour, elle m'avait lancé, me surprenant par sa vive réaction :

— *Et arrêtez avec vos IL FAUT* !

Elle prenait un malin plaisir à compter silencieusement combien de fois, lors de chaque entretien, je pouvais prononcer ce début de phrase : « *Il faut que je [...]* » et je vous assure qu'ils étaient bien trop nombreux pour tenir sur ses dix doigts. Nous finissions par en rire ! Et moi, parfois, par ne plus oser parler, surprise par la fréquence élevée de cette injonction à mon encontre.

Il aura fallu cet accident de vie, cette rencontre violente et imprévue avec la maladie, mais qui avec le recul m'apparaissait comme inévitable, pour stopper cette course folle en avant : fini le toujours plus, fini les défis à relever les uns après les autres, quand ce n'était pas en même temps. Mais pourquoi ? À la recherche de quoi ? Pour prouver quoi ? À qui ? Pour rentrer dans ce moule dans lequel je devais rester quoi qu'il m'en coûte ? Pour faire plaisir ? Peut-être était-il temps pour moi de réconcilier mon corps et mon esprit et de prendre soin de moi. Il était temps que je fasse un arrêt sur image et tente de me trouver, enfin.

Je commençais à réaliser que cette lourde carapace, je la portais depuis si longtemps...

Chapitre 2 - « Notre richesse, ce sont nos souvenirs »

Je suis encore fille unique. J'ai peu de souvenirs de mes grands-parents maternels, mamie Jacqueline et papi Germain. Ce qui ne veut pas dire qu'ils ont moins compté dans ma vie et ma construction d'enfant. Simplement, ils ont eu un chemin de vie bien trop court, l'un comme l'autre. Je n'ai pas eu la chance de vivre de longues années auprès d'eux. La seule information que j'ai de la part de mon oncle et de mes tantes, c'est que mamie Jacqueline m'avait très souvent gardée jusqu'à l'âge de mes quatre ans. Je ne savais pas à quelle fréquence, ni ce que signifiait ce « très souvent »... Je ne l'apprendrai qu'une fois adulte.

Mes souvenirs pour ma grand-mère maternelle s'apparentaient plutôt à des flashs, à l'odeur de son parfum chic, la vision de son sourire, sa voix que j'entendais au lointain, son élégance lors de ses mouvements et déplacements. Néanmoins, quelques moments passés avec elle restaient gravés dans ma mémoire. C'était une femme d'une classe infinie, élancée, teinte en blonde, maman de six enfants, propriétaire d'une boutique de mode située sur le boulevard principal de leur lieu d'habitation. De très beaux articles couture y étaient vendus, comme des manteaux Féraud. Nous étions dans les années soixante-dix.

Je pensais être capable de bien visualiser l'intérieur et l'agencement de son magasin, mais finalement, je n'en avais qu'une image plutôt globale et floutée avec très peu de détails précis, juste des impressions : des couleurs pop, deux immenses vitrines ornées de mannequins, des motifs géométriques oranges, marrons et jaunes sur les murs intérieurs, motifs que l'on qualifierait aujourd'hui de vintage. Il me semblait qu'il y avait un gros pouf argenté, à moins que ce ne soient d'autres éléments de décoration ou des matériaux argentés qui complétaient l'agencement intérieur. J'étais vraiment très jeune à cette époque de sa vie.

Mais au fond, peut-être qu'il n'en est rien de cette description que je vous fais aujourd'hui et que seule mon imagination en a fait un souvenir hypothétique en rassemblant quelques images, tel un puzzle... Honoré de Balzac, dans son ouvrage *Les parents pauvres* de son roman *La cousine Bette*, écrit que [...] « le bonheur ne crée rien que des souvenirs ». Alors, je crois pouvoir dire que j'avais ressenti beaucoup de bonheur à cette époque de ma petite enfance avec ma grand-mère maternelle, même si les souvenirs aujourd'hui étaient flous et imprécis. Il m'avait été relaté aussi que ma grand-mère était très fière de se promener avec moi dans le parc de sa petite bourgade, me présentant joyeusement à ses amies ou à ses clientes. Je ne pouvais pas dire que j'en avais la moindre réminiscence, cela évoquait plutôt un ressenti affectif. Peut-être était-ce une autre image mentale fabriquée à partir de toutes les histoires qui m'avaient été racontées après son départ. Par contre, je me rappelais distinctement d'une occasion passée avec elle dans une boutique de chaussures qui occupait l'angle de la rue, perpendiculaire à son propre magasin. Je revoyais clairement la devanture tout en bois de ce petit commerce à l'intérieur exigu. Je me souvenais qu'elle m'y avait acheté une paire de petites bottines couleur Camel, nuance déjà tendance à l'époque ! Je ressentais au fond de moi, quand j'y repensais, beaucoup de bienveillance et d'amour de la part de ma mamie Jacqueline. J'avais eu conscience de sa fierté, ce jour-là, grâce à l'échange qu'elle avait eu avec le commerçant à mon sujet. D'autres visions, ce coup-ci, de l'intérieur de sa maison, me revenaient : le couloir étroit dans l'entrée qui donnait sur une petite cuisine au fond, bien exposée à une lumière claire. Ce passage s'ouvrait, par deux portes vitrées latéralement posées, sur une grande pièce : la salle à manger où trônait une grande table et où les murs étaient recouverts d'une tapisserie en relief composée de gros motifs géométriques. Plus loin sur la droite, derrière la cuisine se trouvait sa chambre, spacieuse et lumineuse aussi. Elle était meublée avec un ensemble lit, fauteuils et canapé assortis, dont les assises, accoudoirs, tête et pied de lit étaient recouverts d'un fin velours bleu ciel. Les contours des meubles et les accoudoirs étaient en bois peint d'un blanc grisé. Ce mobilier était d'un style ancien que je ne saurai qualifier, mais il était chic. C'était d'ailleurs un ameublement que ma mère avait récupéré par la suite en me disant que celui-ci me reviendrait un jour…

Pour mes premières années de vie, c'était mamie Jacqueline qui m'avait beaucoup gardée de ma naissance jusqu'à mes quatre ans, mes oncles et mes tantes me l'ont toujours raconté. En logeant souvent chez elle, je profitais de la présence de mon plus jeune oncle Antoine et de ma tante Dominique, tous deux jeunes adolescents vivant encore chez mes grands-parents. J'ai grandi en entendant constamment que tous prenaient soin de moi à cette époque. C'était ancré en moi. C'était ainsi que nos liens s'étaient renforcés entre eux et moi. Tatie Dominique me répétait avec plaisir que j'étais un peu pour eux deux, leur petite sœur, la dernière enfant de leur fratrie. Même à l'âge adulte, mes tantes me le confirmaient fréquemment.

Parmi mes « reliques porte-bonheur » de cette époque heureuse, une fois adolescente puis adulte, je suppose par l'intermédiaire de ma mère, j'avais précieusement gardé dans une malle à mon domicile, une magnifique robe de velours noir agrémentée devant d'un plastron matelassé écru, celui-ci orné d'une fleur brodée de fil noir. Une large ceinture venait se nouer à l'arrière de la robe. Celle-ci m'avait été offerte par mamie pour le mariage de ma tante Carla. Ce vêtement était d'une grande qualité puisqu'il avait traversé les décennies sans aucune dégradation. Aujourd'hui, je possède toujours cette petite robe noire bien rangée au fond de la malle. Je l'avais conservée au cas où, adulte, j'aurai une fille pour la lui transmettre. Je la garde maintenant, au cas où, plus âgée, j'ai une petite-fille à qui la lui confier. J'avais également préservé un autre cadeau de mamie : une robe de chambre confectionnée avec un tissu à bouclette orange dont le col et les poignets étaient gansés de broderies marron et orange. De la même façon, je m'étais dit que si j'étais maman un jour d'une fille, elle en hériterait et cela a été le cas. J'ai une ou deux jolies photos de ma fille la portant au même âge que moi. J'aime particulièrement cette idée de transmission intergénérationnelle à partir de cadeaux que mamie Jacqueline m'avait faits enfant. Ma fille en aura profité alors qu'elle n'aura malheureusement jamais connu son arrière-grand-mère.

Papi Germain… Mon grand-père paternel était militaire de carrière, très autoritaire avec ses quatre filles et son fils, selon les histoires que ma mère m'avait racontées petite ou mes tantes. Chacun d'eux avait des souvenirs différents avec leur père. Je crois, pour ma part, ne l'avoir connu que malade. Il avait subi sept infarctus dont un qui lui avait ôté toute possibilité de s'exprimer. Par contre, il nous entendait et arrivait à se faire lui-même comprendre. Je n'avais que de vagues souvenirs de lui : soit quand nous allions le voir dans un centre de soins de suite accompagnant mes parents, soit chez une de mes tantes, tatie Solange, qui l'avait accueilli à son domicile pour s'en occuper affectueusement jusqu'au décès de celui-ci à l'âge de 64 ans.

Je me rappelais le beau sourire de papi Germain quand nous lui rendions visite avec mes parents ou seulement maman : ses yeux étaient embués de larmes d'émotion à notre arrivée, son regard gris-bleu, ses yeux rieurs, ses cheveux grisonnants, toujours bien coiffés, assis dans son fauteuil, tranquillement installé, impeccablement habillé, sentant bon. Nous pouvions communiquer avec lui, mais de son côté, il ne pouvait pas nous répondre. C'était bien triste. Je m'asseyais sur ses genoux et me calais bien au chaud dans ses bras. Cela suffisait à ce sentiment tendre qui nous unissait l'un et l'autre : les mots étaient inutiles. Voilà ce qu'il me restait d'eux : un sentiment d'amour, de bienveillance, des sourires, de l'attention, une période de bonheur ressentie malgré leurs épreuves. Ce n'étaient que mes souvenirs tels que je les percevais aujourd'hui, dans ma réalité. Maxime Le Forestier l'a joliment exprimé dans une de ses chansons, P*arlez-moi de saison,* datant de 1973, dans laquelle il chante : « […] les plus beaux souvenirs sont ceux que l'on s'invente.

Chapitre 3 – Chamboulements

Nous sommes en février 1976. Depuis quelque temps, mes parents me confiaient tous les jours à mes grands-parents paternels. Je ne savais pas ce qu'il se passait, mais je voyais ma mère souvent s'inquiéter et pleurer. Je percevais sa peine au plus profond de mon être, bien que je ne sois pas en capacité, vu mon très jeune âge, de mettre en mots sa souffrance.

Un soir, alors que ma mère arrivait pour me récupérer chez mamie Lily, lorsque la porte s'ouvrit sur elle, elle était en sanglots, le visage défait. Quelque chose de grave s'était produit à l'évidence, mais je ne savais pas ce qu'il en était. Mon père nous y avait rejointes rapidement. Ils discutaient tous les quatre dans la cuisine de mes grands-parents. Je ne comprenais pas réellement ce qu'ils se chuchotaient. Et rien ne m'était expliqué compte tenu de mon jeune âge, probablement. Du haut de mes quatre ans passés, j'assistais impuissante à une scène d'une grande tristesse, sentiment que j'absorbais telle une éponge, sans en connaître l'origine. Dans mes souvenirs actuels, je n'ai que l'image, le son n'est pas activé. Un peu comme les films muets en noir et blanc de Chaplin où tout se ressent par la gestuelle de chacun...

Un jour ou deux passèrent, peut-être juste le lendemain, je n'ai pas la notion de temps de ce moment-là. Toujours était-il qu'un midi alors que j'étais à table avec papi et mamie en train de manger des artichauts en vinaigrette, détail futile, mais qui fut instantanément gravé dans mon esprit, la porte d'entrée s'ouvrit avec fracas : ma mère, mon jeune oncle Antoine et ma jeune tante Dominique venaient de faire irruption tous en pleurs, inconsolables dans la pièce. Ils tombaient tous dans les bras de mes grands-parents paternels, les accueillants dans leur douleur. Je ne comprenais qu'une seule chose, incrédule : mamie Jacqueline était montée au ciel, pour toujours… Elle venait de décéder à l'aube de sa cinquantaine d'une rupture d'anévrisme. Elle s'était éteinte à l'hôpital, laissant derrière elle ses deux plus jeunes enfants encore adolescents : tonton Antoine et tatie Dominique seuls. Mon grand-père, Papi Germain, était déjà très malade et ne pouvait être responsable de leur éducation ou de leur prise en charge. Cet instant est inscrit dans mon esprit : je vois, j'entends et je ressens leur immense chagrin. J'étais transpercée violemment par leur souffrance : je pleurais avec eux, submergée par leur douleur qui envahissait l'espace de cette si petite cuisine. Les cloisons me paraissaient d'un seul coup si étroites. L'air manquait terriblement dans cette pièce. Pour la petite fille que j'étais, les mots prononcés étaient abstraits, tandis que leur désespoir, lui, était bien palpable. C'était un instant « ON/OFF » à partir duquel nos vies respectives allaient inéluctablement changer. Nous venions tous de basculer vers un autre destin, chacun à son échelle. Nos parcours de vie en seraient pour toujours bouleversés.

Chaque évènement heureux ou malheureux, chaque décision, chaque choix, nous fait emprunter un nouveau chemin, suivre une autre destinée. Il en revenait à chacun d'entre nous d'en faire quelque chose, peut-être une force plutôt qu'une faiblesse, une construction positive plutôt qu'un délabrement. Mais pour l'instant le choc était immense et leur chagrin abyssal. Bien sûr, c'est avec le recul et en grandissant que j'avais réalisé tout cela, à quatre ans, je n'avais pas ces pensées-là. Mais c'était exactement ce qui constituerait, pour chacun d'entre nous et quels que soient nos âges, nos personnalités et notre histoire. Les jours défilaient, tous plus tristes les uns que les autres. Mes souvenirs sont quelque peu confus de cette période de transition durant laquelle une nouvelle vie était en train de s'organiser pour la jeune famille que nous formions, mes parents et moi. Mes parents étaient âgés tous deux de 29 ans. Je suppose que cela s'était décidé ainsi : ma mère, étant l'aînée de sa fratrie, avait pris la décision de devenir tutrice légale de ses deux plus jeunes frère et sœur, dans un souci de leur éviter l'assistance publique. Mon père avait accepté cet engagement. Maman passait, en un rien de temps, de statut de grande sœur à « Manou », même si elle ne pouvait se substituer à leur mère, ma mamie…

Pour ma part, à bientôt cinq ans, je me retrouvais à vivre avec tonton Antoine et tatie Dominique qui changeaient, eux aussi, de statut dans mon cœur et dans ma tête, devenant à mes yeux, mon « grand frère » et ma « grande sœur ». D'enfant unique, je devenais la plus petite enfant dans une nouvelle unité familiale reconstituée dans la souffrance et le chagrin. Mes parents avaient fait preuve d'un immense geste d'amour. Il ne pouvait en être autrement pour ma mère, je pense. Cette attitude d'apparence noble ne serait pas sans conséquence...

Pour nous loger tous les cinq correctement, nous avions déménagé dans une maison plus grande afin d'accueillir Antoine et Dominique dans notre famille, tout en restant dans notre village. La maison n'avait pas été trouvée rapidement, il y avait eu un temps d'attente durant lequel nous avions partagé à cinq notre petit logement initial. Puis le déménagement avait pu se faire. Je trouvais notre nouvelle demeure plutôt jolie et hétéroclite. Elle avait une grande cour, de longs escaliers nous menaient à la seule partie habitable, à l'étage. La bâtisse était imposante et tout en longueur : deux grandes fenêtres donnaient depuis le grand salon sur la terrasse qui longeait la façade. Nous rentrions par une petite porte d'entrée vitrée donnant directement dans une minuscule cuisine. De part et d'autre de cette pièce centrale, deux grandes ouvertures permettaient l'accès aux autres pièces : à gauche, une grande salle à manger avec un coin salon. La pièce était joliment décorée de meubles récupérés de chez mamie Jacqueline notamment. Dans le coin à droite, se trouvait une table ronde en bois avec les cinq chaises assorties de style bistrot, mobilier que j'ai chez moi aujourd'hui. Dans un recoin, un guéridon avec le téléphone gris à cadran posé dessus. Une cheminée séparait les deux espaces, salon et salle à manger. Elle donnait beaucoup de cachet à la pièce bien que n'ayant jamais servi, en tout cas pas durant notre occupation.

Dans la partie à gauche de la cheminée, mes parents avaient installé le salon avec le canapé contre le mur, le téléviseur entre les deux fenêtres s'ouvrant sur la terrasse et des meubles de rangement en face du divan. Mon père aimait écouter de la musique à partir d'un ensemble high-tech : chaine hi-fi, grandes enceintes et ampli. Au sol était jetée une immense et véritable peau de vache à poils blancs avec de grosses taches marron. Du côté de la salle à manger, deux portes s'ouvraient sur des chambres accolées. Celle de mes parents, grande et lumineuse, avec une grande fenêtre sur la droite donnant sur le jardin des voisins. Ils y avaient installé le mobilier en velours bleu ciel récupéré de la chambre de ma grand-mère décédée. Une armoire massive en bois était adossée au mur à l'entrée de la pièce. De part et d'autre de leur lit, deux chevets en bois, recouverts d'un plateau en marbre gris chiné, trônaient.

De l'autre côté de leur cloison se situait ma chambre. Elle est tout aussi grande, les murs étaient peints d'un rose pastel avec le sol recouvert de tomettes rouges que ma mère prenait plaisir à faire briller. La pièce était presque un espace noir, seul un fenestron situé au plafond laissait entrer un peu de lumière la journée. Au fond, à droite, mon lit était installé avec une petite commode assortie. Tous mes jouets occupaient la partie avant de la chambre, comme le berceau de mes poupées, un petit bureau, un tableau noir, etc. En revenant dans la cuisine et en passant à droite par une ouverture basse faite dans le mur en pierre très épais, nous arrivions dans une pièce « fourre-tout », sorte de débarras à traverser telle une grande arrière-cuisine pour atteindre l'autre espace nuit, celui occupé par Antoine et Dominique. En premier, face à l'ouverture de la cuisine, la première chambre était attribuée à mon jeune oncle. La tapisserie était psychédélique année 70 dans des tons de bleus ! Il avait son grand lit accolé au mur à gauche. La pièce étant dans le même alignement que la cuisine et la salle à manger, sa porte-fenêtre s'ouvrait, elle aussi, sur la longue terrasse protégée par un balcon en fer forgé. Enfin, jouxtant cette chambre se trouvait celle de ma tante encore lycéenne. L'espace était vraiment immense avec une seule fenêtre qui donnait, comme celle de mes parents, sur un jardin. Pour finir, en face se trouvait la seule salle d'eau de la maison exiguë avec un lavabo blanc surplombé d'un petit miroir et agrémentée d'une douche toute aussi immaculée. Une pièce cruciale que nous devions partager tous les cinq, souvent au même moment et du mieux possible ! Je n'ai aucun souvenir de la localisation des toilettes dans cette grande maison !

En dessous de la partie logement, plusieurs remises fermées par de lourds portails de bois faisaient office de garage et de zone de stockage pour les cartons et meubles récupérés de ma grand-mère Jacqueline. Au bout de la cour, il y avait en contrebas un chenil dans lequel mon père mit plus tard ses chiens de chasse. Le premier animal à s'y installer était Dick, un beau braque allemand. Je me rappelle son allure racée. Son corps était élancé et harmonieux. Je revois sa tête particulière sèche avec son museau allongé et ses deux grandes oreilles tombantes. Sa queue était courte et attachée haut. Et puis il avait ce poil si caractéristique, marron moucheté blanc, très court et dru au toucher. Il se dégageait une certaine puissance de ce chien, que je plaignais de dormir dehors par tous temps. Pour protéger la cour de l'accès direct à la rue, un imposant portail en fer forgé clôturait l'espace extérieur. Notre nouvelle maison était située en plein cœur du village, à quelques pas de l'église nommée « Saint-Christophe ». La proximité avec l'édifice religieux faisait que le tintement des cloches animait tous nos samedis soir, puis nos dimanches matin, soit pour annoncer l'office hebdomadaire, soit un mariage, un baptême ou un enterrement. Selon les situations, c'était un appel bruyant et joyeux pour faire venir les fidèles afin d'assister à ces évènements religieux. Rapidement avec le temps, je distinguais les différents sons de cloches, comme celui du glas qui indiquait un décès ou un enterrement ou celui plus joyeux de l'angélus, qui sonnait tous les jours de la semaine à six heures du matin, à midi puis à dix-neuf heures en trois triades de tintons durant quelques minutes. Un festival sonore quotidien ! C'était ma grand-mère, mamie Lily, qui m'avait appris à les reconnaitre. Nous avions une nouvelle vie en construction, tous les cinq.

Inévitablement, les événements familiaux survenus à ce stade de ma petite enfance, période cruciale dans la construction d'un enfant, allaient avoir une influence indéniable sur le reste de ma vie et pas seulement la mienne…

Chapitre 4 - Notre nouvelle vie

Je me rappelle toutes ces nuits où j'entendais ma mère pleurer, les gémissements étouffés de mon oncle, les sanglots déchirants de ma tante. Personne ne bougeait, chacun restait dans son lit avec le poids de son propre chagrin, le fardeau de son deuil. Pour ma part, les pleurs de tonton Antoine durant la nuit étaient les plus durs à entendre, me fendant l'âme.

Je n'ai aucun souvenir d'une quelconque explication de la part de mes parents suite à ce décès tragique, ni sur notre nouvelle organisation de vie, ni sur la place que je devais tenir, ni sur ce qu'ils attendaient éventuellement de moi. Je crois que tout avait été tacitement convenu. Estimaient-ils, à juste titre peut-être, que j'étais bien trop petite pour comprendre la situation, donner un avis ou un consentement ? Ou bien tout simplement étaient-ils noyés dans leur chagrin pour faire attention à moi ? C'est à partir de ce moment-là que je ressentis, sans pour autant l'intellectualiser ou en avoir eu un exposé explicite de la part de mes parents, que je devais être sage, vraiment très sage : ne pas faire de bruit, ne pas faire de vague, ne pas contrarier ou rajouter de la peine déjà omniprésente. Être gentille, obéissante, voire transparente, bonne élève, bonne fille avec ses parents pour laisser toute la place à la douleur que traversaient et enduraient ma mère et sa fratrie. Prendre sur moi, en voyant et entendant leur grande tristesse, afin d'être là pour eux, inconsciemment. Dans mon esprit, il fallait que je sois parfaite au moins pour que ma mère soit soulagée de quelque chose. Bien sûr, malgré l'année écoulée et les suivantes dans notre nouvelle installation, je ne m'exprimais pas à sept ou huit ans avec ces mots-là. Mais bien qu'abstraite comme pensée, cette notion de sagesse absolue était déjà dans mon bagage intellectuel. Je ne pouvais admettre le côté irréversible de ce décès, trop jeune pour l'intégrer ou l'exprimer clairement. Et puis comment aurais-je pu me plaindre, moi qui avais la chance d'avoir ma maman et mon papa auprès de moi et ressentant presque de la joie d'avoir gagné un grand frère et une grande sœur ?

Lorsque nous sommes adultes, en temps de grande peine ou de traumatisme comme l'est un deuil, souvent l'entourage social, amical ou familial nous dit convaincu et maladroit que « le temps est un grand maître ». Je crois surtout qu'il n'y a ni norme établie, ni temporalité réelle pour gérer émotionnellement la perte d'un être cher. Chacun fait son deuil à son rythme et à sa manière. Tout jugement face aux réactions des uns et des autres vivant le même drame doit être exclu. Certains adultes vont mettre une année, et d'autres plus, pour apprendre à vivre avec l'absence. Quant aux enfants, pour l'avoir expérimenté, la période de deuil me semble plus courte, ayant généralement une plus grande capacité de résilience. En tout cas, dans mon esprit, c'est ainsi que cela s'était passé pour chacun de nous.

Les mois et les années passaient. Une nouvelle vie s'était installée. Tatie Dominique avait quitté relativement tôt notre domicile, presque deux ans après le décès de ma grand-mère. Alors qu'Antoine était resté avec nous plus longtemps. Notre lien affectif n'en était que plus fort. Bien qu'étant oncle et nièce, nous développions des sentiments fraternels puissants, grandissant ensemble.

Au décès de mamie Jacqueline, j'étais scolarisée à l'école du village, en école maternelle. Selon les propos rapportés par maman, il paraît que je m'y ennuyais fermement ! Une fois adolescente, maman m'avait répété maintes fois cette phrase que j'avais dite, de manière appuyée, à ma maîtresse de maternelle :

— *Moi, je suis là pour faire des A et des I, et pas pour jouer !*

Après ce constat, il avait été décidé par mon enseignante de l'époque et en accord avec la directrice de l'école et l'enseignante de la classe du CP, de me faire sauter la dernière classe de Grande Section. Je perdais mon temps en maternelle. Le changement et le saut d'une classe me furent alors accordés. Malheureusement, après un court temps passé en classe de CP, intégrée avec un an d'avance, d'autres parents de ma classe antérieure avaient manifesté leur fort mécontentement auprès de la directrice, lui reprochant de m'avoir fait changer de niveau et pas leurs enfants ! Ils lui demandaient de rendre des comptes. Nous étions dans un petit village où tout le monde se connaissait et commentait la vie des autres. Alors, la Directrice sous la pression importante des parents contestataires et disons-le clairement jaloux, avait décidé de convoquer ma mère pour lui annoncer son intention de faire machine arrière et de me rétrograder en Grande Section pour retrouver du calme et de l'apaisement dans sa classe et dans son école. Ma mère m'avait raconté qu'elle était rentrée dans une colère noire suite à cette décision injuste à mon égard et avait répondu à la directrice de prendre ses responsabilités et de me l'apprendre elle-même. Maman avait refusé catégoriquement de faire ce sale travail.

Je n'ai que peu de souvenirs de ce retour en classe de maternelle après quelques semaines passées en CP. L'année suivante, je réintégrais à nouveau le CP, normalement avec mon ancienne classe. Lors de cette deuxième rentrée, je me rappelle distinctement avoir souffert régulièrement en classe de maux de tête violents. Des taches noires venaient gêner ma vision. Elles masquaient bizarrement le visage de ma maîtresse, la directrice. Néanmoins, j'étais enfin rentrée à l'école élémentaire du village, l'école des « grands », selon mes mots. Les années passant, des crises de spasmophilie étaient apparues. Curieusement, la plupart du temps, je ne les faisais qu'en présence d'Antoine. Cela se manifestait toujours de la même façon, avec une sensation de malaise général, des troubles d'ordre musculaire comme des fourmillements dans les mains, mais aussi d'ordre neuropsychologiques tels que des troubles visuels et auditifs. Je voyais des taches apparaître devant mes yeux et les sons m'entourant me paraissaient soudain si lointains. J'avais d'énormes vertiges, des sensations de chaleur ou de froid. Et pour finir, des palpitations venaient accroitre mon stress ! C'était un ensemble de symptômes particulièrement angoissants pour moi, en crise, mais aussi pour mon oncle qui y assistait impuissant. Généralement, je les sentais arriver, le prévenant chaque fois en lui disant brusquement de ne pas me sentir bien avant de m'écrouler.

Je sais aujourd'hui que la spasmophilie est due à une trop grande sensibilité émotionnelle qui se manifeste par une crise soudaine dont les symptômes peuvent inquiéter facilement la personne qui les vit. Surtout que je n'étais qu'une enfant et qu'Antoine n'était pas beaucoup plus âgé que moi, puisque nous avions à peine dix ans d'écart. Cette manifestation de troubles anxieux était pour moi, bien qu'inconsciemment à ce moment-là, la conséquence du décès de mamie Jacqueline et de tout ce qui avait fait suite à cet évènement familial. À partir de cette période et jusqu'à mon adolescence où les crises avaient fini par disparaître, ma mère me faisait suivre par notre médecin généraliste. J'étais traitée épisodiquement avec des cures de calcium en injection et de magnésium par absorption.

Je me souviens et visualise parfaitement une crise en particulier où nous étions Antoine et moi à table dans la petite cuisine de notre maison. Il m'avait servi du pâté de foie que j'adorais et nous avions commencé le repas tous les deux tranquillement. Alors qu'il me demandait comment s'était déroulée ma matinée à l'école, très rapidement, je lui avais dit ne pas être bien et sentir le malaise arriver. À nouveau, des taches apparaissaient dans mon champ visuel et troublaient ma vue. Le temps de me lever pour quitter la pièce et d'essayer de rejoindre le canapé du salon, je m'étais déjà écroulée au sol. J'avais vu son visage affolé au-dessus du mien, il n'était qu'un jeune garçon adolescent, responsable de moi et seul avec moi.

Tout ne fut pas aussi obscur durant ces années d'école élémentaire. D'agréables moments égrenaient mes souvenirs, ils étaient très nombreux même ! En effet, papi Alphonse et mamie Lily m'avaient invitée avec eux en voyage afin de rendre visite à mes cousines Sophie, Madeleine et Camille parties vivre quelques années en Angleterre avec leurs parents, pour des raisons professionnelles de mon parrain. Cela avait été un grand périple pour mes grands-parents. C'était un séjour qui avait laissé à chacun de nous de merveilleux souvenirs, en particulier avec mes cousines adorées.

Chapitre 5 - Le temps de l'insouciance

Mes parents m'ont eu à vingt-cinq ans, un mois les sépare. Après quelques expériences dans le prêt-à-porter, ils avaient fini par être embauchés dans deux sociétés industrielles, toutes les deux assez éloignées de notre domicile. Nous vivions dans une charmante commune à la campagne datant du XII, idéalement située au cœur du Languedoc, entre les Cévennes et la mer Méditerranée. J'ai de doux souvenirs passés dans ce village.

Comme beaucoup de petits bourgs, il y avait la mairie centrale et ses deux écoles qui l'encadraient. Celles-ci avaient gardé les inscriptions gravées dans la pierre de part et d'autre de l'édifice, « *École des filles* » et *« École des garçons »* vestiges d'une époque révolue. Le centre du village était rural avec deux places, respectivement nommée « Place des chevaliers de Malte » et « Place du Christ » où s'élevait, magistrale, une statue du Christ crucifié. De nombreuses commodités et commerces étaient présents pour les habitants : une boulangerie, une supérette, un bureau de tabac, la poste, une petite Coop, une boucherie et un café où venaient se retrouver les hommes du village. Sans oublier son église dont le clocher surplombait l'ensemble du village. Notre village était réputé grâce à ses vignes, riches d'une grande variété de cépages, que ce soit pour les vins rouges ou les blancs, tout ceci combiné aux compétences des vignerons, mais aussi aux terroirs qui leur faisaient bénéficier du label « Coteaux du Languedoc ». Divers domaines agricoles de grandes familles s'étendaient sur les coteaux alentours. Et puis, c'était aussi un village qui offrait à l'ensemble de sa population, une fête votive estivale très fréquentée et réputée pour ses traditions taurines. De nombreuses maisons vigneronnes étaient construites autour de ce centre historique en raison de l'activité viticole importante. Ces anciennes demeures abritaient souvent en rez-de-chaussée une cave à vin avec des cuves profondes construites en dur, laissant parfois trainer des tonneaux appelés aussi foudres. On pouvait y retrouver une partie écurie et une autre remise pour y entreposer la charrette. À l'étage ou à côté de la cave se trouvaient les pièces à vivre. Enfin au grenier, les habitants stockaient tous les ballots de paille pour nourrir les chevaux, principalement. Mais tout cela témoignait d'une autre époque encore.

La maison de mes grands-parents paternels était l'une d'elles. Elle avait été en grande partie rénovée, magistrale avec son gigantesque cèdre bleu planté au milieu de la cour. Devant la magnifique bâtisse, un jardin bucolique, agrémenté de petites allées serpentant entre les fleurs et les petites haies plantées par mes grands-parents, me permettait de faire du vélo lors de mes pauses méridiennes des jours d'école, mais aussi les autres jours de garde chez eux. Il faut dire que je passais ma vie chez eux. Derrière l'ensemble des différentes parties de la maison de mes grands-parents, un immense verger s'étendait par paliers. Il y avait des escaliers faits à partir de grands blocs de pierre pour y accéder par la gauche. Mais il s'avérait parfois dangereux de passer par là, tant les pierres pouvaient être instables et la descente abrupte ! On pouvait autrement déambuler par des allées le long de grands cyprès majestueux encerclant ce jardin fruitier. Ce lieu était un véritable écrin, un havre de paix dans lequel je passais beaucoup de temps avec mon grand-père, papi Alphonse. Mamie Lily n'y venait pas souvent, ce n'était pas son domaine de prédilection. Plaisirs visuels et olfactifs, divers cerisiers jalonnaient les allées. Il y en avait pour tous les goûts : cerisiers griotte, bigarreau, bigarreau napoléon, burlat… Des rangées de kiwis s'étalaient sur une rangée en contrebas. D'autres arbres fruitiers ou plantes occupaient les différents espaces : abricotiers, fraisiers, figuiers... Mes parents me confiaient à mes grands-parents paternels tous les jours travaillés. Je me rappelle les levers matinaux pour aller me recoucher chez ma grand-mère, mamie Lily, dans sa chambre si froide ! Elle était plutôt économe, comme beaucoup de personnes de cet âge et à cette époque. Elle avait décrété que de ne pas chauffer ses chambres faisait mieux dormir ! Quand même, treize degrés, c'était un peu trop frais pour l'enfant que j'étais ! Mais une fois glissée dans le lit toujours bien fait et d'un grand confort grâce à la douceur des draps blancs épais qu'elle avait brodé de ses initiales et grâce à l'énorme édredon qui recouvrait l'ensemble, je savourais ces moments d'insouciance.

Au cœur de l'hiver, mamie Lily me glissait sous les draps une bouillotte pour accélérer le réchauffement du lit. Quel bonheur ! Et puis venait le cérémonial du petit déjeuner. Chez mes parents, il y avait invariablement la même préparation chocolatée, sorte de granulés de poudre agglomérée que je n'affectionnais pas du tout ! Je n'étais pas friande de ce goût artificiel ! Par contre, ce que j'aimais par-dessus tout à la maison, c'étaient les desserts que maman nous confectionnait le vendredi ou le samedi soir. Nous avions le choix entre un gâteau de riz au lait fait maison ou un flan à la pistache ou à la vanille. Je revois ce plat en inox qu'elle a encore, je crois, dans lequel elle nous préparait ces entremets. C'était devenu un rituel que nous affectionnions.

Chez Mamie Lily, pour leur petit déjeuner, elle achetait inconditionnellement la même marque. C'était un mélange subtil de malt d'orge, de cacao relevé d'une pointe de miel qui rendait le petit déjeuner absolument savoureux. Et c'est une habitude que j'ai gardée une fois adulte. Cette préparation chocolatée est la partie non négociable de mon premier repas de la journée ! C'est ma Madeleine de

Proust qui me replonge avec nostalgie dans mes souvenirs d'enfant. Mon grand-père avait, lui aussi, ses rituels. Son joli bol en porcelaine ébréché écru, décoré de motifs rose foncé, s'apparentait davantage à un saladier par sa contenance qu'à un bol !! Tartines de pain beurrées, odeur de café chaud juste passé, achevaient la préparation de ce moment de plaisir gustatif. Tous les matins d'école et de vacances scolaires, nous partagions ainsi notre petit-déjeuner tous les trois, discutant de choses et d'autres. Je les aimais tellement et c'était réciproque...

Mamie Lily était une belle femme, de grande stature, toujours bien entretenue, personne d'église et fervente pratiquante, dotée de valeurs morales fortes non négociables, dictées principalement par sa foi et son éducation stricte. Elle était une femme droite, pouvant être sévère, pas toujours appréciée au sein de notre famille. Mais moi, je l'aimais plus que tout. Je la revois se préparer chaque samedi pour se rendre à la messe, enchaînant toujours les mêmes gestes, ritualisant sa mise en beauté. Dès l'après-midi, elle commençait par faire sa mise en plis. C'est en grandissant que j'avais été autorisée à lui placer des bigoudis dans ses cheveux si fins et clairsemés. Il arrivait qu'elle refasse sa couleur dans la foulée pour cacher ses cheveux blancs naissants. Puis, elle se mettait sur son trente et un dans sa chambre, revêtant ses plus beaux habits gardés pour l'occasion. Elle finissait de se préparer dans sa cuisine, observant son joli reflet dans le ridicule petit miroir bordé de plastique jaune, suspendu au mur derrière la porte d'entrée. Elle enfilait alors son couvre-chef dont la description me paraît impossible à faire ! C'était une sorte de bonnet beige rosé, ajouré, avec des fils de tissage plus longs recouvrant l'ensemble de l'objet. Toutefois, il lui donnait une classe folle. Bien que je ne le porte pas, il fait partie des rares éléments que j'ai pu garder en souvenir d'elle dont la valeur sentimentale est immense. Pour parfaire sa tenue, elle nouait un de ses beaux foulards en satin autour de son cou, tout en élégance. Venait ensuite son maquillage. Elle appliquait un rouge à lèvres rouge prune profond sur ses lèvres souriantes, enfermé dans un petit étui noir. Celui-ci fait lui aussi partie des reliques sentimentales que j'ai gardées précieusement de ma grand-mère, après son départ. Enfin, elle tapotait sur ses joues une poudre rosée dont la texture fine et légère dessinait délicatement ses pommettes et lui donnait bonne mine. L'odeur de ce blush poudre est encore ancrée en moi. Sa peau douce, maquillée et son parfum délicat sont restés de tendres souvenirs réconfortants de mon enfance.

Mamie Lily n'était pas une femme austère, elle savait aussi être, dans son intimité, une grand-mère joyeuse qui chantait souvent, adorant cet exercice. Il est vrai qu'elle avait une voix juste qui pouvait tutoyer des notes aiguës, je dirais même lyrique, mais avec moins de puissance ! Elle entamait des airs lui rappelant sa jeunesse tout en tournoyant et en dansant autour de la table de la cuisine, lorsque nous étions toutes les deux. Autant dire tout le temps ! Et pour ne rien gâcher, elle était une excellente cuisinière avec une mention spéciale pour sa pizza et plus précisément sa pâte à pizza maison, dont le goût et la texture n'ont jamais été égalés ni retrouvés. Malheureusement, mamie Lily sera partie avec son secret de recette…

Elle était mariée à mon grand-père Alphonse depuis si longtemps. Elle m'avait raconté, une fois plus grande, qu'il s'agissait d'un mariage arrangé. Il n'était pas, de son propre aveu, l'homme qu'elle aurait voulu épouser et aimait à l'époque. Mais c'étaient des dispositions qui, hélas, se faisaient de son temps, comme elle disait. Mon grand-père était un intellectuel, diplômé ingénieur agricole et spécialisé dans la création d'hybrides. Il avait été le précurseur dans l'implantation du kiwi dans le sud de la France et également à l'origine du kiwi lisse. Malheureusement, non breveté sous son nom, puisque le fruit de ses années d'expériences et de travail avait été volé par des personnes malveillantes, en qui il avait eu confiance, à tort… C'était un sacré personnage, ce papi Alphonse ! Intelligent certes, mais tellement excentrique pour son époque ! Il avait travaillé en collaboration avec un homme de son village pour obtenir un cépage particulier dont le nom des hybrides obtenus était formé à partir de leurs deux noms de famille juxtaposés. Ce type de plant, fruit de leur création, aux arômes qui lui étaient propres, était destiné à la consommation courante une fois vinifié. Il avait été longtemps cultivé comme raisin de table, avant de disparaître. Papi était cultivé, curieux de tout. Il aimait les langues vivantes qu'il apprenait en autodidacte, comme le russe et le chinois, par l'étude de leur phonétique. Mais par-dessus tout, il aimait taquiner et faire enrager ma grand-mère ! Il riait, fier de lui, quand l'objectif était atteint. Ce qui était souvent le cas !

C'était chez mamie Lily que nous célébrions toutes les fêtes familiales, qu'elles soient religieuses ou non : le réveillon et le jour de Noël avec le passage obligé par la messe de minuit, puis le Nouvel An et enfin Pâques. Mamie réunissait ses trois enfants et ses sept petits-enfants : nous étions sept petites-filles, à son grand désespoir, il n'y avait aucun garçon ! Il y avait trois filles du côté de la sœur ainée de mon père : Sophie, Madeleine et Camille et deux filles chez sa sœur cadette : Elisa et Louise. De mon côté, nous étions deux, même si ma petite sœur Javotte était née bien plus tard, étant la septième d'entre nous. Ces repas familiaux étaient une grande source de bonheur pour mes cousines et moi, heureuses de nous retrouver, de passer la journée et la soirée ensemble. Nos grands-parents jouaient un rôle fédérateur important en prenant l'habitude de tous nous recevoir chez eux et en organisant ces grands repas familiaux. Notre famille, au sens large, me paraissait solide en nous retrouvant ainsi régulièrement. Nos relations étaient basées sur le plaisir d'être ensemble et non sur l'obligation, en tout cas, vue par le prisme de notre enfance. Mes cousines et moi aimions jouer dans la grande cour tout l'après-midi. Il n'était pas rare que nous inventions des chorégraphies ou des spectacles destinés à nos parents et grands-parents lors du dîner, évidemment éblouis par notre créativité ! L'ambiance y était bon enfant, mamie cuisinait divinement. La tradition voulait que nous mangions dans leur grande salle à manger, utilisée exclusivement pour les grandes occasions comme celles-ci. Il y avait la longue table des adultes avec de la vaisselle magnifique, des verres finement ciselés et bordés de doré. Mamie nous installait une table à part où nous pouvions parler, rire, faire les folles sans trop gêner leurs conversations d'adultes.

Nos liens affectifs étaient très forts avec mes cousines. Nous nous entendions parfaitement bien et nous avions beaucoup d'affection les unes envers les autres. De plus, nous étions très proches en âge : Madeleine, Elisa et moi étions nées toutes les trois la même année. Sophie avait à peine quatre ans de plus que nous et Camille deux ans de moins. Louise et Javotte étaient les deux plus petites, arrivées sur le tard. Très proches en âge, notre lien affectif était semblable à celui de sœurs. Sauf que nous n'avions pas les mêmes parents, évidemment, ce qui faisait toute la différence. Mes cousines pouvaient se chamailler copieusement entre elles jusqu'à se tirer les cheveux et se hurler dessus. Mais entre cousines, les enjeux n'étaient pas du tout les mêmes : nous ne nous voyions que pour le plaisir de jouer ensemble !

Quand nous arrivions toutes chez nos grands-parents, papi Alphonse rayonnait de bonheur et cela se voyait dans ses yeux pétillants. Farceur, il plaisantait beaucoup avec nous, ce qui agaçait souvent mamie Lily, la voix de la sagesse ! Nous languissions toutes, sans communes mesures, ces repas. Nous revêtions nos plus beaux habits réservés pour ces jours festifs familiaux. C'était vraiment une période source de bonheur pour nous toutes, nous fabriquant des souvenirs merveilleux pour plus tard... Nous vivions alors dans l'insouciance de nos âges, spontanées, curieuses, créatives, pleines d'ardeur, espiègles, tout particulièrement Sophie ! Nous étions capables de savourer uniquement l'instant présent. Quelle formidable époque pleine de légèreté... Nous étions guidées par le plaisir et l'enthousiasme de nous retrouver, de jouer et de rire. C'est un temps de ma vie qui m'a rendu extrêmement heureuse, participant à ma construction en développant un esprit de famille extrêmement fort.

Chapitre 6 - Le temps béni des jours légers

Lors de ma scolarité en école élémentaire, j'étais considérée comme une excellente élève, quelles que soient les matières. Toujours classée première de la classe, en compétition permanente avec une copine du village, Corinne, qui me talonnait et parfois pouvait me voler le podium, à mon grand désarroi ! Mais je peux vous assurer que le mois d'après, je retrouvais mon trône sans problème !! Je me souviens que nous étions les trois niveaux de cycle 3 (CE2, CM1 et CM2) répartis en rang d'oignon dans une unique classe avec un maître d'école d'une autre époque : M. Sulian. Il portait la blouse grise, ce qui lui conférait encore plus de sévérité ! J'avais passé l'été précédant mon entrée en CE2 à angoisser, pleurer, cauchemarder, car selon les dires dans le village, il était extrêmement dur, strict et bourru. Il faisait même peur ! D'intégrer sa classe me terrorisait littéralement. Une fois ma rentrée scolaire faite, et ce, pour trois années d'affilée, finalement, ce maître me fascinait. Il avait des valeurs morales très marquées comme le respect, la reconnaissance, la solidarité, l'honnêteté, l'entraide. Un peu comme celles de mamie Lily. Et contre toute attente, il était plein d'empathie et pouvait même se montrer très drôle avec ses élèves ! J'en ai gardé un souvenir impérissable et une reconnaissance sans bornes pour tout ce qu'il nous a transmis d'un point de vue humain, moral, disciplinaire et scolaire. D'ailleurs, c'est lui qui m'a transmis, sans le savoir, l'envie d'être un jour enseignante. Il était devenu pour moi un modèle, après l'avoir imaginé comme un hypothétique bourreau ! En classe, j'étais très appliquée, attentive, toujours souriante et de bonne humeur, mais… très bavarde aussi ! Comme papi Alphonse, j'étais très intéressée par les langues étrangères. J'essayais d'apprendre seule l'anglais, à partir d'un petit périodique mensuel, mais ce n'était pas une mince affaire !

Parce que je suis aujourd'hui directrice d'école et enseignante dans le premier degré, je peux affirmer qu'enseigner dans un triple niveau avec plus de trente élèves et avec autant de respect et de discipline est exceptionnel aujourd'hui. À l'époque, il naviguait d'un niveau à l'autre avec une aisance déconcertante, dans un grand respect mutuel. À peine, si nous entendions une mouche voler.

En CE2, lorsque mon rang était en autonomie après avoir étudié une leçon, comme je finissais souvent mes exercices avant mes camarades de même niveau, il me plaisait d'écouter notre maître expliquer les leçons aux autres élèves, dans les rangs voisins de CM1 ou de CM2. Il m'était arrivé de les déranger en donnant les bonnes réponses à leur place, sans que cela me soit demandé ! Simplement parce qu'ils m'agaçaient de ne pas répondre assez vite à Monsieur Sulian. Depuis la maternelle, nous partagions une amitié profonde avec Caroline. Nous étions inséparables en classe, en récréation, mais aussi en dehors de notre vie scolaire, que ce soit en sortie dans le village ou en s'invitant l'une chez l'autre. Il y avait aussi Valériane et quelques garçons qui formaient avec nous un groupe d'amis soudés. Caroline était ma confidente, la sœur que je n'avais pas, nous avions énormément d'affection l'une pour l'autre. Sa grand-mère habitait le centre du village et nous y passions souvent pour lui dire bonjour avant d'aller nous acheter des bonbons au bureau de tabac.

Mes journées étaient bien organisées entre mon arrivée très matinale chez mes grands-parents, déposée par l'un de mes parents sans pour autant s'attarder. Après un temps supplémentaire de repos chez mamie et mon petit-déjeuner, commençait le temps scolaire suivi du repas de midi pris chez mamie. Comme ils habitaient à une centaine de mètres de l'école seulement, c'était évidemment pratique. L'après-midi, je reprenais le rythme de l'école, puis je regagnais, à la fin de la classe, le domicile de papi et mamie jusqu'à l'arrivée tardive de mes parents pour me récupérer. Ceux-ci travaillaient relativement loin de notre village ; une vingtaine de kilomètres pour mon père et une trentaine pour ma mère. Mon père était employé en équipe selon un roulement que l'on appelait les 3/8. Ce fonctionnement engendrait beaucoup de fatigue pour lui et une organisation contraignante par rapport à ces horaires changeant d'une semaine sur l'autre. Cela avait une incidence sur leur vie sociale comme sur notre vie familiale.

Mamie Lily était, reconnaissons-le, tout sauf commode ! Ce qui ne m'empêchait pas de l'aimer plus que tout et elle me le rendait bien en retour. Avec ma cousine Sophie, nous étions ses chouchous, elle ne s'en cachait pas ! Comme je l'ai déjà écrit, mamie avait de fortes valeurs morales auxquelles s'entremêlaient ses valeurs religieuses. Elle prônait, sans concession, la charité, la patience, la bonté, la tolérance, le courage, l'humilité ou le pardon. Elle ne plaisantait pas avec tout cela. Elle m'en parlait très souvent, m'expliquait ce qui était bien et ce qui était mal, selon elle. Inévitablement, en passant toutes mes jeunes années chez elle, j'étais fortement imprégnée de ses valeurs.

Même après avoir quitté l'école élémentaire de mon village pour rentrer au collège, je passais la majeure partie de mon temps libre chez mes grands-parents. Tant d'années se sont écoulées auprès d'eux durant ma construction sociale allant de mon enfance au début de mon adolescence. Mamie Lily m'avait énormément inspirée. Je lui devais beaucoup. Nous avions des rituels bien établis, toutes les deux, auxquels mon grand-père pouvait parfois participer. Nos déjeuners à midi se déroulaient invariablement de la même façon : raconter ma matinée de classe, mettre la table, mon couvert était entre celui de papi et celui de mamie, tous les trois assis face à leur vieux téléviseur. Nous regardions ensemble la même émission de midi, Midi Première, présentée par Danièle Gilbert. Puis, nous suivions les informations sur la première chaîne. Nous discutions de ce que nous voyions, j'y étais autorisée.

Moins intéressée par le journal télévisé, une fois notre repas pris, j'aidais mamie Lily à ranger la cuisine tout en bavardant à bâtons rompus avec elle. Bien souvent, je descendais jouer dans leur cour en attendant la reprise de l'école. Lors des beaux jours, je pouvais jouer à la marelle devant une des remises de leur maison. D'autres fois, je serpentais à toute vitesse à vélo dans les petites allées, prenant les virages serrés. Enfin, il nous arrivait avec mamie d'aller faire du vélo toutes les deux dans la rue voisine. Je passais tous mes mercredis chez elle et je prenais un réel plaisir à y jouer avec mes poupées sur une de leurs grandes terrasses devant sa cuisine. Mamie cultivait avec amour des géraniums de toutes les couleurs. Mais un jour, très inspirée, je lui avais coupé toutes les fleurs pour les écraser et en faire une mixture rouge vif pour nourrir mes poupées ! Mamie Lily s'était étranglée en sortant de sa maison pour me rejoindre en remarquant ses fleurs… sans fleur ! Des nerfs, elle avait jeté pardessus les bords de sa terrasse toutes mes affaires, pestant contre moi, plaignant ses géraniums perdus, me hurlant qu'elle ne me garderait plus ! J'étais horriblement confuse et attristée de lui avoir causé de la peine, et bien sûr, je m'en étais excusée. J'étais inquiète de la réaction de mes parents le soir en arrivant pour me récupérer, mais comme mamie était ma gardienne attitrée et pour moi préférée, il n'y avait pas eu de commentaire. Et le lendemain, ma grand-mère m'avait pardonné, je n'étais qu'une jeune enfant. Notre temps ensemble était reparti de plus belle ! Les jours plus frileux, il m'arrivait de jouer à la coiffeuse avec mon grand-père pendant que mamie faisait sa vaisselle et nettoyait sa cuisine. Je lui peignais ses trois poils sur le caillou qui constituaient sa petite mèche rebelle sur son crâne un peu dégarni. Je lui faisais des coiffures improbables qui nous déclenchaient des fous rires mémorables ! Il était très affectueux avec moi. Nous discutions beaucoup tous les deux de l'importance de l'école, de notre amour partagé pour les langues étrangères, de mon avenir. J'aimais l'accompagner dans son magnifique verger jouxtant leur cour et leur immense demeure. Ce jardin bucolique s'étalait sur près de 2000 m². Nous arpentions ensemble les allées de cerisiers, de kiwis, d'abricotiers et d'autres arbres fruitiers, papi m'expliquant tout ce que je devais savoir selon lui. J'escaladais les arbres pour cueillir quelques fruits, pour les déguster sur place ou en ramener à mamie, pendant que papi vérifiait l'avancée de ses plantations ou s'il avait besoin de faire un quelconque traitement.

Il était tellement intelligent, érudit, drôle, voire espiègle : mon grand-père m'épatait ! Il avait un petit rituel lorsqu'il me voyait : il me caressait le front puis y déposait une légère bise affectueuse du bout des lèvres en me disant :

— *Tu as un grand front, c'est le signe que tu es une petite fille très intelligente.*

C'était sa phrase et elle m'est restée. Aujourd'hui adulte, ce tendre baiser déposé sur mon front est une marque d'affection qui me touche encore. C'est mon mari qui me l'a refait une fois, spontanément et sans savoir. Il est le seul, depuis Papi, à avoir perpétué ce geste…

En plus de mes semaines scolaires, je passais très souvent mes vacances chez eux, tant mes parents travaillaient ou n'avaient pas le temps. Chaque soir après l'école, mamie m'attendait pour le goûter avec au menu une barre chocolatée pralinée aux éclats de noisettes empaquetée dans son bel emballage cuivré. Rien que d'y repenser, il évoque tous mes souvenirs d'enfance, de même que le petit cake cylindrique qui finissait de composer ma collation. Ce petit gâteau contenant des raisins moelleux, avec sa forme originale de bouchon de champagne, ravissait mes papilles, c'était une spécialité de notre région. Il m'est arrivé une fois adulte d'en acheter, juste pour le plaisir de réminiscence qu'il me procure ! Ce moment de goûter était habituellement suivi d'activités calmes avec mamie Lily. C'est ainsi qu'elle m'avait appris à tricoter. J'adorais cette activité apaisante. Tout mon temps passé chez mes grands-parents était bien utilisé et agréablement réparti. Je ne m'y ennuyais jamais, pourtant seule avec eux.

Chapitre 7 - Pérégrinations et jeune vie d'artiste !

En début de l'année 1979, mamie avait proposé à mes cousines de participer à un concours de dessin qu'elle avait relevé et découpé dans le journal quotidien régional. Ce concours était organisé en partenariat avec la chaîne télévisée TF1 et l'émission pour enfants « Croque-Vacances » présentée par l'animateur Claude Pierrard. Celui-ci était assisté par deux marionnettes représentant deux lapins espiègles nommés Isidore et Clémentine durant toute son émission. Le premier prix, bizarrement, était un voyage en URSS, précisément à Moscou pour deux personnes dont l'enfant gagnant. Je n'ai pas de souvenir du deuxième prix, par contre le troisième prix, je me rappelle qu'il s'agissait d'un vélo !

Un soir, maman était rentrée à la maison après son travail, excédée que mamie ne nous en ait pas parlé plus tôt. Elle avait râlé auprès de mon père de son attitude. Ainsi, ils avaient décidé de m'y faire participer et de m'inscrire dans ma tranche d'âge, huit ans. Il était demandé aux jeunes participants de dessiner notre village en y plaçant des panneaux de signalisation routière basiques comme le « stop », « attention animaux » et d'autres représentant des limitations de vitesse. D'autres contraintes de dessin étaient stipulées comme la présence de monuments ou bâtiments telle que l'église, l'école du village et la mairie. Comme papa avait fait du dessin industriel, c'est lui qui supervisait mes temps d'activité. Il ne souhaitait pas que je le bâcle en quelques heures seulement, sans aucune réflexion ou recherche, comme n'importe quel enfant de mon âge aurait pu le faire. Ainsi, tous les soirs, après avoir fini mes devoirs et sous sa surveillance, je dessinais une petite demi-heure, avec un page canson blanche utilisée comme un brouillon et placée à côté de moi pour tester les couleurs, les formes, l'agencement possible des exigences demandées. Vu le contexte dans lequel je faisais cette activité, je vivais ces moments sérieusement appliquée. Je savourais ce temps passé auprès de mon père, ne voulant pas le décevoir. Une fois fini, maman s'était occupée d'envoyer le dessin dans le délai imparti à l'adresse indiquée dans le journal, et puis notre vie avait repris son cours normalement, sans pression. Nous n'y pensions plus.... Je n'ai pas la notion du temps écoulé, mais un soir le téléphone sonna. C'est maman qui avait décroché. Je la vis subitement être émue, me regardant ! Je comprenais qu'il se passait quelque chose d'important, visiblement concernée par cet appel téléphonique. Elle répondit alors à la personne qu'elle avait au bout du fil :

— *Ne quittez pas, je vous la passe !*

J'avais attrapé le combiné tendu et j'avais entendu le son d'une voix féminine qui m'annonçait que mon dessin leur avait beaucoup plu. J'étais heureuse de cette bonne nouvelle sans comprendre davantage ce qu'il en était. Elle avait poursuivi son discours en m'informant directement que j'étais l'heureuse lauréate du concours dans toute la France. J'étais LA gagnante du premier prix ! Elle me félicitait et me précisait que j'étais arrivée classée première sur les sept mille dessins reçus. Tout cela me paraissait confus et surtout abstrait. Cette dame m'expliquait que j'avais remporté le voyage en Russie et que j'allais partir accompagnée soit de ma maman, soit de mon papa. Il me fallait choisir ! La conversation était lunaire entre cette personne et moi, encore petite fille. Visiblement, je n'éprouvais pas la joie que j'étais censée ressentir à l'annonce de cette apparente super nouvelle ! Peut-être parce que visiter Moscou et ses alentours pour une fillette âgée de huit ans paraissait totalement surréaliste et plutôt dépourvu d'attraits. Elle avait fini par me lancer :

— *Tu es contente ?*

Ma réponse n'avait pas tardé à fuser, lui disant avec mes mots d'enfant que je ne voulais pas de ce voyage, me mettant à pleurnicher, préférant de loin avoir le vélo en cadeau ! Ma déception d'attribution de prix avait complètement déconcerté la personne que j'avais en ligne. Je me rappelle très bien que du haut de mes huit ans, je lui avais rétorqué que si je partais faire ce voyage, alors je voulais que mes deux parents soient présents sans avoir à choisir, sinon je n'irais pas. C'est ainsi, après quelques négociations et arrangements, que mes parents avaient pu m'accompagner tous les deux là-bas. Mon père avait dû participer financièrement à une partie du voyage. Nous étions accompagnés d'une autre famille dont la fille, elle, de douze ans, avait remporté le premier prix dans sa catégorie. Une fois arrivés à Paris, nous avions été rejoints par le présentateur de l'émission Croque-Vacances, monsieur Claude Pierrard et son équipe de tournage qui devait nous suivre une fois sur place pour faire un reportage. Nous étions tous impressionnés de le rencontrer autrement qu'au travers de notre petit écran télé. Il avait été sympathique et accessible immédiatement. Puis, nous nous étions tous envolés pour Moscou, où nous avions passé cinq jours, suivant un programme de visites bien établi et très strict, réglé à l'avance par l'agence de voyage. Les souvenirs de ce voyage sont encore très présents dans ma mémoire. Je visualise facilement tout ce que nous avions visité dans cette ville splendide. Les excursions étaient organisées sans aucune possibilité de déroger au programme, aucun temps libre n'était autorisé. Tout ceci sous la haute surveillance des autorités locales qui nous accompagnaient dans tous nos déplacements. Peu importait la distance, chaque trajet était effectué en autocar accompagné d'un guide, afin de ne pas sortir du circuit autorisé, y compris pour nous rendre à la Place Rouge, pourtant proche d'une centaine de mètres de notre hôtel. Moscou n'avait que peu de vestiges de son histoire, très ancienne, car les constructions de bois avaient été détruites. La forteresse du Kremlin, quelques églises et monastères témoignaient de ce passé.

Le jour de notre arrivée, après notre installation à l'hôtel, il avait été prévu un tour en bus de la ville avec la découverte de la Place Rouge et de la Cathédrale Basile le Bienheureux, connue pour ses clochers à bulbes colorés. Puis, nous nous étions rendus au Goum, célèbre centre commercial, où il nous avait fallu faire la queue des heures patiemment devant le magasin pour accéder aux commerces qui nous intéressaient en particulier. Maman m'y avait acheté deux larges rubans rouge irisé absolument magnifiques pour attacher mes cheveux, comme le faisaient les jolies petites filles russes. Nous avions continué notre périple, enfermés dans notre bus, en arpentant les grandes artères commerciales de la ville : la rue Gorki, la rue Kalinine, l'université Lomossov bâtie sur les monts Lénine et d'où l'on dominait Moscou. L'après-midi, nous avions fait le tour du Kremlin. Cet ensemble architectural était le noyau central de Moscou. C'était une forteresse où avaient vécu les tsars et leur entourage. Nous avions été autorisés à déambuler sur la Place des Cathédrales et ainsi pu admirer les cathédrales de l'Annonciation, de la Dormition, de l'Assomption où les tsars étaient baptisés, couronnés et enterrés. Nous étions rentrés dans le Mausolée de Lénine après de très longues heures d'attente dans le calme et un quasi-silence. Les journées étaient denses ! Les jours suivants, nous avions fait la visite de l'exposition des réalisations soviétiques qui représentait, dans plusieurs pavillons, les techniques les plus remarquables en matière d'agriculture, d'astronautique, d'industrie, etc. Je me rappelle plus précisément la partie spatiale qui nous paraissait bien plus passionnante. Puis, nous étions allés admirer la fameuse cloche gigantesque nommée « Tsar Kolokol ». Celle-ci était située à l'intérieur de la citadelle, autour de laquelle étaient groupés les monuments les plus vieux de l'ancienne résidence des tsars, fastueux et exceptionnels, comme la cathédrale de l'Archange-Saint-Michel. Après chaque visite, nous rentrions à l'hôtel nous restaurer, que ce soit le midi ou le soir. Chaque dîner était suivi d'un spectacle qui clôturait notre journée éreintante. Un soir, nous avions assisté à une représentation magnifique d'un ballet de danse au théâtre Bolchoï. Un autre jour, nous avions visité et emprunté le sublime métro moscovite construit en 1935, tellement propre qu'on y aurait mangé parterre et richement décoré ! D'ailleurs, Staline appelait ces stations les « palais du peuple » tant elles ressemblaient effectivement à des palais par la qualité des ornements. Je me souviens des lustres fantaisistes en cristal, des magnifiques ornements muraux, de la présence de bronze et des piliers de marbre. Chacune des stations avait quelque chose d'exceptionnel, toutes décorées de sculptures, de mosaïques et de vitraux. Des femmes, d'allure austère, nettoyaient en permanence les sols, les murs : rien ne trainait ou ne venait ternir le lieu. Et si nous passions trop près, elles nous remballaient vertement dans leur langue. Durant les deux derniers jours, nous avions découvert le couvent Novodiévitchi, situé au bord de la Moskova, légèrement excentré comme tous les couvents, puisqu'ils servaient de points fortifiés pour la défense de la ville et enfin le musée Pouchkine, célèbre pour sa collection de peintres impressionnistes français. Lors de nos déplacements en bus, j'étais très surprise par la présence de femmes qui travaillaient dehors, rudement, dans tous les lieux de visite, sur les trottoirs des rues. Elles nettoyaient chaque surface de sol énergiquement avec un balai brosse et rinçaient abondamment à l'aide d'un énorme tuyau d'eau raccordé au camion citerne qui les suivait très lentement, conduit par un homme. Tout ce matériel me paraissait horriblement lourd pour ces pauvres femmes. Pendant ce temps, j'observais les hommes restés assis, impassibles, dans ledit véhicule, dont la seule activité était d'avancer leur camion mètre par mètre pour que ces dernières puissent laver zone après zone. Même très jeune, j'avais été choquée d'observer cela. Le reportage de notre séjour était en construction afin de le diffuser lors d'une prochaine émission Croque Vacances, une fois de retour en France. Selon nos visites, nous étions suivis par les équipes de télévision. Le dernier jour, l'autre jeune fille et moi avions été interviewées pour résumer l'ensemble de notre séjour russe, nous demandant nos impressions, savoir ce que nous avions aimé ou moins apprécié dans ce voyage, vu avec notre regard d'enfant. Alors qu'une des personnes de l'équipe me demandait comment je trouvais la ville de Moscou et ses habitants plus particulièrement, j'avais répondu sans aucun filtre, compte tenu de l'expérience et de mes observations d'enfant :

— *Je trouve que les femmes ressemblent à des sorcières et qu'elles ne sont pas du tout sympathiques !*

Il avait éclaté de rire devant ma réponse ! Aujourd'hui, dans mon souvenir, il est vrai qu'elles n'étaient pas vraiment souriantes ni aimables, mais avec le recul, je réalise qu'au vu de leurs conditions de dur labeur, cela pouvait aisément se comprendre. Ma réponse avait beaucoup amusé l'équipe, je ne crois pas qu'elle ait été gardée complète une fois le reportage terminé. Aujourd'hui, je regrette profondément de n'avoir jamais eu une trace, en souvenir, de ce reportage. De retour en France, nous l'avions regardé en direct à la télévision avec mamie Lily et papi Alphonse, le jour J de sa diffusion. Claude Pierrard et son équipe nous avaient informés de la date pour ne pas la rater. Je m'étais amusée, non sans une certaine fierté, de me voir parler à la télé ! Mes parents étaient au travail, ce qui fait qu'ils n'avaient pas vu le reportage fini. Malheureusement, personne à l'époque, dans notre entourage n'avait pu me l'enregistrer : les magnétoscopes n'étaient pas légion. Rien n'avait été organisé pour que quelqu'un me l'enregistre. Mes parents devaient avoir d'autres préoccupations... J'aurais adoré pouvoir le montrer et le partager avec mes enfants et mon mari. De la même manière, je n'ai pas eu le droit de récupérer mon dessin que j'aurais souhaité encadrer en souvenir. Je n'ai gardé, rangé avec mes souvenirs d'enfance, que le brouillon où je testais les couleurs et les formes avec mon père. L'original est sûrement quelque part dans les archives de TF1. Nous avions maintenu quelque temps le contact avec l'animateur Claude Pierrard par des échanges de courriers courtois, puis cela s'était arrêté.

1979 avait été une année prolifique en termes de concours de dessins ! En effet, en fin d'année, j'avais participé à un autre concours intitulé : *« 100 000 dessins d'enfants »*, organisé à nouveau par le Midi Libre en collaboration avec la Caisse d'épargne et de prévoyance de Montpellier. Je me souviens moins bien des consignes de dessin, il était question de perspectives à réaliser. J'y avais participé sans grande conviction, car il me paraissait beaucoup plus technique que le précédent et puis finalement le 4 décembre 1979, j'avais reçu un courrier provenant du Service des Relations Extérieures du Midi Libre, dont le texte était le suivant : *« Cher Ami, vous êtes lauréat de notre concours de dessins d'enfants et la distribution des prix aura lieu le mercredi 19 décembre 1979 à 15 h 30 dans notre salle de réception, 6 rue Parlier à Montpellier. Vous êtes cordialement invité avec vos parents à venir assister à cette manifestation. Dans l'attente du plaisir de vous rencontrer à cette occasion et en vous félicitant pour votre brillant résultat, nous vous prions de croire, Cher Ami, à nos meilleurs sentiments. Monsieur B., chargé des relations extérieures. »* Incroyable, j'avais encore gagné, mais ce coup-ci, je n'étais pas la première, ce qui ne me gênait pas en soi ! Le 20 décembre 1979, tous les enfants lauréats, dont je faisais partie, figuraient en photo en pleine page dans le Midi Libre, document que j'ai conservé ainsi que le courrier m'annonçant que mon dessin avait été primé. Les « œuvres » avaient été exposées jusqu'au 18 janvier 1980 dans les locaux d'une des Caisses d'épargne. Il y avait eu 100 000 dessins reçus pour les quatre catégories d'âges et j'étais arrivée 12e dans ma classe d'âge. Ils sélectionnaient quinze dessins par tranche. Le premier de chaque catégorie participait ensuite au « super concours » et était jugé à l'échelon non plus local, ici, c'était Montpellier et ses communes voisines, mais régional. Il m'avait été remis deux jeux en récompense. Le premier prix de chaque catégorie était un vélo (encore lui !) et l'ouverture d'un livret de Caisse d'épargne et de Prévoyance de 200 francs (ce qui ferait à peu près 30 euros aujourd'hui). Une petite notoriété auprès de mes camarades dans mon village s'était installée, cela m'amusait beaucoup.

Durant ces quelques années allant de 1977 à 1981 à peu près, je réalisais ma chance de partir en vacances avec mes parents accompagnés de Tonton Antoine, habitant toujours avec nous. C'était assez ritualisé d'ailleurs ! L'été, nous nous rendions tous les quatre en Corse, à Bastia ou à Ajaccio. Mon amour pour cette île sublime, qui porte bien son nom « d'île de beauté », est né à cette époque grâce aux voyages faits avec mes parents. L'hiver, nous partions skier une semaine dans les Alpes du Sud. La station où nous nous rendions principalement était Praloup, à près de 1600 mètres d'altitude. Nous y allions souvent accompagnés d'un couple d'amis de mes parents avec leur fille plus âgée que moi. Enfin, par habitude, nous nous rendions fréquemment tous les quatre quelques jours en Lozère, dans une petite commune. Nous y avions nos routines comme de nous promener sur le chemin du « con perdu », de ramasser des fraises des bois et des framboises savoureuses, d'aller boire l'eau extrêmement fraîche de la source. Parfois, nous nous trempions courageusement dans l'eau revigorante du Lot à seulement treize degrés ! Nous avions aussi l'habitude d'aller avec maman à la plage ensemble, elle m'avait appris à confectionner de beaux châteaux de sable en les décorant de jolis coquillages de différentes formes et couleurs, faire de longs tracés autour et construire un pont solide sous lequel l'eau de mer pouvait circuler. De la même façon, nous allions souvent le week-end avec mes parents et Antoine à la plage en centre-ville de la station balnéaire proche de notre domicile, les garçons pêchaient ou faisaient de la plongée sous-marine, tandis que nous restions maman et moi à les attendre tranquillement installées sur le sable. J'adorais ces journées familiales à deux, trois ou tous les quatre. Une autre fois, invités par ma tante Carla dont le mari avait un magnifique hôtel trois étoiles situé dans le 8e arrondissement parisien, nous avions fait le déplacement en train corail jusqu'à Paris avec mes parents et ma cousine Sophie que nous avions conviée. Mon oncle et ma tante nous avaient généreusement hébergés dans une des chambres de leur hôtel. Je me rappelle que Sophie et moi faisions les quatre cents coups. Ma cousine était toujours inspirée par de grandes idées que nous jugions très drôles, comme de jeter de l'eau depuis la fenêtre de notre chambre sur la tête des passants qui déambulaient en bas sur le trottoir. Nous en avions des fous rires à nous tordre sur nos lits jusqu'à ce que l'un d'entre eux, furieux, chauve, rentre dans l'hôtel pour se plaindre auprès de mon oncle à la réception de l'hôtel. Cela nous avait valu un sacré savon !

Il y avait aussi le carnaval organisé annuellement dans notre village qui réunissait l'ensemble des enfants scolarisés, suivis de leur famille. C'était un joyeux évènement dans notre commune. Maman me confectionnait, avec trois fois rien et beaucoup de créativité, un costume différent chaque année. Mes copines avaient des costumes achetés tout prêts, magnifiques, mais j'en avais que faire. J'étais fière des miens réalisés par maman. De plus, mes parents avaient, je ne sais pas pourquoi, une quantité de masques de déguisement en silicone divers et variés à la maison ! Une année, j'étais déguisée en vieille sorcière avec le masque approprié, une autre en mariée, l'année suivante une version améliorée d'un Pierrot… Je faisais toujours sensation parmi mes amies lors du défilé, souvent très originale, voire décalée !

J'ai particulièrement aimé et gardé de très beaux souvenirs de cette partie de mon enfance. C'était une période joyeuse de ma vie familiale et ce même après l'épreuve traversée avec le décès prématuré de Mamie Jacqueline. C'est en grandissant que les choses ont évolué différemment sans vraiment que je n'aie d'explications à apporter. Paradoxalement à cette image familiale idyllique et même si nous vivions et partagions avec mes parents et Antoine des moments sans souci et parfois même de privilégiés, pour autant, je me sentais une enfant effacée, transparente. Que ce soit conscient ou pas, mes parents pouvaient être négligents sur l'aspect émotionnel, sans pour autant en faire de mauvais parents. Il y avait rarement des gestes affectueux ou des moments de tendresse en relation duelle, pas plus qu'il n'y avait de conversations dans les mêmes circonstances. Ils ne prenaient pas le temps ou ils ne l'avaient pas pour cela, je ne sais pas l'expliquer. J'étais présente dans notre structure familiale, suivant le mouvement, c'est tout. Je suppose que le changement brutal que nous avions tous vécu avec le deuil de mamie en était la cause, forcément. Ils n'avaient sans doute pas assez de temps à me consacrer, accaparés par leur travail et notre vie à cinq. Je devais suivre en restant sagement à ma place. Maman avait conservé toutes les photos de famille que j'aimais consulter. Je n'ai pas de clichés où j'étais tendrement logée dans les bras de ma mère ou ceux de mon père, autre que nourrisson. Peut-être que cela ne se faisait pas à ce moment-là… Je n'étais pas, à proprement parler, rejetée, mais je me sentais terriblement seule une fois à la maison. Il est arrivé à ma mère de me dire, avec une pointe de regret, qu'ils m'avaient eu très jeunes, mais c'est tout… Je pense que mes parents m'aimaient, mais à leur façon et en fonction de leur propre vécu. C'était subtil dans leur attitude et leur fonctionnement à mon égard. Plus je grandissais, moins, je me sentais exister. Pire, j'avais fini par me rendre moi-même invisible : ne pas déranger, ne pas énerver, être la plus sage et docile des filles et surtout essayer de leur faire plaisir, espérer une reconnaissance, chaque jour un peu plus. Ils me témoignaient leur affection en fonction de mon comportement,

ce qui engendrait une forme de soumission de ma part, attendant amour et affection en retour, désespérément. Ce dont je suis sûre, c'est que j'étais dans une quête d'amour absolu de la part de ma mère. Moi, je les aimais énormément, plus que tout et autant l'un que l'autre malgré ce que ma mère disait. Je n'avais pas le souvenir d'avoir préféré mon père à elle, au contraire. Mais il est vrai que mon père et moi avions une relation très forte, dont l'humour était le ciment. Et puis il y avait eu, à quelques occasions, des gifles fortes, mémorables même, données par mon père, inappropriées aux circonstances ou à la bêtise commise. Conscient de n'avoir pas maîtrisé sa puissance et pour ne pas se faire réprimander par ma mère, il m'appliquait à chaque fois un gant de toilette passé sous l'eau froide, parfois avec de la glace à l'intérieur, pour apaiser la zone, espérant faire disparaitre rapidement les traces rouges laissées par sa main entière sur ma cuisse. Rapidement, c'était devenu une « blague » dans la famille puisque finalement, il en avait parlé à tout le monde, dédramatisant ainsi ces deux ou trois épisodes blessants. Pourtant, moi, je ne les trouvais pas drôles. Lors d'une très récente conversation avec mon père, ma sœur et ma mère, ma mère m'a confié qu'ils avaient été convoqués une fois par la directrice de mon école qui souhaitait avoir des explications quant à la présence d'une trace rouge boursoufflée sur ma peau. Étrange de m'en parler une fois adulte…
Même en grandissant, cette quête perpétuelle d'amour parental, amour que j'imaginais inconditionnel et immense ne me lâchait pas, recherchant une reconnaissance de leur part dans tout ce que je faisais. Les câlins avec ma mère me manquaient. Je n'ai que peu de souvenirs de moments passés en tête-à-tête avec elle au cours desquels elle se serait consacrée exclusivement à moi, sans que nous soyons dérangées, nous retrouvant autour d'une activité spécifique, une sortie quelconque ou un jeu en particulier. Je n'ai pas ça dans mes archives mémorielles. Il est vrai que je faisais souvent des activités en autonomie que j'affectionnais particulièrement comme de la décalcomanie que maman m'achetait. Cela s'accordait très bien avec la sagesse attendue et ma solitude ressentie. Je ne peux pas dire que c'était le néant puisqu'il nous arrivait les dimanches matin dans la nouvelle maison, de faire des câlins dans le lit parental avec maman. Elle avait comme jeu amusant de me compter les « côtelettes » pour me faire rire, de faire semblant de jouer du piano sur mon flanc pour me faire des chatouilles, de souffler fort dans mon cou comme si elle jouait de la trompette, ce qui me faisait éclater de rire. Mais ces rares instants, juste elle et moi, se comptaient sur une seule main. J'avais besoin de plus… Ces rares moments de partage avec ma mère me remplissaient de bonheur. Dieu que j'aimais ça et comme je l'aimais ! Malheureusement, ils n'étaient pas assez fréquents,

j'étais en manque permanent de son attention, d'une quelconque démonstration. Je n'arrivais pas à avoir d'autres moments de complicité et de partage affectif authentiques avec elle.
Je suis aujourd'hui maman de deux jeunes adultes. Il me semble qu'en tant que mère, nous devons toutes nous assurer que notre enfant est notre priorité absolue et qu'il reçoive tout l'amour et l'affection dont il a besoin. À cette époque, innocemment, je pensais que si je tendais vers la perfection dans tout ce que j'entreprenais, quel que soit mon âge, j'obtiendrais obligatoirement leur reconnaissance et une marque d'affection. C'était comme si mes parents ne m'avaient pas autorisée à être une enfant, pour des raisons que j'ignorais. Peut-être à cause de leur début de vie de couple qui avait été totalement chamboulé après le décès de mamie Jacqueline ou parce qu'ils m'avaient eu à 25 ans avec une majorité à l'époque à 21 ? Par nécessité, j'étais devenue trop rapidement mature, vigilante à ne jamais les décevoir pour ne pas être jugée défavorablement à leurs yeux. Je n'étais pas conscience d'être malheureuse à cet âge-là, d'ailleurs, je pense que je ne l'étais pas. Mais en entamant ce long travail d'introspection profonde et avec le recul, je réalise à quel point il y avait en moi de la souffrance liée au manque affectif et de l'incompréhension quant aux raisons qui les poussaient à agir ainsi avec moi. Je ne leur en voulais pas. C'était simplement leur mode de fonctionnement à mon égard, même s'il était dysfonctionnel. Heureusement, j'étais très aimée, gâtée et cajolée par le reste de la famille, que ce soit du côté maternel comme du côté de mon père, en particulier mes grands-parents chez qui je passais ma vie et qui finalement m'éduquaient d'une certaine façon. Le manque affectif que je pouvais ressentir se comblait autrement, ailleurs. Ainsi, des liens affectueux puissants se tissaient avec les autres membres de ma famille, sans pour autant que cela soit verbalisé ou intellectualisé. Cela se faisait instinctivement, sans arrière pensée et en toute simplicité. Chacun pensant bien agir et être dans son bon rôle, y compris certainement mes parents…

Chapitre 8 - Les années collège

J'entrais dans mon adolescence, déterminée à rester sage, disciplinée et obéissante, autant que possible ! Je n'avais aucune difficulté scolaire, bien au contraire. Je ne posais aucun problème au sein de ma famille, ne dépassant jamais les limites du cadre fixé. Je m'évertuais à ne pas faire parler de moi d'une quelconque manière. Compte tenu du temps infini passé chez mamie Lily et de l'éducation que je recevais chez elle, mes parents m'avaient inscrite aux cours de catéchisme qui se tenaient le mercredi matin dans l'église du village, j'y assistais comme la plupart de mes camarades de classe du village. Une courte messe célébrée pour les enfants par le Père Georges, curé sacrément farfelu, suivait. Nous aimions ces moments plus pour le fait de nous retrouver et rire entre copains que pour les enseignements religieux reçus. Bien qu'assidue, je reconnais n'avoir retenu qu'une infime partie de la Bible que nous avions étudiée. Je n'en suis pas très fière, mais c'est ainsi. Considérant la ferveur religieuse de mamie Lily et parvenue à l'âge de raison après quelques années d'instruction des doctrines de la foi chrétienne, j'avais dû passer ma communion privée, la première. Elle avait été célébrée dans l'église accompagnée de tous mes camarades vêtus de blanc puis fêtée en grand au sein de notre famille. Mes cousines n'y avaient pas échappé non plus. En fonction de nos âges, l'une après l'autre, nous nous étions retrouvés autour d'un repas familial pantagruélique. Nous recevions de très beaux cadeaux de la part des convives et souvent des bijoux en or de la part de notre parrain et marraine. Mes parents m'avaient gâtée. Puis, à douze ans, nos parents nous avaient organisé notre communion solennelle, la deuxième qui se célébrait, elle, à la fin de l'enseignement du catéchisme. Mon devoir religieux me paraissant accompli, j'avais refusé de poursuivre jusqu'à la confirmation. Il ne fallait pas exagérer !

La transition entre école primaire et collège avait été riche en changements, voire en bouleversements dans notre vie. L'année 1982 marquait une nouvelle date charnière, pleine d'émotions. C'était l'année du départ définitif d'Antoine de la maison pour son service militaire dans l'armée de l'air, avec comme destination Djibouti, en Afrique de l'Est. Il s'était engagé dans les commandos pour deux ans. Son départ, aussi loin de nous, nous avait beaucoup chagrinés. 1982 sonnait aussi la fin de mon statut d'enfant unique. Une petite sœur prénommée Javotte venait de pointer le bout de son petit nez rose. Elle était si belle. Presque onze ans nous séparaient, ce n'était pas rien. À l'aube de mon adolescence et à fleur de peau, j'étais dans une période où j'aimais m'exprimer à travers l'écriture de poèmes. Mais bien avant sa naissance, déjà au primaire, j'en écrivais. Tout me touchait, tout me bouleversait, tout m'émeuvait, m'affectait et m'inspirait. À peine âgée de onze ans, commençait, pour moi, une longue période d'écriture. Ma poésie, si je peux l'appeler ainsi sans aucune vanité, était empreinte d'une grande naïveté et d'une certaine candeur, ce qui était normal vu mon jeune âge. Évidemment, je n'avais pas la prétention de me mesurer à Prévert, Verlaine ou Baudelaire ! Néanmoins, elle était sincère dans l'émotion et le plaisir que j'éprouvais à jouer avec les mots. Lorsque mon oncle Antoine avait quitté la maison pour partir à Djibouti, je lui avais écrit ceci :

Tonton Antoine

Quand je suis avec lui, c'est un bonheur
Car je l'aime de tout mon cœur
Je le considère comme mon grand frère
Mais il faut qu'il parte faire son service militaire
Avec moi, il est très gentil
Et j'en suis ravie
C'est un bon footballeur
Parce qu'il le fait de bon cœur
Je l'aime plus que tout le monde entier
Je veux bien sûr parler
De Tonton Antoine.

Cette année-là, je perdais mon « oncle-frère », mais je gagnais en contrepartie une vraie petite sœur ! J'avais longtemps attendu et espéré ce cadeau de la vie, où nous allions créer enfin notre propre famille. Ma mère avait eu beaucoup de mal à tomber enceinte une deuxième fois. Je supposais que les épreuves de la vie ainsi que des problèmes de santé en étaient la cause. La venue miraculeuse de cette petite poupée, qui avait mis un peu plus d'une décennie pour agrandir notre famille, me comblait littéralement de bonheur. L'accouchement avait été une épreuve pour ma mère. D'ailleurs, elle ressassait sans cesse qu'elle avait mis plus de trente-six heures pour accoucher dans la souffrance et sans aucune avancée du travail. Ma sœur avait le cordon ombilical entouré autour de son cou, le médecin gynécologue avait failli perdre ma mère et ma sœur pendant l'accouchement, selon ses dires. Maman racontait souvent qu'au moment où Javotte était née, la sage-femme, comme il est d'usage de faire, lui avait posé le bébé sur sa poitrine. Maman avait eu un mouvement de dégoût et de rejet, demandant à ce qu'on lui enlève « *cette merde de son ventre* ». Propos et gestes qu'elle avait vivement regrettés ensuite. Malheureusement, ils allaient faire partie de ceux qui façonnaient une vie entière et des relations familiales futures… Encore enfant, j'étais déconnectée de toute cette agitation. Pour ma part, j'étais simplement heureuse d'avoir enfin une sœurette. Je me rappelle clairement avoir dit à maman lors d'une visite à la maternité et en la prenant dans mes bras :

— *Maintenant, nous allons former une vraie famille !*

Sa naissance m'avait inspiré alors quelques petits poèmes dont celui-ci :

L'enfant et la Lune

Au clair de lune, chemin faisant
Une enfant levait les yeux
Vers un bel astre luisant
Logeant dans les cieux.
Ce soir Dame Lune
Se vêt de sa robe orange
Pour bercer ce tout petit ange,
Plus léger qu'une plume.
Demain soir, elle sera un croissant
Pour surveiller cette belle enfant.
Je la vois qui lui sourit
Alors l'enfant lui tend les bras
Et la Lune lui dit tout bas
Bonne nuit !
Alors s'endort le petit ange
Bercé par Dame mésange.

Maman avait perdu son père, papi Germain, âgé de 64 ans, alors qu'elle était encore enceinte de Javotte. Je ne sais plus dans quelles circonstances Papi était décédé. Je me rappelle seulement qu'il était hospitalisé et qu'il s'était éteint là-bas, sans présence autour de lui à ce moment-là... Enfin, 1982 avait été l'année marquée par la perte successive pour mes parents de leur emploi respectif. Mon père était licencié économiquement suite à la fermeture du site de production sur lequel il occupait, depuis quelques années, un poste de chef de production. C'était pourtant un grand groupe industriel lié au nucléaire où mon père bénéficiait de nombreux avantages grâce à son comité d'entreprise et d'un bon salaire. Ma mère était secrétaire commerciale dans une société d'électronique, après y avoir occupé plusieurs postes dans d'autres services. Il y avait eu une restructuration et les dirigeants avaient profité de sa grossesse pour la licencier. Ce qui serait impossible à faire aujourd'hui ! L'année avait été particulièrement difficile émotionnellement pour eux. De nombreux évènements négatifs venaient entacher la joie de la naissance de ma sœur. Malgré tout, cela restait pour moi une véritable fête. C'est aussi le moment où j'avais commencé à tenir quotidiennement, ou presque, un journal intime, et ce, jusqu'à la fin du lycée, en classe de terminale, c'est-à-dire de l'année 1982 à 1989 pratiquement. J'avais un besoin viscéral d'écrire, de coucher mes émotions, bonnes ou mauvaises, sur le papier, de mettre en mots mes pensées et de me confier à quelqu'un. Mon journal était mon meilleur confident, même si j'avais mes amies proches à qui je pouvais tout confier. Pourtant, tout ne pouvait pas leur être dit... Écrire était pour moi un exutoire. Je noircissais au crayon de papier les pages de cahiers de brouillon, les uns après les autres, les numérotant successivement et les rangeant précieusement dans un endroit que j'espérais secret. Même si socialement, j'étais une jeune fille extravertie, j'avais paradoxalement développé un côté très solitaire, qui me convenait parfaitement.

Après l'arrivée de ma petite sœur et durant ses plus jeunes années, les relations s'étaient tendues avec mes parents. Ma mère, regrettant chaque jour amèrement d'avoir prononcé ses mots à sa naissance, était sans cesse dans la surenchère et la démesure affective avec Javotte. Elle pensait que de tout lui accorder au moindre caprice de sa part suffirait à racheter son rejet au moment de son accouchement. Inévitablement, ceci avait engendré des comportements de plus en plus détestables de ma sœur, puis des troubles de l'alimentation étaient venus s'y greffer. Javotte se comportait chaque jour davantage en enfant roi, ne supportant ni la frustration ni la contrariété, le « non » n'étant pas dans son vocabulaire. Elle en devenait tellement insupportable que la famille la surnommait « Princesse Javotte », souhaitant de moins en moins sa présence lors de nos repas familiaux. D'ailleurs, nous étions de moins en moins invités tous les quatre. Et plus ma petite sœur était mise à l'écart, jugée à juste titre ingérable et odieuse par chacun, plus ma mère faisait du forcing pour l'imposer coûte que coûte, ce qui ne faisait qu'aggraver la situation. Pour autant, Javotte n'était pas à blâmer, elle n'était qu'une enfant. Son attitude explosive exprimée par la colère, l'agressivité et même la manipulation dès sa plus tendre enfance résultait surtout du comportement de mes parents à son égard. Elle n'était finalement que la victime de ce cercle vicieux. Pour ne rien arranger, après son licenciement et son refus d'accepter un poste équivalent ailleurs, mon père était parti en reconversion professionnelle pour suivre une formation. Il se rendait tous les jours en train en Avignon pour y suivre des animations et des cours. Il était très accaparé par ses nouvelles activités, ses nouvelles amitiés et les rencontres faites sur son lieu d'apprentissage, tandis que ma mère était accaparée par sa nouvelle maternité et la maison à gérer. Il n'y avait pas mal de tensions conjugales entre eux, j'avais assisté bien malgré moi à des scènes de disputes. Je me souviens d'une, en particulier un soir tard, où nos parents étaient sortis s'expliquer au fond de notre jardin, éclairés par les phares de leur voiture pour se voir, tandis que moi, je m'étais assise dans la pénombre dans les escaliers, ma petite sœur lovée dans mes bras, observant la scène par la fenêtre pour m'assurer que tout se passait bien entre eux…

Durant cette époque et tout en continuité, je devenais de plus en plus effacée. La fameuse « vraie famille » dont j'avais rêvé n'était qu'une illusion. Dès la petite enfance de Javotte, les rôles dans notre fratrie avaient été distribués d'une certaine manière par nos parents. J'étais passée d'enfant invisible au statut de bouc émissaire. Devenue l'aînée, je portais le blâme du dysfonctionnement de notre famille et j'en subissais le plus gros des conséquences. Les critiques, les reproches, les réflexions désagréables commençaient à fuser. Je me sentais affreusement seule, même entourée de ma famille ! Heureusement pour moi, mes parents avaient construit leur première villa sur un terrain dans le prolongement du verger de mes grands-parents. Il m'était alors très facile d'aller rejoindre ma grand-mère tant aimée, sans faire le grand tour par la route. Je n'avais qu'à traverser leur grand jardin qui jouxtait le nôtre, à toquer très fort sur leur immense portail métallique pour que mon grand-père, souvent dehors à bricoler, vienne me l'ouvrir de l'autre côté. Parfois, je passais juste un appel téléphonique à mamie Lily pour l'informer que j'allais arriver, afin qu'elle vienne faire coulisser cette lourde porte. Chez eux, c'était mon havre de paix, mon lieu de sécurité…

Pour mon entrée dans le second degré, mes parents avaient décidé de me faire poursuivre ma scolarité en m'inscrivant au collège de Castries, jugeant qu'il avait une dimension plus humaine par rapport à celui relevant de mon secteur. Ils avaient déposé une demande de dérogation pour m'inscrire là-bas et pour justifier ce choix, ma mère avait certifié qu'elle travaillait loin et que celui-ci se trouvait sur son trajet professionnel. Elle avait argumenté que toutes mes cousines y étaient inscrites, ce qui supposait que je pouvais rentrer chez elles après les cours, en empruntant le même transport scolaire si besoin était. L'administration scolaire nous avait accordé cette affectation, bien que ma mère ait perdu son emploi, mais cela n'avait pas été donné comme information lors de la constitution de mon dossier. Une omission…

Malgré le stress, mon entrée en classe de sixième s'était bien passée. Par contre, me séparer de mes meilleures amies d'enfance et des autres camarades de jeu de mon village, avait été un déchirement. Je n'en avais pas fait état, habituée à ne pas exprimer mon ressenti. La bonne nouvelle était que je me retrouvais dans la même classe en sixième puis en cinquième avec ma cousine Madeleine. Je connaissais bien ses amies m'empêchant ainsi de ressentir une trop

forte solitude dans ce nouvel environnement. Pendant mes deux premières années de collégienne, mes résultats étaient très satisfaisants, continuant à être une bonne élève, très appliquée. Toujours dans le même état d'esprit, naïvement, il me semblait que si je travaillais très bien au collègue, restant sage, je finirais forcément par attirer un jour ou l'autre, l'attention tant espérée de mes parents. Comme beaucoup d'enfants à cet âge-là, j'avais la tête remplie de rêves plus fous les uns que les autres : me rendre à New York une fois dans ma vie, être une danseuse renommée ou devenir une actrice reconnue, savoir chanter, beaucoup de rêveries artistiques ! Toute petite, j'avais pratiqué de la danse classique dans une école située dans la ville voisine. Je n'ai pas le souvenir que cela ait duré de nombreuses années. Je revois juste la salle de cours, les miroirs, le parquet de bois, mon petit justaucorps rose et mes chaussons assortis offerts par mamie Jacqueline à l'époque. Plus grande, maman m'avait inscrite aux activités artistiques proposées dans notre village le mercredi après-midi. Enfin, une fois rentrée au collège, je suivais des cours de danse appelé « Modern 'Jazz » dans la grande salle polyvalente de notre village. Nous pouvions en bénéficier grâce à l'intervention d'une animatrice spécialisée. En fin d'année, mes camarades et moi présentions un spectacle devant nos parents admiratifs, dans une salle comble. Je ne sais pas si j'étais une bonne danseuse, mais toujours est-il qu'à chaque chorégraphie, emportée par la musique, je m'évadais. Des frissons me parcouraient tout le corps, m'imaginant sur scène ! Le soir à la maison, je passais des heures et des heures dans notre salle à manger à m'échauffer, à m'étirer et à danser sur la musique forte, inlassablement. Soit, je répétais ce que j'avais appris le mercredi, soit pour inventer une chorégraphie, mais toutes mes fins d'après-midis étaient consacrées à cette activité. Parfois, je demandais à maman de venir s'asseoir sur le canapé de cuir marron en tant que spectatrice, pour lui proposer une démonstration de ce que j'imaginais être une grande prestation ! « *Flashdance* », « *Staying Alive* » en 1983 et « *Chorus Line* » en 1985 étaient mes films cultissimes de danse, dans lesquels je m'imaginais évoluer dans leurs chorégraphies avec autant d'aisance qu'eux !
Bien que ne vivant plus avec nous depuis quelques années déjà, tatie Domnique, me sachant passionnée, m'avait offert un stage de danse pendant le festival Montpellier Danse. Quel souvenir extraordinaire ! Il se déroulait sur trois jours dans une immense salle mise à disposition par le CREPS. Celle-ci était dotée de grands miroirs sur un pan de mur et de magnifiques parquets en bois couleur miel. Pour ne rien gâcher, le chorégraphe connu était américain, donnant une dimension internationale et professionnelle à ces journées fantastiques ! Nous étions très nombreux dans cette salle, de tous âges et de tous niveaux ! Quelle

jouissance de vivre ce moment exaltant ! L'entendre compter en anglais, nos tenues, les répétitions, la musique forte, la chorégraphie qui avançait dans son élaboration, jusqu'à l'odeur de notre sueur : tous ces détails me mettaient en émoi, plus rien n'avait de l'importance, j'étais heureuse dans cette bulle ! Tatie Dominique m'ouvrait énormément à la culture. Elle m'avait amené dans le magnifique théâtre de Montpellier assister à deux opéras. D'abord « Carmen » de Bizet qui m'avait pris aux tripes et puis celui de la « Traviata » de Verdi. Ce dernier m'avait tiré les larmes pour l'émotion ressentie ! Nous avions assisté à un spectacle de danse contemporaine ensemble, une troisième fois dans ce même lieu. Tatie Dominique et moi avions instauré de petits rituels à chacun de mes anniversaires : elle m'invitait au restaurant chinois, cuisine qu'elle m'avait fait découvrir ! Je prenais invariablement une assiette de nems accompagnés de salade et menthe fraîche suivie d'un crabe farci ! Nous avions fêté ainsi mes années qui s'écoulaient jusqu'à l'âge adulte pratiquement ! Ma tante était passionnée de photographie et on peut dire qu'elle était douée pour cet art. Elle aimait me prendre en photo fréquemment, me faisant poser seule ou avec mon cousin. J'ai gardé de très jolis clichés en noir et blanc de mon enfance pris par tatie Dominique. Ces années collèges correspondaient au moment où j'avais commencé à apprendre le piano avec un vieux bonhomme de mon village, professeur à la retraite. J'adorais cet instrument et la poésie qui s'en dégageait. Après deux années d'enseignement et l'obtention du Premier Prix au concours Valmalète à Montpellier, j'arrêtais alors que mon professeur me disait douée. Je ne me souviens pas de la raison de mon arrêt. Mes cousines jouaient, elles aussi, du piano, surtout Sophie et Camille. Visiblement, j'aimais me lancer des défis, mais une fois le but atteint, je me lassais très vite et m'orientais vers un nouveau challenge à relever.

Pour en revenir à l'organisation de ma vie au collège, les matins, maman me déposait en voiture à l'arrêt de bus d'un autre village. Il n'y avait aucune desserte de bus depuis notre lieu d'habitation puisque ce n'était pas un établissement situé dans notre secteur. De la même façon, après la fin des cours le soir, le bus scolaire me ramenait dans cette localité, la plus proche de chez nous. J'étais recueillie par une famille très gentille dont la fille, Marie, était élève dans ma classe. Je ne me rappelle absolument pas comment nous avions rencontré cette famille et ni comment ma mère et elle s'étaient mis d'accord pour me garder tous les soirs jusqu'à ce que celle-ci vienne m'y récupérer.

En dehors de mes rêves artistiques et pour être plus terre à terre ou en tout cas plus réaliste, j'ambitionnais de devenir professeur de français, ma matière préférée au collège. Dans cet objectif, j'avais choisi l'option latin, que j'avais gardée jusqu'en classe de troisième. Préparant mon projet d'enseignante et pour parfaire le tout, je m'étais inscrite à une initiation au grec en complément. Voilà, mon avenir professionnel me paraissait déjà tout tracé ! Je me rappelle mon professeur de français, madame R., qui avait confié à maman lors de la première réunion de parents professeurs en sixième :

— *En dix ans de carrière, je n'ai jamais vu un tel niveau en français chez un de mes élèves. Votre fille possède l'orthographe innée.*

Étant enseignante aujourd'hui, je pense que même si mon orthographe n'était pas innée, certains élèves ont plus de facilités que d'autres à mémoriser l'image des mots. J'ai toujours aimé lire, ma mère m'achetant, enfant, des livres de la bibliothèque rose puis verte. Et nous savons que lire régulièrement permet de visualiser les mots et, par conséquent, d'améliorer l'orthographe. Lire, écrire sont d'excellents moyens pour faire travailler le cerveau, puisque ces activités participent à une bonne stimulation cognitive. Cela lui permet d'augmenter ses capacités de mémorisation, de réflexion, d'analyse ou encore d'imagination. Et en parlant d'imagination, je n'en manquais pas ! Je me rappelle qu'en contrôle de rédaction ou de production d'écrits en classe de français, je finissais rapidement mon interrogation, toujours animée d'une inspiration débordante, pour enchainer discrètement avec celle de ma cousine Madeleine, beaucoup moins passionnée ! J'étais une élève prolifique. Nous obtenions toutes les deux d'excellentes notes, jusqu'au jour où notre professeur s'en était aperçu, demandant à ma cousine de produire elle-même son texte !

Le collège marquait le début des amourettes. J'étais fleur bleue, naïve et démesurément romantique. À chaque béguin, j'étais persuadée d'avoir rencontré le grand amour et mon futur mari ! Il n'y avait pas eu tant de flirts que ça, car mes petites romances duraient assez longtemps. Seuls trois garçons m'avaient particulièrement marquée. Je ne sais pas si je peux le formuler ainsi, mais j'avais du succès en amitié, tant et si bien que la plupart de mes amies copiaient tout ce que je faisais, portais ou achetais, ce qui était parfois insupportable ! Avec mon amie Ella, en classe de quatrième et de troisième, nous avions des parties de fou rire démentes, nous partagions une amitié très forte, nous sentant comme deux sœurs : inséparables ! Une autre fois, une demande assez incongrue avait émergée de la part de mes proches camarades. Elles souhaitaient que je leur rédige, pour chacune d'elles, des pages et des pages d'écriture, car elles désiraient absolument avoir la même graphie que moi. Et moi, tellement heureuse que l'on s'intéresse à moi, je les leur avais préparées. C'est ridicule quand j'y repense…

Chapitre 9 - Trouver ma place

J'essayais d'être une adolescente comme une autre, la plus raisonnable possible. Comme de nombreuses jeunes filles de mon âge, je lisais la revue « Salut ! », magazine mensuel pour la jeunesse centré sur les artistes de musique pop de l'époque. J'achetais également et régulièrement le magazine OK ! Celui-ci organisait chaque année l'élection de la Miss OK ! C'était un évènement qui faisait rêver plus d'une jeune adolescente dans les années 80. Il était ouvert aux demoiselles âgées de douze à dix-huit ans, je me trouvais dans cette tranche d'âge… Devenir une « Miss OK » faisait fantasmer, car il était écrit qu'elle recevait des tas de cadeaux incroyables comme du matériel hi-fi, des vêtements, des cosmétiques, des bijoux, un voyage, de l'argent de poche de l'ordre de trente-cinq francs par jour ce qui reviendrait à convertir aujourd'hui à près de treize mille euros pour une année de règne ! La gagnante avait la chance de rencontrer des stars, d'assister à des évènements festifs, faisant la couverture du magazine accompagnée d'un artiste. Et puis surtout, elle devenait l'égérie de la rubrique mode du magazine. Tout un programme ! C'est en février 1985, à 14 ans, que je me décidais à y participer. Pour y accéder, il fallait au préalable remplir et renvoyer un bon de participation avec notre nom, prénom, âge et notre région, le tout accompagné de deux photos : un portrait et une en pied et de quatorze signatures d'ami(e)s qui considéraient que l'on méritait de devenir Miss OK ! Magazine. Ce que j'avais fait et réussi à obtenir sans problème, sans pour autant en parler à mes parents. Après un premier tri organisé par l'équipe du magazine, seulement 252 jeunes filles, soit 18 par région, accédaient à la seconde partie de l'élection, celui du vote des lecteurs. Les portraits des participantes sélectionnées étaient alors publiés en noir et blanc au sein de la revue, étalées sur plusieurs pages. Quelles ne furent pas ma surprise et ma joie de voir mon visage affiché dans les pages du magazine, avec 17 autres jeunes filles de ma région ! C'était tout simplement incroyable ce qui m'arrivait ! J'exultais de bonheur, non sans une certaine fierté ! Ils m'avaient sélectionnée, moi, celle que ma mère dénigrait du matin au soir pour un soi-disant surpoids, qui n'existait que dans sa tête… Je savourais ce plaisir ! Évidemment, tous les élèves de mon collège avaient rapidement eu vent de ce petit moment de célébrité ! Cela m'avait valu une jolie notoriété, que ce soit en récréation, en classe et même dans le village avec mes camarades ! Ils étaient tous heureux pour moi, leur réaction était réconfortante. Et puis il avait fallu que je l'apprenne à mes parents… Pour accéder à l'étape suivante dans l'élection, chaque lecteur devait voter par minitel ou via un bulletin, pour trois jeunes filles de sa région. Ma

pseudo-popularité s'était arrêtée à ce stade, car je n'avais pas pu solliciter toutes mes connaissances, que ce soit au collège ou en dehors, leur demandant de voter massivement et me permettre de passer potentiellement à l'étape suivante. Néanmoins, j'étais très heureuse d'avoir réussi ce concours jusque-là ! Je regrette encore une fois, de ne pas avoir préservé cette page du magazine avec ma photo affichée, mon nom et prénom mentionnés au-dessous. Encore un joli souvenir que j'aurais aimé partager avec mon mari et mes enfants aujourd'hui. Cela avait dû se perdre dans un des nombreux déménagements de mes parents.
En entrant au collège, comme tous les jeunes de mon âge, je découvrais également les différents styles vestimentaires associés aux divers goûts culturels et sportifs, des manières de parler et plus largement des manières d'être avec les autres. Moi qui étais habillée en petite fille modèle : chemisier blanc col Claudine sous une robe à plastron grise, chaussée de mocassins à glands gris et bordeaux, pour ne citer que cette tenue-là, je constatais avec horreur que j'étais une extraterrestre au milieu de mes camarades de collège, tous vêtus en jean, gros pull et belles baskets blanches ! J'avais perdu mes repères et mes codes par rapport à mes amies de mon village. J'étais scolarisée avec des enfants essentiellement issus d'un milieu social très aisé par rapport au mien et compte tenu du lieu de mon établissement et des villages huppés qui l'entouraient. Non pas que dans mon village les gens étaient pauvres ou mal habillés, mais je sentais bien qu'il y avait un seuil de franchi au niveau de la classe sociale dans ce collège. Il me fallait trouver ma place. J'ai toujours aimé faire le pitre, amuser la galerie, je tenais cela de mon père. Particulièrement drôle et prenant énormément de plaisir à faire rire mes cousines, mes amies, mon entourage, nous passions nos pauses interclasses secouées d'énormes fous rires, mais elles n'étaient pas en reste. Il arrivait que nous soyons très moqueuses envers d'autres élèves présents dans la cour. Nous n'étions pas toujours tendres dans nos taquineries et parfois cruelles dans nos singeries ! Je me rappelle également des fous rires d'anthologie en classe qui nous valurent des mots aux parents dans le carnet de liaison ! Je ne pouvais pas m'empêcher de faire de discrètes facéties pour faire pouffer mes camarades en classe. D'une manière ou d'une autre, j'avais un besoin viscéral de me faire aimer, en toutes circonstances, quels que soient les moyens pour y arriver et l'humour et l'autodérision étaient un excellent moyen. J'avais, comme d'autres adolescentes sûrement, deux vies : l'une insouciante au collège et l'autre plus sombre à la maison. En effet, dans le même temps, mes parents connaissaient des difficultés personnelles, professionnelles et financières importantes liées à leur perte d'emploi, ce qui les affectait énormément. Maman enchaînait les entretiens d'embauche et les formations de reconversion

proposés par l'assurance chômage, mais sans succès. Conseillés par mon grand-père, ingénieur agronome qui possédait comme mon père de nombreuses terres agricoles, c'est à ce moment-là que mes parents avaient décidé, âgés de 36 ans tous les deux, de se reconvertir dans l'agriculture. Décision un peu trop vivement encouragée et influencée par les hommes de la famille du côté paternel... C'est ainsi que mes parents avaient investi une somme colossale dans l'achat d'un domaine agricole situé à la sortie de notre village. Celui-ci s'étalait sur plusieurs hectares, agrémenté d'un bois, d'immenses vergers avec diverses variétés de pommiers, de nombreux vignobles à cépages particuliers. Papa y avait fait planter des rangs de kiwis, de tomates, de fraises et de blé. Il se diversifiait beaucoup, certainement trop. Et puis surtout, il était tout seul pour tout entretenir et cultiver, aidé seulement d'un ouvrier selon les périodes de traitement. C'était un travail éreintant physiquement, mon père y travaillait plus de dix heures par jour, sept jours sur sept, sans jamais prendre de vacances ou de repos mérité. La situation était anxiogène, car les revenus tirés de cette exploitation n'étaient pas à la hauteur de ceux escomptés, ni de leurs investissements physiques et financiers. Maman venait lui prêter main forte dès qu'elle le pouvait, mais Javotte était en bas âge, ses temps de sieste limitaient son assistance auprès de papa. Je m'étais vite retrouvée comme nounou de ma petite sœur ! Et puis, très tôt et sans me laisser le choix, j'avais dû travailler au domaine durant chaque période estivale, bénévolement évidemment, pour apporter mon aide. Ma sœur étant plus que difficile, personne ne souhaitait la garder, pas même mamie Lily. Alors mes parents laissaient Javotte, âgée à peine de quatre ou cinq ans, jouer seule dans le bois ou non loin de nous, dans les rangées de vignes. Pour la situer et se rassurer, papa ou maman l'appelait régulièrement et fortement et elle leur répondait par un lointain :

— *Je suis là !*

Papi Alphonse était à la retraite et aimait beaucoup travailler au contact de la terre. De temps en temps, il prêtait main forte à mon père. Et puis, il faut reconnaitre aussi que cela libérait papi du joug de mamie Lily, qui était infernale avec lui ! Ils étaient comme chien et chat, ces deux-là, quand ils étaient sous le même toit ! Je voyais mon père se tuer à la tâche, sans compter qu'il enchaînait les catastrophes climatiques et les pertes financières les unes après les autres, années après années. J'entendais mes parents discuter sans cesse d'argent, mon père faire des calculs abracadabrantesques et des projections qui n'arrivaient jamais. Ils recherchaient des solutions qui finissaient toujours par un coup de pouce financier de la part de mes grands-parents. Sans mes grands-parents, je ne sais pas comment ils s'en seraient sortis financièrement. Mais maman était également celle qui trouvait sans cesse LA solution, très impliquée dans les démarches administratives et rapidement dans celles du surendettement. Les compétences de mon père en gestion et marketing, prétendues acquises lors de sa formation de reconversion en 1982, n'étaient pas franchement flagrantes ! Cela ne se reflétait pas dans les choix qu'il pouvait faire pour gérer cet immense domaine. Chaque décision prise était systématiquement la mauvaise... Je me rappelle lui avoir demandé maintes fois, inquiète pour eux, de revendre et de retrouver une vie que j'estimais « normale » pour leur âge. Malheureusement, la même réponse m'était faite : ils ne voulaient pas se séparer de leur gagne-pain. Sauf que justement « le pain », mes parents n'en gagnaient pas et les dettes s'accumulaient... Au collège, au milieu de mes amies dont les parents avaient des revenus aisés, j'avais honte de dire que mes parents n'avaient pas ou plus suffisamment d'argent pour les futilités que l'on me proposait de faire, comme d'aller au cinéma, une sortie pourtant quelconque. J'étais encore moins capable d'avouer qu'ils étaient devenus agriculteurs, effrayée par un éventuel jugement moqueur de mes pairs. Il n'y avait autour de moi que des enfants de directeurs de tel ou tel service de grosses entreprises nationales ou internationales. Je ne pouvais pas me résoudre à dire la vérité quand ils me parlaient de leurs parents. Alors, j'avais décidé que mon père était « *chef d'entreprise* », je trouvais que cela claquait mieux et puis il y avait une part de vérité dans cet intitulé de poste, il était bien chef de son domaine agricole. Pour ma mère, j'en étais restée au poste administratif de secrétaire commerciale qu'elle avait longtemps occupée dans une entreprise, sans mentionner qu'elle était depuis au chômage. Malgré les grandes difficultés financières qu'ils connaissaient, nos parents faisaient tout ce qu'ils pouvaient pour que nous ne manquions de rien. Je me rappelle des noëls avec des cadeaux faits de toutes petites attentions. Nous ne nous en plaignions pas. Lors de nos repas de famille maintenus avec nos oncles et tantes, mes parents continuaient à gâter, autant que possible, tout le monde, quels que soient leurs ennuis, sans léser mes cousins et cousines. Ils étaient admirables sur ce sujet. J'avais tellement de peine pour eux... Maman s'était mise à la couture, à mon grand désespoir ! Je me souviens d'un jogging qu'elle m'avait confectionné, totalement difforme, dont le tissu était horriblement laid, disons-le ! Lorsque nous avions nos séances d'EPS, rien qu'à l'idée de devoir le porter devant mes camarades, cela me donnait clairement envie de pleurer ! Il m'était vraiment pénible d'être si différente au collège. Les pratiques corporelles et vestimentaires occupent une place primordiale dans la construction de l'identité sociale en entrant dans l'adolescence. Dans un souci d'intégration, elles témoignent de l'adhésion à des normes collectives et moi en portant ce genre de vê-

tement inadapté, pour ne citer que lui, je n'étais précisément pas dans les standards de mode au collège ! C'était à travers leur apparence que mes camarades collégiens exprimaient leurs goûts, leur culture, communiquant ainsi des informations sur leurs caractéristiques sociales et personnelles. Par conséquent, pour moi, quand je portais ce jogging même confectionné avec amour par maman, j'étais totalement en dehors des codes vestimentaires acceptés. C'était une véritable souffrance, car je renvoyais, sans pour autant le verbaliser, les difficultés financières monstrueuses vécues par mes parents. Ainsi, pour ce qui était du domaine de mon apparence, je savais que j'étais sanctionnée par mes pairs à chaque séance de sport et largement moquée ouvertement. Pour autant, je ne m'en plaignais pas à mes parents, connaissant la situation à la maison. J'encaissais en silence. Je ne souhaitais pas, encore une fois, déroger à la sagesse que l'on attendait de moi, ni faire de la peine à ma mère. De toute façon, il était hors de question qu'elle m'en achète un conforme à celui que mes camarades portaient. Cela n'avait aucun sens pour mes parents d'acheter des marques. Un jogging restait un jogging et, dans le fond, c'était vrai.
Durant cette période, ils avaient tout subi : de la catastrophe naturelle avec le grand froid en 1987 qui avait gelé la totalité de leur récolte de blé, aux produits de traitement vendus ou utilisés par erreur par mon père qui avaient brûlé la totalité de la récolte des vendanges, en passant par les machines de ramassage de tomates jamais disponibles quand il le fallait pour finalement laisser pourrir les fruits au sol. Et j'en passe… Les dettes s'accumulaient à vitesse grand V, mais mes parents ne lâchaient rien. Ils continuaient à maintenir leur choix professionnel, surtout mon père, au lieu de prendre du recul, de se poser et de réfléchir. Ils avaient vendu puis refait construire, et revendu nos maisons, toutes plus belles et grandes les unes après les autres, construites sur des terres agricoles de grande superficie dans le village. Ils étaient la risée de la plupart des habitants, mais ils en avaient que faire. Mes parents passaient leur vie à faire construire des maisons toutes plus somptueuses les unes des autres, étant pour eux leur signe extérieur de richesse, qu'ils n'avaient pas… Ils étaient consternants de reproduire inlassablement le même schéma, sans en retirer la moindre leçon… Il fallait toujours qu'ils aient la plus grande et plus belle maison du village. Nous passions notre temps avec ma petite sœur à être trimbalées d'une maison à l'autre, sans compter les installations provisoires dans des locations, toujours dans notre village, pour attendre la fin des travaux. Du haut de mes quatorze ou quinze ans, je restais persuadée qu'il était préférable de se débarrasser définitivement de ce domaine agricole plutôt que de vendre à chaque fois notre nouvelle maison. Nous étions trop souvent à déménager, cela en devenait

déstabilisant pour Javotte et moi. Je me rappelle des nuits d'été où mes parents se levaient un peu avant deux heures du matin, nous laissant toutes les deux seules à la maison, pour aller changer de place, les asperseurs dans les allées immenses des pommiers éclairées seulement par les phares de voiture. Ils revenaient se coucher une heure après, mais généralement plus tard encore, soit parce qu'ils avaient rencontré des difficultés sur place pour déplacer ces énormes matériels, soit parce qu'il y avait une fuite. Il y avait systématiquement une complication, mon père étant incapable d'organisation ou d'anticipation de quoi que ce soit. Je gardais de plus en plus ma petite sœur, ne pouvant la laisser seule, pendant que ma mère accompagnait mon père au domaine. Et puis un jour, alors que mon père était au bout de ce qu'il pouvait supporter physiquement et psychiquement, maman m'avait révélé que celui-ci avait voulu se suicider avec son fusil de chasse « *pour nous libérer toutes les trois de ses dettes* ». C'était une confidence inaudible pour une jeune fille de mon âge. Pourquoi ne me préservait-elle pas de tout cela ? Pourquoi m'envoyait-elle à la figure cette information comme s'il s'agissait de la météo du jour ? Je ne voyais pas la nécessité de la partager avec moi, leur fille. Que pouvais-je faire de plus que je ne faisais déjà à mon niveau ? Je travaillais avec eux sur mes temps de vacances, j'étais très bonne élève, je faisais le ménage à la maison, car ce n'était pas le point fort de ma mère, je gardais ma sœur nuit et jour, je me faisais petite et m'occupais de Javotte durant leur sieste pour qu'ils puissent récupérer de leur fatigue et qu'ils soient tous les deux soulagés sur ce côté-là…

Malgré tout et heureusement pour nous, ma mère était le roc sur lequel mon père pouvait se reposer. Elle se démenait comme un diable pour trouver des solutions pérennes, pour rencontrer des organismes et des banques pour y argumenter leur situation, discuter des possibilités et monter des dossiers d'aides. Il avait fallu attendre près d'une quinzaine d'années de lourds labeurs, d'épuisements et de pertes financières monstrueuses, pour qu'ils se décident enfin à se débarrasser de leur outil de travail toujours pas rentable. Ils avaient perdu plus du double de l'argent investi pour l'achat de ce domaine maudit. Heureusement, grâce aux dossiers constitués par maman, leur insolvabilité avait pu être reconnue. Ils ne s'en sortaient pas si mal…

Ces quatre années passées au collège avaient été égrainées de moments heureux, liés à l'insouciance de l'âge, en opposition avec d'autres beaucoup plus pesants à la maison, en rapport avec ce que mes parents vivaient et les conséquences que cela avait sur nos relations. Je n'avais déjà pas pu être une enfant et de la même façon, ils ne m'avaient pas laissé être une jeune adolescente lambda. Cela avait fini par se ressentir sur ma scolarité. À partir de la classe de quatrième, mes résultats avaient commencé à baisser fortement. Dans un premier temps, mes moyennes s'étaient effondrées en mathématiques et en physique, puis en langues pour finalement atteindre des notes minables dans toutes les matières en classe de troisième. J'avais baissé les bras... L'âge aidant, mes élans de rébellion, non pas dans ma famille, mais en classe, et tout particulièrement celles de latin et d'histoire-géographie, m'avaient valu des heures de colle pour mon insolence envers les deux professeurs de ces matières. Clairement, je ne voulais plus poursuivre de longues études : je souhaitais m'arrêter après la troisième pour faire un BEP commerce ! Pourquoi cette idée ? Je n'en sais rien. Je n'envisageais plus de poursuite au lycée. Familialement, je me sentais terriblement seule et peu considérée. Mes parents étaient distants, ayant de lourdes préoccupations dont je ne faisais pas partie, pas plus que ma petite sœur. Accaparés par leur vie personnelle, leur énième déménagement, leur nouvelle construction et leurs problèmes divers et variés, ils exigeaient que je sois suffisamment indépendante, débrouillarde et responsable pour faire le ménage à la maison, m'occuper de ma sœur, se déchargeant ainsi de leur responsabilité de parents sur moi. Nos relations se dégradaient progressivement, me rendant responsable de tout, injustement. L'air à la maison devenait irrespirable. De fortes frictions s'étaient installées entre ma mère et moi. Enfin, non, je dirai plutôt de ma mère envers moi. Je restais droite dans ma loyauté de fille et je ne disais rien. Juste j'encaissais... Je n'avais même pas fait de crise d'adolescente, ils ne m'en avaient pas laissé le temps.

Si la fibre maternelle n'est pas innée et si les conflits mère-fille ne sont pas toujours inévitables, la « mère parfaite » pas plus que la « fille parfaite » n'existe pas. J'avais au moins cette conscience-là. Je constatais douloureusement que nous n'avions pas de lien solide « mère-fille », elle ne l'avait pas construit. Au fond de moi, je pensais que la norme pour créer un lien maternel « normal » était qu'il soit fait d'ententes et de mésententes, de fâcheries et de réconciliations. Mais entre nous deux, le mal était plus profond que cela, il n'y avait pas d'alternance, ce n'était que du négatif. Et puis mon père s'y était mis, comme s'ils s'étaient réveillés un matin en se disant qu'ils allaient unir leur force contre moi. Pourquoi ? Je n'en savais rien. Je subissais. J'étais leur bouc émissaire, il y avait beaucoup de colère en eux. La situation me faisait beaucoup souffrir. Je les aimais, mais je n'arrivais pas à trouver ma place dans tout ce capharnaüm familial. Je n'avais de répit ni d'un côté, ni de l'autre et je n'en comprenais pas les raisons. Je suppose que la plupart du temps, il n'y a qu'un des deux parents qui dysfonctionne quand il y a de fortes tensions. Et l'autre parent tempère, apaise ou intervient quand il y a un débordement excessif du premier. Mais je n'avais

pas cette configuration à la maison ! C'étaient les deux qui étaient contre moi, sans cesse. Heureusement, le soir, je pouvais m'enfermer dans ma bulle pour noircir au crayon de papier des pages et des pages de mon journal intime, me confiant à lui pour essayer de trouver une aide, une explication, de la paix. Tout en m'apportant du plaisir, écrire m'aidait beaucoup moralement.
Je ressentais un sentiment d'injustice douloureux face aux remarques désobligeantes et inappropriées de la part de ma mère, puis de mon père. Ils déversaient sur moi leur colère, sûrement pour se soulager de quelque chose, mais qui apparaissait sans fondement à mon égard. Je subissais les moqueries de la part de ma mère sur mon apparence physique, comme pour mon supposé « surpoids », alors que je n'étais qu'une frêle jeune fille. Le pire dans tout cela, c'est que leur attitude envers moi n'était un secret pour personne. Mes amies l'avaient remarqué et la famille aussi. J'avais beau retourner mille fois les mots blessants de ma mère dans ma tête, jamais un parent bienveillant ne faisait une remarque méchante sur le physique de son enfant, JAMAIS. Je percevais de la jalousie de sa part à mon encontre, mais pourquoi ? Je me pensais fautive ou coupable de quelque chose, mais sans savoir de quoi. Je me demandais si j'avais fait quelque chose de mal, sans pour autant trouver une raison valable à tout ça. Je sentais bien que quelque chose n'allait pas du tout dans notre relation de façon très marquée. Je voyais bien que c'était anormal par rapport à mes copines dans leur famille. Toutes mes amies savaient, parce qu'elles en étaient témoins à de nombreuses occasions. Elles savaient qu'il y avait Élodie avec un masque de joyeux trublion en public, qui ne laissait rien transparaitre, et puis Élodie à la maison qui encaissait tout. Il arrivait que je reçoive une gifle, une chaussure lancée en ma direction suite à un comportement inapproprié de ma petite sœur dont on me rendait coupable, un coup de fourchette planté dans la main pour avoir recraché à table une purée bouillante, des petits incidents, qui mis bout à bout, devenaient insupportables. J'étais constamment la fautive de tout. Parfois, c'étaient mes cheveux tirés sous un coup de colère suite à une mauvaise réponse quand j'avais le malheur de faire mes devoirs avec ma mère et que cela n'avançait pas comme elle le voulait. Une autre fois, un coup de ceinture côté ceinturon métallique pour être allée jouer directement chez une camarade de classe dans mon village, sans en prévenir au préalable ma mère, alors que c'était mamie Lily qui me gardait et qui m'avait autorisée. Les sanctions étaient toujours disproportionnées par rapport à l'incident, quand il y en avait un. Je souffrais de la situation, mais ce n'est pas pour autant que je me définissais comme une enfant malheureuse. C'était leur façon de procéder avec moi, c'est tout. Avec le temps, s'était rajoutée une violence verbale qui se traduisait au début par des critiques, des humilia-

tions ou des commentaires dégradants. Par des réflexions insidieuses, passives-agressives sur mon apparence, critiquant par exemple mes choix vestimentaires pourtant sobres, leur comportement détruisait petit à petit le peu d'estime que j'avais de moi. Je me disais que si au moins, j'étais une fille de mauvaise conduite, une mauvaise élève, une rebelle ou je ne sais quoi encore, alors peut-être que tout ceci aurait été justifié et que j'aurai compris. Mais au contraire, je n'étais rien de tout cela. Je subissais sans me rebiffer. Moi, je voulais qu'ils m'aiment. Alors, je ne disais rien... Se pensant dans leur bon droit, ma mère comme mon père ne respectait pas mon intimité. Intrusive, elle avait lu sans aucun scrupule une partie de mon journal intime pour le commenter vertement ensuite. Ils ouvraient et lisaient mon courrier personnel se permettant ensuite d'en plaisanter ou de s'en moquer lors d'assemblées familiales. Mais ce n'était pas tout. J'étais régulièrement la cible d'insultes salaces de leur part, à partir du moment où j'avais commencé à vivre des petites romances qui se résumaient pourtant qu'à de simples flirts, des petits baisers échangés et rien de sexuel. Leurs phrases odieuses et leurs mots injurieux me marquaient au fer rouge, me salissant intérieurement. Meurtrie et plongée dans la plus totale incompréhension vis-à-vis de leur agissement, je consignais le soir dans mon journal intime mes pensées, ne sachant pas à qui les confier. Écrire était un bon moyen d'évacuer le trop-plein de mes émotions, d'extérioriser mes sentiments, de mettre des mots sur ma détresse et mes questionnements. Il me semblait important que les pages écrites dans mes journaux intimes restent, pour plus tard, comme un témoignage une fois que je serais adulte. Je ne voulais pas oublier les petites et grandes choses de ma vie, bonnes ou mauvaises. Pourquoi me faisaient-ils cela ? Qu'avais-je fait pour mériter tout cela ? Je passais brutalement d'invisible, à la cristallisation de leur colère permanente sur moi, sans en comprendre la raison. Ils étaient injustes dans leurs accusations me prêtant des sentiments que je n'avais pas. Ils avaient des interprétations de mes faits et gestes totalement erronées et hallucinantes ! Quel sentiment d'injustice...

Pourtant, malgré nos relations extrêmement conflictuelles, cela ne m'empêchait pas d'avoir de l'amour pour eux. Mais cela, ils ne le voyaient pas. Plus ils étaient odieux envers moi et plus je faisais tout ce que je pouvais pour me faire aimer en retour. Cette quête d'amour maternel ne me quittait pas, jamais. Je ne voulais surtout pas lui déplaire, ni la contrarier. Chaque volonté de ma mère était un décret, une prescription ! Quoi que je fasse, cela ne suffisait jamais. Mon désir de câlins et de tendresse, mon obéissance, mes bonnes notes, l'entretien de la maison, la garderie de ma sœur... Tout ce que je faisais en m'efforçant de me faire aimer, ne servait strictement à rien. Pire, sans m'en

rendre compte, je délaissais mes propres désirs pour essayer de satisfaire ceux de ma mère. Il m'arrivait d'avoir des pensées négatives très sombres, imaginant des scénarios plus tragiques les uns des autres sur mon avenir d'adulte. Parfois, je me persuadais que je n'aurais jamais d'enfants, me pensant stérile. D'autres fois, je me représentais la peur chevillait au corps, avoir un cancer, une autre fois être victime d'un accident grave… Les soirs, j'imaginais, je visualisais, je scénarisais tout en ruminant et sans le maîtriser évidemment, les pires évènements funestes, tristes et horribles qui pourraient m'arriver. Tout cela dans un seul but. Je me demandais alors quelles seraient leurs réactions face à ces situations hypothétiques, élaborées mentalement. Serais-je ainsi remarquée et appréciée davantage si je vivais quelque chose de grave ?...
Baignée quotidiennement dans cette ambiance pesante pour la jeune fille que je devenais, à la fin de mes années de collège, quand il fut question de me faire redoubler ma classe de troisième parce que j'avais tout lâché, je fus alors vraiment inspirée ! Il m'était inconcevable d'envisager le départ de tous mes camarades vers le lycée et de faire une année bis repetita toute seule dans ce collège. Je savais que j'étais capable de me reprendre et de me relever. Alors, j'avais demandé à mes parents de négocier mon passage en seconde au lycée, en insistant auprès des professeurs lors du conseil final sur le fait que je voulais qu'ils m'inscrivent en pension dans un internat de filles, situé au centre-ville de Montpellier. Ma cousine Sophie y avait été scolarisée, mais en tant qu'externe. Elle en avait fait l'éloge à la famille. Cela ne pouvait pas être pire pour moi. C'est ainsi que nous avions connu ce lycée et sa réputation d'établissement sévère. Ma proposition convenait à mes parents, mais aussi à mes professeurs. Le deal m'avait été accordé : le conseil de professeurs autorisait mon passage en classe de seconde au lycée, sous condition d'aller au pensionnat. Ma place était là-bas, j'en étais sûre. J'allais refaire surface et me remettre sur le bon chemin scolaire. Il le fallait. Je m'étais simplement égarée. Je me sentais heureuse et surtout libérée, sans imaginer une seule seconde du grand changement qui s'opérait à l'aube de mes quinze ans…

Chapitre 10 – Rencontre éphémère avec le Grand Amour

Nous étions en juillet 1985 et alors que je me rendais pour la première fois à la piscine municipale d'un bourg voisin, accompagnée de ma meilleure amie Sandra, quelle magnifique rencontre nous y attendait… L'une comme l'autre, nous avions remarqué la présence d'un garçon terriblement beau, vêtu d'un sobre maillot noir. Avec ses cheveux mouillés, dégradés, mi-longs et ses yeux d'un bleu turquoise époustouflant, ourlés de cils noirs épais, Apollon faisait pâle figure à côté de lui !! Nous n'arrêtions pas de le regarder discrètement, enfin le pensions-nous ! J'étais subjuguée par sa beauté. De son côté, il nous jetait des regards furtifs. Sandra et moi, nous nous chamaillions gentiment pour savoir laquelle des deux il regardait vraiment ! Sandra le connaissait de nom et de renom ! Il habitait un village proche du nôtre et il était surnommé « le canon *de St-Cour* ». Ce petit nom lui allait à ravir ! Il me paraissait plus âgé de quelques années. Sandra pensait qu'il avait entre 18 et 19 ans. Nous avions passé cet après-midi-là à le contempler béatement pendant nos baignades ou depuis le bord de la piscine. Lui n'avait pas arrêté d'exhiber ses muscles et tous les différents plongeons, nages ou autres exploits aquatiques dont il était capable, accompagné de ses amis. Une véritable parade nuptiale ! Grâce à Sandra, je connaissais son prénom « Joseph » et son village « Saint-Cour » : c'était un excellent début... Nous n'avions pas osé l'aborder. Dépitées, nous avions quitté plus tôt que prévu la piscine ; la mère de mon amie nous attendait sur le parking pour nous ramener dans notre village. À partir de ce jour-là, comme par un heureux hasard, il nous arrivait de nous croiser, Joseph et moi, comme à l'occasion des fêtes votives dans les villages alentours, mais sans pour autant oser nous parler. Nous ne faisions qu'échanger des regards appuyés bien que timides.

C'est en faisant cette rétrospective de ma vie et ce travail d'écriture que j'ai retrouvé tous mes journaux intimes tenus de 1982 à 1989. Ils étaient précieusement rangés dans une jolie boite à biscuits métallique dans les combles de ma maison. Je ne sais comment, mais je les avais préservés des nombreux cartons de déménagement de mes parents. Tous mes cahiers m'attendaient patiemment depuis tout ce temps, comme je l'avais souhaité adolescente... À la lecture de certains passages et sur de nombreuses pages, les souvenirs refaisaient surface violemment. Je les avais gardés pour en faire un témoignage… C'est ainsi que j'ai relu, non sans une grande émotion et près de trente-six ans après, ce que j'avais écrit concernant la première « vraie » rencontre avec Joseph. Je vous partage ce moment :

« Dimanche 20 octobre 1985 :

Hier soir, samedi, au bal à la salle polyvalente du village, il y avait Joseph, le fameux « canon de Saint-Cour » ! Il n'arrêtait pas de me regarder... Au son d'une musique endiablée, mon copain Philippe et moi, nous nous tenions par les épaules et nous nous amusions en dansant. Joseph est arrivé et a posé ses mains à ma taille, l'air de rien. Nous avons sauté tous ensemble en rythme, avec d'autres jeunes qui se sont joints à nous.

Puis je regardais Joseph : il parlait avec son ami Emmanuel qui est de mon village. C'est alors que Joseph est venu vers moi. Intimidée, j'ai tourné brusquement la tête. Il a fait demi-tour. Il s'est assis par terre dans un coin de la salle avec ses amis et il me fixait. Je faisais pareil. Dans les paroles de la musique que diffusait le DJ, il se disait : « and when I saw you ... » Joseph chantait ces mêmes mots, tout en me regardant droit dans les yeux.

Plus tard dans la soirée, alors que je dansais un rock avec le papa de mon amie Sandra, et ce, juste devant Joseph, je le voyais parler avec entrain avec son ami et me lancer des regards dans le même temps. Puis est arrivé le premier slow : mon copain Benoit m'a invitée... Je me suis retournée vers Joseph et j'ai vu qu'il s'était levé et me cherchait du regard. Quand il m'a vu danser avec mon ami, il a fait un geste de la main en signe de déception et est allé se rasseoir. J'ai alors pensé qu'il voulait sûrement m'inviter. Alors à la fin de ce slow, pour en avoir le cœur net, je me suis isolée dans un coin pour voir s'il venait vers moi. Je n'ai pas eu le temps de parler avec ma meilleure amie Caroline, que j'ai senti une main se poser sur mon épaule. Je me suis retournée et... nez à nez avec Joseph !! Il m'a demandé :

— Tu danses ?

Je lui ai répondu timidement :

— Oui, bien sûr.

Dès le début du slow, il m'a serré dans ses bras. Cela ne faisait même pas une minute que nous dansions qu'il tournait la tête et se penchait doucement vers mon visage pour m'embrasser. Nous avons dansé, enlacés durant trois slows successifs, puis nous sommes allés nous asseoir. Il voulait m'expliquer quelque chose. Il semblait vouloir se justifier.

Alors, il s'est excusé, car il avait la tête qui tournait un peu, parce qu'il avait bu du champagne pour fêter l'anniversaire de son ami. Nous nous sommes présentés, l'un à l'autre. Après un long moment d'échange, Joseph m'a donné sa chaîne en argent pour que je la porte et m'a présenté à ses copains sans plus attendre ! Il souhaitait que l'on se voie le lendemain (donc aujourd'hui !!!) et qu'il viendrait me voir. Je lui ai demandé s'il se souviendrait de moi ? Je lui ai dit mon âge et lui le sien : 18 ans. Tout à coup, il me regarde et me demande :

— Tu ne le regrettes pas au moins ?

Je lui ai répondu :

— Noooooooooon !

Puis il m'a dit qu'il sortait de la salle un peu pour prendre l'air et que je danse en l'attendant. Ma mère qui avait observé de loin la scène, est venue me voir pour me dire que je rentrais me coucher immédiatement. J'ai alors cherché Joseph partout pour le prévenir, mais ne le trouvant pas, j'ai dit à mon amie Sandra qu'elle m'excuse auprès de lui.

Ce matin, Sandra m'a confirmé qu'il m'avait cherché lui aussi et qu'il avait fait plusieurs fois la navette entre le dehors et l'intérieur de la salle. Elle n'a pas pu lui transmettre mon message. Et ce soir, il n'est pas venu à la salle polyvalente... J'ai les boules ! J'espère qu'il se rappellera de moi. Je dois attendre samedi prochain pour lui téléphoner, car il fait ses études à Nîmes.

Ah et il m'a aussi raconté qu'il m'avait remarqué à la piscine cet été et aux fêtes des alentours. Il m'a expliqué qu'il était d'habitude timide et réservé et qu'il aurait préféré me connaître dans de meilleures circonstances pour lui.

Je l'aime... Élodie »

Cette première rencontre, j'aurais pu vous l'écrire et la décrire aujourd'hui encore avec autant de détails, sans mon journal intime de l'époque sous les yeux. Cet instant magique est resté intact dans mon esprit... Malheureusement, cette petite romance n'avait duré que quelques mois. Joseph ne venait jamais me voir alors que nos deux villages n'étaient distants que de quelques kilomètres. Il prétextait soit une maladie, soit être en préparation de son permis de conduire, soit devoir réviser ses cours. Nos rencontres devaient se reporter d'un week-end à l'autre. De mon côté, je n'avais le droit de rien faire. Son copain Rémi était ami de Sandra. Ainsi, elle avait discuté avec lui, comme le font toutes les amies ! Il lui avait confié que Joseph m'avait effectivement remarquée à la piscine cet été, qu'il trouvait mon prénom bizarre et qu'il ne s'en souvenait pas une semaine après ! Charmant comme information... Bien que nous ne nous voyions pas, je maintenais notre lien en lui téléphonant de temps en temps. Rarement depuis ma maison, cela était impossible avec la présence de mes parents et l'absence totale d'intimité que je pouvais avoir. Aussi, quand je le pouvais, je l'appelais depuis la cabine téléphonique du village pendant plus d'une heure parfois. Parler avec lui était une évidence, une bulle de sérénité. Il voulait qu'on puisse se voir à Montpellier, il avait envie d'aller au cinéma avec moi et de partager du temps juste lui et moi, mais que ce n'était jamais possible, en tout cas pas seuls. Par conséquent, Sandra était de toutes les sorties pour me permettre de voir Joseph. J'étais encore une jeune adolescente, le nombre de mes sorties autorisées était proche du néant. Nous avions quatre ans et demi de différence. Fin novembre, après de longues semaines sans nous voir, nous avions décidé avec Sandra de lui faire une surprise et de nous rendre à pied depuis notre village au sien, soit un peu plus de quatre kilomètres. Ah, pour être surpris, il l'avait été ! Mais je sentais que cela n'était pas dans le bon sens du terme ! Il était bien tranquille avec tous ses amis au domicile de ses parents, à jouer de la musique et à bavarder oisivement. Le malaise entre nous avait été immédiat et la gêne insupportable pour moi. À peine avait-il pris le temps de me parler. Ma présence dérangeait visiblement. Au bout d'une heure, il m'avait demandé de lui rendre sa chaine en argent, prétextant une hypothétique réparation ! Je comprenais que nous allions en rester là ! Le message était clair… Aussi, en partant de chez lui, je laissais à son ami Rémi le bijou que Joseph m'avait offert lors de ce fameux vidéo show de fin octobre. Quelques semaines après, sans nouvelle de sa part et prenant mon courage à deux mains, je me décidais à l'appeler pour lui signifier que notre histoire s'arrêtait officiellement puisqu'il n'y avait aucune relation ou communication entre nous. Il n'avait pas commenté ma décision et nous avions raccroché. La mort dans l'âme, je m'étais mise à pleurer toutes les larmes de mon corps, ressentant une immense perte. Cela pouvait paraître disproportionné comme réaction et pourtant, je le vivais ainsi. Ma mère, évidemment présente dans la maison à ce moment-là et pour une fois dans l'empathie, m'avait lâché alors un :

— *Si c'est le bon, vous vous retrouverez...*

Elle ne croyait pas si bien dire…

J'aurais tellement souhaité avoir une relation mère-fille basée sur la chaleur affective, sur son soutien indéfectible et sur une confiance mutuelle. J'aurais voulu pouvoir me confier à elle sans angoisse, avoir une forte complicité qui nous aurait permis de discuter des choses de la vie sans jugement comme de la peine ressentie après une rupture vécue à l'adolescence. Mais je ne la sentais pas ouverte à tout cela. De toute façon, elle n'était pas disponible pour quoi que ce soit me concernant. Mon seul confident était, année après année, mon journal intime. Je m'épanchais librement et en toute sincérité dans les pages de mes cahiers, même si je savais que je pouvais me confier sans retenue auprès de mes meilleures amies Valériane, Caroline ou Sandra. Lorsque je demandais une aide pour un travail d'école, c'était la même chose : je dérangeais et ce n'était jamais le bon moment. Et les rares fois où nous nous y mettions ensemble, cela finissait par des cris, de l'énervement de sa part, des pages arrachées, mes cheveux tirés et pour finir par des pleurs. Maman m'avait néanmoins appris à présenter correctement et proprement tous mes cahiers avec de belles couleurs, tout n'était pas négatif...

Heureusement, ma tante Solange savait prêter une oreille attentive à mes maux de jeune fille. C'était un peu la tatie rebelle, la tatie femme-enfant, l'espiègle de la famille. Elle savait être à l'écoute, se montrait très drôle, toujours gaie, pleine de bienveillance et de bonté et par-dessus tout, elle n'était jamais dans le jugement. Nous avions déjà une complicité éclatante. Je m'entendais très bien avec mon cousin avec qui nous avions quelques mois d'écart.

Cette courte relation amoureuse avec Joseph m'avait meurtri et m'avait inspiré plusieurs poèmes dont celui-ci :

Mon cœur pleure

Est-ce que tu m'as quittée ?
Est-ce que tu m'as abandonnée ?
Le silence pour toi
Et la souffrance pour moi
Mais que fais-tu ?
Pourquoi ce week-end, je ne t'ai pas revu ?
Est-ce déjà la fin ?
Je n'ai pas besoin de pleurer
Pour te prouver mon amour
Mais toi, tu as besoin de m'aimer
Pour me garder pour toujours.
Surtout, ne t'en va pas,
J'ai tant besoin de toi
J'ai attendu ton coup de fil
On dit toujours « Amour difficile,
Solution pas facile »
Notre amour tient à un fil,
Écoute je t'aime
Ne me fais pas de la peine
Je ne sais plus où l'on en est
Est-ce que tu m'as oubliée ?
Téléphone-moi
J'ai besoin de toi
Parle-moi

J'ai besoin d'entendre ta voix
Je t'aime
Et toi, est-ce de même ?
Mon cœur pleure
Dis-le-moi, il est encore l'heure. »

Ma dernière année de collège s'était écoulée ainsi jusqu'à la fin de l'été 1986. Quelques jours avant ma rentrée en internat, avec mes amies, nous nous étions rendues à la fête des vendanges de notre village, qui avait lieu début septembre, afin de profiter des derniers beaux jours de l'été et de ma liberté ! Contrairement à l'année précédente, celle-ci se tenait en extérieur à l'ancienne gare de notre commune. Il y était servi un grand apéritif, de la musique était diffusée et des jeux taurins assuraient l'animation. Une foule dense issue des villages environnants se pressait près des bars installés provisoirement pour l'occasion. Quelle ne fut pas ma joie d'apercevoir au loin Joseph accompagné de ses copains, sans oublier leur grande finesse ! Après un temps d'observation mutuelle et de commentaires formulés de part et d'autre par nos amis respectifs du style « *il te fixe* » ou « *attention, elle te regarde* », nous avions fini par nous rapprocher l'un de l'autre afin de nous parler directement. Nous avions échangé des banalités avant de lui annoncer mon entrée en pension au lycée d'ici quelques jours. Contre toute attente, il m'avait spontanément proposé de le rappeler une fois ma rentrée faite. Il était toujours étudiant à Nîmes et logeait dans un studio loué par ses parents. Ces derniers vivaient à l'étranger pour des raisons professionnelles de son père. Je gardais ainsi dans un coin de ma tête cette gentille invitation à le rappeler…

Chapitre 11 – Rudesse du pensionnat

Avant mon entrée au lycée, nous avions déménagé encore une fois avec mes parents et ma petite sœur. La maison qu'ils avaient louée dans le village était charmante, mais petite, agrémentée d'un joli jardinet arboré. La villa n'avait qu'une seule chambre, or, nous étions quatre… Évidemment, la seule chambre disponible avait été attribuée à Javotte alors âgée de quatre ou cinq ans. Mes parents s'étaient aménagé un coin nuit dans un renfoncement du salon perpendiculaire à la salle à manger. Et pour moi, ils avaient agencé quelques meubles (lit, bureau et armoires) dans le garage de la maisonnette pour m'en faire une chambre. La pièce étant ce qu'elle était, il n'y avait ni isolation thermique, ni fenêtre, ni chauffage… J'étais installée de façon spartiate sans pour autant m'en plaindre. De toute manière, visiblement, je n'avais pas d'autre choix. Il fallait descendre quelques marches depuis la cuisine pour y accéder par une porte. Mes parents en avaient fait aussi une buanderie avec la machine à laver et d'autres appareils laissés au sol. Quelques cartons et meubles entreposés finissaient de décorer l'espace ! Un radiateur d'appoint avait été branché à titre provisoire pour les périodes froides à venir. Je supposais que mes parents se disaient que je n'avais pas besoin d'un espace convivial puisque je me destinais à rentrer en pension et que je ne serais présente à la maison que les week-ends et les vacances scolaires. Comme cet espace était froid et humide, pour ne pas rafraichir le reste de la maison, il fallait laisser fermer la porte communicante pour éviter la déperdition thermique. Cet espace confiné et clos devenait mon lieu de vie en attendant la construction d'une nouvelle villa pour mes parents. Avec le recul aujourd'hui que je suis maman et pour en avoir parlé avec mon mari, jamais, ô grand jamais, je n'aurai osé installer un de nos enfants dans une telle pièce. Je m'y serais mise en tant que parents responsables, assumant mes choix et mes situations. Et j'aurais laissé, sans aucune hésitation, l'espace nuit aménagé au chaud dans le salon, à mon autre enfant. J'aurais pu aussi partager l'unique chambre avec ma sœur… Tout était dit dans le choix qu'ils avaient fait… Heureusement, mon départ en internat approchait. Mon installation au lycée avait été pénible. Il était anciennement religieux et avait gardé des règles très strictes de fonctionnement, que nous pouvions même qualifier de militaires ! Toutes n'étant pas forcément en rapport avec la religion d'ailleurs.

Dans les bonnes nouvelles, j'étais heureuse de retrouver deux copines du collège, Blanche et Sabrina, elles aussi pensionnaires. Plus tard dans l'année, une de mes cousines, Elisa y était admise, ce qui avait rendu ce changement de vie et mon départ de la maison bien plus agréable et supportable. Parmi les règles de fonctionnement du pensionnat, il y avait celles concernant les horaires pour aller aux toilettes qui malheureusement ne coïncidaient jamais avec mes envies. Nos chambres individuelles étaient exiguës. Par chance, la mienne donnait sur le parc intérieur. Celui-ci était absolument magnifique avec ses allées de marronniers centenaires, les bancs en bois peints en vert foncé, installés un peu partout sous les nombreux arbres ou contre les massifs de fleurs qui ornaient la cour. Les bâtisses étaient imposantes. Vitraux, chapelle, bâtiments avaient été restaurés pour être transformés en lycée dont une partie consacrée au pensionnat filles exclusivement. Cette institution existait depuis 1894. Dans les nombreux interdits, nous n'avions pas droit aux walkmans, au réveil ou toutes autres distractions sonores. Les douches étaient communes, je craignais horriblement de passer après certaines camarades et de mettre mes pieds dans les restes de mousse et d'eau des précédentes internes. C'était la lutte pour passer la première ! Nos pantoufles devaient être rangées et alignées devant notre porte de chambrette, une fois rentrées dans notre box et à 22 h 00, que nous ayons sommeil ou pas, l'extinction des lumières était automatique. Une large imposte vitrée se trouvait sur le haut de chacune de nos portes. Il donnait ainsi dans le long couloir sombre menant à nos chambres, ce qui réduisait à néant toute tentative d'allumer une loupiote en douce. Nous avions une surveillante de dortoir, vieille fille, la cinquantaine bien tassée, dont l'autorité, la rudesse et l'intransigeance nous coupait l'envie de faire l'imbécile rien qu'à son regard sombre et sévère derrière ses épaisses lunettes noires. Les verres tels des culs de bouteilles lui grossissaient considérablement, ses yeux de jais et ses épais sourcils noirs, ce qui lui conférait un air luciférien ! Pour faire court, nous n'avions droit à rien, à part étudier ! Toute heure libérée par un professeur absent ou une sortie plus tôt le soir dans notre emploi du temps, était passée systématiquement en salle d'études à réviser. Je raconte souvent à mes enfants aujourd'hui que mon choix d'entrer en internat avait sauvé ma scolarité, mais pas seulement… Mais je leur répète aussi avoir eu la dure sensation d'y accomplir mon service militaire style « commando » durant ces trois ans de lycée ! Bizarrement, en avançant dans l'âge et dans la période de l'adolescence, ma rébellion ne s'intensifiait pas. Cela restait discret en moi. Je ne fumais pas, je ne buvais pas, je ne sortais pas en soirée, mon look n'avait pas viré au cauchemar et même n'avait pas du tout changé. La seule chose qui m'ulcérait était le sentiment d'injustice face à certains évènements. Cela me déclenchait de la colère et de l'insolence envers les surveillants, par exemple, quand des situations ou décisions paraissaient totalement injustes envers moi ou d'autres camarades. Moi qui étais sans cesse à la recherche de la justice et de la justesse coûte que coûte, quand ce n'était pas

le cas, immanquablement, je perdais mon sang-froid !
Encore maintenant, devenue adulte, cela m'est insupportable… Par la force des choses, j'avais fini par prendre mes marques, comme la plupart de mes camarades internes. L'adversité nous rassemblait et nous rendait plus fortes. Heureusement, les moments partagés avec ma cousine Elisa étaient de purs moments de bonheur. Nous assumions nos discrètes moqueries à l'encontre de certains élèves du lycée. Nos délires et notre imaginaire débordant, nous faisaient passer toutes les récréations et nos soirées d'internes de manière festive finalement. Nous avions toutes les deux d'interminables fous rires dès que nous nous retrouvions en interclasse. Il n'était pas nécessaire de nous parler pour déclencher une crise de rire : seul un regard échangé ou un geste à l'attention de l'autre, même de loin, suffisait à nous rendre hilares. Nous étions très proches. Les règles collectives du pensionnat nous paraissant souvent difficiles à accepter, nous avions, par esprit de contraction, un rejet certain de l'autorité omniprésente en étant toutes les deux pensionnaires. Notre rébellion s'exprimait là. Finalement, la difficulté d'intégration que nous avions toutes expérimentée n'avait duré que quelques semaines. Le groupe de pensionnaires que nous étions, avait fini par s'y accommoder, une fois un temps d'adaptation nécessaire pour accepter la perte de nos libertés d'agir. Mais il est vrai que les débuts avaient été rudes. En même temps, nous étions toutes logées à la même enseigne, par conséquent, nous avions développé toutes, sans exception, une solidarité, une bienveillance et une écoute active, résistantes à toutes épreuves. Le cauchemar d'être enfermées toute la semaine dans cette enceinte aux murs immensément hauts, s'était vite transformé en lieu de joie et évidemment de travail intense. Là-bas, les amitiés prenaient une plus grande importance. Tout sentiment ou émotion était décuplé dans le bon comme le mauvais. Nous avions choisi de prendre le bon côté avec mon petit groupe d'amies et ma cousine. Il était certain que de se retrouver internes aussi jeunes, encourageait l'apprentissage de l'autonomie et le respect des règles collectives en version accélérée et intensive, mais nous avions fini par nous y conformer. Et puis d'être toutes mélangées quelque que soient nos niveaux de vie, nos milieux sociaux, cela contribuait à réduire les inégalités sociales et nous mettaient toutes sur le même pied d'égalité, ce que je n'avais pas vraiment connu lorsque j'étais au collège. Durant la journée de cours, le lycée était mixte. Passé 17 heures, nous n'étions qu'entre filles, de la classe de seconde à celle de la terminale, encadrées et surveillées par du personnel féminin, souvent des étudiantes à l'université. Tous nos repas étaient pris dans la seule grande pièce commune du lycée avec de très longues tablées qui me font penser, en ayant vu Harry Potter que récemment, à la « Grande Salle » de Pou-

dlard ! Une fois les cours finis, notre emploi du temps en tant qu'internes était réglé comme du papier à musique. En fin d'après-midi, après la classe, nous avions une demi-heure de pause pour récupérer notre goûter frugal distribué dans le grand réfectoire et pas de jalouses, toutes le même : deux larges tranches de pain frais avec une barre de chocolat noir ou une pâte de fruit, un fruit et de l'eau. Une fois restaurées, nous révisions obligatoirement durant deux heures jusqu'à 19 h 30, toutes réparties dans les salles d'études situées dans une aile spécifique d'un des bâtiments. Le silence devait être absolu. Durant ces temps d'études surveillées, nous étions gardées par une pionne à l'allure stricte et austère. Franchement certains soirs, cette rigidité était proche de l'enfer. Bien souvent, ce moment de silence imposé était plus que propice aux fous rires incontrôlables que nous pouvions partager ! S'ensuivait le dîner, toutes réunies dans notre cantine. Après notre repas, les surveillantes nous octroyaient un temps de repos et de liberté où nous pouvions déambuler à loisir dans le parc quand le temps le permettait ou dans des salles de détente mises à notre disposition. Enfin, venait le temps de la douche suivi d'un nouveau temps de travail obligatoire, installées au calme dans nos chambres jusqu'à 22 heures précises, avant que les lumières soient éteintes. Ce rythme était identique tous les jours inlassablement. C'étaient des conditions qui vous forgeaient un caractère et un mental d'acier ! Il y avait des élèves de tout horizon : la fille d'un ministre africain, la petite fille d'une marque française de prêt-à-porter féminin, la petite fille d'un établissement bancaire fondé en 1845, etc. Certaines étaient humbles par rapport à leur statut de privilégiées et d'autres pas du tout. Malgré tout, il régnait une bonne entente entre nous. Les atomes crochus faisaient le reste quant aux amitiés qui se nouaient. Garçon ou fille, l'adolescence est marquée par un désir d'indépendance. Pour ma part, d'avoir quitté la maison familiale et d'être devenue interne m'offraient la possibilité d'assouvir mon envie d'autonomie, même si je devais respecter et me confronter en permanence à une autre autorité éducative que celles de mes parents. Le point positif était que celle que je vivais au pensionnat avait le mérite d'être équitable, car administrée à toutes les jeunes filles internes. Et puis je l'avais choisi ! J'étais enfin au calme et pas sous le coup de critiques incessantes sur ma personne, apparence ou que sais-je, comme à la maison… Comme nous vivions seulement à une petite trentaine de kilomètres du lycée, je m'étais bêtement imaginé que mes parents me feraient rentrer à la maison tous les mardis soir après les cours afin de couper ma semaine et de passer mon mercredi à la maison avec eux et ma petite sœur. Certaines de mes amies avaient ce fonctionnement-là. Mais encore une fois, j'avais mal pensé ! Comprendre qu'il n'en était pas question m'avait anéanti dans un premier temps. Je me sentais abandonnée. Mes parents résidaient tranquillement à la maison avec Javotte tandis que j'étais enfermée la semaine complète à l'internat, loin de tout et de tous. Je n'avais plus que les week-ends et les vacances pour profiter, et encore quand je le pouvais de mes amies. Pourtant précieux pour moi, préserver nos liens fraternels avec Javotte devenait complexe. De la même façon, maintenir mes liens amicaux était un défi, sans pour autant qu'il y ait eu disputes, animosités ou autres évènements négatifs entre nous. L'éloignement distendait nos liens, même si nous arrivions encore un peu à nous voir certains week-ends. Cet état de fait renforçait considérablement mon sentiment de ne pouvoir compter que sur moi-même. J'avais fini par accepter que mes parents aient leur tranquillité et moi la mienne. Malgré la dureté de l'enseignement et du règlement à respecter, mes plus grands fous-rires, je les ai eus en pension avec Elisa et mon groupe d'amies. L'immense cour de récréation était équipée d'une seule cabine téléphonique pour tout le lycée ! Inévitablement, elle était monopolisée tous les soirs après 17 heures par les pensionnaires. Nous étions compréhensives les unes envers les autres. Nous tâchions de ne pas parler trop longtemps au téléphone avec nos familles, pour que chacune puisse avoir un contact avec l'extérieur. Personnellement, je n'appelais que rarement mes parents. Pour la simple et bonne raison qu'il fallait avoir de la monnaie en quantité suffisante pour la semaine et que mes parents ne me donnaient aucun argent de poche ! C'était après un bon mois écoulé après ma rentrée en classe de seconde que je me décidais à téléphoner à Joseph. Je me souviens que nous étions un mercredi après-midi, très ensoleillé, lors d'une de nos sorties libres autorisées en centre-ville. J'avais la sensation d'une énorme boule d'angoisse qui m'obstruait la gorge, avant de composer son numéro de téléphone depuis la cabine téléphonique. Mes amies m'avaient donné de leur monnaie. Malgré mon inquiétude de le déranger, je sentais que je devais absolument le faire. Il me l'avait si gentiment proposé… À l'instant même où il décrochait son combiné et au son de sa voix, je l'avais senti heureux de m'entendre, ce qui m'avait apaisée immédiatement. Nous avions papoté le temps autorisé par la monnaie que j'avais à mettre dans la fente de cette cabine téléphonique. Et puis, juste avant que cela ne coupe, il avait prononcé cette phrase inoubliable :

— *Tu peux m'appeler quand tu veux !*

À compter de ce mercredi-là, je l'avais appelé tous les jours sans exception ! Des copines du lycée, bien plus fortunées que moi, me donnaient généreusement quelques pièces de monnaie pour lui téléphoner chaque soir depuis la pension. Nous avions mis au point un mode de fonctionnement pratique : je lui téléphonais puis raccrochais rapidement. Joseph me rappelait immédiatement en composant le numéro de la cabine du lycée que je lui avais fourni auparavant. Nous étions très organisés ! J'aimais parler avec lui de tout et de rien. Il était toujours à l'écoute et sous son air bourru et réservé, je sentais une âme de grand sensible, secret, protecteur, romantique, attentionné. Tout ce dont j'avais besoin. Il m'intimidait beaucoup par sa culture, son intelligence et sa beauté ! Je ne peux pas dire que je brillais par un excès de confiance en moi, adolescente. Nous avions décidé de nous retrouver courant octobre pour une séance au cinéma. Après avoir déjeuné dans un fast-food situé sur la grande place de la ville, nous étions allés voir le film Alien, le retour. C'était un film de science-fiction de James Cameron, deuxième volet de la saga, avec Sigourney Weaver. Je n'étais pas du tout fan de ce type de film, mais peu m'importait, du moment que je passais du temps avec Joseph. Je fixais l'écran, sans pour autant me concentrer sur le film, surtout que certaines scènes étaient trop violentes à mon goût. Je me demandais intérieurement s'il allait finir par m'attraper la main ou pas et par m'embrasser ou pas. Je suppose qu'il s'interrogeait de la même façon de son côté, mais comme j'étais plutôt vieille école sur le sujet, j'attendais que ce soit lui qui fasse le premier pas. Finalement et assez rapidement, il m'avait caressé la main que j'avais laissée volontairement sur l'accoudoir nous séparant. Nous nous étions embrassés timidement dans la pénombre de la salle. Sa main avait gardé la mienne toute la durée du film et je peux dire, de manière imagée, qu'il ne l'a plus jamais lâchée, ou presque ! Mais de cela, il en sera question plus tard…

En raison de leurs difficultés financières et professionnelles, mes parents ne me donnaient pas d'argent de poche et comme en plus je travaillais l'été gratuitement à leur exploitation agricole et nulle part ailleurs, je n'avais aucune ressource pour mes sorties les mercredis. Je ne leur en voulais pas mais ce n'était pas facile pour la jeune fille que j'étais. De temps en temps, maman me donnait quelques pièces restant dans son porte-monnaie, mais ce n'était qu'à de rares occasions. Il m'arrivait aussi de lui en soutirer avant de partir le lundi matin pour ma semaine en pension. Mes deux copines du collège, elles, recevaient de leurs parents chaque semaine, de quoi subvenir à leurs besoins (boissons, grignotages, activités) lors de nos sorties du mercredi de midi à 17 heures. D'une grande générosité l'une comme l'autre, et sans aucune hésitation ou demande de remboursement que je n'aurai pu satisfaire, elles m'offraient tout, y compris parfois le cinéma. Cette situation de dépendance me gênait horriblement. Pour me déculpabiliser, elles prétextaient de se rendre service à elles-mêmes en ayant cette bonté financière à mon égard. Elles ne se seraient jamais rendues au cinéma pour ne pas me laisser toute seule. Je n'abusais jamais de leur gentillesse et refusais fréquemment leur prise en charge financière en prétextant ne pas avoir faim, soif ou autre. J'avais honte, car ce n'était pas à elles, pensionnaires comme moi, et encore moins à leurs parents respectifs, de subvenir à mes besoins lors de mes sorties. Grâce au rythme intense de travail demandé et fourni, aux révisions et aux temps d'études imposés, j'avais retrouvé le goût de l'effort et par ricochet de très bonnes notes en classe. Mon penchant prononcé pour les langues étrangères et le français refaisait surface, intact. J'avais décidé, toujours dans mon optique de devenir professeur de français après mon baccalauréat, d'intégrer la filière littéraire section lettres et langues, avec une option mathématiques, mais dans une moindre mesure en termes d'horaire et de difficultés par rapport aux classes scientifiques, ce qui me convenait parfaitement. La biologie était également une matière que j'appréciais énormément. Au collège, j'étais une bonne élève dans ce domaine, aussi je l'avais prise en option au lycée en complément. Pour les langues étrangères, mes choix s'étaient portés sur l'enseignement de l'anglais, de l'espagnol et de l'italien, langue magnifique, celle de l'amour. D'ailleurs, j'avais fini par intervertir ces deux dernières en prenant l'italien en deuxième langue étrangère et l'espagnol en troisième position. Ces années lycée étaient une nouvelle période d'écriture de poèmes. J'en remplissais des cahiers entiers, durant les week-ends passés dans ma chambre-garage, me sentant hypersensible à tout ce qui m'entourait, que ce soit personnellement ou tout autre fait sociétal. En voici un parmi tant d'autres :

S.O.S Parents

Nous ne sommes que des adolescents,
Plus des enfants
Mais pas encore des adultes.
Chaque jour est une lutte,
Une lutte contre nous-mêmes,
Une lutte contre ceux qu'on aime !
Parents, frères et sœurs
Tous ceux qui nous réchauffent le cœur !
Et puis il y a l'école,
Et aussi les heures de colle !
C'est maintenant que l'on découvre l'Amour
Et celui qu'on croit l'élu pour toujours
On veut de nouvelles fringues
On veut faire la bringue !
On veut jouer aux grands,

Ressembler aux copines,
Avoir une biguine
Pour en parler, et pourtant
On est malheureux,
On n'est pas comme eux
On n'est pas comme vous !
Parents aidez-nous !
S'il vous plaît, on a besoin de vous
Ne croyez pas qu'on s'en fout
Notre S.O.S est lancé
Maintenant à vous de jouer
Vous que nous aimons tant...

Je ne sais pour quelle raison, je m'étais mise à dédier chacun de mes poèmes aux personnes représentant les diverses couches de la société, que je considérais à tort ou à raison en souffrance. Pour celui-ci, bien que je ressente vivement aujourd'hui, à la relecture, un appel vibrant à l'égard de mes propres parents, j'avais écrit en bas de la page : « *À tous les parents qui délaissent leurs enfants et les laissent devenir des voyous, des enfants des rues...* ». Les faits de société, la détresse des autres devenaient de plus en plus ma principale préoccupation. J'étais une véritable éponge émotionnelle.

Un autre :

Clochard

Tu habites les vieux quartiers de New York,
Tu réfléchis et te demandes pourquoi la vie te fait du tort,
Ta femme t'a quitté,
Tu n'avais pas payé ton loyer,
Tous te ferment leurs portes.
Tu erres, écrases les feuilles mortes,
Puis c'est l'hiver et vient le froid.
Mais enfin bats-toi !
Ils n'ont pas le droit
De te laisser crever et choir
Sur ce foutu trottoir !
Tu ramasses les mégots,
Le vent gémit
Et des frissons glacent ton dos.
Même pas un petit morceau de pain

Pour subsister ou survivre.
Comment vas-tu faire ?
Au lieu de boire et d'être ivre
Crie-leur, fais les taire !
Mais enfin bats-toi !
Ils n'ont pas le droit
De te laisser crever et choir,
Sur ce foutu trottoir !
Ta vie, tu l'as oubliée,
Tu l'as effacée de ta mémoire.
Pour toi, tu n'es plus rien :
Un déchet de la société.
Tu traines chaque soir,
Tu n'as plus aucun bien,
Mais tu bois ton litre de vin rouge
Et attends que le monde bouge…
Mais enfin bats-toi !
Ils n'ont pas le droit
De te laisser crever et choir
Sur ce foutu trottoir !
Tu n'as aucun pognon, ni argent, ni or,
Mais Clochard, c'est ton nom, ça d'accord !…

Dédicace de celui-ci : « *À tous les clochards du monde entier que nous laissons tomber et qui ne sont pas soutenus par la majorité des nations et des pays* ».

Plus je grandissais et plus je me sentais pleine d'empathie, peut-être excessivement, envers les autres. J'avais cette capacité, de plus en plus marquée, à percevoir et à comprendre les émotions des personnes proches de moi. Sans aucune prétention, je décelais avec facilité l'état émotionnel d'un individu, même si je ne connaissais pas forcément toute sa situation. Je prenais plaisir à faire preuve d'attention et de sollicitude, à être à l'écoute sans aucun jugement tout en tenant compte des sentiments de l'autre en face de moi. Je ne me forçais pas, j'étais comme cela spontanément. J'aimais l'Autre. Cela faisait de moi une confidente appréciée dans mon entourage amical, essayant toujours de trouver la solution qui convienne le mieux en fonction de leurs problèmes. Je me sentais émotionnellement disponible, parfois trop, pour quiconque aurait besoin de moi.

Il arrivait que des personnes de mon entourage n'aient pas besoin forcément de réponses ou de résolutions. Ce dont elles avaient vraiment besoin, c'était un peu d'empathie et de soutien ou juste une écoute attentive. Alors, je me disais que s'il devait y avoir une seule personne présente pour les soutenir, sans jugement ni parti pris, et bien, je voulais être cette personne-là. Je me rends bien compte aujourd'hui que plus je m'inquiétais pour les autres à cette époque, moins je m'occupais de moi. Je ressentais beaucoup de compassion pour autrui, mais aucune pour moi. À mes yeux, je ne comptais pas, c'est ainsi que j'avais grandi après tout. Devenir invisible, me retirer à l'intérieur de moi, m'effacer pour donner tout ce que j'avais aux autres était ma construction. Je m'investissais de manière instinctive sans rien demander en retour. Toutes mes amies savaient qu'elles pouvaient compter sur moi, nuit et jour, j'étais digne de confiance. Dire que la vie n'est pas toujours un long fleuve tranquille était une vérité. Les relations conflictuelles et douloureuses que mes parents entretenaient avec moi, autant de circonstances insupportables et devant lesquelles il m'était difficile de rester imperturbable, avaient fait que je m'étais construit instinctivement une impressionnante carapace pour me protéger. Je n'avais trouvé que cette solution pour amortir les chocs, pour ignorer les blessures, mais aussi les coups du sort. Petit à petit, je m'enveloppais d'une cuirasse qui ne laissait rien m'atteindre. Et comme si ce n'était pas déjà assez, je m'imposais de ne rien laisser transparaitre, à aucun moment, devant le reste du monde… Intérieurement, une force d'esprit incroyable m'envahissait face aux évènements négatifs auxquels j'étais confrontée. Cette résistance ne me quittait jamais. L'inconvénient, lorsqu'on a la réputation d'être une personne forte, c'est que très vite, plus personne ne s'inquiète pour vous. J'en ai fait l'expérience une bonne partie de ma vie ! Je ne comptais plus les fois où j'avais entendu, et ce, jusqu'à l'âge adulte :

— *Oooooh mais Élodie, elle est robuste* !

Si seulement ils savaient…

Chapitre 12 – Fin du lycée, l'apprentissage de la vie

La rentrée suivante, en classe de première, avait débuté très durement. Mes deux amies avaient « omis » de m'informer durant l'été qu'elles ne seraient plus internes pour cette nouvelle année de lycée. Je les revois me le dire, le jour J de la rentrée, alors que nous attendions tous l'ouverture de l'imposante porte en bois donnant l'accès à la petite cour intérieure, avant de nous amasser dans le grand parc de l'établissement. Je m'étais sentie trahie. Elles riaient à gorge déployée de voir ma mine déconfite sans percevoir l'immense déception que je vivais. Au fond de moi, je ressentais une immense tristesse. Dès le premier jour, j'étais plongée dans le vif du sujet… Durant la première semaine de reprise des cours, j'avais téléphoné plusieurs fois à ma mère depuis la cabine téléphonique du lycée, pleurant à chaudes larmes pour lui communiquer le changement de statut externe de mes copines et pour la supplier de me laisser revenir à la maison les mardis soir pour couper ma semaine de pensionnaire. Je ne souhaitais plus rester élève interne en continu, argumentant que ma mission était remplie en remontant mes notes et mes résultats scolaires durant mon année de seconde. Je lui expliquais me sentir terriblement seule une fois 17 heures sonnées par la petite cloche dans la cour, après le départ de mes principales amies à leur domicile. Durant tout ce mois de septembre 1987, j'avais passé mon temps à pleurer et à implorer mes parents, espérant les faire céder, mais en vain. J'étais restée élève interne à temps plein. Il n'y avait pas eu de leur part d'explications objectives et constructives qui auraient pu m'aider à accepter ce choix inflexible, comme de me dire qu'en restant sur place toute la semaine à l'internat, cela m'éviterait des trajets quotidiens longs depuis la maison et fatigants pour moi ou alors que c'était trop coûteux pour eux de me faire rentrer en bus ou en train plus souvent. Je crois que j'aurai pu tout comprendre si de telles explications m'avaient été fournies. Au lieu de cela, j'avais dû me contenter d'un laconique :

— *C'est comme ça et pas autrement* !

Il n'y avait pas eu de discussion possible, aucune. Alors, je m'étais résignée. Il faut bien se rendre compte qu'en devenant interne au lycée à quinze ans, et ce, pour les trois années de classes, je quittai de manière quasi définitive le nid familial, même si je n'y étais pas vraiment épanouie. Certes, le pensionnat était un lieu de vie, d'accueil et d'enseignements conçus pour favoriser la réussite scolaire et c'était bien la raison initiale de mon inscription là-bas. Mais je croyais sincèrement avoir signé pour un an, juste l'année de la classe de seconde, le temps de remonter mes notes. C'était mon engagement moral avec les professeurs de mon collège.

Je n'étais pas du tout une adolescente à problèmes. Je ne fumais toujours pas, je ne sortais toujours pas, j'étais amoureuse du même garçon : Joseph. J'étais restée, de mon point de vue raisonnable, toujours en quête d'une quelconque reconnaissance de la part de mes parents. Dès que je rentrais le week-end ou pendant les vacances scolaires, je m'occupais de ma petite sœur Javotte, je la gardais constamment. De même, le rangement de la maison m'incombait lorsque j'étais de retour. Quitter la maison aussi jeune, pour étudier et vivre en internat, avec nos onze ans d'écart, n'était pas sans conséquence quant à la construction d'un lien fraternel solide, malgré tout l'amour que nous partagions elle et moi, aussi petite soit-elle. J'avais quinze ans et elle quatre… Comment aurait-elle pu comprendre mon départ si personne ne lui expliquait ? Ce n'était pas à moi qu'incombait cette responsabilité, il en était du devoir de mes parents de le faire. Mais cela n'avait pas eu lieu. Ce qu'elle me reprochera adulte… De même, c'était à eux de donner l'exemple dans les relations familiales. Leur rôle aurait dû être déterminant pour que nous puissions entretenir, elle et moi, une relation harmonieuse et unique, mais une fois encore cela ne s'était pas produit. Bien que de rentrer en pension avait été un projet que j'avais porté et voulu en tant qu'enfant et élève, rester pensionnaire me demandait un effort considérable. Ma vie à l'internat n'était pas vécue tous les jours avec gaîté de cœur ! Vivre ainsi, constamment en collectivité, me demandait en permanence l'acceptation des règles de vie inhérente au lieu. Or, je n'en avais pas toujours envie, surtout que je ne présentais aucun trouble de comportement ; j'étais une élève sage et n'avais aucune difficulté dans ma scolarité ! Il me semblait notamment que mes parents, après m'avoir confiée à mes deux grands-mères à différents stades de mon enfance, se déchargeaient sur l'institution, n'ayant pas le temps de s'occuper de moi, accaparés par leur domaine agricole ou autres activités, une fois de plus. Le coup de grâce était arrivé durant le premier trimestre de ma classe de première. Ma cousine Elisa avait décidé d'arrêter brutalement ses études et de se tourner vers un métier manuel. Elle était en proie à des tourments profonds liés son adolescence tumultueuse et des problèmes familiaux. Quel choc ! Elle avait quitté l'établissement du jour au lendemain, laissant toutes ses affaires dans sa chambre et en classe. Nous avions partagé des moments exceptionnels de complicité, des fous rires incroyables qui avaient rendu l'insupportable supportable. Nous étions des âmes sœurs. Je la savais en grande souffrance, mais je n'avais pu, malheureusement, être d'aucune aide. Je n'avais pas anticipé ce départ précipité. J'avais déjà vécu des situations douloureuses dans ma jeune vie et je les avais surmontées, les unes après les autres. Aussi, je me savais capable d'en supporter encore. Je m'efforçais de garder une attitude positive. Après une courte période de solitude et de réflexion, j'avais finalement réussi à reprendre le dessus. Il était indéniable que l'internat me faisait mûrir en accéléré. En grandissant, je gérais mieux mes émotions causées par des évènements qui déchiraient parfois la bulle protectrice dans laquelle je m'étais enfermée. Je ne les réprimais pas. Je les consignais dans mon journal intime, mon meilleur ami. Écrire me libérait d'un poids. Je poursuivais mon bonhomme de chemin sans pour autant perdre le contrôle de ma vie ou me laisser déborder par la douleur causée par les épisodes négatifs que j'étais amenée à expérimenter. Après réflexion, je me considérais finalement chanceuse d'être en pension, entourée d'élèves internes comme moi dont la solidarité était sincère et résistante aux aléas de la vie. Même si nous ne nous fréquentions pas toutes durant la semaine d'internat, nous nous connaissions toutes, sans exception. Nous avions établi d'excellentes relations les unes avec les autres. Nos liens interdépendants entre pensionnaires avaient permis d'en tisser de nouveaux tout aussi forts, notamment avec des filles de ma classe, elles aussi internes. La vie de pensionnat et sa rudesse, tout comme les fous rires, les moments de partage et d'échanges, recommencèrent plus que jamais jusqu'à la fin du lycée, en classe de terminale. Je n'étais pas aussi seule que ce que je pensais, c'était réconfortant. Et puis j'avais dans ma vie et dans mon cœur, pour me soutenir, même à distance, Joseph. Il m'arrivait certains mercredis après-midi de prendre le train jusqu'à Nîmes pour le rejoindre à son studio et passer la journée ensemble. Et revenir à temps avant la fermeture des portes du pensionnat à 17 heures. Malencontreusement, une fois, mon train avait eu du retard sur le retour. Il m'avait fallu courir à perdre haleine près de 20 minutes depuis la gare située en centre-ville jusqu'au lycée. Par chance, ce soir-là, la surveillante à l'accueil du pensionnat était une jeune étudiante connue pour sa gentillesse et sa bienveillance à notre égard. Elle n'avait pas fait état de ce retard à la direction du lycée, par ricochet, mes parents ne l'avaient pas appris non plus. Comme beaucoup, j'aimais discuter avec elle le soir dans le dortoir. Je n'arrive pas à me souvenir de son prénom et j'en suis vraiment désolée. Lorsqu'elle était présente et était notre surveillante de nuit, nous avions de grandes discussions existentielles avec elle ! Elle savait être à l'écoute et faisait preuve d'une grande douceur envers nous. Quand il m'arrivait d'avoir des moments de cafard, elle venait bavarder longuement dans ma chambre pour apaiser la situation, même après l'extinction des lumières.

Entre Joseph et moi, notre relation était intense, réconfortante, lumineuse, enrichissante. Je me sentais exister. Il était très patient à mon égard quant au fait de passer « à l'acte ». Il avait attendu de très longs mois, presque une année, pour que je me sente prête et sûre de mon choix de franchir ce cap. D'avoir attendu et fait patienter si longtemps mon amoureux, je me considérais comme une jeune fille bien élevée et respectable. Forte de cela et souhaitant avoir une contraception, je me décidais d'appeler courageusement ma mère depuis le lycée pour lui en parler, en toute transparence. J'aurais pu le faire en étant en week-end, mais je craignais sa réaction… J'en avais les mains moites, mon cœur battait très vite. Je m'étais répété mentalement, au moins deux cents fois, la phrase que je souhaitais prononcer :

— *Maman, j'aimerais prendre la pilule pour me protéger.*

Je n'avais certainement pas oublié leurs propos violents et injustes à mon encontre lorsque j'étais au collège. Alors, en sachant ce que je réclamais là et ce que cela sous-entendait, j'étais pétrifiée à l'idée de demander. D'un autre côté, je voulais qu'il y ait un lien de confiance entre ma mère et moi, par conséquent, je ne me voyais pas procéder autrement. J'avais tout imaginé sur cet échange avec ma mère, mais j'en étais bien loin ! Ma requête légitime avait déclenché une colère et une tonne d'agressivité à mon égard simplement parce que je lui demandais la pilule et une visite chez un gynécologue. Elle m'avait débité une litanie d'insultes, de reproches et d'accusations qui avaient été atroces à entendre ! De manière non exhaustive, j'avais entendu ceci de la bouche de ma mère :

— *Je suis certaine que tu es la seule à le faire parmi toutes tes amies !*

— *Tu n'es qu'une pute !*

— *Je vais tout rapporter à ton père et tu vas voir !*

Les injures pleuvaient comme si je commettais le pire des délits. J'avais seize ans, je fréquentais Joseph depuis un an, je ne voyais pas le mal dans ma requête. Celle-ci me paraissait pourtant raisonnable. Évidemment, j'aurais compris une réaction de surprise de sa part ou qu'elle me fasse un sermon ou des recommandations sur « la chose », mais non, rien de tout cela. Je me sentais affreusement salie ainsi calomniée. De revenir à la maison ce week-end-là me terrifiait littéralement. J'étais pleine d'appréhension et même apeurée. Sans surprise, j'avais entendu les mêmes mots sortir de la bouche de mon père, tous aussi irrespectueux, blessants, dégradants et répugnants. Contrairement à ce que ma mère avançait, mes amies s'étaient débrouillées toutes seules ou via le planning familial pour ne pas solliciter directement leurs parents afin d'avoir une contraception. De mon côté, je jouais la carte de la confiance avec eux, sans avoir encore sauté le cap avec Joseph. Il me semblait sage, maintenant que j'étais prête, de nous protéger. Je découvrais, déçue, à quel point je m'étais trompée sur les liens honnêtes que je pensais mettre en place avec eux. J'avais beau leur expliquer que j'avais longtemps attendu, que j'étais sûre de moi et pour nous deux, que non, je n'étais pas la seule ni la première « à le faire » parmi mes copines, il n'y avait aucune écoute positive ou bienveillante de leur part, bien au contraire. Seulement des paroles abominables qu'ils me déversaient telle une décharge de poubelles. Nos liens, déjà distendus par mon départ au lycée, se brisaient davantage. Malgré tout, la décision fut prise de m'amener chez le gynécologue de ma mère, évidemment... Une fois dans son cabinet, heureusement, celui-ci avait insisté pour m'ausculter seule. Le moment de gêne fut insupportable quand lui et moi avions repris nos places dans son bureau, avec ma mère assise sur le siège voisin, à écouter mes réponses aux questions posées par le gynécologue. Je me sentais honteuse alors que je ne devais pas. Il n'y avait rien de mal à ce que je demande la pilule, me semblait-il...

Puis la vie avait repris son cours et le temps avait passé, alternant avec mes semaines en pension et les week-ends à la maison. Mes parents avaient fini par ne plus en parler, bien que des relents de réflexions abjectes de la part de mon père ou de ma mère fusaient, lorsque je revenais, par exemple, d'un après-midi passé chez Joseph. Il suffisait qu'un peu de mascara ait coulé sous ma paupière ou qu'une mèche de cheveux soit supposée décoiffée pour que systématiquement, ils me fassent une remarque immonde, qu'il y ait du monde présent ou pas à la maison d'ailleurs. Contrairement à ce que mon père insinuait, nous ne passions pas nos journées au lit « *à baiser* », c'était le terme qu'il aimait employer à mon sujet. Nous avions des occupations normales de jeunes gens avec nos copains. Dès que je rentrais à la maison, systématiquement, je passais au crible : mon visage, mes cheveux, ma tenue, mes paroles, tout était scanné. Cela devenait invivable et oppressant. Je leur avais donné ma confiance et au lieu de cela, il n'y avait que suspicion, accusations odieuses, interprétations aberrantes, jugements malsains. Plus je grandissais et fréquentais Joseph, et moins j'avais de liberté durant mes week-ends. Mes parents m'avaient imposé des horaires d'été et d'hiver pour mon retour à la maison en fin de journée avec mes copains et mes copines. Ainsi, l'hiver, je devais être rentrée à la maison à 17 h 00, bien qu'ayant quand même 17 ans ! Il suffisait que j'aie un quelconque retard indépendant de ma volonté et à nouveau, c'était un déferlement d'ignominies sur les supposées raisons de mon retard. Plus le temps passait et plus cela créait en moi un sentiment d'injustice monstrueux. Je n'en pouvais plus... Durant les étés, lors de la fête votive de notre village, j'étais autorisée à sortir seulement jusqu'à 23 h 30, rarement au-delà. Passé cette heure, je devais rentrer pour garder Javotte qu'ils avaient couchée. Pendant ce temps, toute ma bande d'amies restait s'amuser et danser sur la place du village. Ceux-ci en voulaient énormément à mes parents de m'empêcher de profiter de ma jeunesse. Il nous est arrivé d'en reparler ensemble une fois adulte, me faisant part, tant d'années après, de leur saisissement devant l'attitude de mes parents à cette époque. Pendant que je servais de nourrice à ma petite sœur, mes parents, eux, restaient sur la place du village à faire la fête avec leur groupe d'amis. Franchement, entre le pensionnat la semaine et les week-ends à la maison avec peu d'autorisations accordées pour mes sorties, je menais une vie monacale ! Je n'aspirais qu'à une chose : m'extirper le plus tôt possible de tout cela. Parmi les autres interdits parentaux, je n'avais pas le droit d'aller en discothèque et encore moins avec Joseph et ses copains. Ce n'était pas vraiment un sacrifice pour moi, je préférais largement l'ambiance des fêtes votives. Comme Joseph était compréhensif, il s'adaptait à mes contraintes. Ainsi, il passait le début de soirée du vendredi ou du samedi à la maison pour que nous puissions passer du temps ensemble. Nous étions obligés de rester assis dans le salon ou dans la salle à manger avec mes parents. Parfois, pour plus d'intimité dans nos échanges, nous préférions rester dans sa voiture garée dans la cour de ma maison, devant la porte de la cuisine, afin de pouvoir parler librement, sans être sous l'écoute permanente de mes parents. Puis, vers 23 h 00, il rejoignait sa bande d'amis pour se rendre tous en boite de nuit. Rester à bavarder dans son véhicule stationné chez nous, cela ne convenait pas à mes parents non plus. Les commentaires ignobles reprenaient une fois rentrée dans la maison avant d'aller me coucher. J'avais l'horrible sensation d'être considérée, de façon parfaitement injuste, comme une traînée. Il n'y avait pas de répit de l'un ou de l'autre, jamais. Ce n'était pas parce que nous pouvions parler des heures, Joseph et moi dans sa voiture, que nous étions en train de « baiser » garés sur le parking de la cour !! Comment faisaient-ils pour avoir des pensées aussi immondes envers moi ?

Le début de notre histoire d'amour avait été difficile dans le sens où rien ne nous avait été épargné par ma famille. Il m'était souvent fait le reproche que je ne devais pas m'enticher aussi longtemps d'un garçon et que je ratais ma jeunesse. Quel culot, ma jeunesse ?! Mais c'étaient eux qui m'empêchaient de la faire ! Du côté de Joseph, je sentais que la situation lui pesait de plus en plus. Nous abordions fréquemment le problème lié à mes parents et la possibilité que notre histoire ne dure pas. Avec le recul, je réalise qu'il fallait qu'il ait beaucoup de sentiments pour rester avec moi pendant ces trois premières années, entre l'internat et nos week-ends sous haute vigilance. Contre toute attente, à force de le recevoir les week-ends, mes parents avaient fini par apprécier Joseph à sa juste valeur, surtout ma mère dans un premier temps. Il avait parfois des liens compliqués avec sa propre famille et paradoxalement, ma mère était d'une grande écoute avec lui, elle qui n'en avait aucune pour moi. Mais c'était son truc ça, d'être super copine avec mes amies, super cool avec Joseph et rien de tout cela avec moi, sa fille. Mais nous savions tous parfaitement à quoi nous en tenir. Dans l'histoire personne n'était dupe, tout le monde savait exactement qui était qui… Joseph étant un jeune homme intelligent et aimable, discuter avec lui était très agréable. Très serviable et travailleur, il passait ses étés comme apprenti maçon avec le père d'un ami pour se faire de l'argent de poche. De même, il s'était proposé à plusieurs reprises d'aider mon père dans son exploitation agricole. Il lui avait labouré de nombreux champs, vendangé nos vignes, aidé à planter les semences de blé assis derrière le tracteur, participé aux cueillettes de pommes, de tomates, de fraises. Et il n'y avait rien de plus ingrat et difficile que la cueillette au sol, pour l'avoir fait aussi ! Il faisait tout cela gracieusement. Javotte adorait Joseph. Elle n'avait que quatre ans quand nous avions commencé notre relation amoureuse. Elle disait vouloir se marier avec lui quand elle serait grande ! Joseph avait connu ma sœur tellement jeune, il savait tout d'elle et elle, elle était en admiration devant lui. La relation de Javotte avec nos parents n'étaient pas vraiment apaisée non plus. Ils étaient accaparés par leurs problèmes financiers et la quantité de travail à fournir quotidiennement dans leur domaine agricole. Je ne pouvais pas être tenue responsable ou me sentir coupable de nos onze années d'écart, ni des trois ans passés en internat. Il est vrai que je ne voyais et profitais de ma petite sœur que les week-ends ou pendant les vacances scolaires. J'avais ma vie d'adolescente que j'essayais de mener tant bien que mal. Je passais la plupart de mes après-midis soit avec mes amies du village et de plus en plus souvent avec Joseph. Je devais faire des choix. Je ne pouvais pas être partout. Javotte grandissait, mais son comportement ne changeait pas. Elle n'était pas une enfant facile à vivre, mais elle n'y était pour rien. Ce n'était qu'une fillette. Cela ne facilitait pas nos relations familiales avec l'entourage proche. Elle était continuellement tenue à l'écart à cause de ses caprices et autres agissements insupportables. Maman s'obstinait à prendre sa défense, ce qui pouvait se concevoir. D'année en année, mes parents lui laissaient tout passer simplement pour avoir la paix. Elle était difficile à alimenter, insupportable dans sa manière d'interagir. Ils ne lui consacraient pas suffisamment de temps et d'attention, trop obnubilés par leur situation professionnelle. Le contexte était inchangé de leur côté : ma mère aidait mon père autant que possible, se plaignant de mamie Lily qui avait clairement exprimé son refus de s'occuper de ma petite sœur comme elle l'avait fait pour moi, car Javotte était trop capricieuse. Et comme ils n'avaient absolument personne pour la garder, ils embarquaient ma sœur avec eux dans les champs la journée. Ses meilleurs amis étaient les fourmis, les vers de terre, les escargots ou nos chiens qui suivaient aussi. Elle vaquait seule à ses loisirs tandis que mes parents travaillaient dans le domaine agricole, par ailleurs. Par la force des choses, elle était devenue une enfant très solitaire, plus attirée par les animaux que par l'être humain, ayant peu d'amies pour s'amuser avec elle. Elle avait pour habitude de ramener à la maison de gros lombrics pour les installer dans les plantes de maman. Pour elle, nous avions eu une oie, une chèvre et une flopée de chats à la maison ! Javotte paraissait heureuse une fois plongée dans son monde animal. J'essayais d'être la plus présente possible pour elle, même si mon absence liée au pensionnat ne facilitait pas les choses. Je me rappelle avoir participé pour elle à un jeu télévisé en lien avec le dessin animé très ludique « Il était une fois la vie – La fabuleuse histoire du corps humain » avec les personnages de Maestro et ses amis qu'elle affectionnait particulièrement ! Ma petite sœur regardait tous les épisodes diffusés à la télévision et nous chantions à tue-tête le générique entrainant « Hymne à la vie » ! Ma mère lui avait acheté tous les albums pour lui en faire une collection, de mémoire, il y en avait une soixantaine. Pour lui faire une potentielle surprise, j'avais pris le temps de répondre pour elle à toutes les questions, Javotte étant trop petite à ce moment-là pour le faire elle-même. Quelles immenses joie et surprise nous avaient eu en recevant un courrier nous félicitant pour sa participation et nous annonçant qu'elle était sélectionnée, gagnante du jeu avec d'autres enfants de son âge entre huit et dix ans environ. Le premier prix était un voyage à Los Angeles d'une semaine dans le grand parc d'attraction de Walt Disney ! Évidemment, aucun parent ne pouvait être accompagnateur de ce beau et long périple aux États-Unis ! Ma mère avait voyagé avec ma petite sœur jusqu'à Paris, mais au moment de l'embarquement, maman s'était fortement agacée avec les organisateurs du concours, ayant des exigences particulières pour avoir des nouvelles de Javotte une fois sur place. Les responsables du jeu avaient fermement refusé les obligations que ma mère souhaitait leur imposer. Et sans surprise, ma mère n'avait pas laissé ma petite sœur partir avec le groupe d'enfants et bénéficier de ce beau voyage que je lui avais gagné ! Elles étaient rentrées toutes les deux à la maison, ma mère ne cessant de pester contre les animateurs. J'étais consternée… J'ai longtemps éprouvé de la peine pour ma petite sœur, car je suis intimement convaincue que tout ceci a eu une incidence considérable sur la construction de sa personnalité, même si bien sûr, tout n'est pas excusable…

L'été précédant ma rentrée en terminale, les parents de Joseph m'avaient invitée à les rejoindre au Maroc, où ils vivaient pour des raisons professionnelles. Joseph avait travaillé dur pour me payer mon billet d'avion. Après de longues négociations et à condition que je ne dorme pas avec lui, mes parents avaient

donné leur accord pour que j'y aille. J'avais adoré ce séjour de quelques semaines là-bas. Ses parents nous avaient fait visiter Casablanca, Rabat. Ils étaient domiciliés dans une grande ville située sur la côte de l'océan Atlantique, à 24 km au nord-est de Casablanca, la capitale économique du royaume. Ils avaient une magnifique maison qu'ils louaient. Cela avait été une belle parenthèse dépaysante. De leur côté, mes parents étaient partis quelques jours en vacances avec Javotte, comme à leurs habitudes, en Lozère. J'avais tissé des liens affectueux avec la maman de Joseph. Pour mon bac de français, j'avais révisé l'ensemble de mes textes avec elle, passionnée de lettres et très cultivée. Nous passions pas mal de temps ensemble à travailler dans leur jardin à Saint-Cour. Mes parents m'avaient payé des cours de français pour pallier les insuffisances de ceux de mon professeur du lycée, que j'avais eu durant mes deux premières années de lycée ! Une fois les épreuves passées, j'étais heureuse, car mes résultats avaient été bons, obtenant des points d'avance pour les épreuves générales de l'année suivante. Septembre 1988, l'année de ma terminale. Toujours pensionnaire, je passais tous mes week-ends avec Joseph chez lui ou chez mes parents à préparer la réussite de mon baccalauréat, travaillant essentiellement les mathématiques, ma bête noire ! Il valait mieux s'y prendre très tôt compte tenu de mes lacunes et de l'aversion que j'éprouvais pour cette matière !
C'était aussi l'année de son entrée au service militaire dans l'Armée de l'Air, affecté sur une base aérienne de Luxeuil-les-Bains. Nous avions beaucoup ri en recevant le lieu de son affectation, car nous cherchions désespérément sur une carte cette localité, précisément en bordure de la mer Méditerranée, puisque « ... Les Bains », mais plus nous montions vers le nord de la France et moins Joseph riait. Finalement, nous avions trouvé où cela se situait : il s'agissait surtout d'une jolie commune située dans le département de la Haute-Saône en région Bourgogne-Franche-Comté, bien loin de la mer et de nos villages respectifs, et surtout très mal desservie par les trains. Joseph avait été rapidement épuisé par ses trajets aller-retour les week-ends. Il prenait un train de nuit dans le sens retour. Il finissait, exténué, par s'allonger à même le sol dans les couloirs du wagon, la tête calée sur son sac militaire pour essayer de dormir quelques heures avant d'arriver à la base militaire très tôt le matin. Le début de son service national obligatoire avait été très compliqué moralement. Il était commun que les soldats fassent leur classe trois mois sur une base pour être ensuite affectés sur un autre site. Lorsqu'il avait appris qu'il ne pourrait pas changer et resterait là toute l'année, Joseph m'avait téléphoné pratiquement en pleurs. Je lui avais passé ma mère au téléphone, fille de militaire, elle pouvait l'aider. Il l'avait supplié de le sortir de là et de trouver une solution avec ses

parents. Papi Germain étant militaire de carrière, maman avait encore des contacts qui pouvaient l'aider à obtenir une autre affectation bien plus proche de notre maison. Malheureusement, cela n'avait pas pu aboutir, car les parents de Joseph, peut-être vexés, avaient souhaité s'en occuper eux-mêmes. Maman avait alors abandonné ses démarches pour intervenir en sa faveur. Malheureusement pour lui, ses parents ne connaissaient personne pour permettre le changement de base tant espéré. Ainsi, Joseph s'était retrouvé à faire la totalité de son service là-haut, loin de tous. Malgré cet évènement et l'épuisement des trajets qui se faisait de plus en plus ressentir, il était d'une grande aide pour mes révisions. Pour toutes les matières littéraires et les langues étrangères, je n'avais pas de difficultés particulières. Il en était autrement pour les mathématiques. Joseph avait réussi un baccalauréat scientifique. Il avait, par conséquent, de grandes facilités et connaissances dans ces domaines. Nous passions des heures et des heures à étudier, à revoir le programme, à m'expliquer inlassablement les mêmes procédures, à m'exercer sur chacun des chapitres à maîtriser. Il avait une patience infinie à mon égard. Malgré quelques agacements désespérés, il tenait bon et moi aussi, toujours unis dans les challenges et les difficultés !
Je m'amusais souvent à dire que si certains élèves possédaient « *la bosse des maths* », de mon côté, j'avais clairement *« le creux des maths »*. Par précaution et par manque de confiance sûrement, j'avais anticipé une éventuelle catastrophe à l'épreuve de mathématiques en choisissant deux options supplémentaires : la danse et la biologie. J'espérais ainsi m'assurer un supplément de points. La fin d'année et les épreuves étaient vite arrivées. Comme tous mes camarades, mon stress montait chaque jour un peu plus. Pour ne pas être en retard lors des examens, je m'étais arrangée avec une amie du pensionnat pour aller dormir à Montpellier avec elle, chez une de ses connaissances. Nous nous étions préparées ensemble et avions rejoint à pied le lycée qui recevait les épreuves de baccalauréat. Bien qu'angoissée, je n'envisageais pas l'échec. Une fois les épreuves passées, j'étais dans l'incapacité de m'autoévaluer. Je ne pouvais que faire confiance au travail acharné fourni et à mon investissement total. Le destin ferait le reste. Il fallait attendre d'interminables semaines, jusqu'à début juillet, pour avoir enfin le résultat affiché au lycée. Je m'étais rendue à l'établissement dans lequel nous avions passé les examens pour consulter la publication. La pression était à son comble. Nous étions si nombreux entassés devant les panneaux d'affichage à essayer de voir notre nom de famille inscrit parmi les admis ! C'était avec une immense joie que je voyais enfin le mien ! Une page se tournait et un nouveau chapitre allait s'écrire. Mes notes étaient convenables. Je validais mon baccalauréat avec une moyenne avoisinant les

12/20. Cela n'avait rien d'exceptionnel, mais ce n'était pas la honte non plus ! D'autant qu'il y avait de très bonnes notes qui se confrontaient avec une très mauvaise. Non sans une grande fierté, j'avais obtenu la note de 16/20 en mathématiques, chose que je n'avais jamais réussi à obtenir en trois ans de lycée. J'avais une reconnaissance infinie pour Joseph et nos longues heures passées ensemble afin d'atteindre notre objectif, celui-ci dépassant tous mes rêves. Par contre, j'avais eu un 06/20 en anglais, matière à très fort coefficient dans ma série de bac qui avait fait chuter fortement ma moyenne générale. Grâce aux mathématiques, j'avais obtenu mon baccalauréat littéraire ! C'était cocasse. Une fois rentrée chez moi, je pensais être félicitée et remerciée par mes parents, mais il n'y avait personne pour m'accueillir. Je ne sais pas ce que je m'étais naïvement imaginé… Joseph était bloqué sur sa base militaire et n'avait pas pu revenir. Je lui avais appris ma réussite par téléphone, il était tellement heureux pour moi ! Par contre, mon père était absent et ma mère avait choisi ce jour-là pour amener Javotte, âgée alors de sept ans, assister à l'opéra « Carmen » qui se jouait au théâtre de Montpellier. Sans moi, devenue bachelière… Par ce grand jour de célébration, je me retrouvais tristement seule à fêter ma réussite qui visiblement n'intéressait pas grand monde dans ma famille. J'en étais profondément meurtrie. J'avais passé un long moment au téléphone avec Joseph à pleurer. Le pauvre était impuissant et désemparé devant mon chagrin et ma déception, coincé à plus de six cents kilomètres de là. Même si j'avais franchi des montagnes, donné le meilleur de moi-même avec des résultats à l'appui, mes parents minimisaient toujours, voire ne s'en intéressaient pas. Ah, par contre, ils savaient s'en vanter si cela pouvait les faire briller dans leur vie sociale, prenant crédit de mes accomplissements. Mais devant moi, ce n'était jamais assez, je pouvais toujours faire plus selon eux. C'était tellement frustrant et blessant à la fois.

Chapitre 13 - Les voyages forment la jeunesse !

En cours d'année de terminale, pour anticiper la suite de mes études supérieures, j'avais candidaté à différentes écoles, notamment celle de Sciences Po à Aix-en-Provence, pour l'option « Relations internationales », puisque je parlais trois langues étrangères. Seulement, j'avais découvert, a posteriori, que ma professeure d'anglais avait émis un avis défavorable, m'empêchant ainsi de défendre ma candidature lors du premier entretien d'entrée. Cette opportunité ne m'avait pas été offerte, car ma demande d'admission avait été rejetée directement en fonction de l'avis. Ma mère, furieuse de découvrir cette annotation inscrite dans le retour du dossier refusé, avait pris la peine de venir au pensionnat, sans y être conviée. Elle n'y était pas allée par quatre chemins, faisant carrément irruption en classe d'anglais pour invectiver mon enseignante devant toute la classe ! J'avais cru mourir de honte. Elle lui avait reproché, entre autres, de ne pas laisser à ses élèves une chance d'aller aux entretiens présenter leurs motivations. Une porte se fermait définitivement de ce côté-là de mes projets. Mes parents n'étaient pas fans des études en faculté, ayant un avis bien tranché sur la question : la fac ne formait à rien ! Malgré tout, j'espérais toujours pouvoir m'y inscrire, je n'avais pas perdu de vue mon désir d'enseigner le français. Malheureusement, cette année-là, les modalités de recrutement des enseignants venaient de changer. Elles étaient passées d'un BAC + 2 à un BAC +3, c'est-à-dire après une licence. Ce changement de procédure avait vite réglé le problème… Mes parents n'avaient pas les moyens financiers pour m'installer à Montpellier, ni pour que je suive un cursus d'études supérieures longues. Comme ils avaient une piètre opinion des facultés dans leur ensemble, de leur incapacité à former correctement et de fournir un emploi en adéquation avec le diplôme, il avait fallu que je réfléchisse au dernier moment à une autre voie de formation et que je choisisse un parcours en deux ans seulement, parmi des BTS qui me donneraient un « vrai métier » selon mes parents. Après toutes ces déconvenues, je me retrouvais courte en termes de réflexion sur la poursuite de mes études supérieures et les choix possibles. Franchement, rien ne me plaisait, malgré les quelques visites que nous faisions avec maman dans des établissements lors de journées de portes ouvertes. Je n'avais pas du tout imaginé qu'il ne me serait pas possible d'étudier comme je le souhaitais. Sans grande surprise, je m'étais retrouvée sans affectation à la rentrée suivante, en septembre 1989. Pour ne pas perdre mes droits et garder la Sécurité sociale étudiante, je m'étais inscrite en faculté de droit à Montpellier. Ce domaine me plaisait surtout le droit constitutionnel. J'essayais de me projeter en avocate, mais n'ayant aucune commodité sur place et compte tenu de mon emploi du temps avec quelques cours magistraux en matinée et tous mes TD ou TP en fin de journée très tard, il m'était impossible de suivre correctement ce parcours universitaire. Je ne pouvais pas passer cinq ou six heures d'affilée à la bibliothèque à attendre les TD du soir. Pour ne rien arranger, j'étais contrainte aussi par les horaires de bus depuis mon village. Après un premier trimestre chaotique dû à la gestion de mon emploi du temps peu facilitant, j'avais décidé d'arrêter. Pour ne pas perdre mon année universitaire, il m'était apparu pertinent de partir comme fille au pair en Angleterre pour les mois restants. Ma cousine Sophie, plus âgée, avait ouvert la voie en faisant de même au Canada puis aux États-Unis. Ainsi, je transformais ce qui paraissait être un échec en une formidable opportunité de me former et de me diplômer en anglais à l'étranger, surtout au vu de la note que j'avais obtenue au bac ! Mes parents étaient d'accord pour que je parte. Sur les conseils de ma cousine et de ses parents, nous nous étions occupés de contacter des agences de placement situées à Paris afin de ne pas perdre plus de temps et de partir rapidement en Grande-Bretagne. Le jour du départ à l'aéroport, ma cousine Sophie était venue avec ses sœurs me faire la surprise de m'embrasser et de m'encourager pour ma nouvelle aventure ! Ainsi, dès le mois de janvier 1990, je m'envolais pour six mois à Haslemere près de Londres, accueillie dans une famille anglaise très aisée, ayant quatre enfants : Calista, Melinda, Caroline et leur petit dernier Julian, âgés entre 2 et 11 ans.

Mon père souhaitait que je revienne une fois par mois à la maison en avion. Quitter Joseph avait été très dur, mais nous étions ensemble depuis quatre ans et je savais notre relation solide. Et puis je me disais que cela nous servirait de test ! Nous verrions si notre relation supporterait l'éloignement, perdurerait ou non. Il est vrai que notre relation était mise à rude épreuve : l'internat pendant trois ans et maintenant l'Angleterre durant six mois. Je passais mon temps à partir… Et Joseph restait à m'attendre ! J'étais heureuse de vivre cette nouvelle expérience. Un nouveau défi à relever : partir seule à dix-huit ans dans une famille que je ne connaissais pas, même si c'était dans un pays proche de la France. J'avais déjà visité Londres lors d'un séjour linguistique d'une semaine avec le collège en classe de 3e. J'allais arriver dans une ville qui m'était totalement inconnue. Partir en tant que jeune fille au pair de l'autre côté de la Manche était pour moi une opportunité de vivre une expérience d'immersion totale pendant quelques mois et de gagner encore en autonomie. Je ne manquais pas de courage et savais sortir de ma zone de confort pour atteindre mon but. Parler tous les jours avec ma famille d'accueil, avec les habitants, il n'y avait pas de manière plus efficace pour améliorer ma maîtrise de la langue anglaise.

Je me rends compte que ma construction personnelle s'est forgée autour de défis que je me lançais constamment de manière consciente ou inconsciente. Dès que j'avais atteint le but que je m'étais fixé, je passais au suivant. Chaque fois que ma vie se chargeait en complexité, dans le même temps, je devenais plus forte. Avec le temps et les accidents de la vie rencontrés, j'étais une jeune fille qui voyait toujours le verre à moitié plein, plutôt qu'à moitié vide. Je vivais les situations avec légèreté et positivité. L'important était de reprendre le contrôle sur moi-même, à défaut de l'avoir sur les évènements concernés. Je ne me laissais pas abattre par les difficultés, je pliais, mais je ne rompais pas ! Je me redressais avec force, un peu comme le roseau dans la fable de Jean de la Fontaine *Le Chêne et le Roseau.* Je n'étais pas quelqu'un qui enviait l'autre ou qui jugeait par ce qu'il avait ou n'avait pas. Grâce ou à cause de mon parcours familial, je préférais me concentrer sur ce que j'avais, plutôt que sur ce que je n'avais pas. Et tout ce que j'avais, je ne le devais qu'à moi et à moi seule. Pas de compte à rendre à qui que ce soit. J'y mettais un point d'honneur. Je m'accrochais à ma devise « *qui ne tente rien, n'a rien* », qui m'aura accompagnée jusque dans ma vie d'adulte. Dans mon esprit, il n'était pas possible de dire que l'on avait échoué si on n'avait pas un tant soit peu essayé. C'était ma vision de la vie. C'est donc en début d'année 1990 que j'arrivais à Haslemere, ville du sud de l'Angleterre, dans le Surrey. Le paysage verdoyant entouré de collines y était vraiment magnifique. Une grande partie de la campagne des alentours était boisée et couverte de landes. Il devait y avoir un peu moins de 10 000 habitants à cette époque. Il était convenu avec l'organisme et la famille d'accueil que j'irais suivre tous les matins des cours d'anglais au sein d'une antenne de l'université de Cambridge présente sur place. Ma famille d'accueil s'était montrée très hospitalière à mon égard. Le mari était venu me récupérer à l'aéroport avec son petit écriteau : ÉLODIE. J'avoue que sur le trajet retour à leur domicile, notre conversation n'était pas intense ! Il me posait des questions quelque peu banales sur mon voyage, mais j'avais un mal fou à lui répondre correctement, cherchant mes mots de vocabulaire. Je me rendais compte que ce n'était pas en prononçant quelques phrases de temps en temps en cours d'anglais au collège et au lycée que nous avions un niveau de langue exceptionnel nous permettant de tenir une conversation de vie courante !

Son épouse ne travaillait pas et elle était débordée avec ses quatre jeunes enfants, dont les âges étaient assez rapprochés. Elle parlait bien le français, mais ce n'était pas le but de mon séjour en Angleterre. Nous avions convenu avec elle que nous aurions parfois des conversations en français pour lui permettre de parfaire son niveau de langue. Très rapidement, elle m'avait présentée à ses

amies. Certaines avaient aussi choisi d'accueillir des filles au pair pour s'occuper de leurs enfants. Ces dernières n'avaient pas souhaité suivre des cours en université en parallèle comme moi. Seule une d'entre elles, Karine, avait fait le même choix. Par chance, elle habitait relativement près de ma famille, ce qui allait faciliter nos rencontres et notre amitié naissante. La demeure de ma famille était immense, d'ailleurs on pouvait parler de manoir plus que d'une simple maison. Il y avait sept chambres à l'étage, plus les salles de bain et le bureau. Le rez-de-chaussée était réparti entre un immense salon vitré de toutes parts donnant sur le parc extérieur et la piscine chauffée, une cuisine très fonctionnelle et une salle à manger close et séparée de toutes les autres pièces en bas. Celle-ci était austère, je dois dire. Enfin, les enfants bénéficiaient d'une salle de jeux digne d'un centre aéré pour les dimensions de la pièce et la quantité de jouets entreposés ! Le premier soir de notre dîner, nous avions mangé à dix-huit heures dans cette salle à manger lugubre, limite angoissante ! Je me sentais à cran quant à mes difficultés à tenir une conversation intelligible avec six personnes qui me fixaient en même temps, me parlant dans une autre langue que la mienne. Des larmes commençaient à embuer mon regard, puis elles roulèrent en silence sur mes joues. J'étais horriblement gênée de leur offrir ce spectacle de désolation dès notre premier repas commun. Il s'agissait plutôt de l'atmosphère solennelle à ce premier repas que je trouvais pesant plutôt que de me retrouver seule là-bas. Évidemment, cela rentrait quand même en ligne de compte. La bienveillance des parents m'avait aidé à retrouver rapidement mon calme et ce fut la seule fois où je pleurais durant mon séjour chez eux. J'avais énormément d'affinité avec les deux plus petits : Julian et Caroline. J'avais l'expérience avec ma petite sœur. Les deux grandes filles me toisaient et me testaient constamment. Elles ne me rendaient pas la tâche facile. Mais avec le temps et de la patience, nos relations s'adoucissaient. Je sentais bien que je devais gagner leur confiance et réussir quelques « tests » avant d'être acceptée par elles. J'avais beaucoup de chance d'être dans cette famille. Ils me payaient convenablement. Je n'étais pas une « esclave », contrairement à certaines copines qui se retrouvaient à faire la boniche en plus de la garde des enfants dans leur famille respective. J'étais libre les week-ends, ce qui me permettait de voyager et de visiter certaines régions anglaises avec Karine.
Je trouvais extraordinaire de voyager ainsi, car cela m'ouvrait l'esprit culturellement dans un premier temps, mais surtout cela me faisait rencontrer des nouvelles personnes, découvrir des nouveaux paysages, observer des nouvelles façons de vivre et expérimenter de nouveaux goûts ! Nous avions établi un planning de petites excursions en train ou en bus, selon les distances, durant nos

week-ends libres. Nous définissions dans la semaine quelle expédition nous allions tenter et le samedi matin tôt, nous nous embarquions toutes les deux vers de nouvelles excursions avec trois sous en poche, mais la fleur au fusil ! Dans le désordre, nous avions visité Cambridge, où nous avions fait de la barque, connue surtout pour sa prestigieuse université datant de 1209, le King's College, célèbre lui pour son chœur et son imposante chapelle gothique, le Trinity College fondé par Henry VIII et St John's College avec sa grande porte du XVIe siècle. Puis une autre fois, Oxford, jolie ville médiévale en partie, située à 90 kilomètres au nord-ouest de Londres, connue, elle aussi, pour ses prestigieuses universités. Une autre fois, ce fut Portsmouth, un des bastions de la marine royale britannique située sur la côte sud de l'Angleterre. Nous avions continué nos périples en nous rendant à Brighton, petite station balnéaire en bord de mer et sa jolie plage de galets, puis à l'île de Wight facile d'accès en ferry, magnifique petite île sur la Manche. Pour nos journées shopping, nous faisions fréquemment le déplacement à Guildford à une vingtaine de kilomètres seulement de notre lieu de logement à Haslemere. Il nous fallait entre quinze et vingt minutes de trajet en train pour nous y rendre. Et enfin, évidemment, Londres à une heure de train que nous avions explorée en long, en large et en travers ! Pour ce qui était de mes engagements avec ma famille d'accueil, j'avais la garde des quatre enfants, mais pas plus de trente heures par semaine, ce qui n'était pas le cas dans toutes les familles. Je devais les récupérer à l'école, les faire goûter, jouer, les doucher et les surveiller selon les moments de la journée. Je m'occupais également de tâches ménagères légères ou de la préparation de leurs repas si leurs parents étaient absents. Pour leurs deux plus grandes filles, il s'agissait de les aider dans leurs devoirs quand leur mère ne pouvait pas le faire. Je passais beaucoup de temps à jouer avec les quatre, sans vraiment tenir les comptes de mes horaires. Je m'étais accordée, sur mes temps de repos durant la journée scolaire des enfants, des cours de gymnastique dispensés dans Haslemere. Je menais une petite vie tranquille, bien réglée. Joseph me manquait, mais nous nous téléphonions régulièrement et nous nous écrivions énormément, comme nous le faisions durant mes trois années d'internat. J'étais absolument heureuse chez eux, je me sentais à mon aise là-bas dans ce pays. Les problèmes de conversation avaient vite disparu dès la fin du premier mois. L'apprentissage de la langue, les intonations, les mots de vocabulaire : tout était beaucoup plus aisé et fluide. Regarder les programmes de télévision m'aidait à améliorer la compréhension des différents accents du pays. Comme je mettais vraiment du cœur à l'ouvrage, le mari m'en était reconnaissant et il lui arrivait de me donner de l'argent de poche supplémentaire quand nous partions avec Karine en vadrouille. Je n'avais aucune aide financière venant de mes parents. De temps en temps, ma mère m'expédiait des colis, mais ils contenaient souvent de l'alimentation que je devais mettre au réfrigérateur, ce qui vexait inévitablement la femme de la famille. J'avais fini par demander à ma mère de ne plus m'en envoyer, car elle me mettait dans l'embarras.

Un jour, alors qu'ils avaient prévu de se rendre au théâtre à Londres pour assister à la représentation d'une comédie musicale, le mari avait décidé, mais sans en parler au préalable à sa femme, de m'inviter également ! J'étais absolument ravie de cette délicate attention, son épouse l'était beaucoup moins ! Suite à ce maladroit « incident », il s'était installé une animosité à mon égard de la part de la mère. Je ne pensais pas que cette invitation surprise allait autant la contrarier. En attendant, nous étions allés voir Les Misérables, comédie musicale qui avait un succès phénoménal à Londres, déjà à l'époque ! Je crois que ce spectacle est toujours à l'affiche du Queen's Theater depuis 1985, ce qui est un record de longévité incroyable pour une comédie musicale. J'avais été transportée émotionnellement autant par le spectacle que par la beauté du théâtre. J'étais vraiment désolée de constater que mes relations avec son épouse se détérioraient suite à cela. Je n'avais rien demandé, cette soirée m'avait été offerte généreusement pour les accompagner et me permettre de découvrir une autre partie culturelle de l'Angleterre. Je n'avais pas osé, du haut de mes dix-neuf ans, lui demander l'origine de son changement d'attitude. Peut-être avait-elle été jalouse de cette décision sans avoir été concertée, en tout cas elle avait été vraiment incommodée par ma présence à cette sortie familiale. Après cette soirée-là, elle ne prenait plus le temps de parler avec moi et à part son mari et les enfants, nous avions de moins en moins d'échanges, ce qui me faisait souffrir, car je trouvais la situation embarrassante et surtout injuste. Elle ne mangeait plus les midis avec moi. L'ambiance, lorsque nous nous retrouvions toutes les deux dans la maison, devenait pesante. Joseph m'avait fait la surprise de venir passer un week-end à Haslemere pour mon anniversaire au printemps. Il avait réservé un hôtel dans la ville pour nous deux. Il me fallait néanmoins prévenir ma famille d'accueil que je ne dormirais pas à leur domicile durant le court séjour de mon amoureux. À ma grande surprise, ils en avaient été choqués ! Pourtant, j'étais majeure. Cet épisode avait accentué le fossé qui se creusait, sans que j'en comprenne les véritables raisons, entre la mère et moi. Elle était de plus en plus distante, froide et parfois antipathique envers moi. Malgré tout, lors d'un de mes courts week-ends en France, j'avais invité l'aînée Calista à voyager avec moi et à séjourner chez mes parents quelques jours pour Pâques. Cette petite fille avait été ravie de cette opportunité, bien que très timide et n'osant pas trop parler français. Mes parents s'étaient montrés accueillants. Le seul hic : ils ne parlaient pas un mot d'anglais !

La fin de mon séjour anglais approchait. Fin juin, la famille au grand complet avait prévu de séjourner une semaine en vacances à Majorque au Cap de Formentor dans un luxueux hôtel 5 étoiles ! Je faisais partie du voyage pour m'occuper de leurs quatre enfants à temps plein. Les parents voulaient absolument profiter de leur séjour sans avoir la contrainte de gérer leurs bambins une fois sur place. J'avais évidemment accepté le deal, je finissais en beauté ces six mois d'immersion intensive anglaise. Depuis notre hôtel luxueux, nous avions accès directement à l'une des plus belles plages de l'île de Majorque, Playa Formentor, à l'ombre de pins, avec une eau cristalline et chaude, un sable quasiment blanc, absolument paradisiaque. Non loin de là, se trouvait également une magnifique calanque, la Cala de Figueral que l'on pouvait rejoindre à pied. L'organisation était la suivante : je préparais les enfants le matin dans leurs chambres, puis nous petit-déjeunions tous ensemble. À partir de ce moment-là, si les parents se rendaient à la piscine, je devais amener leurs enfants à la plage privée de notre hôtel et inversement. Ils ne voulaient pas s'en occuper ni les voir de la journée. Nous fonctionnions ainsi jusqu'au soir, au moment des retrouvailles pour le dîner. Cela me convenait parfaitement, je n'étais pas à plaindre, vu le lieu de résidence ! Leurs parents avaient néanmoins souhaité faire quelques petites excursions avec eux, je faisais partie du voyage pour les gérer. C'est ainsi que nous avions visité non loin de là Puerto Pollensa, petite station balnéaire paradisiaque et naturelle située dans la péninsule de Formentor. Une fois notre séjour enchanteur effectué, la tête remplie des paysages somptueux, nous étions rentrés à Haslemere tous les sept. Étaient venus la fin de mon programme linguistique et mon départ d'Angleterre définitif. J'avais été très peinée de les quitter. La mère n'avait pas souhaité m'accompagner à l'aéroport, je me retrouvais avec mes deux grosses valises à prendre le train pour rejoindre l'aéroport toute seule, presque comme une pestiférée. Il n'y avait eu aucun au revoir, aucun échange verbal, affectueux ou en tout cas aimable, alors que nous venions de partager six mois de quotidien ensemble. J'étais touchée que nous nous séparions ainsi dans une totale incompréhension.

Avant mon retour effectif en France, j'avais anticipé mes demandes d'école pour reprendre mon cursus d'études supérieures. Mes parents toujours autant bornés quant à leur avis sur les facultés, j'avais dû sélectionner, sans grande passion, un BTS avec pour spécialité la bureautique et le secrétariat de direction trilingue. Les écoles choisies étaient dans différentes villes comme Toulouse, Nîmes et Narbonne. Ce choix était fait plus par amour des langues vivantes que par la fonction d'assistante de direction, qui était la dernière chose que je voulais faire ! Et puis ma mère avait été une grande partie de sa vie secrétaire et il lui paraissait normal et pas honteux que je prenne le même chemin professionnel. Je n'avais aucune motivation, mais pas le choix. Compte tenu du niveau d'anglais acquis après six mois d'immersion dans le pays et du diplôme obtenu et dispensé par l'antenne de l'université de Cambridge, j'avais été admise dans toutes les écoles que j'avais demandées. Je n'avais que l'embarras du choix et celui-ci s'était porté sur une école à Nîmes, toute proche du domicile de mes parents, en train. Ainsi, à dix-neuf ans, je réintégrais la maison et retrouvais Javotte âgée de huit ans. Pour la première année de mon BTS, il avait été décidé que je ferais les trajets en train depuis une petite bourgade proche de notre domicile. Il y avait à peine quinze minutes de route pour atteindre la gare et une vingtaine supplémentaire en train pour arriver à Nîmes. J'étais autonome pour mes déplacements, car mes parents m'avaient offert un véhicule d'occasion en compensation de tous mes étés travaillés gratuitement à leur exploitation agricole. J'étais l'heureuse conductrice d'une magnifique Renault 5 blanche, intérieur orange, achetée à un vieux monsieur qui la faisait dormir sous des couvertures dans son garage chaque soir ! Autant dire qu'elle n'avait aucune éraflure et était en excellent état pour son âge !

Dans le cadre de mes deux années d'études, deux stages en entreprise devaient être réalisés à l'étranger en fonction des langues choisies. Pour moi, il s'agissait d'en faire un de deux mois en Espagne et un autre d'un mois dans un pays anglophone. Pour le premier, j'étais partie travailler à Madrid en juin et juillet 1991, accompagnée d'Emmy rencontrée dans mon école, elle aussi en stage dans cette ville. Par chance et commodité, la grande sœur de Joseph était mariée à un Madrilène. Elle vivait là-bas depuis quelques années déjà. Tous les deux m'avaient gentiment accueillie et logée dans leur immense appartement. J'étais très proche de ma belle-sœur, des liens affectueux s'étaient formés bien avant son installation en Espagne. Grâce à son beau-père hautement placé dans une grande entreprise nationale, j'avais pu y obtenir sans difficulté mon stage en entreprise espagnole pour les deux mois. Comme j'avais pu le faire en Grande-Bretagne avec Karine, avec mon amie Emmy, nous partions tous les week-ends en vadrouille arpenter de belles villes espagnoles comme Tolède, Ségovie, El Escorial et j'en passe ! Résidant à moins de trente minutes de Madrid, nous avions visité de fond en comble la capitale, ses nombreux musées, ses parcs et autres monuments magnifiques. Nous partagions une grande complicité et d'immenses fous rires avec Emmy, car elle était étourdie et distraite, ce qui faisait que nous vivions très souvent des situations cocasses. Mes études supérieures se déroulaient sans aucune difficulté. Je me retrouvais à apprendre un métier par dépit, mais heureusement, je continuais à étudier des matières qui me plaisaient énormément, comme les langues étrangères. Je m'accrochais à l'aspect positif et occultais le négatif autant que possible. L'année suivante, pour la dernière année, il fallait exécuter le deuxième stage de mi-novembre à mi-décembre. Comme j'avais déjà fait un long séjour en Angleterre, je souhaitais me rendre aux États-Unis. Aller à New York un jour était resté un fabuleux rêve dans mon esprit de jeune fille. Parfois, il suffit de faire les bonnes rencontres ou de connaitre les bonnes personnes pour réaliser simplement son rêve. L'ancien patron de ma mère et ami de longue date de mes parents, avait crée sa société en France avec une succursale aux États-Unis, dans une petite ville située à quelques kilomètres de New York, dans l'état du New Jersey. Grâce à cette amitié et aux contacts qu'il avait sur place, j'étais partie un mois en stage là-bas. J'étais remplie d'une grande fierté de partir aussi loin toute seule, à la fois terrifiée et excitée de me rendre dans ce pays séparé de la France non plus par une mer, mais par un océan ! La veille de mon voyage, une belle crise d'angoisse m'avait assailli, à laquelle s'était rajouté un saignement de nez mémorable, comme je pouvais en faire ! Ce départ, seule si loin, me paraissait insurmontable et en même temps, je ne pouvais me résoudre à passer à côté d'une telle opportunité professionnelle, personnelle et culturelle. J'allais réaliser l'un de mes rêves, ce n'était pas rien ! Je n'avais pas de maîtrise sur le monde extérieur, ne sachant pas à l'avance comment ce séjour aux États-Unis allait se dérouler. Par contre, je savais pouvoir agir sur mon monde intérieur, intime et personnel. Alors, je ne devais pas renoncer ni me laisser abattre ! Quel que soit mon état émotionnel, je partais, un point, c'est tout ! Victor était le directeur du site américain, il devait m'accueillir à l'aéroport. Je ne savais de lui qu'il était marié et venait d'avoir une petite fille, nommée Bianca. Mes parents, bien intentionnés, avaient mis une bouteille de vin dans mes bagages pour l'offrir à ce couple qui devait m'héberger durant toute la durée de mon séjour américain. Évidemment, on ne voyage pas aux États-Unis comme on voyage en Europe, même à l'époque. J'avais subi une flopée de questions, vraiment anxiogènes, dès l'embarquement en France. Ma cousine Sophie, résidant en région parisienne à ce moment-là, était venue me tenir compagnie à l'aéroport pendant le temps d'attente de la correspondance. Cela m'avait fait chaud au cœur de la voir, nous avions beaucoup ri : elle était toujours adorable et nous étions très proches l'une de l'autre. Et puis l'heure de l'embarquement était arrivée. Elle était restée auprès de moi le plus longtemps possible. Nous nous étions séparées, émues, nous étreignant dans de grandes embrassades. Elle me faisait de grands mouvements de bras depuis les grandes baies de l'aéroport parisien pour me dire au revoir. La durée du vol était presque de huit heures. Huit longues heures, seule, assise dans un avion, sans personne à qui parler. Il se méritait ce rêve ! À l'approche et au survol de New York, j'avais été saisie par la beauté architecturale de cette ville et immensément émue. Je l'avais fait ! J'avais chuchoté pour moi-même :

— *Élodie... ça y est, tu y es, tu l'as fait !*

Une fois atterrie à Newark, j'avais dû subir à nouveau une quantité de questions toutes plus déstabilisantes les unes des autres : pourquoi je venais ici ? Pour y faire quoi ? Combien de temps je séjournais et chez qui ? Il n'était pas question que je dise que je venais effectuer un stage en entreprise. D'autres questions du style : pourquoi venir en novembre en visa touriste alors qu'il y avait cours en université en France ? Tout me mettait une pression folle ! J'avais l'impression d'être une terroriste ou quelque chose dans le genre, vu les questions qui m'étaient posées ! Une fois le moment de sortir des douanes et de passer la porte, j'avais été encore interceptée et questionnée pour savoir si j'avais quelque chose à déclarer, alcool ou autre. J'avais répondu par la négative, très angoissée qu'il découvre la fameuse bouteille de vin, cadeau de mes parents pour la famille de Victor ! Heureusement, le douanier m'avait laissé passer, mais j'étais énormément stressée par la situation. Une fois dans l'immense hall de l'aéroport de Newark, je cherchais désespérément des yeux une petite pancarte à mon nom, tenue par le directeur qui était censé venir me récupérer. Je ne voyais absolument aucun écriteau me désignant et les voyageurs petit à petit s'éparpillaient dans l'aéroport. C'était la goutte de trop : j'avais fini par craquer et m'effondrer en pleurs dans un coin, totalement perdue et fatiguée par le voyage. Je n'avais aucun numéro à appeler, je ne connaissais personne sur place. Encore une fois, aucune organisation ou anticipation n'avait été faite avec mes parents auprès de leur ami. Il n'y avait strictement personne pour m'aider. À la réflexion aujourd'hui, je me rends compte qu'il n'y avait eu aucune préparation sérieuse pour ce grand voyage. Mes parents m'avaient laissée partir et basta... C'était vraiment un saut vers l'inconnu que je venais de faire ! C'est alors que je fus accostée par un jeune couple, absolument adorable. Ils s'étaient rapprochés de moi, inquiets de me voir seule et autant bouleversée. Je leur expliquais ma situation, que la personne qui devait venir me chercher n'était pas là et que je ne connaissais personne aux États-Unis. Je n'avais que très peu d'argent de poche sur moi. Très aimablement, ils m'avaient réconfortée et rassurée en me disant qu'ils allaient rester avec moi et attendre l'arrivée de Victor, autant de temps qu'il le faudrait. Heureusement que mon anglais était excellent pour pouvoir m'exprimer correctement avec eux ! Trente minutes plus tard, Victor arrivait enfin, confus de m'avoir fait autant attendre. Le jeune couple m'avait alors quittée, me voyant rassurée et prise en charge. J'ai toujours été très sensible à ces rencontres fortuites, ces personnes que l'on ne connaissait pas quelques minutes auparavant, qui traversent votre chemin de vie pour un bref instant, qui vous octroient de leur temps sans aucune contrepartie, qui vous rassurent par une simple phrase ou une attitude bienveillante. Je n'ai jamais su leurs prénoms, mais j'ai gardé en tête et dans mon cœur notre échange réconfortant.

Le stage s'était très bien déroulé et la famille était sympathique. Victor et sa femme avaient une petite fille âgée d'environ 13 mois. Il occupait une très jolie maison, sans clôture ni volet comme c'était le cas pour la plupart des maisons américaines. Ils n'avaient pas de chambre pour moi aussi, ils m'avaient installé dans leur salon. Je dormais dans le canapé, avec vue sur la rue la nuit. Certains week-ends, Victor m'emmenait à New York visiter les quartiers typiques tandis que sa femme restait à leur domicile pour garder leur petite fille. Il était très occupé par ses fonctions de directeur et n'avait que peu de temps à me consacrer en définitive. La semaine, je partais travailler avec lui. Les équipes avaient été accueillantes. Les tâches à accomplir n'étaient pas folichonnes, mais rien de nouveau pour une stagiaire ! Cette famille mettait un point d'honneur à me faire découvrir les environs de jour comme de nuit, alors que nous ne nous connaissions pas quelques jours auparavant ! Compte tenu de la période de l'année où se déroulait ce stage, il y avait tous les préparatifs des fêtes de Thanksgiving, de Noël et celle du jour de l'An dans les villes américaines environnantes, sans parler de New York ! Les décorations des vitrines, des rues, des façades de maisons et des jardins étaient somptueuses, jamais vues en France précédemment. J'étais émerveillée par la beauté des accessoires de Noël à mettre dans le sapin. Nous n'avions pas tout cela en France, pas encore en tout cas ! Noël à New York était une féérie, la ville avait une effervescence magique… J'étais fascinée par la Big Apple, j'en prenais plein les yeux à chaque visite ! Premièrement, je n'arrivais pas à croire que j'y étais vraiment, là, à fouler le sol de l'Oncle Sam. Deuxièmement, de me promener dans des lieux que je voyais en tant normal dans les films diffusés en France me procurait un plaisir fou ! J'avais traversé toute seule un océan pour être là dans les rues new yorkaises, heureuse, a à peine vingt ans ! Cette expérience était exceptionnelle plus d'un point de vue culturel que professionnel. Je prenais une énorme claque en arpentant les rues bondées, éclairées, clignotantes de Times Square, de la 5e Avenue, pour ne citer qu'elles ! Puis la 34e rue et notre ascension sur le toit de l'Empire State Building pour avoir une vue d'ensemble de cette ville mythique. Nous avions visité le Macy's, Broadway avenue, nous avions marché à Seaport et déambulé dans Manhattan. J'étais terriblement impressionnée par la hauteur des Twin Towers. Nous étions allés un soir en famille à la patinoire du Rockefeller Center, c'était extraordinaire, presque irréel ! J'éprouvais un plaisir immense à faire mes emplettes de Noël pour mes parents, ma petite sœur et Joseph. J'avais acheté quantité de décorations de Noël, comme des guirlandes de perles rouges ou dorées, des nœuds en velours rouges que nous ne trouvions pas du tout en France à ce moment-là. J'ai gardé religieusement tous ces objets décoratifs jusqu'à aujourd'hui... Le retour en France fut une catastrophe, car nous étions arrivés trop tardivement à l'aéroport à New York. Nous étions seulement à deux ou trois jours de Noël, les avions étaient bondés. Pour fêter mon départ et notre vie commune durant un mois complet, la famille m'avait offert un repas au restaurant. Cette période étant festive, tous les vols étaient surbookés ce qui veut dire que j'avais mon billet réservé mais quelqu'un d'autre était arrivé plus tôt que moi à l'aéroport et avait pris ma place ! Il m'était inconcevable de passer les fêtes de Noël bloquée aux États-Unis loin de ma famille et de Joseph. Victor faisait tout son possible avec l'hôtesse au guichet et moi, j'avais fini par piquer une crise de nerfs me mettant à vociférer dans le hall d'accueil. Tant et si bien que les hôtesses avaient fini par nous proposer une solution. Je pouvais embarquer sur mon vol comme prévu mais sans mes valises ! Évidemment, j'avais accepté la proposition, sachant que mes valises me seraient expédiées ultérieurement. Les cadeaux de Noël pour ma famille étaient arrivés avec une semaine de retard par rapport à Noël, l'essentiel étant que je sois présente ! Une seule petite valise cabine m'avait été accordée. J'avais dû voyager durant la totalité du vol de nuit avec elle coincée sous mes jambes, dans l'impossibilité de les allonger. Le voyage avait été atroce compte tenu de l'inconfort. Arrivée à Paris, j'avais été heureuse de retrouver mon Joseph et ma famille pour passer les fêtes de fin d'année comme chaque année. Mon retour à la maison n'était pas aussi simple. J'avais pris l'habitude depuis bien longtemps d'avoir beaucoup d'autonomie. Mes parents n'avaient absolument pas changé dans leur mode de fonctionnement, que ce soit avec moi ou de façon générale. Toute contrainte ancienne me pesait. Nos relations étaient trop souvent tendues, leurs mots cruels recommençaient à me meurtrir. Toutes les mauvaises habitudes se remettaient en place. J'étais majeure, je ne pouvais pas continuer ainsi. La cohabitation avec mes parents n'étant plus possible, j'avais décidé de quitter définitivement leur domicile afin de m'installer avec Joseph dans un appartement nîmois, situé assez près de mon école. Joseph venait de commencer à travailler dans un groupe industriel important implanté dans une ville voisine à environ cinquante kilomètres de notre logement. Nous voulions bâtir notre vie ensemble comme bon nous semblait, loin de toute contrainte et arrêter d'être sans cesse séparés.

Quitter la maison de mes parents avait été une formalité pour moi, car la séparation était effective depuis le pensionnat, la cassure avait déjà eu lieu et je n'en souffrais plus. Ma petite sœur Javotte avait seulement neuf ans, elle allait se retrouver seule encore une fois. Je n'y pouvais rien, même si cela me fendait le cœur. J'espérais que mes parents lui expliqueraient correctement les choses. Notre écart d'âge était préjudiciable à cette époque pour maintenir comme il se devait une relation fraternelle normale.

À l'été 1992, les épreuves de mon BTS brillamment réussies, j'étais à vingt-et-un ans à peine, jeune diplômée, prête à rentrer dans la vie d'adulte. Tout était à bâtir, tant sur le plan personnel que professionnel. Je devais me projeter dans une carrière que je n'avais pas prévue ainsi, trouver un emploi adéquat, créer ma propre famille…

Chapitre 14 - Ils se marièrent et eurent de beaux enfants

L'année de notre emménagement dans notre appartement nîmois, nous faisions le grand saut en nous fiançant, en bonne et due forme, Joseph et moi. Notre vie personnelle prenait une autre dimension ! Quelques années seulement après, en 1994, nous nous mariions dans l'ordre normal des choses de la vie. Je rêvais d'un mariage digne des contes de fées, ayant une idée précise de la robe que je souhaitais porter. Avec ma mère, nous avions arpenté toutes les boutiques de mariage des villes alentours pour trouver LA robe pour le grand jour ! Sur les conseils de ma tante Solange, nous nous étions rendues dans une petite boutique indépendante, à Sète où elle vivait. C'est là que nous avions enfin trouvé celle qui était parfaite à mes yeux. Nous étions émues aux larmes pendant les essayages de chacune des robes et d'autant plus, une fois passée celle qui allait faire l'unanimité. Elle était de forme princesse couleur ivoire. Je ne souhaitais pas me marier dans une robe blanche. Le bustier au décolleté bateau était en satin brodé de pierres blanches et de sequins, sans trop de fioritures. Des manches courtes ballon laissaient apparaitre mes épaules dénudées et hâlées. Le bas de ma robe était entièrement en tulle, brodé par endroit, avec un léger effet traine. Il me fallait porter un large jupon pour lui donner un beau volume. À l'arrière, il avait un grand nœud en satin sur la chute des reins. J'avais essayé des voiles mais ils ne me mettaient pas du tout en valeur. Pour sublimer ma robe, nous avions opté pour une grande capeline de satin avec un léger voile devant, noué sur l'arrière. Pour habiller mon décolleté, je portais un ras de cou en satin et broderies assorti au bustier et enfin des courts gants, dans la même matière, complétaient merveilleusement bien ma tenue. Chaussures et accessoires avaient été achetés par ailleurs. J'avais décidé que ce serait ma cousine Elisa qui superviserait mon maquillage. Elle avait suivi, depuis l'arrêt brutal du lycée et son départ de la pension, une formation en esthétique et était particulièrement douée. Une vraie artiste ! Très organisée, j'avais créé dans un gros classeur, un dossier « spécial mariage » à la maison. Le soir et les week-ends, j'y notais et classais tout ce que nous devions acheter, payer, préparer, ne pas oublier, établir la liste d'invités, leur placement à table tout en gérant les susceptibilités familiales, les devis de traiteurs, le faire-part, etc. La préparation de notre mariage était devenue mon deuxième travail ! Nous n'avions pas un gros budget mais nous ne voulions pas pour autant d'un mariage « cheap ». Ses parents participaient financièrement sur certains postes et mes parents sur d'autres à la hauteur de leurs moyens. Pour avoir notre propre apport financier et être libres de nos choix, Joseph et moi avions fait un prêt bancaire raisonnable afin de nous

offrir tout ce dont nous désirions sans être redevables auprès de nos parents respectifs.
La période de préparation avait été source de tension entre nous deux, due au stress d'une telle organisation que nous voulions au millimètre près et parfaite à nos yeux. Il avait aussi fallu batailler avec ma mère qui souhaitait inviter ses amis dont la présence n'était pas une priorité. Je ne voulais près de moi que des gens qui partageaient notre vie, certainement pas des illustres inconnus ! J'avais rêvé d'un déplacement en calèche, le jour de notre mariage, dont le trajet serait de la maison de mes parents jusqu'à la mairie de notre village. Malheureusement, ce rêve de petite fille ne rentrait pas dans nos dépenses prévues et incompressibles du mariage. Et puis c'était futile… C'était sans compter sur la gentillesse et la bonté de mes deux acolytes de bureau qui avaient lancé une collecte auprès d'autres collègues pour me l'offrir par surprise, en plus de mon bouquet de mariée. Le jour J, deux hommes en habits d'époque, très distingués, conduisant une magnifique calèche tirée par un cheval majestueux, étaient venus me chercher à l'heure devant le domicile parental. Quelle surprise ! Quel bonheur ! Je ressentais une immense gratitude envers mes copines de travail d'y avoir pensé et d'avoir rendu possible ce rêve ! Nous y avions pris place avec ma sœur Javotte et ma cousine Athéna, âgées respectivement de douze et onze ans, toutes les deux habillées en petites filles d'honneur ! Elles étaient magnifiquement vêtues : l'une en rose et l'autre en blanc. Leurs coiffures étaient tout aussi belles dans un style « bohème chic ». Toutes les trois, nous avions pris place confortablement installées sur la calèche et traversé le village d'un bout à l'autre avant de faire une première halte, à mi-parcours, devant la maison de ma grand-mère, Mamie Lily. Joseph et l'ensemble de nos deux familles et amis s'y étaient attroupés. L'émotion était à son comble, car les habitants de mon village sortaient dans leur jardin pour nous saluer, nous acclamer en nous applaudissant au passage. Nous faisions des petits mouvements de main pour saluer de part et d'autre. Quel moment inoubliable ! Une fois Joseph rejoint, il s'était assis avec nous dans la calèche pour rejoindre, à une centaine de mètres plus loin, la mairie du village. L'ensemble de la cérémonie, que ce soit en mairie, à l'église et au restaurant, avait été merveilleuse, passant bien trop vite à mon goût après tant de mois d'intenses préparatifs et de pression ! À la fin de la noce, c'est-à-dire à cinq heures du matin, nous étions partis nous coucher, chez mes beaux-parents, comblés par notre union. Mais c'était sans compter le respect des traditions comme celle du « pot de chambre » ! Nos cousins respectifs nous y avaient retrouvés avant même que l'on se couche. Il fallait avoir l'estomac accroché pour avaler ce mélange dégoûtant qu'ils nous avaient concocté à partir de restes de nourri-

tures et de champagne dans un pot de chambre, acheté pour l'occasion. Fiers de leur inventivité, l'aspect était absolument répugnant. Seulement, ils n'avaient pas réfléchi qu'eux aussi devaient y goûter après nous ! C'était tellement drôle d'observer nos mines écœurées essayant d'avaler, sans vomir, la plus petite cuillerée de ce breuvage infâme et peu appétissant d'aspect. Nous avions fini par nous coucher alors que le soleil se levait, illuminant notre nouvelle vie de jeunes mariés.

L'année suivante, en septembre 1995, à 24 et 28 ans, nous accueillions notre premier enfant, un petit garçon. Pour ce bébé, je n'avais pas d'envie particulière quant au sexe. Garçon ou fille, tout me convenait du moment qu'il était en bonne santé, d'autant plus que j'avais eu du mal à tomber enceinte malgré mon jeune âge. Pour Joseph, il aimait l'idée d'avoir une fille un jour. La première échographie avait été un bouleversement pour nous deux : cet examen était spectaculaire ! Il rendait réel mon bébé, le voyant bouger avec son petit cœur qui battait si vite. Entendre ses battements cardiaques avait été un grand moment d'émotion et de réalisation. Nous ne nous attendions pas à autant de magie. Ma grossesse se déroulait bien dans son ensemble, malgré des nausées quotidiennes le premier trimestre. Mais en raison des longs trajets, plus de soixante kilomètres depuis notre maison jusqu'à mon lieu de travail en Cévennes, de fortes contractions s'étaient faites ressentir et le col avait bougé. J'avais dû être arrêtée par précaution dès la fin du cinquième mois. C'est lors de la deuxième échographie que nous avions connu le sexe de notre enfant. Toutes les explications en amont nous intéressaient peu, impatients de savoir. Le gynécologue nous avait lancé au bout d'un long moment de prises de mesures et de repères :

— *Madame et Monsieur, vous avez un magnifique petit Jules !*

Il avait fait apparaître à l'écran les parties intimes nettement reconnaissables de notre petit garçon. L'annonce était étourdissante ! Début septembre, avec presque quinze jours d'avance, notre fils arrivait dans notre petite famille. J'avais perdu les eaux durant la nuit à la maison. Nous avions embarqué immédiatement sacs et valises prêts depuis longtemps et nous nous étions rendus directement à la maternité. Je sentais sa petite tête forcer fortement dans mon bas ventre. Ne pouvant supporter de rester assise, j'avais basculé à l'arrière de notre voiture pour m'allonger et presser mes deux mains entre mes cuisses. Le trajet d'une trentaine de kilomètres m'avait paru une éternité, Joseph n'osait pas rouler trop vite pour m'éviter les secousses et moi, je le pressais d'accélérer ! L'accouchement n'avait duré qu'une heure et demie en tout et pour tout ! Trop rapide, je n'avais pas eu le temps de me changer de vêtements une fois arrivée sur place ! Joseph avait failli tourner de l'œil lorsque notre fils était né. Le gynécologue venait de nous confirmer une fois encore qu'il s'agissait d'un beau garçon. La sage-femme avait rapidement fait asseoir le nouveau et heureux papa sur un fauteuil dans la salle d'accouchement, tant l'émotion et la tension avaient été trop grandes pour lui. Je voulais allaiter mon petit garçon mais rien ne se passait comme prévu : les puéricultrices étaient terriblement culpabilisantes et trop brutales. Il fallait compléter chacune des tétées par des biberons. Elles secouaient mon fils, car il s'endormait systématiquement sur mon sein, épuisé au bout de quelques succions difficiles. Elles lui tapotaient la tête pour le réveiller, j'en devenais folle de les voir faire ! Je me tirais douloureusement le lait avec un appareil à l'époque archaïque, pour que ses compléments de laits viennent de moi. Finalement, au bout de quelques jours, la chute des hormones aidant, je pleurais en continu, me sentant coupable de ne pas allaiter correctement mon enfant. J'avais demandé aux puéricultrices de le basculer progressivement et exclusivement sur le biberon mais elles ne voulaient rien savoir. Elles me réprimandaient comme si j'étais une enfant irresponsable ! J'imagine que mes 24 ans faisaient qu'elles ne me respectaient pas dans mes choix de jeune maman. J'avais alors supplié ma mère, venue me rendre visite, de leur parler et de mettre un terme à tout cela, épuisée nerveusement. J'étais incapable d'en supporter davantage à quelques jours de ma sortie de maternité. Joseph, fier de moi et heureux de sa paternité, m'avait offert une belle bague en or ornée d'un petit diamant pour la venue de notre petit bonhomme. Il avait caché l'écrin dans le sac de couches. Comme c'était touchant ! Au bout d'une semaine en maternité, nous étions enfin rentrés chez nous. Partis à deux, nous y revenions à trois… L'aventure parentale commençait !

Âgé à peine de deux mois et demi, notre petit garçon faisait parfaitement ses nuits. Le baby blues était difficile pour moi ! J'avais le pack complet : les pleurs sans raison qui avaient démarré dès la maternité, l'irritabilité, un grand sentiment d'épuisement. J'avais l'impression de ne pas arriver à tout faire correctement, ce qui était sans aucun doute le cas. Je me mettais une pression monstre pour être sur tous les fronts. Alors, il m'arrivait d'appeler ma mère en pleurs pour lui demander de l'aide ou simplement de discuter. Joseph travaillait en équipe et ne pouvait pas m'aider comme il l'aurait voulu. Il fallait qu'il ait un temps de sommeil important pour récupérer de ses horaires en 2/8. Cette grossesse avait été merveilleuse à vivre pour des tas de bonnes raisons, dont celle de l'avoir partagée avec mes cousines Sophie et Elisa, elles aussi enceintes. Leurs accouchements respectifs étaient prévus un mois et demi avant le mien pour Sophie et un mois après pour celui d'Elisa. Nous avions pris de belles photos de nos ventres très arrondis au début de l'été, toutes les trois de profil, riant aux éclats. J'aime énormément cette photo de nous trois en culotte et soutien-gorge blancs, car elle dégage beaucoup d'amour entre nous et par rapport à nos grossesses. Pour Sophie, il s'agissait de son second enfant mais pour Elisa et moi, c'était le premier.

Quant aux relations avec mes parents, nos conflits s'étaient plus ou moins apaisés en devenant mère. J'avais pris du galon et de l'assurance, assurément. Ma prise de distance avait été bénéfique aussi. La naissance de notre petit garçon était le moment idéal pour renouer des liens, en tout cas du mieux possible. Pour que cela fonctionne entre nous, je devais accepter que ma mère me donne des conseils, même s'ils se rapprochaient de critiques. De son côté, elle devait respecter mes choix, ce qui n'était pas une mince affaire ! Mais dans l'ensemble, une accalmie s'installait dans notre horizon familial, pour de longues années. Même si tout n'était pas rose, en tout cas, c'était acceptable. Malgré tout, si j'avais de l'affection pour mes parents, j'avais néanmoins besoin de résider à bonne distance d'eux pour vivre ma vie sereinement, sans aucune emprise de leur part. Mon autonomie était primordiale. Je n'avais pas « fui » ni « tourné le dos à ma famille » comme cela m'était parfois reproché. Non, nous avions une réalité professionnelle, Joseph et moi, qui ne nous permettait pas de vivre proche de nos parents respectifs.

Devenue adulte et n'étant plus dépendante de ma famille depuis fort longtemps, je devais néanmoins prendre garde à ne pas être complice de la relation toxique que nous avions eue, en entretenant certaines habitudes de mes parents à mon égard. Je devais trouver un juste milieu et le curseur n'était pas toujours facile à positionner. Occasionnellement, il me fallait limiter nos contacts pour m'affirmer. Il est vrai que mes parents pouvaient avoir le cœur sur la main, ils savaient se montrer généreux envers tout le monde, mais en contrepartie, vous leur en étiez éternellement redevables et dépendants. Et de cela, il n'en était pas question, que ce soit pour moi ou pour Joseph. Les deux ou trois fois où ils nous avaient prêté de l'argent, soit spontanément, soit parce que je les avais sollicités, n'ayant pas d'autres possibilités, nous les remboursions toujours pour ne pas avoir de commentaires désobligeants ensuite. Je n'aimais pas et je n'aime toujours pas la sensation de me sentir tributaire de qui que ce soit. Il n'y a pas plus juste que cette maxime qui dit que « les bons comptes font les bons amis », pour préserver des relations saines, c'était fondamental. C'était une précaution que je prenais malgré leur apparente générosité. De mon côté, il y avait une certaine contradiction entretenue, en recherchant et en espérant perpétuellement l'attention et la reconnaissance de mes parents, surtout celle de ma mère, malgré ma propre maternité. Tout en voulant rester loin pour me préserver. Je n'étais plus seule dans l'histoire, je devais aussi penser à Joseph. Lui, il n'avait pas grandi avec toutes ces vilaines habitudes et manipulations conscientes ou non avec ses parents, même si leurs relations n'avaient pas toujours été idylliques. Aucune famille n'est parfaite, sinon nous le saurions. Il n'était pas question pour lui de participer aux relations dysfonctionnelles avec mes parents. Ces derniers s'attendaient, je pense, à « contrôler » Joseph, mais comme cela ne fonctionnait pas avec lui, il en résultait des tensions et des campagnes de dénigrement à son égard, dans le but de le faire plier, en vain. Et puis ça passait jusqu'à la fois suivante ! Joseph était un jeune homme très réservé et respectueux, certes, mais cela ne l'empêchait pas d'avoir un caractère bien trempé ! Je pense qu'il avait un doctorat en bouderie, pouvant se montrer extrêmement susceptible et lunatique ! Je m'amusais à l'appeler « Caliméro ». Joseph était clairement son fils spirituel et je le dis avec beaucoup d'humour mais aussi de sincérité ! Loin d'être parfaite, je n'étais pas en reste, question tempérament, car ma personnalité était très affirmée aussi ! Le moins que l'on puisse dire était que j'avais un tempérament fougueux, voire impétueux. Le bon côté était que j'étais toujours d'excellente humeur, avec un optimisme réaliste, prête à faire face à toute épreuve…

C'est en février 1998 que nous perdions mon grand-père paternel, papi Alphonse, à l'âge de 82 ans. Il souffrait d'Alzheimer depuis quelques années et la dégradation de son état avait été rapide et douloureuse pour nous tous. Ma grand-mère avait gardé Papi à leur domicile, il était hors de question qu'il aille dans un centre spécialisé. Cette situation d'accompagnement nous confrontait tous à un sentiment d'impuissance et de frustration. Après le départ de papi, Mamie Lily se retrouvait toute seule dans leur grande demeure, qu'elle ne souhaitait pas quitter. Ma cousine Sophie y passait régulièrement des après-midis, souvent les mercredis, pour lui tenir compagnie, seule ou accompagnée de ses enfants. De mon côté, je lui faisais des visites dès que je revenais passer un moment dans mon village, compte tenu de notre éloignement. Ses yeux s'illuminaient quand nous arrivions pour papoter avec elle et la mettre à jour de tout ce que nous faisions ! Malheureusement, et comme dans de nombreuses familles, le décès de papi avait fait surgir des mésententes et des jalousies dans la fratrie de mon père, compliquant le règlement de la succession durant plusieurs décennies. Nous n'avions que le son de cloche de mes parents, mais les disputes et les désaccords semblaient profonds et violents avec ce côté de famille. Nous étions bien loin des merveilleux repas de famille à Noël ou autres fêtes de notre enfance ! Il m'avait paru nécessaire de prendre mes distances avec tout cela. Joseph et moi avions décidé d'arrêter de fêter ces déjeuners de Noël tous ensemble, pour ne plus assister à d'hypocrites repas, organisés simplement pour mieux atteindre l'autre ensuite. Mes parents, eux, avaient continué d'y participer malgré les violentes discordes, espérant obtenir gain de cause pour l'héritage familial. Toutes mes cousines et moi, nous étions fermement décidées et d'accord pour convenir que les disputes financières de nos parents respectifs ne devraient jamais nous éclabousser ni nous emporter dans leurs tourments malsains. Nous voulions nous préserver de tout ce déballage malfaisant. Et nous y avions réussi longtemps, plus de vingt ans…

Il faut reconnaître que mes parents, durant toute leur vie, avaient eu des relations conflictuelles avec pas mal de personnes du village. C'était l'histoire de leur vie ! À croire qu'ils se complaisaient dans les histoires compliquées. Bien évidemment, ce n'était jamais leur faute, la responsabilité incombait systématiquement à l'autre. Ils avaient la fâcheuse manie de blâmer l'entourage familial ou amical, accusant les uns et les autres d'être à l'origine des hostilités subies, sans jamais voir ni accepter leur propre erreur ou culpabilité. Ils étaient comme ça, autant l'un que l'autre. Enfant, je n'y prêtais que peu d'attention, me contentant d'entendre, voire d'écouter leurs plaintes. Mais en grandissant, leur façon de vivre éclatait aux yeux de tout le monde, dont les miens. Les drames s'enchainaient. Dès qu'une histoire était résolue, un nouveau problème apparaissait et alimentait durant de longues périodes leur quotidien et leurs discussions. Ils étaient comme cela, c'était leur schéma, inexorablement. Je ne m'en offusquais pas, déjà par loyauté, ensuite parce qu'habituée à les voir agir ainsi depuis toujours avec toutes leurs fréquentations, qu'elles soient professionnelles, amicales ou familiales.

Nous menions notre petite vie de couple et de parents tranquilles, quand quatre ans après la naissance de notre petit prince, nous avions eu le bonheur d'accueillir notre petite princesse. Je voulais qu'il y ait suffisamment d'écart entre eux pour profiter de l'un et de l'autre et être disponible pour eux deux. L'accouchement était prévu pour début novembre 1999. Un début de grossesse mieux que la précédente, car aucune nausée n'était venue perturber le premier trimestre. Mais un saignement important s'était produit à la fin du deuxième mois, ce qui m'avait contrainte de m'arrêter immédiatement et de rester impérativement allongée pour permettre à notre petite poupée de grandir comme il le fallait dans mon ventre. Chaque jour était une bataille et un jour de gagné ! Et même si de rester couchée était une sacrée astreinte en ayant un autre enfant en bas âge, j'acceptais cette exigence pour la noble cause. Nous avions suivi avec Joseph des cours d'haptonomie, thérapie basée sur le bienfait du toucher, pour nous préparer au mieux à la naissance et communiquer avec notre bébé. Nous n'avions pas eu la chance de la pratiquer pour notre premier enfant. Les échographies s'étaient également très bien déroulées. Nous avions pris notre « grand » garçon pour assister à celle du second trimestre où le sexe du bébé nous était dévoilé ! C'était avec énormément de bonheur, pour nous trois, que nous avions découvert qu'il s'agissait d'une petite fille. L'imagerie avait beaucoup progressé en quelques années, nous permettant d'admirer son joli petit visage rond comme une bille sur l'écran de contrôle. Tant d'émotion encore une fois... Durant cet été-là, la tante de Joseph, tatie Jocelyne, nous avait très gentiment prêté sa villa avec piscine, située près des logements de nos parents respectifs. Cette installation provisoire estivale avait permis que je me repose dans de bonnes conditions et que ce soit plus agréable pour nous trois. Nous avions quitté nos Cévennes pour vivre plus près des plages et de nos familles. Joseph, solidaire comme pour ma première grossesse, faisait sa couvade, prenant du poids allégrement. Arrivée à la fin octobre, j'étais heureuse d'avoir tenu jusque-là pour la maturation des poumons de notre petite fille, respectueuse des consignes strictes données par mes médecins.

Alors que j'étais à une semaine du terme, Joseph avait ressenti des douleurs aiguës dans le bas ventre, une nuit. De retour de son travail, il m'avait demandé de l'accompagner chez le médecin, n'en pouvant plus. Celui-ci soupçonnait une crise d'appendicite et nous avait envoyés directement à l'hôpital de Ganges, proche de notre lieu d'habitation. Alors que Joseph passait depuis une heure des examens, j'avais commencé à sentir un léger changement dans mon corps mais sans pour autant avoir des douleurs particulières. Par précaution, je lui avais dit que j'allais monter au troisième étage, dans l'aile maternité, pour contrôler avec les sages-femmes mon état « bizarre », tandis que lui terminait son échographie au rez-de-chaussée. Une fois arrivée dans le service, la sage-femme présente m'avait ausculté immédiatement et m'avait lâché joyeuse :

— V*ous êtes en train d'accoucher, madame, vous êtes déjà dilatée à cinq, on va s'installer dans la salle* !

En quelques minutes à peine, elle me sortait une blouse propre pour l'accouchement, préparait la salle et prévenait le gynécologue de ma prise en charge ! La scène était surréaliste, je n'y étais pas du tout préparée, ne ressentant aucune douleur. Mon Dieu, je n'étais pas prête dans ma tête, j'étais juste venue pour mon mari qui souffrait le martyre, pas pour moi ! C'était d'ailleurs ce que je m'évertuais à expliquer à cette soignante ! Notre petit garçon était chez la nourrice temporairement et je n'avais pas mes valises avec moi. Par conséquent, il n'était pas possible que j'accouche maintenant ! Notre conversation était lunaire ! La sage-femme avait vu et compris ma confusion. Elle avait appelé le service médical au rez-de-chaussée pour prévenir les médecins et mon mari qu'elle allait me garder et qu'ils le fassent monter pour me rejoindre. Notre petite fille allait pointer le bout de son nez. De son côté, l'équipe médicale venait de lui annoncer qu'il serait opéré dès le lendemain matin à huit heures de son appendicite. La situation nous paraissait à la fois cocasse et désespérée ! Pourtant, bien rodés dans notre tête jusque-là, nous avions alors manqué l'un et l'autre d'organisation, totalement déboussolés par la tournure soudaine que prenaient les choses ! Je lui avais dit d'aller récupérer notre petit garçon chez sa gardienne et d'appeler ses parents pour qu'ils nous rejoignent le plus vite possible à Ganges. Ils avaient une heure de trajet en voiture et il était déjà près de vingt heures. De mon côté, le travail avançait très vite, trop vite, me retrouvant à accoucher seule sans mon mari, alors que nous avions pratiqué l'haptonomie tous les deux pour partager ce moment ! J'avais la pendule pile en face de moi dans la salle, que je fixais inlassablement. J'avais demandé au gynécologue que je souhaitais que l'on attende l'arrivée de mon mari au moment de la poussée. Les minutes tournaient trop rapidement et personne n'arrivait, ni mon mari encore avec notre fils à la maison, ni mes beaux-parents pour prendre le relais ! En moins d'une heure, j'étais déjà dilatée à neuf ! La sage-femme avait rappelé mon mari, lui demandant de venir immédiatement, même avec notre fils, car la naissance était imminente ! De mon côté, j'étais persuadée de pouvoir résister sans pousser ! J'avais oublié que c'était juste impossible… Il régnait une ambiance bon enfant dans la salle avec le gynécologue, la sage-femme accompagnée d'une stagiaire dont c'était le premier accouchement. La lumière était tamisée, je me sentais en confiance et à la fois tellement malheureuse de vivre cet instant toute seule. Alors, je parlais mentalement à ma petite fille encore dans mon ventre en lui disant, comme pour nous encourager l'une et l'autre :

— *Allez ma fille ! On va le faire toutes les deux, comme des grandes !*

L'envie de pousser irrépressible était arrivée extrêmement vite. Tout s'accélérait ! Il n'était plus question pour moi d'attendre qui que ce soit, ne serait-ce qu'une seconde ! J'avais alors demandé à la jeune stagiaire sage-femme de me tenir la main. Puisqu'elle était là pour m'observer, autant qu'elle serve à quelque chose ! Je la sentais plus stressée que moi, la pauvre ! Notre petite fée était née en quelques poussées et une fois posée, toute potelée sur mon ventre, c'est à ce moment-là que Joseph et notre garçon de quatre ans avaient fait leur entrée triomphale dans la salle d'accouchement ! Ils étaient repartis immédiatement avec le bébé et la puéricultrice pour participer aux tests et autres manipulations ainsi qu'à son bain et son habillage. Pendant ce temps, j'étais avec le gynécologue pour un petit atelier « couture ». Et oui… La petite sœur était plus dodue à la naissance que son grand frère ! Mes beaux-parents avaient fini par arriver, ils n'avaient pas saisi l'urgence de la situation, prenant le temps de se préparer avant de se mettre en route. Ils étaient repartis avec notre fils, puisque le lendemain matin tôt, Joseph était, lui aussi, hospitalisé pour son opération. C'est ainsi que notre couple s'était retrouvé l'un et l'autre à l'hôpital, chacun à son étage. Joseph avait « accouché » de son appendicite, c'était l'apothéose de sa couvade ! Nous avions eu la joie de regarder un reportage régional sur la chaîne FR3, narrant notre histoire sans citer nos noms... Nous étions les stars involontaires de la maternité ! Les premiers jours avaient perturbé notre garçon. Nous étions, sa petite sœur, son papa et moi, à l'hôpital tous les trois, sans lui. Lui, il était tout seul chez ses grands-parents. Rien de ce que nous lui avions expliqué ne s'était déroulé comme prévu. Avoir une petite sœur était déjà pour lui un grand bouleversement. Heureusement, une semaine plus tard, nous nous retrouvions enfin tous les quatre à notre domicile, pour une nouvelle épopée de notre vie familiale ! Le bon côté des choses était que Joseph avait bénéficié d'un mois de convalescence en plus de son congé parental grâce à son opération ! Cela avait rendu le début de notre vie à quatre bien plus facile à organiser. L'entreprise qui m'avait embauchée étant située dans un bourg haut en Cévennes, nous avions choisi de m'en rapprocher le plus possible afin de réduire la fatigue et d'être proche de la crèche et de la nourrice après l'école. Il était impératif maintenant que l'un de nous deux soit près de son travail et de la maison pour gérer les enfants. Il était convenu que ce soit moi qui aie ce privilège. Joseph se retrouvait, lui, à faire tous les jours près de cent kilomètres aller-retour pour aller travailler.

Contrairement à son frère, notre petite fille avait mis beaucoup plus de temps à faire ses nuits, car elle souffrait de reflux gastro-œsophagiens importants. Ses premières nuits complètes n'étaient arrivées qu'après ses huit mois. Nous prenions notre mal en patience, il n'y avait pas d'autre solution. J'étais épuisée, n'ayant aucune aide de la famille, mais je ne m'en plaignais pas. J'ai toujours assumé mes choix. Il est vrai, comme d'autres mamans, que je ne pouvais jamais me reposer ou faire des activités seule. Quoi que je fasse, j'embarquais systématiquement nos deux trésors avec moi. Et franchement, j'y survivais aisément ! Tout était une question d'organisation, ce qui n'enlevait rien à la fatigue ressentie. Les week-ends, nous nous répartissions les tâches, Joseph et moi. Il aimait cuisiner et moi être la fée du logis, à ranger et nettoyer notre intérieur ! Souvent, nous faisions la route, le samedi ou le dimanche, pour rendre visite à nos parents, passer du temps avec ma jeune sœur et voir ma grand-mère

Lily. Peu de personnes de la famille faisaient le déplacement en sens inverse pour passer un moment chez nous.

Après mon premier accouchement, j'avais beaucoup souffert de ne pas pouvoir bénéficier de plus de temps avec mon petit garçon. La reprise professionnelle était arrivée trop vite, à peine deux mois et demi après sa naissance. Il n'était qu'un tout petit nourrisson que je déposais encore endormi dans son landau le matin tôt à la crèche. J'avais énormément culpabilisé de ne pas pouvoir rester auprès de lui davantage. Aussi, pour ma fille, comme elle était notre deuxième enfant, je pouvais prétendre à un congé parental de six mois, qui m'avait été octroyé. Et ce n'était pas du luxe, vu les nuits que nous passions. En raison du mauvais souvenir de ma tentative d'allaitement avec mon aîné, je n'avais même pas essayé une deuxième fois pour sa petite sœur. Elle était un bébé qui n'était jamais rassasié. Son pédiatre nous avait fait changer plusieurs fois de marques de lait en pharmacie, jusqu'à ce que nous trouvions enfin une marque allemande qui était spécialisée « pour bébé vorace ». Cette appellation nous avait fait beaucoup rire. Mais surtout notre fille était enfin repue. Nous étions devenus parents d'un petit garçon et d'une petite fille, le choix du roi comme le dit l'expression. Plus jeunes, nous nous étions dits vouloir quatre enfants, mais finalement, notre famille était, pour l'instant, au grand complet ! Il nous arrivait d'avoir quelques tensions entre nous, car il fallait trouver un nouvel équilibre dans notre vie à quatre. Nous étions sans aide familiale pour nous soulager et les trajets nous épuisaient. Joseph et moi n'étions pas toujours sur la même longueur d'onde par rapport à nos carrières respectives, tous les deux aimant les challenges et les sacrifices allant de pair pour réussir. Quelle que soit notre décision quant à notre lieu d'habitation, il y en avait toujours un de nous deux, très loin de son travail, par conséquent exténué par la longueur des déplacements. Notre vie de famille était très bien remplie et notre vie professionnelle de plus en plus sous pression. Nous essayions de nous préserver et de trouver des compromis, mais nous étions jeunes et fougueux ! Ce n'était pas toujours facile d'accepter le choix de l'un ou de l'autre. Mais nous savions notre relation forte plus que tout. Les épreuves ne nous faisaient pas peur. Nous n'avions plus qu'à aller de l'avant, comme nous savions le faire : la fleur au fusil et sans rien devoir à personne !

Chapitre 15 - Ose ta vie !

Si je devais résumer mon état d'esprit à ce moment-là, je dirais que j'étais une jeune femme fonceuse, impulsive et incroyablement compétitrice quel qu'en soit le domaine, ne pouvant pas envisager de vivre sans challenge ou en tout cas, de ne pas aller au bout de mes capacités et même au-delà. Je voulais suivre mon propre chemin. D'ailleurs mes parents me répétaient souvent que je leur assurais petite :

— *Plus tard, je serai chef* !

Ils se moquaient alors en me demandant :

— *Mais chef de quoi* ?

Je me sentais un peu comme le chevalier Bayard, sans peur et sans reproche ! Naturellement optimiste, voire idéaliste, je débordais d'énergie et me donnais à 300 % dans toutes mes activités, quitte à épuiser mon entourage, sans parler de moi. S'il y avait une chose que je détestais par-dessus tout, c'était la passivité. Il me fallait toujours trouver une occupation, car la seule chose qui me fatiguait réellement, c'était l'ennui ! Et surtout, j'avais développé, avec le temps, des mécanismes de défense bien huilés pour m'éviter d'être blessée par qui ou quoi que ce soit. Jeune diplômée, à presque 22 ans, je recherchais un emploi, mon tout premier. J'avais inondé les entreprises, autour de Nîmes et de Montpellier, de candidatures spontanées et répondu à quelques offres d'emploi parues. J'avais eu plusieurs entretiens mais ils s'étaient soldés par des réponses négatives. L'excuse donnée était toujours la même : je n'avais aucune expérience… Mais comment en acquérir si justement personne ne me donnait ma première chance ? Cela me paraissait totalement injuste comme discours. Après quelques mois de recherches infructueuses, j'avais fini par obtenir une proposition d'embauche dans une compagnie aérienne, qui n'existe plus aujourd'hui. Air Littoral était une compagnie aérienne française régionale basée à l'aéroport de Montpellier. À l'époque, elle desservait une vingtaine de destinations en France, en Espagne, en Italie, et quelques-unes au Maroc. J'avais passé deux entretiens : un en français avec le directeur financier, puis un en anglais avec le trésorier d'origine hollandaise. Mes tests et entretiens avaient été concluants, j'avais été embauchée immédiatement. J'occupais le poste d'assistante de direction trilingue du directeur financier, pour remplacer un congé maternité durant une bonne partie de l'année 1993. Les locaux et les bureaux étaient somptueux. J'étais contente de commencer à gagner ma vie, même si je ne gagnais qu'un SMIC. Très vite, les tâches qui m'incombaient confirmaient que je n'aimais pas ce métier et qu'il n'était pas fait pour moi. Mon tempérament m'empêchait

d'associer dans mon esprit « assistante et boniche » ! Je fulminais intérieurement chaque fois que mon responsable me demandait de lui apporter son café. D'ailleurs, j'avais fini par lui dire qu'il avait deux mains comme moi pour se le préparer ! Il avait modérément apprécié ma remarque, ce qui m'importait peu. Je n'étais pas beaucoup plus souple quant aux horaires, car durant toute la journée, je ne le voyais pas ou peu, souvent absent de son bureau en comité ou autre réunion. C'était seulement passé 18 heures, quand j'envisageais de rentrer à la maison à plus de cinquante kilomètres, qu'il se manifestait pour me donner des consignes, me demander de préparer des comptes-rendus de réunions ou autres. J'étais ulcérée d'être à son entière disposition ! Néanmoins, prenant mon mal en patience, je m'exécutais et restais jusque tard le soir, rongeant mon frein intérieurement. À la fin de ce premier contrat à durée déterminée, j'avais enchaîné quelques mois sans emploi. Puis en 1994, Air Littoral m'avait recontactée pour occuper un autre poste d'assistante de direction mais bilingue ce coup-ci, au service du trésorier et de la chef comptable. Je n'y avais effectué que quelques mois pour ce dernier contrat de remplacement. Ce furent mes deux premières et mes deux dernières expériences en tant qu'assistante de direction. Je me devais de trouver mieux et d'évoluer vers un métier qui me plairait et me correspondrait davantage ! J'avais un besoin impératif d'autonomie et de responsabilités plus grandes. Persévérante, je recommençais d'envoyer des CV un peu partout dans la région, en ciblant plutôt les secteurs qui pouvaient m'intéresser. J'avais envie de m'orienter vers l'habillement et par chance, dans notre région il y avait pas mal d'enseignes et d'usines qui s'y consacraient. Parmi tant d'autres, j'avais envoyé une candidature spontanée dans une grande marque nationale de collants et de bas, située au cœur des Cévennes, mais implantée à près de 80 kilomètres de notre appartement nîmois ! Sans le savoir, j'avais postulé à un moment opportun, car ils étaient en train de créer une division Lingerie pour se diversifier et s'adapter à la concurrence nationale. Ils recherchaient une personne bilingue en anglais et en espagnol pour s'occuper des achats de matières premières pour la confection des collections de lingerie. Ils travaillaient avec des fournisseurs français, anglais, italiens et espagnols, c'était une opportunité extraordinaire pour moi de continuer à utiliser les langues étrangères que j'avais étudiées.
Après avoir passé mes premiers entretiens d'embauche avec la directrice des ressources humaines, j'avais été reçue par la future responsable de cette division Lingerie, très à l'écoute. Elle souhaitait me donner ma chance. J'étais heureuse d'être recrutée pour mes compétences linguistiques et non pour mes qualités de « préparatrice de café » ! Plus que jamais, j'étais prête à relever ce nouveau défi pour réorienter ma carrière ! Joseph et moi avions pris rapidement la déci-

sion de déménager, car nous étions tous les deux à faire de très longs trajets depuis Nîmes : moi vers le Vigan et lui vers Alès. Nous nous étions installés à quelques kilomètres seulement de son travail. Au début de son contrat, il travaillait en équipe en 2/8 et il avait aussi des astreintes certains week-ends, ce qui accentuait son épuisement. D'une semaine à l'autre, il enchainait les horaires allant soit de 5 h 00 à 13 h 00, soit de 13 h 00 à 21 h 00, plus les temps de trajet. Il était indispensable que ce soit lui qui soit proche de son entreprise. De mon côté, cela ne me gênait pas de faire autant de route, j'avais des horaires « normaux » de bureau. Mais il me fallait quand même rouler plus d'une heure à l'aller et autant au retour, sur des routes sinueuses, une bonne partie du trajet. Ma chef de service, Nadège, avait cru en moi et je ne voulais pas la décevoir. Bien que je n'aie aucune formation en achats et approvisionnements, cela ne représentait pas un obstacle. Elle m'avait expliqué dans un premier temps le B-A-BA et puis dans un second temps, elle m'avait tout simplement inscrite à différentes formations auprès de l'Institut français de la Mode sur de longues sessions, ce qui m'avait permis d'acquérir les compétences nécessaires. Les années passant et devenue maman, nous avions fini par déménager dans les Cévennes pour que ce soit moi qui fasse moins de route. Nous étions jeunes parents de deux enfants et mes priorités avaient changé.
J'adorais mon nouveau métier et je m'investissais énormément dans toutes les activités très diversifiées du poste : la gestion des fournisseurs, l'approvisionnement des tissus et des fournitures pour les collections lingerie, les études coloristiques des matières, la gestion des stocks, le lancement et le suivi de la coupe et de la confection des collections chez les façonniers. Je m'épanouissais, avide d'en apprendre chaque jour un peu plus. Nous étions seulement quatre femmes au départ de la création de ce service : Nadège la Responsable, puis deux autres collègues qui s'occupaient, elles des approvisionnements pour la production industrielle et enfin moi qui œuvrais en amont sur la réalisation des collections avant leur référencement. Pouvoir assister au travail créatif des équipes de stylistes était passionnant. Sans surprise, notre service avait rapidement pris de l'ampleur, les collections marchaient très bien et étaient référencées un peu partout en France. L'entreprise était dans une démarche de croissance et voyait de plus en plus grand pour développer notre division Lingerie. Au bout de deux ans d'exercices, nous nous étions retrouvées toutes les quatre installées dans un nouveau bâtiment, immense, uniquement dédié à notre secteur. Stylistes, atelier de confection, nouvelle direction, service achats, service gestion et comptabilité, service logistique, service production et des entrepôts de stockage cohabitaient. De nombreuses personnes qualifiées avaient

été recrutées, d'autres avaient été pistonnées sans pour autant avoir les compétences pour le poste offert. Cela avait donné une tout autre dimension à ce secteur d'activité de l'entreprise. Je m'y étais épanouie jusqu'en juillet 2000. Malgré le très bon salaire que je percevais, je ne voyais pas d'opportunités intéressantes pour évoluer davantage chez eux. Surtout, l'esprit bienveillant, presque familial de départ avait totalement disparu depuis un bon moment et je ne m'y retrouvais pas. Je voulais changer pour un meilleur et ailleurs. Sans en parler, j'avais repris mes recherches pour changer d'emploi. Grâce à la renommée de la société pour laquelle je travaillais, cela me donnait une belle carte de visite pour postuler ailleurs. Assez rapidement, après avoir répondu à une offre d'emploi, j'avais passé des entretiens avancés avec une entreprise internationale japonaise dont le siège en France était près de Montpellier. Elle était spécialisée dans la confection d'équipements sportifs et notamment connue pour ses chaussures de course à pied, pour ne citer que ça. Alors qu'il ne restait que deux candidats en lice, dont moi, je n'avais pas été retenue finalement. Mon précédent salaire était plus élevé que celui qu'ils étaient en mesure de me proposer et je refusais de faire marche arrière sur ce point. Nous en étions restés là. Quelques semaines après cette procédure de recrutement, je recevais un appel téléphonique très surprenant d'un directeur d'une entreprise située à Nîmes, me disant aussi explicitement que cela :

— *Bonjour Madame, vous ne me connaissez pas mais vous êtes exactement la personne que je recherche pour ma société, je souhaite vous débaucher immédiatement* !

D'abord surprise et surtout méfiante, nous avions convenu d'un entretien pour clarifier sa proposition. À la recherche lui-même d'une équipe Achats et Approvisionnements, il m'avait expliqué avoir été conseillé par la société internationale japonaise pour qui il travaillait et chez qui je venais de passer des entretiens. Ceux-ci m'avaient gentiment recommandée auprès de lui. Tout n'était pas perdu ! Pour ce chef d'entreprise, le salaire ne représentait aucun obstacle, il me voulait absolument, sans discuter. Pour démissionner et partir rapidement sans avoir à faire le préavis obligatoire d'un mois, la directrice des ressources humaines qui m'employait à la division lingerie m'avait « tacitement » conseillé d'un point de vue légal. Grâce à elle et ses précieux conseils, je n'avais effectué qu'une semaine de préavis avant d'enchainer avec la nouvelle société ! En août 2000, je commençais dans mes nouvelles fonctions d'Acheteuse Approvisionneuse, Responsable du Service Achats, en responsabilités partagées avec un autre collègue, recruté un peu plus tard. Les équipes de stylisme, production ou autre étaient jeunes et dynamiques. La société travaillait avec de grandes marques de sport qui nous confiaient la confection de leurs articles. Toute l'activité paraissait, de prime abord, pérenne. Joseph et moi avions à nouveau déménagé en périphérie de Nîmes. Nous avions trouvé une agréable villa à louer dans un village un peu huppé de la banlieue nîmoise. Nous nous y étions confortablement installés avec nos deux enfants en bas âge, lui travaillant toujours sur Alès.

Malheureusement, ma folle aventure professionnelle n'avait duré que neuf mois ! En effet, l'entreprise avait connu très rapidement des difficultés financières importantes et les actionnaires, des hommes d'affaires syriens, qui n'avaient rien à voir avec l'habillement ou le sport, avaient décidé d'arrêter tout simplement les frais ! Comme j'étais la dernière embauchée, légalement, j'avais le « privilège » d'être la première licenciée… J'avais été vraiment déçue et même vexée mais cela faisait partie du risque. Et puis, le bon côté des choses était que j'avais pu me perfectionner davantage en langues et dans les achats, voyager aux Pays-Bas, me déplacer sur des salons professionnels parisiens et rencontrer des personnes formidables ! Je tenais comme toujours à ne retenir que les côtés positifs de mon expérience, même courte, sans m'appesantir sur les aspects négatifs, à quoi bon ! On dit bien qu'on apprend toujours de ces erreurs ! De toute façon, je considérais que l'erreur n'était pas synonyme d'échec, mais plutôt un tremplin vers la réussite. J'avais cet optimisme chevillé au corps, voulant sans cesse me concentrer sur ce qui allait plutôt que de perdre mon énergie à penser à ce qui n'allait pas. Certes, je pouvais trébucher, car je n'étais ni infaillible ni invulnérable mais pour autant, je ne restais jamais à terre. Je savais encaisser…

L'été 2001, alors inscrite au chômage, je relevais une offre d'emploi originale de la part de l'ANPE. Le groupe Canal+ recherchait des « personnages d'ambiance » pour réaliser une publicité dans les arènes romaines de Nîmes. Je ne risquais rien à postuler, le travail n'étant que sur une journée en juillet. Je leur avais envoyé, comme demandé, deux photos, une en portrait et l'autre de pied, accompagnées d'une lettre de motivation et de mon CV. Un rendez-vous était organisé ensuite afin de refaire des photos avec un photographe professionnel pour ce recrutement. J'avais alors proposé au compagnon de l'époque de ma sœur, lui aussi au chômage, de venir avec moi, pensant que cela serait amusant de vivre cela ensemble. Passé la première sélection, nous avions eu droit l'un et l'autre à toute une série de photos prises en présence du responsable du casting : je m'amusais et savourais intérieurement ce moment. C'était une expérience tellement atypique ! À la fin de la séance photo, les responsables nous avaient expliqué qu'ils devaient étudier toutes les nombreuses candidatures reçues et les photographies faites. Nous serions recontactés si besoin. C'était avec une joie non contenue que j'apprenais, quelque temps après, ma sélection définitive. Malheureusement, le compagnon de ma petite sœur ne l'avait pas été. J'avais été reçue et recrutée par des représentants de l'Agence parisienne de mannequins et comédiens nommée CONTREBANDE, je ne sais pas si elle existe toujours. J'avais ainsi signé mon contrat de travail en tant que *mannequin*, écrit noir sur blanc sur le document ! Cela ne voulait pas dire grand-chose finalement mais j'étais en état de béatitude complet malgré tout ! Vincent Dixon était le photographe et réalisateur sur cette journée de tournage. Il était spécialisé dans les projets et campagnes publicitaires. Le rendez-vous était donné devant les arènes romaines nîmoises à huit heures un jeudi de juillet sous une chaleur déjà écrasante. La journée complète était prévue. J'avais eu l'opportunité et surtout le plaisir de faire partie des rares figurantes à être prises en cabine de maquillage et de coiffure. Je me sentais, à trente ans, comme une petite fille dans l'antre du Père Noël ! J'appréciais chaque seconde de cette journée de tournage. Moi qui, enfant, avait rêvé secrètement être actrice, j'en expérimentais quelques parties infimes du métier. Nous étions tous vêtus en représentants du peuple romain. Ils m'avaient choisi pour porter une magnifique robe, sorte de stola en lin écru, ainsi que des copies de bijoux portés à l'époque gréco-romaine tels que collier, bracelet et boucles d'oreille : tout était vraiment ressemblant ! Nous devions nous situer dans les gradins, scandant les gladiateurs en simulation de combat dans l'arène. Selon ce que le photographe désirait, les techniciens nous demandait ensuite d'exécuter : soit il fallait crier notre joie, soit lever les bras, soit applaudir, soit se déplacer d'un point à un autre pour donner une fois finie, l'illusion que les gradins de ce gigantesque monument historique étaient bondés ! Il faisait une chaleur étouffante malgré cela, je profitais de cette expérience avec bonheur ! À midi, nous avions notre déjeuner pris en charge par l'agence et avec l'équipe. Nous avions tous mangé en terrasse d'un bistrot situé juste en face des arènes romaines majestueuses de Nîmes. Quel souvenir formidable ! Quelle expérience incroyable ! J'avais gagné pour cette unique journée de travail, 594 francs. Cela représentait à l'époque une grosse somme. La fin de la récréation sonnait, il me fallait trouver un emploi sur le long terme ! Je reprenais mes recherches activement en envoyant des candidatures spontanées un peu partout dans la région. Grâce à l'expérience acquise sur mes précédents postes dans le domaine textile, rapidement un autre grand groupe français m'engageait. Il était idéalement situé à quelques kilomètres de notre maison et spécialisé dans le prêt-à-porter féminin, masculin et enfant ainsi que la parfumerie. Ils avaient une solide réputation nationale et internationale et avaient été le symbole d'une mode tendance dans les années 1960-1970 pour leurs chemisiers et leurs robes romantiques en imprimé liberty très *"flower power"* et leurs parfums pour jeunes filles. J'avais été choisie pour assurer le poste de Chef de Produit, ce qui représentait une sacrée évolution professionnelle ! Mais dès le premier jour de ma prise de fonction, je ne m'y étais pas sentie à l'aise : je n'étais pas du tout attendue dans le service et personne ne savait que faire de moi pour commencer ! Pire, il y avait une ambiance délétère entre les collègues. Dès la première journée, ils avaient tous défilé dans mon bureau, les uns après les autres, pour baver sur le précédent ! J'étais rentrée à mon domicile le soir en me promettant intérieurement que je n'y remettrais pas un orteil, un jour de plus ! Il en était hors de question ! J'en avais parlé avec Joseph dès son retour du travail... Cela faisait quelque temps déjà que je cogitais sérieusement à me lancer dans une activité personnelle, sans avoir à subir les décisions bonnes ou mauvaises des autres, sans avoir de hiérarchie et par conséquent d'être « chef » comme je le disais à mes parents, enfant. J'avais très envie de me lancer dans cette aventure et de relever ce défi en étant à mon compte. Comme toujours, Joseph était la voix de la sagesse. Il m'avait demandé d'attendre de finir la période d'essai dans ce nouvel emploi avant de prendre une décision hâtive, que je pourrais regretter. Forte tête, suivant mon intuition et sûre de ma résolution, le lendemain matin avant de me rendre au travail, après avoir pris une grande inspiration, je téléphonais au Directeur des Ressources Humaines à Paris, pour lui faire part de ma volonté de rompre immédiatement mon contrat. Il avait été abasourdi de ma décision après un seul jour passé chez eux ! Après lui avoir fourni quelques explications et argumenté mon choix, il s'était montré plus compréhensif et même empathique. Il insistait fortement pour que je prenne un temps de réflexion raisonnable supplémentaire et finir ma semaine d'essai, ce que j'avais catégoriquement refusé. Je n'en avais pas besoin, je SENTAIS que ma collaboration avec eux ne fonctionnerait pas. Je ne me voyais pas travailler un jour de plus chez eux dans cette ambiance. Je souhaitais qu'il prenne acte de ma décision de rupture de contrat immédiate. Suite à cette conversation, euphorique, je me rendais non pas à mon bureau, mais en centre-ville pour m'inscrire dans une école européenne d'Esthétique, qui avait pignon sur rue. Je souhaitais suivre une formation en Esthétique et Cosmétique, dans l'objectif de créer mon entreprise et de la gérer toute seule, comme une grande ! Je me sentais exaltée, libre et follement heureuse de mon choix de vie ! Après toutes les démarches faites dans une matinée, j'avais appelé Joseph pour l'en informer. Après un long silence au bout du fil, je n'oublierais jamais ses mots lancés sévèrement ce jour-là :

— D'accord, tu veux faire ça, alors fais-le ! Mais tu as intérêt à réussir !

Comme s'il pouvait en être autrement dans mon esprit ! Inscrite au chômage après ma rupture de période d'essai et durant près de dix-huit mois, je suivais avec assiduité et entrain ma formation de reconversion. Compte tenu de mon niveau d'études plus élevé, je n'avais eu aucun problème pour être admise dans cette école. Je n'avais que la partie pratique à passer, pour toutes les autres matières à l'écrit, j'en étais exemptée ! Retourner à l'école à presque trente ans me plaisait bien. Et puis mes horaires de cours et mes vacances scolaires me permettaient de m'occuper enfin de mes enfants sans stresser ni culpabiliser pour les faire garder en centre aéré ou par les rares membres volontaires de notre famille, comme cela avait été le cas lorsqu'ils étaient plus petits. Mes enfants étaient ma priorité. Sans grand suspense, en 2002, je réussissais mon examen et dans la foulée, je m'inscrivais à la Chambre des métiers pour suivre le stage préparatoire à l'installation pour les créateurs d'entreprise. J'allais être « chef d'entreprise », j'en jubilais de fierté ! L'année suivante, pour me perfectionner davantage et dans un objectif d'enseignement dans ce domaine, j'y commençais une autre formation diplômante, dispensée, elle aussi, par cet organisme d'État. Quelques mois après, je réussissais brillamment le Brevet de Maîtrise pour les modules Gestion des Ressources Humaines et Maître d'apprentissage. Je me sentais fin prête, pensant avoir mis toutes les chances de réussite de mon côté... Pour mon projet d'installation, Joseph et moi avions acheté un beau local idéalement situé dans mon village natal. Son oncle nous avait facilité l'acquisition grâce à ses contacts. C'était un bel investissement immobilier. Mais le chemin pour finaliser l'aménagement avait été chaotique après de nombreuses difficultés administratives d'installation, des contraintes et des complications liées à divers organismes, mais aussi de la part de la mairie et d'une partie de la famille de mon père. Le pire avait été la jalousie suscitée et les agissements malveillants de personnes de son entourage familial qui envisageaient de créer, eux aussi, un institut un peu plus loin dans le village. Je n'avais rien lâché mais cette période avait été éprouvante humainement, je ne m'attendais pas à autant d'animosité et de hargne familiale à mon encontre. Avec le recul, je me suis souvent dit que je n'aurais pas dû insister devant autant de signaux contraires. Mais à ce moment-là, j'avais la tête dans le guidon, je me devais d'aller jusqu'au bout de ma démarche de création d'entreprise, coûte que coûte. Il n'était pas dans mon tempérament de baisser les bras dès la première tempête, j'avais besoin de lutter et de gagner la partie, ou en tout cas d'essayer... Je m'étais associée avec une marque prestigieuse de produits de soins me retrouvant enfin, courant novembre 2003, Responsable d'un institut de beauté que j'avais nommé : *« Le Soin de Soi »*. Je gérais les achats, les stocks, je préparais la comptabilité pour l'organisme qui traitait ensuite ce sujet à ma place et de manière générale toute la gestion administrative m'incombait. Évidemment, j'y réalisais tous les différents types de soins visages et corps sur mes clientes qui se voulaient rapidement nombreuses et fidèles. Je les conseillais pour les produits de soins à la vente dans mon local. J'étais heureuse de mon démarrage et d'avoir accompli ce rêve d'être « chef » de moi-même ! Un beau matin, alors que je me rendais à mon institut, heureuse de rejoindre mon bel outil de travail, la musique se diffusait dans l'habitacle de la voiture. J'étais connectée sur une radio de grande écoute nationale sur laquelle ils faisaient écouter, chaque matin, des bruits insolites : le but du jeu était de reconnaitre celui-ci, d'appeler pour laisser notre proposition et de voir le tirage au sort ensuite pour participer et peut-être gagner. De fabuleux voyages étaient offerts par des sponsors. Ce matin-là, durant mon trajet, j'avais reconnu immédiatement le son diffusé : il était certain qu'il s'agissait de l'air chaud soufflé dans une montgolfière ! Sûre de moi, j'avais participé au jeu et puis j'avais repris ma route pour me rendre au travail. Le lendemain matin, vers dix heures, je recevais un appel téléphonique sur mon portable de la part de cette grande radio, m'informant que j'allais passer à l'antenne d'ici quelques minutes et que j'étais en concurrence avec une autre personne pour donner chacune notre proposition de bruit. J'étais déjà surexcitée par l'appel reçu, pressentant que j'allais gagner ! L'autre auditrice était passée en première sur l'antenne et avait proposé l'air chaud pulsé par un sèche-mains, la réponse était négative. Mon tour était arrivé et j'avais donné la réponse que j'avais déjà fournie la veille. Incroyable ! J'avais bien reconnu qu'il s'agissait d'air chaud soufflé dans une montgolfière ! L'animateur m'avait posé quelques questions de routine et m'informait que je venais de gagner un voyage pour deux personnes aux Bahamas !!! Je n'avais pas réussi à joindre Joseph au téléphone, en déplacement professionnel, pour lui dire d'écouter mon passage sur la radio, mais le compagnon de ma sœur l'avait fait et m'avait enregistré ! C'était juste formidable ! Et puis j'avais repris ma petite routine quotidienne, prenant le temps d'aller déjeuner tous les midis chez mamie Lily pour lui tenir compagnie et retrouver nos habitudes joyeuses de mon enfance passée chez elle. Elle guettait mon arrivée à pied depuis la fenêtre de sa cuisine. Ma grand-mère se réjouissait de m'accueillir chaque midi, elle qui vivait seule depuis de longues années maintenant. Elle finissait toujours son repas par un petit carré de chocolat noir, suivi de son café doux versé dans cette même petite tasse en porcelaine blanche ornée de fleurs bleues. À peine six mois après mon installation, l'autre institut ouvrait... On dit fréquemment qu'on ne choisit pas sa famille, je confirme ! J'avais essayé de résister aux assauts malhonnêtes, aux agissements malintentionnés et à toutes les manigances des membres de ce côté de famille mais plus de deux ans après mon installation, je préférais tout arrêter. Ce n'était pas une décision facile à prendre, car nous avions fait beaucoup de sacrifices et investi à la hauteur de nos moyens pour y parvenir et tâcher de réussir. Pour autant, je ne voulais pas endetter notre petite famille, ni prendre sur nos deniers propres pour réinjecter dans mon entreprise. Par conséquent, cesser mon activité était la meilleure des décisions mais aussi la plus douloureuse. J'éprouvais un profond dégoût et mépris pour tout ce qu'ils m'avaient fait, allant jusqu'à venir coller leur tête contre mes vitrines le soir tard pour regarder et reproduire à l'identique ma décoration, pour ne citer que cela ! C'était pathétique... Leur ouverture rapprochée de la mienne avait été néfaste, car il n'y avait pas, selon l'étude de marché que j'avais faite, la place pour deux instituts identiques dans un village d'à peine 1300 habitants. Nous étions devenues, l'une et l'autre, l'attraction favorite dans le village, au cœur de tous les commérages. Ils jouaient sur la confusion de nos noms de famille pour tromper les clientes qui souhaitaient un rendez-vous. Ces gens m'écœuraient au plus haut point, je valais mieux qu'eux, j'en étais persuadée ! Je leur cédais alors la place fin juin 2005 en clôturant mon activité. Quelques années après, ils fermaient, eux aussi... Bien que fière d'avoir pu mener jusqu'au bout cet ambitieux projet professionnel, je me sentais vraiment blessée. Je me devais de rebondir. Afin de récupérer une somme plus importante de la vente de notre local, nous le transformions, par acte notarié, en habitation pour le vendre en tant que tel. Tout était rentré dans l'ordre financièrement, enfin presque, car l'État avait ponctionné un pourcentage colossal sur le montant de la transaction. Il nous était resté que 15 000 euros ! Mais c'était mieux que rien, nous n'étions pas endettés. Je ne regrettais rien, j'avais au moins essayé d'aller jusqu'au bout de ce rêve. Toujours voir le verre à moitié plein, rester optimiste en allant de l'avant : voilà ce vers quoi je devais tendre !

Par contre, il me fallait à nouveau retrouver un emploi, je ne pouvais pas rester inactive. Aussi dès le mois août 2005, à trente-quatre ans, après avoir longuement hésité, je répondais finalement à une offre d'emploi proposée par un groupe international, spécialisé dans les sports de glisse que ce soit accessoire ou habillement, dont la marque principale avait été créée par une société australienne en 1969. Leur siège social était basé aux États-Unis mais ils avaient une succursale européenne située en France. À ma grande surprise, ma candidature avait été retenue parmi les nombreux postulants, ce qui me permettait de repartir sur de bonnes bases professionnelles en retrouvant un poste en tant que salariée, ce qui était plus rassurant et confortable finalement. Je manageais une équipe de vente de trois personnes, m'occupant du recrutement, de l'administratif, de l'analyse de l'activité, de la maîtrise des stocks physiques et informatiques. J'étais également responsable de la tenue du magasin, de l'accueil et des services aux clients et garante des flux financiers. J'étais, comme tous les managers chez eux, sous la direction du responsable régional, bien que pour ma part, j'avais été recrutée directement par le directeur France qui m'avait reçu en entretien d'embauche. J'étais tellement motivée, totalement investie, galvanisée par l'étendue du travail à accomplir et les défis à relever. Je m'entendais très bien, peut-être même trop bien, avec mon équipe. Nous formions vraiment une équipe de choc, je savais me montrer fédératrice. Pour développer l'esprit « tribu » voulu au sein de leurs magasins, mais aussi entre les managers de toutes régions, il était organisé des séminaires d'intégration sur une semaine avec tous les nouveaux responsables de magasin embauchés. Les journées étaient ponctuées d'activités sportives comme l'initiation au surf, mais aussi des formations, visites du siège français, soirées et restaurant ! Une semaine de colonie de vacances offerte pour être sincère ! Régulièrement, nous avions des formations obligatoires en techniques de management mais très intéressantes, dispensées pendant une semaine au siège français. J'en avais suivi deux, nous étions toujours les mêmes managers à nous y retrouver. L'ambiance était bon enfant et nous étions toujours heureux de nous revoir et d'échanger sur nos pratiques. Bien sûr, des affinités se formaient, mais dans l'ensemble, nous nous entendions tous et toutes bien. Lors d'une des séances de formation, nous étions une vingtaine de participants et nous devions, comme activité, décrire un autre manager et ainsi de suite. Le responsable de la formation de management avait relevé tous nos commentaires anonymes les uns sur les autres, afin de savoir comment nous pouvions être perçus de prime abord. Il avait recueilli les ressentis de la part de mes pairs présents et chacun avait noté ceci, me concernant :

*« **Élodie** : maman poule / naïve apparente / souriante / facile d'accès / gentille / affective / femme et maman / bonne humeur / spontanée / ton accueil / ta joie de vivre / tu transpires l'amour / pleine de punch... »* Voilà comment j'étais perçue par l'ensemble de mes collègues présents à cette deuxième session sur l'approfondissement des techniques de Management. Nous commencions à bien nous connaître entre l'intégration et ces deux stages. J'avais tissé des liens forts avec des collègues de Toulouse, notre entraide était importante et nécessaire pour le bon fonctionnement des équipes.

Dès la première année d'exercice de mon magasin, nous avions pulvérisé le chiffre d'affaires et les objectifs à atteindre. J'avais eu l'honneur de recevoir la

visite du directeur Europe qui avait fait le déplacement pour nous féliciter en personne, de la part du siège français. Je jouissais de la faveur, de la considération et du soutien des hauts dirigeants du siège social français et j'avoue que j'en étais humblement honorée, surtout après la fermeture de mon institut. C'était un peu ma revanche. Une nouvelle page s'écrivait et tout à l'horizon me paraissait radieux. Ils envisageaient d'ouvrir un magasin plus important selon un nouveau concept. J'avais postulé en interne, en proposant ma candidature. Le poste m'avait été offert. C'est ainsi que j'avais obtenu une belle promotion dès novembre 2006 pour gérer ce concept store avec une équipe de vente plus nombreuse. Il m'avait été demandé de former ma remplaçante embauchée dans mon magasin précédent. Malheureusement, mon ancienne équipe avait très mal vécu mon évolution et mon changement de poste, se sentant en quelque sorte trahie et abandonnée. Certaines m'en avaient énormément voulu et me l'avaient clairement fait savoir. De vives tensions étaient vite apparues entre mes anciennes collègues et la nouvelle recrue. De mon côté, pour sa formation dont j'avais la responsabilité, ce n'était pas concluant, loin s'en faut. Son inaptitude m'effrayait ! J'étais prise dans un étau avec des plaintes quotidiennes émanant de mon ancienne équipe et les appels incessants de la nouvelle manager, incapable d'assurer la moindre tâche correctement. Elle nous exaspérait par son incompétence, mon adjointe et moi. De plus, elle s'était liée d'amitié avec le responsable régional qui l'avait recrutée et qui par conséquent ne pouvait plus être impartial, puisqu'ils se fréquentaient en dehors du travail avec leurs conjoints respectifs. Et de mon côté, j'avais moi aussi mes nouvelles fonctions à assurer, je ne pouvais pas être partout. Et je n'ai rien vu venir...
Rapidement, l'indicible s'était produit. Un midi, alors que j'étais en pause déjeuner, attablée seule en ville, sans me prévenir, des membres de la direction du siège français étaient arrivés et venus me chercher directement dans le restaurant, me demandant de les suivre sur le champ. Je ne comprenais franchement pas leurs propos ni l'urgence de la situation, tout me paraissait confus mais je sentais bien qu'il y avait un grave problème pour me faire quitter le restaurant sans me laisser finir mon repas ! Je n'avais pas compris que le problème en question, c'était moi ! Je ne m'étendrai pas sur le sujet, car il y a eu un procès que j'ai gagné, mais cet après-midi-là, je me retrouvais en l'espace de quelques minutes accusée d'avoir essayé de causer du tort à mon ancien magasin, accusée de mal former ma remplaçante, traitée devant mes collègues de « schizophrène » par un des responsables, accusée d'agissements malveillants envers la société et de mon ancien magasin, voilà rien que ça ! Entendre autant d'immondices injustifiées à mon sujet était surréaliste et insupportable ! À

15 h 00, le sujet était clos : j'étais licenciée sur le champ, sans préavis, rien... De manager encensée il y avait encore quelques semaines, je devenais la pestiférée à éliminer, incroyable ! J'avais appelé en pleurs mon ami manager à Toulouse, lui racontant tout ce tohu-bohu. C'était incompréhensible autant pour lui que pour moi. Il pensait que les choses allaient rentrer dans l'ordre, que ce n'était qu'un malentendu. Me connaissant, il savait pertinemment que ces accusations étaient totalement infondées. En y réfléchissant longuement ultérieurement, j'avais bien senti que mon ascension professionnelle au sein du groupe avait été un peu trop rapide pour certains. Les liens que je pouvais entretenir directement avec la succursale française avaient à plusieurs reprises « contrarié » le responsable régional puisque cela le court-circuitait dans l'organisation et dans l'organigramme. Je me serais bien vue, dans le temps, obtenir un poste dans le service Achats directement au siège français, mais en aucun cas, je n'avais envie de prendre sa place. Je n'enviais absolument pas sa position ! Jamais, jamais, je n'aurais imaginé vivre un tel lynchage, de toute ma vie ! Toutes leurs sales accusations étaient d'une violence inouïe : je me sentais abîmée, trahie et dans l'incompréhension totale : pourquoi me faire ça ? Je connaissais les fonctionnements des sociétés américaines, qui n'ont que peu de scrupules à licencier, mais comme ça ? Certes, j'étais plus âgée que la moyenne des managers recrutés et peut-être que physiquement, je ne correspondais pas ou plus à l'univers qu'ils souhaitaient, je n'en sais rien. J'aurais pu comprendre beaucoup de choses mais pas ce qu'ils m'avaient fait subir, et encore moins avec la manière inhumaine dont ils l'avaient fait. Comment pouvais-je passer de manager adulée jusqu'à la direction européenne et devenir la folle personne malsaine qu'ils décrivaient ?!!! C'était absolument destructeur et insoutenable à vivre, d'une injustice innommable... Mon équipe m'avait téléphoné, un par un, choquée de m'avoir vu quitter mon poste, licenciée sans ambages, comme une malpropre. Ces jeunes vendeurs m'avaient assuré de leur soutien et disaient qu'ils feraient des attestations pour les dirigeants pour certifier par écrit que toutes leurs accusations n'étaient qu'affabulations et mensonges. Ils voulaient absolument témoigner de ce qu'ils avaient vu et subi avec l'autre équipe et leur nouvelle manager. Mais mon adjointe le leur avait fortement déconseillé, leur précisant qu'ils subiraient sans aucun doute le même sort que moi, n'étant que des vendeurs... Ils étaient bien plus jeunes que moi et avaient besoin de leur emploi comme tout un chacun... Alors, rien n'avait été dit ni fait pour attester de ma bonne foi et contrecarrer les odieux reproches dont j'étais victime. Mon adjointe avait assuré le management ensuite... J'étais rentrée chez moi ce jour-là, détruite, renvoyée pour « faute grave », ce qui pouvait engendrer des

conséquences préjudiciables pour retrouver un nouvel emploi. Je ne pouvais ni laisser dire, ni laisser faire ça. Leurs propos étaient trop calomnieux et avaient réveillé en moi de terribles blessures d'injustice. Je devais me battre contre cette ignoble infamie. C'était décidé, j'allais me défendre et prendre un avocat, même si c'était David contre Goliath !

Il était prévu que Joseph voyage quelques jours après cet évènement éprouvant. Il était anxieux de me laisser dans cet état seule avec les enfants. Comme toujours pour ses voyages professionnels, je l'avais accompagné jusqu'à l'aéroport de Marignane. Il avait lourdement insisté pour que je prenne en voiture notre chien, soi-disant pour me tenir compagnie sur le trajet. C'était une chose que je ne faisais pas d'ordinaire, le prendre juste pour un long trajet aller-retour, sans pause… Mais je l'avais finalement écouté et embarqué avec nous. En m'imposant de prendre notre chien en voiture, je crois que Joseph avait pressenti, avant moi, les sombres pensées que j'avais au plus profond de moi, car sur le trajet retour, durant une fraction de seconde, j'avais pensé mourir, fermer les yeux et laisser aller la voiture pour en finir avec ce licenciement tellement injuste ! Heureusement, j'avais mon toutou avec moi dans l'habitacle… Je m'étais vite ressaisie la fraction de seconde suivante, honteuse d'avoir eu un court instant cette envie de partir à cause de personnes abjectes ! C'était inconcevable en fait ! J'avais mon mari et surtout nos deux adorables enfants, j'étais leur maman, responsable d'eux. Alors, je m'étais reprise, pleurant tout le trajet retour pour me libérer de mes pensées négatives. Ce moment de faiblesse et cette idée de « partir » ne s'étaient plus jamais représentés. Dès le lendemain, j'entreprenais, soutenue par Joseph, mais bien plus encore par ma mère avec qui les relations s'étaient apaisées, des démarches auprès du tribunal des Prud'hommes, bien déterminée à aller jusqu'au bout, à ne rien pardonner et à retrouver ma dignité salie. Avec maman, nous avions rencontré et choisi un jeune avocat, natif de mon village d'enfance. Dès nos premières rencontres, il avait été confiant pour la suite à donner à mon dossier et son issue. Nous avions monté un dossier en béton, avec attestations, preuves et autres documents contrecarrant leurs accusations à vomir. Je mettais un point d'honneur à assister à toutes les séances au tribunal, quoi qu'il m'en coûte, et dieu sait que j'en avais souffert, mais je tenais bon ! Maman m'accompagnait à chacune d'elles, ne me laissant jamais affronter ce tsunami toute seule. Seul le jour de la plaidoirie de leur avocate, en entendant ses élucubrations à mon sujet, je n'avais pas tenu. Il m'avait fallu quitter la salle du tribunal, écœurée, me levant en sanglots et passant devant la DRH présente, gênée, les yeux baissés ; celle avec qui j'avais passé de bons moments pourtant lors des séminaires, clamant haut et fort avant de sortir :

— *C'est insupportable à écouter* !

Ce fut mon seul moment de sortie de ma réserve. Je voulais être encore une fois ce roseau qui pliait mais qui ne cédait pas, jamais. Il n'était pas envisageable que ma réputation et ma personne soient traînées dans la boue à ce point. Il faut quand même savoir qu'un licenciement pour « faute grave » doit reposer sur une cause réelle et sérieuse. Il doit être motivé par des faits objectifs, sérieux et vérifiables et non pas sur une impression ou un jugement subjectif de la part de responsables peu scrupuleux. Or, quand un licenciement de ce type intervient dans l'urgence et sur le coup d'une forte charge émotive, la vérification de la réalité des faits et le sérieux peuvent se trouver négligés. C'est exactement ce qu'il s'était produit et c'est ce que nous avions prouvé sans aucune difficulté. Je gagnais le procès sur le fond et sur la forme pour licenciement abusif. J'étais reconnue comme victime et cela me faisait du bien ! Je remettais l'église au milieu du village ! J'avais été indemnisée, bien que l'argent n'ait que peu d'importance à mes yeux dans cette histoire. Ils s'étaient lourdement trompés sur ma personne, et nous avions réussi, non sans douleur, à rétablir la vérité. Mais je n'en étais pas sortie indemne moralement. Après cette longue période de lutte, je me promettais intérieurement que je ne ferais plus jamais confiance à quiconque, que je ne travaillerais plus jamais dans le secteur privé, peu importe les avantages acquis que ce soit l'importance de mon salaire, les primes pour récompenser mon investissement, mes possibilités d'avancement plus importantes ou toutes autres faveurs sociales. Je ne voulais plus me couper en quatre pour atteindre, voire dépasser, un objectif économique dans le seul but de satisfaire un employeur, des actionnaires et une entreprise aussi importante soit-elle ! Jusque-là, et depuis un moment, nous étions Joseph et moi, dans la surenchère perpétuelle de travailler comme des dingues, de progresser professionnellement, d'aller toujours plus loin. Nous adorions relever des défis que nous nous imposions mutuellement. Pour prouver quoi ? À qui ? Pour ma part, je n'en savais strictement rien. Nous avions cette chance de nous nourrir l'un de l'autre, mais pas toujours dans le calme et la sérénité ! Parfois, nous étions au même niveau et puis d'autres fois, nous étions totalement décalés, ce qui pouvait faire naître de vives tensions à cause d'attentes insatisfaites. Qui ferait le sacrifice de… ? Nous étions tous les deux ambitieux. Il est vrai que j'étais d'une persévérance à toute épreuve : une fois un objectif mis dans ma tête, je ne lâchais rien jusqu'à ce qu'il soit atteint sans me soucier des risques ou d'éventuels dangers.

Ma capacité à relever les défis était sans limites, avec, dans un coin de mon esprit, l'espérance d'un potentiel de réussite infini. Au travail, je m'étais toujours investie avec passion dans tout ce que j'entreprenais, sinon, je partais, c'était aussi simple que cela. La vie avait toujours été un challenge quotidien. J'étais une travailleuse infatigable, conquérante et combative. La compétition ne me faisait pas peur, bien au contraire, elle me stimulait ! Et puis j'avoue que la routine et la monotonie, que ce soit dans ma vie privée ou professionnelle, me faisaient peur, m'angoissaient même ! Aussi, je faisais preuve d'initiative, en permanence, pour bousculer mon quotidien, NOTRE quotidien. D'ailleurs, souvent, Joseph, et encore aujourd'hui, me disait en rigolant qu'il s'ennuierait s'il ne partageait pas sa vie avec moi ! Nous n'étions même pas conscients à ce moment-là de tout ce que nous faisions, nous étions de jeunes actifs voulant nous construire une carrière. Nous voulions simplement offrir à nos enfants, ainsi qu'à nous-mêmes, une vie meilleure, qu'ils ne manquent de rien, qu'ils aient le choix. Joseph avait eu une vie plutôt aisée avec ses parents, mais cela n'avait pas toujours été le cas de mon côté. Je voulais impérativement ne pas faire subir la même situation à nos enfants, jamais. Avec cet épisode destructeur, il était temps de changer tout notre fonctionnement. Je sentais bien que nous ne pouvions pas être deux à faire carrière dans l'industrie, même si cela n'avait jamais été évoqué, ni même reproché. Il fallait que l'un de nous soit présent pour nos enfants et cette personne ne pouvait être que moi, leur maman, c'était une évidence. Même si, dans l'idéal, j'aurais voulu que nous le soyons tous les deux…

Mon prochain travail devait avoir du sens, j'en étais intimement convaincue. Je devais me construire une armure encore plus imposante pour me protéger davantage et pour ne plus jamais, jamais revivre une telle situation. Je ne m'étais pas rendu compte alors qu'avec cet incident professionnel, une brèche s'était ouverte au plus profond de mon être et ce n'était que le début. J'avais alors 35 ans, il était temps que je me réalise autrement…

Chapitre 16 - « Voir le possible là où les autres voient l'impossible »

Je ne sais pas si cela, c'est déjà produit pour vous, mais il m'arrive d'avoir des pensées soudaines et très précises parfois dans ma phase de réveil comme des flashs furtifs, qui sorties de leur contexte paraissent saugrenues, mais qui en réalité s'avèrent bénéfiques, voire salvatrices, car elles me guident positivement. C'était une étrange sensation ressentie à chaque fois que cela se présentait ; comme si elles m'étaient soufflées ou murmurées à l'oreille durant mon sommeil, sans être en lien avec un quelconque rêve. Lorsque cela se produit, souvent à des moments clés de ma vie, j'ai clairement la sensation de me sentir plus éclairée et plus forte pour les décisions que je dois prendre et plus assurée quant à la direction que je dois choisir. Je suis à chaque fois étonnée par ce phénomène.

Alors que je sortais tout juste de cette grande tourmente professionnelle, je me réveillais un matin, avec cette idée précise que je devais me renseigner sur les possibilités de passer le concours des enseignants le jour même. Près de quinze ans après la fin de mes études, voilà que ressurgissait soudainement cette pensée… J'en avais immédiatement parlé à Joseph et une fois préparée ce matin-là, je m'étais connectée sur le site internet de l'IUFM (Institut Universitaire de Formation des Maîtres) afin de prendre des informations quant au concours et leurs formalités éventuellement. Je savais qu'il était possible de passer ce concours en tant qu'adulte et parent de trois enfants ou bien en étant un sportif de haut niveau, mais comme je ne cochais aucune de ces deux cases, par conséquent l'espoir d'enseigner avait quitté mon esprit depuis belle lurette ! Aussi, quelle ne fut pas ma joie de découvrir ce matin-là qu'il existait un « troisième concours », accessible à tous ceux qui avaient au moins cinq ans d'expériences professionnelles accomplies dans le cadre d'un contrat de droit privé. C'étaient les mêmes épreuves, les mêmes jurys, les mêmes attendus. Ce qui changeait, c'étaient les conditions d'éligibilité et le nombre restreint de postes offerts. Le troisième concours détenait moins de postes mais il représentait des candidats d'horizons professionnels différents. Il ne fallait pas avoir peur de se démarquer entre avocats, ingénieurs ou autres candidats de ce niveau désirant se reconvertir en professeurs des écoles ! Le point positif était que ce troisième concours était le seul où je pouvais avoir une reprise de mon ancienneté du secteur privé. Mes quinze années d'expériences professionnelles faisaient partie de mon vécu ; je ne pouvais pas les renier. Cette dernière précision me satisfaisait. Après avoir lu toutes les informations données sur leur site, je remarquais surtout qu'il me restait deux semaines à peine avant la date de clôture de dépôt de demande d'inscription pour la rentrée suivante. Il fallait motiver ma candidature et fournir des tas de documents divers et variés mais obligatoires tout comme l'attestation de natation par exemple. Il avait fallu que je trouve, dans un délai très bref, une piscine avec un créneau disponible pour passer l'épreuve. Il y avait aussi une attestation de secourisme à fournir pour la PSC1 (Prévention et Secours Civiques de niveau 1). Par chance, j'avais pu m'inscrire rapidement à une session au sein de la Croix Rouge. Il était important de répondre à certains critères afin d'espérer intégrer l'IUFM, car tout le monde ne pouvait pas y être admis aussi facilement, contrairement à ce que bon nombre de personnes de mon entourage pensait... Cinq années d'expériences professionnelles dans le privé n'ouvraient pas automatiquement les portes de cet institut des maîtres. Ma décision était prise : je me lançais euphorique dans cette aventure ! Je souhaitais prendre une nouvelle direction professionnelle plus valorisante à mes yeux et être davantage disponible pour nos enfants surtout. Je voulais tenter ma chance et concrétiser, si je réussissais, un autre de mes rêves, tant d'années après ! J'occultais consciemment les embûches et les difficultés que je serais amenée à rencontrer, préférant garder mon énergie et ma concentration sur la réussite finale. Bien que consciente des enjeux et des efforts à fournir conséquents, compte tenu de mon âge et de ma vie de famille déjà bien organisée, à aucun moment, je n'avais envisagé l'échec ou eu une pensée négative qui aurait pu entamer ma détermination. La montagne pouvait paraitre insurmontable mais plutôt que de la regarder dans sa globalité et de paniquer, je choisissais d'avancer étape après étape, de poursuivre un seul objectif et une fois atteint de passer au suivant. Lors d'un échange à ce sujet avec Joseph, nous avions convenu qu'en cas d'échec au concours et en fonction de mes résultats, s'ils étaient proches de ceux de l'admission alors cela vaudrait la peine de le tenter une deuxième fois ; mais au contraire si les points obtenus étaient trop loin du niveau de recrutement, alors j'en resterais là. Nous étions d'accord et nous n'en avions plus reparlé. Peu de candidats le réussissent, encore aujourd'hui, dès la première tentative. Parfois, certains étudiants persistaient et le présentaient jusqu'à trois ou quatre fois avant de le réussir ! Par conséquent, je n'avais pas de problème d'égo, de honte ou que sais-je encore, si je devais le passer une deuxième fois. Dans les délais impartis, mais avec beaucoup de stress pour ne pas dépasser les dates butoirs, j'avais constitué mon dossier d'inscription. De peur qu'il ne se perde ou arrive trop tard, avec les aléas de la Poste, nous nous étions rendues, ma mère et moi, directement à l'IUFM de Montpellier, afin de le déposer au bureau concerné. Cela me rassurait de maîtriser au moins son dépôt en mains propres. Il n'y avait ensuite plus qu'à attendre leur décision : je n'avais plus le contrôle sur la suite à donner… La réponse arriva de longues semaines après : j'étais admise à l'IUFM en première année, à l'époque appelée « P1 » ! À partir de septembre 2007, j'intégrais l'Institut Universitaire, afin d'y suivre la formation comme une étudiante lambda, mais avec quelques rides supplémentaires par rapport aux autres ! C'était incroyable, je reprenais mes études à 35 ans passés avec deux jeunes enfants, une maison à entretenir et un mari qui s'absentait de plus en plus à l'étranger pour raisons professionnelles. J'avais toute une vie à réorganiser temporairement durant un ou deux ans, pour favoriser ma réussite ! Ma rentrée à l'IUFM s'était bien déroulée, j'étais dans un bon groupe d'étudiants avec lesquels j'avais rapidement sympathisé. J'étais heureuse de voir que je n'étais pas la seule « sénior » à tenter l'aventure, cela nous faisait des points communs avec trois ou quatre autres candidates. Il n'y avait aucun commentaire par rapport à nos âges, au contraire beaucoup de curiosité et aucun jugement. C'était vraiment très agréable de retourner en quelque sorte à l'école ! Avec nos professeurs ou autres intervenants, nous travaillions intensément le français, l'histoire et la géographie, les sciences, les mathématiques, les arts, la danse, la musique, le sport, et toute la partie professionnelle et pédagogique du métier. C'était intense en termes de quantité de cours à ingurgiter en plus de stages d'observation et autres insertions professionnelles à préparer. Les mathématiques étaient toujours autant ma bête noire, c'était terrible ! Ils n'avaient rien à voir avec le niveau enseigné en école élémentaire. Les exigences étaient bien plus fortes dans ce domaine-là, comme en français. L'année P1 me prenait beaucoup de temps de préparation et de révisions mais avant tout, j'avais ma famille et ma maison. Les absences de Joseph à l'étranger se faisaient de plus en plus fréquentes, longues et lourdes à gérer pour moi, avec le rythme effréné que j'avais pris. Bénéficiant du chômage, je passais mes journées à l'IUFM comme n'importe quelle étudiante mais à la différence des autres, dès la fin des cours, je fonçais récupérer mes enfants à la sortie de l'école ou à la garderie. Une fois à la maison, je m'occupais d'eux en priorité, comme toute maman se doit de le faire. Puis tel un automate, je préparais les repas, nous mangions, je rangeais la maison et c'était seulement à partir de 22 h 00, voire plus tard que je commençais à réviser mes cours jusque tard dans la nuit. Et ainsi, sept jours sur sept, sans jamais y déroger, Quelle que soit ma fatigue ou notre emploi du temps familial. Je m'étais enfermée dans une bulle où absolument rien ne pénétrait pour perturber ma ténacité. Je me donnais tous les moyens de réussir et cela passait par des sacrifices importants mais nécessaires. Finalement, qu'est-ce que c'était une ou deux années universitaires quasiment monacales, à côté d'une vie entière à exercer un métier longtemps rêvé ? Rien…

Quand j'avais annoncé mon admission et ma joie de préparer le concours à notre entourage, j'avais essuyé des moqueries et autres mesquineries, provenant de certaines personnes de ma belle famille, notamment. Rien ne m'avait été épargné. J'avais reçu des piques acerbes du style :

— *Et après ça, tu comptes faire maçon ?*

— *À des gens comme toi, ils le donnent ce troisième concours, non ?*

Je ne savais pas ce que voulait dire ce « comme toi », mais vu leur ton méprisant, j'entrevoyais leur opinion. Peut-être étais-je débile sans le savoir ! Apparemment, eux semblaient le penser. D'autres, déjà dans le métier, m'avaient lancé avec un ton condescendant :

— *Oh mais tu sais, il y a beaucoup d'appelés et très peu d'élus, alors n'y pense même pas !*

Ils paraissaient satisfaits de déverser sur moi leur fiel. Évidemment, leurs commentaires médiocres, leurs sarcasmes à mon égard m'avaient profondément blessée, sans que j'en fasse ouvertement état. Je connaissais mes propres forces, alors en se moquant ainsi de moi, ils m'avaient donné la rage pour m'investir davantage et réussir quoiqu'il m'en coûterait. Je pense que la méchanceté est l'apanage de personnes malheureuses, frustrées, insatisfaites, médiocres et envieuses, par conséquent, je n'avais pas de temps à perdre à les écouter. Je faisais confiance en la vie, en ma bonne étoile et en mes capacités ! Mon rythme de vie était démentiel dans tous les domaines : maman, épouse, étudiante et femme, bien que pour ce dernier, j'avais fait une croix dessus. Plus le temps de penser à moi, ce Moi n'existait plus, mes priorités étaient ailleurs ! Mes enfants étaient aimants et compréhensifs. Il s'agissait aussi de leur montrer que dans la vie, lorsque nous voulons obtenir quelque chose, il fallait se battre courageusement, y croire très fort, faire preuve de persévérance, ne jamais baisser les bras pour être capable de se regarder dans un miroir et se dire :

— *Je n'ai rien à regretter, car j'ai tout donné.*

Je gardais à l'esprit ma devise qui me guidait depuis l'enfance : « *Qui ne tente rien, n'a rien* ». Nous étions vite arrivés au jour des épreuves du concours. Le numérus clausus dans mon académie était autour de 169 postes, dont à peine quelques dizaines réservés pour les candidats du troisième concours. Or, nous étions plusieurs milliers d'étudiants à le passer sur les cinq départements de l'Académie ! Je préférais ne pas y songer et rester concentrée sur mon objectif. Le premier jour des épreuves écrites, la pression était à son comble en entrant dans l'immense gymnase transformé en salle d'examens. Une chaleur étouffante y régnait dès les premières heures le matin, la tension était palpable au moment de l'ouverture des enveloppes contenant les sujets. Leur distribution selon une organisation très rigoureuse faisait monter davantage le stress. Nous avions trois journées intenses de composition pour l'ensemble des matières à l'écrit. À part les mathématiques, qui étaient pour moi une plaie totale, j'étais sortie satisfaite des épreuves dans les autres matières. Le jour de la diffusion des résultats pour l'admissibilité, nous avions décidé avec une copine de classe de nous retrouver chez elle, pour attendre ensemble l'heure d'affichage informatique. Elle était une excellente étudiante, bien plus jeune que moi. Il ne faisait aucun doute, pour nous tous dans cette promotion, qu'elle serait admise à l'écrit. Le moment fatidique était arrivé, la petite icône grise venait de passer à l'orange : nous étions tremblantes, assises devant son ordinateur. Notre cœur battait très fort dans notre poitrine, résonnant dans tout le corps, le bourdonnement dans nos oreilles nous étourdissait ! Nous avions l'impression de jouer nos vies... Comme nous étions chez elle, il était normal que nous commencions par ses résultats, cherchant son nom dans la liste des admis en cliquant sur son initiale. Mais nous avions beau lire et relire les noms de la liste, le sien n'y figurait pas, nulle part... Sa détresse était palpable et me peinait beaucoup. Elle avait raté la première partie du concours, ce qui me paraissait pourtant impossible et elle n'irait pas aux épreuves d'admission finales. Nous avions ensuite cherché mon nom, à partir de mon initiale également : le mien y figurait ! Une chape de plomb pesait dans la pièce, j'oscillais entre euphorie et gêne immense par rapport à ma copine. Elle tentait maladroitement d'être heureuse pour moi alors que je la sentais affreusement affectée par son échec. J'essayais de mon côté de la valoriser, qu'elle était jeune et pourrait le retenter l'année suivante mais mes mots étaient vains, je le voyais bien. Il n'y avait plus grand-chose à dire, et par décence, je ne m'étais pas attardée davantage à son domicile. J'avais repris la route rapidement pour rentrer chez moi. Elle et moi n'avions rien à fêter ensemble. Sur le trajet retour, je m'étais arrêtée en bord de voie, impatiente d'appeler Joseph, puis mes parents et enfin ma belle famille. Je languissais de partager cette excellente nouvelle avec mes proches. La première étape pour gravir la montagne était réussie, je pouvais envisager la suivante : les oraux. Je ressentais de la fierté, sans aucune vanité. Il restait à préparer l'oral professionnel à fort coefficient, l'épreuve de langue étrangère et celle de sport. Au sein de l'IUFM, mes professeurs étaient confiants quant à la suite de mes épreuves. Ils m'avaient d'ailleurs confié ouvertement leur assurance pour les derniers examens à venir, compte tenu des différents entrainements que nous avions faits et des excellents résultats obtenus aux oraux blancs. Je préférais rester la tête froide et me dire que je verrais bien. Notre classe de P1 était en grande partie vide, tous ceux qui avaient échoué aux écrits n'étaient plus présents. Ils avaient l'opportunité de le tenter une nouvelle fois l'année suivante mais certains abandonnaient déjà tout espoir. Il régnait une triste ambiance.

Je n'avais pas de difficulté particulière, n'éprouvant pas vraiment de stress pour m'exprimer à l'oral comparée aux jeunes étudiants fraîchement sortis de leur licence. Mon expérience professionnelle acquise dans l'industrie m'apportait cet avantage-là. Néanmoins, l'épreuve d'oral professionnel était la plus anxiogène, difficile et décisive en termes de barème. Il fallait la considérer comme un entretien d'embauche, sur un sujet tiré au sort au moment du passage, devant un jury composé de trois ou quatre professionnels : un inspecteur de l'Éducation nationale, un ou deux professeurs et un conseiller pédagogique spécialisé. Ce n'était pas une épreuve anodine que l'on pouvait passer sereinement. Les conditions faisaient que nous étions volontairement déstabilisés et poussés dans nos retranchements. J'avais une amie plus âgée que moi, qui à chaque entrainement, s'effondrait en pleurs avec un niveau de stress trop élevé, l'empêchant d'avoir une conversation soutenue, argumentée ou autre. Mon jour de passage pour cette importante épreuve était arrivé. Ma prestation me semblait avoir été convenable mais je n'en étais pas sortie convaincue pour autant. Celle de langue étrangère avait été très satisfaisante, n'ayant aucune difficulté à lire, à argumenter un texte ou à répondre à des questions en anglais. Par contre, pour l'épreuve orale du sport, je n'avais pas été à la hauteur : j'avais survolé certains sujets, comme le handball, et au tirage au sort, j'étais tombée sur cette activité sportive ! L'attente des résultats finaux m'avait paru insupportable durant les longues semaines qui avaient suivi. Le jour des résultats d'admission définitive, nous étions partis en ville faire les soldes avec les enfants âgés alors de onze et sept ans, afin de me changer les idées et de faire passer le temps plus vite. Nous étions tous les trois dans une boutique à faire des essayages et à rire quand mon téléphone avait sonné. C'était la « copine » chez qui j'avais attendu les résultats des écrits… Je décrochais, enjouée, tandis qu'elle me lançait laconiquement :

— *Ça va ? Tu n'es pas trop déçue* ?

Elle venait de m'apprendre sans ambages, volontairement, que je n'avais pas réussi l'admission définitive. Je trouvais violente la façon dont elle avait procédé pour me l'annoncer ! Sûrement qu'il s'agissait pour elle, et j'espère inconsciemment, d'une forme de vengeance, je n'en sais trop rien. En tout cas, les résultats étaient sortis plus tôt que prévu, par conséquent tout le monde savait qui avait réussi et qui n'avait pas validé. Et je faisais partie de cette deuxième catégorie… Triste et frustrée de l'avoir appris de cette manière, je m'étais mise à pleurer à chaudes larmes en plein magasin, laissant choir tous les vêtements que nous étions en train d'essayer avec les enfants. Malgré leurs jeunes âges, ils avaient tout de suite compris, ils n'avaient rien commenté et nous étions sortis en silence de la boutique. J'avais entendu mon fils expliquer à sa petite sœur doucement, inquiète de me voir pleurer :

— *Maman pleure parce qu'elle n'a pas réussi son concours, la pauvre.*

Ils étaient touchants, déjà pleins d'empathie et faisant preuve d'une grande maturité. En ce début d'été, le couperet était tombé : je ratais mon concours de trois points seulement. Trois misérables et ridicules petits points, mais c'était comme cela les concours, comparés à d'autres examens universitaires où il suffisait d'avoir la moyenne pour passer dans la classe supérieure. Là, les épreuves de concours nous mettaient en compétition pour un nombre de places très limité fixé à l'avance, où seuls les meilleurs y accédaient. D'une année à l'autre, selon le public d'étudiants qui se présentait, il fallait obtenir parfois pas moins de 14/20, parfois même plus, et puis d'autres années, moins pour espérer être dans le numérus clausus. Mes trois malheureux points manquants me faisaient terriblement rager, car il aurait suffi que j'obtienne ne serait-ce qu'un point de plus dans une seule matière, pour qu'avec le calcul du coefficient, je les obtienne ! J'étais en colère contre moi... Nous nous étions souvenus avec Joseph de notre conversation et de notre accord avant de m'y inscrire. Objectivement, j'étais très proche des résultats d'admission. Il était, par conséquent, sensé que je le représente une deuxième fois. Celle-ci serait la bonne, je m'en faisais la promesse !

Chapitre 17 - Faire de petits pas constants

L'été des premiers résultats, je sentais que je n'allais pas si bien que cela moralement. D'avoir raté le concours m'avait fragilisée plus que ce que je pensais. Après avoir volontairement occulté le licenciement abusif dont j'avais été victime précédemment, le procès éprouvant, toute l'énergie que j'avais mise pour rester forte, gagner la procédure et enfin reprendre dans la foulée, mes études en plus de ma vie de famille, je m'étais épuisée moralement et physiquement. J'avais essayé pendant quelques semaines de relever la tête et de me remettre sur les rails, mais je sombrais dangereusement. Il me fallait réagir et avoir de l'aide extérieure. Je consultais alors mon médecin généraliste pour lui demander un soutien, elle m'avait diagnostiqué un burn-out sévère. Elle m'avait proposé de prendre des antidépresseurs, mais je n'y étais pas franchement favorable. Je préférais l'option « consulter un spécialiste ». Après une longue discussion, elle m'avait orientée vers une psychologue clinicienne dont elle avait eu d'excellents retours. Lors de notre première entrevue avec cette dernière, j'avais eu un excellent feeling, me sentant en confiance. Je m'engageais dans cette démarche avec elle, consciente que le travail ensemble serait probablement long. L'année de mon redoublement à l'IUFM, pour la rentrée 2008/2009, s'annonçait être une année charnière dans ma vie, sans que j'en saisisse l'envergure. Nos enfants étaient encore jeunes : notre fils, jeune collégien et notre fille, encore élève en école élémentaire. Joseph était de moins en moins présent à la maison, totalement happé et investi dans son travail. Ses déplacements à l'étranger étaient terriblement longs et s'enchainaient. La solitude me pesait énormément et pour autant, je ne voulais pas baisser les bras, pour mes enfants, pour mon couple, pour moi. Le « trop-plein » avait fini par engendrer des problèmes de santé au niveau de mon dos, mais pas uniquement. J'avais un terrain allergique : rhinite, urticaire ou œdème de Quincke s'enchaînaient. Mais depuis quelque temps, les manifestations et les réactions prenaient beaucoup trop d'ampleur. J'avais des crises d'urticaire à répétition, des œdèmes de Quincke au visage, sans pour autant avoir une explication rationnelle. J'avais consulté mon allergologue qui assurait mon suivi et nous avions mis en place un carnet de bord retraçant tout ce que j'ingurgitais avant les réactions allergiques afin de trouver le ou les dénominateurs communs. Pendant ce temps, les crises se multipliaient avec parfois une gêne respiratoire et sur ces éléments-là s'étaient greffées des crises d'angoisse jusqu'à des attaques de panique violentes ! Bien évidemment, elles se déclenchaient le soir et exclusivement durant les déplacements de Joseph, périodes où j'étais seule à la maison à tout gérer. Certaines crises allergiques et/ou angoisses me conduisaient aux urgences du CHU proche de la maison, après un appel au 15 et la venue des pompiers. J'étais en train de perdre pied. Je n'arrivais plus à maîtriser quoi que ce soit dans ma vie, empruntant le chemin menant vers l'enfer. Pire, en tant que maman, j'infligeais ces moments de détresse à mes enfants, alors qu'ils étaient déjà en grande souffrance vis-à-vis de l'absence de leur père. Ils ne comprenaient pas pourquoi ses déplacements duraient aussi longtemps, encore moins pourquoi leur papa quittait la maison pour travailler loin d'eux. Il m'arrivait d'appeler mes parents en panique, ne sachant pas si j'étais en train de m'étouffer d'une allergie ou d'une crise d'angoisse ! Aujourd'hui, je repense à un sketch de Florence Foresti que j'adore, quand elle appelle le 15 pour leur dire qu'elle est en train de crever et qu'elle n'arrive pas à respirer alors qu'elle est en train d'argumenter pour les faire venir ! C'était exactement cela ! Quand le médecin du 15 me disait au téléphone :

— *Madame, vous êtes en train de faire une crise d'angoisse, ça va aller. Est-ce que quelqu'un est là pour discuter avec vous ?*

J'avais envie de lui répondre que non, ça n'allait pas ! J'étais terrorisée de mourir étouffée et j'étais seule et archi seule pour me calmer ! Alors totalement désespérée et irrationnelle, j'appelais immédiatement mes parents, même très tard le soir. Ils s'engouffraient dans leur voiture et faisaient la route pour venir à mon domicile, me rassurant par leur présence, ce qui effectivement finissait par m'apaiser. Mais quand ils n'étaient pas joignables, honte à moi, c'était sur mon jeune garçon que cela tombait...

Je n'en suis pas fière encore aujourd'hui, j'en ai même honte, car cela a forcément pesé dans sa construction. Je voudrais pouvoir effacer cette période, la souffrance et l'inquiétude que je lui ai infligées à ce moment de sa vie, mais je ne le peux pas. Elle fait partie de nous deux. Cette époque difficile nous lie très fortement, mes enfants et moi, nous ayant imprégné durement, bien que différemment. Il fallait que je sois tombée très bas pour faire porter cette charge émotionnelle et cette responsabilité à mon garçon de treize ans. Et je ne suis pas sûre que ma petite fille, âgée de quatre ans de moins que lui, en ait été épargnée.

Dès que je basculais dans une attaque de panique, il me fallait impérativement une présence rassurante. C'était presque une question de vie ou de mort, tellement ma peur était immense ! Je luttais et luttais contre moi-même mais quand la crise atteignait son paroxysme, il n'y avait plus rien à faire, si ce n'est être près de moi et me tranquilliser. Et bien trop souvent, je n'avais que lui... Ma fille était trop petite. Mais lui aussi était trop jeune pour être le soutien sans faille de sa maman, ce n'était pas son rôle. Comment pouvais-je lui faire vivre ça ? Je n'avais plus aucune force mentale, au fond du trou, ne voyant pas la lumière, même pas une toute petite lueur…

Dans le courant de l'année, Joseph était parti travailler sur un chantier au Togo, en Afrique de l'Ouest, nous disant que c'était pour trois semaines seulement… Il n'avait pas eu le courage, ni même l'honnêteté de nous dire que son absence serait plus longue. Peut-être ne le savait-il pas réellement, compte tenu de l'organisation fantaisiste de la société qui l'employait à cette époque. La rotation des expatriés et toute cette partie de pseudo-expatriation étaient gérées avec beaucoup d'amateurisme par son entreprise. Aucune règle n'avait été mise en place quant à la durée de la présence sur site et les temps de rotation en France/Togo. Il arrivait qu'il reste sur le site de construction plus de huit semaines d'affilée sans avoir de dates fixes pour un éventuel retour en France auprès de nous, sa famille. Il faisait plus de quatre-vingt heures par semaine, c'était dément ! Je vivais l'enfer à la maison, ne sachant plus où donner de la tête entre les cours à l'IUFM et tout le reste à assumer toute seule, mais Joseph ne le comprenait pas, obnubilé par son chantier à mener à bien, coûte que coûte. Mes crises allergiques se multipliaient sans pour autant arriver à en déterminer la cause ce qui par ricochet augmentait les épisodes des crises d'angoisse. Combien de fois avais-je eu Joseph au téléphone en pleurs, le suppliant de rentrer en France, lui faisant remarquer qu'il était parti déjà depuis de très longues semaines, mais rien n'y faisait, je parlais à un mur. Je lui faisais part de mon état psychique, de la souffrance de nos enfants par rapport à ses longues absences, rien ne le faisait fléchir. Toujours la même réponse, c'était « comme ça »… Notre garçon pleurait fréquemment dans mes bras, avait des colères franches, me demandant pourquoi son papa nous imposait cette vie sans lui. Je n'avais pas de réponses à lui apporter, ne les connaissant pas moi-même. Ce n'était pas ainsi que j'avais imaginé notre vie de famille. Contrairement à son grand-frère, notre petite fille était plus dans la discrétion quant à la démonstration de ses sentiments douloureux. Néanmoins, je l'entendais renifler et pleurer en silence certaines nuits et cela me brisait le cœur. J'allais me glisser dans sa chambre pour la prendre dans mes bras et la réconforter. Entre deux énormes sanglots, elle me disait que son papa lui manquait beaucoup. Leur détresse m'anéantissait, ne pouvant leur éviter cette situation. Dans le même temps, une colère sourde m'envahissait, me consumant de l'intérieur. Joseph restait sourd à notre supplice, impassible devant notre chagrin lorsque je l'avais quelques minutes au téléphone. Il était trop pris par son travail sur le site, exténué. Il était totalement déconnecté de la réalité, de notre réalité. Il ne prenait même pas la peine de leur parler lors de ses rares appels téléphoniques, la communication était souvent coupée ou mauvaise. Joseph se contentait de me dire d'embrasser les enfants, et encore quand il y pensait… Pourtant, un après-midi, exceptionnellement, il m'avait téléphoné longuement. Étrange conversation… Ses propos étaient lunaires, Joseph s'exprimait sans être cohérent. Il s'excusait en boucle, mais il m'était impossible de comprendre de quoi. Il se justifiait d'une chose sans que j'en saisisse le sens, car il ne finissait aucune de ses phrases. Il s'excusait de me faire autant de mal, assurant que ce qu'il faisait ou avait fait, ce n'était pas bien et il répétait ces mots inlassablement. Ce n'était que des bribes de phrases inachevées, vraiment difficiles à interpréter. Et je n'étais pas sûre de vouloir les comprendre par moments. Suite à cet échange chaotique, je m'étais confiée à ma belle-mère, elle qui avait vécu plus de vingt-cinq d'expatriation avec mon beau-père, en famille ou bien seul en contrat « célibataire ». Je pensais qu'elle était la seule à pouvoir m'aider pour comprendre Joseph, grâce à son expérience de vie dans la même situation. Après m'avoir patiemment écouté lui répéter le long monologue de Joseph, elle m'avait alors adressé cette phrase surprenante :

— *Élodie, tout ce qui se passe en Afrique reste en Afrique.*

Voilà, il n'y avait rien de plus à ajouter. Je ne voulais qu'une seule chose : le retour de mon mari que j'aimais, le revoir, le serrer contre nous avec nos enfants. Je voulais que nous reformions la belle famille telle que nous l'avions imaginée et construite ensemble. Las, cela s'avérait être très compliqué pour Joseph de trouver la force de quitter son chantier et ses responsabilités professionnelles. Nous ne faisions plus partie de ses priorités. Ce n'est que bien plus tard que ma mère m'a avoué un jour, qu'en me voyant toucher le fond, elle avait pris son téléphone et sommé Joseph, encore en Afrique, de prendre le premier avion pour la France, lui expliquant très crûment que sa famille était en grande souffrance, que j'allais extrêmement mal et qu'il m'était difficile de tout mener de front toute seule. Elle savait être convaincante quand elle le voulait. Elle avait dû trouver les mots justes, mieux que les miens en tout cas, car il était rentré rapidement à la maison, passant quelques jours avec nous. Durant son court séjour, un accident grave s'était produit. J'étais sous antibiotiques et paracétamol, soignée pour une angine carabinée. Nous étions en train de déjeuner tous les quatre à table, dans la cuisine. Très rapidement, je ne m'étais pas sentie bien, l'impression effrayante de quitter mon corps. J'avais du mal à respirer, ressentant une gêne respiratoire de plus en plus forte. Joseph m'avait allongée dans le salon sur notre canapé. Je voyais les visages inquiets de mes enfants penchés au-dessus de moi. Joseph avait compris qu'il se passait quelque chose de grave et que cette crise allergique n'avait rien à voir avec celles que je lui avais décrites par téléphone. Il avait appelé le 15 et le SAMU était très vite arrivé ! Dès mon arrivée aux urgences du CHU, j'avais été prise en charge et perfusée. Encore, cette étrange sensation se manifestait : je me sentais quitter mon corps. C'était à la fois terrifiant et si doux. Je ne pouvais pas vraiment parler, vidée de toute force. Je luttais mentalement pour ne pas m'endormir, refusant de me laisser aller, de peur de ne plus jamais me réveiller ! Je me sentais inexorablement attirée, mais tout en douceur ! Alors qu'une infirmière passait me voir dans le box où j'étais prise en charge, je reconnaissais une copine de ma formation en esthétique, elle aussi reconvertie. Nos regards s'étaient croisés, elle m'avait immédiatement reconnue. Elle s'était arrêtée pour me parler d'une voix calme, me caressant la main, m'expliquant qu'elle allait me laisser quelques courts instants pour aller chercher mon mari dans la salle d'attente du CHU et l'autoriser à me rejoindre dans le box. Franchement, je pensais que j'étais en train de mourir... Quand Joseph était entré dans l'espace qui m'était réservé, sans un mot, il avait enfermé ma main dans la sienne pour la caresser en me répétant que tout allait bien se passer. Mon regard plongeait dans le sien, cherchant du réconfort et du courage. Mais je voyais dans ses yeux toute l'inquiétude qui l'accablait. Son corps trahissait ses mots : ses mains étaient moites, des gouttes de sueurs perlaient au-dessus de sa lèvre supérieure alors qu'il s'efforçait de me sourire et de me parler. Ces quelques minutes ensemble dans ce petit espace, je ne les oublierai jamais. Le temps était suspendu... Hors de question de fermer les yeux, de peur de ne plus les rouvrir si je me laissais aller... J'étais restée perfusée en salle, surveillée au plus près par les infirmières, près de sept heures jusqu'à ce que mon état se soit amélioré. J'avais fini par m'endormir, épuisée. Joseph était resté à côté de mon lit d'hôpital, dans le service des urgences, sans broncher tout ce temps. J'avais pu quitter le service seulement en fin de soirée avec toute une liste de médicaments à prendre. Il fallait aussi explorer plus sérieusement les causes potentielles de mes allergies. Cet épisode avait été grave, ni Joseph ni moi ne souhaitions revivre une telle expérience.

Si, de mon côté, ma vie était un festival de réactions allergiques diverses, la période était tout aussi compliquée physiquement et moralement pour Joseph. Il ressentait fréquemment des douleurs thoraciques, liées à un surmenage professionnel. Forcément, travailler quatre-vingts heures hebdomadaires laissait quelques traces... Compte tenu de ses antécédents familiaux, nous ne pouvions nous permettre de les ignorer et de prendre le risque qu'un évènement dramatique lui arrive. Aussi, à chaque malaise ressenti, nous appelions le 15 qui nous envoyait immédiatement une équipe à la maison ou ailleurs si nous étions en sortie. Des douleurs et des sensations d'oppression lui prenaient n'importe où et sans crier gare. À l'évidence, nous avions atteint l'un et l'autre un niveau de stress que nous n'arrivions plus à gérer. Malgré tout, nous en étions venus à plaisanter de la présence très fréquente des pompiers ou du SAMU à la maison, venus chercher soit l'un, soit l'autre. Nous ironisions quand nous entendions les sirènes passées au loin en se disant :

— Ah, aujourd'hui ce n'est pas pour nous !

Mon allergologue, totalement déconcertée par les crises de plus en plus graves sans arriver à déterminer le ou les allergènes, avait alors décidé de m'orienter vers un collègue, un éminent et jeune professeur allergologue qui travaillait dans un des CHU de Montpellier. Celui-ci avait une approche très pointue grâce aux études et recherches qu'il faisait avec des confrères aux États-Unis. Il avait été décidé de réaliser un bilan allergologique en milieu hospitalier pour mettre en évidence une association forte entre l'exposition à un allergène et la survenue de mes symptômes. Nous avions commencé par refaire des tests cutanés, les fameux « prick tests ». Grâce à ces premiers examens, ils avaient pu déterminer les allergènes auxquels j'étais sensible et ils étaient très nombreux ! Puis, ils étaient passés à la deuxième étape : les tests de provocation pour les deux médicaments pris le jour du choc allergique afin de reproduire éventuellement les symptômes d'allergie après l'administration des allergènes suspectés. J'étais effrayée à l'idée de revivre le même épisode. Cet incident avait été traumatisant. Ces tests, potentiellement dangereux en raison du risque de réaction allergique intense, n'étaient utilisés que lors de difficultés diagnostiques de l'allergie, comme c'était le cas pour moi depuis plusieurs mois. Ils étaient réalisés sous surveillance en milieu hospitalier, mais je n'étais pas rassurée pour autant. Ma mère m'accompagnait à chaque séance de ces tests. Sa présence était réconfortante, Joseph ne pouvant être présent. Sur les deux médicaments testés, ni le paracétamol, ni l'antibiotique, n'avaient déclenché le même phénomène. Je n'étais donc pas considérée allergique à ces molécules prises de manière isolée. En plus de cela, il était ressorti que sur le plan alimentaire, le dénominateur commun aux poussées d'urticaire géant, œdème au visage ou digestif était les épices : le curry, le cumin, le curcuma et le paprika devenaient mes pires ennemis ! Or notre cuisine était remplie de pots en contenant, nous pouvions définitivement arrêter d'en consommer ! Ces examens m'avaient apporté un premier soulagement, car durant des mois et des mois, m'alimenter était devenue une épreuve, pire une phobie ! Ce Professeur avait également fait le lien avec mon hypothyroïdie traitée et l'origine de crise d'urticaire sans qu'aucun aliment ne soit ingéré. Au bout de très longs mois de recherche, il m'avait diagnostiqué une urticaire chronique et une sensibilité sur certains aliments qu'il appelait « histamino-libérateurs ». J'avais compris que si ceux-ci étaient avalés de façon isolée, ils ne me faisaient rien. Par contre, associés à d'autres aliments ou substances, ils pouvaient me déclencher des réactions allergiques graves. Voilà, c'était dans ce contexte extrêmement anxiogène que s'était déroulée ma deuxième année d'études à l'IUFM, pour repasser mon concours de professeur des écoles. Il y avait mieux comme environnement favorable à la réussite !

Ma vie entière n'était que stress, anxiété, pression extérieure pour maintenir ma famille, mon couple, mes études, ma santé, celle de Joseph, celle de ma fille, l'équilibre de nos deux enfants. Pendant cette phase de tensions intenses, au lieu de gérer la pression, je me laissais embarquer. Mon armure commençait à se craqueler, pourtant je ne voyais rien ou plutôt, je ne voulais rien voir. Je tenais impérativement à garder la maîtrise de moi, au maximum. J'étais devenue une grande experte pour dissocier corps et esprit et ignorer les signaux envoyés par l'un ou l'autre. Joseph avait repris ses déplacements professionnels et notre souffrance tous les trois à la maison avait fait son retour en fanfare. Je ne pouvais concevoir qu'il persiste à nous imposer cette vie séparée, si dure pour nous quatre. La profonde colère que je ressentais ne cessait d'augmenter. Elle me consumait de l'intérieur ! Il m'était de plus en plus difficile de trouver des excuses à Joseph et de lui pardonner le mal causé à nos enfants par ses absences à répétition. En ce qui me concernait, j'en faisais mon affaire. Mais pour nos enfants, je ne pouvais pas dépasser cette rage. Elle tuait à petit feu notre relation. Cette émotion plus que toxique nuisait un peu plus chaque jour à notre couple sans que mon mari ne le comprenne. Quand j'essayais de lui en parler, systématiquement la discussion tournait au vinaigre, me répondant que c'était moi qui avais un problème et que pour lui tout allait bien. Donc, si tout allait bien, c'était parfait. J'avais trouvé la parade pour me protéger de ce sentiment de solitude et d'abandon qu'il me faisait subir. Petit à petit, je me déshumanisais en quelque sorte. À force, j'arrivais à ne plus rien éprouver, mon détachement me protégeait de tout cela, me semblait-il. Je ne laissais plus rien transparaître de mes sentiments, tout m'indifférait. Qu'il soit présent ou pas, peu m'importait. De toute façon, son temps passé à la maison était réduit à peau de chagrin, alors autant ne pas s'y habituer. Ma seule obsession était de me focaliser sur le bien-être de mes enfants et de réussir mes études. Rien d'autre ne me détournerait de mes objectifs, même pas l'attitude de Joseph à notre égard.

Par contre, j'avais conscience que cela nous faisait prendre un chemin dangereux pour la pérennité de notre amour et de notre relation conjugale. Même si, à de nombreuses reprises, je me disais que la seule solution était de divorcer pour que toute cette souffrance cesse, paradoxalement, j'en étais totalement incapable. Au fond de moi, je savais que je l'aimais encore, très fort... Je voulais désespérément vivre une routine apaisante pour moi, alors qu'elle effraie certains couples ! Je désirais, plus que tout, former une famille « normale », avec des horaires de bureau normaux ! J'avais espoir que tout cela cesse tôt ou tard et que notre tandem amoureux retrouve son harmonie. Malheureusement, ce n'était pas l'option « tôt » qui avait été choisie... Les mois défilaient, j'étais proche des dates de concours et il me fallait choisir le lieu d'examen. À l'IUFM, tous les étudiants, nous savions qu'il était question, au niveau ministériel, d'un changement du niveau de recrutement pour le concours des professeurs des écoles, certainement dès l'année suivante. Dans les hautes sphères, nos technocrates réfléchissaient à revoir le cursus, les appellations des années d'études, etc. Nous étions au courant que le niveau de recrutement allait passer à Bac +5, qui se substituerait officiellement aux années appelées P1 et P2 intra IUFM. Comme tout changement, les contours de la nouvelle réforme et des conditions d'obtention du concours restaient floues, mais les décisions étaient imminentes. À plus de 35 ans, je ne me voyais pas passer un master en plus, avant de pouvoir à nouveau prétendre à présenter le concours. Nous étions probablement la promotion de la transition entre l'ancienne et la nouvelle mouture. Je n'avais pas d'autres solutions que de réussir, en tout cas, c'est ainsi que je le pensais. Il me fallait penser « stratégique ». Nous avions eu alors une longue discussion, Joseph et moi, pour déterminer dans quelle académie j'allais finalement présenter le concours, car celui-ci se passait maintenant le même jour dans toute la France. Il était connu que des académies comme celles de Créteil ou de Versailles avaient un nombre bien plus élevé de places au numerus clausus, parfois jusqu'à six fois plus important que dans celle de Montpellier. Par conséquent, il en était de même pour le nombre de postes ouverts pour le troisième concours. Contrairement à ce que les mauvaises langues familiales pouvaient dire dans mon dos, les épreuves n'y étaient pas plus faciles. Simplement, nous avions plus de chance d'être admis, car plus de places offertes. C'était simple à comprendre. Le risque était ensuite de rester enseignant en région parisienne de très longues années avant de pouvoir revenir dans le sud de la France. J'étais déterminée et prête à prendre ce risque. Nous avions décidé ensemble que je le passerais sur l'académie de Créteil et que cela serait, quoi qu'il en soit, ma deuxième et dernière tentative. Je ne voulais avoir aucun regret. Une amie de ma promotion à l'IUFM était venue le passer à Créteil avec moi. Ma mère avait eu la gentillesse de m'accompagner également. Nous avions pris une chambre d'hôtel pour toutes les deux. C'était rassurant pour moi de l'avoir auprès de moi. D'autant que nos relations s'étaient vraiment adoucies depuis que j'étais devenue mère.

Bien que tardivement, mon père et ma mère avaient enfin pris leur place et leur fonction de parents, apparemment en tout cas... Les épreuves écrites de mon deuxième concours s'étaient très bien déroulées. Une fois de plus, je réussissais les écrits et obtenais l'admissibilité. Quelques semaines plus tard, je remontais une deuxième fois à Créteil pour y passer l'oral professionnel, matière toujours autant importante dans le recrutement et certaines épreuves comme le sport et l'anglais à l'oral. Les dés étaient lancés, je n'avais plus la maitrise de mon destin. Seule l'espérance m'amenait à considérer la réalisation de ce que je désirais obtenir comme probable mais sans certitude. Il ne restait plus qu'à attendre les résultats, ce qui constituait une véritable torture. J'avais l'impression de jouer ma vie une nouvelle fois ! Jour J de la parution des résultats définitifs : échaudée par ma première expérience en la matière, ce coup-ci, j'étais restée à la maison avec mes enfants devant l'ordinateur. Joseph était en déplacement pour ne pas changer. Impatiente et fébrile, je n'arrêtais pas d'actualiser la page d'annonce des résultats d'admission. Quand enfin la petite croix grise s'était transformée en flèche orange ! Voilà, nous y étions... Le verdict était tombé... Quelques secondes encore avant de le connaître... Grand moment d'allégresse et de fierté : j'avais réussi le concours, mais en plus, je m'offrais le luxe d'être classée 6e sur près de 285 étudiants inscrits au troisième concours grâce aux notes obtenues ! J'en pleurais d'émotion pendant que mes enfants m'enlaçaient tous les deux, scandant :

— *Bravo maman, bravo maman ! Tu as réussi !*

Le chapitre des mauvais souvenirs professionnels se fermait enfin. Une nouvelle aventure s'offrait à moi telle que je l'avais espérée : avoir plus de temps pour mes enfants et exercer le métier que j'avais toujours voulu. Certes, c'était un accomplissement qui s'était concrétisé dans la douleur mais cela en valait la peine... Après avoir été si rude et éprouvante pour nous quatre, l'année 2009 n'avait pas dit son dernier mot ! En fin d'été, mes parents étaient venus à la maison nous annoncer qu'il avait été diagnostiqué à maman un cancer du sein, à l'âge de 63 ans. Notre monde s'effondrait en apprenant la nouvelle. La colère, un sentiment d'injustice et l'incompréhension, la peur de la perdre, l'envie de la protéger envers et contre tout et tous !

2009 annus horribilis : il n'y avait donc jamais de répit ?

Chapitre 18 - Avec Force et Courage

Ayant réussi mon concours, j'entamais ma dernière année d'études en tant que professeur des écoles stagiaire. Maman avait rapidement été prise en charge et opérée de sa tumeur à l'ICM de Montpellier. Le traitement s'annonçait lourd avec chimiothérapie, radiothérapie et hormonothérapie durant cinq années minimum. Mes parents étaient encore et toujours empêtrés dans de sempiternelles disputes d'héritage non réglées des années après le décès de papi Alphonse. De la même façon, ils étaient dans des nouveaux projets de construction d'une énième maison, déménagement et logement temporaire à trouver et à organiser… Cette fois-ci, ils souhaitaient faire construire sur les 1800m² de jardin de mes grands-parents paternels, mais il y avait tout un tas de paperasse administrative à régler avec ma grand-mère notamment et la fratrie de mon père. Ils devaient impérativement trouver un accord familial pour envisager l'édifice de leur nouvelle villa, toujours dans notre village. En prévision de celle-ci et en attendant surtout que le terrain leur appartienne, ils logeaient dans un mobil-home, acheté et installé pour l'occasion dans le verger de mes grands-parents. Comme d'habitude, cela ne devait durer que quelques mois seulement mais le « camping » avait duré plus de quatre ans… Le magnifique espace fruitier et floral de papi Alphonse et de mamie Lily, tel que je l'avais connu enfant, n'avait pas plus rien de bucolique. Mes parents avaient fait raser la totalité des cyprès qui clôturaient les lieux. Les paliers et les quelques restanques agréables à arpenter et à cultiver quand papi était encore là, aménagées depuis des décennies pour transformer le terrain en pente en une série de replats horizontaux comme des marches d'un escalier géant, avaient disparu, détruits. La plupart des arbres fruitiers et des plantations avaient été arrachés pour niveler les sols… C'était un déchirement de voir ce saccage paysager avec tous mes souvenirs d'enfant rattachés. Mais au-delà de cela, de savoir ma mère devoir se battre contre son cancer dans de telles conditions de vie précaires, m'était insupportable… Il me semblait primordial qu'elle puisse envisager sa rémission dans un habitat sain et convenable, ce qui n'était pas le cas même si leur mobil-home était confortable dans l'ensemble. Mes parents ne cessaient de faire des choix en dépit du bon sens avec une logique qui leur était propre mais inintelligible pour le reste de la famille. Une fois qu'ils se retrouvaient dans des situations inconfortables et forcément inévitables au vu de leur fonctionnement, ils finissaient par rendre responsables les autres de leurs propres erreurs, blâmant un tel ou un tel, entretenant la discorde et les désaccords avec leur entourage et parfois allant jusqu'à la rupture familiale. C'était toujours la faute de quelqu'un mais jamais la leur.

Ils étaient ainsi faits. Maintenant adulte et j'avais pris mes distances vis-à-vis de tout cela pour éviter d'en être affectée. C'était leur schéma, ils ne retiraient jamais une quelconque leçon de leurs erreurs pour se préserver la fois suivante. Jamais… Et si nous avions l'audace de leur suggérer de faire autrement parce que nous savions exactement comment les choses allaient se dégrader et immanquablement arriver, et pire encore lorsqu'ils sentaient qu'ils perdaient le contrôle ou que leur égo était blessé, ils en devenaient cruels, plein de reproches et offensifs nous rappelant entre autres qu'ils étaient assez grands pour faire leur propre choix et prendre leurs propres décisions. Et si nous finissions par ne rien faire et que la situation telle que nous l'avions « prédite » se produise, alors nous étions accusés de ne pas les avoir aidés… De fortes tensions étaient venues ternir les relations de ma mère avec quelques membres de sa famille et selon ses dires, c'était uniquement en lien avec son cancer. Mes parents nous avaient donné, à Javotte et moi, leurs explications et leurs versions des faits. Sans vérification, par solidarité et surtout loyauté parentale, elle et moi avions décidé de prendre de la distance, nous aussi, pour rester soudées autour de nos parents, et principalement de ma mère qui traversait une terrible épreuve. Personnellement, prendre la décision de couper les ponts avec une partie de cette famille avait été extrêmement douloureux parce que je les aimais au-delà de tout, mais je me devais de rester loyale envers ma mère, me semblait-il, quoi qu'il m'en coûte. Et puis mes parents nous rabâchaient inlassablement les mêmes histoires et la culpabilité des autres, nous les avions crus naïvement.

Ce n'est qu'une bonne décennie plus tard que j'ai appris les véritables raisons à l'origine de leurs disputes. Les faits réels étaient loin d'être glorieux du côté de nos parents. Ils avaient « omis » de nous fournir quelques « petits détails » liés au fondement de cette querelle fraternelle mais qui expliquaient tout ! Invariablement, il fallait que ce soit la faute de quelqu'un d'autre, ne pouvant assumer la responsabilité d'aucun problème et préférant accuser et critiquer les autres tout en améliorant ou pire, en manipulant la façon dont ils voyaient les évènements ou les problèmes familiaux.

Mais revenons à la maladie de maman à ce moment-là… Nous étions ébranlés par l'annonce de son cancer. La seule chose qui comptait pour nous était de la soutenir moralement, d'être présents et de la réconforter du mieux que nous pouvions. Compte tenu du contexte de son nouveau lieu de vie supposé temporaire, elle forçait l'admiration et avait un courage à toute épreuve. Elle endurait les séances de chimio du mieux qu'elle le pouvait avec courage. Joseph, très proche de ma mère à ce moment-là, communiquait beaucoup avec elle, lui apportant toute son affection et son attention. Il lui téléphonait régulièrement pendant son trajet retour du travail. Il savait être à l'écoute pour elle. Nous essayions d'être aussi disponibles que possible d'une part pour elle, mais aussi pour mon père en tant qu'accompagnant. Il souffrait en silence, terrifié comme nous tous, de perdre maman. Une fois que sa longue période de rémission avait pu débuter, maman se proposait de nous garder de temps en temps, en fonction de son état et de son ressenti, nos enfants. Nous nous adaptions à elle et non l'inverse. Ma belle famille nous aidait aussi, Joseph était à nouveau régulièrement en voyages d'affaires ou mobilisé sur des sites de production à l'étranger durant de longues périodes. Il m'était souvent complexe de tout mener de front.

Comme on s'y attendait, j'avais pris mes fonctions de professeur stagiaire à l'IUFM de Seine-et-Marne à Torcy, dès le mois de septembre 2009. Rapidement, j'avais formulé une demande de rapprochement de conjoints pour pouvoir terminer cette dernière année universitaire près de chez moi et retrouver mes enfants et mon mari. Nous espérions que cela me soit accordé. Un avis favorable était arrivé assez vite et dès le mois d'octobre, je retrouvais ma région, mes collègues étudiants à l'IUFM de Nîmes et surtout ma petite famille. Joseph s'était rendu disponible professionnellement pendant ce mois de transition pour s'occuper des enfants. Cette dernière année de formation s'était déroulée dans de bonnes conditions.

L'état de santé de maman s'améliorait petit à petit, même si moralement le cancer l'avait anéantie. Ses visites de contrôle ponctuaient l'année, amenant son lot d'angoisse et d'anxiété profondes qui atteignaient leur paroxysme le jour des examens, puis retombaient comme un soufflé une fois rassurée, jusqu'au prochain rendez-vous… Nous vivions cela avec elle et tentions de la rassurer.

J'avais été titularisée et diplômée lors d'une belle cérémonie dans la ville de Meaux. Aucun membre de ma famille n'était venu y assister. Ma première rentrée scolaire comme professeur des écoles titulaire approchait. Je savais que je ne pourrais pas échapper à une année complète en Seine-et-Marne, loin de mon mari et de nos enfants. Moi qui ne les avais jamais quittés, ni même vécu seule une seule fois dans ma jeunesse, j'appréhendais ce grand chamboulement. D'autant que nous étions incapables de dire pour combien de temps je partais là-haut ! Je ne connaissais aucune ville « agréable » à part La Ferté-sous-Jouarre où j'avais effectué un stage en tant que professeur stagiaire. J'avais beaucoup apprécié cette petite ville pour son ambiance calme et rassurante. Étant classée 6e, j'avais le privilège de faire partie des enseignants prioritaires pour choisir, dans une liste remise plus tôt, mon lieu d'affectation. C'est ainsi que j'avais fait ce choix de bourgade, à la grande surprise de l'inspecteur de l'Éducation nationale et des conseillers pédagogiques présents dans le bureau. Je n'avais pas pris

la peine de regarder sur une carte une quelconque ville, n'en connaissant aucune ! Je ne voulais surtout pas prendre le risque de me retrouver dans des zones difficiles en sélectionnant une ville ou une école totalement inconnue. Aussi la Ferté-sous-Jouarre me convenait par défaut, même si je savais que je serais installée à près de 70 kilomètres au nord-est de Paris. C'était vraiment une très belle ville, phare de l'industrie meulière, recélant un passé historique riche. La place de l'hôtel de ville était emblématique de cette époque passée. J'aimais beaucoup l'architecture, notamment le bâtiment de la mairie qui témoignait de l'âge d'or des grands patrons des sociétés meulières du XIXe siècle. J'appréciais ce bourg que je trouvais paisible. Il y avait le magnifique pont Charles de Gaulle, le port aux Meules où étaient autrefois embarquées les meules et enfin la rue du Faubourg où travaillaient les ouvriers meuliers surnommés les « Mains Bleues ». Je savais que j'allais m'y sentir bien, même en étant à près de 750 kilomètres des miens.
Joseph et moi avions fait la route depuis la maison pour nous y rendre afin de trouver un logement avant ma rentrée scolaire et d'envisager un déménagement adapté. C'était en allant me présenter à la mairie comme nouvelle enseignante de leur commune que j'avais demandé si, par hasard, ils n'auraient pas connaissance d'un studio disponible avant septembre. Par chance, la personne nous avait répondu par l'affirmative : un petit appartement se libérait au-dessus d'une de leurs écoles élémentaires et nous pouvions le visiter. Nous ne pouvions pas rêver meilleure opportunité ! Nous étions à la fois heureux et rassurés par cette offre inopinée. La visite s'était faite dans l'après-midi et sans hésiter, nous avions accepté de le louer. Il s'agissait d'un tout petit studio cosy d'environ 15 m². Le sol était en parquet en bois massif, une seule et grande fenêtre donnait sur la cour de récréation de cette école. On ouvrait une première porte de placard pour découvrir une kitchenette fonctionnelle mais miniature dont le mur principal était peint d'un vert pomme flamboyant ! À côté, dans le même prolongement, la deuxième porte identique ouvrait, elle, sur la petite salle d'eau peinte en rose bonbon ! Les murs dans la partie à vivre et à dormir étaient peints en marron foncé et écru. L'ensemble était mignon. De toute façon, je n'avais pas le choix ni les moyens de m'offrir autre chose. Par conséquent, le sujet était clos. Joseph appréhendait de me laisser seule dans cette petite mais jolie « cage à poules ». De mon côté, je ne me posais aucune question, faisant abstraction de cet environnement pour envisager mon installation aussi positivement que possible. Dans l'été, nous avions chargé notre voiture de tout ce qui pouvait être amené et nous avions roulé tous les deux. Nous avions pris le parti d'acheter sur place un clic-clac mignon, un premier prix, qui s'était avéré sacrément inconfor-

table une fois transformé en lit. Nos revenus n'étaient pas extraordinaires à cette période, je ne pouvais pas investir des fortunes dans du mobilier qui je l'espérais, serait temporaire. Nous avions convenu que pour que la séparation soit la moins difficile pour les enfants et nous deux, je rentrerais dans le sud, tous les vendredis soir à la maison après la classe et ensuite, je remonterai les dimanches après-midi. Le rythme s'annonçait harassant, tout était en place pour ma rentrée de septembre 2010, certes seule mais courageuse et déterminée ! Avais-je d'autres choix ? Non... Aucun... Par conséquent, je n'avais plus qu'à...

Nos amis, Jean et Christiane, vivaient en région parisienne. Pour mon tout premier séjour, ils s'étaient gentiment proposés de me récupérer à la gare de Lyon à Paris et de m'amener en voiture à La Ferté-sous-Jouarre, afin de rendre un peu plus joviale l'installation... Leur proposition nous avait fait chaud au cœur et cela me rassurait. Bien des années plus tard, ils nous ont confié qu'à ce moment-là, après avoir vu la petitesse de mon studio, ils avaient ressenti beaucoup de peine à mon égard et même eu mal au ventre de me laisser seule dans ce petit espace, se disant qu'il ne fallait pas que je sois claustrophobe pour supporter l'endroit ! Ma mère m'avait proposé de passer avec moi cette première semaine, pour alléger mon moral suite à cet éloignement forcé de mes enfants et de mon mari. Durant la journée de classe, elle se baladait dans la ville. Le midi comme le soir, nous nous retrouvions toutes les deux pour manger, bavarder et rendre la situation plus acceptable... Elle m'avait offert un tout petit rosier pour décorer ma fenêtre, en précisant que cette plante symboliserait sa présence une fois qu'elle serait partie. J'en avais été touchée. J'ai gardé et planté ce rosier qui forme aujourd'hui un beau massif dans mon jardin... Les semaines s'enchaînaient, j'essayais de rester focalisée sur mes objectifs fixés, de ne pas me questionner ou d'analyser mes émotions inutilement. Rien n'était simple, mais je ne me plaignais pas. Dès le vendredi soir, je rentrai à la maison, lestée de mon énorme valise rose et noir, pleine de linges à laver. C'était un sacré périple pour rentrer à Nîmes en vivant loin de Paris ! J'avais une quarantaine de minutes de train de banlieue pour rejoindre soit la gare de l'Est à Paris, soit celle de Marne-la-Vallée pour alterner les plaisirs. Puis, de la gare de l'Est, je me déplaçais en métro avec mon cabas, mon sac d'ordinateur et mon gros bagage pour me rendre ensuite à la gare de Lyon, direction le sud ! Il me fallait patienter encore une bonne heure avant de prendre mon TGV salvateur ! C'était le même cirque pour rentrer à la Ferté le dimanche soir... Les retours en région parisienne étaient particulièrement éprouvants. Je pleurais sur les quais de la gare de Nîmes que je quittais vers quinze heures pour arriver à la Ferté vers

21 h 30 ! Cela me donnait un cafard monstre avant même d'avoir entamé ma semaine. Le rythme des voyages était infernal, je m'y épuisais physiquement et psychiquement. Je comprenais a posteriori la stupéfaction de mon inspecteur lorsque j'avais demandé cette affectation si éloignée, malgré mon excellent classement au concours. Les week-ends défilaient à vive allure, j'avais l'impression de courir après le temps, consciente et malheureuse de ne pas être suffisamment présente pour mes enfants. Toute cette situation me faisait terriblement souffrir, eux aussi je pense, même s'ils ne disaient rien. Après les absences répétées et longues de leur papa, c'était à mon tour de ne pas rester à la maison auprès d'eux. Évidemment, nous avions pris le temps avec Joseph de leur expliquer au préalable comment les choses allaient se dérouler pour eux, mais il y avait un gouffre entre la théorie et la pratique…
La rue qui menait à mon logement était neuf fois sur dix plongée dans la pénombre dès 21 h 30. Les lampadaires ne s'allumaient qu'une fois la présence détectée d'un passant et pas assez rapidement à mes yeux ! Alors, très organisée, d'une main, je préparais la clé prête à être insérée dans la serrure de l'énorme porte en fer de l'entrée de l'école. De l'autre main, j'agrippais fortement ma grosse valise et tous mes autres sacs, avant d'effectuer le plus grand sprint qu'il soit pour atteindre mon logement ! Franchement, je pense qu'on pouvait facilement me prendre pour une folle si j'étais vue par un habitant depuis sa fenêtre, sans parler du bruit assourdissant des roulettes de ma valise sur le bitume pendant ma course effrénée ! Mais c'était ainsi, la nuit, la population présente dans les rues était bien moins rassurante que dans la journée. J'étais toute seule, sans aucune connaissance dans ce coin perdu et personne ne m'attendait dans mon minuscule studio pour prévenir ma famille d'un éventuel incident. Il m'arrivait d'être angoissée dès le dimanche soir. La solitude me pesait et d'être loin des miens me déprimait ! Une fois la nuit tombée, je n'osais plus ressortir de mon studio. Certaines nuits, je ne m'endormais qu'à condition de laisser une lumière tamisée dans la petite pièce qui me servait à la fois de chambre/salon/salle à manger/bureau. Certains des logements au même étage étaient occupés, mais je ne connaissais pas les locataires. D'autres étaient vides. Je trouvais le couloir menant à chaque appartement terriblement glauque et sombre. En face de ma porte d'entrée, il y avait un autre logement. À la façon de se déplacer et de respirer, j'avais compris qu'il s'agissait d'un homme. Il rentrait tard le soir, faisant des allées-venues fréquentes, peu importait l'heure de la nuit. Je me sentais oppressée et apeurée par tout son manège incessant. Il y avait un petit espace sous ma porte d'entrée qui laissait passer la lumière du couloir. Je pouvais voir aisément les ombres de ses pieds passer, s'arrêter puis

repartir… J'étais effrayée, n'osant à peine respirer pour pouvoir entendre le moindre de ses bruits de pas. Cela réveillait en moi d'anciennes terreurs vécues alors que j'étais lycéenne et heureusement pensionnaire en semaine. Ces peurs étaient liées aux intrusions récurrentes dans la cour de notre maison d'un homme habitant notre village, diagnostiqué et traité comme « détraqué », certains le disaient schizophrène. En tout cas, il était sous traitement administré tant qu'elle le pouvait par sa mère âgée. Je pensais avoir oublié cette époque oppressante où cet homme si grand, massif et malade mental, reconnu dangereux, s'introduisait chez nous à la nuit tombée, systématiquement quand j'y étais seule ou parfois seulement avec Javotte que je gardais. Il passait son temps à m'observer de loin, caché depuis une vigne en contrebas de notre terrain, pour trouver le bon moment de s'introduire dans notre cour, notre cellier, terrasse… Une fois seule, je le retrouvais à me fixer, le regard terrifiant et son visage patibulaire collé derrière les carreaux de nos portes-fenêtres vitrées, d'autres fois soufflant derrière la porte en bois de notre cellier à l'intérieur de notre garage, sans parler de ses tentatives pour essayer d'ouvrir en tournant frénétiquement les poignées de porte de l'entrée ou autres accès de notre maison. Je ne voulais plus jamais revivre ces trois années angoissantes à me demander ce qu'il ferait de moi ou de ma petite sœur s'il arrivait à s'introduire dans notre maison. Heureusement, à l'époque j'étais pensionnaire, je ne subissais ce harcèlement que les week-ends et les vacances scolaires, mais c'était déjà trop !

Mes parents avaient appelé maintes fois la gendarmerie leur demandant de venir immédiatement, mais ces derniers ne pouvaient rien faire, aucune arrestation n'était envisageable dans le contexte vécu, selon eux. Ils l'avaient convoqué maintes fois, mais il n'y avait jamais eu de suite. Je me rappelle une fois où ma mère était restée avec Javotte et moi, ayant simulé avec mon père un départ à deux. Sans surprise, ce fou s'était à nouveau introduit dans la cour, puis avait commencé ses agissements glaçants. Ma mère avait téléphoné directement à la police, leur stipulant clairement dans quelle situation nous étions toutes les trois, qu'elle avait le fusil de chasse de mon père entre ses mains et qu'elle n'hésiterait pas à tirer si ce dingue rentrait. Nous avions dû supporter d'entendre que tant *qu'il ne me touchait pas* ou *qu'il n'y avait pas de sang*, ils ne pourraient pas intervenir ! Et pire encore, ma mère se mettait en grande difficulté si c'était elle qui le blessait ! La réponse nous avait écœurées. Nous savions qu'il avait une cinquantaine d'années et qu'il était revenu abîmé de la guerre d'Algérie. Célibataire et sans enfant, il vivait encore chez ses parents très âgés qui s'occupaient normalement de lui administrer ses médicaments. Lors de ses auditions, il justifiait ses faits par ma ressemblance avec son amoureuse lorsqu'il était jeune, qu'il voulait simplement me parler et se promener avec moi. Je n'avais pas du tout cette impression lorsqu'il était planté dans l'obscurité, tel un démon, derrière les carreaux de nos fenêtres ou baies vitrées ou à jouir derrière la mince porte du cellier ! Par conséquent, ce voisin de palier à la Ferté-sous-Jouarre, qui traînait ses guêtres devant ma porte la nuit, me terrorisait...

Ne laissant rien au hasard, j'avais anticipé mon installation en région parisienne d'un point de vue administratif, persuadée que ma séparation avec les enfants serait extrêmement difficile. Pour écourter cet éloignement contraint, avant la rentrée scolaire, j'avais formulé une demande de mi-temps annualisé, sachant que celui-ci n'était accordé que s'il était jugé compatible avec les nécessités du service et de la continuité du service public. J'avais choisi de travailler à plein temps sur le début d'année de septembre à février. Je savais que ma rémunération était calculée au prorata de la durée effective de services, c'est-à-dire cinquante pour cent, en sachant qu'un enseignant débutant touchait à peine 1500 euros par mois... Je ne pouvais pas ignorer que nous avions un crédit immobilier pour l'achat récent de notre maison et toutes les autres mensualités, frais, dépenses qui tombaient comme dans tout foyer, que je sois payée à 100 % ou à 50 % ! J'étais consciente des sacrifices conséquents que j'imposais à notre famille pour me permettre d'exercer. Joseph ne me faisait aucun reproche, ce qui ne m'empêchait pas de culpabiliser. J'avais reçu rapidement l'aval hiérarchique pour n'exercer que la moitié d'année à temps plein. Je devais tenir là-haut de septembre à février. Ma présence en région parisienne ne s'éterniserait pas, au moins pour cette année-là, grâce à cette modalité de travail accordée. Par contre, il n'y avait aucune certitude quant à un éventuel rapprochement familial à la rentrée suivante. Pour cela, je devais participer aux mouvements intra puis interdépartementaux des enseignants, au printemps suivant. Ce n'était pas gagné, mon barème de jeune professeur n'était pas élevé, je n'avais quasiment aucune chance, de prime abord. Mais c'était sans compter sur ma détermination ! Durant toute cette période, il m'aurait été agréable que mes réactions allergiques me laissent quelque peu tranquille. Mais non ! Un soir d'automne, après la classe, après avoir pris un goûter des plus simples et un repas tout aussi frugal, normalement sans risque pour moi, rapidement, je ne m'étais pas sentie dans mon assiette. En peu de temps, une urticaire géante apparaissait dans mon cou, sur le bas de mon visage, progressant sur mes avant-bras, mes côtes et sous le sein gauche, comme très souvent d'ailleurs. J'avais pris les premiers médicaments de ma trousse de secours que j'avais toujours avec moi, mais il n'y avait aucune amélioration, pire, cela progressait davantage ! J'avais appelé, affolée, les pompiers et une collègue de l'école avec qui j'avais sympathisé pour de-

mander de l'aide. Effrayée de ne pas être en mesure d'ouvrir l'accès à mon studio si cela tournait mal, je m'étais installée dehors sur le perron du bâtiment, en pleine nuit froide, pour attendre les secours. J'avais vraiment peur de perdre connaissance dans mon logement et que personne ne puisse rentrer pour me récupérer. Ma collègue était arrivée bien avant eux et avait attendu avec moi. La crise était importante une fois de plus. Une fois prise en charge aux urgences de l'hôpital de Meaux, malgré les perfusions pendant plusieurs heures, rien ne faisait diminuer la réaction allergique. Les soignants m'avaient demandé si je vivais seule ou accompagnée. Après les explications sur ma situation, ils avaient décidé de me garder toute la nuit sous leur surveillance, perfusée et installée dans un coin de couloir, allongée sur un brancard en l'absence de box disponibles. J'étais touchée et rassurée de rester avec eux, vu mon état. Le lendemain matin, dès ma sortie de l'hôpital, j'avais appelé le directeur de l'école où j'exerçais, lui expliquant mon état de santé et la nuit blanche hospitalisée. Ma collègue avait confirmé. Vu la nuit passée, je n'étais absolument pas en mesure d'enseigner. Revenue à mon studio par mes propres moyens, j'avais pris la décision de faire mes valises illico, de monter dans le premier train de banlieue et le TGV pour rentrer chez moi. Une fois mon cocon familial retrouvé, après consultation, notre médecin généraliste m'avait arrêtée deux semaines avant d'enchainer directement avec les vacances de la Toussaint, le temps que je me remette de cette crise allergique importante, mais pas seulement. Il me fallait retrouver de l'apaisement mais aussi de la force et du courage. Il restait encore trois mois à effectuer là-bas, à tenir loin de ma petite famille. Cela me paraissait insurmontable et pourtant, je n'avais pas le choix. Je ne pouvais ni abandonner ni craquer maintenant, après tous les sacrifices que nous avions tous faits et le mal que je m'étais donné pour réussir.
Clairement, je n'arrivais plus à gérer le stress, la solitude et l'isolement. Par chance, mon cousin vivait avec sa compagne et son jeune fils en plein centre de Paris, à quelques minutes de la gare de Lyon. Je l'avais contacté pour lui faire part de ma difficulté à finir ma période à temps plein. Il m'avait alors gentiment proposé de venir dormir chez eux, les mardis soirs. Cette coupure qu'il m'avait offerte me faisait un bien fou. Je passais du temps avec lui et sa petite famille, leur présence affectueuse et leur bienveillance me redonnaient de la force. Le mercredi, soit je me baladais dans Paris, soit je restais avec lui à papoter. En fin d'après-midi, je retournais dans ma contrée retirée mais j'avais rechargé mes batteries grâce à eux et surtout à mon cousin ! J'avançais petits pas par petits pas pour boucler mon temps réglementaire en région. Ils avaient été formidables de m'accueillir avec autant de gentillesse, d'autant que nous nous étions

perdus de vue depuis quelques années ! Artiste reconnu, il avait vécu un temps à New York puis s'était installé en famille à Paris. J'étais installée dans le sud de la France et la distance géographique avait fait le reste. Mais notre profonde affection l'un pour l'autre et tous nos souvenirs d'enfance nous gardaient liés. C'était avec beaucoup de plaisir que nous nous étions retrouvés ainsi du jour au lendemain, comme si nous nous étions quittés la veille. Il m'avait réconfortée immédiatement, sans jugement. Quel cousin admirable ! Je peux affirmer haut et fort que sans lui, je n'aurai jamais tenu les derniers mois là-haut, loin de toute ma maisonnée. Il avait été la main tendue salvatrice, l'épaule forte sur laquelle pleurer quand je n'en pouvais plus. Il le sait, je le lui ai dit maintes fois :

— *Merci d'avoir été là quand j'étais au plus mal !*

C'était ça la force d'une famille unie… Joseph aime citer le poète Pierre Reverdy : « *Il n'y a pas d'amour, il n'y a que des preuves d'amour* ».

Il est vrai que seuls les actes comptent. Et en l'occurrence, ceux de mon cousin, à mon égard, parlaient d'eux-mêmes… En février 2011, mon expérience en région parisienne touchait à sa fin. Durant le printemps, j'avais participé au mouvement des professeurs espérant obtenir le département du Gard pour me rapprocher des miens. J'avais justifié ma demande par le rapprochement de conjoint, en plus de la pathologie dont notre fille souffrait depuis ses huit ans. Consciente que cela serait probablement compromis et ne reculant devant rien pour obtenir gain de cause, au culot, j'avais pris la plume pour écrire au Ministre de l'Éducation Nationale, à l'époque Monsieur Luc Châtel pour lui demander directement mon retour dans le sud, en argumentant et justifiant ma requête. À ma grande surprise, j'avais reçu une réponse bienveillante de sa part et de ses services m'orientant dans mes démarches pour le mouvement et notamment pour bénéficier éventuellement de la procédure de l'ineat et exeat. Dans ce même temps, nous avions sollicité un grand ami de mes parents, celui-ci m'avait conseillé d'écrire aussi aux sénateurs et aux députés des régions concernées. Je mettais toutes les chances de mon côté pour obtenir ce changement en me disant que je n'avais absolument rien à perdre de solliciter toutes les sphères possibles et imaginables. Et c'est en passant par l'ineat et exeat que j'obtenais mon affectation, non pas dans le département du Gard, mais dans celui des Bouches-du-Rhône, plus précisément en Arles, situé à environ cinquante kilomètres de notre logement. C'était fantastique ! J'étais heureuse d'avoir obtenu une affectation aussi près de mes amours, même s'il m'avait fallu remuer ciel et terre pour obtenir ce rapprochement. Rien ni personne ne m'aurait empêchée de retrouver mes enfants et mon mari. Je me savais capable de soulever des montagnes et de sortir de ma zone de confort pour arriver à mes fins.

Cette nouvelle année d'enseignement en Arles, la deuxième de ma nouvelle carrière, avait été un enchantement. L'équipe pédagogique, très soudée et travaillant ensemble depuis de longues années, voire des décennies, avait été d'un grand soutien dans mes apprentissages et mes premières expériences d'enseignante. J'avais beaucoup appris auprès d'eux, chacun assez près de leur fin de carrière m'avait pris sous leur aile avec bienveillance et affection. J'étais leur « petite » alors que j'avançais vers la quarantaine allégrement ! Le départ de cette école en fin d'année scolaire avait été un déchirement, même si je savais dès le début qu'il s'agissait d'une affectation provisoire. J'en avais vidé toutes les larmes de mon corps lors de la soirée de fête de fin d'année.

Aujourd'hui, je suis heureuse d'avoir gardé le contact avec Françoise, l'enseignante de la classe de CE2, plus de treize ans après mon changement d'école et son départ à la retraite. Nous nous écrivons à quelques occasions, une grande affection nous lie pour toujours. Il y a des rencontres comme celle-ci qui laissent une trace dans le cœur et marquent à vie. Je suis persuadée que nous ne rencontrons jamais personne sans raison. Avec nos vies routinières, il est facile de penser que les rencontres que nous faisons sont fortuites ou sans importance, sans y prêter aucune attention. Je crois au contraire que chaque interaction que nous avons avec un être a un impact sur nous et inversement. J'accorde toujours beaucoup de valeur à ces rencontres. Je suis convaincue que chaque individu que nous croisons sur notre chemin a un rôle à jouer dans notre voyage et de même nous pour lui. Ces connexions peuvent se transformer parfois en amitié durable et cela avait été le cas avec elle alors que nous avions partagé sa classe de CE2 durant une simple année scolaire, elle à un an de sa retraite et moi au début de ma vie de professeur. Durant cette année en Arles, je participais encore une fois au mouvement mais avec plus de « simplicité » pour intégrer enfin le Gard à la rentrée suivante. J'avais obtenu un poste de brigade, c'est-à-dire de professeur remplaçant sur l'ensemble du département. Un des rares avantages était la rémunération, puisque les frais kilométriques étaient très bien indemnisés. Vous saviez également dans quelles écoles vous aviez envie d'exercer et surtout celles où vous ne vouliez plus jamais revenir ! C'était très enrichissant d'un point de vue pédagogique. Je n'allais pas faire la fine bouche compte tenu de tout ce que j'avais supporté pour en arriver là !

Certaines (toujours les mêmes) mauvaises langues ignorantes et mesquines dans notre entourage disaient que si j'étais remplaçante, c'était parce que « *je n'avais pas un vrai diplôme de professeur des écoles* » ou encore que je n'avais pas « *vraiment eu mon concours* » ! Il était vexant et à la fois affligeant d'entendre de telles absurdités aussi médiocres et misérables… Joseph et moi

faisions abstraction de toutes ces idioties mais il arrivait que nous en fussions tout de même touchés, particulièrement moi en sachant tous les sacrifices et efforts que j'avais fournis pour y arriver à presque quarante ans ! Ma carrière d'enseignante était lancée comme je l'avais souhaité, nous avions reformé notre petite famille et tout semblait parfait. Je continuais mes séances avec la psychologue clinicienne qui m'avait prise en charge pour traiter mon syndrome d'épuisement physique et émotionnel. Elle m'avait proposé et j'avais accepté de suivre une psychothérapie après la guérison de mon burn-out. Jusque-là, j'avais toujours été capable de résoudre les problématiques existentielles rencontrées. Mais avec l'accumulation, j'avais atteint un stade où mes émotions et mon mal-être psychique prenaient trop facilement le dessus, sans pour autant être diagnostiquée dépressive. Je sentais qu'il me fallait régler pas mal de « dossiers » pour avancer dans la vie : ceux liés à mon enfance, ceux en rapport avec la relation mère/fille compliquée que nous pouvions entretenir, ceux en lien avec la souffrance et la colère ressenties, conséquences directes des absences pesantes de Joseph qui nuisaient, même s'il maintenait le contraire, au bon fonctionnement de notre couple et de notre famille. Nos enfants grandissaient, je vieillissais mais nous continuions à être meurtris par notre vie de famille éclatée, ce qui entretenait ma rancœur envers Joseph.
Et puis nous avons dû encaisser le départ de mamie Lily à l'âge de 93 ans… Son état s'était dégradé depuis quelque temps, mes parents se démenaient pour la prendre en charge médicalement, mettant en avant leur omniprésence pour elle depuis près de dix ans passés à ses petits soins et sollicitant en compensation des exigences particulières pour leur héritage… Mais, mamie était résistante… Ma grand-mère tant aimée avait été hospitalisée en avril, elle n'avait plus sa tête et souffrait d'Alzheimer si nous écoutions les grands diagnostics médicaux de mes parents. Rien de tout cela n'était vrai, par contre mamie Lily arrivait à la fin de sa vie, oui, comme toute personne d'un si grand âge… Ma cousine Sophie et moi, nous nous rendions à l'hôpital la voir. Peu de personnes de la famille faisaient ce déplacement. Je me rappelle parfaitement la dernière fois où je l'ai vue vivante… Mes parents nous avaient annoncé qu'elle était hagarde et qu'elle ne participait à aucune conversation, la fin était imminente. Je m'étais alors rendue sans attendre au CHU pour la voir. À mon entrée dans la pièce, elle était entourée de mes parents et effectivement, elle avait l'air apathique. Mais au moment précis où ses yeux avaient croisé les miens, immédiatement, ils s'étaient mis à pétiller et elle m'avait fait un immense sourire en tournant son visage lumineux vers le mien. Je lui avais attrapé sa petite main si douce et de son pouce elle m'avait câliné la mienne… L'émotion était à son comble entre elle et moi à cet

instant précis. Nous n'avions pas besoin de nous parler, tout se comprenait dans l'échange de nos regards l'une pour l'autre. Je lui avais fait un baiser affectueux sur sa joue soyeuse et je lui avais murmuré à l'oreille que tout irait bien. Je ne suis pas restée longtemps pour ne pas la fatiguer davantage. Le lendemain, Mamie Lily décédait… En mourant, elle emportait une grande partie de ma vie, de mon enfance passée auprès d'elle et des innombrables souvenirs que nous avions créés ensemble… La veille de ses obsèques, je lui avais écrit un poème, que je n'ai pas retrouvé dans mes affaires, malheureusement. Il s'intitulait « *Je me souviens* ». Je n'étais pas en mesure de le lire lors de la messe mais ma belle-sœur Sandra avait eu la gentillesse de le lire au micro devant l'assemblée familiale réunie dans l'église. Ma cousine Sophie avait également lu un texte. La cérémonie religieuse nous paraissait sans émotion, vu la guerre fratricide qui perdurait pour l'héritage final de mes grands-parents ! Heureusement que Sophie et moi avions eu une attention particulière pour dire au revoir une dernière fois à notre grand-mère adorée… Un peu d'humanité…

Pour en revenir à ma nouvelle vie professionnelle, durant les quatre années où j'avais exercé le poste de Brigade, l'expérience avait été formatrice, car l'administration nous envoyait sur n'importe quel niveau de la maternelle au CM2, en passant par des classes SEGPA en collège ou en ULIS avec des classes d'enfants souffrants de troubles autistiques ou autres troubles des fonctions cognitives ou mentales. C'était parfois violent, parce que je n'étais pas suffisamment formée à ce type de public d'enfants mais tellement enrichissant comme expérience humaine. Je ne voulais en retenir que le positif. Voulant évoluer, je m'étais motivée pour passer la certification et devenir directrice d'école. Il avait fallu fournir un travail colossal pour tout apprendre sur le sujet. Mais je sentais que ce type de poste correspondait plus à mon tempérament. La procédure d'admission et d'examen n'était pas une mince affaire, car il fallait respecter tout un processus et surtout me remettre à étudier. C'était le parcours du combattant ! Une fois certaine de réunir toutes les conditions pour postuler, je savais que je serais reçue en entretien préalable par une commission départementale constituée bien souvent d'un inspecteur, de conseillers pédagogiques et d'enseignants spécialisés. Par voie hiérarchique, je devais soumettre mon dossier au Directeur Académique des Services de l'Éducation Nationale (DASEN) de mon département en fournissant notamment divers documents comme mon curriculum vitae, mon dernier rapport d'inspection et compte rendu d'entretiens de rendez-vous de carrière qui avaient été très satisfaisants et enfin une lettre de motivation. L'inscription à la liste d'aptitudes à l'emploi de directeur d'école, une fois réussie, n'était valable que trois ans. Une fois ces trois années écoulées, si vous n'aviez pas obtenu d'affectation sur un poste de direction aux mouvements annuels, vous perdiez tout simplement l'aptitude et tout était à recommencer ! Je n'avais pas envie de m'y remettre deux fois ! Mais avant d'en arriver là, il fallait que je sois sélectionnée pour l'étude de mon dossier… Ce qui avait été le cas ! Puis dans un second temps, j'avais passé cet entretien impressionnant et déterminant en espérant avoir révisé suffisamment tous les textes de lois du Code de l'Éducation qui regroupait l'ensemble des lois en vigueur dans le domaine de l'éducation, traitant des grands principes de l'éducation, de l'administration de l'éducation et de l'organisation des enseignements scolaires, les circulaires, les procédures… Joseph m'avait accompagné et attendu dans la voiture pour me soutenir moralement durant cette dernière épreuve de recrutement. En début d'entretien, le jury avait demandé à ce que je présente mon parcours professionnel jugé atypique et ma motivation à l'inscription à la liste d'aptitude. Jusque-là, tout allait bien ! Puis, dans un deuxième temps, ils avaient évoqué des mises en situation professionnelle afin d'apprécier ma capacité à mobiliser mes connaissances relatives au système scolaire et aux fonctions de directeur d'école, et ce, de façon très déstabilisante. Il me faisait vraiment du rentre-dedans, certainement pour observer mon comportement et ma manière de réagir. Mais je restais sereine, en apparence en tout cas, et posée. J'avais répondu à toutes leurs questions. En rejoignant Joseph à la voiture, je lui avais dit, complètement dépitée :

— *Je pense que j'ai été nulle ! Je ne l'aurai jamais !*

Joseph avait alors éclaté de rire me disant qu'en attendant mon retour, il avait regardé un peu sur internet sur son téléphone et que justement, les candidats qui avaient réussi avaient tous formulé cette même phrase ! Il nous fallait maintenant attendre pour connaitre les résultats. Mon mari était confiant. Moi, aucunement… Après quelques semaines qui m'avaient paru une éternité, je recevais un courrier officiel m'informant et me félicitant pour la réussite de mes épreuves, inscrite pour trois ans sur la liste d'aptitude des directeurs d'école ! Les années s'enchainaient sans que je réussisse à obtenir un poste de direction au mouvement avec mon petit barème de « jeune » enseignante, c'était désespérant ! Ce fut seulement la dernière année, alors que j'effectuais un remplacement de longue durée sur un poste de directrice dans une école maternelle d'un quartier socialement défavorisé, que l'opportunité s'était présentée. Les collègues et moi avions vraiment sympathisé. Elles m'avaient demandé de postuler sur la place laissée vacante par la directrice, son poste risquait de ne pas apparaitre au mouvement, pour des raisons très particulières. C'était le moment ou jamais… Ainsi, sur le fil du rasoir en 2015, j'obtenais ce poste de directrice pour la rentrée suivante. J'occupais en même temps le poste d'enseignante de grande section, ma classe préférée en maternelle. Comme c'était une petite école avec seulement trois classes, je n'avais aucun jour de décharge de direction. Je n'avais pas d'autre choix que de prendre sur mon temps personnel chaque soir, les week-ends ou les vacances scolaires pour effectuer les tâches inhérentes à la direction d'école. Mais cela ne me dérangeait pas plus que cela, même s'il était anormal de fonctionner de la sorte, car peu importe le nombre de classes, la charge administrative restait la même. Enfin, je me posais dans une école entourée d'une équipe d'enseignantes agréables et drôles ! Je pouvais me consacrer pleinement à cette petite structure scolaire, tout mettre en place pour faire rayonner cette école dans un quartier difficile, aidée par une équipe pédagogique enthousiaste, sans parler des ATSEM extraordinaires que nous avions. Ne dit-on pas « à cœur vaillant, rien d'impossible » ? Je me voyais bien y rester jusqu'à ma retraite, tant je m'y sentais bien d'un point de vue professionnel et personnel...

Avec du recul, mes premières années d'enseignements avaient été le parcours du combattant. Je ne m'étais pas préparée à tout cela : autant d'incertitude, autant de difficultés à obtenir un poste définitif sur une école pour pouvoir enfin poser ses valises et exercer comme il me semblait correct de le faire. L'équipe enseignante de cette école comme les ATSEM étaient vraiment professionnelles et consciencieuses, l'ambiance y était presque familiale. Nous nous entendions toutes très bien. Il était vraiment extraordinaire de collaborer avec elles. J'aimais beaucoup cette école bien qu'étant située dans un quartier socialement précaire qui se caractérisait par la grande faiblesse des revenus des familles, de la qualité des logements souvent insalubres. Je me rappelle du commentaire reçu lorsque j'avais été envoyée là-bas la première fois en tant que remplaçante. J'avais demandé quel type d'école j'allais intégrer pour remplacer la Directrice, et il m'avait été répondu pour me décrire l'environnement et le public reçu dans cet établissement :

— *Attendez-vous à intégrer une école du Quart-Monde !*

Le moins que je puisse dire c'est que je n'avais pas été déçue effectivement par la description. Le ton était donné, je n'avais plus qu'à retrousser mes manches et mettre mon optimiste et ma bonne humeur au service de cette école dans son ensemble et des jeunes enfants que nous y recevions. Je me sentais d'attaque pour relever tous les défis qui allaient se présenter à moi et ils étaient grands ! Ce n'était pas la première fois que je me mettais en danger professionnellement ! Je ne croyais pas si bien dire...

Chapitre 19 - Comme si c'était écrit…

Mes premières années de direction dans cette petite école maternelle avaient été épanouissantes en tout point de vue. L'Inspection académique avait mis en place un tutorat entre directeurs expérimentés et débutants afin de nous aider à prendre nos nouvelles fonctions dans les meilleures conditions possibles. Alors qu'il était prévu que je sois guidée la première année par une directrice d'école élémentaire des beaux quartiers nîmois, je m'étais permis de refuser auprès de mon inspectrice. Je lui avais clairement demandé à ce que ce soit le directeur de l'école élémentaire qui jouxtait la mienne, cela me paraissait plus judicieux d'avoir comme « mentor » une personne exerçant dans le même quartier que moi et connaissant parfaitement les mêmes problématiques. Comme nous étions de toute façon amenés à travailler ensemble entre directeurs, je ne voulais personne d'autre que lui. Ma requête avait été acceptée, avec l'accord de mon collègue, bien sûr, devenu mon tuteur. Son aide m'avait été précieuse au-delà du possible. Directeur depuis une dizaine d'années dans ce quartier, il me faisait gagner un temps fou sur les codes de communication à avoir avec les parents que nous accueillions. Il m'avait appris à aller à l'essentiel, que ce soit administrativement ou humainement, dans cet environnement particulier. Je me retrouvais en lui, car il avait eu un parcours atypique avant de devenir enseignant et directeur. Il avait été un sportif professionnel de haut niveau, avec une carrière à l'international. Plus jeune de neuf ans, il avait déjà une longue expérience de vie au sens large derrière lui, ce qui était très enrichissant. C'était un sacré personnage qui faisait l'unanimité : il était très apprécié par son équipe, par l'Inspection, par les élèves de son école et la majorité des parents. Son charisme séduisait, influençait, voire fascinait son entourage professionnel par ses discours, son tempérament et ses actions. Dans les premiers temps, il m'intimidait par autant de prestance. Puis j'avais appris à le connaitre et en le côtoyant fréquemment, j'avais su trouver ma place, me sentant légitime comme directrice.

Les deux premières années, je m'étais usée à faire les trajets à la pause méridienne jusqu'à mon domicile pour rentrer me restaurer au calme, avec un timing trop serré pour que la détente soit finalement au rendez-vous. Un jour, lors d'une visite de deux des collègues de l'équipe enseignante de l'école élémentaire, nous avions échangé et dans la conversation, j'avais évoqué mes va-et-vient incessants le midi, notre école n'ayant pas de lieu de repos pour nous restaurer et ni faire une coupure. Je ne me voyais pas manger dans ma classe, comme mes collègues, installée sur une petite table inconfortablement assise sur une chaise tout aussi basse. Elles m'avaient spontanément proposé de me joindre à eux tous les midis. Ils bénéficiaient d'une très grande salle des maîtres, agréable, un peu isolée avec une cour intérieure. Cela nous permettrait aussi d'échanger sur les élèves qui quittaient mon école pour intégrer la leur. Grâce à cette proximité instaurée, une liaison entre ma classe de Grande Section et celle de CP avait été créée, ce qui n'avait jamais été fait auparavant. Entre directeurs, nous prenions des décisions communes pour certaines activités ou enseignements, sorties de fin d'année ensemble afin de créer un lien entre les élèves et leur future école élémentaire. Lorsque j'ai intégré cette école en mai 2015, cela faisait cinq à six ans déjà que je n'avais plus de vie sociale à proprement parler. Je m'étais totalement renfermée et focalisée sur ma vie de maman pour pallier les voyages et les absences de Joseph. La solitude que je ressentais me rongeait sans répit, sournoisement. Il m'arrivait de plaisanter en disant que je n'étais même plus considérée comme une plante verte mais carrément comme la coupelle plastique, sous la plante verte ! En tout cas, c'est ainsi que je le ressentais. Mes plaisanteries sur le sujet faisaient sourire mon entourage mais au fond de moi, il en était tout autre. J'ironisais pour masquer la souffrance vécue au sein de notre couple, enfin si nous pouvions le nommer encore ainsi. Quand Joseph avait fini par démissionner de son entreprise pour en intégrer une autre, je m'étais dit qu'enfin nous allions retrouver une vie de famille heureuse et être à nouveau réunis tous les quatre, tous les jours, comme toute famille « normale ». Je voulais à tout prix vivre une routine ordinaire de couple. Elle ne me faisait pas peur, je venais d'enchainer une longue parenthèse désenchantée dans ma vie d'épouse.

Un beau matin, alors que Joseph recherchait de nouvelles offres d'emploi, il me fit part de son intention de répondre à une proposition professionnelle dans un grand groupe industriel étranger constitué de près de 18 000 salariés répartis dans le monde et opérant sur les marchés européens, asiatiques, américains et africains. Il rêvait d'y être embauché depuis quelques années déjà. Je ne pensais pas qu'il postulerait sans que nous nous concertions davantage. Il n'était pas dans mes habitudes d'imposer quoi que ce soit, chacun devait faire en son âme et conscience, dans l'intérêt de tous. Lorsque nous devions faire des choix difficiles, nous en débattions toujours au préalable, afin de minimiser au maximum les effets néfastes que cela pourrait produire sur notre famille, pesant le pour et le contre. Seulement Joseph avait fini par leur envoyer sa candidature, sans m'en toucher un mot… Et à sa grande joie, il avait reçu une réponse positive pour passer une première sélection. J'étais estomaquée mais j'essayais de cacher ma détresse et ma colère ! Quand je lui avais demandé lors d'une conversation téléphonique où serait basé son poste en cas de recrutement définitif, il m'avait répondu sans sourciller :

— *À Paris !*

Les bras m'en tombaient ! Cela ne s'arrêterait jamais de vivre séparément !

Je rentrais alors dans une colère noire, fulminant que je ne me ferai jamais muter sur Paris, après tout ce que j'avais fait pour obtenir mon affectation dans le sud de la France. Je lui reprochais son égoïsme et le sacrifice incessant de notre famille pour satisfaire ses désidératas professionnels. Je pleurais de rage et de douleur au téléphone, assise sur la terrasse de notre maison, le regard perdu dans le vide et le souffle coupé par mon emportement ! Joseph paraissait déterminé dans sa décision, quoi qu'il nous en coûte… Le point de non-retour était atteint : c'en était trop ! Je ne me sentais plus la force de me battre davantage ni de supporter une nouvelle séparation. D'autant que dans cette configuration-là, ce ne seraient plus des déplacements de longue durée mais carrément une installation parisienne qui se profilait. Je l'avais supplié de ne pas nous faire subir cela. Sa première réponse avait été de me dire qu'après avoir envoyé son CV et sa lettre de motivation, nous verrions bien ce que cela donnerait à l'entretien. Puis, comme je ne décolérais pas, il avait rajouté, glacial, comme un air de déjà entendu :

— *C'est comme ça et pas autrement* !

Sa réponse cinglante m'avait glacée sur place. Dans un premier élan, je me disais que pour ne plus souffrir, je devais partir, nous séparer officiellement, je ne trouvais pas d'autres solutions pour arrêter ce mal. Mais quand j'y réfléchissais plus posément, je me demandais comment me séparer d'un homme que j'aimais, brisant tout ce que nous avions construit ensemble. Et comment lui pouvait-il nous faire endurer cela ? Ma famille, mes amies, notre entourage de façon générale, tous tenaient le même discours : je devais maintenant penser à moi, témoin de la dégradation de notre vie de couple depuis quelques années. J'étais une *mère* entièrement dévouée à ses enfants et une *épouse* présente ! Par contre, où était passée la *femme* ? Où était passée Élodie, la fille sociable, la fille drôle, toujours très entourée, dynamique et souriante ? Je reconnaissais que cette partie-là s'était éteinte depuis bien longtemps, je l'avais enterrée bien avant l'heure. J'étais oppressée de toutes parts : devais-je suivre les conseils « bienveillants » de séparation rabâchés par mes proches pour me préserver ou bien devais-je rester et me battre pour sauver notre couple ? Même si le divorce me paraissait, la plupart du temps, la seule solution, je ne m'en sentais pas le courage, ni pour moi ni pour nos enfants. Et puis, comment dire… C'était comme si je savais, au plus profond de mon être, que je ne DEVAIS PAS suivre ce chemin-là ! Intimement persuadée que la situation finirait par s'arranger. Tenir contre vents et marées, malgré ma colère et ma rage intérieures, voilà ce que je devais faire… J'étais persuadée qu'au fond de nous se terrait l'amour qui nous avait si longtemps unis. Il fallait juste que quelque chose arrive, tel un électrochoc, un évènement brutal, quelque chose d'inattendu, pour nous retrouver. Même s'il refusait catégoriquement de l'admettre, il était clair que nous avions fini par nous perdre de vue, trop obnubilé par son travail, sa recherche permanente de reconnaissance de la part de ses pairs, de ses parents. Il justifiait ses absences par le désir de nous offrir plus, nous assurant, il est vrai, une vie très confortable financièrement. Mais nous ne voulions pas de cela avec les enfants, nous le voulions juste LUI dans nos vies au quotidien, c'est tout… Les discussions sur le sujet entre lui et moi étaient explosives et impossibles, il y coupait court en répétant qu'il n'avait aucun problème et que c'était moi qui en avais un ! Son manque d'écoute et le déni qu'il avait par rapport à notre situation conjugale n'arrangeaient rien entre nous, c'était une évidence.

Dans mes moments les plus sombres, il m'arrivait d'imaginer que si quelque chose de « grave, mais sans mourir » m'arrivait, peut-être que Joseph retrouverait le sens des priorités quant à notre famille. Toutes les idées les plus sordides me traversaient l'esprit : subir une agression, une maladie grave, etc. Tous les scénarios les plus pessimistes me convenaient du moment que Joseph refaisait un pas vers moi… Comment pouvais-je avoir de telles pensées aussi négatives ? Je ne me reconnaissais plus.

Quand je m'étais retrouvée directrice de cette école maternelle, après avoir été longtemps enseignante et brigade, sans affectation sur un poste, d'être enfin posée et affectée définitivement sur ce poste était le Graal ! Après m'être totalement repliée suite au procès pour licenciement abusif, je m'ouvrais à nouveau aux autres, refaisant confiance en l'être humain. Petit à petit, ma vie sociale renaissait, entourée de collègues devenus, pensais-je, des amis. Sans en avoir conscience de leur côté, grâce à leur sympathie, bienveillance et intérêt, ils m'accordaient une existence que j'avais perdue. À chaque pause déjeuner, durant la pause méridienne, nous pouvions parler de tout et de rien, rire, échanger sur bien des thèmes. Bien sûr, des affinités se créaient mais dans l'ensemble, nous nous entendions tous et toutes très bien. Ils m'invitaient à partager des soirées où nous pouvions danser, chanter en karaoké, échanger avec d'autres collègues également invités, pour fêter chaque fin de période scolaire. J'adorais ces moments festifs ! C'était pour moi une vraie renaissance, un retour à la vie ! Je reprenais enfin en main ma part de « femme » longtemps oubliée, sans pour autant négliger nos enfants devenus de jeunes gens, en passe de suivre des longues études, épanouis dans leurs vies respectives. Nos enfants avaient bien grandi, ils étaient plus autonomes, même si je restais mère poule avec eux. Sûrement excessivement ! À tort ou à raison, j'avais fait au mieux, palliant et occupant l'espace libre laissé par leur papa, leur donnant le plus d'amour possible pour répondre à leur détresse en son absence, dont j'avais été le seul témoin. C'était une chose de vivre avec eux leur chagrin et une autre de le transmettre à Joseph, soit par téléphone, soit à son retour de voyage, des semaines après. Il ne vivait pas les situations avec la même intensité que nous trois et inévitablement cela créait un grand décalage entre nous. J'avais fini par être totalement indifférente aux présences ou absences de Joseph, j'avais lâché l'affaire pour ne plus en souffrir. Être affectée dans cette école à ce moment précis de ma vie, c'était comme si je comblais un vide dans ma personne : le retour d'Élodie en tant que femme ! Le puzzle de mon être se reconstituait mais avec un bémol pour « Élodie épouse » ! Malgré ce plaisir de vie sociale retrouvée, je sentais que les choses dysfonctionnaient en moi. Je me disais que cette très longue et mauvaise période était derrière moi et que je pouvais reprendre pied, à mon rythme. Mais le vide affectif lié au manque de mon mari ne rendait pas les choses aussi simples. Je voyais bien que je surinvestissais dans l'excès ma camaraderie avec mes collègues, je n'y pouvais rien ! Je leur donnais beaucoup d'importance. Je voulais être la plus serviable, la plus gentille, la plus cool des collègues, étant intimement blessée par ce sentiment d'abandon... Je me sentais redevable de leur gentillesse à mon égard en les remerciant par des attentions. J'en faisais trop, consciente que cela en était parfois ridicule. J'avais tellement besoin de me sentir utile et appréciée, que je ne me souciais pas de la véracité de leurs sentiments amicaux. On dit bien que c'est dans l'adversité que l'on voit ses vrais amis, je le confirme... Progressivement d'une année sur l'autre, le climat social dans nos deux écoles et dans le quartier s'était fortement dégradé, nous le constations chaque jour un peu plus avec mes collègues. L'agressivité était omniprésente dans de nouvelles familles récemment installées. La misère sociale semblait leur avoir fait perdre toutes valeurs et le respect des principes. Mais en même temps, cela ne pouvait justifier des agissements inappropriés de la part de certains parents envers nous ou moi, Directrice et figure référente de l'école. C'est souvent à l'école, lieu privilégié, que nous observions et repérions les éventuelles difficultés des élèves, qu'elles soient scolaires, personnelles, sociales ou familiales, pouvant aller jusqu'à la santé de l'enfant. En étant au contact quotidien avec nos petits élèves de maternelle et de leurs parents, il arrivait très fréquemment que l'école devienne un cadre favorable au recueil de la parole de l'enfant mais aussi aux échanges avec les parents sur les questions éducatives. Je me dois de rappeler que l'Éducation Nationale, quel que soit le niveau d'enseignement, contribue à la protection de l'enfance en danger en menant des actions de prévention et surtout en signalant des situations d'enfants en danger ou susceptibles de l'être aux autorités compétentes. Inévitablement, nous avions été amenées à protéger des enfants en faisant des signalements ou des informations préoccupantes. Ces procédures étaient stressantes à engager, m'exposant à de possibles risques d'insécurité en retour. Mais d'un autre côté, je ne pouvais pas fermer les yeux sur la maltraitance dont nous étions trop souvent témoins. Malgré ma peur de représailles, pas une fois, je n'avais hésité à signaler auprès du Procureur de la République ou autre organisme compétent, toute situation de danger d'un mineur sous ma responsabilité. Il se susurrait que certains enseignants ou directeurs préféraient fermer les yeux pour ne pas subir par la suite d'éventuelles menaces. De mon côté, je mettais un point d'honneur à faire mon devoir quoi qu'il m'en coûte, me croyant, à tort, invincible, indestructible, inébranlable physiquement et émotionnellement…

Chapitre 20 - Des mots aux maux

Alors que la rentrée scolaire 2018/2019 était le 3 septembre, une mère d'élève s'était permis de présenter son enfant pour la première fois à l'école, seulement le 20 ! Elle n'était malheureusement pas la seule à fonctionner ainsi dans ce quartier : d'autres familles avaient ramené leur enfant autour du 10 septembre, ce qui était déjà tard, compte tenu de la date de rentrée officielle ! Il est important de bien comprendre qu'en tant qu'enseignants et directeurs, nous devons suivre des procédures et des protocoles bien définis, selon un calendrier bien cadré. À l'approche du constat d'effectif, procédure nationale obligatoire et suite au mail reçu de la Mairie de mon lieu d'exercice me demandant de radier les enfants absents non présents depuis la rentrée, cet enfant avait dû être radié, pour motif légitime de non-présentation en classe, selon la procédure classique.

Ce matin-là, le 20 septembre 2018, j'étais de service au portail accompagnée d'une ATSEM pour accueillir parents et élèves, comme nous devions le faire depuis les attentats de 2015, dans le cadre du plan Vigipirate renforcé. Lorsque le parent de l'élève en question s'était présenté, j'avais dû lui signifier en toute simplicité que je ne pouvais pas accepter son enfant en classe, lui expliquant clairement les raisons et la procédure à suivre pour y remédier. Inversant la situation, il s'était montré immédiatement violent verbalement, proférant des insultes à mon encontre, et bien que je lui demande de baisser le ton avec moi, il était en furie, totalement irrespectueux ! C'était un comble, cette famille était prise en défaut et trouvait à redire ! Je restais calme et gardais le contrôle de mes émotions et de mes propos, mais intérieurement, c'était un volcan ! Les autres parents et nos jeunes élèves assistaient à la scène au moment de leur entrée dans l'école. Pour ma part, je me sentais de moins en moins en sécurité. Son flot de paroles, menaces, critiques, moqueries et insultes ne cessaient de se déverser sur moi, il proférait des accusations insensées sur les autres enseignantes de l'école, tout le monde en prenait pour son grade ! Son attitude était intolérable, aussi je l'avais fait sortir de la cour d'école pour couper court. Je pressentais que les choses ne s'arrêteraient pas là, cette personne s'était déjà très mal comportée dans l'école les années auparavant, nous savions à quoi nous attendre...

J'étais fortement émotionnée mais j'avais néanmoins rejoint ma classe après la fermeture du portail. J'avais demandé à mes collègues de m'accorder quelques minutes pour reprendre mes esprits. Il m'était impossible de faire comme si de rien n'était. J'avais besoin de m'isoler dans mon bureau pour retrouver mon calme et faire descendre la pression. Garder mon sang-froid face à cette personne hystérique, pour ne pas envenimer la situation, m'avait coûté psychiquement. Et puis, alors que quelques minutes venaient de s'écouler, je recevais un appel téléphonique d'une personne de sa famille, très violente verbalement, m'insultant et proférant toutes sortes d'accusations totalement injustifiées, sans me laisser placer un mot. Dans son délire, elle m'invectivait, me menaçait, m'accusant de tous les torts de la terre et tenant des propos complètement incongrus, pour finalement couper la conversation et me raccrocher au nez sèchement. Le fait que le premier parent d'élève ait fait intervenir dans la foulée une tierce personne pour m'insulter une deuxième fois, tentant ainsi une approche intimidante me faisait craindre pour ma sécurité dans les jours à venir… Comme les procédures le préconisaient, j'avais informé immédiatement ma hiérarchie ainsi que tous les services concernés à l'Inspection. La mairie avait été prévenue et la police municipale mise en place pour ma sécurité et celle de l'école. Lorsque, huit ou neuf ans auparavant, j'envisageais de me reconvertir dans l'enseignement, pas une seule fois je n'avais imaginé subir ce genre d'évènement traumatisant sur mon lieu de travail ! Si la violence est partout inacceptable, c'est particulièrement le cas lorsqu'elle s'exerce au sein de l'École. Celle-ci se doit d'être un sanctuaire pour nos élèves et les équipes pédagogiques qui y travaillent. Mon inspection et les services de protection mobile m'avaient demandé de déposer une main courante, afin d'acter ce que je venais de vivre. De tels actes sont punis d'une peine prévue par des lois du Code pénal. Ainsi, il était nécessaire de procéder à une saisine de l'autorité judiciaire de ces faits délictueux constatés. Beaucoup de personnes ignorent que porter atteinte par des paroles, des gestes ou des menaces à une personne chargée d'une mission de Service Public, c'est-à-dire ma position, dans l'exercice ou à l'occasion de l'exercice de ma mission est de nature à porter atteinte à ma dignité ou au respect dû à la fonction dont je suis investie. En plus d'une amende conséquente de plusieurs milliers d'euros, la personne, en l'occurrence ce parent d'élève, ayant commis le délit pouvait se voir interdire l'accès à l'école en cas de récidive. Personne ne se lève le matin en pensant qu'il va se faire agresser sur son lieu de travail, et encore moins dans une école maternelle au milieu d'enfants en bas âge…

Sans surprise, je n'avais pas eu à attendre longtemps pour que mes craintes se matérialisent… Je n'avais pas eu le temps d'aller déposer la main courante dans le week-end… Dès 8 h 30, le lundi suivant, à nouveau présente au portail pour accueillir le flux de parents et enfants dans l'école, la même personne se présentait, elle aussi, au portail, profitant de l'affluence importante du matin pour se faufiler discrètement dans le sas de la cour. Ni ma collègue présente, ni moi, ni même la police municipale postée sur place, n'avions remarqué son intrusion ! Une fois sa présence repérée, il était trop tard. Alors que je lui demandais de justifier sa présence en gardant mon calme, ce parent d'élève prétextait vouloir récupérer les affaires de son enfant radié. Je lui avais alors demandé de ne plus s'avancer dans l'école et de m'attendre à l'entrée du portail. Je voulais aller chercher moi-même les affaires scolaires de son enfant. Mais une fois le dos tourné pour me diriger dans ma classe, elle s'y était introduite sans autorisation, par une entrée secondaire. Immédiatement dans la pièce, cette personne s'était montrée menaçante et injurieuse envers moi, portant encore des accusations insensées, scandant des incivilités et des paroles d'intimidation sur mes collègues et moi. Pire, elle commençait à prendre à partie d'autres parents arrivant dans le hall d'accueil, patientant devant nos classes pour y laisser leurs enfants. Tout allait très vite, je lui avais demandé une première fois de quitter l'école, car rien n'autorisait sa présence dans les lieux, ce qu'elle avait refusé de faire évidemment. Tout en lui parlant et en gardant la tête froide, j'essayais de la diriger vers la sortie mais la situation se dégradait. Alors que je constatais que son état agressif empirait et mettait en danger la sécurité des élèves, du personnel scolaire, des parents, je m'étais rapprochée tant bien que mal de la porte d'entrée de notre accueil pour interpeler très fortement les deux agents de la Police Municipale, leur faisant signe que la personne s'était introduite dans notre établissement. Ils avaient accouru, attrapé la personne en question pour la faire sortir de l'enceinte de notre école maternelle. Quelques minutes après, ne voulant rien lâcher, je ressortais pour rejoindre ma collègue restée postée au portail et finir mon temps de service, comme si de rien n'était, le temps d'accueillir les derniers parents et jeunes élèves. Mais l'individu menaçant n'était pas parti pour autant et depuis le trottoir opposé, il continuait à proférer ses insultes et des menaces à mon égard. Des mamans encore présentes sur le perron à discuter entre elles m'avaient suppliée avec bienveillance de regagner ma classe, de ne pas me confronter à ce parent violent pour ne plus endurer ce déferlement incessant d'injures. Encaisser ce deuxième incident, à quelques jours seulement du premier, avait été bouleversant. J'avais demandé à mon ATSEM de me laisser, une fois de plus, un peu de temps pour retrouver un peu de quiétude. Je me sentais totalement incapable de prendre la classe dans la foulée. Je m'étais isolée dans mon bureau pour informer, dans un premier temps, l'Inspection de cette nouvelle mésaventure et dans la foulée appeler mon collègue, le directeur de l'école élémentaire voisine. Il était arrivé en courant ! J'avais besoin de ses conseils quant à la suite à donner. La seule démarche à faire était de porter plainte, comme la procédure nous le demandait. Il s'était montré réconfortant et sa présence m'avait énormément rassurée et apaisée. À son arrivée, deux mères d'élèves étaient encore avec moi dans le bureau pour m'apporter, elles aussi, leur soutien. Nous avions échangé avec lui sur ce qu'il venait de se produire. Il me fallait reprendre mes esprits, j'avais fondu en larmes, évacuant ainsi mon stress. Une fois remise de mes émotions, il avait regagné son école et moi, je repris mon poste en classe.

Bien que très affectée, je n'avais pas souhaité m'arrêter. Une remplaçante avait été envoyée dès l'après-midi pour que je sois libérée pour déposer plainte au nom de l'institution scolaire. Deux graves infractions avaient été relevées au commissariat à l'encontre de cette personne. Je demandais alors une protection de la police municipale mais également de la part de mon administration, afin de protéger l'école dans son ensemble mais également de me protéger de toutes nouvelles tentatives d'intrusion ou de représailles suite à la plainte déposée. J'étais particulièrement inquiète pour ma sécurité. À aucun moment, je ne déclarais en accident de service ces deux agressions, ne sachant pas que cela était possible. L'administration ne m'en avait pas parlé non plus. Je croyais que j'allais retrouver un peu d'apaisement dans le fonctionnement de notre école...
Au cours du mois d'octobre, le climat scolaire ne me permettait pas de retrouver un état d'esprit serein. Dès le début octobre, deux parents d'élèves en étaient venus aux mains devant l'école après s'être copieusement insultés. Nous n'avions pas compris les raisons respectives de leur affrontement, ils parlaient l'un et l'autre un français approximatif mais leur altercation avait été violente. À la mi-octobre, suite à l'incident précédent, des représailles avaient eu lieu entre ces deux familles et encore une fois devant les portes de l'école. Bien qu'il s'agisse de différends d'ordre privé, nous craignions qu'à force leurs altercations et violences physiques ne se produisent à l'intérieur de notre école, d'autant que chacun des parents concernés nous prenaient à partie pour nous relater leurs disputes et versions respectives ! Par conscience professionnelle, je tenais le choc, coûte que coûte, renonçant à écouter mon corps et mon esprit, refusant de prendre quelques jours pour me reposer, afin de souffler et de relâcher la pression. Je choisissais de faire le dos rond et de me montrer très forte tout en assurant mes fonctions de Directrice et d'enseignante. Impensable de m'écrouler psychologiquement, ce n'était pas dans mon caractère ! Rapidement, suite aux deux agressions de septembre, j'étais extrêmement tendue. Cela se traduisait par des douleurs aigües dans le dos. J'avais les épaules contractées, la nuque raide avec des difficultés de mobilité de plus en plus grandes. Je ressentais régulièrement des décharges électriques dans la partie lombaire. Mon corps était en souffrance et je refusais de l'écouter... Directrice de l'école, je devais prendre des mesures nécessaires pour assurer la sécurité des élèves et des

personnels, soutenue par mon inspectrice. De mon côté, mon état de santé s'aggravait sournoisement. Les douleurs se propageaient vers les membres inférieurs, me faisant boiter par moment, ayant des difficultés à changer de position. Toutes ces agressions à répétition avaient été, que je l'admette ou non, traumatisantes. Mon corps l'exprimait clairement mais je ne l'acceptais pas. J'avais néanmoins consulté notre médecin généraliste pour en parler, lui décrivant également d'autres symptômes qui avaient fait apparition comme l'évitement phobique de certaines situations, des appréhensions lors de mes sorties sur mon temps personnel comme professionnel, des vérifications obsessionnelles de mon environnement, des flashs diurnes, des cauchemars parfois persistants, des troubles du sommeil et de l'appétit ainsi qu'une asthénie envahissante. La liste s'allongeait chaque jour davantage avec des troubles de l'attention et de la concentration. Je n'étais pas sans rien ! J'avais jugé nécessaire de faire intervenir la psychologue scolaire dans ma classe auprès des enfants présents le jour de l'intrusion, accompagnés de leurs parents. J'avais aussi convié la police pour que ses membres expliquent leur rôle. Je souhaitais qu'ils puissent justifier leur présence quotidienne devant l'école. La psychologue scolaire m'avait glissé à l'oreille ce jour-là :

— *Élodie, tu dois aussi consulter pour débriefer ce qu'il s'est passé...*

J'avais botté en touche :

— *Oui, je verrai...*

C'est dans ces conditions que j'arrivais aux vacances de la Toussaint totalement épuisée et très éprouvée. Après quelques jours de repos à la maison, je m'effondrais un matin en me tournant très légèrement pour attraper la souris de mon ordinateur, un geste aussi anodin ! En un instant « ON/OFF », une déflagration avait parcouru tout mon corps, me faisant tomber au sol, incapable de tenir debout. Je ressentais une douleur aigüe dans la partie lombaire, comme jamais auparavant. J'étais en train de mourir, quoi d'autre sinon ? Tout n'était que souffrance : ma respiration, chaque micro mouvement de bras ou de jambes. Personne à la maison ne pouvait me toucher et à part hurler de douleur au sol, je n'étais capable de rien d'autre ! Cela ne me ressemblait pas du tout...

Le SAMU était arrivé rapidement à la maison. Ils m'avaient transférée dans une coque rigide, je ne sentais plus mes jambes. Puis départ pour les urgences de l'hôpital, heureusement très proche de notre domicile. Après avoir été prise en charge et mise sous perfusion, les médecins avaient commencé à m'injecter des antalgiques selon les différents paliers. Aucun n'avait eu d'effet pour atténuer un tant soit peu les douleurs. Ils avaient fini par me placer sous morphine, me gardant plusieurs heures dans le service des urgences. Comme je n'avais rien récupéré de ma mobilité, les médecins urgentistes avaient décidé de me transférer dans le service de rhumatologie du CHU pour une prise en charge antalgique d'une lombalgie aiguë basse hyperalgique. Huit jours d'hospitalisation avaient été nécessaires pour retrouver une grande partie de ma mobilité et une diminution des douleurs, après de nombreux examens et traitements. Je me sentais tellement diminuée, incapable de bouger, en position antalgique permanente sur mon lit d'hôpital, obligée de faire mes besoins dans une bassine, d'être intégralement lavée par une aide-soignante. Comme c'était dégradant… Même si la jeune aide-soignante s'y prenait avec douceur et respect de mon intimité, je trouvais la situation absolument humiliante, si bien que je versais systématiquement une larme lors de ce moment de toilette. Pendant mon séjour hospitalier, j'avais reçu, et à maintes reprises, les visites de mes amies, collègues des deux écoles, les oncles et tantes de nos familles respectives, nos parents. J'avais été gâtée en quantité de livres offerts, de coloriages, mandala ou d'autres distractions. Certains me sachant gourmande m'avaient offert d'exquises confiseries ! Je constatais en silence que je n'avais pas eu la visite de Javotte, ma sœur, ni reçu un seul message de sa part…

J'avais été en arrêt maladie jusqu'à la mi-novembre pour ma convalescence. Après cette date, une rééducation avait été recommandée auprès du renommé professeur D., chef de service de médecine physique et de réadaptation dans l'unité Neuro-orthopédique, pour un séjour en hospitalisation de jour, dans le but de suivre un projet thérapeutique. Il était question d'un protocole particulier et d'une prise en charge globale avec notamment des séances intensives en kinésithérapie, des séances en ergothérapie, en balnéothérapie et un soutien psychologique. Des ateliers de relaxation, de gymnastique douce et d'hypnose étaient proposés en complément. En accord avec ce service, nous avions calé ces soins sur la période après les fêtes de fin d'année que je souhaitais passer sereinement avec ma famille. Les dates de la fin janvier à la fin février 2019 avaient été retenues. Le minimum étant de trois semaines, j'en avais eu quatre de planifiées. Je n'étais pas en mesure physiquement de reprendre mes fonctions à l'école. Puis j'avais enchainé avec les vacances d'hiver, et ce n'était qu'à la mi-mars 2019 que je reprenais le chemin de l'école, requinquée et sereine. Toutes ces épreuves me paraissaient loin derrière moi ! Comme je me trompais… Le répit n'avait été que de courte durée ! Dès la fin mars, mes collègues et moi avions recueilli les propos d'une petite élève de notre école, nous exposant très explicitement les maltraitances intrafamiliales subies. Compte tenu des faits graves relatés par cette enfant, nous étions dans l'obligation d'établir un signalement au Procureur de la République pour mineur en danger. La famille était connue par les services

de police de la ville et avait déjà fait l'objet d'une information préoccupante par ailleurs. Nous savions, pour l'avoir expérimenté de nombreuses reprises, que cette famille pouvait se montrer très agressive à l'égard des institutions, mais aussi des autres parents, des enseignantes de l'école, etc. Par conséquent, la prudence était de rigueur.
Nous avions fait tout ce qu'il y avait à faire concernant la protection de cette élève. Par précaution et anticipation, j'avais fait appel une nouvelle fois à la police municipale pour éviter les débordements éventuels de la mère une fois qu'elle serait mise au courant et convoquée. Mais la présence policière quotidienne, à chaque ouverture et fermeture de portail, la rendait davantage nerveuse, aggravant au contraire la situation dans l'école. Les tensions avec cette famille ne cessaient de prendre de l'ampleur. Elle se sentait visée alors que rien ne lui avait été dit encore. Je savais qu'elle ne tarderait pas à être convoquée et mise au courant de la suite qui serait donnée au signalement fait. Les parents ne sont pas censés être mis au courant de l'origine ou du contenu du signalement, pour protéger l'enfant. Néanmoins, j'étais très inquiète de subir des représailles de la part de cette mère ou de son entourage, elle qui se revendiquait haut et fort, sans foi ni loi. La pression dans l'école était à son comble au début du mois d'avril. Personnellement, je n'en pouvais plus de subir ses intimidations, la situation me minait. C'est ainsi que le premier samedi d'avril, je finissais par m'effondrer encore une fois suite à un autre épisode de lumbago hyperalgique, simplement en attrapant mon jean pour l'enfiler... Les pompiers étaient venus à mon domicile mais j'étais intransportable, tant la douleur était intense. Personne ne pouvait me bouger ou me déplacer. J'avais l'impression que tous les tissus internes de mon corps se déchiraient les uns après les autres. Manque de chance, je m'étais bloquée dans notre chambre, grande suite parentale située dans les combles aménagés de notre maison où nous y accédions par un escalier en bois étroit. La pièce était éclairée par des fenêtres de toit. Les pompiers avaient songé, dans un premier temps, à me sortir par les toits, puis ils s'étaient ravisés. Ils avaient pris la décision d'appeler le SAMU pour me médicaliser avant de me prendre en charge et de me descendre au rez-de-chaussée. Une fois le personnel du SMUR présent dans la chambre, ils m'avaient perfusée à la morphine et fait respirer du gaz Méopa pour pouvoir me soulever et m'envelopper dans une coque rigide. La descente des escaliers escarpés pour arriver au premier étage, puis celle des autres escaliers pour atteindre le bas de la maison avaient été sportives pour les pompiers ! Je me retrouvais une nouvelle fois prise en charge aux urgences, notifiée sur mon dossier comme patiente hyperalgique nécessitant une pompe à morphine avant d'être transférée dans la soirée au service de rhumato-

logie pour une nouvelle prise en charge antalgique. L'équipe soignante commençait à bien me connaitre ! Ce coup-ci, j'y étais restée hospitalisée six jours avant de pouvoir retrouver un semblant de mobilité. Alors que ma famille et ma belle-famille, même ceux qui habitaient loin, me rendaient visite, je n'avais toujours pas reçu de messages ni de visite de ma charmante sœur… Je m'étais fendue d'une remarque à ma mère sur le sujet, et comme à son habitude, elle l'avait défendu en justifiant que Javotte était très occupée. Ne pas venir me voir au CHU était une chose, mais prendre quelques secondes pour m'envoyer un bref SMS d'encouragement ou d'affection en était une autre, me semblait-il. Quand j'en avais fait part directement à Javotte, elle m'avait répondu froidement :

— *Je savais que tu n'étais pas à l'article de la mort !*

Je ne pouvais pas être surprise par sa réponse misérable, nous savions tous qu'à part son nombril peu de chose l'intéressait. Adultes, l'une et l'autre, nous étions diamétralement opposées en tout point de vue, ce qui en soi n'aurait pas dû être un problème. Nous aurions pu être radicalement différentes l'une de l'autre et pour autant être proches, mais ce n'était pas le cas, malheureusement…

À nouveau, il avait été décidé que je suive un protocole dans le service de rééducation toujours suivie par le Professeur D. Je réintégrais le NIRR pour trois semaines qui finalement avaient été prolongées de trois semaines supplémentaires. J'avais beaucoup de mal à récupérer cette fois-ci. Le corps médical, les kinés et autres soignants de ce service, m'expliquaient alors que suite aux IRM, scanner ou radios faites, rien ne justifiait ces épisodes hyperalgiques. En effet, les explorations radiographiques et IRM montraient seulement une discopathie et une arthrose postérieure modérées. Pour eux, il fallait plutôt rechercher la cause dans une surexposition au stress intense et post-traumatique liée aux successives agressions. Mon corps ne faisait plus la différence entre le stress psychologique et le stress physique. C'était cette discordance radio-clinique, entre un tableau de douleur sévère et la modicité des lésions anatomiques qui les avaient alertés, les conduisant à me proposer une prise en charge en psychothérapie. Je comprenais qu'il était nécessaire de faire un travail sur moi pour évacuer ces traumatismes. J'avais accepté leur proposition pour la durée de mon protocole. Les agressions répétées avaient généré un stress intense qui s'était exprimé sous forme de douleur somatique. Pour les médecins et les autres soignants qui me suivaient, en l'absence d'antécédent dépressif et au vu des circonstances de survenue du tableau clinique, il était clair que l'on pouvait qualifier ma pathologie comme étant un trouble anxieux à expression somatoforme, assimilé à un état de stress post-traumatique. Le professeur D., accompagné de ses internes, m'expliquait à chaque visite les mardis matin de protocole, qu'il s'agissait d'un trouble qui apparaissait après un évènement souvent dramatique, que ce soit avec ou sans atteinte corporelle. Et c'était mon cas. Entre ces deux grosses crises hyperalgiques, mon corps, de la pointe du crâne jusqu'au bout de mes orteils, n'était que souffrance : la nuque raide jusqu'aux trapèzes, des tensions entre les omoplates, dans la région lombaire, des pincements fréquents m'empêchaient d'avoir une posture correcte. Mes nuits étaient pires que mes journées, par l'intensité des douleurs et la difficulté à bouger dans le lit. Aucune position ne me soulageait, il m'était impossible de trouver le sommeil et quand j'y arrivais il n'était pas réparateur.... Les médecins m'avaient diagnostiqué un syndrome anxieux majeur qui m'empêchait de reprendre, de façon pérenne, mes fonctions au sein de mon école. Enfin, après six semaines de rééducation intensive, je reprenais mon travail début juin 2019, avec soulagement et joie, après de longs mois alternant arrêts maladie et reprises professionnelles. Malheureusement, dès le lendemain de ma reprise en classe et suite au signalement pour mineur en danger fait au printemps, je recevais des menaces de mort émanant de la mère incriminée, dont l'enquête avec la brigade des mineurs avait éveillé les soupçons sur l'origine du signalement. J'étais sincèrement abasourdie par autant de violence. Là, la situation passait au cran supérieur ! Il s'agissait d'une atteinte à mon intégrité physique et psychique ! Une nouvelle fois, il avait fallu que je me rende au Commissariat accompagnée par un membre de la sécurité de l'Éducation Nationale. Tout était un éternel recommencement, j'en avais plus qu'assez...

Au vu de l'évolution très préoccupante de la situation suite aux menaces de mort à mon encontre, mon Inspectrice, extrêmement bienveillante et protectrice, avait formulé une requête hiérarchique pour solliciter un changement d'école de l'enfant en question et de sa famille, dans un esprit de protection des personnels de l'État. Il n'était pas concevable que je reste quotidiennement exposée à cette famille, sans mettre en péril mon équilibre psychologique ni représenter un véritable danger pour moi. Comble de l'injustice, sa requête avait été rejetée par ses supérieurs, la réponse faite : c'était à moi de changer d'école !!! La double peine... J'avais refusé un quelconque changement d'affectation ! Malgré ces évènements malheureux, j'aimais cette école ! Pourquoi c'était à moi de partir alors que j'étais la victime ?!! Nous étions ulcérées toutes les deux en recevant ce retour hiérarchique. Je n'avais pas souhaité m'arrêter une énième fois, décidant de finir mon année scolaire, malgré ces conditions affreuses d'exercice ! Une protection municipale avait été mise en place devant mon école. Je bénéficiais également d'une protection dans l'école à chaque entrée et sortie. J'avais sollicité par écrit, comme l'exigeait la procédure, le directeur académique et la rectrice afin de bénéficier de la protection fonctionnelle. Venir enseigner et diriger l'école devenait pour moi un calvaire ! Je me sentais en permanence en danger, me retournant systématiquement quand je marchais dans la rue pour me rendre soit à l'école, soit jusqu'à mon véhicule garé dans le quartier. Je n'étais pas au bout de mes peines…

Alors que la rentrée 2019/2020 se profilait et après avoir passé un été reposant, des tensions de la part de nouveaux parents d'élèves se faisaient sentir dans l'école envers les autres enseignantes de notre école. Il suffisait d'un ou deux parents agressifs pour que l'école dans ce quartier difficile s'enflamme… Novembre 2019 : alors que j'étais une fois de plus de service au portail, je n'ai pas vu qu'un membre de la famille, le grand-père d'une de nos élèves, était resté discrètement à l'écart. En fermant le portail à clé, je m'étais retrouvée seule avec lui dans la cour, dans l'impossibilité de prévenir mes collègues et mon ATSEM déjà rentrées dans leur classe. Ce coup-ci, il n'était plus seulement question d'agressions verbales ou de menaces de mort. Non, ce coup-ci, j'avais été empoignée par les épaules et secouée comme un prunier par ce vieux type furieux m'accusant de tous les maux de la terre, tout simplement parce que représentante de l'Institution ! Quand quelqu'un s'introduit ainsi dans votre espace vital, vous insulte, n'écoute aucune réponse et s'en prend à vous physiquement, vous sentez que la situation dégénère dangereusement et qu'il faut réagir et penser vite ! Alertées par mes cris, lui ordonnant de me lâcher et lui interdisant de s'approcher de moi encore une fois, mes collègues et autres parents présents étaient intervenus sans se poser de questions ! Nous avions eu beaucoup de mal à le faire sortir de la cour de l'école, il était fier de lui et bien sûr, rien ne justifiait une telle attitude à mon égard. Il ne s'agissait que de violences gratuites inspirées de son propre délire et d'une vengeance dont il se vantait ! Encore une fois, directrice et figure de l'autorité dans l'école, ce parent d'élève agressif s'était tourné vers moi.

Une fois cet épisode terminé, il m'était impossible de retrouver mes esprits et encore moins de faire classe devant mes petits élèves. Je me devais d'être 100 % efficace, or j'en étais totalement incapable. Je me sentais déphasée, nous avions tout fermé à clé. Comme à chacune des précédentes agressions, j'avais prévenu mon inspection. Je souhaitais être remplacée immédiatement en classe, ne pouvant assurer mes fonctions, trop perturbée par l'incident. Malheureusement, il n'y avait plus de remplaçant ce jour-là et il m'avait été demandé de faire classe au moins la matinée, ce que j'avais fait tant bien que mal… Je reconnais que c'était surtout mon ATSEM qui avait assuré ce matin-là, suivant à la lettre mes préparations. Une fois informée, mon inspectrice, Mme C., avait accouru à la sortie de classe à 11 h 30 pour me réconforter et me conseiller : elle avait été formidable, comme toujours. D'autres personnes de l'Inspection académique s'étaient aussi déplacées, sur le temps méridien, pour m'assurer de leur soutien et de celui de toutes les instances de l'Éducation nationale. Comme à mon habitude, j'étais partie à l'école élémentaire voisine pour m'y restaurer et y prendre ma pause, mais la faim n'était pas au rendez-vous. Tous les grands pontes de l'administration étaient venus là-bas pour s'entretenir avec moi, bienveillants. Ils souhaitaient que je réfléchisse sérieusement à changer d'école, car j'avais subi trop d'agressions en très peu de temps. Rapidement, la protection fonctionnelle m'avait été accordée et mise en place par le Rectorat, celle de l'école était assurée par la mairie avec la police municipale. La présence d'un membre de l'EMAS dans ma classe, matin et soir, me rassurait. Une nouvelle plainte au nom de l'institution avait été déposée pour faits de menaces, de violences verbales et physiques. J'avais été accompagnée par l'équipe mobile de sécurité au commissariat. Ce personnel de sécurité était bien souvent d'anciens gendarmes gradés qui apportaient leur aide, leurs expériences, conseils et informations aux équipes de direction. Ils pouvaient également intervenir d'un point de vue pédagogique et éducatif dans le champ de la vie scolaire et de la prévention de la violence. Lors d'un long entretien, mon inspectrice m'avait demandé de ne pas rester dans cette école, argumentant que j'y avais vécu trop d'évènements traumatisants. Encore une fois, je refusais catégoriquement. J'aimais y enseigner, j'appréciais mes collègues de la maternelle et ceux de l'élémentaire. Surtout, je me sentais utile pour les enfants de ce quartier défavorisé. Ce n'était pas une toute petite poignée de parents proférant incivilités, menaces et diffamations qui allaient me faire fuir ! Et puis, au-delà de ça, je trouvais la situation totalement injuste : pourquoi me retirer de cette école que j'aimais pour aller ailleurs et où ? De plus, cette affectation avait symbolisé beaucoup de choses pour moi. Il y avait, à tort certainement, beaucoup trop d'affect dans mon choix de rester : c'était un comble ! C'était moi que l'on sanctionnait en me déplaçant alors que je subissais les assauts violents de quelques énergumènes sans scrupules ! Il fallait aussi être juste et reconnaitre que la plupart des parents de cette école étaient des gens charmants, amicaux, solidaires et impliqués du mieux possible dans la scolarité de leurs enfants. J'avais mis toute mon énergie pour redorer un tant soit peu le blason de cette école, je ne pouvais pas abandonner maintenant ! Les jours suivants, je m'étais vite rendu compte que je n'arrivais plus à être sereine. Je me sentais mal à l'aise dans l'école, anxieuse et constamment in-

quiète. J'avais l'impression permanente d'avoir quelqu'un qui me suivait, de voir des ombres se profiler dans mon dos, quel que soit le lieu où je me trouvais. Je me sentais en totale insécurité. Le sommeil ne faisait plus partie de ma vie nocturne, remplacé par de nombreuses et longues insomnies. Je devais m'arrêter quelque temps, j'en avais conscience. Joseph m'observait au fil du temps et des successives agressions et avait remarqué que je sombrais dans l'anxiété. Il avait décidé de rester quelque temps à la maison en télétravail, refusant de faire un quelconque déplacement pendant cette période difficile pour moi. Sans grande difficulté, les médecins m'avaient arrêtée quelques semaines, me diagnostiquant selon leur jargon un choc psychologique important avec réactivation des agressions subies en septembre 2018 et juin 2019, angoisse et anxiété réactionnelles, reviviscences et un stress post-traumatique réactivé. Rien que ça…
La période de Noël approchait, moment que j'affectionnais particulièrement personnellement et professionnellement. Je reprenais mon travail les quinze jours précédant les vacances scolaires, avant de revenir, comme tous les enseignants, le 6 janvier 2020, après des congés mérités ! En ce début d'année 2020, dès le premier jour en classe, je réalisais que les choses étaient plus compliquées que ce que je pensais. Mon état durant la journée comme la nuit était préoccupant. Je faisais beaucoup de cauchemars, j'étais oppressée dès la nuit tombée, le manque de sommeil réparateur me fatiguait extrêmement. Je n'arrivais plus à me concentrer, il me semblait perdre la mémoire. J'avais peur autant à mon domicile qu'à l'école ! Il y avait, malgré tout, quelques bons jours mais beaucoup d'autres plus sombres. Comme tous ces incidents s'étaient produits pendant mon service de fonctionnaire, ils avaient été reconnus, non sans mal pour les trois premières agressions, en accidents de service. J'avais été horrifiée de devoir batailler administrativement pour faire reconnaitre mes droits. Un syndicat m'avait énormément aidée dans l'élaboration de mon dossier et devant les instances administratives. J'avais sollicité l'aide de l'assistante sociale de l'Éducation nationale et de deux autres personnes des services concernés. Des expertises médicales, auprès de médecins experts agréés Éducation nationale, avaient été ordonnées comme la procédure l'exigeait. L'administration m'avait envoyée consulter un homologue du professeur D. et un médecin psychiatre pour juger de mon état psychique après tous ces évènements choquants. Ce dernier, après m'avoir reçu longuement en consultation, avait noté dans son rapport, que sur le plan psychologique j'avais une personnalité de devoirs et que je présentais toutes les caractéristiques de stress post-traumatique, c'est-à-dire les cauchemars à répétitions, les flashs diurnes, l'évitement phobique des angoisses et une modification du caractère. Les troubles avaient été réactivés par la der-

nière agression de novembre 2019. Il rajoutait, par rapport aux précédentes agressions, l'absence de goût et d'envie que je ressentais. J'étais handicapée dans ma vie au quotidien. Je devais accepter l'aide…

Chapitre 21 - Fendre l'armure

Après cette longue période éprouvante, un profond sentiment d'insécurité physique et émotionnelle s'était développé en moi. Certes, ces violences verbales n'avaient pas laissé de traces visibles à l'œil nu mais pour autant, elles avaient été aussi redoutables que des violences physiques, et je me risquerai à dire, pour l'avoir vécu ainsi, peut-être plus. Ces coups invisibles formaient intérieurement de réelles blessures. Toutes ces insultes, ces menaces, ces intimidations, provocations avaient heurté mon être entier, affectant globalement mes capacités et blessant ce que j'étais. Malgré l'intensité des émotions ressenties à chacune des agressions, je m'étais efforcée de réagir d'une manière calme et contrôlée, ce qui m'avait énormément coûté en énergie. En raison de la répétition de ces incidents traumatiques à l'école, les effets avaient eu un impact profond. C'est ainsi que je m'étais retrouvée à traiter un syndrome de stress post-traumatique diagnostiqué par l'ensemble des médecins que j'avais consultés dans le cadre de l'accident de service. Je présentais de nombreux symptômes invalidants. Mon niveau d'angoisse et les traumatismes vécus successivement avaient affecté ma capacité à faire face au stress « normal », me rendant encore plus inquiète et anxieuse que d'ordinaire ! Toute cette violence avait entrainé des symptômes physiques en plus de ceux psychologiques. Étaient apparus des troubles alimentaires et des douleurs chroniques dans l'ensemble de mon corps, principalement des lombalgies et des cervicalgies. Je refusais d'admettre que je touchais le fond... Malgré tout, je comprenais qu'il était temps pour moi d'être à l'écoute de mes blessures, pour me permettre de relever la tête, de reprendre ma vie en main. Je ne suis pas quelqu'un qui a l'habitude de s'apitoyer sur son sort ou qui se plaint ouvertement à qui veut l'entendre, bien au contraire. Mais j'étais arrivée au moment crucial où il était important que je dépose les armes et prenne enfin soin de moi. Il était impératif d'accepter mes fragilités, de faire un travail sur moi pour m'imposer une limite et de remettre du respect là où toutes les agressions l'avaient nié. C'est à ce moment-là que j'ai ressenti un besoin viscéral de me remettre à lire et en quantité ! En ingurgitant toutes sortes de livres sur ce chemin d'introspection, je voulais rentrer à l'intérieur de moi et analyser ce qui me ferait du bien. Un instinct primaire provenant du plus profond de moi me poussait à rechercher dans mes différentes lectures de l'apaisement, du bien-être, de l'épanouissement et de la paix. Il me paraissait vital de redéfinir mes objectifs, d'avoir une qualité de vie bonifiée, de développer une meilleure connaissance de moi mais pas seulement... Je voulais vider ma tête, faire le point, savoir ce que je voulais faire et surtout ne plus faire, apprendre par la lecture ou tout autre support pour parvenir à mon objectif : fendre l'armure ! Et au-delà de tout ce travail personnel que j'entreprenais, je voulais rompre avec cette folle fuite en avant du toujours plus, du toujours mieux ! Depuis quelques années, je répétais très souvent à Joseph que nous devrions nous poser, cesser de nous lancer dans des défis professionnels toujours plus performants, que nous n'en étions pas davantage épanouis, quitte à gagner moins d'argent mais être plus heureux et essentiellement être ensemble. Approchant la cinquantaine pour moi et lui l'ayant déjà dépassée, je me rappelle très bien lui avoir dit un jour que nous arrivions à des « *âges à la con* » où tout ce stress toxique emmagasiné depuis des décennies finirait par se payer un jour ou l'autre avec des problèmes cardio-vasculaires, cancer ou autre maladie grave ! De mon côté, j'étais intimement convaincue que je finirais par avoir un cancer du sein, quant à Joseph, il était tout aussi sûr selon moi qu'il aurait un jour ou l'autre un accident cardio-vasculaire du style infarctus... Ce n'était pas que je le souhaitais, mais j'en étais intimement persuadée au vu de nos vies menées... Il m'arrivait même d'en avoir des flashs, pour lui comme pour moi, ce qui engendrait de l'anxiété...

J'avais entassé dans un coin de ma chambre un tas de livres offerts pendant mes hospitalisations en rhumatologie, d'autres venant de ma belle-mère ou d'achats personnels. Trop affectée et souffrant énormément à ce moment-là, je n'avais pas eu le cœur de les lire durant mes séjours à l'hôpital. Je les avais gardés, bien rangés, sur ma table de chevet en attendant d'avoir envie... Et puis elle était arrivée, impérieuse ! J'avais commencé à m'attaquer à ce monticule de bouquins, par ordre de rangement, sans me soucier de lire les résumés sur la quatrième de couverture ou d'en choisir un plutôt qu'un autre... Jusqu'au jour où j'avais entrepris la lecture de « *Ta deuxième vie commence quand tu comprends que tu n'en as qu'une* » de Raphaëlle GIORDANO, il était le dernier de mon tas ! Quel choc ! Ce livre m'avait percuté de plein fouet ! Je ne pouvais pas le lâcher, impossible de m'arrêter de le lire ! Je l'avais lu d'une seule traite jusqu'au milieu de la nuit, à peine éclairée d'une petite loupiote pour ne pas déranger Joseph dans son sommeil. Tout ce qu'elle avait écrit résonnait si fort en moi, comme si Raphaëlle Giordano l'avait écrit pour moi, sur moi... Bouleversée, dans la nuit, j'avais renvoyé un SMS de remerciements à mon amie qui me l'avait offert, pour lui raconter combien ce petit objet et surtout son contenu m'ébranlaient au-delà de ce qu'elle pouvait imaginer, impatiente de lui faire part de ma reconnaissance pour m'en avoir fait cadeau ! Ce livre me faisait du bien après les évènements que je venais de vivre et les conséquences sur ma santé. Je m'étais excusée auprès d'elle de ne pas l'avoir lu plus tôt !

Parallèlement à ce travail personnel, mes deux longs protocoles au CHU avaient été salvateurs. Je les ai vécus comme étant protégée dans une bulle de paix. Tout avait été mis en place pour prendre soin de moi physiquement et émotionnellement, ce qui était finalement le principal sujet, plus que mes problèmes de lombalgies hyperalgiques ! L'organisation était parfaitement planifiée dans ce service quels que soient les patients admis, qu'ils soient hospitalisés totalement ou seulement en hôpital de jour comme moi. Nous avions une séance le matin et une l'après-midi de kinésithérapie commençant toujours par un court débriefing de nos sensations, douleurs et état d'esprit avant de passer à la manipulation, massages, pose de boue, exercices de renforcement musculaire et étirements, etc. Il y avait l'entretien hebdomadaire avec l'interne ou le Professeur D. pour faire un point sur notre état, sans compter les staffs entre les membres de l'équipe médicale. À cela, s'ajoutaient des séances d'ergothérapie le matin, de balnéothérapie l'après-midi, de la gym douce et quelques séances d'hypnose avec une kinésithérapeute spécialisée. Ce programme était le même tous les jours de la semaine, pendant les trois semaines minimales de protocole. J'observais les allées et venues des autres patients, ceux hospitalisés à l'étage que les infirmières ou aides-soignantes amenaient en fauteuil pour leur séance, mais aussi ceux comme moi en hospitalisation de jour. À l'évidence, je constatais que je bénéficiais d'un traitement quelque peu différent. On me gardait bien au-delà du temps octroyé dans chacune des salles de soin, enchainant les exercices demandés en autonomie, soit sur le vélo d'intérieur, soit de la course ou marche sur tapis, soit des exercices de musculation ou enfin des étirements. Mes comparses malades faisaient seulement une demi-heure ou une heure maximum en salle selon les horaires précisément définis, puis quittaient les différentes salles pour attendre l'heure du déjeuner, dehors, dans le parc. Il en était de même les après-midis pour la suite du protocole. Il arrivait qu'un ou deux autres patients restent aussi longtemps que moi en salle, mais c'était occasionnel et certainement pas le cas de l'ensemble des personnes admises. L'infirmière du service passait tous les matins faire un aimable bonjour aux patients présents en box pour échanger un peu. Elle savait être d'une oreille attentive les jours où mes émotions s'avéraient débordantes. J'avais remarqué dès mon arrivée le matin dans la salle de rééducation, que de la musique était diffusée, créant immédiatement une ambiance apaisante et un cocon protecteur. Je me souviens exactement d'une remarque d'un vieux monsieur, patient hospitalisé dans ce service de longue date et installé dans le box voisin du mien. Il avait demandé, étonné, à son kiné attitré :

— Pourquoi y a-t-il maintenant de la musique dans cette salle alors que je suis pris en charge depuis des mois et que ce n'était pas arrivé auparavant ?

Le soignant avait répondu qu'il s'agissait de mon kiné qui mettait de la musique à partir de son téléphone, sans approfondir. Ce n'était peut-être qu'une coïncidence, bien que systématique à mon entrée dans la pièce, mais j'aimais l'idée que ce soit fait à mon intention. Que ce soit intentionnel ou non, cela m'apaisait et c'était l'essentiel finalement. Dans ce service de rééducation, je me sentais en sécurité, écoutée et prise en charge avec beaucoup de bienveillance par l'équipe soignante. Cette salle de rééducation était devenue mon lieu de sécurité, ma bulle de protection contre le monde extérieur.

Même si Joseph avait été présent pour me soutenir pendant et après les agressions, le répit avait été de courte durée, car ses voyages professionnels et la primauté de son travail avaient vite repris le dessus ! Rien ne semblait pouvoir le détourner de ses fonctions et missions si importantes à ses yeux, secondaires pour moi. J'étais arrivée au bout de ce que je pouvais supporter dans notre couple, trop seule et malheureuse. Il y avait un trop grand décalage entre nous deux et je voyais bien qu'il ne s'en rendait pas compte et surtout qu'il ne l'admettait pas. Nos discussions s'arrêtaient sur le champ dès que j'essayais d'aborder le sujet. Il me faisait sa sempiternelle réponse vexante qu'il n'y avait aucun problème. C'était faux, mais Joseph ne souhaitait peut-être pas affronter la situation…

Ces semaines passées en hôpital de jour étaient un havre de paix, un véritable refuge. Je me rendais compte à quel point j'avais perdu l'habitude d'être au centre de l'attention, du plaisir de pouvoir discuter et d'échanger sans crainte de me voir rabrouée. Durant le premier protocole, l'ambiance frôlait la colonie de vacances ! Il y avait une telle atmosphère joviale entre tous les soignants, entre soignants et patients mais aussi entre nous, les patients. Il était réconfortant de partager nos parcours. Toutes les salles de soins étaient plongées dans une effervescence positive de va-et-vient des nombreux patients, tandis que les plaisanteries fusaient entre les uns et les autres ! Cela faisait bien longtemps que je n'avais plus ressenti cela. Je n'étais plus invisible ! Pendant le premier protocole, nous étions un groupe de patients, hommes et femmes, à peu près du même âge, ce qui avait permis de tisser des liens amicaux quand nous étions entre deux séances ou sur les mêmes créneaux de rééducation en salle. La plupart des autres malades hospitalisés étaient très âgés. Durant la pause méridienne, après avoir mangé à la même table du réfectoire, nous restions à bavarder entre filles, assises sur les escaliers extérieurs du pavillon. Nous partagions nos problèmes sans tabou et nous évoquions les raisons de notre présence dans ce service de rééducation. À écouter certaines d'entre elles, j'avais parfois le sentiment de souffrir du syndrome de l'imposteur, pensant ne pas mériter ma place dans ce protocole, d'avoir pris celle d'un malade plus « grave » que moi. Mais autant de fois, je l'évoquais avec les médecins ou les kinés et autant de fois, ils me rassuraient sur ce point. Alors, petit à petit, je profitais de cette chance de participer à cette prise en charge exceptionnelle pour aller mieux. Il ne s'agissait pas seulement de travailler l'aspect physique avec l'ensemble des kinésithérapeutes et autres soignants, l'aspect émotionnel était également pris en charge. Il était nécessaire que j'entame un travail de lâcher prise et de détachement par rapport à tout ce que j'avais vécu. C'est là-bas que tout avait commencé à se mettre en place, en plus de mes lectures bienfaisantes que je continuais d'ingurgiter ! Le travail serait long, j'en avais conscience, car cela faisait des années que j'avais pris l'habitude de verrouiller toutes les portes pour que rien ni personne ne m'atteigne. Il était temps que je tombe l'armure. Mes douleurs de dos exprimaient mes maux de vie. Les séances avec la psychologue du service me faisaient à la fois un mal et un bien fou ! Nous avions des séances bihebdomadaires d'une heure trente. Le premier protocole étant de quatre semaines, nous nous devions d'être efficaces, elle et moi, en appuyant directement là où cela faisait très mal. C'était grâce à elle que je m'étais rendu compte du nombre incalculable de fois où je prononçais à mon encontre l'injonction : « Il faut ». Nous avions fini par en rire, car le résultat était impressionnant quand elle s'amusait à les compter discrètement et me donnait le nombre en fin de séance ! J'avais compris que je devais abandonner ce besoin d'être approuvée et reconnue des autres, de mes parents, de mes pairs. Je devenais la seule juge de ce qui valait la peine d'être vécu, la seule à être en mesure de découvrir la richesse qui se cachait en moi, sans aucune prétention. Je crois n'avoir jamais autant pleuré que durant ces quatre semaines ! Cela en devenait insupportable, car je ne maîtrisais ni le moment ni l'intensité de mes sanglots quand ceux-ci se déclenchaient de manière intempestive. Je sentais l'émotion m'envahir d'un seul coup et il m'était impossible de la maîtriser… Mes kinés m'avaient expliqué que la partie supérieure du dos était considérée comme une zone émotionnelle et qu'il n'était pas rare, si l'on était massé à cet endroit, que cela provoque des pleurs. C'était à la fois libérateur et gênant, moi qui avais passé ma vie à résister, à tout contrôler pour me protéger. J'étais devenue extrêmement vulnérable, mais était-ce un mal ? ! D'évacuer toutes les émotions trop longtemps refoulées me faisait un bien fou, même si cela m'exaspérait quand cela se produisait sans crier gare ! Afin de dédramatiser ces moments de relâchements visiblement bénéfiques, il m'arrivait d'ironiser en annonçant ainsi :

— *Tiens… Il est l'heure de pleurer !*

Et immanquablement cela se produisait. Il suffisait de peu : d'un souvenir évoqué, d'un conditionnement particulier, d'une pensée furtive, d'un joli morceau de musique écouté, d'un mot échangé avec mes soignants. D'abord quelques larmes ruisselaient sur mes joues jusqu'à parfois des sanglots irrépressibles. Heureusement, il y avait aussi des moments où ma bonne humeur reprenait le dessus, faisant rire l'assemblée !

Depuis mon enfance, mes parents avaient toujours nié mes émotions. C'est un fait, pas un reproche. Et moi, j'avais appris à nier leur expression de peur de risquer de perdre leur amour ou leur reconnaissance que j'espérais plus que tout. Inconsciemment, Joseph avait agi de la même façon en refusant d'admettre que nos séparations prolongées depuis presque dix ans me consumaient de l'intérieur, ayant largement dépassé mon seuil de tolérance. Or, dans ce service, tout m'était permis, y compris de pleurer jusqu'à me sentir libérée ! Toutes mes émotions tues et enfouies au plus profond de mon être étaient en train de ressurgir avec une grande force, me surprenant moi-même ! Ce n'était pas réservé qu'à mes séances de kiné, j'en avais autant pendant mes longues séances avec la psychologue. Elle me proposait des boites de mouchoirs de papier, plaisantant que ce n'était pas pour rien s'il y en avait plusieurs à disposition sur son bureau ! Lors des premières séances, elle m'avait initié à la relaxation, avec des techniques de visualisation pour me « *sentir à ma place, calme et reposée* », comme elle me répétait… J'avais trouvé étonnantes les séances d'hypnose. Elles étaient proposées mais pas imposées, et par curiosité, pourtant très réfractaire à toute forme de lâcher prise, je m'étais risquée à essayer. J'étais dans ce service pour me réparer physiquement et psychiquement après tout. La première séance démarrait par un long échange avant de procéder à l'hypnose en elle-même. Lors de notre discussion pour exposer les circonstances de ma présence dans ce service, la kiné formée et chargée de ces pratiques au CHU m'avait demandé à brûle-pourpoint dans quel lieu, je me sentirais en sécurité. Spontanément, j'avais lancé avec beaucoup d'émotion, surprise par ma réponse :

— *Dans la cuisine de ma grand-mère, mamie Lily…*

Nous avions convenu que cette image serait « mon lieu de sécurité » pendant les prochaines séances d'hypnose mais surtout après, une fois cette initiation terminée. Elle m'avait expliqué que lorsque je vivrais des situations stressantes, je pourrais utiliser les techniques d'autohypnose qu'elle allait m'apprendre pour apaiser mon anxiété. Une fois rentrée à la maison en fin d'après-midi, j'en avais parlé avec Joseph, plutôt fière d'avoir réussi à dépasser mes préjugés vis-à-vis de ces pratiques. Je lui avais détaillé notre échange avec la kiné Odeline et lorsque j'avais évoqué la question du lieu de sécurité, Joseph m'avait interrompu en me disant, sûr de lui :

— *Je suis certain que tu as répondu : la cuisine de mamie Lily.*

Incroyable… J'étais particulièrement touchée qu'il sache, avant même que je lui dise, ce que j'avais répondu instinctivement. Il me connaissait si bien, nous avions tout vécu ensemble depuis notre adolescence, le bien comme le mal, il savait tout de ma vie… Cela me donnait de l'espoir quant à notre couple. Tout n'était pas aussi négatif, la connexion entre nous existait toujours, nous devions nous retrouver et nous reconnecter comme nous l'étions de nombreuses années auparavant.

Les bilans hebdomadaires avec le professeur D. étaient enrichissants, même s'il n'hésitait pas à me bousculer. Je voyais qu'il avait du mal parfois à me cerner, car je ne les laissais pas toujours accéder à mon être intérieur pour ne pas craquer, pour ne pas faillir… J'avais compris, lors de nos différentes discussions, que d'un point de vue médical je devais maintenant écouter et respecter la sagesse de mon corps qui s'exprimait à travers le confort ou l'inconfort, que je devais réunir esprit et corps et non plus les dissocier pour ignorer les souffrances, douleurs et autres symptômes. Même si je comprenais parfaitement ce qui était attendu de ma part, il n'en était pas pour autant plus facile de le faire. Je devais casser plus de quarante ans de mauvaises habitudes de petite fille bien sage, docile et disciplinée. Il me faisait souvent rire en mettant sous mon nez mes travers d'hyper contrôle dans tout ce que je faisais. Il savait que j'avais une application sur mon téléphone pour suivre quotidiennement chacune des calories ingurgitées, sans parler de ma montre connectée comptant le nombre de pas, le nombre d'heures de sport, les calories perdues ou encore la qualité de mon sommeil. Je souffrais depuis de nombreuses années d'insomnies sévères. Le professeur D. s'était gentiment moqué de moi, me demandant :

— *À quel moment de votre vie, vous lâchez prise ?!*

Petit à petit, les recommandations, que ce soit des kinés, du professeur D. ou de la psychologue, faisaient doucement leur chemin dans mon esprit. J'avais conscience de la nécessité d'atteindre cet objectif mais il était plus facile de le dire que de le faire. J'y travaillais personnellement au travers de mes lectures que j'enchaînais sans relâche, me nourrissant de toutes pratiques, de toutes études, de toutes coutumes… Et puis un matin, alors que j'arrivais pour la première séance avec mon kiné Paul, le bilan matinal avait tourné au vinaigre ! D'entrée, il m'avait dit avec véhémence ne pas vouloir faire la séance, que cela ne servait à rien si moi je ne faisais pas d'efforts, m'accusant vertement de n'écouter personne et qu'ainsi inlassablement je finirais par revenir en soins encore et encore, si je ne changeais rien à mes sales habitudes. Il n'avait pas hésité à me lancer d'autres constats et vérités abruptes ! Je prenais, en quelques minutes en pleine figure, toute une flopée de reproches argumentés, sans avoir pu m'y préparer d'une manière ou d'une autre ! Le pire, c'était que la plupart des remarques faites étaient vraies ! En même temps qu'il m'exposait avec force sa pensée et son analyse de la situation, je me demandais intérieurement :

— *Comment a-t-il fait, en quelques semaines à peine de connaissance, pour percer aussi justement ma personnalité, ma façon d'envisager et de mener ma vie !? Comment était-ce possible qu'il ait eu accès aussi facilement à mon être profond ?*

Son monologue percutant n'avait duré que quelques minutes, dans le box où j'étais installée. Sans me laisser lui répondre, il était reparti pour s'occuper d'autres patients, m'intimant l'ordre de faire mes exercices toute seule ce matin-là ! Ses mots m'avaient littéralement pulvérisée, raisonnant dans mon esprit en boucle ! Même s'il y avait eu de l'énervement dans le débit de ces remarques, je savais au fond de moi qu'il avait agi avec bienveillance à mon égard. J'étais abasourdie par son audace, très en colère contre lui et mais surtout contre moi-même à cet instant… Mon protocole de soins touchait à sa fin après six semaines de rééducation. Visiblement, j'avais atteint le stade où il me fallait un électrochoc : je venais de me le prendre de plein fouet ! Restée plantée seule dans le box, immédiatement des larmes rageuses avaient ruisselé sur mes joues, blessée dans mon amour-propre et ressentant beaucoup de rage à son encontre dans un premier temps. Prévenant un autre kiné du box voisin, j'avais quitté précipitamment la salle sans faire aucun exercice : il me fallait décolérer, pleurer et m'isoler dans le parc du CHU pour réfléchir à tout ce que je venais d'entendre. À part son explication maladroite du patient au cerveau « dérangé » que j'avais moyennement appréciée, surtout s'il était question de moi, la totalité de ses propos était incontestablement vraie ! Il avait été drôlement culotté d'agir comme cela avec moi… Jamais, ô grand jamais, je ne laissais quelqu'un pénétrer mon espace vital, bornant les limites à ne pas franchir pour maintenir, à mon sens, mon bien-être physique et psychologique. Et lui, en quelques phrases, il avait réussi à y accéder et à faire voler en éclats les derniers fragments de mon armure, sans ambages… Le reste de la journée s'était écoulé difficilement, ne restant que très peu de temps dans la salle à faire mes exercices. J'avais passé la nuit suivante à cogiter en retournant dans ma tête tous ses mots et phrases entendus pour préparer ma réponse dès le lendemain ! Je ne pouvais pas ne pas réagir : impossible ! Ce fut chose faite dès mon arrivée le matin suivant. J'avais demandé à m'entretenir avec Paul sur le champ, souhaitant apporter une réponse argumentée point par point et clore le sujet. Finalement, je n'avais pas grand-chose à dire, si ce n'était que tout ce qu'il avait évoqué était incroyablement vrai, me forçant à y réfléchir profondément en me recentrant sur ses constatations constructives. Grâce à son intervention brutale, courte et directe la veille, il m'avait révélé quelque chose de précieux sur moi-même. Jusque-là, nos nombreux échanges en séance m'avaient offert un soutien émotionnel important au moment où j'en avais le plus besoin. En agissant ainsi avec moi le jour précédent, il avait été la main tendue qui m'attrapait au vol, m'empêchant de sombrer. En fin de compte, je ne pouvais que le remercier d'avoir provoqué cette réaction, aussi violente soit-elle. J'avais depuis longtemps le sentiment d'être invisible, insignifiante. Il avait frappé fort et juste pour obtenir une réaction de ma part et il avait réussi son coup ! En l'écoutant attentivement et en acceptant ses conseils, je comprenais que cela me guiderait vers des solutions que je n'aurais pas été capable d'envisager auparavant.

Je pense que chaque évènement dans nos vies se déroule pour une raison précise. Là, sa secousse avait été de l'ordre d'un séisme de magnitude 8, mais elle s'était avérée bénéfique ! J'avais eu besoin de débriefer cet « incident » lors de ma séance avec Johanna, la psychologue du service, le jour suivant. Puis tout était rentré dans l'ordre. Ces soignants m'ont incroyablement aidée, bien au-delà de ce qu'ils peuvent imaginer, je pense. D'ailleurs, je ressens, encore aujourd'hui, une profonde reconnaissance pour toutes ces personnes qui ont pris soin de moi tant physiquement qu'émotionnellement, particulièrement Paul et Johanna, qui sont, à mes yeux, des êtres d'exception. Cette dernière avait été l'autre main tendue salvatrice, me proposant, avec l'accord du professeur D., de me garder en consultation un mois de plus hors protocole afin de terminer ce que nous avions commencé toutes les deux. Je pourrais aussi citer Odeline, Edouard, Tom, Jorel et l'infirmière Marielle. Ils ont agi avec moi, sûrement comme avec la plupart de leurs patients, mais ils m'ont orientée sur le bon chemin… Grâce à eux, j'ai beaucoup appris sur moi, enfin prête à fournir les efforts nécessaires pour atteindre mes objectifs personnels et professionnels avec plus de sagesse et de respect de mon corps et de mon esprit. Des changements étaient à opérer.

J'en ai déjà fait état mais je suis intimement convaincue qu'il arrive que nous rencontrions au bon moment et au bon endroit, même pour un court chemin de vie, des êtres qui nous aident, de façon inconsciente ou pas, à avancer et à traverser les épreuves. Il me plait de penser qu'aucune rencontre n'est dénuée de sens ou n'est aléatoire. Parmi tous ces soignants, certains d'entre eux ont été là pour me transmettre des vérités essentielles à mon parcours afin d'avancer avec plus de sagesse et en conscience. Je dois beaucoup à cette équipe médicale et au Professeur D. Bien au-delà des résultats d'examens, IRM ou autres recherches réalisées, ils ont amorcé le processus pour panser mon âme. J'ai eu la chance de lier connaissance avec de belles personnes qui ont su me protéger de moi-même. J'aime particulièrement cette citation d'Antoine de Saint-Exupéry, extraite du Petit Prince, qui dit qu' « *on ne voit bien qu'avec le cœur, l'essentiel est invisible pour les yeux* ». Ils avaient été le point de départ, le déclencheur de toute une démarche à venir. J'étais arrivée à un croisement important de ma vie. J'avais atteint le bout du bout de ce que je pouvais supporter de toutes parts. Grâce à nos nombreux échanges et à leur soutien, ils m'avaient ouvert la voie. Suite à mes différentes hospitalisations, aux protocoles effectués et grâce à la démarche personnelle entreprise, je rentrais dans un processus de changement positif, même si je savais que le chemin pourrait être long. Jusque-là, je m'étais persuadée que tout résidait dans la maîtrise de soi, sentiment que j'avais maintenu au fil du temps mais qui avait failli me détruire au lieu de me protéger comme je le pensais. J'étais arrivée au jour J où je me débarrassais de ma lourde cuirasse afin de laisser émerger la véritable Élodie…

Chapitre 22 - Quand il n'y en a plus, il y en a encore…

Mon dernier protocole de rééducation s'était terminé le 31 mai 2019. La troisième et dernière agression physique, avait eu lieu en novembre 2019. Ma reprise professionnelle s'annonçait compliquée, je n'avais plus de force mentale pour faire face à tous ces événements traumatisants. La présence de Joseph à la maison était réconfortante. Je suivais depuis le mois d'août des séances de thérapie par EMDR, avec la psychiatre qui m'avait été recommandée par le médecin expert et psychiatre lui aussi, agrée par l'Éducation Nationale. Il avait préconisé ce suivi lors de ses deux premières expertises pour valider les agressions en accident de service. J'avais un a priori assez hostile sur l'EMDR, comme j'avais pu en avoir un auparavant pour l'hypnose, le lâcher prise n'était pas mon fort ! Ayant une grande confiance dans le jugement de mon fils, étudiant en médecine, je lui avais demandé ce qu'il en pensait. Celui-ci m'avait chaudement recommandé de le faire en toute sérénité, car les résultats étaient efficaces pour la plupart des patients. En recherchant des informations sur cette technique pour essayer d'en comprendre le mécanisme, cela m'avait paru plutôt simpliste de prime abord, mais je me conditionnais pour y adhérer et suivre mes séances. J'avais appris que les initiales « EMDR » voulaient dire en anglais « *Eye Movement Desensitization and Reprocessin*g » c'est-à-dire désensibilisation et retraitement par les mouvements oculaires. C'était une psychothérapie reconnue comme un traitement de choix pour le trouble de stress post-traumatique, de nombreuses études scientifiques internationales avaient déjà démontré son efficacité. J'étais pleinement concernée. Selon les explications lues, le mécanisme neuro-émotionnel déclenché par les mouvements oculaires permettait de dépasser des vécus traumatiques non digérés et responsables de divers symptômes qui pouvaient se montrer très invalidants, ce qui était mon cas. Grâce à cette thérapie, il était possible de soigner des séquelles traumatiques, et ce, même de nombreuses années après. Ce n'était pas une thérapie que l'on pouvait imaginer « farfelue » comme je le pensais initialement, puisqu'elle était recommandée par des instances telles que la Haute Autorité de Santé, l'Organisation Mondial de la Santé ou encore l'Institut national de la santé et de la recherche médicale. Par conséquent, au vu de toutes ces informations rassurantes, je pouvais y aller les yeux fermés, si je puis dire ! Les bienfaits avaient été relativement rapides à se produire, à ma grande surprise. Le premier entretien était dédié au récit de mes agressions. La psychiatre, Dr O.M., m'avait expliqué comme se dérouleraient les prochaines séances d'EMDR. J'acceptais toutes les modalités… J'en avais parlé à ma famille, autre que mon mari et mes enfants. Comme à leur habitude, il y avait eu des réflexions assassines lâchées, provenant toujours des mêmes proches… Je ne peux pas dire que leur réaction me laissait totalement indifférente mais en même temps, leur opinion ne m'inquiétait que peu finalement, car ils ne me faisaient pas tant de mal que cela. En tout cas, j'essayais de m'en persuader… C'était plus de l'énervement devant leur ignorance que pour leurs mots mesquins. Leur soutien avait été proche du néant, mais je n'en étais pas surprise, juste je le constatais.

Si nous avions eu une agréable et longue période d'accalmie dans nos relations avec mes parents d'une bonne quinzaine d'années, il est vrai que depuis deux ou trois ans, les rapports n'étaient plus aussi satisfaisants, ils se dégradaient même. La nouveauté résidait dans le fait que Javotte faisait partie du lot maintenant ! Je ne trouvais pas de justifications raisonnées à leur attitude désobligeante. À nouveau, je subissais leur éternelle jalousie, les sempiternels jugements à mon sujet, sur nos enfants ou sur Joseph. En réflexe de protection, la mise à distance me paraissait une fois encore la meilleure solution pour ne pas en souffrir. Lorsque nous en discutions avec Joseph ou la famille au sens large, il apparaissait objectivement que je ne faisais pas partie de leur petit comité, ce petit trio infernal. Mais en avais-je vraiment envie dans ces conditions-là ? Ma réponse était NON. Lors de nos discussions, ma sœur tenait des propos sur nos parents qui étaient symptomatiques de notre situation fraternelle. C'était frappant ! Quel que soit le sujet évoqué, si elle devait faire état de nos parents, elle disait toujours, sans exception :

— *MON père m'a dit que…*

Ou bien

— *Je suis allée avec MON père faire…*

Et la même chose avec notre mère :

— *MA mère m'a dit que… je suis allée avec MA mère faire…*

Si au début, cela m'avait beaucoup amusée, lui rappelant au passage que nous avions les mêmes parents, au fil des années son attitude me crispait plus qu'autre chose, car elle en parlait comme s'ils étaient exclusivement les siens, par conséquent comme s'ils m'étaient étrangers. De la même façon, mon père, lorsqu'il parlait de SA fille, tout le monde savait que c'était de Javotte dont il était question et certainement pas de moi. Il n'y avait jamais eu d'ambigüité sur ce sujet lors de ses échanges avec d'autres personnes. Ils avaient suffisamment bien formalisé le fait que je ne faisais pas partie de leur famille. C'était ahurissant à observer… Je n'étais évidemment pas la seule à l'avoir remarqué parmi tous nos proches. Et puis il y avait eu le fameux incident de la fête des Mères de mai 2019… Celui-ci cristallisait définitivement nos relations filiales discordantes, le point de départ d'une longue liste… La veille, le samedi, nous avions fêté l'anniversaire de l'enfant de Javotte, qui à 35 ans passés, vivait avec son compagnon dans l'appartement en dessous de la maison de NOS parents. Lors de ce jour festif, à peine arrivée sur les lieux, ma mère m'avait prise à part pour me signifier dans le détail que le lendemain, nous ne ferions pas la fête des Mères parce que ma sœur l'avait décidé puisqu'elle recevait beaucoup de monde aujourd'hui ! Ma mère avait justifié son accord pour le déplacer sur un autre week-end, en arguant que ce n'était pas un problème pour elle, très ouverte d'esprit en apparence, comme elle n'était pas bloquée sur un jour précis pour le faire ensemble. Je lui avais fait remarquer qu'une fois de plus, elles avaient décidé de tout ça sans prendre la peine de m'en parler au préalable. Vu son insistance pour marteler qu'il n'y aurait rien d'organisé le lendemain, je comprenais bien qu'il n'y aurait aucune réunion de famille autour de ma mère. De la même façon, quelques minutes après, Javotte me récitait le même discours, donnant exactement les mêmes excuses bidons… La fête d'anniversaire s'était écoulée normalement entre cousins, cousines, oncles et tantes, ami(e)s, parents et grands-parents…

Le lendemain, jour J de la fête des Mères, se déroulaient également les élections européennes. Depuis ma majorité, j'avais toujours voté dans mon village, malgré nos nombreux déménagements et quelles que soient les élections. Joseph en faisait de même. Pour ne pas trop perturber notre dimanche, nous avions décidé de nous rendre dans nos villages respectifs, juste avant notre déjeuner pour avoir notre après-midi tranquille, après avoir accompli notre devoir citoyen ! Nous avions commencé par la commune des parents de Joseph en prenant le temps de passer leur dire bonjour à leur domicile. L'heure tournait, un peu avant 13 h 00, nous nous étions rendus dans mon village pour que je vote avant de regagner notre maison à près de trente minutes de route. Vu l'heure tardive et tout le pataquès que ma mère et ma sœur avaient fait la veille, il n'y avait aucune raison pour que je passe chez eux… Pourtant, je ne sais comment l'exprimer, c'était comme si quelque chose me poussait à m'y rendre malgré tout… Il FALLAIT que je m'y arrête avant de me rendre au bureau des élections... J'avais lancé à Joseph :

— *Garons-nous devant le portail de mes parents, je veux passer les voir…*

Joseph, surpris de ce changement soudain de programme, s'était exécuté. Nous parcourions à pied la grande descente menant au domicile de mes parents et à celui de Javotte. Dans un premier temps, nous avions toqué à la porte de mes parents mais personne n'avait répondu. Par contre, nous entendions des voix joyeuses s'élever du jardin de ma sœur. Alors, nous avions rejoint son portillon... Une scène écœurante nous avait coupé le souffle, Joseph et moi : mes parents, ma sœur, son compagnon et la mère de celui-ci étaient attablés sur la terrasse à célébrer, l'air de rien, « la fête des Mères » ! Sans moi, sans nous... Au moment précis où je pénétrais en premier dans leur jardin, nous avions ressenti de la part du compagnon de Javotte et de sa maman de la gêne. Mais je n'en avais que faire... Pour les trois autres, ils étaient pris la main dans le sac et commençaient déjà pour se justifier à orienter leur faute sur moi : « Ce n'était pas ce que je croyais », disaient-ils !!! Mais si c'était exactement ce que nous croyions ! Il n'y avait absolument rien à dire, juste à constater les faits. Le coup de poignard dans mon cœur avait été d'une puissance et d'une violence inouïes. J'avais toujours été la seule à continuer de nourrir la cohésion familiale, quoi qu'il se passe entre nous, par principe, par amour, par loyauté familiale, parce que j'avais un esprit de famille très prononcé, bien plus que le leur ! J'avais toujours maintenu le lien, espérant un geste ou une démonstration en retour, quoi qu'il m'en coute ! Assister aussi brutalement à leur repas de traîtres était à vomir ! Ils donnaient un sérieux coup de canif dans nos relations ! En rentrant dans leur cour, je n'avais pas pu m'empêcher de leur demander :

— *Ça va ? On ne vous gêne pas trop ? Pour des gens qui ne voulaient absolument pas célébrer la fête des Mères...*

Ma mère avait répondu encore une fois que ce n'était pas ce que je croyais ! Mais je ne croyais rien, je prenais acte ! Mon père en bégayait tant il s'embourbait dans des arguments fallacieux, m'expliquant que ce n'était pas prévu mais que vers 11 h 00, ma sœur les avait finalement invités ! Elle qui m'avait bien expliqué haut et fort la veille, comme ma mère d'ailleurs, ne pas vouloir se réunir ! Ces gens ne connaissaient pas la honte... Nous étions, Joseph et moi, sidérés par autant de mauvaise foi. Nous aurions aimé filmer leurs trois visages désinvoltes pris en flagrant délit. Ils ne changeaient pas d'un iota, ne reconnaissant aucunement leur tort ou a minima un petit mea-culpa ! Pire, ils avaient le culot d'essayer de me faire culpabiliser ! Il suffisait de les voir là, il n'y avait rien de plus à rajouter ou à débattre.

Je n'ai jamais prétendu être meilleure que je ne l'étais. Je supporte et j'ai supporté leurs défauts, ceux des autres autant que les miens. Mais je n'étais pas surprise de leur faiblesse humaine, ils avaient toujours agi ainsi avec les autres. Ce qui me blessait profondément dans cet incident, c'était de me rendre compte qu'ils étaient capables d'agir pareillement avec moi, leur propre fille ! Inconcevable... Je les avais rapidement mis face à leurs incohérences, leur spécifiant qu'ils savaient pertinemment que je venais toujours voter et que la moindre des choses aurait été de nous passer un coup de fil, justement vers 11 h 00 si tel était le cas, pour nous demander si nous étions partants pour les rejoindre. Au lieu de cela, encore une fois, ils en avaient décidé autrement et en huis clos... Ils avaient fini par reconnaitre en chœur :

— *Et bien non, nous n'y avons pas du tout pensé !*

Horrible... Mon beau-frère, très mal à l'aise, nous avait spontanément proposé de rajouter des couverts, voulant offrir une bière à Joseph. Sa maman était littéralement liquéfiée sur sa chaise, consternée d'assister à cette scène. Et les autres, qui n'étaient « forcément » pas responsables de la situation qu'ils avaient créée, continuaient à argumenter honteusement. J'avais décliné l'invitation de mon beau-frère, lui répondant :

— *Je ne mange pas dans un endroit où je ne suis pas invitée à l'origine !*

Je ne voulais pas le blesser mais je devais faire cette réponse. Joseph avait refusé de boire quoi que ce soit, rajoutant de l'embarras à l'embarras déjà bien perceptible ! Nous les avions quittés sur ces mots, terriblement meurtrie, les larmes ruisselant sur mes joues pour ma part. Je m'étais fait la promesse en quittant les lieux que l'eau coulerait longtemps sous les ponts avant que je ne participe un jour à un repas de la fête des Mères avec eux... Quand l'entourage en avait eu vent, l'une de nos tantes s'était écroulée en pleurs, meurtrie et choquée d'apprendre un tel acte, notamment de ma mère. Ma cousine avait versé des larmes, écœurée et touchée pour moi. Dans un sens, il était presque réconfortant de remarquer que je n'étais pas la seule dans notre famille à trouver immonde leurs manigances sournoises. Plus nous avancions dans le temps et moins, j'avais une place au milieu d'eux. Javotte s'en délectait, pétrie de jalousie à mon égard, ma mère entretenait ça et mon père suivait le mouvement, déversant son poison sur notre famille. D'ailleurs, lui et moi, nous n'avions quasiment plus aucun contact direct depuis belle lurette, en dehors des visites que je faisais à leur domicile. Il ne m'appelait jamais, nous n'avions que trop rarement des échanges particuliers. J'avais fini par espacer mes déplacements pour les voir, car chaque fois que j'arrivais à leur domicile pour partager du temps avec eux, ils décidaient justement de partir se promener ou d'aller faire une quelconque course à l'instant précis de ma venue. Pourtant, ils avaient tout loisir d'y aller à un autre moment, étant retraités tous les deux. Aussi, j'avais de moins en moins envie d'y passer un moment. À quoi bon ? C'était toujours la même histoire : je partais joviale de la maison pour me rendre chez eux mais une fois de retour, j'étais démolie par autant d'indifférence, ayant parfois passé moins de temps de présence avec eux qu'en durée de trajet ! La trêve dans nos tensions familiales n'avait malheureusement pas duré, sans rééquilibrage au fil du temps, nos relations se distendaient à nouveau. Je m'étais résolue de cesser d'attendre de leur part des excuses ou des explications, qui ne venaient jamais de toute manière. Inlassablement, chaque fois que je les mettais devant le fait accompli ou devant leurs contradictions dans l'espoir d'obtenir au mieux des excuses ou a minima la reconnaissance de leur erreur sur tel ou tel sujet, s'ils se sentaient embarrassés et pris en défaut. Alors la situation dégénérait invariablement. Tous ces évènements m'exaspéraient ! Jamais ils ne venaient me trouver, plein d'amour pour discuter et essayer de résoudre la discorde ou le problème avec sincérité et respect ! Non, leur façon de procéder restait identique. Le plus souvent, ils se montraient agressifs, quand ils ne bavaient pas dans mon dos en me dénigrant injustement auprès de qui voulait l'entendre, propos qui me revenaient immédiatement aux oreilles. Parfois, ils utilisaient le traitement silencieux. C'était leur éternel schéma comportemental avec moi. Si leur vie d'adulte n'avait pas été toujours rose, j'en avais été le témoin, néanmoins ils avaient été très souvent responsables des situations complexes dans lesquelles ils se retrouvaient. Pour autant, ce n'était pas une raison pour défouler leurs frustrations ou leur colère sur moi, comme par le passé. Je n'étais évidemment pas la seule à subir leur attitude désobligeante. Il nous était de plus en plus insupportable dans la famille de vérifier qu'ils n'avaient jamais tort et ne s'excusaient jamais du mal causé. Par contre, ils donnaient toujours des tas d'explications plus ou moins culpabilisantes. Ma grande peine était de me rendre compte qu'à force de vivre collé-serré, Javotte était devenue comme eux à mon encontre, sans aucun doute trop longtemps imprégnée. Comment en être autrement ? Face à de tels comportements toxiques à toute relation saine, je pense qu'il n'est pas rare que dans une fratrie, les enfants soient en mauvais terme et finissent par ne plus se parler. Javotte et moi nous en prenions tristement le chemin… Je ne comptais plus les fois où elle avait envers moi ou n'importe quel autre membre de notre famille, des propos méprisants et blessants ressemblant, à la virgule près, à ceux de mon père. Les discussions devaient aller bon train entre eux ! Mes parents étaient sans cesse dans des situations compliquées et conflictuelles, c'était le cœur de leur vie. Faire des histoires, assister à des disputes, les provoquer : ils aimaient cela, ils s'en nourrissaient même. Il arrivait lors de mes visites, seule ou accompagnée de Joseph, que mes parents dézinguent ma sœur et son compagnon devant nous en se plaignant horriblement d'elle, jugeant négativement sa vie, ses moindres faits et gestes. Nous pouvions facilement en conclure qu'en notre absence, ils en faisaient de même avec nous, quand ce n'étaient pas nos enfants qui trinquaient au passage…

J'étais désolée de ne pas avoir eu la relation fusionnelle que j'avais tant espérée enfant avec ma sœur. Certes, nos onze années d'écart avaient été un réel handicap pour la construction de nos liens fraternels plus jeunes, mais aujourd'hui, nous étions adultes. Tout était possible. Bien sûr, il y avait eu, durant une dizaine d'années, d'agréables moments partagées toutes les deux. J'aimais passer du temps avec elle, même si c'était toujours moi qui me déplaçais à son domicile. L'inverse n'était jamais arrivé... Mais ce temps était révolu. Je lui avais tendu maintes fois la main pour protéger ce lien fragile. Pourtant, je l'aimais, j'éprouvais de la compassion lui trouvant toutes les excuses de la terre pour justifier son attitude méprisante envers moi, j'étais sa grande sœur, je savais tout d'elle. Mais ça ne suffisait pas à avoir un lien d'amour fraternel fort. Pour cela, il fallait être deux et elle n'y veillait pas, au contraire, elle le détruisait chaque jour un peu plus... C'était d'autant plus douloureux pour moi, ayant eu sous les yeux, toute ma vie, la relation fusionnelle et aimante entre mes trois cousines Sophie, Madeleine et Camille. Je n'avais pas eu le plaisir de partager la même chose avec ma petite sœur. Mes parents entretenaient, consciemment ou pas, la détérioration de notre relation en nous mettant l'une et l'autre en situation déséquilibrée. Ils se targuaient devant assistance d'être des parents « équitables » avec leurs deux filles, alors que dans la réalité et les faits, ils en étaient très loin ! Ils avaient le culot de répéter à l'envi que je n'avais besoin de rien, que ce soit avec la maison que j'avais, avec le salaire de Joseph ou les voyages que nous nous offrions, allant jusqu'à employer des termes peu reluisants puisque nous étions selon eux des gens « gavés ». Alors que Javotte était une pauvre petite chose qu'il fallait assister, ce dont elle profitait grassement ! Leur positionnement était toxique et détruisait petit à petit nos liens. Mon père se plaignait du matin au soir de Javotte, l'accusant haut et fort de ne pas payer le loyer de l'appartement qu'ils lui laissaient à disposition sous leur maison, pas plus que les factures d'eau, d'électricité ou jusqu'à la taxe d'habitation ! D'un autre côté, ma sœur se vantait aux yeux de tous qu'elle ne payait pas grand-chose ! Non content d'être pathétique, la relation entretenue avec mon père était malsaine. Les avantages financiers dont elle bénéficiait allégrement n'étaient que des secrets de Polichinelle ! Tout le monde en était spectateur, pris à partie même, mais personne ne disait rien. Si au début, je prenais de la hauteur par rapport à tout ce déballage nauséabond, la répétition de leurs propos blessants et la succession de situations froissantes et injustes commençaient sérieusement à m'énerver. Non pas que j'en étais jalouse comme ils se plaisaient à dire tous les trois ! C'était leur phrase assassine :

— *Oh mais Élodie a toujours été jalouse !*

Quelle blague ! Jalouse de quoi ? Jalouse de qui !? C'était exactement l'inverse... Je trouvais surtout grande l'injustice dont j'étais victime au sein de ma propre famille, car quand on parle d'équité dans une famille, et plus particulièrement dans une fratrie, c'est la filiation qui compte, et non le compte à banque rempli ou pas de l'un de ses enfants, qui conditionne cette fameuse équité. Mes parents étaient en train de reproduire entre Javotte et moi, les mêmes tensions qu'ils avaient eues dans la fratrie de mon père, au décès de mes grands-parents. Finalement, tout n'était qu'un éternel recommencement, reproduisant inlassablement les mêmes erreurs, même avec leurs propres filles... Mais encore fallait-il qu'ils me considèrent comme telle, au vu de leurs agissements. Nous avions largement dépassé le stade où je me rendais compte que Javotte avait acquis et revendiquait des droits et des avantages de la part de nos parents, que je n'avais pas pour des raisons arbitraires et inacceptables. Plus les années passaient et plus nous constations le traitement inégal que je recevais, ce qui inévitablement ne pouvait laisser place qu'à du ressentiment, qu'ils entretenaient tous les trois. Voilà où j'en étais à la fin de l'année 2019...

Chapitre 23 - Le ciel me tombe sur la tête…

Finalement, j'avais réussi à reprendre mes fonctions de Directrice et d'enseignante à la mi-janvier 2020. Mon enthousiasme légendaire avait refait surface, éternelle optimiste dans l'âme ! De plus, j'arrivais à la fin de mes séances d'EMDR. Une nouvelle page pouvait se tourner, laissant enfin derrière moi de sombres moments…

Durant mon dernier protocole de rééducation de mai à juin 2019, j'avais remarqué une petite boule sous-cutanée située dans la partie haute de mon buste. Je la leur avais montrée mais ils m'avaient répondu que cela paraissait être une « contracture des petits pecs », par conséquent, je ne m'étais pas inquiétée. Je la trouvais surtout disgracieuse à chaque fois que je l'observais à ma sortie de douche, par exemple. N'étant pas épaisse à cet endroit-là du corps, il était difficile de la manquer ! Le 31 janvier 2020, alors que je me rendais chez ma généraliste pour toute autre chose, je lui avais demandé de regarder cette « contracture » sans inquiétude de ma part, juste parce que c'était l'occasion. Sans qu'elle sourcille, elle m'avait questionnée quant à la date de ma dernière échographie et mammographie à l'ICM. Je lui avais répondu que c'était en mars 2019, la prochaine étant prévue dans deux mois, courant mars 2020. Mon médecin avait souhaité, par précaution, avancer la date de ce rendez-vous. Dès mon retour à la maison, j'avais appelé le secrétariat de l'imagerie de l'ICM demandant à modifier mon rendez-vous pour réaliser les examens demandés plus tôt que prévu. Il m'était impossible, compte tenu des délais trop longs par rapport à ses disponibilités, de les réaliser avec le Dr M., qui me suivait depuis 2009. Pour satisfaire le caractère urgent de ma requête, la secrétaire médicale m'avait proposé un rendez-vous le mercredi 5 février 2020 avec une jeune médecin remplaçante. Cela ne m'avait pas contrariée outre mesure, rassurée au contraire de ne devoir attendre qu'une semaine pour me libérer l'esprit de cette vilaine « bosse ». Comme toujours, je m'étais rendue toute seule à l'ICM, un peu la boule au ventre, car il n'est jamais agréable de se rendre dans ce lieu, mais sans plus… Lorsque mon tour était arrivé, comme à l'accoutumée, j'avais commencé par la mammographie. Ce n'est habituellement pas un examen plaisant à vivre mais là, ce n'était clairement pas une partie de plaisir, parce que la zone à observer était tellement haute sur mon décolleté que la manipulatrice peinait à me coincer le sein entre les deux parois. Pendant les prises d'image, elle me demandait de ne plus respirer mais vu la position et la douleur du pincement, j'étais déjà en apnée ! Une fois l'examen terminé, j'avais plaisanté quelques instants avec elle et de son côté, elle n'avait rien commenté. J'étais obligée d'avoir un suivi particulier suite au cancer de maman et surtout après la macro-biopsie faite sur mon sein droit en 2014 qui nécessitait depuis un contrôle annuel. Je connaissais chaque couloir et la procédure à suivre d'une étape à l'autre, par habitude. J'avais enfilé mon tee-shirt sans pour autant remettre mon soutien-gorge et j'étais allée patienter dans la salle d'attente en face pour attendre mon tour à l'échographie. Cette vaste salle m'avait toujours impressionnée, plongée dans une semi pénombre. D'immenses écrans sur tout un pan de mur montraient mes seins en coupe et dans différentes prises de vue. Je voyais parfaitement bien les micro-calcifications blanches dans mon sein droit, qui nous avaient données tant d'inquiétude en 2014, ainsi que le clip qui avait été mis en place après la macro-biopsie. Ce petit marqueur en titane permettait aux médecins de reconnaître le site de leur prélèvement pour les surveillances ultérieures.

Alors que la radiologue remplaçante commençait son examen échographique, je percevais rapidement une tension dans la pièce. Elle insistait, passait et repassait sur mon sein gauche, sans dire quoi que ce soit. Je commençais à monter en pression mentalement. C'est alors que je lui avais posé, à brûle-pourpoint, la question suivante :

— *Il y a un souci ? Vous voyez quelque chose de particulier ?*

Je n'étais pas préparée à la réponse froide qu'elle me balança sans ambages :

— *Oui, ça se voit sur la mammographie et là, je le confirme avec l'image que j'ai sous les yeux à l'écran.*

Alors j'insistais et lui demandais de préciser, refusant l'évidence :

— *On parle de quoi exactement ?*

Et c'est alors qu'elle me lança en pleine figure, presque offusquée par ma question :

— *Eh bien ! Que vous avez un cancer ! Il me faut faire une micro-biopsie immédiatement, on gagnera du temps...*

Voilà, les mots étaient lancés, sans filtre... Toutes les sensations et les émotions se mélangeaient en moi : m'évanouir, vomir, hurler, m'asphyxier, pleurer, mourir... Comment prendre en pleine face une telle annonce et pour sa part sans y mettre les formes, sans aucune empathie, sans aucune bienveillance ? Cette jeune médecin était une coquille vide, à l'opposé de tous ceux que j'avais croisés depuis 2009 à l'ICM. C'était la douche froide, un moment d'une brutalité extrême ! Un ON/OFF durant lequel ma vie venait de basculer entièrement, mais pas seulement la mienne, celle de mon mari, celle de nos enfants... Je pensais à eux très fort à cet instant précis ! Puis la vision de la Mort en face à face... Toutes mes pensées se bousculaient, mon cerveau était en ébullition ! Elle avait sollicité une infirmière pour l'assister dans la réalisation des deux prélèvements. J'étais encore moins préparée à subir sur le champ une biopsie ! Toute seule pour affronter le premier choc, tout s'enchaînait très vite sans que j'aie la main sur la situation... Lorsque tout fut prêt, la jeune radiologue avait fait la désinfection de la peau, puis elle avait procédé à l'anesthésie locale. C'était sans doute le moment le plus désagréable de cet examen à proprement parler. Elle avait pris ensuite des repères en regardant sur son écran et avait pratiqué une petite incision mesurant quelques millimètres avant d'effectuer les ponctions sous contrôle échographique permanent. Le geste avait été rapidement réalisé à l'aide d'une sorte d'aiguille qui claquait comme un coup de feu au moment des prélèvements. Je ne voulais rien voir, laissant mes yeux embués fixer le plafond blanc. Mille questions et scénarios envahissaient mon esprit. Durant l'examen, elle ne m'avait rien expliqué ou commenté par rapport aux gestes qu'elle réalisait, le silence complet... J'étais anéantie par le lourd paquet qui venait de se poser sur mes épaules. La peur de mourir prenait le dessus, j'étais terrifiée... Alors que je lui disais me sentir mal et lui exprimais mon mécontentement qu'elle n'ait pas pris de précaution pour l'annonce, elle s'était montrée agacée que je sois aussi fortement émue. Elle me répétait être sûre d'elle, même si seuls les résultats de la biopsie confirmeraient son diagnostic. Mais elle, elle savait ! Elle dégoulinait de vanité sans se rendre compte du mal causé ni de la violence des mots prononcés. Alors que je lui expliquais être venue seule à ce rendez-vous, elle avait eu le culot de rétorquer :

— *Oh mais vous ne devez pas rentrer seule, essayer d'appeler quelqu'un de votre famille, Madame !*

Franchement, tous les mots qui sortaient de sa bouche me heurtaient profondément, tant je la trouvais odieuse et insensible. Son attitude et ses paroles mettaient mal à l'aise l'infirmière présente dans la salle, qui elle ne savait plus que dire où faire pour m'apaiser, me câlinant doucement le dessus de ma main. À la fin du prélèvement, le médecin avait posé un pansement à garder 72 heures. En tout, l'acte avait duré environ quinze minutes, un temps court mais interminable pour moi. D'ailleurs mon horloge de vie s'était suspendue... Elle m'avait demandé de me rhabiller et de quitter la salle pour attendre dans le grand hall que les secrétaires me donnent un rendez-vous huit jours après. C'était le temps nécessaire au laboratoire pour faire l'analyse et pour être reçue par mon médecin radiologue attitré afin qu'il me donne les résultats de la biopsie, lors d'une consultation d'annonce selon le protocole normal. J'étais sortie de cette salle avec le mot « CANCER » occupant tout mon esprit, perdue au milieu d'autres patients. « L'annonce » comme elle disait, était déjà faite dans ma tête, il n'y avait aucun doute... Je me sentais dans un monde parallèle, c'était comme si je n'étais plus dans mon corps. J'étais là dans cette file d'attente à patienter pour obtenir un nouveau rendez-vous, pleurant à chaudes larmes, arrivant à peine à respirer, sous les regards gênés des autres personnes présentes qui baissaient les yeux lorsqu'elles croisaient mon regard. La situation était irréelle, j'étais comme un automate, sans aucun contrôle sur ce que je pouvais dire ou faire. Je me sentais engourdie émotionnellement et physiquement, écrasée par cette terrible annonce, avant même les résultats ou la consultation à venir. C'est une étrange sensation à vous décrire… J'étais une observatrice extérieure de ma propre vie à cet instant précis. Mon cerveau soumis au stress intense que j'étais en train de vivre, peut-être dans un mécanisme de protection, m'avait comme anesthésiée. J'étais comme une enfant en bas âge, égarée dans les rayons d'un grand magasin, pleurant toutes les larmes de son corps, cherchant dans le regard des autres de l'aide, n'ayant plus de repères. J'étais cette enfant, seule et perdue. Le rendez-vous pour la consultation d'annonce avait été pris dès le jeudi suivant, le 13 février 2020. Malgré mon état de bouleversement, j'avais quand même eu un instant de lucidité pour demander aux secrétaires médicales de me mettre impérativement avec Dr. M., leur résumant rapidement ce que je venais de vivre et dans quelles conditions j'avais appris mon cancer du sein. Il était hors de question que je sois une nouvelle fois confrontée à cette jeune radiologue insensible. Elles avaient été compréhensives, allant jusqu'à me confier que ce n'était pas la première fois que des patientes se plaignaient de cette remplaçante. Elles m'avaient alors planifiée entre deux rendez-vous pour la consultation d'annonce avec le Dr. M. Dans ma tête les jeux étaient faits : il était parfaitement clair que j'avais un cancer du sein, je n'avais pas besoin d'avoir la confirmation par les résultats de l'analyse anatomo-pathologique pour en être persuadée. Le bilan sénologique n'était pas encourageant. Mon sein gauche avait été classé ACR4 « fort » ce qui pour moi n'existait pas, c'était soit ACR4, soit ACR5 mais pas entre. Sans les résultats des deux prélèvements qu'elle venait de réaliser, elle ne pouvait pas s'engager par écrit sur un classement ACR5, celui-ci correspondant à une mammographie ayant une anomalie évocatrice de cancer du sein et pour laquelle la poursuite des investigations restait indispensable. Par conséquent, j'en étais convaincue : à 48 ans, j'avais un cancer du sein, il me fallait composer avec cette nouvelle donnée à partir de maintenant et y faire face dignement et courageusement. J'avais si peur…

L'infirmière, inquiète pour moi, compte tenu de mon état émotionnel, avait pris cinq minutes pour ressortir de la salle d'examen, me demandant si j'avais trouvé une solution pour être ramenée à mon domicile. Je la sentais confuse et en désaccord avec la façon de procéder du médecin. Je lui avais fait une réponse évasive, disant que j'allais trouver un moyen pour qu'elle soit rassurée. Elle m'avait quittée, me laissant avec mes pensées embuées, retournant appeler une autre patiente. Je venais de prendre un énorme coup de massue ! Trente minutes auparavant, tout allait très bien, et trente minutes après, je repartais avec ce mot : CANCER ! Six lettres si violentes qui tournaient en boucle dans mon esprit nébuleux. Je me retrouvais seule avec un diagnostic inaudible, sans ressource. C'était insupportable… Une fois sortie de l'ICM, les jambes vacillantes, incapable de réfléchir ou de retrouver un peu de calme, je m'étais assise totalement démunie sur un banc à l'entrée du bâtiment. J'avais essayé à maintes reprises de joindre au téléphone Joseph, en déplacement professionnel à Madrid. Mais mes appels sonnaient dans le vide et il était hors de question que je lui laisse un message vocal. Je ne voulais pas informer mes parents dans un premier temps, et plus particulièrement ma mère qui n'avait pas réussi à gérer son « après-cancer », restant bloquée et emmurée dans cette maladie pourtant derrière elle depuis plus de dix ans. La protéger de cette annonce « non confirmée » me paraissait la meilleure des décisions. Et puis, je souhaitais me préserver, connaissant par cœur son discours sur le sujet, figée dans une sordide compétition du plus « gros cancer » quand elle entendait quelqu'un en parler autour d'elle. Il lui arrivait de ne pas écouter l'autre et d'être dans la surenchère du plus gros, du plus grave, en ne parlant que d'elle… Il est vrai qu'elle avait eu le pack complet au niveau des traitements : l'opération, la chimiothérapie, la radiothérapie et l'hormonothérapie. Personne ne remettait cela en cause, bien au contraire. Nous savions tous par quoi elle et mon père, en tant qu'accompagnant, étaient passés à cette époque. Mais l'entendre argumenter sur les maladies des autres, disant avec dédain qu'il s'agissait d'un « petit cancer » par rapport à elle, je n'étais franchement pas en état de me risquer à entendre son discours malaisant au téléphone. D'autant qu'il n'existe pas de petit, moyen ou gros cancer ! Il est abject de le penser et encore plus de le soutenir devant d'autres malades qui en souffrent et luttent. Il n'y a qu'un mot, c'est celui de « CANCER », et quand vous l'avez en vous, il faut arriver à le gérer et à l'accepter avant de l'affronter. Encore égarée, entrant et sortant compulsivement de l'accueil de l'ICM, je réfléchissais, entre deux énormes sanglots, pour trouver une solution afin de rentrer à la maison, sans avoir à conduire. La zone de biopsie me faisait souffrir, je n'étais pas à l'aise dans mes mouvements du côté gauche. Ma fille était sur Montpellier ce jour-là, suivant ses cours à la faculté de pharmacie. Je ne pouvais pas lui demander de venir me chercher à l'ICM de but en blanc sans lui dire pourquoi, et qui plus est par SMS pour ne pas la déranger durant ses cours en amphithéâtre. Mon mari restait injoignable… Il n'en restait qu'un sur qui je pouvais compter à cet instant précis. Alors, j'avais appelé mon fils… Je m'en voulais terriblement de lui faire subir ce moment, de ne pas être capable de le protéger encore un peu. J'avais composé son numéro… Quand il avait décroché, mes pleurs étouffaient mes mots. Sachant où je me trouvais et étant étudiant en médecine, il avait compris immédiatement… Il avait été apaisant, réconfortant, rassurant, extrêmement calme, absolument rien ne transparaissait dans sa voix, alors que je savais pertinemment tout ce qui se passait dans sa tête… J'étais consciente du mal que j'étais en train de lui faire, à me mettre dans de tels états sans aucune retenue, à lui déverser brutalement tout ce que je venais de vivre et d'apprendre. J'aurais dû épargner mon fils, même devenu jeune adulte. Nous l'avions fait lors de la « fausse alerte » en 2014, où Joseph et moi n'avions rien dit à nos enfants pendant près de six semaines en attendant les résultats puis la consultation d'annonce qui s'était heureusement avérée négative. Mais à cet instant précis, j'en étais totalement incapable, seule, sans Joseph près de moi, avec ce fardeau que je voulais déposer à tout prix, espérant qu'il serait moins lourd une fois partagé. J'étais en état de sidération. Et une fois de plus, c'était mon garçon qui avait été présent pour faire face au diagnostic… Le premier à l'apprendre de plein fouet, sans aucune nuance ni retenue de ma part. Encore une fois, c'était tombé sur lui… Je me sentais monstrueusement misérable de ne pas être foutue de le préserver de tout cela, en tant que maman. Joseph avait fini par me rappeler, inquiet d'avoir reçu autant d'appels manqués sur son téléphone. Je lui annonçais alors que j'avais un cancer du sein, lui racontant tout le déroulé des examens. Mes sanglots se calmaient, j'avais tout lâché avec notre fils… Je le sentais au bout du fil accuser le coup durement. Je percevais son état de choc, ne voulant pas y croire et me rétorquant convaincu :

— *Ce médecin a fait un excès de zèle avant d'avoir reçu les résultats définitifs, il faut attendre… Je suis persuadé qu'il n'y aura rien, comme l'autre fois…*

Je comprenais qu'il était dans le déni, je ne pouvais pas lui en vouloir, chacun faisait comme il pouvait… Je n'avais toujours pas résolu mon problème de retour à mon domicile en voiture. La seule option restait de prévenir ma fille, que j'allais devoir confronter, elle aussi, violemment à cette maladie. J'avais pris la peine d'envoyer d'abord un message à son compagnon, pour lui expliquer que j'avais quelque chose de grave à apprendre à ma fille. J'avais besoin de savoir s'il était avec elle à la faculté. Il était en cours et elle était avec ses amies à la bibliothèque, m'avait-il répondu. J'étais en train de reprendre le contrôle de mes émotions petit à petit. Alors, je l'avais appelée le plus sereinement possible, sans trémolo dans la voix. Je lui racontais de façon anodine que le médecin m'avait fait une biopsie et que je ne me sentais pas en état de conduire.

Je restais la plus factuelle possible. Je n'avais rien mentionné de plus au téléphone. Étudiante en pharmacie et me sachant à l'ICM, elle avait clairement compris, sans pour autant l'évoquer. Elle avait répondu affirmativement pour rentrer ensemble à la maison, elle conduirait ma voiture. Je l'avais rejoint à sa faculté, très proche de l'ICM. Elle s'était installée au volant sans broncher. Elle était une force tranquille et d'une grande dignité, comme son grand frère venait de l'être. Je savais qu'elle avait compris ce que j'avais, mais elle ne disait rien, encaissant comme à son habitude en silence. Le retour en voiture avait été calme, nous avions discuté presque comme si de rien n'était. Tout au long du trajet, une partie de mes pensées était focalisée sur ce cancer diagnostiqué et l'autre à faire la conversation avec ma fille pour la préserver. La première vague géante, telle celle d'un tsunami, avait été pour moi, puis notre fils, Joseph et notre fille avaient pris les autres déferlantes, chacun les gérant personnellement.

C'est à partir de cet après-midi-là que je n'ai plus pleuré, ou peut-être une fois de plus, en tout cas pas dans de telles proportions. Je n'avais plus le temps à ça… Il se passait quelque chose mentalement qui est impossible à expliquer. La première certitude était que je n'avais pas besoin de ce rendez-vous du 13 février 2020 pour avoir la confirmation de l'existence de mon cancer : il était dans ma chair, je le sentais, je le savais. J'avais perdu près de huit kilos en quelques mois seulement. J'avais noté, sans pour autant m'en alarmer, avoir un léger écoulement du mamelon gauche, même si celui-ci était depuis toujours ombiliqué. Le doute n'était pas permis… Je me préparais à affronter la suite, sentant une force m'envahir chaudement, doucement, un jour après l'autre, en attendant la prochaine visite. Je respectais le déni de Joseph et le silence de mes enfants. L'annonce faite par cette radiologue était devenue la frontière entre ma vie d'avant et celle d'après. C'était une évidence. Je savais qu'allait s'enchainer toute une série de prises en charge, tout un arsenal de soins et de traitements en fonction du type de cancer qu'ils allaient me diagnostiquer au fur et à mesure de l'arrivée de résultats. Ce 5 février 2020 serait une date de ma vie inoubliable. Elle marquait le début du combat. Je n'étais pas vraiment étonnée d'avoir ce cancer après les épreuves et les agressions que j'avais subies ces dernières années. Et même si aucune démonstration scientifique n'existait, même si aucune étude médicale sérieuse n'affirmait, à ma connaissance, qu'il existait bel et bien un lien de cause à effet entre le stress psychologique et la survenue d'un cancer, et bien pour autant je pensais qu'il avait une incidence sur notre corps ! C'était une croyance populaire à laquelle j'adhérais. J'avais déjà eu cette pensée sordide selon laquelle si je ne changeais pas ma façon de vivre à 3 000 %, si je n'y mettais pas un terme, alors une grave maladie telle que le cancer me pendait au

nez. Est-ce que le corps médical a tendance réellement à écarter cette hypothèse du stress générateur de cancer ? Je n'en sais rien, je ne suis pas compétente en la matière mais personnellement, je restais intimement convaincue que ce facteur avait été crucial dans l'apparition de ma maladie, à ce moment précis de ma vie. Et puis, ce n'est pas parce que rien n'avait été démontré que l'éventualité devait être critiquée ou jugée farfelue.
Je n'avais pas de place pour les plaintes, pour de l'apitoiement, ou toute autre réaction négative. Je devais l'affronter dignement, courageusement, frontalement. Je voulais le nommer sans détour. Je savais, pour l'avoir vécu avec ma mère, que le moral était très important avec cette maladie-là. Je n'imaginais pas de quel ordre serait ma lutte, mais il fallait que je m'y prépare seule mentalement, tout en étant entourée des miens et sans pour autant les accabler, pas simple... Je n'avais aucun doute sur le fait que je pouvais compter sur le soutien moral de mon noyau familial qui ferait bloc avec moi contre la maladie. Mon Joseph serait, j'en étais certaine, un combattant remarquable à mes côtés. Nos enfants aussi. Chacun à sa mesure. Tout en sachant que j'aurai besoin d'eux, paradoxalement je tenais à protéger nos enfants et mon mari, maintenant que je SAVAIS. Ma force serait aussi la leur.

L'APRES…

Chapitre 24 - La vague déferlante

La semaine qui nous séparait de la consultation d'annonce m'avait paru interminable. Toutes mes pensées étaient focalisées sur ce rendez-vous et surtout l'après. Je me rongeais de l'intérieur à imaginer tous les cas de figure et traitements possibles. J'étais impatiente de savoir quel serait le type de cancer qui me frappait. Je me disais que si je devais avoir une chimiothérapie, qui inévitablement me ferait perdre les cheveux, je n'attendrais pas de les voir tomber, il était clair dans mon esprit que je me les raserais toute seule. S'ils devaient disparaître, je serais décisionnaire de leur départ ! Je désirais être dans la maîtrise, le peu qui me restait avec cette maladie. À la maison, je me confrontais, de la part de Joseph, à un refus total d'accepter l'évidence, ne voulant pas y croire lorsque nous en parlions, c'est-à-dire tous les jours. Il refusait catégoriquement d'entendre le mot cancer, me disant que nous devions attendre les résultats. Pour ma part, j'avais déjà franchi un cap, impliquée dans une autre étape, celle qui tendait vers l'acceptation. Je gagnais du temps par rapport à lui quant à la digestion de cette terrible annonce. À la maison, chacun faisait comme il pouvait avec les seules informations que nous avions. Il fallait attendre, nous n'avions pas la main sur les évènements. Joseph et moi avions pris rendez-vous chez notre généraliste, celle qui avait bien pressenti ce qu'il se passait en m'envoyant à l'ICM faire mes examens plus tôt que prévu. Grâce à elle, j'avais gagné deux mois sur le diagnostic et peut-être permis d'augmenter mes chances de rémission. Je ne pouvais que lui en être profondément reconnaissante. J'avais des tonnes d'interrogations qu'elle ne pouvait pas toutes satisfaire, sans les résultats définitifs des analyses. Durant cette petite et à la fois très longue semaine d'attente, à la stupéfaction, s'étaient succédé des moments de peur, d'angoisse, de questionnement, mais jamais de déni. Je concevais qu'il fallait du temps pour intégrer cette information et accepter la maladie comme bien réelle, présente dans mon corps, pour moi en tant que malade et pour mes proches. Le travail d'acceptation commençait, prête pour le combat. Chacun de nous gérait l'attente insupportable du mieux possible, il n'y avait pas de jugement à avoir.

Le jeudi 13 février 2020, jour tant attendu mais aussi tant redouté, était arrivé enfin… Mon mari et moi avions fait le trajet depuis la maison jusqu'à l'ICM dans un silence total et pesant. Une heure de route et d'introspection respectives… Nous étions bien incapables l'un et l'autre d'avoir une conversation anodine, nos pensées étaient centrées uniquement sur ce qui allait suivre. Je m'étais préparée mentalement à cette consultation d'annonce, à la confirmation « officielle » du diagnostic, parce que pour moi, c'était cela qui allait se produire. J'avais visualisé ce moment avec précision, des centaines de fois en une semaine, m'y préparant mentalement. Je m'étais dit que si le Dr M. rentrait dans la pièce avec des documents dans la main, alors cela voudrait dire qu'il confirmait la présence de la maladie. Cela semblait être une idée saugrenue mais j'avais imaginé la scène ainsi… Et puis, pour mémoire, en 2014, lors de la consultation d'annonce toujours avec le Dr M., suite à la macro-biopsie réalisée, il était rentré dans la pièce les mains vides. Il nous avait annoncé avec le sourire que les résultats étaient négatifs et qu'il mettait en place un suivi annuel pour surveiller ce sein droit. Alors, par opposition, il m'apparaissait évident que s'il rentrait dans la pièce muni de papiers me concernant, les résultats seraient cette fois-ci positifs. Son infirmière, Stéfy, un amour de personne que je connaissais de mon village natal, nous avait installés dans des salles d'examen échographique peu éclairées. Nous y avions pris place en silence, n'osant se regarder ni l'un ni l'autre. À ce moment-là, égoïstement, je n'avais de la force que pour moi, je ne pouvais être d'aucun secours pour Joseph. J'avais la nausée, mon cœur battait à tout rompre. Nous savions que le Dr M. allait nous prendre entre deux rendez-vous, puisque j'avais souhaité expressément que ce soit lui qui nous reçoive. Au bout de quelques minutes d'attente, interminables pour nous, il était alors rentré dans la pièce. Il tenait des documents dans sa main…

C'était comme dans mes réflexions et ma préparation mentale : sans avoir prononcé un seul mot, tout était dit et entendu pour moi. Mon radiologue, à son insu, venait de me confirmer que j'avais un cancer, même si lui ne savait pas encore qu'il me le disait. Nous étions dans une communication non verbale, ce signe de tenir des documents dans ses mains me concernant était devenu une validation. Dès son entrée, il avait posé sur moi un regard bienveillant, plein d'empathie. Il m'avait dit en se dirigeant vers son siège de l'autre côté de son bureau :

— *Je suis désolé, cette fois-ci, je n'ai pas une bonne nouvelle à vous annoncer…*

C'était confirmé. Je voyais du coin de l'œil Joseph glacé sur place. Je n'osais pas me tourner vers lui, je ne voulais pas craquer. Alors, j'avais posé la première question qui m'était venue à l'esprit :

— *Est-ce que je vais mourir ?*

Quand vous êtes confrontés à cette terrible maladie, vous êtes face à la mort, c'est comme ça. C'est la première pensée effrayante qui vous vient à l'esprit. Il avait eu alors cette réponse que je n'ai jamais cessé de me répéter.

Il m'avait garanti avec force :

— *Alors, s'il y a une chose dont je suis sûr, c'est que vous n'allez pas mourir de ce cancer et je peux même vous le signer au bas de ce compte rendu !*

Incroyable ! Quelle déclaration ! Avoir autant de certitudes, immergé au quotidien dans ce milieu-là, il fallait qu'il ait beaucoup d'expérience et d'assurance pour l'affirmer avec autant de conviction ! Au cours de cette consultation, il nous avait donné les renseignements issus des premiers résultats d'analyses concernant le type de cancer que j'avais, son agressivité, les types de traitement et options thérapeutiques qui pouvaient être envisagés à ce stade avec les éléments du pronostic. Cela pourrait évoluer, au fur et à mesure que d'autres éléments lui parviendraient. Mon sein était officiellement classé ACR5. Cette étape avait été essentielle. Il m'avait permis de poser toutes les questions et de son côté de prendre tout son temps pour y répondre. Aucune question n'était idiote. Je ne souhaitais pas rester avec des angoisses, je voulais tout savoir, tout comprendre, ne rien imaginer ou supposer. Faire l'autruche n'avait aucun sens. Pour affronter le mal, je devais le comprendre et être préparée à tout ce qui allait suivre, ne rien ignorer. J'en avais profité pour lui faire part du comportement de sa collègue, la médecin remplaçante. Il nous avait répondu que je n'étais pas la première patiente à avoir eu des soucis avec elle et que l'information serait transmise en haut lieu.

Dans ma tête, un nouveau mode de fonctionnement se mettait en place. À compter de ce jour, seul l'instant présent allait compter. Un pas après l'autre. Un jour après l'autre. Il nous manquait encore des résultats pour définir totalement le type de cancer que j'avais. Nous savions déjà qu'il était hormono-dépendant, qu'une opération et un traitement par radiothérapie suivie de l'hormonothérapie étaient d'ores et déjà envisagés. Il manquait encore à savoir si j'aurais besoin de la chimiothérapie avant et/ou après l'opération. Chaque avancée « positive », aussi minime soit-elle, je la considérais comme une victoire. L'envie de vivre, de continuer mes projets personnels et ceux familiaux, de me battre, me poussait à réagir positivement autant que faire se peut. Je voulais garder de la place pour la vie, pour la joie et par-dessus tout : conserver l'espoir ! Il nous avait demandé si je connaissais un chirurgien en particulier sur l'ICM, et comme cela n'était pas le cas, il nous avait conseillé deux collègues oncologues chirurgiens, un homme et une femme. Stéfy, nous avait raccompagnés jusqu'à l'accueil pour prendre rendez-vous avec un des deux noms donnés par le Dr M. Elle m'avait préconisé, en aparté, de choisir, la femme, le Dr D. oncologue-chirurgienne dont la réputation n'était plus à faire et qu'elle connaissait bien. Nous avions demandé auprès du secrétariat à être reçus dès que possible par ce médecin-là. À notre grande surprise, l'assistante médicale nous avait annoncé qu'il y avait eu un désistement justement pour cet après-midi même et que si nous voulions patienter À l'ICM, nous pourrions la rencontrer dès aujourd'hui ! C'était inespéré : avoir le rendez-vous avec la chirurgienne dans la foulée de la consultation d'annonce. Un ange veillait sur moi, même avec cette épreuve à traverser…

Je ne sais pas comment exprimer ce que j'ai ressenti à cet instant-là mais je me suis sentie protégée, quelque chose de fort, d'invisible prenait soin de moi, je le ressentais profondément. Cela peut paraître ridicule de le formuler ainsi mais c'est pourtant ce que j'avais éprouvé. La prise en charge médicale se mettait en place progressivement et rapidement avec une équipe pluridisciplinaire : chirurgienne, oncologue, radiothérapeute, médecin traitant. Les rendez-vous s'organisaient et s'enchaînaient rapidement dans d'excellentes conditions, malgré le malheur d'apprendre ce cancer. Comme si toutes les planètes s'alignaient pour me venir en aide, malgré la confirmation de ce mal terrible.

Issue d'une famille chrétienne, j'étais plus ou moins imprégnée par la foi religieuse que l'on avait essayé de m'inculquer lors des séances de catéchisme et autres communions faites. Je n'étais pas un exemple, car je ne pratiquais absolument pas. Pour autant, il y avait en moi une foi en la vie et cette dernière me permettait de rester relativement calme face à l'adversité. La foi religieuse est de l'ordre d'une relation profonde et intime avec Dieu, mais je ne m'y reconnaissais pas forcément. Je n'étais pas non plus athée. Néanmoins, je m'étais « arrangée » avec ce que j'avais appris et au travers de mes propres expériences spirituelles. Voilà, c'était cela : il s'agissait plus de la spiritualité que de la religion à proprement parler. J'étais dans une certaine pensée mystique qui se caractérisait par la forme particulière que prenaient mes croyances et mes éventuelles pratiques au fil de ma vie et de mon évolution.

Je vais faire une courte parenthèse : au début des années 2000, alors que Joseph traversait un burn-out sévère, lors d'un séjour à Paris chez mes beaux-parents, nous nous étions rendus pour la première fois au Sacré Cœur à Montmartre, quartier que j'affectionne tout particulièrement. Lors de mon entrée dans la nef, je m'étais arrêtée devant la première statue, à l'entrée à gauche, que j'avais prise pour la Vierge Marie. Je me sentais totalement désemparée et impuissante pour aider mon mari à remonter la pente, aussi, je m'étais dit que prier pour lui ne pourrait pas lui faire du mal, au pire que cela ne servirait à rien. J'avais allumé une petite bougie rouge et devant la flamme étincelante, j'avais récité les quelques bribes de prières qui me restait de mes lointains cours de catéchisme. Ce n'était pas très glorieux ! Finalement, je m'étais mise à parler intérieurement à cette statue, comme j'aurais pu le faire avec une amie, lui demandant sa bienveillance et sa protection pour mon mari. J'étais tout en maladresse mais je ne savais plus que faire pour lui… Lorsque nous étions rentrés le soir au domicile de mes beaux-parents, je racontais à ma belle-mère, personne croyante et dévote, ce que j'avais fait dans la journée et notamment pour leur fils. Elle avait éclaté de rire en me disant que la statue dans l'entrée n'était pas du tout la Sainte Vierge mais Sainte-Thérèse de Lisieux, et que celle-ci devrait avoir beaucoup d'humour et de bienveillance pour entendre ma prière, malgré mon erreur de casting ! Très rapidement, Joseph avait repris du poil de la bête. À partir de ce jour-là, un changement indéfinissable s'était opéré en moi. Depuis, j'avais pris l'habitude, Quelles que soient les situations complexes qui se présentaient dans ma vie ou celle de mes proches, de m'adresser spontanément à Sainte-Thérèse, sans oublier de la remercier. Ce qui me plaisait dans tout cela, c'était de savoir qu'elle avait réellement existé. Sa Sainteté ne reposait pas sur des phénomènes extraordinaires, bien au contraire, cette enfant et jeune femme avait eu une vie tout à fait ordinaire. C'est un sujet que je n'aborde pratiquement jamais, car les moqueries et les jugements ne sont jamais bien loin et puis c'est quelque chose qui ne se justifie pas finalement. Quoi de plus intime que la foi ? Tout cela peut paraitre totalement farfelu, je le conçois. Cela ne l'est pas pour moi. Peu de personne le savaient, à part bien sûr mon mari et nos enfants, sans parler de ma belle-mère évidemment depuis ce fameux jour. Fin de la parenthèse…

Pour en revenir à ce jour d'annonce officielle et de prise de rendez-vous avec la chirurgienne oncologue Dr D., Joseph et moi avions pris un repas rapide au snack de l'ICM, bien que nous n'ayons pas particulièrement faim. Je voyais mon mari assommé mais qui néanmoins donnait le change. Le combat et la maladie m'appartenaient mais je savais que j'aurais besoin de mes vaillants soldats pour m'accompagner et me soutenir sur le champ de bataille. L'heure du rendez-vous l'après-midi était vite arrivée. Nous avions été reçus par une jeune femme chirurgienne dotée, selon nous, de qualités humaines exceptionnelles, avec une capacité d'écoute et d'empathie bien au-delà de ce que nous pouvions espérer. Elle avait en main les premiers résultats histologiques montrant « un carcinome canalaire infiltrant, de grade provisoire SBRII » nécessitant une prise en charge chirurgicale. Nous avions demandé à quoi correspondait ce grade. Dr D. nous avait expliqué, d'une manière générale, que le grade I correspondait aux tumeurs les moins agressives, le grade III correspondait lui aux tumeurs les plus agressives, et que le mien, le grade II était un grade intermédiaire. Dans l'ensemble, je me contentais des premières explications « techniques » de mon cancer. Il lui manquait encore des données, car les récepteurs hormonaux étaient encore en cours d'analyse. Il y avait toute une série de lettres, de chiffres et de pourcentages qui désignaient et déterminaient le type de cancer que j'avais. Je réalisais qu'il n'existait pas un seul cancer du sein mais plutôt une multitude. Et en fonction des différents paramètres de la patiente malade, qu'il y avait autant de possibilités de traitements. Le nodule que j'avais repéré en haut de mon buste se situait dans le quadrant supéro-interne de mon sein gauche. On observait sur les images la présence de fibres musculaires striées, infiltrées par la prolifération tumorale. Elle nous avait expliqué les autres grandes lignes des traitements, nous laissant un temps nécessaire de compréhension et surtout de questionnement après chacune de ses explications. J'avais alors demandé si j'allais avoir une chimiothérapie en plus de l'opération et de la radiothérapie. Pour l'instant, la question restait en suspens, car il fallait recevoir toutes les analyses dans leur intégralité. Il était encore possible que j'aie une chimiothérapie avant l'opération ou une après, et qu'à ce stade, elle ne pouvait pas s'engager fermement. J'avais abordé la possibilité d'une ablation de mon sein en lui donnant mon autorisation par avance si cela était nécessaire. Elle nous avait expliqué en retour dans quelles conditions et selon quels critères, la mastectomie pouvait être réalisée. Pour l'instant, ma chirurgie serait probablement conservatrice. J'étais prête à tout affronter du moment qu'elle me débarrassait de ce monstre rongeant mon corps, et ce, dans les plus brefs délais. Puis, nous avions abordé l'opération. Elle nous avait expliqué comment elle allait opérer et où seraient mes cicatrices. La tumeur étant très haute dans le décolleté, elle ne souhaitait pas que la cicatrice se voit pour que je n'en sois pas perturbée. Elle nous avait dit :

— *Je veux que vous ayez un beau décolleté après, sans que cela se voie.*

Pour cela, elle ouvrirait en arrondi à deux centimètres de l'aréole pour passer par-dessous. Qu'elle ait cette bienveillance pour ma poitrine en disait long sur sa façon de travailler. Elle devenait mon idole après chaque mot et explication qu'elle formulait. Ce 13 février 2020 était une journée excessivement chargée en émotions. C'était une étrange sensation, mais à partir du moment où j'avais su avec certitude être atteinte d'un cancer du sein, il me paraissait insupportable de rester un seul jour de plus avec ce truc dans ma chair, comme si je le sentais bouger dans mon sein. Je voulais qu'il dégage et vite ! Nous avions convenu du 2 mars 2020 pour l'opération en chirurgie ambulatoire, là aussi elle nous avait clairement tout précisé : le harponnage, la lymphoscintigraphie, l'opération et la suite. Elle nous avait expliqué qu'elle procéderait à l'exérèse de trois ganglions sentinelles, nous stipulant bien que le principe était de dire que si le premier ganglion n'était pas atteint de cellules cancéreuses, alors les autres ne le seraient pas. Nous avions énormément d'informations importantes à ingurgiter, mais nous avancions dans les démarches, comme de bons petits soldats. Elle avait demandé à ce que je fasse un bilan d'extension mammaire. Nous avions aussitôt planifié cette IRM mammaire pour le 24 février 2020. Elle souhaitait également que je subisse des tests oncogénétiques, l'attente pour obtenir une place était vraiment très longue. Le premier rendez-vous disponible avait été le 20 mai mais de l'année 2021 ! À notre sortie de l'ICM vers 17 heures, après une journée éprouvante psychologiquement pour l'un et l'autre, j'avais appelé mes parents pour leur annoncer ma maladie, maintenant que je savais que c'était officiel. Ma mère n'avait pas dit un mot, mon père n'avait pas été plus bavard. De toute façon, cela faisait bien longtemps que lui et moi n'avions pas vraiment d'échanges. Sur le trajet retour, j'avais demandé à Joseph de s'arrêter chez eux. J'avais besoin d'eux et de les voir. Il me semblait important, pour épargner ma mère que je supposais très inquiète, de leur montrer que j'étais confiante et qu'ils sentent ma force de battante. Lorsque nous étions arrivés à leur domicile, ils n'étaient pas présents. Nous nous étions alors rendus chez mes beaux-parents, habitant à quelques kilomètres seulement, pour leur apprendre la chose… La nouvelle les avait énormément touchés. Ma belle-mère m'avait prise dans ses bras pour me réconforter. Contre toute attente, mon beau-père, homme d'ordinaire si taiseux, avait eu les larmes aux yeux : tant d'émotion de sa part m'avait bouleversée. Nous avions également prévenu nos enfants que le cancer était confirmé. Voilà, tout était dit. Tout était engagé. Il n'y avait plus qu'à avancer, en regardant droit devant, sans sourciller.

Chapitre 25 - L'effroyable enchaînement

Nous étions le soir du jeudi 13 février 2020 : les uns et les autres lourdement chargés émotionnellement par le diagnostic, chacun y faisant face en silence. Je voulais rester la plus digne possible pour aider mon mari et nos enfants à faire face à cette épreuve. Ils devaient me sentir avec une force de guerrière pour se sentir rassurés, enfin, en tout cas, c'est ainsi que je le voyais.

Ma mère avait essayé de me rappeler le soir même, me laissant un message vocal, s'excusant et râlant d'avoir raté notre visite de retour de l'ICM. Ils étaient partis en balade avec l'enfant de Javotte. J'étais dans mon bain, écoutant de la musique, en pleine concentration et réflexion au moment de son appel. Je n'étais pas en état de lui répondre. Il était important pour moi de me recentrer pour avaler le morceau, de me projeter aussi positivement que possible et de ne pas imaginer le pire des scénarios ! Je n'avais pas décroché, sachant qu'elle allait immédiatement se focaliser sur son propre cancer, refaire son concours du plus gros et du plus petit, et de cela, je n'en avais pas la force… Je lui avais envoyé un SMS pour la remercier pour son appel et son message vocal, pour lui dire qu'elle ne s'inquiète pas pour moi, que tout allait bien se passer et que j'étais dans mon bain avec de la musique. Ceci pour lui montrer que j'allais « bien » effectivement… Le lendemain matin, le vendredi 14 février, alors que nous étions en voiture avec Joseph, ma mère m'avait rappelée. Je n'avais pas pris son appel, n'ayant pas envie d'en discuter sur un court trajet, comme si nous parlions de la pluie et du beau temps. Maman m'avait informée, dans son message, que mon père et elle partaient en sortie en bus toute la journée à Marignane avec le club du 3e âge de leur village. Elle m'avait détaillé avec entrain tout le programme de leur déplacement et de leur soirée festive avant leur retour le soir même à leur domicile. Elle avait simplement évoqué de la fatigue la concernant. Nous avions un peu échangé toutes les deux, de façon anodine par messagerie, le temps de notre trajet respectif. Le soir tard, maman m'avait renvoyé un long SMS pour me raconter leur soirée dans un cabaret et l'attitude de mon père tout émoustillé devant les danseuses légèrement vêtues… Je lui avais répondu par un tout aussi long message lui parlant de tout et de rien et lui promettant de l'appeler dès demain matin, soit le samedi 15 février 2020. J'avais besoin d'un SAS de décompression avant de pouvoir en parler avec elle.

Le samedi, à mon réveil vers 9 heures, la matinée ensoleillée et fraîche s'annonçait agréable malgré le coup de massue que nous avions pris deux jours auparavant. Le temps était au beau fixe, une très belle journée d'hiver se préparait, comme nous pouvions en avoir en février dans le Midi. Joseph, levé plus tôt que moi, avait entamé quelques travaux de maçonnerie dans notre jardin. Un peu avant 10 heures, je téléphonais à ma mère directement sur son portable. C'est mon père qui avait décroché. Il était coutumier de faire des blagues « pourries » qui ne faisaient rire que lui quand nous appelions en faisant croire que quelque chose de grave s'était produit ou en évoquant des pseudos drames. Étonnée que ce soit lui qui décroche, je lui avais alors demandé si tout allait bien, et comme souvent, il m'avait répondu par la négative. Je l'avais envoyé bouler, trouvant sa supposée blague déplacée compte tenu des circonstances qui me touchaient depuis deux jours. Plutôt agacée, je lui avais demandé de me passer ma mère sans attendre. Il m'avait répondu qu'il ne voulait pas me le dire initialement mais selon ses propres mots, ma mère venait de faire un infarctus et avait été prise en charge par le SAMU dans un CHU à Montpellier. Il ne savait pas lequel… Mon sang se glaçait : un infarctus ? Ce n'était pas réel ! L'air me manquait… J'étais en ligne avec mon père dehors sur ma terrasse, Joseph avait vite compris à mon expression et à mon intonation qu'il se passait quelque chose de très grave chez mes parents. J'avais demandé à mon père plus d'informations sur les circonstances de la survenue de cet infarctus. Il m'avait alors relaté le malaise de ma mère tandis qu'ils étaient en train de ranger les décorations de Noël encore présentes dans leur salon et qu'elle ne s'était pas sentie bien. Il avait terminé ses explications confuses par :

— *Maman avait sa bouche de travers…*

Avec cette dernière information, je comprenais qu'il ne s'agissait pas du tout d'un infarctus mais d'un AVC, ce qui m'apparaissait d'autant plus grave ! Le disant à mon père, il me répondit qu'il n'en savait trop rien en fait. J'avais au bout du fil un homme, mon père, certainement bouleversé, totalement incapable de comprendre et de gérer quoi que ce soit dans cette situation. Il ne savait même pas vers quel hôpital ma mère avait été emportée. Cet instant résumait parfaitement bien toute leur vie ensemble : c'était maman qui avait toujours tout géré et porté sur ses épaules le poids de toutes les décisions à prendre. À part geindre, mon père ne savait rien faire en cas de crise grave. N'étant pas en état de maitriser les évènements, il était perdu. Je lui avais répondu de ne pas s'inquiéter, que nous arrivions tout de suite, Joseph et moi, lui ordonnant de nous attendre à son domicile. Je prenais la main sur les décisions essentielles à prendre pour ma mère. En quelques secondes, la vie de notre famille basculait davantage, disons-le, dans l'horreur. En un rien de temps, je compartimentais mon cancer dans un tout petit coin de ma tête pour laisser toute la place nécessaire à la prise en charge de l'AVC de maman. Je devais être la plus efficace et réactive possible pour sa survie. Tout en me préparant en quatrième vitesse, j'avais appelé toute la fratrie de ma mère pour les prévenir dans un premier temps, en attendant que je sache où elle avait été transportée. Certaines de mes tantes vivaient près de Montpellier. Je voulais à tout prix que l'une d'entre elles soit présente à l'arrivée de maman pour signer les décharges nécessaires à sa prise en charge médicale, sans perdre une seule minute. Minutes que l'on sait précieuses, voire vitales, dans des cas d'AVC. Pour ma part, j'étais la plus éloignée de Montpellier, domiciliée à presque une heure, je ne pouvais pas me rendre sur place rapidement. Une fois en route, j'avais entrepris de rechercher vers quel centre hospitalier ma mère avait pu être emportée. J'avais appelé en premier le grand centre hospitalier régional universitaire de Montpellier pour savoir si ma mère y avait été admise. Pendant que je leur expliquais les raisons, la personne au bout du fil recherchait et m'avait répondu que pour les AVC, les patients étaient orientés systématiquement vers un CHU bien précis et après vérifications, maman y était arrivée depuis peu. Enfin, nous savions où aller ! J'en informais notre famille pour que l'on s'y retrouve tous et toutes dès que possible. Entre temps, mon père m'avait appelée pour me dire qu'il avait pris la route tout seul, sans savoir où se rendre. Il était perdu et faisait demi-tour pour revenir chez lui. Joseph et moi faisions le détour pour passer le récupérer. Il n'aurait qu'à nous suivre en voiture ensuite puisque j'avais trouvé le CHU où se trouvait ma mère, sa femme... Cela ne nous faisait pas gagner du temps de trajet, bien au contraire, mais je ne pouvais pas laisser mon père comme cela, aussi démuni et ébranlé. L'heure tournait et nous ne savions pas ce qu'il en était pour maman. Sur le trajet, des crises de larmes me secouaient, réalisant que je n'allais peut-être plus jamais reparler à ma mère, qu'elle allait peut-être mourir aujourd'hui. Je m'en voulais de ne pas lui avoir répondu les jours précédents. Pourtant, je l'avais fait pour la protéger et puis parce qu'il me fallait à moi aussi du temps pour encaisser le choc de l'annonce. Je ne pouvais pas prévoir cet AVC, absolument pas ! Lorsque nous avions enfin rejoint toutes mes tantes et ma cousine au CHU avec Joseph suivi de mon père, ma tante Solange, arrivée la première avec ma cousine Athéna s'était effondrée en pleurs dans mes bras me disant qu'elle avait dû signer la décharge pour autoriser la prise en charge et accepter l'opération immédiate de maman, sa grande sœur. Elle avait peur d'avoir mal fait mais au contraire, je l'avais rassurée en lui certifiant qu'elle avait fait exactement ce que j'attendais d'elle ou de la première personne qui serait arrivée sur les lieux pour y accueillir maman. Objectivement, s'il avait fallu attendre que mon père trouve tout seul le CHU où maman avait été admise et ensuite qu'il arrive sur les lieux, le pronostic aurait été inévitablement différent pour ma mère... Nous en avions bien tous conscience, me semblait-il...

C'est ainsi que nous nous étions retrouvés, mon père, Joseph et moi, entourés et soutenus par mes tantes et ma cousine Athéna, dehors dans le froid, à attendre les premières informations sur le parvis du bâtiment du service concerné. Nous ne voulions pas attendre à l'intérieur, avec toutes ces personnes patientant, elles aussi, et toussant énormément. Nous commencions à entendre parler de plus en plus dans les médias de ce virus venu de Chine que nous ne voulions pas attraper. Il était à peine onze heures, nous étions tous bien emmitouflés dans nos vestes et nos manteaux, nous soutenant les uns et les autres comme nous pouvions. Pour ma part, j'occultais totalement mon propre diagnostic datant de deux jours officiellement…

Plus que surprise par l'absence de Javotte auprès de notre mère, je l'avais appelée pour savoir où elle était et surtout ce qu'elle faisait ! Elle m'avait relaté le déroulé du malaise de ma mère, m'expliquant que SON père l'avait appelé à son travail complètement affolé, lui annonçant que SA mère était au sol, la bouche de travers. Contrairement à mon père, Javotte avait tout de suite compris de quoi il s'agissait, le sommant d'appeler immédiatement le SAMU, réflexe qu'il n'avait pas eu encore alors que les minutes tournaient pour maman… Je constatais immédiatement qu'il y avait une grande discordance entre le récit « héroïque » évoluant d'heure en heure de mon père et celui fait par ma sœur, plus pragmatique et réaliste. Mais ce n'était pas le moment de m'y attarder… Ma sœur travaillait le samedi et elle avait fait un aller-retour à toute allure de son travail jusqu'au domicile de mes parents pour aider mon père et notamment faire prendre en charge notre mère. Une fois arrivée sur place, elle avait rappelé les secours pour vérifier que notre père l'avait finalement fait et ceux-ci avaient confirmé que le SAMU était en route. Elle avait pris soin d'installer maman plus confortablement, car elle était toujours au sol, étendue dans son vomi... Mon père n'avait rien fait... Le SAMU était arrivé très vite et ils l'avaient embarquée sans tarder. À notre grande incompréhension, c'est alors que Javotte avait regagné son lieu de travail alors que son responsable l'avait autorisée à rester auprès de sa famille compte tenu des circonstances. Javotte affirmait avoir refusé sa proposition. Outrée de sa décision, je lui demandais au téléphone de nous rejoindre au CHU, car sa place était avec nous, auprès de maman. Elle avait ricané, comme elle savait si bien le faire, en me répondant :

— *Vous êtes là-bas pour rien à vous cailler dehors, vous perdez votre temps à attendre toute la journée. Je viendrai plutôt demain.*

Furieuse et surtout horrifiée, je lui avais rétorqué sèchement :

— *Javotte il n'y aura peut-être pas de lendemain pour maman !*

Elle m'avait ri au nez, sûrement inconsciente de la gravité de l'état de notre mère. Tout au long de la journée, je lui avais adressé des SMS insistants pour qu'elle nous rejoigne, mais en vain. Je lui avais écrit que si elle ne le faisait pas pour notre mère, qu'elle soit au moins présente pour notre père qui était anéanti, assis sur un banc du parc du CHU, comme un pauvre homme. Il m'apparaissait normal d'être toutes les deux, entre sœurs, à faire front auprès de lui, pour que maman sente notre présence d'une manière ou d'une autre. Malheureusement, aucun argument sensé n'avait de prise sur elle. Son attitude choquait au plus haut point la famille présente, sans pour autant que l'on commente. Nous savions tous combien ma sœur sollicitait plus que de raison mes parents et particulièrement ma mère pour s'occuper de son enfant... D'ailleurs, mon père comme ma mère ne s'en cachaient pas : ils s'en plaignaient ouvertement et régulièrement à qui voulait l'entendre. Et là, c'était notre mère qui avait besoin de nous sentir réunis auprès d'elle, et bien, Javotte manquait à l'appel, n'en voyant pas l'intérêt. C'était sordide... Mon père était une loque humaine, assis sur son banc à pleurer. Joseph s'était éclipsé discrètement dans le parc du CHU pour aller prier pour que ma mère s'en sorte. L'attente était vraiment insoutenable et chacun de nous tentait de faire au mieux. Plus les heures défilaient, plus nous guettions, avec mes tantes et ma cousine, la venue du chirurgien ou de l'anesthésiste. À intervalles réguliers, j'allais demander au bureau des infirmières si elles avaient des informations mais il n'en était rien. Ne rien savoir était une épreuve, ne pas l'avoir revue avant qu'elle ne rentre au bloc en était une autre. C'est seulement vers 17 heures 30 que nous avions obtenu les premiers renseignements à la sortie du bloc opératoire. Un jeune anesthésiste était venu vers nous se présenter et nous raconter l'intervention de maman. Il s'était montré rassurant sur le déroulement de l'opération. On aurait dit notre fils, ce jeune homme si calme, serein qui nous expliquait, aussi simplement possible, les gestes qu'ils avaient réalisés au bloc. Nous étions en admiration intérieurement devant ce jeune anesthésiste. Tout s'était parfaitement bien déroulé, mon père et moi allions pouvoir la voir à la sortie de la salle de réveil. Un autre cousin et une autre sœur de ma mère nous avaient rejoints en fin d'après-midi. Nous étions une dizaine de membres de la famille proche à être présents dans le couloir, à se soutenir, à espérer que maman s'en sorte. Pendant ce temps, Javotte brillait par son absence aux yeux de tous... Vers 18 h 30, le neurochirurgien avait appelé mon père et moi pour que nous puissions rentrer quelques instants dans la chambre où se trouvait ma mère. Nous nous étions assis chacun de part et d'autre de son lit, très émus de la voir aussi fragile, mais heureux de savoir que tout s'était bien déroulé pour elle. Ses premiers mots avaient été pour moi. Je lui tenais affectueusement sa main dans la mienne. Elle m'avait câliné de son pouce le dos de ma main, en me chuchotant :

— *Je sais que tu vas t'en sortir parce que tu es une personne très forte…*

J'avais presque oublié ce maudit cancer… Maman était la priorité à ce moment-là. J'avais retenu mon émotion, l'invitant à ne pas s'inquiéter pour moi, que tout était planifié pour moi. Je voulais qu'elle se focalise sur son rétablissement. Le médecin nous avait expliqué les causes de son AVC, liées à une fibrillation atriale, qu'elle n'avait pas soignée ou qui n'avait pas été diagnostiquée mais présente depuis quelques années visiblement. Mon père, se prenant pour un grand savant, répétait qu'elle avait eu une rupture d'anévrisme, comme sa mère, amie Jacqueline, ce qui n'avait absolument rien à voir. Le neurochirurgien était clair sur le sujet. L'origine de l'AVC était cardiaque, point. Une fois sortis tous les deux de la chambre, nous avions rassuré le reste de la famille patientant dans le couloir, suspendu à nos lèvres. C'est alors que mon père avait eu cette phrase ahurissante à mon attention devant tout le monde, un grand sourire aux lèvres :

— *Heureusement que tu m'as rappelé ce matin sur mon portable, parce que je n'ai pas ton numéro de téléphone ! Comme ça, j'ai pu te joindre quand j'étais perdu pour me récupérer…*

Il y avait eu un silence assourdissant dans le couloir. La famille présente était pantoise, chacun le souffle coupé, se regardant les uns et les autres sans mots. Je ne parle même pas de moi, sa fille, et de l'impact que cela avait eu ! Comment mon propre père pouvait ne pas avoir mon numéro de téléphone enregistré dans son répertoire, alors qu'il avait tous les autres… Quelle horreur d'en faire le constat à cet instant précis et dans ce contexte. Joseph n'avait pas commenté, pas plus que les autres membres de la famille présents, mais tous n'en pensaient pas moins… C'est alors que Javotte avait fait son entrée triomphale dans le corridor, enlevant son manteau et son écharpe théâtralement, sourire fendu jusqu'aux oreilles et jetant ses cheveux en arrière comme dans les publicités pour des shampoings ! Aucun d'entre nous n'oubliera jamais cet instant précis… Elle arrivait enfin au CHU après sa journée de travail, scandant haut et fort :

— *Eh bien, il aura fallu ça pour que l'on se retrouve tous ici* !

Comme si nous étions un jour de fête… Sa phrase sonnait avec écœurement aux oreilles de tous, stupéfaits. Elle venait de perdre, une fois de plus, l'occasion de se taire ! Ce n'était ni le moment ni le lieu pour son arrivée de star hollywoodienne, choquant une fois de plus toute l'assemblée familiale, en rajoutant ironiquement :

— *Vous avez tous attendu pour rien, moi, j'arrive pile au bon moment !*
C'était un festival entre mon père et Javotte… Sans commentaire… Elle n'avait

eu aucune attention affectueuse et/ou réconfortante envers moi. Pourtant, elle savait, comme tous nos proches depuis deux jours déjà, que j'étais atteinte d'un cancer du sein. Elle n'avait pas jugé bon depuis ce temps de me téléphoner... Maintenant, la priorité absolue était le rétablissement de notre mère, mais pour autant, mon cancer n'avait pas disparu. Je n'avais pas encore toutes les informations concernant mes traitements à venir, quel était le type de la tumeur, etc. Il n'y avait que des bribes d'informations et des examens planifiés comme mon opération le 2 mars 2020, soit moins de trois semaines après le diagnostic et une IRM d'extension à réaliser entre temps. J'aurais aimé un peu de chaleur de la part de ma sœur, mais rien d'empathique ni de bienveillant ne pouvait sortir d'elle. Mon père n'avait eu, lui aussi, aucun mot rassurant à mon égard : je n'avais absolument rien reçu de sa part depuis le jeudi... Les deux faisaient bien la paire... Je faisais bonne figure pour rester focalisée sur notre mère et sa convalescence à venir. Nous espérions qu'il n'y ait pas de séquelles. Dans la foulée ce soir-là, heureuse de retrouver certains membres de la famille, Javotte avait lancé une invitation, « afin de *se faire un restaurant pour profiter de la présence de tous et toutes* ». Pour ma part, il n'était pas question d'y aller, j'avais ma dose de tous ces comportements méprisants, je refusais de m'infliger ce repas qui se voudrait théâtral, la connaissant. De toute façon, j'étais éprouvée par les deux derniers jours que nous venions de vivre, par conséquent, j'avais décliné la « super invitation ». Visiblement, Javotte, malgré sa sœur gravement malade et sa mère opérée et hospitalisée suite à un AVC, gardait l'esprit très festif... Dès le lendemain de son opération, maman avait été transférée en chambre. Les visites étaient très réglementées d'un point de vue des horaires, du temps octroyé pour la voir et du nombre de personnes autorisées à rentrer, ce que nous comprenions parfaitement. Nous nous étions organisés pour faire un roulement pour qu'elle ne soit jamais seule, même si elle dormait beaucoup. C'est ma tante Dominique qui avait pris les choses en main, nous soulageant du mieux qu'elle pouvait de ce côté-là. Elle venait le midi pour l'aider à manger un jour sur deux en alternance avec mon père. Ma fille, étudiante en faculté de pharmacie située non loin, venait sur sa pause méridienne pour réviser en silence et veiller sur sa mamie, souvent endormie. Ma cousine et ma tante Solange, sortant elle-même d'une grave maladie, venaient quasiment tous les après-midi voir maman. Enfin, pour ma part, je faisais tous les jours, sans exception, deux heures de route aller-retour pour passer seulement quelques minutes auprès de maman. Le reste du temps, nous restions ensemble dans le parc ou la salle d'attente à boire un café et à discuter en famille pour se soutenir mutuellement. Joseph m'accompagnait une fois sur deux en fonction de son travail. J'étais épuisée par les trajets mais ma place était auprès de ma mère. Mes tantes s'inquiétaient beaucoup à mon sujet, me trouvant davantage livide de jour en jour. Elles m'avaient demandé de venir moins fréquemment voir maman mais j'avais refusé. Je tenais à être à son chevet pour la soutenir. L'AVC de maman n'avait pas effacé mon cancer, loin de là, il était toujours présent. Certains semblaient l'avoir oublié, si tant est qu'ils s'en soient souciés une fois...

C'est durant cette période d'hospitalisation de ma mère que j'avais senti que mes tantes me prenaient en charge, comme des mamans de substitution. Mon père et ma sœur inscrits aux abonnés absents par rapport à mon diagnostic, leur attitude heurtait la famille au-delà de l'imaginable. On le savait pour l'avoir vécu, pourtant avec le cancer de ma mère en 2009, le rôle des familles est central dès le diagnostic ! Tous les proches sont directement touchés par la maladie, enfin normalement. Mais dans mon cas, ni mon père, ni ma sœur ne prenaient de mes nouvelles, ni même m'en parlaient, je n'avais aucun appel de leur part, aucune manifestation... Quant à ma mère, évidemment que je ne pouvais lui en tenir rigueur, je voulais juste l'en préserver. À chacune de mes visites, elle me posait des questions sur l'avancée de ma prise en charge mais systématiquement, je bottais en touche, lui demandant de ne pas s'inquiéter pour moi, que j'allais bien, confiante, affichant mon plus beau sourire. Il lui arrivait d'en pleurer en ma présence, s'excusant de me l'avoir « donné ». De la même manière, je lui répondais qu'elle n'était pas responsable de mon cancer, qu'il ne se « donnait » pas. Elle ressentait de la culpabilité alors qu'elle n'y était pour rien. Je m'évertuais à la rassurer, changeant de sujet pour égayer sa journée.

C'était tellement beau et émouvant : sans même en discuter, Tatie Dominique et Tatie Solange s'étaient spontanément substituées à ma mère... Sans se poser de question, ma cousine Athéna avait endossé immédiatement le rôle de sœur, en l'absence flagrante d'attention de la mienne. Mon oncle Antoine était plus que présent, car bien qu'habitant à plus de 600 kilomètres, il m'appelait tous les jours, quand ce n'était pas deux ou trois fois ! Une osmose et un soutien indéfectible se mettaient en place naturellement autour de moi, de Joseph et de nos enfants. Inévitablement, nos liens, déjà très forts, se resserraient et se renforçaient puissamment chaque jour, sans parler du soutien inconditionnel qu'ils apportaient à leur grande sœur, ma mère. C'était cela une famille : être là quand les autres en avaient besoin, peu importe ce qu'ils vivaient eux-mêmes. Dès le samedi, jour de l'AVC de ma mère, ma cousine Athéna avait créé, pour ma mère, un groupe de paroles sur une application mobile regroupant mes tantes, elle et moi et nos cousins, afin que l'on puisse échanger en une seule fois sur l'état de maman, s'organiser sur les visites, etc. Elle avait fait de même pour moi en créant un deuxième groupe de paroles. Tous les jours, sans aucune interruption, et c'est encore vrai plus de trois ans après, nous n'avons jamais cessé d'échanger quotidiennement. Les cousins étant plus en retrait, les messages échangés étaient essentiellement avec mes tantes et Athéna. Nous partagions des instants simples, discutions de tout et de rien, de notre quotidien, des préoccupations de chacune mais aussi par moment des sujets beaucoup plus sensibles. Je n'étais pas dans l'apitoiement, je ne me plaignais pas, jamais. Elles m'entouraient de tout leur amour, tout simplement, comme le faisaient déjà avec force, dignité et courage, mon mari et nos deux enfants. Ils jouaient tous, sans en saisir la dimension, un rôle essentiel face à mon cancer, en plus de devoir affronter l'AVC de ma mère. J'avais été claire avec tout mon entourage : pas question de l'ignorer, de ne pas le nommer, je ne voulais aucun tabou sur le sujet, cette maladie pouvait tous nous toucher. Il fallait pouvoir en parler sans aucun interdit. Je n'étais pas en sucre. C'était très étrange comme pensée mais j'avais besoin d'avancer AVEC et POUR mes proches, pour les accompagner eux aussi. Les médecins m'avaient donné des adresses d'associations accueillant des malades du cancer et leur famille, si besoin, pour échanger. Mais j'avais refusé catégoriquement ! Cela me faisait penser aux Alcooliques Anonymes : « *Bonjour, je m'appelle Élodie et je suis atteinte d'un cancer...* » *Non,* merci, ce n'était pas pour moi. Je ne remettais pas en question la bienveillance et nécessaire existence de ces lieux de paroles, bien au contraire, mais j'avais le bonheur de bénéficier de ma propre « association » avec ce groupe de paroles à l'initiative de ma cousine Athéna, sans compter sur le soutien sans faille de Joseph et de nos enfants mais aussi de ma belle-famille. Le groupe de paroles pour ma mère avait dû être fermé quelques jours seulement après sa création, car déjà ma sœur y avait déversé son fiel et avait dégouté les membres, ceux-ci préférant quitter le groupe...

Je m'étais proposée auprès de l'équipe soignante, pour être désignée en plus de mon père, comme personne référente et de confiance pour recueillir toutes les informations la concernant, être consultée pour les prises de décisions que je voulais conjointes avec mon père et pouvoir ainsi les communiquer à notre entourage. Mon père ne comprenait qu'un dixième de ce que les neurologues lui expliquaient, encore bloqué sur son propre diagnostic de rupture d'anévrisme. Il nous était impossible, sans rencontrer les médecins, d'avoir une explication intelligente de la part de mon père quant à la prise en charge de ma mère. Il me consternait et me faisait montrer en pression par son ignorance et sa bêtise, pourtant je l'excusais compte tenu de la situation... Il était prévu que ma mère reste deux semaines hospitalisée, deux semaines à venir la voir tous les jours sans y déroger, malgré la fatigue physique et surtout psychique que je ressentais un peu plus lourdement jour après jour. Elle était très entourée par ses sœurs, ses neveux, mon père, Joseph, nos enfants. Nous étions en rang serré derrière elle pour la soutenir. Contrairement à Javotte qui ne se déplaçait que très peu de fois pour lui tenir compagnie, y compris les jours où elle ne travaillait pas…

Et pour le cancer, la date de mon IRM d'extension approchait. Nous serions vite au 24 février 2020, pour réaliser cet examen « de routine »…

Chapitre 26 - « L'Autre »

Une semaine s'était déjà écoulée, tous à nous organiser pour qu'il y ait toujours quelqu'un de présent auprès de ma mère, les visites étant autorisées seulement par deux et uniquement les après-midi. C'était souvent tatie Dominique qui les organisait puisqu'elle y allait tous les jours, vivant non loin. Elle était en lien avec mon père, ma cousine Athéna, ma tante Solange et moi. Cela évitait que l'on soit tous et toutes au même moment à vouloir voir maman, ce qui aurait été proscrit dans ce service de neurologie. Les visites pour les enfants de moins de douze ans étaient interdites, ce qui nous paraissait normal compte tenu du type de service et des patients hospitalisés, les portes des chambres restant grandes ouvertes… Maman récupérait plutôt bien, ses progrès étaient encourageants. Toutefois, elle avait le regard hagard, son élocution restait encore lente. Je la trouvais apathique, c'était bouleversant mais les médecins étaient confiants, nous nous devions de l'être aussi. Un matin, maman avait reçu de mauvais résultats d'analyses de sang, incompréhensibles selon nous et le corps médical surtout. Heureusement, l'équipe médicale s'était aperçue très rapidement qu'il y avait eu une erreur de tubes dans leur laboratoire. Il était prévu qu'un nouveau prélèvement sanguin lui soit fait dans l'après-midi.
Cet après-midi-là, Joseph m'avait accompagnée pour lui rendre visite. Ma tante Dominique était sur place ainsi que ma sœur qui avait fait le trajet en voiture avec mon père. Ma tante et Joseph étaient restés dans le parc à patienter, me laissant rejoindre mon père dans la chambre. Ni Javotte ni mon père n'avaient encore pris de mes nouvelles : aucun appel, aucun message, aucune visite, RIEN… Nous étions à près de dix jours de l'annonce du cancer ! La famille et moi étions estomaqués par tant d'indifférence de leur part à mon égard. Mon père était présent dans la chambre avec maman, Javotte allait revenir. Je m'étais assise près de ma mère pour discuter calmement de tout et de rien avec elle. Ma sœur était rapidement arrivée, elle s'était installée de l'autre côté du lit, nous lui tenions chacune une main. Mon père était debout, légèrement en retrait, mais toujours présent. Javotte avait commencé à raconter à notre mère, en lui détaillant en long, en large et en travers, les prochains examens médicaux prévus pour son enfant, ce qui nous donnait beaucoup de souci, il est vrai. Néanmoins, ce n'était ni le lieu ni le moment de les évoquer, surtout en insistant trois ou quatre fois sur la date des prochaines consultations et explorations médicales qu'il devait subir, dans le but que notre mère les intègre ! Je percevais l'inquiétude dans le regard de maman en écoutant Javotte lui marteler tout cela. Le plus neutre possible, je lui demandais de changer de sujet, lui faisant les gros yeux. Notre

mère, telle une petite chose, lui répétait inlassablement qu'elle avait eu beaucoup d'inquiétude pour ce petit bonhomme.

Il était difficile d'ignorer les nombreuses sollicitations de Javotte auprès de notre mère, sans l'épargner, lui quémandant sans cesse de l'accompagner aux visites pédiatriques de routine ou celles prises en catastrophe, sans parler des fois où elle allait la réveiller en pleine nuit pour qu'elle vienne lui calmer son enfant souffrant. Mes parents s'en plaignaient de plus en plus à qui voulait l'entendre, ils étaient excédés et en réaction, nous le devenions pour eux. Pour autant, rien n'avait changé dans leur fonctionnement commun, car devant Javotte, ils se pliaient et ne protestaient jamais…

Pour en revenir à ce jour-là, nous étions proches de notre mère, quand une infirmière était rentrée dans la chambre nous demandant de bien vouloir sortir tous les trois. Elle devait réaliser la nouvelle prise de sang nous confirmant leur erreur. Javotte s'était levée pour attraper sa veste et se rapprocher de mon père, prêt à quitter la chambre. Au moment de me redresser, maman me retenait par la main ; elle s'était mise à pleurer en me disant qu'elle avait été soucieuse pour mon cancer et pour l'enfant de Javotte. En aucun cas, je ne lui parlais jamais de mon cancer, à aucune visite. Il n'était pas question de l'évoquer en venant la voir, le but de mes visites était au contraire de lui changer les idées et de la soutenir, et non de l'assommer de jérémiades ou de problèmes supplémentaires… Mais maman voulait sans cesse savoir où j'en étais dans mon parcours de soins et elle me questionnait invariablement à ce sujet. Je l'avais consolée et rassurée brièvement, voyant l'infirmière s'impatienter. Je m'étais montrée volontairement confiante, lui répétant encore une fois qu'elle n'y était pour rien, que le cancer n'était pas une maladie contagieuse, et que j'allais être prise en charge à l'ICM comme il se devait prochainement. Mon père avait remarqué les larmes de ma mère. C'est alors que l'inaudible, l'insupportable, l'indicible a été prononcé… Mon père, comme à son accoutumée, avait marmonné à l'infirmière suffisamment fort pour être entendu par nous toutes, mais en me tournant le dos, car le courage ne le caractérisait pas :

— *Ah, il aura fallu que l'autre, elle fasse chier à parler de son cancer !*

L'autre… Elle… Faire chier avec son cancer… Je ne pouvais croire ce que mon père venait de proférer à mon sujet. Chacun des mots prononcés était abject. L'air me manquait, avec la sensation grandissante de malaise, prise de nausées et de vertiges. La pièce me semblait d'un seul coup minuscule, tout tournait autour de moi. J'avais l'impression que ma tête allait exploser sous la pression et que mon cœur allait s'arrêter de battre à cause de l'accélération de mon rythme cardiaque ! Comment mon propre père pouvait-il parler ainsi de moi, SA

FILLE, en me nommant « l'autre » ??!!! Comment mon propre père, me sachant gravement malade, pouvait-il dire que je « faisais chier à parler de mon cancer » ??!!!! S'il avait été proche de moi, sensible à mon état et surtout s'il avait pris de mes nouvelles, ne serait-ce qu'une seule fois, il aurait su que justement, je n'en parlais pas, que je ne me plaignais pas, que j'affrontais ce cancer avec force, dignité et détermination. Me balancer cette horreur, tandis que j'évitais d'aborder précisément le sujet avec ma mère convalescente, me paraissait une abomination sans nom ! C'était justement ma mère qui, systématiquement à chacune de mes visites, voulait m'en parler. C'était elle, même très malade, qui s'inquiétait pour moi ! Quelle cruauté de la part de mon père, de ce type... Sa phrase résonnait dans tout mon être, me brisant intérieurement par ondes de choc. De tels propos étaient effroyables, infects, nauséabonds, odieux, insupportables à entendre... Aucun mot de vocabulaire ne pouvait qualifier l'exécration que je pouvais ressentir ni l'ignominie de la situation. Toutes mes émotions se mélangeaient formant un cocktail explosif allant de la tristesse à l'effroi, en passant par la colère et la rage. Il me donnait envie de vomir. Je m'étais levée immédiatement, attrapant mon manteau et lançant à Javotte, entre deux sanglots, sentant la rage monter en moi :

— *Ça, c'est trop, je ne resterai pas une seconde de plus dans la même pièce que ce type* !

En passant devant lui, je m'étais arrêtée face à lui, le fixant, ulcérée, les dents serrées, à quelques centimètres de son visage. Mes mots avaient jailli tel un geyser alors même que ma respiration était difficile, causée par l'oppression thoracique ressentie et les pleurs qui s'étouffaient dans ma gorge. Je n'avais plus grand-chose à lui dire, j'avais rétorqué vertement, tout bas pour protéger ma mère mais distinctement pour lui :

— *L'autre, elle a un prénom : je m'appelle Élodie et je suis ta fille bordel ! Quant à mon cancer, je ne l'ai pas choisi. Je vis avec comme je peux sans faire chier justement qui que ce soit. Quant à toi, à partir de maintenant, je ne te considère plus comme mon père, tu n'es que mon géniteur...*

Ma sœur comprenait à peine ce qu'il était en train de se passer sous ses yeux. L'infirmière s'était volontairement positionnée avec son grand chariot devant le lit de maman, lui évitant d'assister à la scène. J'avais l'impression d'être sortie de mon corps et d'en être totalement désolidarisée tellement la douleur était abyssale... Une fois sortie dans le couloir, je faisais de rapides va-et-vient, tentant de retrouver la sortie du service et d'atteindre le rez-de-chaussée. Mon cerveau était incapable de la moindre réflexion et de concentration. Je butais d'un mur à l'autre, d'un couloir à l'autre sans trouver l'issue. Il y avait de hautes

fenêtres donnant sur le parc, un coin ascenseurs réservé aux brancards et aux malades. J'étais totalement désorientée, les pleurs m'empêchaient de respirer correctement, me faisant suffoquer ! Je crois que j'aurais pu me défenestrer pour quitter rapidement cet espace clos toxique et ne plus être confrontée à cet être ignoble, tant je souffrais des mots prononcés par mon « ex-père ». Je ressemblais à un petit animal sauvage ébloui par les phares d'une voiture et qui court dans tous les sens sans savoir où aller pour se protéger. Javotte m'avait rejoint dans le couloir pour m'intercepter. Elle m'avait attrapée et entourée fortement de ses bras pour tenter de me calmer, essayant de m'expliquer tout en maladresse que la priorité était le rétablissement de SA mère ! Comme si je n'appartenais pas à cette famille, comme si ce n'était pas MA mère également. Je lui répondais meurtrie que depuis l'annonce de ma maladie, soit plus de dix jours auparavant, ni elle ni mon père n'avaient pris la peine de me faire un message ou de me passer un appel ! Je n'avais reçu aucune sollicitude de leur part. Pire, ils me tenaient pour responsable de l'AVC de ma mère, parlant d'ailleurs d'anévrisme, alors qu'il n'en était rien puisqu'elle souffrait d'une pathologie cardiaque depuis longtemps qu'elle n'avait pas traitée ! La bêtise les rendait terriblement méchants et j'en faisais les frais. Quant à l'intelligence du cœur, elle leur faisait cruellement défaut. Ils étaient tous les deux inaptes à comprendre à ce que je vivais depuis dix jours et bornés quant aux causes de l'AVC, ma mère. Épictète a écrit qu'*accuser les autres de son malheur est le fait d'un ignorant.* C'était exactement ce que mon père et Javotte étaient en train de me faire subir, sans vergogne !
Une fois la sortie du service retrouvée, j'avais réussi non sans mal à envoyer un SMS à ma tante Dominique, lui enjoignant de ne pas me rejoindre comme prévu à l'étage avec Joseph. Je lui écrivais sans préciser qu'il y avait eu une grave altercation entre mon père et moi et qu'il était préférable que Joseph ne le croise pas. En arrivant dans le hall d'entrée du CHU, ma tante et mon mari m'attendaient très inquiets en raison de mon état, voulant en savoir plus. La déflagration causée par cette phrase était d'une extrême violence et très éprouvante pour moi. Ils m'avaient ramenée à la voiture en me soutenant pour que j'y reprenne mes esprits. Je n'arrivais pas à leur parler tant je suffoquais. Lorsque je leur avais tout raconté, Joseph et tatie Dominique étaient effarés. Leur silence était éloquent, mais je voyais dans leurs yeux toute leur colère et leur indignation contenues envers mon père. J'ai su bien plus tard que mon *« ex-père »* était descendu pour essayer de me voir, mais ma tante s'était interposée, à juste titre, lui conseillant vivement de me laisser tranquille, Joseph étant auprès de moi dans notre véhicule. Une fois mon « géniteur » reparti à son domicile accompa-

gné de Javotte, Joseph était allé voir ma mère comme prévu, accompagné de ma tante. Nous ne voulions pas l'inquiéter, je l'avais prévenue que son gendre était venu lui rendre visite et qu'il patientait dans la cour avec sa sœur Dominique pour attendre leur tour de visite. Nous devions continuer à faire ce que nous avions planifié pour rester cohérents. Ma tante était restée auprès de moi, encore tremblante, avant de rejoindre Joseph auprès de ma mère. Cette phrase immonde tournait en boucle dans ma tête, encore et encore, sans aucune accalmie ! Je vivais l'enfer… Il n'était plus question pour moi de le revoir ni de le croiser au CHU lors de nos visites organisées. Pour autant, je souhaitais continuer à me rendre à l'hôpital pour ma mère, sans lui faire part évidemment de ce que son mari, mon « géniteur », m'avait fait. Elle aurait hurlé d'effroi, enfin, je pense… Alors, une fois encore, ma tante Dominique, le roc pour nous tous en cette période d'épreuves successives, avait organisé les visites de façon à ce que je ne me trouve jamais en même temps que lui à l'hôpital. Dès le lendemain de cet évènement, mon père en avait parlé spontanément aux autres membres de la famille, déjà informés et choqués de son acte odieux envers moi, sa fille gravement malade. Il avait reçu grosso modo, de tous, la même réponse :

— *Ce que tu as dit à ta fille est gravissime et inexcusable, à sa place il nous serait impossible d'envisager un quelconque pardon…*

Malheureusement, un soir vers 19 heures 30, je l'avais tout de même croisé. Il quittait le hall d'entrée et moi, je m'y engouffrais précipitamment. Il avait essayé de m'aborder, mais rien que sa présence me provoquait une réaction de dégoût ! Il souhaitait me faire un résumé des nouvelles de ma mère, ce à quoi j'avais répliqué :

— *J'ai fait plus d'une heure de route avec les bouchons pour venir la voir avant 20 heures, ce n'est pas la peine de me raconter.*

Je l'avais planté là, lui tournant les talons. Parler quelques secondes avec lui avait suffi à me soulever le cœur ! J'étais épuisée physiquement et anéantie psychologiquement. Je tenais à garder une attitude sereine et confiante devant ma mère que je venais voir tous les jours, bien que cela m'éprouvait et me coutait en énergie. Maintenant, en plus de ma maladie et de celle de maman, je devais supporter la méchanceté empoisonnée de mon père, son indifférence et celle de Javotte. C'était plus que ce que je pouvais endurer… Me voyant chaque jour un peu plus livide, mes tantes, soucieuses et conscientes de mon état, voulaient que je lève le pied sur mes visites quotidiennes et les longs trajets qui en découlaient. Nous abordions la deuxième semaine d'hospitalisation de maman. Mes tantes souhaitaient que je prenne davantage soin de moi en attendant l'IRM d'extension. Elles craignaient que je finisse par m'effondrer. Il est vrai que j'aurais aimé me délester de ma charge mentale. J'étais gravement malade et ma bataille n'avait même pas commencé. Je devais me recentrer, pour mon bien.

Il ne se passait pas un jour sans que j'aie des pensées récurrentes sur cet épisode avec mon père. Mes nuits étaient devenues un enfer. J'enchainais les nuits blanches et les insomnies causées par les ruminations et les souvenirs intrusifs de tout ou partie de cet événement. Sans parler des nombreux flash-back et des cauchemars vécus intensément avec une forte détresse, teintée de colère. Je ne pouvais accepter ce que je venais de vivre avec lui ! Je voulais avoir du répit mais mon « géniteur » ne m'en laissait aucun. La déception était immense. J'avais sincèrement espéré que mon père soit un soutien de taille pour nous quatre, lui qui avait déjà traversé cette épreuve au côté de ma mère en tant qu'accompagnant onze ans auparavant. Mais bien au contraire, non content de ne jamais prendre de mes nouvelles, ce qui en soi était ahurissant, il m'avait profondément meurtrie et une fois de plus dénigrée. Il était atroce de constater qu'il n'était ni un père aimant pour moi, ni un beau-père soutenant pour Joseph, ni un grand-père réconfortant pour mes enfants alors que nous affrontions dans notre famille à la fois mon cancer du sein et l'AVC de ma mère. En fait, il n'était rien, absolument rien d'autre qu'un pauvre type au sens le plus péjoratif qu'il soit…

J'avais pris ma décision : je ne voulais plus avoir aucun contact avec lui. Je devais conserver toutes mes forces pour me battre contre le cancer. Je ne pouvais pas me permettre d'être violentée moralement et encore moins par mon père. Le sujet était clos. D'ailleurs, en parlant de « père »… Cela faisait de longues décennies qu'il ne se comportait plus en tant que tel avec moi. Le papa que j'avais follement aimé enfant n'était plus. J'en avais fait mon deuil depuis belle lurette. Et cet homme, capable de prononcer de telles paroles à sa fille malade, ne méritait pas que je le considère comme mon père. Le lien était coupé définitivement et par sa faute. Il allait devoir assumer la responsabilité de ses actes, accepter pleinement sa défaillance, en cessant de rejeter, peut-être, pour la première fois de sa vie, la faute sur quelqu'un d'autre. Mais je pouvais toujours espérer… Il se montrait odieux avec tout le monde, chaque jour un peu plus. Maman n'étant plus en état de le cadrer ou de le reprendre sur son comportement comme elle avait passé sa vie à le faire, il se sentait surpuissant. Il avait eu l'audace, notamment, de reprocher à ma tante Solange :

— *Heureusement que ma femme s'en est sortie suite à l'opération, sinon je t'en aurais voulu toute ma vie d'avoir signé la décharge pour sa prise en charge et l'opération* !

Quelle horreur d'accuser ma tante ! Bien au contraire, heureusement qu'elle avait eu le courage de signer ce formulaire d'autorisation d'opération chirurgicale ! Sachant que chaque minute compte lorsqu'un AVC se produit, si nous avions dû attendre l'arrivée de mon père, alors ma mère, SA femme justement, ne serait pas dans cet état de récupération, sans évoquer le pire... Il s'en prenait également à ma tante Dominique, se prenant pour un grand médecin sachant mieux que quiconque ce qu'il fallait pour le bien-être de ma mère. Il était compréhensible qu'il ait été fortement ému et inquiet pour elle, nous l'avions tous été. Mais cela ne l'autorisait absolument pas à avoir de tels agissements avec la famille. Il était ingérable, engendrant rapidement de vives tensions. Pour ma part, je ne voulais plus jamais avoir le moindre contact avec lui.
Je crois pouvoir dire sans aucune vanité que je suis d'une nature facile à vivre, habituellement dénuée de toute rancœur ou ressentiment tenace à l'égard de qui que ce soit qui m'aurait offensée ou blessée. Je trouve en général des circonstances atténuantes aux personnes qui me font sciemment du mal et j'arrive toujours à pardonner leur attitude, leur malveillance ou tout autre acte mesquin. Mais dans ce contexte précis, il me serait, j'en étais intimement convaincue, impossible de lui pardonner un jour, JAMAIS. Son attitude et surtout ses mots étaient inexcusables. Je n'aurai jamais la force du pardon. Nous étions tous submergés par nos émotions liées aux évènements qui venaient de se succéder, à quelques jours d'intervalle seulement. Mais cela n'autorisait ni la bêtise ni la méchanceté. Les deux épreuves vécues auraient dû nous unir comme jamais, mon père, Javotte et moi. Malheureusement, c'était exactement le contraire qui s'était produit. Ils étaient incapables d'exprimer de l'intérêt, de la sollicitude, de l'encouragement ou du soutien pour mes enfants, mon mari, et je ne parle même pas de moi. Ils n'étaient d'aucun réconfort, inaptes à écouter l'autre. Humainement, en l'espace d'une semaine à peine, chacun s'était révélé sous son vrai jour, dans le bon comme dans le mauvais sens. Mes relations avec la fratrie de ma mère et tous mes cousins avaient augmenté en intensité, nous unissant considérablement. Ma belle-famille, nos neveux et nièces, les cousins de mon mari, tous n'étaient pas en reste, fortement présents, faisant preuve d'un soutien sans faille auprès de nous. Quant à mon mari, je retrouvais l'homme que j'avais aimé. Les dix dernières années si difficiles, liées à ses absences notamment, s'effaçaient en un claquement de doigt ! La colère que j'avais ressentie face à son intransigeance concernant son lieu de travail, ses trop longues absences et déplacements professionnels incessants, le sentiment d'abandon ressenti et le manque cruellement vécu par nos enfants à des âges clés de leur construction : tout, vraiment tout avait disparu, tout était pardonné. Ce Joseph-là m'avait terri-

blement manqué. Il était là, solide tel un rocher au milieu d'une mer déchainée, inébranlable, drôle, tendre, touchant, compréhensif, apaisant, toujours à l'écoute et prêt à consoler les siens, portant naturellement attention à ses proches face à l'épreuve que nous traversions. Il était un père de famille responsable des siens en tout point de vue. Mon Joseph était enfin de retour à nos côtés et mon cœur en débordait de bonheur.

Sénèque a dit que « *ce n'est qu'à l'épreuve que l'on se connait soi-même* », c'est tellement vrai ! C'est aussi dans l'adversité que l'on découvre de quoi nous sommes capables, de quoi nous sommes faits, mais aussi sur qui nous pouvons compter et par opposition sur qui nous ne pouvons pas compter. L'annonce de mon cancer et les comportements consécutifs avaient révélé le niveau réel d'intensité des liens nous unissant les uns aux autres : que ce soit avec nos familles respectives, avec mon entourage amical ou professionnel. Ce cancer avait au moins cela de bénéfique : connaître véritablement l'âme de chacun… Quant à mon « géniteur » comme je m'employais à le nommer, certes je n'avais pas le contrôle sur son comportement mais je pouvais décider au moins du moment où je ne voulais plus avoir à le subir. Ma relation avec lui s'était arrêtée à l'instant même où il avait ouvert sa bouche pour prononcer cette phrase écœurante. Il était temps de me recentrer sur l'essentiel. Fini le temps où je me perdais en route pour être toujours la gentille fille qui faisait plaisir pour contenter tout le monde et qui encaissait sans broncher la perfidie de certains... Finalement, grâce à la maladie et à la réflexion qui en découlait, je m'autorisais à changer, à être moi, à me libérer tout en gardant mon authenticité. Je comprenais que le passé faisait mal, mais pour autant il ne pourrait être changé, rien ne serait effacé. Cet incident comme tout le reste s'était produit, c'est tout. Un combat bien plus dur encore m'attendait…

Chapitre 27- Vicissitudes

24 février 2020 : le jour du bilan d'extension locale par IRM. Onze jours à peine s'étaient écoulés depuis l'annonce et la confirmation du cancer et nous étions à une semaine de la date d'opération prévue début mars. Joseph et moi étions partis pour l'ICM, en vue de cet examen complémentaire, sans arrière pensée ou crainte particulière. Cela faisait partie du protocole et nous nous y conformions. Depuis l'électrochoc provoqué par l'annonce de ma maladie, mon mari m'accompagnait partout, quel que soit le rendez-vous. Je crois qu'il culpabilisait de ne pas avoir été auprès de moi ce jour-là... Maintenant il était présent avec force et bienveillance H24 ! Nous reformions notre binôme de choc. J'étais néanmoins stressée de m'étendre dans l'appareil, avec ce sentiment oppressant d'être comme dans un cercueil, les parois du cylindre étant à mon goût beaucoup trop près de mon visage. Mais il y avait plus grave comme situation alors j'essayais de relativiser et de prendre sur moi. Le trajet nous avait paru long, restant l'un et l'autre silencieux, perdus dans nos pensées. C'est alors que j'avais reçu durant notre trajet un appel du Dr D., l'onco-chirurgienne. Elle avait tenu à m'appeler personnellement pour m'informer qu'elle avait entre ses mains les derniers éléments manquants de l'analyse de ma biopsie. Elle m'expliquait qu'un antigène avait un taux très bas d'à peine 10% et que celui-ci était un indicateur de prolifération. Cela était rassurant pour mon pronostic et elle tenait à m'en faire part sans attendre. Depuis le diagnostic, il y avait une grande quantité de mots médicaux et d'expressions spécifiques nouvelles à comprendre et à intégrer. La détermination du stade tumoral, l'agressivité, la prolifération, le grade tumoral, les différents récepteurs qui définissaient petit à petit ma tumeur, les différentes chirurgies possibles, les risques, les traitements adjuvants, les traitements hormonaux, les tests oncogénétiques, tout cela faisait partie de notre nouveau vocabulaire ! Nous ne voulions rien occulter car cela faisait partie de mon combat et pour le gagner, j'avais l'impression que je devais tout assimiler et maîtriser ! Garder la main, avoir un minimum de contrôle... A l'intonation de la voix du Dr D. au téléphone, je comprenais qu'il s'agissait d'une bonne nouvelle, car même si ma tumeur était de grade II, elle se développait très lentement. Elle me confirmait avec cette information supplémentaire que je n'aurai pas besoin de chimiothérapie ni avant ni après l'opération. Et ça c'était l'autre excellente nouvelle ! Cet appel avait finalement égayé la fin de notre route jusqu'à l'ICM. Je vouais d'ores et déjà, une admiration sans borne pour cette jeune chirurgienne qui avait pris de son temps pour m'appeler personnellement, avant que je ne reçoive le compte-rendu écrit, qui aurait été indéchiffrable pour nous.

J'avais vite admis qu'avec le cancer, il fallait se réjouir des nouvelles positives, aussi minimes soient-elles. Je tricotais ma résilience étape après étape, choisissant comme stratégie celle des petits succès, des petites bonnes nouvelles, un jour après l'autre. Je me concentrais sur le positif à chaque instant et à chacune des phases de ma prise en charge. Seul l'instant présent comptait, l'avenir n'existait plus. J'étais incapable de faire la moindre projection qu'elle soit personnelle, professionnelle et quant à ma maladie. Je rentrais dans une bulle de protection, prenant tout le recul nécessaire pour aborder du mieux possible l'opération, les soins, les traitements à venir. J'étais totalement concentrée sur la marche à suivre et surtout je me nourrissais de l'amour des miens pour avancer et affronter courageusement ce cancer du sein.
Une fois arrivés à l'ICM, nous avions été accueillis par une équipe médicale pleine de gentillesse, rassurante quant à l'IRM et son déroulement. Il se dégageait des deux manipulatrices et du radiologue beaucoup d'empathie et de prévenance. A la fin du bilan d'extension, ils nous avaient demandé de patienter dans le couloir. Mais le médecin était venu rapidement nous rejoindre et à sa tête j'avais immédiatement compris qu'il y avait un autre problème… Mon sang se glaça dans mes veines ! Il avait commencé par nous confirmer qu'il avait bien retrouvé la lésion pré-pectorale classée ACR6 située dans le quadrant supéro-interne gauche. Jusque là, aucune surprise ! Très vite mes tympans avaient commencé à bourdonner, signe de stress, me donnant l'impression d'entendre ce médecin me parler, comme si j'étais sous l'eau ! C'était horrible comme sensation... Heureusement Joseph était présent et ses oreilles fonctionnaient mieux, en tout cas me semblait-il. Le radiologue nous expliquait dans son jargon que l'examen avait mis en évidence une deuxième prise de contraste plus petite, de type masse, dans la zone inféro-externe, du même sein pour laquelle il fallait impérativement réaliser des prélèvements macro-biopsiques sous IRM. Pour parler simplement, il apparaissait qu'il y avait un deuxième cancer dans mon sein gauche, à l'opposé du premier… Il m'était impossible d'entendre ce diagnostic… Cela ne s'arrêterait jamais ?! Nous nous étions dévisagés Joseph et moi, nos regards teintés d'effroi. Le choc émotionnel était violent autant pour l'un que pour l'autre… Nous étions anéantis, abasourdis, comprenant qu'il y avait probablement un deuxième cancer ce qui normalement signifiait l'ablation de mon sein, ajoutant ainsi de la gravité à la gravité de ma maladie. Il nous avait expliqué que nous étions obligés de patienter 48 heures par rapport à l'injection d'un nouveau produit de contraste, avant de procéder à la macro-biopsie. Le prochain rendez-vous avait été planifié le 26 février 2020. Deux jours d'attente supplémentaires, insupportables à vivre…

Le retour à la maison avait été éprouvant. Ni lui, ni moi n'osions en discuter, chacun devait digérer l'information comme il le pouvait. Arrivés à notre domicile, j'essayais de faire bonne figure, au moins par rapport à notre fille. Je voulais impérativement la protéger, car je savais comment elle fonctionnait : elle ne disait rien, elle encaissait tout, sans broncher mais elle n'en pensait pas moins et elle n'en était pas moins affectée. Notre fils vivait en colocation en ville avec un ami étudiant en médecine lui aussi, aussi d'une certaine manière, la gestion des annonces et des émotions était plus « facile » avec lui. Joseph restait silencieux. Je le plaignais, car il n'avait pas eu le temps de digérer la première annonce pour être capable d'encaisser la deuxième... Je ne pouvais rien pour lui, c'était moi qui avais cette merde dans mon sein et qui devais la combattre ! Je réalisais qu'avec cette maladie, plus rien ne pouvait être considéré comme acquis, qu'il était primordial d'avancer un pas après l'autre, examen après examen et que l'ascenseur émotionnel ferait partie de ma nouvelle vie. Comment gérer cela ? Comment passer d'une émotion extrêmement positive à une émotion extrêmement négative, en un laps de temps aussi court qu'un après-midi ?? Clairement, sur le plan psychique, depuis cette IRM, je vivais l'insoutenable et personne ne pouvait m'aider, rien ne pouvait me soulager de ce poids immense. Même si je savais qu'il existait des traitements efficaces, même si je me répétais que beaucoup de femmes s'en sortaient, ma première pensée s'était portée inévitablement sur la peur de mourir, une fois de plus. J'y voyais un acharnement de ce foutu cancer ! Il ne lâchait rien... Tous les examens à venir nous avaient bien été expliqués, sans détours et progressivement. Il était préférable que Joseph soit présent avec moi à chaque rendez-vous parce que par moment, les explications devenant insupportables à entendre, j'avais l'impression que mon audition baissait fortement jusqu'à ce qu'il n'y ait plus aucune information d'entendue. Certains moments, je n'étais plus apte à appréhender quoi que ce soit, il y avait des trous dans la continuité des conversations. Par conséquent, la présence de Joseph était doublement rassurante pour moi. Il était à la fois mon roc et mes oreilles ! Avoir entendu et compris ce que le radiologue venait de nous dire ne voulait pas dire l'avoir accepté. Je venais de faire dix pas en arrière après avoir cru que je gérais plutôt bien la situation depuis la première annonce. Il faut être humble face au cancer. Là, la réalité, telle qu'elle se présentait à moi, était impossible à admettre. Même si je pensais m'être préparée à toutes les éventualités, proposant moi-même fièrement, au premier rendez-vous avec l'onco-chirurgienne, l'ablation du sein si nécessaire, le résultat de ce bilan d'extension était un véritable coup de poignard, une effraction dans mon mental ! Je me retrouvais une deuxième fois, en à peine dix jours, confrontée à une nouvelle annonce inaudible, à cette sensation qu'il y avait un avant et un après, mais avec un degré de gravité supplémentaire. Le cours de ma vie changeait encore. Il ne cessait de fluctuer sans qu'il n'y ait un retour possible. J'étais paralysée par l'effroi, cette deuxième annonce nous tombait dessus et nous écrasait. Apparemment, le cancer ne me laisserait pas tranquille aussi facilement que cela. Encore une fois, il avait suffi de quelques secondes pour que ma vie, NOTRE vie, bascule. Quelques instants pour que la fissure se transforme en faille dans laquelle je me sentais basculer, sans aucun contrôle, sans savoir si j'allais m'en sortir. Plus rien ne serait pareil. De cela, j'en étais certaine…

Arrivés à la maison, j'avais tenu à ce que nos enfants soient épargnés par cette complication supplémentaire, je ne souhaitais pas leur en parler avant la deuxième IRM et la macro-biopsie à effectuer. De toute façon, cela ne changerait rien à mon diagnostic de les inquiéter maintenant. Au mieux, nous leur dirions au moment des résultats, bons ou mauvais. Autant les préserver quelques jours. Notre fils était dans d'intenses révisions. Il achevait son second cycle d'études de médecine et préparait les épreuves classantes nationales, appelées ECN, pour le mois de juin 2020, examen excessivement difficile pour obtenir la spécialité voulue ainsi que la ville. Il avait un rythme de travail effréné, monacal, sept jours sur sept que rien ne devait perturber. Notre fille, qui avait aussi réussi deux ans auparavant sa PACES, étudiait en faculté de pharmacie à Montpellier, régulièrement en période de partiels, en plus des trajets quotidiens qui la fatiguaient beaucoup. À mes yeux, il n'était pas nécessaire de leur mettre une couche supplémentaire d'anxiété. Même s'ils ne montraient rien en ma présence, je les savais éprouvés. Il était inutile de leur dire que ma situation semblait se compliquer. Surtout qu'il n'y avait que deux jours à attendre pour faire les prélèvements et d'une semaine pour recevoir les résultats définitifs. La date de l'opération avait d'ailleurs été mise entre parenthèse, le temps d'en savoir plus. D'être dans une telle incertitude était accablant. Nous l'avions confié à quelques membres de la famille seulement, tous très proches de nous au quotidien comme mes beaux-parents, mon oncle, mes tantes ainsi que ma cousine. Comme Javotte et mon père ne manifestaient aucune sollicitude et ne prenaient toujours pas de mes nouvelles, je ne voyais pas l'intérêt de leur en faire part. Et puis le cas de mon *géniteur* était réglé de toute façon. Constater leur désintérêt me meurtrissait énormément mais devoir supporter en plus leurs commentaires ignobles sur mon cancer, c'était trop. Comment un père et une sœur pouvaient-ils se comporter ainsi ? Je n'en savais rien… Je n'étais définitivement pas construite comme eux. Leur défaillance affective me dégoûtait en même temps qu'elle me faisait souffrir. Quant à l'absence de soutien de ma mère, je ne pou-

vais pas lui en tenir rigueur à ce moment-là, compte tenu de ce qu'elle était, elle-même, en train de vivre. Il était plutôt de mon devoir de fille de la protéger et certainement pas de l'accabler. Je préférais me préserver de leurs commentaires écœurants entendus ou rapportés tels que : j'avais un « *petit cancer* » ou un « *ça va, maintenant ça se soigne très bien, ce n'est rien* » ; ce genre de banalités détestables prouvant leur ignorance et leur petitesse d'esprit. Comment peut-on balancer de telles énormités alors qu'en France, il se déclare chaque année 54 000 nouveaux cas de cancer du sein, ce qui n'est pas rien quand même ! Le cancer du sein est classé au 1er rang des cancers en termes de fréquence. Et il est le plus meurtrier, car près de 12 000 femmes décèdent annuellement. Alors oui, dans les statistiques, trois cancers du sein sur quatre sont guéris mais on sait aussi que tous les types de cancers n'ont pas le même pronostic ! Et ce n'est pas tout : 75 % des cancers du sein se déclarent après cinquante ans avec un âge moyen au diagnostic de soixante-un ans. Or moi, j'en avais quarante-huit, donc j'étais « jeune » pour l'avoir… Pour qui se prenaient-ils avec leurs discours tous faits sur le sujet ?!! Ils se comportaient comme ils l'avaient toujours fait : ils étaient de grands « je sais tout sur tout », se prenant pour ce qu'ils n'étaient pas en l'occurrence des oncologues. Et puis comment oublier et pardonner ce « *Ah, il aura fallu que l'autre fasse chier à parler de son cancer* »… Cette phrase rendait irréparable notre relation père-fille.
Je continuais de me rendre quotidiennement auprès de ma mère au CHU de Montpellier, évitant soigneusement les créneaux où mon père allait la voir. En présence de ma mère, avoir un visage impassible, ne laissant paraître aucune émotion par rapport à ce que je vivais, était d'une violence folle pour moi. Nos échanges me vidaient progressivement de mes propres forces, pourtant je tenais à être là pour elle, tous les jours, jusqu'à sa sortie qui approchait. Il avait d'ailleurs fallu me battre et même impliquer ma sœur, car il était question que notre mère sorte sans aller en centre de rééducation, mon père souhaitant s'occuper lui-même de ses soins. Étant, comme lui, un « proche désigné », j'avais alors interpelé la neurologue et lui avait clairement expliqué leur situation, lui signifiant mon total désaccord pour une sortie sans soin et lui confirmant que ma sœur validait également cette position. Notre mère devait partir impérativement dans un centre spécialisé pour retrouver son élocution et traiter sa paralysie de la main gauche, sans parler de la récupération d'une manière générale après une telle épreuve. Je lui avais spécifié qu'il n'en serait pas autrement, quoi qu'en dise mon père, et nous y ferions une opposition ferme et définitive. J'avais obtenu gain de cause de la part des médecins neurologues du

service. Quelques jours après, elle était admise dans un centre de soins de suite et de réadaptation, relativement proche de leur domicile. Il était primordial que dans les six premiers mois, il lui soit prodigué les meilleurs soins pour qu'elle retrouve le maximum de ses capacités.

Pour moi, le 26 février 2020 avait rapidement été là : deux petits jours qui nous avaient paru une éternité ! J'étais littéralement effrayée de subir à nouveau cet examen. J'avais gardé un souvenir traumatisant de la macro-biopsie subie en 2014 pour le sein droit. L'anesthésie n'avait pas fonctionné normalement, il m'avait semblé mourir de douleur. Je refusais de revivre cela, pourtant il fallait bien y passer. Que d'épreuves qui s'enchaînaient... Les deux techniciennes en radiologie que j'avais rencontrées deux jours auparavant étaient présentes ce jour-là. La peur me faisait trembler de manière irrépressible, comme si j'étais allongée légèrement vêtue dans la neige par un jour de grand froid. J'étais prise de spasmes incontrôlables, je grelottais sans pouvoir m'en empêcher, alors qu'évidemment il ne fallait aucun mouvement une fois rentrée dans le cylindre de l'appareil. Avec le stress, ma respiration était saccadée et peu profonde, ce qui accentuait mes tremblements. Je n'arrivais pas à reprendre la main sur mon corps et à canaliser la crise d'angoisse qui démarrait. Alors l'une d'entre elles avait lancé au médecin radiologue :

— *Je reste avec la patiente dans la salle d'examen !*

Quel acte de gentillesse, de bonté et de noblesse de cœur ! Elle s'était équipée lourdement pour se protéger et pour pouvoir rester dans la pièce avec moi. Tandis que je croyais avoir fini l'examen, ayant eu la sensation d'avoir eu le sein manipulé, l'injection de l'anesthésie locale n'avait même pas débutée ! Elle me caressait les cheveux, me parlait doucement, elle me donnait du courage en se montrant rassurante. Elle m'aidait à maîtriser mon débit respiratoire pour retrouver de l'apaisement. Enfin, le médecin radiologue rentrait lui aussi dans la pièce. Il avait fini son repérage depuis la salle vitrée. L'acte tant redouté allait commencer : je puisais en cette jeune femme proche de moi toute la force qu'elle me donnait. Elle captait mon attention pour que je me détende progressivement. L'anesthésie avait été faite sans trop de douleur, le médecin pouvait commencer à inciser et à prélever tout ce dont il avait besoin dans la zone repérée. Je ne devais plus bouger d'un millimètre. C'était de l'ordre de l'exploit mais j'y étais parvenue grâce à elle ! Et miracle... Je ne ressentais rien, en tout cas rien de douloureux. Elle continuait à m'encourager, à me parler calmement. La fin de l'examen était proche, je retrouvais petit à petit une respiration normale. Je n'oublierai jamais son jeune visage : ses longs cheveux lisses châtain foncé, ses yeux pétillants noirs, ses mains posées sur les miennes, sa voix douce légèrement rauque, sa patience. Je lui avais demandé son prénom en partant pour la remercier du plus profond de mon cœur, très émue par autant d'engagement à mon égard. Je lui avais dit qu'elle ferait pour toujours partie de ma vie par ce qu'elle venait de faire. Elle était également touchée par ce moment partagé. J'aime ce genre de rencontre éphémère qui laisse une trace indélébile dans le cœur. Je reste avec cette pensée, parce que ce n'était pas la première fois que je le remarquais, qu'il y avait des personnes qui rentraient dans ma vie avec raison et qui jouaient un rôle important, même pour quelques heures.

Joseph m'avait rejoint et nous avions attendu encore un peu dans la salle d'attente que le médecin radiologue nous fournisse son compte rendu. Nous savions que rien ne nous serait dit immédiatement puisqu'il fallait qu'ils envoient l'ensemble des prélèvements au laboratoire d'anatomopathologie du centre. Il m'avait posé un clip en fin de procédure de macro-biopsie qui avait été contrôlé immédiatement après l'IRM par la réalisation d'une mammographie de face et de profil. La nouvelle masse avait été classée ACR4. Les résultats finaux me seraient annoncés par mon onco-chirurgienne lors de ma prochaine consultation. Je sortais de l'ICM épuisée psychiquement et douloureuse de ce sein gauche… Une nouvelle fois, les dés étaient lancés, il nous fallait patienter une semaine. Ma vie était suspendue à ces résultats.

Chapitre 28 - Affronter le Géant

J'essayais de m'occuper l'esprit le mieux possible durant cette attente insoutenable. Malgré tout, je me réjouissais d'avoir eu cette démarche de commencer un travail d'introspection, suite aux agressions que j'avais subies entre septembre 2018 et novembre 2019, pour avoir une meilleure connaissance de moi et m'aider à aller mieux. Nous avions énormément échangé sur le sujet avec Joseph et finalement, je n'irai pas jusqu'à dire « grâce à » mais plutôt « parce que » j'avais vécu ses éprouvantes agressions, je m'étais préparée, sans le savoir, à affronter mon cancer du sein. D'avoir le soutien à ce moment-là de mon mari et de nos enfants, de nos proches, de celui de la psychiatre Dr O.M d'un point de vue médical, en plus de ma propre démarche personnelle, m'avait permis de me poser, de découvrir réellement qui j'étais et comment je fonctionnais. Tout cet amour qui m'entourait me faisait dire que je ne pouvais aller que vers le mieux ! Le travail de la parole était important, car cela donnait du sens aux évènements douloureux que j'avais vécus et cela rendait finalement supportable la situation. La réflexion que j'avais entamée avait toute son importance, parce qu'elle me faisait comprendre ce qui m'était arrivé et que je n'étais pas toute seule pour l'affronter. Les principales lectures choisies, ou celles conseillées par quelques amies, allaient dans ce sens. J'étais ouverte à tout, afin d'adopter la meilleure démarche intellectuelle possible, en faisant ce travail introspectif. J'étais curieuse et à l'écoute de mon ressenti psychique et physique pour envisager ma vie, LA vie, différemment. Pas question de dénigrer quelque chose que je n'aurai pas, moi-même, essayée ou lue pour m'en faire mon propre avis. Il me paraissait primordial de développer cette capacité à faire le point sur moi-même et sur mes aspirations parce qu'avec l'annonce de la maladie, l'horizon m'était apparu soudain beaucoup plus près et plus obscurci, tandis que la soudaine fragilité de la vie me sautait aux yeux... Je voulais développer et cultiver des habitudes positives, me poser les bonnes questions, réorganiser ma vie... Je devais me préparer au changement, il était temps ! Bien sûr, cela exigeait du recul pour faire preuve d'objectivité, mais j'étais déjà sur la bonne route, j'en étais convaincue. Toutes mes lectures, tous ces temps de réflexion et de discussions m'y aidaient. Évidemment, je n'étais pas dans l'attente que le prochain bouquin lu soit celui qui me changerait radicalement ou celui qui m'apporterait LA solution. Non. C'est difficile à exprimer clairement, mais c'était comme si je savais intérieurement que j'allais vivre cette terrible épreuve qu'était le cancer et que, par anticipation, je devais optimiser mes facteurs de protection avant son diagnostic. Étrange non ?... Mon parcours jusque-là, m'avait amenée à développer une force de résilience et grâce à elle, j'avais réussi à trouver ma voie, me semblait-il. Il me fallait continuer dans ce sens, aller plus loin…

Dans le même temps, notre monde se préparait à affronter un virus chinois, qui, selon les dires des médias et des politiques, ne serait pas plus virulent qu'une « grippette » ou ne toucherait pas le sol français… Néanmoins, l'inquiétude grandissait vis-à-vis des cas qui se multipliaient en France et ailleurs en Europe, le chiffre des hospitalisations et des décès était exponentiel et inquiétant.

Depuis la création du groupe de paroles par ma cousine Athéna, il ne se passait pas un seul jour sans que je reçoive des messages de mes tantes ou de sa part. Nous partagions tout notre quotidien, nos liens se renforçant indéniablement chaque jour, vivant toutes éloignées les unes des autres. Nous avions des conversations endiablées sur tout et sur rien, il n'était pas question que mon cancer soit le fil conducteur de nos bavardages. Mais je savais que si j'avais besoin d'en parler, je pouvais l'évoquer sans problème avec elles. Athéna me faisait hurler de rire, car elle postait tous les jours des vidéos hilarantes en utilisant des filtres Snapchat, me donnant plein d'encouragement et de force. Son compagnon faisait de même. Elle avait même donné un prénom à mon cancer : je ne veux blesser personne, par conséquent, je ne le nommerais pas ! Depuis, elle lui adressait des messages guerriers en vidéo, vraiment tordant de rire, tant par sa tête défigurée et sa voix déformée par le filtre de l'application que pour le contenu de ses propos ! Même mes tantes, malgré leur âge avancé, s'y étaient mises ! Elles étaient au top, ne se posant aucune question et sans répit dans la quotidienneté des messages. Et puis j'avais fini par m'y mettre moi aussi à leur faire des vidéos en utilisant d'autres filtres très drôles, notamment celui que j'appelais de « Tata Germaine », vieille tante austère qu'elles avaient eue petites ! Je leur faisais des saynètes en racontant des sottises et les faisais rire à mon tour. De son côté, mon oncle Antoine m'appelait plusieurs fois par semaine. Toute cette affection me touchait énormément et contrastait cruellement avec l'attitude d'autres personnes… Évidemment, mon soutien principal était mon mari et nos enfants. Ils encaissaient tout sans broncher, courageusement. Joseph, en tant qu'accompagnant dans la maladie, souffrait en silence, comme nos enfants d'ailleurs. Je voulais qu'ils aient du répit… Tout cet élan d'amour, de force, de bienveillance me nourrissait et renforçait ma détermination face à la maladie. Je n'étais pas du tout dans le déni, bien au contraire. Je ne me plaignais jamais. Je me laissais envahir, porter, imprégner par toute cette démonstration d'amour qui me faisait un bien fou. Le plus beau cadeau qui soit était la présence et l'attention de la famille, de nos amis, de mes collègues de travail, en tout cas ceux qui se sentaient concernés et ils étaient nombreux ! J'avais été très claire avec notre entourage : je souhaitais que l'on veille fermement à ne pas laisser ma maladie occuper tout l'espace de notre vie et de nos relations, ce n'était pas une mince affaire. Il était important pour moi de donner une large place aux projets même les plus insignifiants, au rêve, à la vie de famille et à la vie sociale. Se distraire, avoir un sujet de conversation plaisant, faire des pauses, partager du temps autant que possible avec les personnes que j'aimais et inversement, celles qui comptaient et qui s'intéressaient à ce qui nous arrivait, tout cela était crucial. Leur soutien nous était bénéfique. Ni Joseph ni moi ne pourrions l'oublier plus tard. Impossible…

Le côté de ma famille maternelle était très présent, quotidiennement, mais ils n'étaient pas pour autant les seuls ! L'entourage familial du côté de Joseph n'était pas non plus en reste : beaucoup de réconfort, d'écoute et d'encouragement, d'amour nous était donnés spontanément et régulièrement, notamment par mes beaux-parents, son frère et sa famille, ses oncles, ses tantes et ses cousins. Parfois le seul fait d'avoir une visite ou une invitation de leur part et d'être assis à côté d'eux calmement, suffisait à m'apaiser. Une simple présence pouvait m'apporter autant qu'une longue conversation. Il y avait énormément de respect et de retenue de leur part, aucune discussion ne m'était imposée. De toute façon, je ne demandais ni conseil ni opinion sur le sujet, il n'y en avait pas à me donner. Affronter l'épreuve et c'est tout. D'être juste-là renforçait mon moral, tout simplement. Il n'y avait rien de pire que d'entendre des propos qui n'aidaient en rien, de la part de ceux qui pensaient tout savoir sur tout ! Quand vous êtes atteint d'un cancer, quel qu'il soit d'ailleurs, vous n'avez pas du tout envie de vous entendre dire que telle ou telle autre personne a eu le même cancer et que c'était horrible, car elle était morte maintenant, ni que vous ne devez pas vous inquiéter parce que vous avez un « petit cancer qui se soigne bien ». Ou pis encore, ceux qui ignorent, minimisent ou jugent vos émotions. Et tout cela, je l'ai vécu : l'indélicatesse, la bêtise, l'ignorance, le manque de tact, tout ça, j'ai dû y faire face. Peut-être qu'il n'est possible de comprendre l'impact d'un cancer dans sa vie qu'en l'expérimentant soi-même ou en l'ayant vécu auparavant. Chaque cas est particulier, il y a autant de cancers et de diagnostics que de patients. Ce n'est pas un concours du plus gros ou du plus mortel… En étant malade, vous apprenez vite à repérer et à vous protéger de ce genre de personnes toxiques pour votre moral et pour votre combat mené contre la maladie. Ces individus ne servent à rien dans votre vie… Ce n'était un secret pour personne, depuis des décennies le centre de gravité familial, du côté maternel, était mes parents et principalement ma mère. Or avec l'annonce de mon cancer et les réactions abjectes vécues et entendues de la part du « duo infernal », le curseur de ce cercle familial s'était déplacé naturellement vers moi. Nous constations qu'il s'était remodelé pour se reformer en rangs serrés autour de moi. Ma mère n'en avait pas été pour autant lésée à ce moment-là, tout le monde était resté très proche d'elle, soutenant et soucieux de son état et de sa récupération. Les choses avaient évolué par un enchaînement logique et naturel dont la responsabilité leur incombait, on récolte ce qu'on sème…

Durant la courte période qui venait de s'écouler, mon père s'était très mal comporté envers les uns et les autres, tenant des propos infâmes, se permettant des commentaires odieux sur des sujets personnels, se précipitant pour juger telle ou telle personne. Il n'en était pas à son coup d'essai. Il avait toujours procédé ainsi. Mais petit à petit, les relations familiales avec et à cause de lui s'étaient dégradées, allant crescendo pour atteindre son paroxysme avec l'annonce de mon cancer suivi de l'AVC de maman. Et si personne n'en avait parlé ou ne s'en était plaint ouvertement auparavant, c'était surtout pour préserver ma mère, sa femme et notre famille au sens large. En vieillissant, il ne s'améliorait pas, loin de là. Contrairement à ce que mes parents et Javotte ont pu dire pendant et même bien après ces deux évènements médicaux graves, il n'y avait jamais eu de décision collégiale familiale concernant leur mise à distance. Absolument pas. Ils s'étaient isolés eux-mêmes à cause de leurs propos et agissements inadaptés et blessants envers les autres membres de la famille, point. Mais encore, fallait-il qu'ils reconnaissent leurs torts et acceptent de se remettre en question personnellement. Cette attitude réflexive, nous savions tous qu'ils en étaient incapables, reportant inexorablement la faute sur les autres et m'incriminant d'ailleurs la plupart du temps ! Combien de fois ai-je entendu ce début de phrases de leur bouche :

— *À cause des histoires d'Élodie, nous…*

Mais quelles histoires justement ? Je n'avais jamais rien dit ! Je n'aspirais qu'à une seule chose : qu'ils me foutent la paix pour affronter mon cancer. Nos familles et nos amis respectifs n'avaient eu qu'à observer objectivement leurs faits et gestes pour se faire leur propre opinion des personnages. De mon côté, j'avais mieux à penser et puis je savais à qui j'avais affaire… L'entourage de maman me protégeait instinctivement de tout cela, pensant à raison qu'il était toxique pour moi d'être exposée à cette malveillance permanente. Leurs propos et leurs actes avaient choqué. Ils ne s'en rendaient même pas compte, m'en faisant en plus le reproche et pire, m'en tenant pour responsable. Un comble… Je n'avais aucun répit, alors que je rêvais de tranquillité.

Concernant la maladie, je me disais qu'il fallait envisager tous les scénarios possibles, avec les risques réels et les solutions possibles, mais toujours en gardant espoir. J'essayais de refouler les pensées négatives et les flashs morbides qui m'assaillaient souvent le soir au moment du coucher ou durant la nuit lors d'incessantes insomnies. Je me répétais que je devais voir la situation telle qu'elle était, tout en pensant à des résultats heureux. Malgré tout, il y avait des symptômes contre lesquels je ne pouvais lutter. Comme la fatigue, due à la charge mentale occasionnée par les derniers rendez-vous supplémentaires subis et qui venaient s'agréger à tout le reste. Il y avait les pics de stress qui marquaient l'annonce des diagnostics, l'attente des résultats des divers examens et bien évidemment l'inquiétude face à l'avenir. Cette fatigue chronique, liée forcément au cancer mais pas seulement, m'éprouvait. Nombreuses étaient les causes de cet épuisement physique et psychique, comme les conséquences de l'ascenseur émotionnel que nous vivions depuis quelques semaines à peine, sans parler des douleurs liées aux différents prélèvements, de l'anémie, de la perte d'appétit et de la perte de poids fulgurante et conséquente. À tout cela venait se rajouter la méchanceté des propos proférés par mon *géniteur*... Rien ne m'était épargné ! En plus d'être gravement malade, je me faisais « boxer » sans cesse, au lieu d'être protégée par mon « ex-père », mais pas seulement lui, Javotte excellait aussi en la matière... Ils auraient pu se contenter d'être indifférents, ce qui déjà me peinait énormément ! Mais non, il me fallait aussi encaisser leurs commentaires minables et misérables. Mais paradoxalement et malgré tout, je ne sais comment le formuler clairement, chaque jour me rendait de plus en plus forte face à ce mal. Il est vrai que j'avais toujours eu un fort mental, me donnant toute la confiance et le calme nécessaires pour affronter les évènements la plupart du temps. Là, c'était comme si j'étais de plus en plus chargée d'émotions positives, me rendant particulièrement résistante face à l'adversité vécue et augmentant ainsi mon esprit combatif. Bien avant tout cela, j'avais souvent entendu de la bouche de ma belle-mère ou d'autres personnes de notre entourage combien j'étais résistante.

— *Oooh mais Élodie, elle est robuste !*

C'était l'impression que je leur donnais, ou plutôt celle que je voulais donner, je pense... Pendant cette semaine d'attente des derniers résultats, c'était comme si au plus profond de mon être se trouvait un puits infini d'amour dans lequel je pouvais puiser ma force pour affronter ce cancer, le plus positivement possible. Je me disais que j'étais prête à accueillir tous les miracles, que tout était bon à prendre : prières, pensées positives, lectures bienfaitrices, spiritualité, amour de soi, amour des autres. D'une manière générale, je devais garder confiance en moi, en mes capacités et en mes envies, un peu comme un auto-coach mental ! L'objectif était de retrouver du sens à la vie et d'instaurer un équilibre même fragile. J'avais droit au respect et à l'attention, et si certains étaient incapables de m'en donner, alors je n'avais pas de temps à perdre avec ces personnes-là. Je me rappelle que ma mère nous avait raconté durant son cancer en 2009 qu'avec sa maladie, des personnes proches l'avaient terriblement déçue par leur comportement ou leurs mots terribles, tandis que d'autres l'avaient, au contraire, agréablement surprise. Elle ne croyait pas si bien dire... Au fur et à mesure, je sentais qu'aucune force extérieure ne pourrait entraver mon esprit de résilience. Néanmoins, j'avoue que la déception et la douleur ressenties suite à la froideur de mon père et de Javotte m'atteignaient profondément. L'ensemble de la famille, témoin de tout cela, en était horrifié. J'avais pris une décision importante pour préserver Joseph et nos enfants de mes états d'âmes liés à la maladie, mais aussi pour m'aider dans l'acceptation de celle-ci. Je m'étais résignée à continuer les consultations avec la psychiatre, le Dr O.M qui m'avait dispensé les séances d'EMDR après les agressions. Le cancer étant arrivé à peu près au moment où je devais cesser mon suivi avec elle, celle-ci m'avait alors proposé de continuer à me recevoir à raison d'une fois tous les quinze jours. J'avais accepté immédiatement, me disant que cela me ferait du bien d'extérioriser mes pensées négatives, mes doutes, mes peurs avec quelqu'un de neutre. Joseph ne pouvait pas être le réceptacle de ma part sombre liée au cancer. Ni lui ni personne d'ailleurs. Lui-même était en conflit intérieur avec ses propres émotions et je ne pouvais pas l'aider. J'avais besoin d'exprimer à quelqu'un d'extérieur mes angoisses, mes terreurs. En attendant mon opération, je sentais que Joseph avait à la fois peur de me perdre et en même temps, qu'il positivait pour m'aider à garder le moral, et cela, tout en occultant ses propres angoisses. Complexe pour lui aussi... Je voulais m'autoriser à être triste en l'imposant le moins possible à ma famille. Par conséquent, poursuivre mes séances avec la psychiatre me paraissait une excellente option. Je souhaitais pouvoir me dire et même me persuader que j'allais réussir à battre ce cancer ! Autant de dualité à gérer dans mes émotions, que mes entretiens avec le Dr O.M. apaiseraient.

Une autre décision importante : je refusais de m'identifier à ce cancer, je n'étais pas QUE ce cancer. Il n'était qu'une partie de moi, pour autant, je ne pouvais pas le nier. Je me répétais souvent à voix haute qu'avec le temps, il ne serait qu'un accident de vie que je pourrais laisser derrière moi, derrière nous, comme pour m'en persuader. J'avais gardé en tête les attitudes culpabilisantes de ma mère, même onze ans après la fin de son cancer, n'arrivant toujours pas à le gérer émotionnellement. Elle s'en servait encore comme d'un chantage affectif, ramenant toujours tout à elle : c'était elle qui avait eu le plus grave et le plus gros. Personne ne disait qu'elle n'avait pas été gravement malade, mais il fallait qu'elle arrive à tourner la page. Après cinq, sept puis dix ans de rémission, elle avait catégoriquement refusé que les oncologues de l'ICM lui retirent son port-à-cath, malgré leur insistance à chaque contrôle annuel. Je m'interdisais vigoureusement de lui ressembler, ne voulant pas infliger ce même comportement à mon entourage ultérieurement. Par conséquent, y travailler dessus avec la psychiatre en essayant de trouver la paix intérieure était primordial. Petit à petit, je mettais en place tout ce dont j'avais besoin pour traverser cette expérience de la maladie avec dignité. Ainsi, j'avais l'impression de maîtriser un tant soit peu la situation.

En étant confrontée à ce type d'épreuve, il était surprenant, voire déconcertant, d'observer la nature humaine, de savoir sur qui vous pouviez compter ou pas. Certaines de mes amies avaient totalement disparu de la circulation, peut-être ne sachant pas comment réagir ou comment m'aider. Tandis que d'autres étaient restées près de moi face à l'adversité. Certaines juste les premiers temps, d'autres comme Saana sur la totalité du long parcours de soins et de l'après. Enseignantes toutes les deux, nous nous étions rencontrées lors d'un remplacement qu'elle avait effectué dans l'école où j'exerçais la fonction de directrice, il y avait quelques années déjà. Le courant était très bien passé entre nous. J'aimais son humour, son intelligence, sa philosophie de la vie et son impertinence. Elle était très cultivée, rebelle et j'appréciais son côté artiste. D'ailleurs, elle avait fait les beaux-arts ! Au fil des années, nous avions gardé le contact et même si nous nous voyions peu mais régulièrement, c'était toujours avec plaisir que nous nous retrouvions autour d'une belle assiette en terrasse d'un bistrot pour papoter et rire de nos vies. Quand la maladie s'était invitée, elle était devenue un des rares piliers en dehors du cercle familial, indéfectible, incroyablement aidante, maintenant nos repas joyeux, quand d'autres ne donnaient plus aucun signe de vie... Je le répète encore une fois : le cancer n'est pas contagieux ! Il ne s'attrape pas en me touchant ou me côtoyant. Passer du temps avec Saana rendait ma vie à nouveau « normale » et légère pour les quelques heures passées ensemble. De garder une vie sociale, malgré les épreuves, me paraissait vital.

La liste des « moins proches et des proches » devenus tous des « très proches » serait surprenante à dresser mais très longue. À contrario, les personnes considérées à la base comme « très proches », devenues de grands absents, se comptaient sur les doigts d'une seule main, ils étaient 3... Sur le plan professionnel, certains collègues avec qui je pensais être amis s'étaient éclipsés de ma sphère amicale, ne donnant plus aucune nouvelle, ni n'en prenant, quand d'autres avaient tenu le cap et étaient restés soucieux de ma santé, me témoignant leur soutien régulièrement. Je n'avais pas besoin d'un message journalier, mais recevoir de temps en temps un SMS ou un appel de leur part en discutant de tout et de rien me faisait un bien fou. Renaud et Célia étaient de ceux-là... Parmi nos familles respectives, quelques personnes avec qui nous avions moins de contacts pour diverses raisons avaient manifesté de l'empathie, m'envoyant aux périodes clés des beaux messages réconfortants. Nous ne faisions que constater une réalité, sans jugement. Nous en avions conclu avec Joseph que si parmi nos intimes, certains ne témoignaient aucun intérêt en cette période particulière, alors nous étions en droit de nous demander à quel moment justement, ces gens allaient se manifester ? Visiblement jamais. Par conséquent, un tri naturel se faisait...

Chapitre 29 – Sœurs de combat

Quelque chose venait d'expirer avec le cancer dans toutes les strates de ma vie : personnelle, familiale, professionnelle, sociale… C'était un instinct de survie qui s'était mis en place mais aussi un écrémage naturel dans mes relations. Je ne voulais garder dans ma nouvelle vie que le positif et aller à l'essentiel en éloignant de moi le mauvais, les relations toxiques, les futilités. Rien de nocif ou de malsain ne devait rentrer dans ma sphère désormais. Dorénavant, seul l'instant présent comptait.

Je connaissais Marta depuis plus de quinze ans. Nous avions sympathisé aussi fortement que nos deux garçons lors de leur rentrée à l'école maternelle. Ils avaient suivi toute leur scolarité ensemble jusqu'au lycée. Nous étions très proches l'une de l'autre, partageant tous les évènements de la vie, les bons comme les mauvais. Nous avions été présentes l'une pour l'autre à des moments clés de nos existences. En 2010, âgée de trente-neuf ans et un an seulement après le cancer de notre mère, les médecins avaient préconisé que Javotte et moi fassions des examens de mammographie et échographiques compte tenu des antécédents maternels. Ma sœur avait refusé mais je m'y étais soumise, soucieuse de prévenir éventuellement un jour la maladie. Je m'étais rendue à la consultation de mammographie plus que sereine, sans me douter qu'il y aurait un « petit quelque chose » à vérifier dans le sein droit… Une IRM de contrôle supplémentaire m'avait alors été prescrite. Joseph, à cette époque de sa vie, était obnubilé par son travail et ses voyages professionnels. Ses priorités étaient toutes autres. Il devait partir en déplacement le jour où je devais réaliser l'IRM et malgré ma demande de rester, Joseph m'avait expliqué une fois de plus que « *c'était comme ça.* » Il n'était pas question que je sollicite ma mère pour m'accompagner, ni l'inquiéter alors qu'elle menait son combat à ce moment-là. Aussi, c'était Marta, fidèle au poste, qui m'avait amenée à cet examen à Montpellier. J'étais dans un état de stress indescriptible et sa présence chaleureuse me donnait du courage. Elle plaisantait et essayait de rendre l'instant moins angoissant. Finalement, les résultats avaient été rassurants mais ils avaient repéré une constellation de micro-calcifications qu'il fallait contrôler à partir de maintenant tous les deux ans. De retour, pour fêter cette « bonne nouvelle », nous avions mangé toutes les deux dans un restaurant sur mon lieu d'habitation. Elle m'avait parlé d'un problème similaire dans un de ses seins mais elle n'était pas plus inquiète que cela, ne souhaitant pas forcément mettre en place un suivi rapproché pour vérifier l'évolution éventuelle. Un peu fataliste dans son discours, elle m'avait lâché un *« on verra bien. »*

Quand vous partagez des moments aussi forts avec une personne déjà chère à votre cœur, vos liens s'en trouvent renforcés. Pourtant, bien des années plus tard, sans que je sache réellement pourquoi, une fois nos garçons étudiants, nous nous étions perdues de vue sans qu'il n'y ait eu pour autant de disputes ou quoi que ce soit du genre entre nous. La distance et la routine, loin l'une de l'autre, s'étaient probablement installées et nous avions laissé faire. Mais en 2018, c'était avec une grande tristesse que j'apprenais que Marta était atteinte d'un cancer du sein. Notre conversation de 2010 à ce sujet me revint soudainement en tête... Elle avait eu une chirurgie, subi une chimiothérapie et enfin une radiothérapie. J'avais repris contact avec elle, voulant la soutenir et lui apporter du réconfort en lui adressant un court message. Je lui disais que j'étais présente pour elle et qu'elle n'hésite pas à me solliciter. Je ne savais pas comment lui manifester mon affection et mon soutien, sans être maladroite. J'avais peur de mal dire les choses, de ne pas choisir les bons mots. Elle ne m'avait pas répondu. J'avais alors pris le parti de respecter son silence et de laisser faire la vie. Je ne suis pas sur les réseaux sociaux, mais de temps en temps, ma fille me montrait quelques photos de Marta en voyage avec son mari, coiffée de jolis foulards... Elle menait son combat dignement et courageusement. En février 2020, c'était maintenant l'inverse qui se produisait. Lorsqu'elle avait appris mon diagnostic, elle m'avait fait savoir que je n'hésite pas à l'appeler. C'est ainsi que nous avions renoué contact. Nous avions échangé par téléphone dans un premier temps. Elle m'avait invité à son domicile pour partager un repas en tête-à-tête, entre amies, comme au bon vieux temps. Elle souhaitait que l'on puisse se parler librement de cette « merde ». Je n'oublierai jamais ce jour, jamais... Je m'étais rendue chez elle, un peu anxieuse de nous retrouver dans de telles circonstances. Dès l'ouverture de sa porte d'entrée, j'avais retrouvé Marta, joyeuse, belle avec ses cheveux très courts grisonnants, ses petits yeux noirs pétillants. Elle m'expliquait rapidement qu'il s'agissait de sa repousse après la chimiothérapie et qu'elle souhaitait conserver telle quelle sa nouvelle chevelure. Elle l'assumait pleinement et cela lui allait très bien ! Mon amie avait dressé une jolie table dans sa salle à manger, de bonnes odeurs de plats mijotés s'échappaient de la cuisine. À peine entrée dans sa maison, elle avait commencé la discussion ainsi :

— *Bon Élodie, on va aller à l'essentiel, on ne va pas tourner une heure autour du pot ! Je vais me mettre torse nu et je vais te montrer mon sein. Il faut que tu affrontes cette merde, il faut que tu saches le nommer sans détours ! C'est un CANCER que nous avons.*

Nous abordions l'ensemble du sujet sans tergiverser ! J'avais accepté sa proposition choc. En un rien de temps, j'étais face à elle et à son sein meurtri. Marta était droite dans ses bottes avec une assurance admirable. L'émotion était palpable chez l'une comme chez l'autre. La situation, quoiqu'insolite, était empreinte de pudeur surtout. En quelques minutes, elle me donnait des informations pratiques sur le cancer du sein de façon générale, puis sur le sien en particulier. Elle était très impliquée et engagée sur le sujet. Elle me partageait son vécu et son ressenti, elle qui était dans la bataille depuis déjà deux ans : le type de cancer qui l'affectait, ses deux cicatrices, sur le sein et sous le bras, le pourquoi et le comment de son opération, ses traitements et les effets secondaires invalidants, son état psychique et physique, les étapes par lesquelles elle était passée, le fameux ascenseur émotionnel, ses pensées sombres. Il était rassurant pour moi d'entendre tout cela, car pour la plupart des informations données, je m'y retrouvais et cela m'apaisait : j'étais « normale ». Elle m'avait parlé immédiatement des conflits que cela avait générés avec sa famille, avec laquelle elle avait dû mettre de la distance pour se protéger. Nous n'étions pas amies pour rien, tant de similitudes dans nos vies respectives. Une fois l'exposition de son sein faite, elle s'était rhabillée en me disant :

— *Maintenant, vas-y, pose-moi toutes les questions que tu souhaites, tout ce qui te traverse l'esprit, tout ce qui te tourmente vis-à-vis de ton cancer...*

Je lui avais alors tout raconté, dans les moindres détails, que ce soit d'un point de vue médical mais aussi familial, social. Nous avions été suffisamment proches par le passé pour que je me sente libre de tout lui retracer, sans gêne. Et puis nous avions pleuré, cet échange était d'une telle intensité émotionnelle. Le temps était suspendu, la parenthèse était enchantée malgré le sujet grave de notre conversation. Elle était ma sœur de combat, mon guide. Ce jour-là fait partie d'un des jours cruciaux dans ma propre lutte contre la maladie. J'aurai aimé, il est vrai, que ma mère puisse endosser ce rôle, être rassurante en m'expliquant ce que j'allais possiblement vivre, spécifiant ce qui allait être difficile et ce qui le serait moins afin de m'y préparer ou au moins d'en avoir connaissance. Mais, ma mère était en convalescence de son AVC et je ne souhaitais pas l'inquiéter davantage. De toute façon, ma mère avait une approche culpabilisante de sa maladie, je sais qu'elle ne m'aurait pas aidée tant que cela dans ses commentaires. Marta endossait sans se poser de question ce rôle initiatique. Je ne pouvais que l'en remercier. Une fois cet « aparté » médical fait, nous étions passées à table. Elle tenait à m'offrir un présent : il s'agissait d'un magnifique collier doté d'un grand cœur taillé dans du quartz rose suspendu au bout d'un cordon noir. Pendant que j'ouvrais le joli paquet, elle m'avait dit, un sourire bienveillant sur ces lèvres :

— Maintenant, aime-toi Élodie...

J'étais très touchée par ce cadeau inattendu. J'avais souri, lui confiant que moi aussi, je m'étais un peu intéressée à la lithothérapie, prête à expérimenter et à pratiquer toutes les choses qui ne pourraient pas me faire de mal et peut-être même me protéger d'une quelconque manière. Je m'accrochais à tout. Je m'étais acheté un bracelet en pierres « œil du tigre » et ma fille m'avait offert un en quartz rose et un autre en aigue marine bleu pâle. Selon la lithothérapie, le quartz rose était une pierre semi-précieuse, considérée comme une pierre d'amour. J'étais profondément émue par son attention. Il m'était facile de converser avec elle de la maladie, elle n'avait aucun tabou, aucun jugement, aucune comparaison et avait accepté chacune des épreuves qu'elle avait dû endurer. Tout ce que je pouvais avoir pensé, imaginé ou éprouvé jusque-là, elle aussi l'avait ressenti à l'identique !! J'étais donc saine et sensée dans ma façon d'appréhender le cancer. Comme une passation d'esprits combatifs entre elle et moi, elle était ma grande sœur de cancer, ma préparatrice mentale, nous appartenions à une grande famille sans l'avoir choisie. Ce moment était beau à vivre. C'était un partage de nos émotions autour du cancer. Marta m'avait fait beaucoup rire, me disant que maintenant son mari et ses enfants l'avaient surnommée « *rien à foutre* ». Pour elle aussi, il y avait eu cette notion d'avant/après. Elle ne souhaitait plus perdre de temps avec des futilités, quel que soit le domaine, elle allait à l'aspect fondamental de l'existence. Je n'avais pas encore atteint ce degré de sérénité mais je tendais vers cela et son surnom affectueux donné par ses intimes m'avait amusée. Notre journée entre femmes solidaires, elle en début de rémission et moi aux prémices de la maladie, avait été chaleureusement bénéfique.

Quand nous faisons face au cancer, nous affrontons aussi nos émotions, et pas les moindres ! Lorsque cette maladie fait irruption dans notre vie, elle bouscule violemment tous nos repères, tous nos équilibres, qu'ils soient familiaux, amicaux, professionnels ou sociaux. Je venais déjà d'expérimenter, malheureusement sur le plan familial, ce que cela pouvait donner ! Je n'étais probablement pas au bout de mes peines d'ailleurs avec eux... Marta m'avait généreusement offert tout un assortiment de produits de beauté rangé dans une jolie trousse noire brodée du nom « Sister K » en lettres roses. Il s'agissait d'une marque créée et d'une boutique à Montpellier, spécialisée dans l'accompagnement et le bien-être de femmes atteintes d'un cancer. Ce n'était pas un magasin lambda, il était tout à fait original, car il n'était ouvert que sur rendez-vous individuel. En plus des différents produits de soins, de maquillage et de tous les accessoires nécessaires et adaptés au cancer, c'était aussi un lieu d'écoute et d'échanges. J'étais trop fatiguée pour faire la route jusqu'à Montpellier mais Marta s'était occupée d'y aller et de me ramener le nécessaire. Marta m'avait expliqué avoir sympathisé avec la jeune créatrice qui elle-même avait combattu deux cancers du sein en 10 ans. Mon amie avait accepté de défiler après sa chimiothérapie, pour la jeune femme, crâne nu et en maillot de bain… Elle me montrait fièrement ses photos du défilé, elle m'épatait ! Marta était une force de la nature et un exemple pour moi. Nous étions sur la même longueur d'onde quant à l'approche que nous avions du cancer. Un moment de bienveillance impossible à oublier…

Chapitre 30 - On veille sur moi…

Pendant cette brève période d'attente des résultats de la macro-biopsie, j'avais eu la visite de mon *géniteur*, enfin plutôt un passage éclair, sans vraiment le voir ! En effet, il s'était présenté un matin tôt à la maison. Il avait sonné mais personne n'avait pu lui ouvrir. En effet, Joseph était en télétravail dans son bureau, porte fermée à l'étage. Il était sans cesse en réunion en Visio avec ses collègues de travail. Notre fille était déjà partie à sa faculté de pharmacie à Montpellier. Pour ma part, je dormais profondément. J'avais cru entendre au fin fond des limbes de mon sommeil la sonnette de la porte d'entrée retentir mais le temps que je réalise que c'était effectivement chez moi, que je me lève hagarde et que je descende au rez-de-chaussée, mon « ex-père » était déjà reparti. Il n'y avait eu aucun choix délibéré de notre part de ne pas lui ouvrir. Nous l'aurions fait rentrer malgré son comportement abject et malsain… Nous savions nous tenir et nous avions des valeurs, nous…

Il m'avait laissé sur le perron, une plante accompagnée d'un mot griffonné au crayon de couleur verte, au dos d'un document médical de ma mère. Il avait écrit ceci : « *Ma fille chérie, je me suis permis de venir te demander PARDON pour les trente secondes de « conneries » que je t'ai dites... Pardon, pardon, pardon... Tu sais quand même que je t'adore et que ton gros problème et celui de ta mère me démontent totalement... Je n'ai pas dormi de 4 nuits... Grosses, grosses bises ma chérie* ». Je ne l'avais pas lu en entier, il me dégoûtait. Il « m'adorait » !!!!??... Moi, j'ADORE les chamallows et le chocolat noir, par contre, j'AIME les gens… Voilà la différence entre lui et moi pour commencer. Son texte était culpabilisant et autocentré sur sa petite personne, il n'avait pas dormi depuis quatre jours ? Et nous, il savait depuis quand nous ne dormions plus ??!!!… Et puis, soyons sincère, parler de « conneries » alors que sa phrase était d'une gravité absolue, minimiser encore une fois ses actes, ramener la souffrance à lui comme toujours, me heurtait davantage ! Il souhaitait certainement bien faire mais il ne faisait qu'aggraver la situation. J'avais immédiatement replié le mot pour le ranger dans le fond d'un tiroir et j'avais rentré la plante laissée sur le perron, dans mon salon. La démarche pouvait sembler honorable mais c'était trop facile, le contexte et les antécédents ne permettaient pas que je lui accorde un quelconque pardon. En effet, si nous avions entretenu, comme dans la plupart des familles normales, une relation aimante, saine, une complicité et une proximité forte entre un père et une fille, alors oui peut-être aurais-je été capable de pardonner après avoir eu une discussion d'adulte à adulte durant laquelle il aurait pleinement assumé ses mots terribles. Évidem-

ment que j'étais capable de comprendre sa douleur de vivre ces deux épreuves dans notre cellule familiale, mais rien, absolument RIEN ne pouvait justifier ou excuser cette phrase odieuse… S'il avait été présent dès l'annonce de mon cancer et un soutien pour ma mère, cela aurait certainement atténué ses mots malsains, compensés par un réconfort sans faille. Mais ce n'était absolument pas le cas, rien de tout cela ne s'était produit. Sans compter ses agissements antécédents vécus plus jeune dont la résurgence des souvenirs me rappelait la violence verbale dont il était capable, témoignant de la perversité qu'il pouvait avoir à mon égard, faisant sans cesse retomber sa faute sur les autres, en l'occurrence moi. Franchement, j'aurais aimé qu'il en soit autrement entre nous deux, mais la réalité était autre. Qu'il ne l'assume pas ne m'étonnait pas. Mon pardon ne serait pas pour maintenant, peut-être même jamais. Connaissant sa façon de procéder, je le soupçonnais d'être inquiet que ma mère découvre tous ses agissements à sa sortie de la rééducation. Je pensais qu'il souhaitait que tout soit réglé entre nous avant le rétablissement complet de maman pour éviter les tensions entre eux. Ce n'est pas quelque chose qu'elle aurait pu lui pardonner. En parlant de ma mère, elle était depuis quelques jours installée dans son centre de soins. Je projetais d'aller lui rendre visite et d'y passer un après-midi. Je m'étais dit qu'en y allant en tout début d'après midi, je ne prenais pas le risque de croiser mon père, puisqu'il faisait tous les jours la sieste après son déjeuner. Je souhaitais passer du temps seule avec elle. J'avais besoin de ma mère et elle de moi, enfin, je le croyais ainsi. Mais à ma grande surprise, alors que j'arrivais dans la chambre de maman, mon « ex-père » était, lui aussi, à son chevet. Ils étaient tous les deux en pleine conversation. Après un temps d'arrêt, je n'avais pas d'autres choix que de faire bonne figure devant elle, de figer un large sourire sur mon visage déconfit pour ne pas perturber ma mère avec les tensions qu'il y avait avec mon père. Par conséquent, j'essayais d'être la plus aimable possible, mais cela me coutait terriblement en énergie. Partager le même espace que lui me donnait la nausée. Je n'avais toujours pas les résultats de l'IRM d'extension avec les prélèvements faits le 26 février, rien n'était totalement défini pour moi au niveau de la maladie. Je ne savais pas encore à quelle sauce le cancer allait me manger ou en tout cas essayer de me consommer !!!
C'est alors que mon téléphone sonna. Je reconnaissais le numéro de l'ICM et du Dr D., l'oncologue chirurgienne. Je m'étais alors éclipsée, faisant un geste discret à ma mère, me dirigeant dehors du centre pour pouvoir m'entretenir avec le médecin au calme. Je ne souhaitais pas le faire en présence de ma mère, ne sachant pas ce que le Dr D. allait m'annoncer, ni comment j'allais gérer la situation, une fois les résultats connus. Ma mère ne savait absolument rien de tout

cela, avec elle, je m'en étais tenue à une date d'opération début mars, en restant évasive et principalement rassurante. Quant à mon père, puisqu'il ne s'intéressait à rien me concernant, il n'avait pas à participer à cet échange téléphonique. J'avais remarqué, en quittant la chambre de ma mère, qu'elle lui avait fait un signe furtif de la tête du style « *vas-y, rejoins-la* ». Elle n'avait absolument pas connaissance de tout ce qu'il s'était produit entre lui et moi durant ces dernières semaines…

Qu'elle ne fut pas ma joie d'entendre le ton cordial du Dr D. me disant qu'elle avait tenu à m'appeler en personne, encore une fois, pour m'annoncer que les résultats des prélèvements faits sous IRM étaient négatifs et qu'il n'y avait rien de plus dans mon sein gauche. Toutes les données étaient entre nos mains, nous savions exactement de quel type était mon cancer et les traitements à venir. Il fallait à nouveau reprogrammer l'opération, qui avait dû être annulée. Elle m'avait alors proposée deux possibilités : elle avait une place pour m'opérer le 5 mars, c'est-à-dire dans trois jours mais étant au courant pour l'AVC de maman, si j'avais besoin de plus de temps pour être auprès d'elle, le Dr D. me l'autorisait ; soit j'attendais son retour de congés dans trois semaines. Aucune réflexion ne m'était nécessaire et spontanément, je lui avais répondu :

— *Opérez-moi le 5 mars, je suis prête mentalement. Je veux que ce cancer sorte de mon corps le plus vite possible.*

Je l'avais remerciée du fond du cœur d'avoir pris le temps, encore une fois, de m'appeler personnellement plutôt que de me laisser recevoir le compte rendu. Elle était d'une bienveillance et d'une efficacité impressionnante. C'était mon idole et je pèse mes mots ! Je me sentais envahie de joie malgré la maladie, j'avais l'impression qu'un ange gardien, une présence protectrice, veillait sur moi malgré l'épreuve. Je trouvais que les choses s'enchaînaient plutôt positivement, même si je devais affronter ce mal. En tant que malade, quand vous faites face au cataclysme de l'annonce d'un cancer, vous apprenez qu'il y a autant de cancers du sein que de patientes, vous savez aussi que près de 12 000 femmes en meurent chaque année. En quelques secondes, votre vie est totalement chamboulée. Rien ne sera plus jamais comme avant : tout avance très vite, beaucoup plus vite qu'avant même, car vous devez prendre des décisions très rapides et importantes. Passer en quelques secondes de personne bien portante au statut de patiente gravement malade, n'est pas une mince affaire psychologiquement. Je suppose que chacun le gère en fonction de son caractère, de son histoire, du moment où nous en sommes dans notre vie quand le cancer s'invite. Il n'y a pas de jugement à avoir. Et puis ce n'est pas une maladie que vous « attrapez », non, c'est une maladie qui se forme dans votre propre corps à la suite d'un développement anormal et incontrôlé de vos cellules qui ne se divisent pas comme elles devraient et qui ne meurent pas comme elles le devraient aussi ! Le combat dans cette maladie est rude : c'était Moi contre Moi ! Il était incroyable de me dire que je me sentais en forme, je n'avais aucune douleur et que pourtant j'avais une grave maladie qui mettait en péril mon avenir ! Clairement, tant que tous prélèvements biopsiques, les résultats d'analyses et les examens d'imagerie ne sont pas entre nos mains, nous ne savons pas si nous allons nous en sortir, nous ne savons pas quels seront les traitements à supporter. Dans les projections, les médecins nous parle de « rémission complète », jamais de guérison... Il faut apprendre à vivre avec cette épée de Damoclès au-dessus de notre tête pour le restant de nos jours, même si nous n'allons pas y songer toutes les cinq minutes, c'est logé dans un petit coin de notre esprit...

Alors moi, j'avais prié très fort, j'avais croisé les doigts pour conjurer le mauvais sort, j'avais supplié la Vie, j'avais imploré l'Univers, le Ciel et les Étoiles, les personnes que j'avais aimées et qui nous avaient quittées, de veiller sur moi et de me protéger pour ne pas avoir un type de cancer de mauvais pronostic, celui qui allait peut-être me faire mourir à 48 ans ! Trop de choses à vivre encore, trop de moments à passer avec mon mari et mes enfants... Pas maintenant, pas déjà... Je me remplissais de force inouïe chaque jour un peu plus. Bien sûr, il y avait les moments terriblement plus sombres. Je n'étais pas à 300 % optimiste sept jours sur sept, mais j'y travaillais par tous les moyens. Par conséquent, cette annonce faite par Dr D. me remplissait de joie. J'en arrivais parfois à penser que cette épreuve était un passage obligé dans ma vie, pour du meilleur ensuite. Au fur et à mesure que je recevais les renseignements médicaux à propos de mon cancer, j'avais le sentiment de devenir de plus en plus maitre de la situation. Je tenais à comprendre pour savoir à quoi m'attendre. C'est vrai, j'ai toujours eu la capacité d'être une personne optimiste. Je voulais garder espoir, tout en ayant des attentes raisonnables et ne pas me faire de faux espoirs. Cela ne voulait pas dire que je n'avais pas des moments de tristesse, de peur ou de découragement, mais je faisais en sorte que cela ne dure pas. Un pas après l'autre, chaque jour une petite avancée, pas de projection à long terme, vivre et profiter de l'instant présent : tel était mon crédo ! Et puis, je ne voulais pas en faire un sujet tabou ni mettre mal à l'aise mon entourage face à la maladie qui me frappait. D'en parler ouvertement m'aidait à mieux appréhender mes émotions mais aussi à avoir plus d'emprise sur la situation. Je ne pleurais pas lorsque je l'évoquais, jamais. Et puis d'en discuter renforçait également mes liens avec mon entourage familial et amical, chacun comprenant davantage ce que je vivais. Cela permettait de dédiaboliser le cancer, autant pour eux que pour moi. Je gardais les moments plus difficiles pour moi ou lors de séances avec la psychiatre. Le cancer peut affecter les rapports familiaux, certaines relations en souffrent, surtout si elles étaient déjà tendues auparavant. Pour ma part, je l'expérimentais à mes dépens avec mon père et ma sœur, dans un premier temps. La plupart du temps, les malades atteints d'un cancer disent que celui-ci a renforcé les liens au sein de leur famille et leur a donné un nouveau sens. À part ma relation avec eux deux, c'était exactement ce que je vivais. La famille était mon meilleur refuge et ma plus grande source de réconfort et de courage.

Forte de cette bonne nouvelle et connaissant enfin ma date d'opération définitive, je quittais le jardin du centre de rééducation pour rejoindre la chambre de ma mère. À mon arrivée devant la grande porte d'entrée du bâtiment, mon père était descendu m'attendre comme ma mère le lui avait suggéré de la tête. Ma mère avait immédiatement compris que je recevais un appel important. Une fois face à lui, mon père m'avait demandé, comme si nous n'avions jamais été fâchés, ce que cet appel m'avait annoncé. Il s'adressait à moi avec une voix mielleuse qui sonnait horriblement faux, faisant comme s'il avait été près de moi depuis toujours alors qu'il n'en était rien, lui et moi le savions bien. J'étais restée stoïque, ne lui rapportant aucun détail, seulement ma date d'intervention du 5 mars 2020. Il m'assurait avoir prié le ciel pour que des bonnes nouvelles m'arrivent. Je n'en croyais rien, il n'avait donné aucun signe de vie depuis un mois. Son attitude pathétique m'écœurait… Durant le court trajet nous ramenant vers la chambre de ma mère, il m'avait confié avoir eu vent de cette IRM d'extension. Je lui avais alors enjoint qu'il n'était pas question d'informer ma mère de cet examen d'extension et des prélèvements puisque les résultats étaient négatifs. Je ne voyais pas l'intérêt de l'inquiéter à postériori tandis que le sujet était clos et que cela n'avait été qu'une parenthèse malheureuse dans mon parcours de prise en charge. Mais une fois arrivés tous les deux dans la chambre de maman, mon père avait changé d'attitude. Il se pavanait devant ma mère, l'informant qu'il l'avait volontairement protégée de mauvaises nouvelles me concernant mais qu'il était heureux de lui annoncer que tout allait bien et que j'allais être opérée dans trois jours. J'étais pétrifiée par tant d'impudence et de culot ! Je fulminais intérieurement, il n'avait honte de rien ce type, j'aurais pu vomir… Il me donnait la nausée, à faire comme s'il avait été près de moi nuit et jour, à faire croire à ma mère qu'il avait suivi de près tous les épisodes éprouvants des successifs examens, comme s'il savait tout cela depuis des jours, alors que je venais seulement de le lui apprendre ! Sa bassesse ne m'inspirait que mépris et aversion, se la jouant « Super Papa » devant ma mère convalescente, évidemment fière de lui. Son comportement ne pouvait que me faire douter de la sincérité de ses excuses bidon jetées sur un morceau de papier quelques jours auparavant. Non, décidément, le pardon ne serait pas pour tout de suite. Dès qu'il ouvrait la bouche pour prononcer une phrase, il s'enfonçait dans la médiocrité, perdant chaque fois un peu plus d'estime à mes yeux. Je ne m'étais pas attardée davantage au centre de soins de ma mère, je n'avais pas pu profiter d'elle comme je l'aurais souhaité. Il avait monopolisé l'espace, certainement inquiet que ma mère, très perspicace, ne relève un quelconque problème entre nous deux. Il valait mieux que je rentre pour annoncer à mon mari, à nos enfants et au reste de nos familles, la bonne nouvelle et la date ! Il me semblait que tout ce que j'avais besoin de savoir m'arrivait exactement au bon moment. J'étais impatiente d'être au 5 mars 2020 ! Plus que trois jours à patienter et j'en serai physiquement débarrassée !

Chapitre 31 – Bye-bye !

Le 5 mars était très vite arrivé, les trois petits jours s'étaient écoulés depuis l'appel du Dr D. J'avais une forte appréhension vis-à-vis de l'anesthésie, inquiète d'avoir une réaction allergique, comme lors de l'opération de mon canal carpien quelques années auparavant. L'idée de sombrer dans les bras de Morphée sans maitriser mon endormissement me terrifiait ! Pourtant, il fallait y aller, sans rechigner. L'opération était prévue à 10 h 00 en ambulatoire, mais je savais qu'avant de passer par la salle de chirurgie, je devais franchir le parcours du combattant, les heures précédentes. Bizarrement, je me sentais « heureuse » de savoir qu'on allait me débarrasser physiquement de ce cancer. J'étais prête à tout affronter, peu importe les douleurs à venir. Je gardais à l'esprit de toujours voir le verre à moitié plein, d'affronter l'épreuve avec optimisme. Je ne voulais pas flancher et permettre au cancer de prendre de l'avance encore ! Je voulais me concentrer que sur ce qui nourrissait ma positivité face à l'adversité. C'est dans l'obscurité que nous apprenons à nous connaître réellement et là, j'étais vraiment gâtée pour le côté obscur ! Toutefois, j'en apprenais chaque jour un peu plus sur ma capacité de résilience. Et puis je me sentais portée par l'amour des miens, par la force qu'ils me transmettaient. Je me sentais également « protégée » par une force invisible, que je ne saurai expliquer rationnellement. Enfin, j'estimais qu'il s'agissait de politesse que de me battre courageusement sans me plaindre : pour moi et pour eux. Je devais croire aux possibles et rejeter les pensées sombres et pessimistes. À chaque étape et avancée de mon cancer, le rôle de ma famille était crucial pour moi. Dès le diagnostic, mes proches, à l'exception de « certains », avaient été directement touchés par ma maladie. Mon mari et mes enfants évidemment mais aussi avec mes oncles et tantes, mes cousins, mes cousines, une grande partie de ma belle famille, nos amis communs et respectifs. Tous me faisaient un message quotidien, échangeant sur tout et rien. Nous partagions des instants simples, il nous arrivait de discuter du sujet, il n'était pas question de l'esquiver. Le cancer ne devait pas être un sujet tabou. D'être autant entourée faisait évoluer positivement mon quotidien et me donnait de la force. Je le redis et j'insiste, nos proches jouent un rôle essentiel face au cancer, sans oublier que la maladie peut aussi les impacter d'une manière ou d'une autre, car lors du diagnostic, c'est la vie de toute la famille qui est bouleversée. Il m'avait été conseillé par les médecins de me rendre dans une association dédiée au cancer, de rencontrer un groupe de paroles, mais je n'en ressentais pas le besoin, en tout cas pas dans cette configuration-là. J'avais autour de moi tellement d'amour. Je n'étais pas prête à écouter d'autres parcours de malades, j'avais peur que cela me fragilise. Et puis j'avais Marta pour ces discussions-là, nos échanges comptaient énormément et me suffisaient. Les quelques jours précédant l'opération, ma belle-mère s'était gentiment proposée de nous accompagner Joseph et moi, ne serait-ce pour être présente pour lui durant la longue attente toute la journée et évidemment pour être près de moi et me soutenir avant et après. Ma cousine Athéna et mes tantes nous avaient offert leur aide, mais il n'était pas utile d'être tous réunis à l'ICM. D'autant qu'il y avait ce coronavirus qui commençait à inquiéter sérieusement les populations et les hôpitaux. Le 5 mars vers 05 heures 30, nous avions récupéré ma belle-maman devant chez elle : elle était prête et impatiente, postée devant son portail à nous attendre ! De là, nous avions rejoint l'ICM pour y être à 7 h 00 comme demandé par l'équipe médicale. Tout le parcours médical pour cette journée capitale dans le traitement de la maladie, m'avait été expliqué au préalable. Pas de surprise à venir. Je devais subir dans un premier temps une lympho-scintigraphie afin de permettre au Dr D. de repérer plus facilement le ganglion sentinelle et d'en réaliser l'exérèse ainsi que deux supplémentaires. Bon, on ne pouvait pas dire qu'il s'agissait d'une partie de plaisir mais le médecin réalisant l'acte avait été d'une extrême douceur et il m'avait expliqué chacune des étapes, rassurant sur ce geste médical obligatoire. Nous nous étions dirigés tous les trois vers le Service de médecine nucléaire où le médecin radiologue m'avait injecté, à différents endroits du sein, un produit radio-traceur. Ce n'est pas que c'était douloureux mais ce n'était pas non plus agréable ! Il avait fallu ensuite que je masse mon sein un bon quart d'heure afin de faire circuler le produit. J'étais comme une enfant à bien écouter et à bien exécuter sagement, à la lettre, hyper disciplinée, tout ce que les médecins spécialistes me demandaient de faire et sans me plaindre. Je retrouvais quelques réflexes de mon enfance : être très sage… Suite à ces trois ou quatre injections dans le sein, il avait réalisé des clichés scintigraphiques pour voir un peu la diffusion du produit. Tout se passait correctement, je pouvais enchainer avec l'étape n°2 : le repérage mammaire. Nous nous étions rendus ensuite dans une autre salle d'examen pour effectuer le « harponnage » : rien que le mot m'évoquait un acte de barbarie ! Je m'étais conditionnée à tout endurer mais je n'en étais pas moins angoissée par ce geste précis et intrusif ! Cet examen était incontournable, car c'était celui qui permettrait au Dr D. de localiser la zone à opérer. Résignée, je m'étais allongée sur la table de soin, plongée dans la semi-pénombre de la salle d'échographie. Mon amie infirmière Stéfy m'avait accompagnée pour rester auprès de moi pendant la pose du harpon qui était en fait un petit fil métallique. La radiologue avait d'abord fait son repérage avec la sonde échographique puis elles avaient commencé à préparer le geste par une petite anesthésie locale pour rendre moins douloureux cet acte invasif. Après avoir désinfecté la peau de mon sein, la radiologue avait introduit la longue aiguille jusqu'à la tumeur. Mon stress était à son comble mais je me concentrais pour ne pas bouger d'un millimètre. Une fois le fil métallique en place, elle avait libéré le repère et retiré l'aiguille. La partie extérieure du fil métallique souple sortait maintenant par ma peau. Stéfy l'avait ensuite fixé sur mon buste avec un pansement. J'étais remuée par l'acte, même s'il est vrai que je n'avais pas autant souffert qu'imaginé. J'avais essayé de ne pas remuer alors que je commençais à avoir des tremblements liés à l'angoisse. Je savais qu'il était possible de ressentir un léger malaise mais Stéfy avait été fabuleuse comme toujours, se montrant rassurante, me tenant la main, me demandant de respirer calmement et m'assurant que tout allait bien se passer. Elle avait raison. L'examen avait duré environ trente minutes et tout s'était effectivement bien déroulé. Par contre, je n'étais plus en mesure de me déplacer en marchant, je venais de griller mes dernières forces pour me tenir debout sur mes jambes. J'étais livide, un peu chancelante. Stéfy avait demandé à un brancardier de m'apporter un fauteuil roulant pour m'y asseoir et continuer mon périple avant d'arriver au bloc ! Joseph et ma belle-mère me poussaient ainsi d'une salle d'examens à l'autre. Je commençais à me sentir un peu faible mais je tenais le coup. Mon teint avait changé, passant du rose à une grande pâleur. Quand Joseph et sa maman m'avaient récupérée dans le couloir, ils avaient vite compris que je n'avais pas passé le meilleur des moments. Ma belle-mère ne cessait de m'encourager, me trouvant vaillante et admirable. Après le repérage, deux clichés mammographiques de face et de profil avaient été immédiatement réalisés pour contrôler le bon positionnement du repère. Je n'osais poser mes yeux sur mon sein transpercé. De voir ce long fil sortir de mon sein me perturbait… La mammographie avait été très difficile à réaliser et à supporter, car la tumeur était très haute sur mon buste, en fin de glande mammaire et prise dans les pectoraux. Ensuite, parce que j'avais ce fil métallique implanté, sortant de mon sein, que je craignais de toucher. La manipulatrice avait eu beaucoup de mal à faire les clichés, s'y reprenant plusieurs fois. Mon sein commençait à saigner au niveau de l'implantation du harpon. Le malaise vagal était très proche si elle n'arrivait pas rapidement à prendre les images de vérification souhaitées. N'y arrivant pas, elle avait fini par appeler un collègue pour qu'une autre personne réalise ces clichés correctement. Je fermais les yeux, m'enfermant dans ma bulle de protection, me répétant que tout irait bien et que bientôt tout cela serait fini… Enfin, tout était en place, les examens préopératoires étaient terminés. Je pouvais me rendre dans le service de chirurgie ambulatoire, m'allonger dans la chambre individuelle mise à ma disposition et me remettre de mes émotions en attendant l'heure proche de l'intervention. Les infirmières de ce service, comme l'ensemble du personnel de l'ICM côtoyé, étaient extraordinaires humainement ! J'avais été installée dans une très jolie chambre. Elles m'avaient expliqué la suite à venir : la prise en charge au bloc, mon retour en chambre, la durée approximative pour chacune des étapes et mon repas à la suite de l'opération. Un psychologue s'était présenté dans ma chambre, me demandant si je souhaitais parler avant de partir au bloc. À ma grande surprise, je m'étais mise à pleurer plus pour décompresser des examens que je venais de subir depuis 7 h 00 du matin, je pense que par peur de la maladie. Et puis mon stress grandissait à l'approche de l'anesthésie. Je me rappelle ma visite faite en amont avec l'anesthésiste, DR M. Elle m'avait demandé quel était le sujet que je souhaitais aborder avant de m'endormir. J'avais alors répondu du tac au tac :

— *Parlez-moi de mes enfants...*

Joseph et sa maman étaient restés dans la chambre jusqu'au moment de mon départ au bloc. Je m'étais vêtue comme l'exigeait l'opération de linges tissés jetables, de la tête au pied. Puis l'infirmière était venue me chercher avec le chariot, un dernier regard pour mon mari et ma belle-maman pour me donner de la force ! Le Dr D. l'onco-chirurgienne, était passée me voir afin d'échanger quelques mots avant de rentrer dans le bloc, elle avait tant de bienveillance pour ses patients. Une fois arrivée dans la salle d'opération, une crise d'angoisse avec des tremblements irrépressibles s'était emparée de moi. L'anesthésiste et les deux infirmières de bloc s'étaient montrées particulièrement rassurantes, d'une grande gentillesse, pleine d'égard et d'humour, ce qui avait rapidement permis de me détendre, dans la mesure du possible. Je m'étais installée sur la table d'opération high-tech, les bras en croix, recouverte d'une espèce d'édredon plastique chauffant absolument réconfortant par la chaleur qui m'enveloppait ! L'infirmière anesthésiste avait alors commencé à me parler de mes enfants : elle avait bien lu mon dossier ! L'anesthésiste m'avait parlé gentiment m'annonçant qu'ils allaient commencer, chacune des infirmières de bloc me tenait une main et me la câlinait chaleureusement en me regardant avec un grand sourire, mon regard s'était porté vers l'horloge murale, elle indiquait 10 heures 10... Et puis plus rien.

Mes yeux s'étaient rouverts plusieurs heures après, en salle de réveil. Il était impossible, compte tenu de mes allergies connues, que l'on m'administre durant l'opération, selon le protocole, un anti-inflammatoire. Il était clairement notifié sur mon dossier que l'anesthésiste déconseillait l'infiltration de ce produit et qu'il fallait que le kit d'anaphylaxie soit prêt en salle également. Par consé-

quent, sans ce médicament, je me doutais que le réveil serait difficile. L'opération avait débuté à 10 h 17 et s'était terminée à 11 h 48 pour être très précise ! Bien qu'étant dans le brouillard, je me rappelle qu'un jeune homme m'avait demandé de graduer ma douleur entre 0 et 10 et que je lui avais répondu 10 ! Il m'avait alors injecté en plusieurs fois de la morphine, mon sein était sous d'énormes poches de glace. Malgré la situation, je me sentais soulagée et heureuse de ne plus avoir cette tumeur en moi. Quelles que soient les douleurs qui s'ensuivraient, peu m'importait. J'avais remporté une première bataille ! Puis, lorsque mon état l'avait permis, j'avais regagné ma chambre où m'attendaient patiemment mon mari et sa maman, très émus de me retrouver. Nous avions pris une petite photo de ma tête pâle et défaite mais avec un grand sourire, pour l'envoyer à la famille, inquiète de ne pas avoir de mes nouvelles depuis l'aube. Quand je parle ici de famille, il est à exclure mes parents et Javotte, qui n'avaient pas pris la peine de m'envoyer un message de réconfort la veille de mon hospitalisation, ni le matin même, ni pris de mes nouvelles après... Pas plus que de proposer à Joseph de l'accompagner et d'attendre avec lui ce jour-là. Rien de tout cela...
Le Dr D. était passée dans ma chambre pour me dire que la tumorectomie élargie de mon sein gauche ainsi que l'exérèse des ganglions sentinelles s'étaient déroulés dans d'excellentes conditions. J'avais deux cicatrices : une de 5 cm située à 2 cm de l'aréole pour qu'elle soit discrète dans mon décolleté et l'autre incision faisait 4 cm au niveau de mon aisselle. Mon compte rendu opératoire m'avait été remis. Il était noté comme complications : une hypotension artérielle. La tumeur et les prélèvements élargis de la glande mammaire étaient partis en analyse, le Dr D. me tiendrait au courant. Il n'y avait pas à l'œil nu un deuxième foyer dans mon sein. Je pourrais sortir de l'ICM une fois restaurée et après avoir attendu encore trois heures au repos. Ma sortie était envisagée, si tout allait bien, après 17 h 00. Le plateau repas était franchement délicieux, élaboré par les frères Pourcel ! J'étais incapable de me nourrir seule, douloureuse au niveau des deux cicatrices, mais la faim était bien présente, à jeun depuis la veille. C'est ma belle-maman qui s'était attelée à me donner la becquée, comme elle se plaisait à dire en rigolant. J'avais tout ingurgité, je me rappelle encore leur délicieux crumble aux pommes ! Il fallait maintenant attendre quelques heures avant que je ne sois autorisée à quitter l'ICM. Je me sentais barbouillée et douloureuse mais le moral était bon... J'avais prévu d'autres vêtements boutonnés devant pour repartir, afin de les enfiler plus simplement sans avoir à lever les bras, en tout cas le gauche, avec de gros pansements gras sur les deux cicatrices. Une fois le top départ donné, je m'étais levée doucement avec

quelques vertiges mais tout allait bien. J'avais alors pris dans mes bras ma belle-mère, la remerciant chaleureusement de s'être substituée à ma mère et d'avoir été présente toute la journée pour son fils, Joseph. Nous avions fait le retour à la maison tous les trois en déposant ma belle-mère au passage à son domicile. Mon beau-père nous attendait inquiet et voulant tout savoir, lui qui est d'ordinaire plutôt renfermé et taiseux, il faisait preuve à mon égard de beaucoup de bienveillance et de sollicitude qui me touchait d'autant que cela contrastait fortement avec l'attitude indifférente de mon père pour ne parler que de lui…

Une fois à la maison, je m'étais installée sur le canapé, ma fille était revenue de sa faculté et nous attendait. Elle n'était qu'amour, toujours forte devant moi. Nous avions calé avant l'opération les visites des infirmières pour le changement un jour sur deux des pansements. Tout semblait bien s'organiser. J'étais entourée d'amour, alors que demander de plus ? Pour soulager la douleur, l'oncologue m'avait prescrit tout un arsenal d'antalgiques allant du paracétamol jusqu'à des médicaments bien plus forts ! Mais la prise régulière de Doliprane me permettait de supporter la douleur de la chirurgie. Même si j'étais capable avec plus ou moins de gêne de me laver toute seule, ma fille tenait à s'occuper quotidiennement de ma toilette. Nous nous organisions toutes les deux dans la salle de bain : moi assise dans un fond de bain chaud avec une serviette propre en application sur mes pansements pour ne pas les mouiller et elle à me laver avec douceur. C'était notre moment fort de la journée, il n'y avait pas de fausse pudeur, juste de l'amour. Et puis nous avions l'habitude de prendre en hiver un bain commun certains soirs afin de papoter, de nous faire un gommage et un masque, par conséquent ce n'était qu'une autre façon de faire perdurer nos habitudes hivernales mère-fille ! Une des tantes de Joseph m'avait offert un assortiment de produits de bain absolument divin, tant par son parfum puissant, sucré que par sa texture très onctueuse. C'était un pur régal de me laver avec. Les journées passaient les unes après les autres sans qu'il n'y ait aucun souci particulier, sauf quelques difficultés avec les pansements qui ne voulaient pas coller correctement durant 48 heures. Les infirmières avaient dû appeler l'ICM pour demander l'autorisation de changer le type de pansements. Et puis tout était rentré dans l'ordre. Il y avait eu un soir d'inquiétude, de douleurs particulières et intenses, qui avait nécessité l'appel de l'interne de garde à l'ICM. Elle s'était montrée totalement rassurante quant à l'explication des douleurs ressenties, celles-ci dues essentiellement au sectionnement de nerfs durant l'opération que ce soit au niveau de l'aisselle ou du sein. Je n'avais pas beaucoup d'appétit, la douleur me tenait compagnie. Joseph qui n'était qu'amour lui aussi, m'avait abonnée à toutes les plateformes de streaming existantes sur le marché ! Il souhaitait que je me repose au maximum, bien que je dorme beaucoup. Moi qui n'étais pas spécialement une accro à la télévision, je prenais goût à regarder toutes les séries du moment et avec assiduité !

Les nuits étaient extrêmement compliquées et douloureuses, car aucune position ne me soulageait. La cicatrice sous l'aisselle était la plus difficile à supporter : mon bras plié la comprimait et mon bras étendu l'étirait trop ! Aucune position latérale n'était possible, dormir à plat ventre encore moins, et m'endormir à plat dos était la seule solution mais avec aucune habitude en la matière ! Alors que j'en parlais à mon amie Marta, elle m'avait aussitôt dit qu'il me fallait le « coussin cœur » ! Douée pour la couture, elle m'avait répondu qu'elle s'y mettait tout de suite et qu'elle me l'apporterait dès que possible. Je n'avais pas imaginé qu'elle sonnerait dès le lendemain matin à l'aube, avant de se rendre à son travail, pour me déposer un très joli coussin en forme de cœur qu'elle avait confectionné dans un tissu léger en coton aux imprimés liberty ! Elle était repartie en trombe pour aller ouvrir son magnifique magasin situé à une vingtaine de kilomètres. Effectivement, avoir ce coussin-là me permettait de trouver la nuit une position apaisante, en tout cas supportable. Je plaçais le centre du cœur sous mon aisselle et cela suffisait pour maintenir mon bras gauche au bon endroit. Il était impossible de dormir quel que soit le côté, car mon sein opéré et œdémateux me faisait énormément souffrir.

Je recevais tous les jours des messages de ma cousine et de mes tantes, de ma belle-mère, de mon oncle, mais toujours rien du côté de mes parents ou de ma sœur. J'avais compris, il n'y avait rien à attendre d'eux. Ils estimaient que j'avais « un petit cancer qui se soignait bien », alors pourquoi s'inquiéter… S'ils étaient dans l'incapacité d'être présents et soutenants pour moi et pour nous dans cette épreuve, à quel moment le seraient-ils ? JAMAIS. La situation était choquante pour plus d'un dans nos familles respectives. J'avais eu des visites de ma belle-famille, nous étions vraiment très entourés. Notre fils, ne logeant plus avec nous, prenait fréquemment de mes nouvelles, notre fille, vivant encore sous notre toit, était d'un grand soutien aussi. Bien que les conditions fussent différentes par rapport à son grand frère, j'essayais autant que faire se peut de la préserver au maximum. Elle suivait de brillantes études en pharmacie et je ne voulais pas que ma maladie et tout ce qui allait avec interfèrent de manière négative dans sa vie, ou en tout cas le moins possible. En vivant avec nous, elle y était confrontée tous les jours. Quelque temps avant l'opération, mon fils et moi avions déjeuné dans un excellent restaurant italien nîmois. Nous souhaitions convenir d'un pacte entre lui et moi. Parce qu'il était étudiant en médecine, il lui était impossible de ne pas comprendre les comptes-rendus, diagnostics et autres informations me concernant. Derrière chaque mot employé dans mes rapports médicaux, il y avait un diagnostic qu'il saurait interpréter mais qu'il ne serait pas en mesure de gérer émotionnellement parce que j'étais sa maman, ni de faire comme si de rien n'était. Aussi, pour éviter qu'il ne se retrouve dans une situation complexe, nous nous étions mis d'accord, lui et moi. Je ne l'informerai qu'en tant que fils et pas en tant que médecin. Il n'aurait aucun accès à mes documents et il serait traité ainsi d'égal à égal comme sa petite sœur ou toute autre personne de la famille. Tout cela m'avait paru important de nous le dire clairement et de le mettre en place immédiatement. Et nous nous y sommes tenus.

Chapitre 32- Entrechoquements

Lundi 16 mars 2020 au soir, le président de la République annonçait que nous entrions dans une période de « guerre » face à l'expansion de la pandémie de la COVID-19 en France et dans le monde. À compter du 17 mars 2020, un confinement national était imposé à l'ensemble de la population et sur tout le territoire français. Le confinement décrété prévoyait la restriction de tous nos déplacements au strict nécessaire, c'est-à-dire pour effectuer nos courses alimentaires, réaliser nos soins et visites médicales et si possible télé-travailler pour ceux qui le pouvaient. Les seules sorties autorisées dans un périmètre minime autour de nos domiciles étaient pour les sorties animales, pour garder une activité sportive individuelle et rendre visite aux membres de nos familles malades. Tout ceci avec une autorisation de sortie papier à remplir et à s'accorder soi-même ! J'étais moi-même en guerre contre mon cancer, je n'étais pas à une bataille près, les hostilités avaient déjà été lancées…

Du côté de ma mère, très inquiète de se retrouver coincée seule en centre de soins plusieurs semaines et peut-être plusieurs mois, elle avait souhaité interrompre sa rééducation, signant une décharge afin de pouvoir regagner son domicile plus tôt que prévu, auprès de mon père. Quelques jours précédant la sortie du centre de soins de maman, mon père était revenu sonner un matin à ma maison. C'est notre fille qui avait ouvert à son grand-père avec l'accord de mon mari, très protecteur des siens… Je dormais profondément. J'avais été réveillée par des voix d'hommes qui s'élevaient dans la cuisine, sursautant vivement, me demandant ce qu'il se passait ! Reconnaissant la voix de mon père, je m'étais extirpée de mon lit après une énième nuit difficile et j'étais descendue au rez-de-chaussée pour savoir de quoi il en retournait. Ils étaient tous les trois debout autour de la table, mon mari et mon père en discussion et notre fille observatrice vigilante. Mon père m'avait apporté des bonbons et une fougasse aux lardons pour s'excuser encore une fois des « *quelques mots de bêtise prononcés* », selon ses termes. Cela partait d'un bon sentiment dans son esprit, mais dans la forme sa démarche était très maladroite et il était totalement à côté de la plaque. Des bonbons et une fougasse… comme c'était enfantin comme réaction, je n'étais plus la petite fille qu'il pouvait amadouer avec des friandises… Certes, j'en étais très gourmande, mais cela montrait à quel point il était loin de se rendre compte de la gravité de ses mots, de son attitude et de l'étendue des dégâts causés par sa faute. La conversation se poursuivait tous ensemble, mais tout ce qu'il disait pour se dédouaner ou pour minimiser ses propos ne faisait qu'aggraver les tensions. Rapidement la discussion avait pris une tournure déplaisante, car il avait eu le culot d'accuser Joseph de ne pas s'occuper de ma mère ! Quelle horreur de lui reprocher cela ! Lui, le gendre attentionné, présent du matin au soir au CHU le jour J de l'AVC de ma mère, tandis que Javotte, elle, n'avait pas daigné pointer son nez, pour ne dire que cela ! Lui qui avait également été très présent et à l'écoute de ma mère pendant son cancer en 2009 et les années suivantes durant les traitements… Quelle injustice d'attaquer ainsi mon mari, alors que lui-même n'était pas foutu d'être présent pour moi, sa propre fille… C'était l'hôpital qui se foutait de la charité ! Joseph avait explosé de colère d'entendre de telles inepties ! Comment cet homme, mon *géniteur,* pouvait-il déformer autant la réalité et se mettre à son avantage. Joseph avait quitté aussitôt la pièce, me laissant seule avec mon père. Notre fille s'était éclipsée discrètement. J'étais restée très calme, lui expliquant que ce qu'il avait fait et dit était très grave, lui rappelant au passage que j'étais sa fille et qu'il ne mesurait visiblement pas la portée de ses propos. C'était comme si, ce jour-là, il m'avait retiré mes entrailles à vif. Je souffrais et il ne le comprenait pas, voulant se faire passer pour la victime dans l'histoire. Je lui avais répliqué que tant qu'il minorerait cet incident, je ne serais pas capable d'envisager le moindre pardon. Il essayait de plaisanter sur le sujet, me prenant à partie en me rappelant qu'il lui était fréquent de nommer tout le monde « *l'autre* » dans la famille. Il avait raison sur ce point : effectivement, il le disait fréquemment et de manière péjorative, d'ailleurs aucun n'était épargné. Mais pour autant, toutes les personnes qu'il avait nommées « l'autre » ne le supportaient pas, elles aussi… Je lui répondais alors que moi, je n'étais pas « tout le monde ». Justement, j'étais SA FILLE, sa fille gravement malade. Il s'en était agacé, visiblement ma maladie n'était pas si grave à ses yeux… Je lui avais demandé de me laisser tranquille et de m'octroyer du temps, au calme, ne sachant pas si je serais apte un jour à lui pardonner. Il me fallait de la quiétude pour supporter les traitements postopératoires.

Clairement, mon père n'était pas du tout dans la même réalité que nous tous. Cela en était presque inquiétant, à se demander si ce n'était pas pathologique. Il était totalement déconnecté de toute vérité. Je l'avais remercié pour les friandises offertes, mais cela ne suffirait pas à effacer le mal qu'il m'avait fait. Je le voyais ému mais je ne pouvais pas occulter ce qu'il m'avait dit ce jour-là dans la chambre d'hôpital de ma mère. Quant à le plaindre, il ne fallait pas exagérer non plus ! J'étais parfaitement lucide et expérimentée sur le fonctionnement de mes parents. Aussi, je persistais à penser qu'il était surtout inquiet que ma mère apprenne, lors de sa sortie imminente, ce qu'il avait fait en se comportant mal avec moi mais aussi avec d'autres membres de la famille de maman. Il souhaitait probablement aplanir la situation, avec beaucoup de maladresse et une totale incapacité à reconnaitre ses torts. Quelques jours après, Joseph et moi avions été scandalisés mais pas surpris d'apprendre lors d'un rare appel de Javotte, que « son » père, comme elle avait usage de dire, s'était plaint à qui voulait l'entendre et notamment auprès d'elle, de l'attitude « agressive » de mon mari à son égard. Il lui avait relaté une altercation violente entre lui et Joseph, finissant par se faire passer pour le martyr, jugeant que mon mari était « un fou » et que celui-ci aurait tenté de le mettre à la porte de notre maison ! Les bras m'en tombaient... Il ne s'arrêtait jamais d'inventer ! Javotte, très friande de ce genre de tensions au sein de notre famille, se délectait de tout me raconter. Nous étions trois ce jour-là à recevoir mon père à la maison, trois à avoir vu et entendu la même chose. Joseph, malgré toute la colère qu'il ressentait envers mon père, était resté respectueux. Non, il n'y avait eu aucune insulte, aucune menace, aucune tentative d'expulsion de notre domicile de sa part à l'encontre de mon père, rien de tout cela n'était la vérité. Par contre, il était vrai que mon mari avait eu un sentiment de rage envers mon père devant tant de mensonges, d'accusations injustes, sans parler de son absence totale d'attention. Joseph était dans son rôle de conjoint protecteur pour prendre ma défense devant tant de méchanceté.

Repenser aux différents propos nauséabonds de mon père, constater que je n'avais aucun soutien de sa part, ni de ma sœur était inconcevable pour nous tous. Ma mère était encore en convalescence mais elle commençait à aller mieux et à bien récupérer. Mon mari connaissait et pratiquait ma famille depuis l'âge de ses dix-neuf ans, depuis près de trente-quatre ans, il fréquentait mes parents et ma sœur ! Joseph savait parfaitement à qui il avait à faire et qui était qui... J'avais répondu à Javotte que tout ce que SON père avait dit n'était qu'une succession de mensonges éhontés et que sa visite, bien que houleuse, ne s'était absolument pas déroulée comme il le présentait. Que ce soit Javotte ou mon père, ils étaient tellement prévisibles que leurs réactions pouvaient, avec beaucoup de hauteur, prêter à sourire ! Il était incroyable de vérifier qu'ils abordaient systématiquement tout obstacle, toute situation dramatique, par le même chemin, chacun dans son domaine, sans même réfléchir et pensant en plus que nous n'y verrions que du feu ! Ils se sentaient au-dessus de tout et de tous. Consternant... Il n'était pas aisé de reconnaitre que mon père était un parent dysfonctionnel et d'accepter qu'il n'était pas disposé à changer. Je comprenais qu'une seule alternative se présentait à moi pour me protéger et rester concentrée sur la suite de ma maladie : celle de couper les ponts et toutes relations avec lui a minima. Il ne me laissait pas d'autres choix. Tout le monde savait ce qu'il s'était réellement passé, il en avait parlé lui-même à toute la famille, avant de donner diverses versions évolutives d'une fois sur l'autre. Il mentait tellement qu'il ne savait plus à qui il avait raconté quoi. Pathétique… Mais il ne supportait pas et surtout n'assumait pas de passer pour un mauvais parent. Malheureusement pour lui, son masque était tombé aux yeux de tous. Rapidement et sans surprise, il avait changé de stratégie et commencé à se plaindre, disant autour de lui qu'il s'était excusé deux fois, mais que cela n'avait servi à rien : j'étais une fille « méchante », et son gendre était « un fou furieux ». Il poursuivait sa victimisation, ce qui me donnait la gerbe ! Bien sûr, personne n'était dupe. Il n'avait rien retenu des épreuves rencontrées sur son chemin. Dans la vie, chaque action provoque une réaction correspondante, qu'elle soit bonne ou mauvaise. Ce que nous émettons est ce que nous recevons. Je voyais bien qu'il était incapable de comprendre que rien n'était sans conséquence. Pardon pour le langage grossier, mais il avait semé de la merde, par conséquent, il récoltait de la merde ! Il avait le retour de bâton à la hauteur de son attitude, car il avait dépassé l'abjection ! Comment était-il possible qu'ils se comportent ainsi vis-à-vis de moi ?! Je n'aspirais qu'à ce qu'on me laisse en paix, alors que mon combat commençait à peine ! Était-ce si compliqué à comprendre ? Pourquoi cet acharnement ? Pourquoi autant de méchanceté ? Et plus particulièrement, pourquoi maintenant ? Toutes ces tensions, qu'elles soient avec mon père ou Javotte, mais pas seulement avec moi d'ailleurs, prenaient de l'ampleur sans que je puisse m'en protéger. Cela me consumait à petit feu. Il était pourtant important que je garde toutes mes forces et mon énergie pour lutter contre le mal. Eux, ils étaient pires que le mal… Je maintenais des contacts téléphoniques réguliers avec ma mère, bien décidée à l'épargner de toute cette situation familiale méprisable. Mais pour combien de temps encore ? Je sentais que je ne tiendrais pas indéfiniment et que l'attitude détestable de mon père me pousserait tôt ou tard à lui en parler. Elle devait savoir, pour comprendre la raison et l'origine de l'explosion de notre famille. Tant qu'il se ferait passer pour la victime, rien ne serait possible entre nous. Alors qu'il avait été, plus jeune, un papa, un fils, un frère, un beau-frère adoré, voire adulé dans la famille, au fil du temps, années après années, il était devenu une personne intrinsèquement mauvaise. Son attitude perverse me dégoûtait profondément et choquait énormément nos familles respectives, personne ne trouvant d'explications rationnelles à un tel comportement à mon égard ou envers Joseph. Je trouvais mon père horriblement lâche, cherchant sans cesse à rendre les autres coupables de ses propres erreurs. Il avait agi ainsi toute sa vie, j'en avais été le témoin, mais jamais je n'aurai imaginé, une seule fraction de seconde, qu'un jour il serait capable de me le faire subir ! Je ne voyais pas comment notre relation pouvait s'améliorer en ayant face à moi quelqu'un qui ne voyait pas le mal dans ses actes ! Méprisable… Ce confinement obligatoire tombait finalement très bien, je n'avais pas la possibilité de me déplacer pour voir ma mère, compte tenu des contraintes kilométriques imposées par la crise sanitaire. Je gardais seulement un contact téléphonique avec elle, m'évitant ainsi de voir mon *géniteur*. Toutes les deux, nous avions eu, le temps passant, des conversations téléphoniques intimes durant lesquelles elle avait notamment reconnu d'un ton larmoyant qu'à l'annonce de mon cancer, elle n'avait rien ressenti à mon égard, ni su trouver les mots pour me réconforter. Elle semblait se sentir coupable mais je n'en étais pas complètement convaincue. Cela me questionnait : j'étais sa fille quand même, alors comment pouvait-elle ne pas avoir les bons mots ? Comment avait-elle pu ne rien ressentir ? Surtout elle qui l'avait vécu dans sa chair aussi… Finalement, elle me blessait en me confiant cela. De mon côté, j'en profitais pour lui raconter tout le déroulé avec sincérité de son AVC, des jours qui avaient suivi, de tout l'entourage présent pour elle, mettant essentiellement en valeur sa fratrie et la famille présente pour elle. Il me paraissait essentiel qu'elle ait la bonne version. Mon père ne cessait de dénigrer les sœurs de ma mère alors qu'elles avaient été formidablement soutenantes. Lui, il se présentait en « sauveur » auprès de maman même s'il avait été minable. C'était insupportable à observer, sans compter qu'il l'infantilisait chaque jour davantage. Maman me disait ne pas se souvenir des premières semaines au CHU alors, je pensais qu'il était de mon devoir de lui détailler cette période apparemment « oubliée », de lui parler de ses sœurs qui avaient été si réconfortantes et présentes, quotidiennement. Par contre, j'évitais de lui parler des sujets source de conflits ou des épisodes négatifs. Il était primordial qu'elle prenne conscience de tout l'amour et de toute la bienveillance dont elle avait bénéficié pendant les quinze jours d'hospitalisation et même bien après. J'essayais de préserver notre lien mère-fille du mieux que je pouvais, quoi qu'il m'en coûte vis-à-vis de mon père. Mais cela m'épuisait, car à vouloir composer pour son bien, je m'infligeais énormément de mal.

Et puis était venu un appel qui avait bousculé une fois de plus notre vie… Quelques jours après le début du confinement alors que nous étions à quinze jours à peu près de convalescence de mon opération, j'avais reçu une communication du Dr D. Sa voix était plus grave et solennelle qu'à l'ordinaire, il y avait un problème dans l'analyse de la tumeur, je le percevais immédiatement. Elle souhaitait m'informer qu'elle avait reçu les résultats de l'analyse suite à la tumorectomie et qu'il y avait une complication… Mon sang se figeait dans mes veines : était-il possible d'avoir un peu d'accalmie et de sérénité !? L'ascenseur émotionnel était en train de remonter à vive allure. L'onco-chirurgienne m'avait alors annoncé, que j'avais un deuxième cancer, un deuxième foyer plus petit, qui ne pouvait être vu à l'œil nu durant l'opération du 5 mars. Il fallait que je sois à nouveau opérée, rapidement. Elle m'avait expliqué que dans certains types de cancers du sein, il y avait des tumeurs « mère » et des tumeurs « fille ». Je comprenais alors que nous nous étions débarrassés du cancer mère, mais pas de sa fille ! La conclusion médicale était qu'après la chirurgie conservatrice du 5 mars, l'examen anatomopathologique définitif avait mis en évidence l'existence de ce « foyer fille ». Le Dr D. m'avait expliqué qu'elle inciserait à nouveau la première cicatrice au-dessus de l'aréole pour ne pas faire une troisième cicatrice et qu'elle verrait si elle pourrait conserver mon sein ou non… J'étais follement inquiète de savoir si l'opération pourrait avoir lieu, compte tenu de la COVID-19 et des nombreuses annulations d'interventions chirurgicales dans les hôpitaux dont les médias faisaient largement état. Le Dr D. m'avait alors rassurée, au moins sur ce point, elle allait me réopérer. La date était déjà arrêtée pour eux, il s'agissait du 3 avril 2020… Le 03 avril… Jour J de mes 49 ans, quel beau cadeau… Pour autant, ce n'était qu'un détail, un jour comme un autre dans l'année vu la situation… J'avais accepté la date et les contraintes liées à la crise sanitaire sans rechigner. Je devais effectuer un test PCR, 24 heures avant cette deuxième opération, ne pas avoir de contacts extérieurs pour éviter toute contamination et annulation de la chirurgie. Aucun accompagnant ne serait autorisé à rentrer dans l'ICM, j'y serai la seule admise. Je me conditionnais moralement, prête à tout, pour affronter, Quels que soient les obstacles, ce cancer. J'encaissais tout sans broncher, sans me poser des questions et me concentrant sur l'essentiel : me débarrasser de cette deuxième tumeur, que ce soit une fille, une cousine ou une amie de la première tumeur et aussi petite soit-elle, peu m'importait, je voulais juste que cela dégage de mon corps et vite !!! Franchement, les circonstances me paraissaient surréalistes et effrayantes. La première annonce du cancer avait été difficile à accepter, comment pouvais-je encore encaisser et surmonter ce nouveau diagnostic ?! J'avais la sensation très claire d'avoir une épée de Damoclès au-dessus de ma tête, constatant que ce foutu cancer ne lâchait rien, il ne m'épargnait rien. Je puisais davantage en mon for intérieur l'énergie nécessaire pour me battre. Cette nouvelle annonce avait anéanti la famille, mais nous n'avions pas baissé les bras pour autant, je continuais à recevoir énormément d'amour et d'encouragements nécessaires dans ces moments-là. Je ne parle même pas de la présence inébranlable de mon mari et de nos enfants. Ma tante Solange était terriblement inquiète pour moi, un deuxième foyer à mon « jeune » âge, lui faisait craindre pour ma vie. Elle redoublait d'attentions tout comme mon autre tante Dominique et mon

oncle Antoine. Leurs mots étaient réconfortants et touchants, ils n'étaient pas les seuls, j'en recevais de toutes parts. Ma belle-famille m'entourait aussi de toute son affection et soutien. J'étais à la fois choquée et dépassée par mes émotions, mais je tenais à relever la tête, je perdais une bataille contre LUI, mais pas la guerre, par conséquent, je me devais de rester digne et d'accepter encore une fois ce qui se présentait à moi, à nous. Je dis « nous », parce que ce qui m'arrivait, impactait inévitablement Joseph et les enfants. Je n'arrivais pas à les épargner comme je l'aurais souhaité, le cancer ne me laissait pas en décider. Mon mari était très investi dans son accompagnement, inébranlable, subissant de plein fouet comme moi les annonces bonnes et mauvaises. J'admirais sa ténacité, son mental d'acier et je lui en étais profondément reconnaissante. Lui qui avait été tant absent par le passé, son attention journalière était possible maintenant grâce au confinement et au télétravail. Je crois que ce cancer avait été pour lui un électrochoc dans le bon sens du terme. Il mettait tant d'amour à me soutenir, dignement, sans rien laisser paraître de ses états d'âmes que je soupçonnais influents sur sa manière d'aborder les choses. J'étais triste de lui infliger cette épreuve tout comme à nos enfants. Je ne dirais pas que ce cancer était une chance pour notre tandem amoureux, mais j'aime à dire, parce que je le perçois ainsi, que par cette terrible épreuve, les pendules au sein de notre couple se sont remises à l'heure automatiquement. Toutes les tensions, les colères, chagrins ressentis ces dernières années s'étaient totalement effacés, évaporés. Une page s'était tournée, définitivement... Laissant les périodes sombres dans les méandres du passé. Nous abordions une nouvelle vie que j'espérais encore longue, nous nous étions retrouvés. Mon Joseph, dont j'étais éperdument tombée amoureuse adolescente, était à nouveau proche et c'est tout ce qui comptait à mes yeux. Malgré la période difficile entre la COVID-19, le confinement et l'annonce de cette deuxième tumeur à opérer, je ressentais de la joie, de ce bonheur conjugal retrouvé.
Le 3 avril était vite arrivé. Je devais être à 7 h 00 à l'ICM, testée négative et documentée. Ce matin-là, dès l'aube, je ne pourrais dire combien de messages j'avais reçu tant ils étaient nombreux, mêlant le « bon anniversaire » aux encouragements affectueux et touchants pour cette deuxième opération. Tous étaient bouleversants, forts et même drôles ! J'ai gardé le SMS de ma fille, envoyé la veille au soir alors que je dormais déjà. J'en avais pris connaissance à mon lever à 5 h 30 avant de me rendre à l'ICM avec Joseph. Il n'y en avait pas un meilleur que l'autre. J'avais celui de notre fils, celui de ma belle-sœur Sandra, je ne pourrais les citer dans leur globalité mais tous sans exception étaient merveilleux à lire. Leur amour me portait et me donnait une force incroyable ! J'avais reçu des

SMS d'autant plus touchants de la part de collègues, de membres de la famille dont nos liens s'étaient un peu distendus mais qui avaient pensé à se manifester ce matin-là ! Oui, beaucoup de monde s'était chaleureusement exprimé, sauf trois personnes... Inutile de les nommer... Comment ne pas être blessée ? Ils étaient constants dans leur comportement... Je ne souhaitais pas m'appesantir sur ce côté négatif alors que j'avais été submergée de très beaux messages de soutien. C'était ceux-là qui comptaient. Je restais focalisée sur cette nouvelle chirurgie et l'énergie positive reçue ce matin du 3 avril 2020. Après une heure de trajet, un peu avant sept heures du matin, Joseph m'avait laissée devant la porte d'entrée de l'ICM. Nous nous étions enlacés fortement, il m'avait rassurée, me chuchotant à l'oreille que tout se passerait bien et que je l'appellerai dès que j'en serai capable pour donner de mes nouvelles. J'enfilais alors mon masque chirurgical et présentais les papiers nécessaires à mon admission au vigile installé devant les portes coulissantes de l'entrée du bâtiment. Une fois dans le hall, j'avais pris les précautions d'usage de lavage des mains au gel hydro-alcoolique avant de me diriger toute seule, dans le silence des couloirs déserts, vers le premier étage où toutes les opérations du jour avaient été centralisées.

Joseph avait gentiment été invité par mes tantes résidant près de l'ICM pour venir attendre chez elles, au chaud. Il était le bienvenu pour y rester le temps nécessaire et se restaurer avec elles. Le connaissant réservé et n'aimant pas déranger, malgré l'invitation, il avait décliné en arguant qu'il rentrerait à notre domicile après m'avoir déposée et reviendrait ensuite en fin d'après-midi pour me récupérer. Nous étions venus seuls cette fois-ci, laissant ma belle-mère chez elle. Il était inutile de lui faire faire juste un va-et-vient jusqu'à Montpellier, pour le plaisir de nous y accompagner. L'ambiance dans l'ICM était austère, le parcours pour les patients admis était fléché. Le service ambulatoire avait été fermé, ils avaient regroupé toutes les opérations au même endroit, condamnant un étage. Chaque malade était installé dans une chambre individuelle avec tout l'équipement de bloc mis à disposition sur le lit, à enfiler seul. C'était si glauque, le silence était pesant. Je me parlais à voix haute pour m'encourager. Cette deuxième opération n'était pas anodine, déjà parce qu'il s'agissait d'un deuxième cancer, mais ce coup-ci, il n'était pas garanti que mon sein soit préservé. Le Dr D. avait été franche lorsque j'avais soulevé la question. Elle m'avait répondu qu'elle ferait de son mieux pour ne pas me l'enlever mais que s'il le fallait, cela se ferait. Je lui donnais à nouveau mon accord pour qu'elle n'hésite pas à retirer tout ce qu'elle jugerait nécessaire afin de me débarrasser de ce foutu cancer, une bonne fois pour toutes.

Je m'étais vêtue de la tête au pied, enfilant la charlotte, la blouse, les chaussons et le pseudo-slip en papier tissé bleu. Pour détendre ma famille, j'avais fait un selfie en tenue de combat, leur écrivant avec humour « Ready ! » Je devais alléger leur inquiétude, leur montrer que j'avais le moral et que tout irait bien. Une fois au bloc, plus personne ne pourrait avoir de mes nouvelles avant de très longues heures. Ils devaient attendre que je sois opérée, sortie de la salle de réveil, remise en chambre et enfin que je sois à peu près lucide pour leur envoyer un SMS pour leur donner des nouvelles, bonnes de préférence. Durant toute la journée, le silence radio serait de rigueur pour eux. Je savais à quel point ma famille était anxieuse, même s'ils donnaient le change, ils n'en pensaient pas moins. Le contexte de cette deuxième opération était anxiogène pour nous tous. Une infirmière était venue me chercher pour m'accompagner jusqu'au bloc. Ce coup-ci, je n'avais aucune angoisse par rapport à l'anesthésie ou pour l'opération. Je me disais que plus vite ce serait fait, plus vite j'en serais débarrassée. Tout était insolite cette matinée-là : un homme et moi avions été amenés jusque dans une salle de réveil à moitié éteinte et inutilisée. Il y avait deux médecins réanimateurs qui n'avaient pas encore de patients à observer. Ils étaient assis nonchalamment sur le bord d'un lit à notre arrivée. L'autre patient et moi étions en fauteuil, à attendre notre tour, chacun avec un diagnostic et un chirurgien différents mais pour un mal commun. Nous avions entamé une conversation anodine tous les quatre, comme si de rien n'était. Un des réanimateurs m'avait demandé le nom de ma chirurgienne oncologue et une fois donné, ils m'avaient assuré qu'elle était extraordinaire humainement et professionnellement. Elle avait la réputation de porter une attention toute particulière à ses patients. En effet, elle était la seule chirurgienne chez eux à se rendre avant l'opération dans la chambre du patient pour discuter un peu et se montrer rassurante. Je leur confirmais qu'elle était à la hauteur de sa réputation. Puis, nous avions été tous les deux acheminés vers deux blocs distincts. L'anesthésiste était cette fois-ci un homme, les infirmières de bloc étaient également différentes. Je me doutais bien que les équipes tournaient. Le Dr D., le seul visage connu, était rentrée dans le bloc avec le sourire me regardant. Je n'avais pas pu m'empêcher de demander à l'anesthésiste s'il avait bien lu mon dossier et pris note des allergies possibles. Tout était sous contrôle. On pouvait y aller, j'étais prête !

À mon réveil en salle, mon premier geste avait été de toucher ma poitrine pour sentir si mon sein gauche était encore présent... Et il l'était ! La douleur était à son paroxysme et l'administration de morphine avait été nécessaire en plusieurs doses. Mais peu importe, c'était fait ! L'opération s'était bien déroulée pour cette recoupe du sein. Il n'avait fallu que trente minutes au Dr D. pour effectuer son geste. Les éléments prélevés étaient partis une fois de plus en anatomopathologie. J'avais été transférée en chambre vers 15 heures. Il m'était difficile émotionnellement de vivre ces moments toute seule, comme toutes les autres patientes revenues dans les chambres voisines. Sans nous voir ni nous connaître, nous étions toutes logées à la même enseigne, toutes regroupées dans ce même étage pour vivre le même moment toutes seules. Dr D. était passée me voir dans ma chambre pour discuter. Alors que je m'inquiétais d'avoir mon sein toujours présent, elle m'avait rassuré, en me disant qu'il n'avait pas été nécessaire de l'enlever, qu'elle avait remodelé la glande mammaire et fait de son mieux pour que je garde ma poitrine. Elle m'avait assuré que si elle avait dû le faire, elle l'aurait enlevé comme pour la patiente dans la pièce voisine. Je me sentais « reconnaissante » de ne pas vivre cette épreuve supplémentaire que pouvait représenter la mastectomie, pensant chaleureusement à cette dame que je ne connaissais pas dans la chambre à côté de la mienne… J'avais attrapé mon téléphone pour faire un nouveau selfie de moi, franchement pas folichon, pour l'envoyer à mes proches en notant en légende : « *I'm back !* ». J'imaginais toute ma famille soupirer de soulagement, en apnée depuis sept heures du matin, à attendre un signe rassurant de ma part. Il me fallait encore patienter deux heures en chambre et me restaurer toute seule avant d'envisager de sortir. J'étais encore somnolente. Ce coup-ci, je n'avais pas ma belle-mère pour m'alimenter et je devais faire au mieux pour ne pas rater ma bouche entre les douleurs et les pansements imposants sur le côté gauche. Les premiers prévenus avaient été évidemment Joseph et nos enfants. Mon mari m'avait répondu qu'il arriverait bientôt sur le parking. Puis j'avais informé de mon état le reste de nos familles respectives. Mais toujours rien du côté des trois autres… Comme ils se plaisaient à répéter que je n'avais qu'un « *tout petit cancer* » et que « *ça se soignait très bien* », pourquoi se seraient-ils enquis de moi et de ma deuxième opération ? Par conséquent, je n'avais pas à leur fournir de mes nouvelles, vu qu'ils n'étaient pas inquiets ni même au fait de cette nouvelle chirurgie !

À dix-sept heures, j'étais jugée apte par le corps médical à me lever et à quitter l'ICM. Les couloirs étaient déserts et silencieux. Joseph m'attendait sur le parking principal. J'avais demandé à être ramenée jusqu'à la sortie en fauteuil, me sentant encore fébrile pour marcher. Je ne l'ai pas su ce jour-là mais je l'avais appris des mois plus tard par ma belle-mère : en réalité, Joseph n'avait pas bougé du parking. Il était resté assis dans notre voiture de sept heures du matin, qu'il m'avait déposée jusqu'à ma sortie le soir, souhaitant être sur place et être au plus près de moi. Il était resté au froid durant toute cette journée pluvieuse sans pouvoir se restaurer puisque tout était fermé à cause du confinement… Elle m'avait confié que de savoir son fils seul à m'attendre dans sa voiture, lui avait tordu le ventre. J'étais très émue qu'il ait fait ce choix, lié à l'interdiction de rentrer dans le bâtiment. Nous avions repris la route pour la maison tous les deux, soulagés que ce soit enfin passé. Nous nous étions arrêtés quelques minutes chez mes beaux-parents sur le retour pour les rassurer, avant de regagner notre domicile. Je n'avais pas jugé utile de passer chez mes parents, leur indifférence et leur désintérêt m'affligeait profondément.

Voilà toutes les tumeurs avaient été enlevées ! Quelle drôle journée d'anniversaire je venais de vivre ! J'avais gardé le bracelet d'hospitalisation « en souvenir » de mes quarante-neuf ans. Je ne peux pas dire qu'il s'agissait d'un traumatisme à proprement parler, mais vivre une opération dans ce contexte sanitaire et ces conditions-là avait été une rude épreuve. Néanmoins, je savourais ma chance d'avoir été, malgré la pandémie et les problèmes hospitaliers, opérée sans attendre. En partant, j'avais reçu comme consignes de l'ICM d'envoyer par mail plusieurs photos de la cicatrice aux infirmières des Soins Externes environ douze jours après, afin que le Dr. D. puisse observer l'évolution cicatricielle et s'assurer de l'absence d'éventuelles complications postopératoires. Tout était calé à nouveau. Je repartais à zéro pour les pansements, les nuits difficiles, les douleurs aigües et autres festivités liées aux deux chirurgies successives. En quittant l'ICM ce soir-là, je me faisais la promesse de fêter en grande pompe et doublement mes cinquante ans, l'année suivante, seule projection que je m'accordais ! Tout notre entourage, sachant ce que nous venions de vivre, en était informé ! J'avais déjà en tête de le célébrer une première fois, le jour J en petit comité juste pour la forme et une deuxième fois dans l'été avec beaucoup plus de faste, réunissant nos deux familles et tous nos amis, afin d'exorciser cet anniversaire des 49 ans passé sur une table d'opération lors d'une hospitalisation toute seule. Il était important que je puisse tourner la page définitivement sur cet épisode marquant. En attendant, je ne voulais pas m'apitoyer davantage sur ce 03 avril 2020...

Chapitre 33 - Deuxième offensive !

Les journées se succédaient les unes aux autres, identiques. Je passais beaucoup de temps à me reposer et à essayer de récupérer de mes nuits douloureuses. Il m'était difficile de trouver une position confortable nuit et jour et d'utiliser correctement ce bras gauche. Tout me faisait énormément souffrir. Le sein avait doublé de volume à cause de l'œdème de la première opération, suivie rapidement par la deuxième. Lorsque je me levais, la matinée était déjà bien entamée ! Je me réveillais souvent vers onze heures après avoir passé une très mauvaise nuit sans aucun sommeil réparateur. Tout était ritualisé : je petit-déjeunais, je me lavais, je rangeais un peu la maison du mieux possible et après le déjeuner, je passais une bonne partie de mes après-midi allongée devant la télévision, à visionner une série sur une des nombreuses plateformes que Joseph m'avait offertes. Ces moments de détente étaient entrecoupés par des siestes réparatrices. Mon mari tenait à ce que je prenne grand soin de moi et que j'utilise tout ce temps, octroyé par ma prise en charge en congé longue maladie, pour me rétablir à mon rythme. Il était exceptionnel, tellement attendrissant à tout mettre en place pour devancer chacun de mes petits plaisirs. Il n'était qu'amour et cet amour justement me fortifiait. De son côté, il continuait à bosser en télétravail, le confinement strict imposé depuis quelques semaines ne nous affectait que peu. Les beaux jours arrivaient, nous avions le jardin et la maison était suffisamment spacieuse pour ne pas se gêner.

Je savais qu'une fois les traitements terminés, ma convalescence serait plus ou moins longue pour guérir physiquement mais aussi psychologiquement de cette maladie. Un de nos généralistes nous avait longuement expliqué lors d'une consultation qu'il y avait la partie symptomatique qui passait par les traitements mis en place pour se débarrasser de la tumeur et puis il y avait la partie psychique pour s'en remettre et qui était elle, de façon notoire, la plus longue, variant d'une personne à l'autre. J'en avais discuté également avec mon amie Marta qui le vivait pleinement. Je m'étais documentée en lisant des témoignages d'autres femmes qui avaient été atteintes d'un cancer du sein et il ressortait qu'en moyenne, il nous fallait deux ans minimum pour relever la tête. Pour l'instant, cela se comptait seulement en semaines pour moi. Je n'en étais encore qu'au stade des opérations et de leur suivi. La radiothérapie ne serait programmée qu'un mois après la cicatrisation de la seconde intervention. Chaque cas étant unique, mon onco-chirurgienne, le Dr D., avait déterminé la stratégie thérapeutique adaptée au type de mon cancer. Suite au diagnostic posé sur mes tumeurs, l'enchainement d'une combinaison de plusieurs traitements avait été

décidé. Au menu pour moi, cela serait des opérations en entrée et déjà servies ! Puis radiothérapie en plat principal et hormonothérapie en dessert, selon un protocole bien défini et des délais à respecter entre chacun d'eux. Je devais prendre mon mal en patience et ne pas brûler les étapes. Je vouais une confiance aveugle dans les traitements mis en place par les médecins oncologues. Déjà, de ne plus avoir les tumeurs en moi m'avait apporté de l'apaisement, mais je n'étais pas non plus euphorique sur le sujet ! Je prenais les jours comme ils venaient, avec des hauts et des bas, gérant au mieux mes émotions autant pour moi que pour mon entourage, sans me plaindre. Ce n'était pas dans mes habitudes, je n'allais pas déroger à ma règle. Un livret de conseils de mouvements pour me rééduquer de façon autonome m'avait été remis à ma sortie de l'ICM. Certains des exercices étaient encore trop ardus à effectuer. Instinctivement, je relevais l'épaule du côté opéré en la basculant vers l'avant comme pour protéger la zone meurtrie. Et inévitablement, ce réflexe entrainait d'autres douleurs causées par cette mauvaise posture. La cicatrice axillaire me tirait beaucoup et aucune position ne me soulageait. Celle au-dessus de l'aréole, qui avait été rouverte une seconde fois, était paradoxalement la moins douloureuse des deux incisions. Il faut dire qu'il n'y avait pas de frottement dessus, comme je pouvais en avoir avec la longue cicatrice de l'aisselle.
Toujours de bons conseils, lors de nos échanges avant les opérations, mon amie Marta m'avait conseillé de me procurer un ou deux soutiens-gorges en coton doux, sans armature et surtout à agrafer par le devant. J'avais effectué ces achats en pharmacie, car ils semblaient incontournables selon elle. Mais en pratique, cette lingerie avait été d'emblée immettable ! En effet, j'avais le sein gauche gros comme une pastèque et le droit dans son volume normal, ce qui rendait impossible le port de ce soutien-gorge aussi doux soit-il. Je m'étais alors acheté des brassières microfibre sans armature avec un certain niveau de maintien. Certaines avaient de fines bretelles et d'autres des plus larges afin d'avoir un confort et un soutien maximal. Pour varier les plaisirs, j'en avais pris de plusieurs couleurs : une blanche, une noire, une nude et une rose pâle, que j'avais rapidement étoffée par d'autres teintes plus flashy ! Rien de sexy, à peine coquettes mais vraiment confortables ! Chaque côté extensible de ces pièces de lingerie s'adaptait parfaitement à la morphologie de chacun de mes seins, me soulageant. Je les portais nuit et jour afin de bien maintenir ma poitrine en place, minimisant les mouvements et réduisant l'inconfort ressenti 24 heures sur 24 et 7 jours sur 7. Parmi toutes les souffrances que je pouvais ressentir, comme jamais auparavant, il y avait cette douleur pulsatile aux deux lieux d'incision qui me tenait compagnie ! Dormir n'était pas une chose facile et je savais par des

échanges avec mon oncologue, que cet inconfort pourrait se prolonger bien au-delà des douleurs postopératoires initiales. J'écoutais bien sagement et suivais tous les bons conseils que l'on me donnait pour trouver un peu d'apaisement. Selon les indications de l'oncologue, il serait possible, dans un second temps, que je sois orientée vers des masseurs kinésithérapeutes pour prévenir la formation d'œdèmes et pour rééduquer mon épaule. Tout cela me paraissait encore loin. Les vacances scolaires de printemps approchaient mais comme je n'étais plus en service dans mon école, cela n'avait que peu d'incidence sur ma nouvelle organisation de vie. C'est alors que j'avais reçu un appel de la part de Javotte me demandant si je pouvais garder son enfant quelques jours pendant cette vacation printanière ! Sa requête était totalement incongrue vue mon état postopératoire et ce que je traversais depuis le mois de février ! C'était dire à quel point, elle ne s'était pas intéressée à mon état, ne prenant aucune nouvelle de moi. Personne n'aurait osé me faire une telle demande ! J'étais interloquée qu'elle me sollicite pour la dépanner comme si rien n'était de mon côté. Mais cela ne m'étonnait que peu puisqu'elle disait, elle aussi, que j'avais un « *petit cancer qui se soignait bien.* » Détestable… Après lui avoir fait part de mon étonnement et agacement, j'avais dû lui expliquer mon inaptitude à m'occuper d'un enfant en bas âge, aussi gentil soit-il, dû lui dire que physiquement, j'en étais incapable et qu'une fatigue intense m'avait envahie, rendant mes journées difficiles. J'étais à la fois fortement irritée contre elle et en colère contre moi-même de me sentir obliger de me justifier. Évidemment, elle ne comprenait pas mon refus compte tenu de son propre « diagnostic » me concernant. Après notre échange, quelques jours s'étaient écoulés durant lesquels j'essayais de rester calme, mais ce n'était pas une chose aisée avec eux. Je n'arrivais pas à décolérer ! Et puis comme si cela n'était pas suffisant, il m'était revenu aux oreilles une conversation qu'elle avait eue par ailleurs concernant mon refus d'accueillir son enfant en vacances. Choquant son interlocuteur, elle lui avait lâché :

— *Ça vaaaa, elle n'a pas non plus un cancer des os, elle n'est pas en phase terminale !*

Mon Dieu… Quelle horreur ! Voilà tout ce qu'elle était capable de dire à mon sujet. Elle était du même acabit que « SON » père ! Il n'y avait aucun respect, aucune bienveillance, compassion ou humanité en elle. Quand on aime, on aime autant qu'on le peut et on le montre avec des actes. Là, il n'y avait rien à commenter, la situation parlait d'elle-même. Je sais pertinemment qu'il ne faut pas accorder d'importance à ce que les autres pensent de nous et qu'il est préférable d'avoir de l'indifférence envers les opinions que les autres ont de nous, mais là, il m'était impossible d'entendre, encore une fois, de tels mots par rapport ma maladie. À croire qu'ils prenaient du plaisir à me déverser leur poison ! C'est vrai, je n'avais pas un cancer des os et je n'étais en phase terminale non plus mais pour autant je n'étais pas traitée pour un rhume et la suite de mon cancer nous était encore inconnue… Je sortais de deux opérations successives pour deux cancers dans le même sein. Ce n'était déjà pas mal non !!!??? Tout ceci montrait son ignorance. Je ne pouvais plus permettre à leur méchanceté de perturber ma vie et de mettre en péril mon rétablissement dans la sérénité. Il était inimaginable de subir de telles attaques, aussi médiocres, de ma propre famille. Je préférais garder mes distances pour me préserver de tout ce mal déchargé et ne pas réagir dans la colère, ce qui n'aurait qu'aggravé l'ambiance délétère, qu'ils avaient eux-mêmes créée. Il me fallait du temps pour m'apaiser et à mon rythme. Toutefois, ce temps ne serait pas utilisé pour oublier leur malveillance. La maladie était déjà une expérience éprouvante et je n'en étais qu'au début. J'avais dépassé l'annonce du diagnostic certes mais je me trouvais dans la période d'entrée des traitements, ce qui provoquait un état émotionnel important qu'il me fallait gérer. Pourtant, malgré les assauts verbaux, misérables, sans-cœur et écœurants que je pouvais subir de la part de mon père et de Javotte sur mon cancer ou sur mon état général, je tenais le choc. J'aurais seulement aimé qu'ils m'épargnent leur petitesse. Heureusement, j'étais largement soutenue avec amour, force, ténacité et assiduité par tout le reste de nos familles respectives. Avec de tels mots odieux, il n'y avait plus rien à rajouter, le point de non-retour avait été dépassé ! Un fossé abyssal se creusait un peu plus chaque jour entre eux et moi. De telles monstruosités nous avaient retourné l'estomac, choquant nos proches et mis en colère Joseph et nos enfants, sans parler de mon propre ressenti. Elle, la petite sœur que j'avais tant attendue, tant choyée, tant aimée, me décevait au-delà de l'imaginable. Son attitude m'écœurait au plus haut point, elle ne valait pas mieux que SON père… J'en étais profondément affectée et plongée dans un état de sidération. Comment ma propre famille pouvait-elle aussi mal se comporter à mon égard au lieu de me soutenir d'une façon positive ? Cet acharnement à mon encontre devenait insupportable pour tous. Sans filtre, de tels propos étaient dits et redits à qui voulait les entendre. Ils se sabordaient aux yeux de tous, sans même s'en rendre compte ! Affligeant… Je n'avais que peu d'accalmie, car ils ne me le permettaient pas. Chaque semaine, des commentaires plus ignobles les uns que les autres me concernant, revenaient à mes oreilles : rien ne m'était épargné. Je souhaitais juste qu'ils me foutent la paix ! Qu'ils ne prennent pas de mes nouvelles, c'était déjà une chose terrible mais qu'au moins, ils se taisent !

Je savais qu'il était tout à fait normal que l'annonce du diagnostic de cancer induise un changement majeur dans ma vie, comme pour tout malade et quelles que soient les autres pathologies graves, je pense. C'était une bombe lâchée, une telle déflagration en pleine figure par nous tous, même si j'étais la principale concernée. La nouvelle n'était pas facile à digérer non seulement pour moi mais également pour mes proches. Brutalement et tout aussi soudainement pour eux que pour moi, ils se retrouvaient à assurer un rôle de soutien émotionnel. Tous l'avaient fait spontanément, chaleureusement, chacun à sa manière. Il n'y avait aucun jugement à avoir. Je ne demandais rien à personne, les choses s'étaient mises en place d'elles-mêmes, naturellement. C'était touchant d'ailleurs. Pas plus qu'au reste de la famille, je n'avais rien demandé à mon père, à ma sœur ou à ma mère convalescente. Par contre, j'estimais que s'ils étaient incapables d'être présents pour moi, qu'ils aient, a minima, la décence de la fermer et de ne pas m'accabler davantage. Nous les trouvions d'une cruauté sans égale. Tout ceci était inexplicable, injustifiable et surtout restait impardonnable…

Les jours passant, ma cicatrice doublement incisée était en bonne voie de reconstitution. Les infirmières libérales changeaient mes pansements un jour sur deux. Nous continuions avec ma fille à faire la « petite toilette » toutes les deux dans la baignoire. Les soins, les siestes et les activités calmes rythmaient tous mes après-midis. J'avais perdu beaucoup de poids, il me fallait retrouver un peu d'appétit. Au bout des quinze jours de soins, selon les préconisations du Dr D., Joseph avait fait les photos des cicatrices demandées. La situation étant plutôt cocasse, nous avions ri ce jour-là, dédramatisant ainsi l'instant. Après réception des photographies, mon oncologue m'avait donné le feu vert pour commencer l'hormonothérapie en attendant le début de la radiothérapie venant en traitement adjuvant. Là aussi, j'avais entendu des mots hideux, parlant de « chance » de ne pas avoir de chimiothérapie, comme si le reste était une partie de plaisir… Oui, la chimiothérapie faisait partie de tout l'arsenal thérapeutique pour soigner des cancers mais la décision de me l'administrer avant ou après la chirurgie ou en même temps que la radiothérapie dépendait de beaucoup de facteurs, dont le type de ma tumeur. Mais ils croyaient quoi ? Rien n'avait été facile : nous avions attendu tous les résultats les uns après les autres dans l'angoisse pour savoir si cela serait nécessaire ou pas. Je n'en avais pas eu besoin, il est vrai, mais je n'allais pas pour autant m'en excuser. J'avais évidemment conscience que cela m'éviterait de lourds désagréments et des séquelles dans le temps, de ne pas en avoir eu. Et puis la chance, c'est quand on gagne à la loterie, pour le reste, il ne s'agissait absolument pas de bonne fortune ! Le mur qui nous séparait était cyclopéen ! Il devenait impératif qu'une distance soit mise, il le fallait pour mon bien-être et mon rétablissement. Avec la maladie, mon instinct de survie avait pris le dessus, m'offrant ce qui pouvait m'aider le plus à ce moment-là, par rapport à leurs comportements misérables : prendre du recul et garder le silence. Je n'avais pas le contrôle de leurs actions et de leurs médisances mais je pouvais, par contre, maîtriser ma façon d'y réagir, même si ce n'était pas une situation de tout repos ! Comment rester de marbre face à de tels comportements inappropriés de ma propre famille !? Cela me déclenchait des colères monstres, de l'écœurement. Nous en discutions tous les jours avec Joseph, comme avec le reste de la famille ou avec le Dr O.M. Tous s'inquiétaient des conséquences néfastes que cela pourrait avoir sur ma convalescence et ma future rémission tant espérée. Il y avait sans cesse de nouveaux incidents affligeants. À croire qu'ils y prenaient du plaisir et qu'ils n'en étaient jamais fatigués. Je n'avais de cesse de me répéter que je devais me concentrer sur les choses que je pouvais maîtriser et ignorer le reste, mais c'était plus facile à dire qu'à faire. Pourtant, j'y travaillais intérieurement, profondément. Je ne pouvais pas mener cette bataille sauvage en plus de celle de la maladie. Je voulais être en paix, être au calme. C'était tout ce que je leur demandais… Était-ce si difficile ?

Les délais de cicatrisation avaient expiré, il était temps pour moi de commencer mon traitement d'hormonothérapie. Je rentrais dans une nouvelle phase : les offensives contre mon cancer allaient s'enchaîner ! Bizarrement, le premier jour de prise de mon médicament m'avait procuré à la fois de la joie d'avancer dans ma lutte contre la maladie et en même temps de la crainte : comment mon corps supporterait-t-il les fameux effets secondaires ? Contrairement à la radiothérapie qui cherchait à tuer rapidement mes cellules cancéreuses, l'hormonothérapie visait à entraîner leur destruction à plus long terme en créant un milieu hormonal qui leur était défavorable. J'aimais beaucoup ce concept ! Rapidement, je m'étais « prise d'affection » pour ce petit cachet blanc que je considérais comme mon nouveau « best friend » ! Concernant la radiothérapie, les médecins oncologues avaient décidé que j'aurais trente-cinq séances à raison de cinq séances par semaine, une chaque jour du lundi au vendredi. Le Dr D. avait souhaité et insisté pour que je fasse ces traitements à l'hôpital de Nîmes, tout près de notre domicile, afin de ne pas faire une heure de trajet pour quelques minutes passées dans un appareil ! L'ICM et l'ICG de Nîmes travaillaient ensemble et avaient quasiment les mêmes protocoles. J'avais répondu soucieuse que cela ne me gênait pas de venir tous les jours sur Montpellier mais compte tenu de la fatigue déjà présente et celle occasionnée ensuite par les effets secondaires des rayons, le Dr. D. m'avait assuré qu'il était préférable que j'aille au CHU proche de la maison, éloigné de quelques minutes seulement en voiture.

C'est ainsi que j'avais été mise en contact avec l'ICG de Nîmes. Le Dr S., qui avait travaillé à l'ICM auparavant, m'avait prise en charge. Lors de la première consultation avec elle, à laquelle Joseph avait assisté, elle nous avait longuement décrit toute la procédure et les techniques utilisées. Nous avions arrêté une date, le 22 avril, pour la simulation. Elle nous avait expliqué l'action des rayons qui allaient agir en altérant des membranes et surtout l'ADN des cellules qu'ils allaient traverser. Comme les cellules cancéreuses étaient sensibles à ces lésions, elles allaient mourir, ne parvenant plus à se multiplier. Voilà une autre information qui me plaisait énormément ! J'étais curieuse de tout et ce genre d'explications, même complexes à intégrer, me donnait du baume au cœur ! Et puis elle avait eu cette question formidable :

— Avez-vous compris que le cancer, vous ne l'avez plus dans votre corps depuis les deux opérations ? La radiothérapie vient en traitement « adjuvant » pour être sûr que vous n'ayez plus aucune cellule cancéreuse. Ce n'est pas un traitement curatif.

Traitement « adjuvant » : un nouveau mot de vocabulaire que j'apprenais et qui venait étoffer le champ lexical lié au cancer que je connaissais maintenant. La radiothérapie, comme la chirurgie et comme le serait l'hormonothérapie, étaient pour moi des traitements de sécurité afin de prévenir un risque de récidive locale. J'en étais ravie ! Je reconnais que j'arrivais à me contenter de peu de choses pour ressentir de la joie et éprouver de la gratitude. En l'occurrence, ce joli mot « adjuvant » me faisait du bien au moral. Et pour répondre à sa question, la situation était paradoxale. Bien sûr que je l'avais compris, par contre je ne l'avais pas réalisé concrètement. J'avais parfois besoin de sortir de ma bulle de protection et d'entendre ce genre de propos réconfortants et encourageants pour me rassurer et me permettre d'avancer vers la rémission. Il fallait du temps d'analyses pour les rayons et leur dosage avant de commencer les traitements. Dans le désordre, il y avait une étape de repérage de la zone à traiter et une autre de calcul de la dose à distribuer. Les séances, à proprement parler, ne commenceraient, par conséquent, que le 5 mai 2020. J'étais sincèrement impatiente de commencer ! Lors de la phase de repérage, l'onco-radiothérapeute avait repéré la cible sur laquelle les rayons devaient être dirigés et les organes à risque à protéger : le cœur et les poumons. Pour cela, une tomodensitométrie (encore un enrichissement de mon champ lexical spécial cancer !), centrée sur la zone à traiter, avait été réalisée. J'apprenais que mon cœur était bien positionné dans ma poitrine : je ne m'étais jamais posée la question de savoir si nous avions un cœur bien ou mal centré ! Mais j'étais heureuse d'apprendre que le mien était très bien placé ! Dans le cas contraire, j'aurais été obligée de faire mes rayons sur l'ICM selon une pratique très particulière. Par contre, un bout de mon poumon gauche ne pourrait pas être épargné par les rayons. Il m'avait été expliqué que pendant ce repérage, ma position était soigneusement définie et que je devrais la reprendre lors de chaque séance par la suite. Pour cela, un marquage sur la peau sous forme de petits points de tatouage avait été réalisé. Il m'était demandé d'interrompre l'hormonothérapie durant les 35 séances, dont les huit dernières seraient des « boosts ». Je ne reprendrai mon traitement par hormonothérapie qu'un mois après la fin des rayons, soit fin juillet 2020. Ma vie, notre vie serait rythmée selon des projections et des enchainements de traitements et rien d'autre pour le moment. Une nouvelle étape se terminait. J'étais prête pour la radiothérapie et heureuse, réellement, de la commencer dès que possible ! J'avais l'impression que tout se combinait correctement et que j'avançais petit à petit positivement. Je gardais mon mode de fonctionnement habituel, en me répétant que dans la vie, quelles que soient les épreuves et les succès, tout commençait par un bon état d'esprit. Comme je l'avais toujours fait jusque-là, je choisissais avec détermination de penser positivement. J'étais prête à fournir tous les efforts nécessaires pour supporter les traitements à venir, peu importe les effets secondaires vécus. Avoir le contrôle sur moi, à défaut de l'avoir sur la situation concernée, était la meilleure option. Le printemps s'installait agréablement, bien que nous fussions encore sous la contrainte du premier confinement. Heureusement, aller à l'ICG faisait partie des autorisations de sortie, même s'il fallait être toujours équipé de masques chirurgicaux, remplir des questionnaires et s'autoautoriser à se déplacer en se signant des attestations ! Nous suivions évidemment à la lettre toutes les recommandations d'hygiène. J'appréhendais la première séance, l'inconnu fait toujours peur ! Je me sentais capable maintenant de conduire pour me rendre aux rendez-vous quotidiens à l'ICG, sans déranger mon mari en télétravail. Mon bras gauche était un peu plus mobile, bien que constamment douloureux. Mais Joseph refusait catégoriquement de me laisser y aller toute seule et quand il ne pouvait pas se libérer, c'était notre fille qui prenait le relais, vaillante petite guerrière, toujours près de moi. Ils mettaient tous les deux un point d'honneur à systématiquement m'accompagner. Ces séances et sorties journalières se rajoutaient au rythme calme de nos journées, nous permettant de faire une « activité » quotidienne en dehors de la maison où nous étions confinés. C'était parfois drôle de les écouter décider qui allait m'accompagner, pouvant ainsi s'octroyer une petite « respiration » en dehors de la maison !

La première séance était en quelque sorte la dernière étape de la préparation de mon traitement par radiothérapie. Il s'agissait de contrôler la qualité du positionnement et de la dose à distribuer. Arrivés à l'accueil de l'hôpital, il fallait d'abord montrer patte blanche à de jeunes étudiants en médecine en répondant à un long questionnaire et en leur remplissant une autre attestation qui justifiait notre présence dans les lieux. Puis, nous étions autorisés à nous rendre dans le service concerné au sous-sol. Une manipulatrice m'avait appelée dans le couloir où nous patientions Joseph et moi. Elle m'avait fait patienter dans un premier sas, où je devais me mettre torse nu. Seuls un miroir et une petite banquette meublaient l'espace exigüe. Quelques minutes après, elle était revenue me chercher pour me faire entrer dans une salle immense, sorte de bunker, dotée d'une lourde porte ressemblant à celle d'accès aux coffres-forts de banques, comme on peut voir dans les films ! Franchement, la salle de l'accélérateur était impressionnante. Joseph ne pouvait pas y pénétrer, il était resté à m'attendre dans le couloir. La zone d'accueil avait les murs peints aux couleurs gaies, agrémentée de jolis fauteuils et d'une télévision installée dans chaque recoin affecté à une salle de traitement. Il s'agissait pour ce service de l'ICG de rendre l'attente et les raisons de notre présence ici le moins pénibles. Il y avait des patientes plus jeunes que moi, parfois plus âgées, coiffées ou non d'un foulard, mais nous étions toutes là pour la même raison. Quelques hommes de temps en temps. Nos regards se croisaient furtivement, nous n'échangions qu'un bonjour ou un au revoir poli. Dans une vie normale, nous aurions peut-être échangé comme cela arrive fréquemment dans les salles d'attente, mais là, nous savions pourquoi nous étions réunis dans cet espace d'accueil. Nous n'allions pas débattre de nos états comme si nous parlions de la pluie et du beau temps. Nos visages et nos corps étaient suffisamment expressifs… Une fois dans le blockhaus, les manipulatrices en électroradiologie m'avaient installée dans l'appareil selon les conditions déterminées par la préparation, c'est-à-dire avec une cale sous ma nuque, une position de mon bras bien précise, etc. J'étais allongée sur la table dans la position prévue lors de la simulation et en contact permanent avec l'équipe technique et médicale via un micro et une caméra. Mes deux bras devaient être placés au-dessus de ma tête, occasionnant inévitablement une douleur dans la zone opérée, tirant fortement sur les tissus. Elles m'avaient expliqué que la séance n'était pas douloureuse et ne durerait qu'une quinzaine de minutes en tout et pour tout. Divers contrôles avaient été réalisés, tout était parfait pour la suite, on pouvait y aller… Go ! J'étais ébahie par tant de rigueur pour vérifier mon positionnement. Sans bouger ma tête, juste en détournant mon regard, je regardais les écrans de contrôle sur le côté sans en comprendre la moindre information. Simplement, je visualisais les données m'appartenant, quantité de chiffres défilant et d'abréviations totalement incompréhensibles. Par contre, il y avait mon nom et mon prénom inscrits et ma photographie située dans un coin de l'écran, fournie au premier rendez-vous, attestant que j'étais bien la bonne patiente. Les manipulatrices avaient quitté ensuite la salle en fermant la lourde porte blindée. J'étais seule, immobile, dans ce grand espace, un peu anxieuse de ce qui allait suivre. Face à moi, il y avait au mur deux voyants : un rouge et un vert. Au plafond de la salle, au-dessus de l'appareil, un joli paysage y était projeté. Il s'agissait d'un arbre aux couleurs automnales magnifiques, qui emplissait tout l'espace et mon champ visuel. Je le fixais, attendant le top départ de ma cuisson ! Une fois l'appareil en marche, la lumière rouge s'allumait, un bruit fort retentissait pendant la durée des rayons. L'appareil tournait autour de moi sans jamais me toucher, puis s'arrêtait. La lumière verte s'allumait quelques secondes pour repasser au rouge durant que les rayons étaient dispensés à nouveau sur mon flanc gauche et en dessous de moi. Bien que le temps de présence dans la salle de traitement fût annoncé autour de quinze minutes environ, le temps d'irradiation lui-même était vraiment de courte durée, de l'ordre de quelques minutes. L'irradiation était invisible et indolore, mais cette première séance m'avait stressée, car j'avais ressenti quelques picotements chauds, plutôt désagréables. Je n'avais pas osé sonner, pensant que c'était surement normal. La manipulatrice m'avait dit qu'il arrivait, bien que très rarement, que des patientes ressentent au début quelques petits picotements et puis cela passait. Il n'y avait rien d'alarmant. Je suppose que j'étais surtout stressée par le déroulé de cette première séance… Une de faite, plus que 34 à supporter !

Chapitre 34 – Un changement s'opère…

Il est vrai que la science et la recherche ont permis d'apporter de grandes améliorations dans le traitement des cancers et qu'on en guérit de plus en plus. Malheureusement, il reste encore beaucoup de malades qui en meurent. Alors, quand nous sommes confrontés à cette vérité, il est clair que nous ne pouvons plus jamais être les mêmes individus, comme « avant ». Me retrouver à 48 ans, confrontée brutalement et frontalement à la question de la mort forçait un questionnement existentiel, changeant pour toujours mon regard sur la vie. Dépasser cette épreuve de la maladie ne pourrait déboucher que sur une réévaluation des priorités de mon existence et je persistais à penser que je devais en faire une force. Un changement s'opérait en moi : non pas que je me sentais mieux, mais je n'accordais déjà plus la même importance aux choses insignifiantes et superficielles. J'essayais de ne plus me laisser emporter par des situations qui n'en valaient pas la peine, sans aucune gravité, celles dont on disait facilement « qu'il n'y a pas mort d'homme ». D'ailleurs, le mot « mort », je l'avais sciemment rayé de mon vocabulaire pour toute expression commune, car pour moi, il avait maintenant un arrière-goût du « possible ». Il m'était inconcevable de le prononcer de façon anodine. Aussi, les expressions familières que je pouvais utiliser auparavant telles que : « Morte de faim, c'est mort, attraper la mort, ce n'est pas la mort » avaient disparu de mon langage. Instinctivement, mon esprit trouvait une nouvelle formule pour exprimer la même chose. Je ne l'avais pas remarqué immédiatement, ce constat était venu dans le temps. À l'évidence, j'avais perdu toute mon insouciance mais je savais que je l'avais échangée contre une furieuse envie de vivre et autrement. Je répétais à l'envi que ce cancer ne serait, in fine, qu'un accident dans ma vie et qu'en aucun cas il ne me définirait. Je refusais cette idée et ma détermination était grande ! J'avais toujours été celle qui ne baissait jamais les bras, bien au contraire. Je n'allais pas faillir aujourd'hui. Tout en sentant le changement se produire progressivement en moi, je me faisais une promesse : celle de rester cohérente, fidèle à mes valeurs, en essayant de réagir toujours positivement aux situations difficiles qui se présentaient ou se présenteraient durant les traitements et même après, pendant la rémission. C'était important pour moi, pour mon mari et pour nos enfants.

Les nombreuses lectures que j'avais faites durant les deux années précédentes, suite aux agressions, plus toutes celles qui avaient suivi, m'aidaient aujourd'hui dans mon parcours initiatique, à la recherche de sérénité, d'un apaisement physique et psychique. Presque comme si cet enfer avait été un passage obligé. J'avais finalement gagné du temps de remise en question grâce à cette période sombre en lien avec les évènements traumatiques vécus sur mon lieu de travail, car ce temps réflexif m'avait poussée à entamer une introspection pour retrouver un calme intérieur. Le besoin de me nourrir de ces divers bouquins, de faire une analyse profonde de mon être et de mon fonctionnement en réaction aux évènements, était devenu viscéral. J'ingurgitai livre après livre. J'aimais partager et en débattre avec Joseph, souvent à la fin de nos repas, comme nous aimions le faire en temps normal pour n'importe quel sujet. Il m'arrivait de discuter des réflexions et des questionnements que cela m'avait amenée à faire, suite à mes propres constatations. D'autres fois, c'était avec mes tantes, Solange ou Dominique que nous partagions nos ressentis durant de longs moments de bavardages. Ma tante Solange et moi aimions beaucoup échanger sur nos lectures, c'était un partage essentiel. Nous avions les mêmes centres d'intérêts, goûts et envies. Par conséquent, papoter avec elle, philosopher sur l'existence sans aucune prétention, nous était fort agréable à l'une comme à l'autre. Concernant mes enfants, je ne leur parlais pas ou très peu de ce travail introspectif, je ne souhaitais pas les embêter avec cela. Mais il nous arrivait néanmoins d'en parler avec mon fils ou ma fille. Pour tout ce qui touchait au cancer, je faisais en sorte de les épargner au maximum. Je m'appliquais à être pour eux la maman présente, combattante, joyeuse qu'ils connaissaient, pour les rassurer et retrouver un semblant de normalité. C'était à moi de les protéger, c'était mon rôle de mère. La situation ne devait pas s'inverser. Et puis, compte tenu de leurs études supérieures respectives, ils en savaient déjà beaucoup sur la maladie, bien plus que moi ! Il était illusoire de penser préserver totalement ma fille comme je l'aurais voulu, en vivant tous les trois ensemble. Elle était ma fille et pas ma pharmacienne, elle connaissait parfaitement tous les traitements que j'allais subir. De la même façon, avec mon fils, nos échanges restaient simples sur le sujet, même s'il savait être à l'écoute et réconfortant. Il était mon fils, pas mon médecin. Nous étions respectueux du pacte que nous avions passé à l'annonce de mon cancer. Ce travail intérieur m'aidait à me recentrer sur mes priorités, à identifier mes forces et surtout mes faiblesses : tout ceci prenait sens maintenant que je me battais contre ce cancer. Cela n'avait rien à voir avec de l'égocentrisme. Simplement une nécessité vitale d'avoir une meilleure connaissance de moi, de m'autoriser à prendre la bonne direction, celle que je choisirai et pas celle que l'on attendait de moi comme par le passé. Je n'avais plus de temps à perdre. Je communiquais régulièrement par messagerie ou via quelques appels avec ma mère, tout en positivité. Je voulais qu'elle sente que je gérais bien ma situation, ne souhaitant pas qu'elle soit inquiète pour moi. Mon père et Javotte étaient bien loin de toutes ces considérations, peu concernés par ma santé. Nous évoluions dans deux galaxies opposées, qui se croisaient de moins en moins avec le temps. J'étais déterminée à ne pas laisser leur méchanceté empoisonnée me détourner de ce qui était le mieux pour moi. J'avais clairement la preuve de ma rectitude par l'attitude déplaisante qu'ils avaient en réaction. Ils allaient devoir s'habituer à mon nouveau Moi !

À partir du moment où j'apprenais que j'étais atteinte d'un cancer, ma temporalité avait changé en l'espace d'une seconde, par rapport à celle de tout mon entourage. Rajoutez à ce phénomène qui est courant, les tensions sous-jacentes présentes depuis des années au sein de ma structure familiale et inévitablement, cette sphère ne pouvait qu'exploser. Leurs comportements exécrables en étaient la cause. Plus le temps passait et moins il nous serait possible de nous retrouver, surtout s'ils continuaient de m'accuser et de me rendre responsable de tout ce tumulte. Je peux dire que la famille formée avec mes parents et Javotte était d'un autre genre : elle était décomposée ! Rien à voir avec la traditionnelle, la monoparentale ou la recomposée ! Nos liens avaient été détruits par leurs agissements abusifs à mon égard, qu'ils l'acceptent ou non. Il n'y aurait pas de marche arrière, la situation avait trop dégénéré. Avoir l'esprit de famille, c'est pour moi le signe qu'il existe une grande solidarité, des échanges forts entre les membres d'une même famille. Mais avec tout ce qui s'était passé années après années, je ne voyais pas comment nous pourrions maintenir un rapport familial sain. Pour ma part, je voulais me donner tout le temps nécessaire, en considérant mes capacités du moment, étape après étape, pour surmonter les épreuves que je traversais. Je ne me voilais pas la face, loin de là, j'avais une vision très claire et factuelle de mon état de santé ! Mais je voulais développer davantage mon bien-être, à tout prix, le tricoter petit à petit mais surement. Apprendre à gérer différemment mes émotions, surtout les négatives, celles qui ne m'apportaient rien d'autre que de la souffrance et qui entretenaient un cercle vicieux, était un de mes objectifs. J'étais tombée sur un joli proverbe chinois qui disait : « *Prends soin de ton corps pour que ton âme ait envie de l'habiter* ». Voilà ce à quoi je m'attelais. Je suivais scrupuleusement toutes les prescriptions données par les différents médecins spécialistes (oncologue, radiologue, généraliste, radiothérapeute et psychiatre) pour soigner mon corps meurtri et en danger. Ils savaient exactement de quoi il retournait concernant mon état de santé et par quelles étapes et soins j'étais en train de passer. Je ne devais pas me laisser submerger par cette colère toxique générée par l'évocation des « diagnostics » minimalistes de mes parents ou de Javotte sur mon cancer.

Même si mon corps était affaibli, je trouvais qu'il restait une fabuleuse machine à la fois extrêmement intelligente et complexe dans son fonctionnement. Il me fallait lui faire confiance pour aller de l'avant et arriver à me projeter à nouveau dans un avenir serein. J'étais persuadée qu'il trouverait le moyen de me faire savoir ce que j'avais à régler. Je n'avais pas voulu écouter ni voir les signaux qu'il m'avait envoyés pour m'alerter. Je comprenais aujourd'hui mon erreur. Il était temps d'harmoniser mon corps et mon esprit et de m'envelopper de douceur. Je n'affirme pas que le stress massif, encaissé et intériorisé, soit à l'origine de mon cancer. Néanmoins, je suis convaincue qu'il y a un lien de cause à effet, aussi infime soit-il. Au fond de moi, dans mes périodes sombres, j'étais persuadée que j'y allais tout droit, que ce type de maladie serait la suite logique de tous mes maux de dos, de tous mes séjours aux urgences, en rhumatologie, en rééducation sans compter les autres tracas de la vie, mais même bien avant tout cela, plus jeune. Le changement était inéluctable mais je n'étais pas en capacité de l'accepter, je n'étais pas prête à ce moment-là. Visiblement, il fallait un séisme dans ma vie pour l'envisager… Tout avait commencé lors des protocoles de rééducation fonctionnelle en hôpital de jour. Des discussions existentielles, tout un questionnement pour connaitre mes nouvelles aspirations et surtout mes limites avaient débuté là-bas, que ce soit avec mes kinésithérapeutes, avec la psychologue clinicienne lors de nos séances ou avec le Professeur A.D. pendant nos entrevues hebdomadaires. Ils prenaient le temps nécessaire pour que j'aie enfin une prise de conscience et que tout ait du sens dans mon esprit. Toutes ces personnes qui ont su prendre soin de moi, sont chères à mon cœur, car ils sont à l'origine du déclic même si celui-ci est arrivé tardivement. Le cancer était déjà en moi. Encore aujourd'hui, j'éprouve de la gratitude envers eux. Même si ce sont des soignants qui étaient dans leurs attributions légitimes et professionnelles, j'ai conscience qu'ils ont tout mis en œuvre pour m'aider. Leur prise en charge a été globale. Ils ont été merveilleux humainement dans leur écoute et leur approche. Fin mai 2019, lors de ma dernière consultation pour clore ce deuxième protocole de six semaines, le Professeur A.D m'avait confié que je leur avais donné du fil à retordre par arriver à me cerner. Ils avaient su faire les choses sans hâte, doublant la durée ordinaire des protocoles, pour trouver le moyen de m'atteindre, de me mettre en confiance et de m'aider enfin à lâcher prise. Mon imposante carapace qui m'isolait des attaques extérieures depuis l'enfance, avait fini par craquer dans ce service de rééducation fonctionnelle. Le changement avait été amorcé à ce moment-là, précisément. Avec l'annonce du cancer, je peux vous garantir que tous les messages corporels avaient été reçus cinq sur cinq ! Je souhaitais que ma vie change pour du mieux, même si je n'étais pas à plaindre jusque-là. Je devais me préserver davantage, m'éloigner des relations toxiques, revoir mes habitudes pour trouver une harmonie saine dans ma vie personnelle et professionnelle et arrêter surtout cette course éperdue en avant, du toujours plus. Tout ceci serait différent, à partir de maintenant, je le décidais en mon for intérieur. Ce cancer serait l'occasion d'une profonde remise en question et d'un changement de vie. J'étais en plein traitement, la tête dans le guidon, focus sur ma rémission à venir, que j'espérais plus que tout. Mais je gardais en tête mon objectif de vie à reconstruire.

Les semaines défilaient allégrement, mes séances de radiothérapie aussi ! Je décomptais chaque jour et faisais sourire mon entourage en disant chaque soir :

— *Allez ce soir, plus que... tant de séances !*

Je tenais à jour mon compte à rebours. Les traitements quotidiens par radiothérapie étaient exténuants. Heureusement, j'avais suivi les bons conseils de mon onco-chirurgienne pour la proximité du CHU de mon domicile. J'en faisais de même avec ceux du médecin radiothérapeute et du médecin radiologue qui m'avaient vivement recommandé de consulter une personne « guérisseuse du feu » pour atténuer les brûlures. Ma mère était de ces personnes-là, mais suite à son AVC, je ne voulais pas la solliciter. Je préférais qu'elle prenne soin d'elle et garde son énergie pour son rétablissement total. Mon amie, Marta, m'avait mise en relation avec la femme qui s'était occupée d'elle. Dans le même temps, ma cousine Athéna m'avait donné le contact d'un monsieur vivant dans sa région, qui possédait ce don et agissait à distance, par photo. On dit bien « qui peut le plus, peut le moins », au moins je ne risquais rien à solliciter ces deux jolies âmes prêtes à m'aider à supporter les brûlures liées aux rayons. J'avais bien compris que l'objectif de la radiothérapie adjuvante était de détruire les cellules cancéreuses qui pourraient subsister après les deux opérations et de réduire ainsi le risque de récidives locales, par conséquent les brûlures ne pouvaient être évitées. C'est un vendredi soir, lors de la huitième séance seulement, alors que je me déshabillais dans le petit SAS avant d'entrer dans le bunker, que j'aperçus avec stupeur l'énorme cloque sur la partie basse de mon mamelon. Je ne sais pas comment j'avais fait pour ne pas la voir avant, ni m'en plaindre davantage. C'était carrément une vision d'horreur ! Le miroir étant positionné plus bas que dans les autres SAS, je ne pouvais pas manquer cette importante lésion ! Je paniquais à l'idée de m'allonger sous l'appareil et d'y remettre une bonne dose de cuisson supplémentaire ! Lorsque la manipulatrice était revenue me chercher, je lui avais immédiatement montré mon sein meurtri, lui demandant d'appeler un médecin pour inspecter la plaie et me donner de quoi supporter la douleur. Il était hors de question que je passe un week-end avec une telle boursoufflure et l'inquiétude qui allait avec. Le médecin de garde était venu rapidement avant mon entrée dans la salle de traitement. Après observation, elle avait estimé que la situation était « normale » bien qu'un peu tôt dans le processus. Elle m'avait prescrit une crème pour les grands brûlés et des gélules d'homéopathie si je n'y étais pas opposée. Une fois de plus, tout me satisfaisait du moment que je ne souffrais plus ou en tout cas moins ! Tout était bon à prendre et puis, au stade où j'en étais, je ne risquais rien à essayer ! Je craignais surtout que le médecin décide de me faire arrêter pour quelque temps les rayons alors que j'avais bien saisi leur précieuse utilité. Finalement, la semaine suivante, j'avais pu reprendre comme prévu mes séances quotidiennes. Lors du rendez-vous hebdomadaire avec l'onco-radiothérapeute, elle avait décidé que je pouvais continuer, si je le supportais bien. Comme je n'aurais pas accepté d'espacer ou d'arrêter les rayons, par conséquent, oui, je supportais « bien ». Après chaque séance, en rentrant à la maison, je brumisais la zone irradiée avec une eau de soin recommandée en pharmacie. Puis le soir, après chacune des séances de radiothérapie, je me badigeonnais, comme préconisé, de crème protectrice et réparatrice, sans compter les week-ends de repos de traitement où là, je me tartinais matin, midi et soir en massage plus que précautionneux ! Ma fille m'avait conseillé d'utiliser certains produits de lavage pour préserver ma peau et lui permettre de se réparer. Elle était adorable de prendre autant soin de moi et de chercher la meilleure formule pour régénérer ma peau lésée. Inlassablement, après chaque sortie de l'ICG, je faisais un SMS à Monsieur H. pour lui dire que ma séance de radiothérapie était finie et qu'il pouvait commencer à distance ses prières pour arrêter le feu. Il me répondait immédiatement qu'il s'y mettait et que je n'hésite pas à le solliciter plus tard dans la soirée, si je souffrais à nouveau de mes brûlures. Je faisais de même avec l'autre personne, Madame M. Parfois, comme elle résidait relativement près de mon domicile, je m'y rendais directement après ma séance afin qu'elle agisse directement sur mes rougeurs qui s'approchaient de plus en plus du violet ! Le résultat était bluffant, mais surtout apaisant. Sincèrement… Chaque jour me rapprochait un peu plus de la fin de mes traitements de radiothérapie, tandis que les troubles cutanés augmentaient ! Chaque séance se déroulait à l'identique invariablement. Pour tuer le temps, même s'il s'agissait de quelques minutes, je m'étais mise à compter les secondes pour chaque passage de rayons autour de mon sein. Tout aussi surprenant, en fixant le plafond où était projeté ce bel arbre automnal, j'avais fini par y voir le visage d'un chat roux qui me faisait penser à un des nôtres que nous appelions affectueusement notre « Xanax sur pattes » tellement son ronronnement était un véritable antistress ! Aussi, durant le traitement, séance après séance, je n'avais pas le temps de laisser mon esprit vagabonder : j'étais très occupée par mes calculs de temps sous les rayons, sous le regard protecteur de mon chat !

Je m'inquiétais de savoir comme allait se passer les huit dernières séances d'irradiation additionnelle, compte tenu de l'état de mon sein et de la zone entière traitée ! L'onco-radiothérapeute, Dr S. m'avait clairement expliqué que l'application de ce complément de dose qu'ils appelaient dans leur jargon « boost » était fait uniquement et directement sur le lit du cancer afin d'éviter une rechute locale dans le voisinage de la tumeur initiale. Je comprenais bien que j'allais me prendre la même dose massive de rayons mais sur une plus petite zone dans le but de couper l'envie au cancer de pointer à nouveau son nez ! La cuisson passerait alors en mode « grillade » ! Cela rajouterait de la couleur à mon buste qui était passé de l'écarlate au brun sur un grand carré défini par le repérage. Après le boost, il y aurait un nouveau rectangle de peau encore plus foncé en superposition ! Le côté gauche de mon buste serait en quelque sorte imprimé en damier ! Mais cela ne me gênait pas, je n'en avais même rien à faire, car j'aimais l'idée de cramer cette merde de cancer ! Pardonnez-moi ce terme argotique ! La fin juin approchait presque deux mois à me rendre tous les jours de la semaine à chacune de mes séances de rayons, accompagnée de Joseph ou de ma fille. Les beaux jours étaient là. Le premier confinement avait pris fin le 11 mai, approximativement huit semaines d'enfermement que je n'avais pas vu passer ! Ma dernière séance avait pris fin, elle, le 23 juin 2020. Pour cet ultime rendez-vous, j'avais eu un mot affectueux pour chacune des manipulatrices que j'avais côtoyées, je tenais à les remercier chaleureusement. Elles m'avaient touchée en me répondant à leur tour, que j'avais été pour elles « un rayon de soleil », toujours positive, toujours aimable et souriante malgré l'épreuve, avec un petit mot pour chacune d'elle à chacune de mes visites et qu'elles n'avaient pas souvent des patientes comme moi. Leurs mots m'avaient émue, heureuse d'avoir trouvé la force de ne pas être un poids pour toutes ces personnes qui m'avaient entourée durant plus de deux mois. Toutes les attentions et les paroles réconfortantes reçues, tous les témoignages d'affection venant de toutes parts participaient à ma guérison de l'intérieur… Il était bizarrement émouvant de me dire que je n'allais plus venir quotidiennement, dans ce cadre rassurant de l'ICG, entourée de soignants à qui je pouvais poser toutes mes questions, sans filtre. Une autre page se tournait.

Demain serait le jour un de ma phase de rémission. Quel bonheur ! Durant tout ce temps de radiothérapie, il n'y avait pas eu un seul jour sans que je reçoive de nombreux messages encourageants, drôles, distrayants de la part de ma cousine Athéna, de mes tantes Solange, Dominique, Rosie, de mon oncle Antoine et de sa femme et bien d'autres membres de nos familles encore. Ma cousine Athéna continuait à m'envoyer quasiment tous les jours des vidéos hilarantes auxquelles je répondais par d'autres mises en scène comiques ! Nous nous tordions de rire malgré le contexte. Et cela faisait drôlement du bien ! Ma cousine et mes oncles et tantes avaient su nous apporter de la légèreté durant tous ces moments de traitement. De son côté, maman devait encore se reposer et remonter la pente. Ses sœurs avaient assuré comme des chefs ! Comment ne pas y être sensible et éternellement reconnaissante pour tant d'affection donnée avec bonté. Sans parler de l'intensité que nos relations avaient prise. Personne n'en sortait indemne, mais ce n'était que du positif ! Maman et moi échangions encore par messages, elle employait un petit surnom gentil à mon égard dans chacune de ses missives, ce qui m'apportait un peu de réconfort de sa part. La présence sans faille de Joseph ou de ma fille pour me rendre chaque jour à mes séances de rayons avait été d'un soutien sans nom. Notre fils était plongé dans ses révisions d'ECN, mais il restait connecté affectueusement à tout ce que je vivais. Il était maintenant nécessaire d'attendre un mois avant de reprendre mon petit cachet tant aimé d'hormonothérapie, mon nouveau meilleur ami ! Ce 23 juin 2020, j'étais à la fois soulagée, heureuse et émue d'en finir avec la radiothérapie qui avait été un des traitements majeurs de mon cancer. J'avais envoyé un message commun à mon entourage pour partager avec eux cette émotion positive. Je leur avais adressé le mot suivant :

— *Et voilà ! J'ai fini, non sans une grande émotion !!! Ce soir, c'était ma dernière séance de radiothérapie !!! Je n'ai plus qu'à profiter à nouveau de la vie, plus que jamais !!! Bisous.*

J'avais reçu en retour un tas de messages pour « fêter » la fin de cette autre importante étape dans mon parcours de soins. Parmi eux, certains m'avaient particulièrement touchée comme celui de mon fils, ceux également de mes beaux-parents, habituellement dans la retenue émotionnelle. Mon fils m'avait envoyé ceci avec un brin d'ironie le caractérisant, j'avais pleuré en le lisant : « *Très forte, Mère* (il aime m'appeler ainsi affectueusement), *très fier de toi* (suivi d'un cœur rouge) *et avec tous tes cheveux, en plus ! Plus qu'à profiter encore plus de la vie maintenant !* ». Ma fille avait été terriblement touchante aussi, comme elle savait l'être, lorsque j'étais revenue à la maison ce soir-là. Ma belle-mère m'avait écrit : « *Bonjour, félicitations pour la fin de tes rayons. Pour ton courage. Et pour ta façon d'avoir pris en charge ta maladie. Des bisous. À bientôt* ». Celui de mon beau-père, plus réservé, disait : « Bravo *pour ton courage et ta ténacité. Bises* ». Plus drôle celui de ma tatie Solange : « *Tu es la meilleure et la plus forte, tu l'as vu, vécu et vaincu poil au cucul ! En avant la vie, ma merveille, je vais boire un coup à ta santé et si je chante à fond mes voisins vont pleurer !! À ta santé, Madame* ». Elle avait rajouté pour mon Joseph : « *On l'aime, on l'admire pour tout ce qu'il est, tout ce qu'il fait et pour l'amour immense qu'il te donne, je suis fière de mon neveu* ! » Celui de tatie Dominique était touchant aussi : « *BRAVO ET QUEL BEAU COURAGE, ce soir apéro à ta santé MADAME ! La fin des rayons trop top ! Bravo pour ton courage, adieu cancer et retour des rayons... de soleil. Continue à bien prendre soin de toi. BRAVO pour ta résistance. Et merci pour ta belle humeur ! »*. Celui de ma mère en réponse au mien *: « Joli message enchanteur et prometteur ! Au revoir et merci, Ciao Cancer ! J'aurais mis Carmen ou un French cancan pour la fête, bisous d'amour »*. Ce jour-là, ni les suivants, je n'avais rien reçu de la part de mon père et de ma sœur. Au moins, ils étaient constants. Pour le reste, je devais regarder devant moi, mais pas trop loin, un pas après l'autre…

Chapitre 35 - Destination Rémission

Un mois après la fin de ma radiothérapie, la fin juillet 2020 avait été marquée par la reprise de mon traitement d'hormonothérapie. Mon cancer étant hormono-dépendant, ce médicament allait agir sur l'ensemble de mon corps, sur toutes les cellules sensibles aux hormones. Et rien, dans ce traitement, ne serait anodin. D'entrée de jeu, je connaissais les règles ! Le Dr. D., mon onco-chirurgienne m'avait parlé d'hormonothérapie adjuvante prescrite pour une période de cinq ans. Elle nous avait longuement expliqué les objectifs, son efficacité pour réduire le risque de récidive dans le sein opéré et de diminuer aussi le risque d'atteinte au niveau de l'autre sein. Le mot « hormonothérapie » avait entrainé autour de moi une grande confusion, car il donnait à penser qu'il désignait un traitement à base d'hormones, ce qui n'était absolument pas le cas. Au contraire, il s'agit d'un traitement « antihormones ». J'en avais entendu des vertes et des pas mûres sur le sujet, me faisant la réflexion que les « gens » devraient parfois se taire... À chaque nouvelle étape, je plongeais à nouveau dans des explications à intégrer et à accepter, préférant parfois me concentrer sur l'essentiel. Je ne voulais retenir qu'une chose : ce petit comprimé avait une grande importance dans ma guérison. Pour moi, il faisait partie d'un ensemble et surtout il arrivait à la fin de mon parcours personnalisé de soins, auquel j'avais consenti en début de prise en charge. J'avais le sentiment de commencer à voir la lumière au bout du tunnel. Même si ce petit rai était encore bien loin, je ressentais une forme d'allégresse. Les médecins m'avaient expliqué dans le détail que ce traitement et la privation œstrogénique qu'il provoquait entraîneraient de nombreux effets secondaires indésirables, pouvant dégrader fortement ma qualité de vie. Franchement, je m'en moquais royalement, prête à tout supporter et résolue à banaliser les effets secondaires annoncés. Je voulais juste vivre ! Après tout ce que je venais d'endurer, j'avais confiance en mon corps. Lors d'une consultation que Joseph avait souhaitée privée avec un des médecins qui me suivait, voulant savoir à quoi s'attendre pour m'aider à gérer la situation, ce dernier lui avait clairement répondu :

— *Avec ce traitement, votre femme va morfler !*

Il m'en avait parlé plus tard, mais le ton était donné... Je me rappelle aussi d'une de mes consultations, sans la présence de Joseph, durant laquelle le médecin m'expliquait que mon corps allait vieillir en accéléré, ce traitement étant ménopausant. Il m'avait vivement conseillé de m'entretenir physiquement par le sport, d'avoir une bonne hygiène de vie et de surveiller mon alimentation. Toutes ces recommandations ne représentaient aucun effort pour moi, car cela faisait déjà de nombreuses années que j'étais dans cette démarche saine, parfois même excessive pour m'entretenir physiquement. Je ne ressentais aucune inquiétude pour la prise de ce médicament, sincèrement, le pire me semblait derrière. Maman me répétait que c'était une chance d'y avoir accès et que ce n'était pas toutes les patientes atteintes d'un cancer qui pouvaient en bénéficier. Je faisais entièrement confiance au corps médical qui assurait ma prise en charge à l'ICM. Et puis, il y avait une sorte de représentation symbolique dans le fait d'avaler, tous les matins, ce petit cachet blanc pour empêcher le cancer de revenir. Il m'offrait une perspective rassurante, calmant mes angoisses et me sentant protégée.

Mince, ai-je parlé de « guérison » ?! Voilà encore un terme à utiliser à bon escient avec cette maladie ! Non, je devais apprendre à parler maintenant de « rémission ». Il m'était vraiment difficile de m'y soumettre. J'avais un mal de chien à adhérer au concept ! On me parlait de résultats « encourageants ». Mais non ! Je ne voulais pas qu'ils soient encourageants, je préférais que l'on me dise :

— *Élodie, vous êtes guérie* !

Et cela, ce n'était pas possible, pas encore… Je rechignais parfois à accepter tout ce vocabulaire d'apparence anodin mais qui avait une signification très précise dans le cadre de la maladie. Il était nécessaire de me conditionner pour petit à petit me résigner à utiliser tous ces mots-là. Encore un travail intime à faire dans l'acceptation de la maladie. Contrairement à ce que l'on pourrait penser, cette nouvelle période n'était pas si simple à vivre. Combien de fois ai-je entendu des remarques blessantes marquant l'ignorance de certains :

— *C'est bon, tu es guérie désormais, tout va bien, arrête d'y penser !*

Ou

— *À présent, c'est passé, tu n'as plus rien, c'est bon !*

Leur « C'est bon » avait le don de m'ulcérer ! À partir du moment où les chirurgies et la radiothérapie étaient finies et l'hormonothérapie ne se voyant pas, les gens peu éclairés, voire pas impliqués, avaient vite fait un raccourci pour me parler sans ambages de guérison. Mais qu'en savaient-ils ? Rien ! On en revenait vite au « petit cancer », « cancer pas grave », « cancer qui se soigne bien maintenant ». Je ne supportais plus ces commentaires. Ils ne savaient pas ce que je vivais intérieurement. La maladie et les traitements m'avaient embarquée, du jour au lendemain, dans un terrible tourbillon remplissant ma vie quotidiennement. Et puis d'un seul coup, tout s'arrêtait et on basculait dans un temps plus ou moins long dit de rémission. Certes, je venais d'être soignée pour un cancer du sein, mais j'étais encore fragilisée en raison des traitements. Ceux qui avaient été proches le comprenaient aisément, tandis que d'autres en profitaient pour commenter et juger, de façon abjecte, la situation, toujours les mêmes… Que ce soient l'équipe médicale de l'ICM, mon cabinet de généralistes, la psychiatre ou le médecin expert agréé Éducation nationale, tous étaient d'accord pour dire que l'hormonothérapie n'était pas un gentil petit bonbon au chocolat à prendre chaque matin ! En conséquence, je savais que mon congé de longue maladie serait prolongé. Les médecins m'avaient avertie que je ne pourrais envisager un retour rapide en classe devant mes élèves, ni diriger une école comme si de rien n'était. Tous nos proches me savaient très fatiguée. Ils me laissaient gérer le bon timing pour sortir de la maladie, pour me réadapter et récupérer de l'énergie tant physiquement que psychologiquement. Il n'y avait que Javotte pour me demander hautaine :

— *Quand comptes-tu reprendre ton travail ? Un jour ?*

Comme si je faisais exprès de rester chez moi, sous-entendant en plus que je profitais du système ! Elle qui ne me demandait jamais comment j'allais. De toute façon, j'avais bien compris qu'il n'y aurait jamais de répit avec eux durant ma convalescence et au-delà… Même ma mère pouvait avoir ce type de discours infâme, vu qu'elle avait eu un cancer « plus grave » que le mien parce que chimiothérapie, etc. Ma mère était encore et toujours dans le « concours du plus gros cancer », compétition qu'elle voulait gagner à tout prix. Pourtant, le mot CANCER, à lui tout seul, donne toute l'ampleur de la gravité, il n'est pas nécessaire de le qualifier davantage. J'avais atteint la phase où maintenant un suivi m'était imposé pour détecter et traiter d'éventuels effets secondaires tardifs et séquelles des traitements. Les médecins m'avaient prévenue que tous les traitements du cancer du sein que j'avais eus, pourraient être à l'origine de douleurs persistantes durant des semaines, des mois et même des années. Les causes étaient diverses, il y en avait pour tous les goûts ! J'avais déjà les douleurs liées à la tumorectomie où les nerfs de la région du sein, en plus de celle de l'aisselle, avaient été endommagés et dont la durée était imprévisible d'une patiente à l'autre, m'avait-on expliqué. Puis s'y étaient rajoutées celles liées à la radiothérapie, entrainant des douleurs de type névralgie intercosto-brachiale. Et maintenant, je savais que j'allais connaître celles provenant de l'hormonothérapie, qui, administrée pendant plusieurs années, pouvait entrainer des douleurs musculo-squelettiques et articulaires de modérées à sévères, parmi d'autres effets secondaires. Je me rappelais que maman en avait beaucoup souffert et avait dû changer de traitement. Par conséquent, je n'étais pas surprise. Je cochais toutes les cases question douleurs, ce qui ne m'empêchait pas de garder le sourire ! Je considérais que le plus dur était derrière moi. Mon suivi était réglé comme du papier à musique : régulier sur plusieurs années. Il était établi que chaque été, début juillet, j'aurai une visite de contrôle avec le Dr S., onco-radiothérapeute, pour observer la récupération de mon sein après les effets des rayons et fin décembre, avant Noël, ce serait avec le Dr D., onco-chirurgienne, pour réaliser une mammographie associée à une échographie mammaire pour faire le point sur l'hormonothérapie et ses effets secondaires aussi indésirables que supportés ! En fin de compte, j'allais avoir une consultation tous les six mois pendant les cinq prochaines années. Passé ce délai, ce serait une fois par an, à vie. Mais je n'en étais pas là encore ! Moi qui avais passé une bonne partie de ma vie à tout planifier des mois voire des années à l'avance, je ne pouvais plus me projeter aussi loin sans que cela soit anxiogène. Profiter de l'instant présent me suffisait amplement. Le plus stressant serait les examens de décembre : il s'agirait de détecter tous signes d'une éventuelle récidive ou l'apparition d'un cancer dans l'autre sein. Je me rappelais très bien l'état psychique de ma mère, plus d'un mois avant la date de ses mêmes examens de contrôle. Je me doutais que j'allais passer par des états d'âmes similaires, même si nous avions deux approches distinctes de cette maladie. De toute façon, il n'y avait pas de bonne ou de mauvaise manière pour faire face à cette épreuve : chacune réagissait à sa façon, selon son caractère, son vécu et son histoire. Maman et moi étions totalement différentes sur le sujet, c'est tout. La maladie, quelle qu'elle soit, est par définition une injustice totale, car nous n'avons absolument rien fait pour la vivre. Voilà qu'un jour, elle débarque sans crier gare et qu'il faille l'affronter d'une manière ou d'une autre, avec les bagages que l'on a. Je comprenais au fil des mois et de mes pensées que ce n'était pas un étranger à détester et à combattre, non. Ce cancer faisait partie de moi, de mon propre corps. Le comprendre et l'accepter, voilà qui était primordial. Et ne pas penser que l'accepter c'était baisser les bras face à l'adversité, bien au contraire. Je découvrais l'impermanence des choses de la vie. Je m'appliquais à envisager la suite avec positivité et en étant réaliste, pour espérer une guérison totale, patiemment, un pas après l'autre. Jour après jour, je comprenais également que d'être dans un mode offensif ne me servait à rien, si ce n'était qu'à m'épuiser et à gaspiller mon énergie vitale. Il me fallait au contraire accepter la situation en cultivant le calme, la paix intérieure et en lui donnant l'espace nécessaire pour me consacrer à ma rémission et future guérison… Une fois que toute la prise en charge et le suivi médical avaient été mis en place, il m'appartenait de travailler le regard que je portais sur ma pathologie. Bien sûr, je n'avais pas de baguette magique ! Je ne pouvais pas modifier le fait d'être malade mais je pouvais transformer ma perception de l'épreuve en cours. Il était important de reprendre les commandes de mon corps et de mon esprit et surtout d'être consciente de ma capacité à avoir un impact positif pour la suite des évènements, en toute objectivité. J'avais clairement décidé que la maladie ne me définirait pas, qu'elle n'était et ne serait qu'une partie de moi-même sur l'ensemble de mon parcours de vie. Les rendez-vous étaient pris un an à l'avance, je n'avais plus qu'à suivre scrupuleusement toutes les préconisations médicales. J'en avais pleinement conscience, il me faudrait attendre plusieurs années avant que les médecins ne me parlent de guérison. En attendant, il s'agissait d'une rémission. Elle débutait à peine, le voyage serait encore long…

Durant cet été 2020, lors de la visite annuelle chez ma gynécologue en ville, celle-ci avait réalisé, comme à l'accoutumée, une échographie pelvienne. Rien d'inquiétant, selon elle. Pour compléter mon dossier médical à l'ICM, j'avais adressé une copie du compte rendu au Dr. D. Peu de temps après cet envoi, je recevais un appel téléphonique de cette dernière pour discuter des résultats transmis. Elle était inquiète, car mon endomètre était passé de 9 mm à 24 mm selon la dernière mesure communiquée. Sachant que le seuil d'alerte chez eux, pour une patiente sous hormonothérapie, était de 14 mm, alors imaginez 24 mm ! Elle souhaitait que je vienne à l'ICM faire un contrôle pour vérifier cet épaississement. L'ascenseur émotionnel avait retrouvé son bon fonctionnement ! Évidemment, j'avais obtenu un rendez-vous rapidement. La tension était à son comble ! Bien que rare, je refusais l'idée d'un cancer gynécologique lié à un traitement contre le cancer justement ! Non, ce n'était pas acceptable. L'équipe de radiologie de l'ICM avait été extraordinaire, comme à son habitude. Finalement, il n'y avait rien d'alarmant à l'échographie faite chez eux, probablement une simple différence de mesure, car les résultats des échographies pelviennes étaient vraiment dépendants des appareils utilisés et du praticien. Malgré un réel épaississement important lié à la prise de mon traitement par hormonothérapie, je n'avais rien de grave et c'est tout ce qui comptait. J'avais rassuré immédiatement les quelques proches mis dans la confidence. Je n'avais pas souhaité alarmer tout le monde avant d'avoir les résultats. Mais je venais de m'offrir un tour de manège gratuit tel un Grand 8 et ses sensations fortes ! Et je gagnais non pas le pompon mais un suivi gynécologique qui se rajoutait aux autres contrôles ! Après tout ce tumulte et ces jours d'angoisse, nous avions fini par retrouver un peu d'apaisement à la maison. La pandémie, qui sévissait de plus en plus dans le monde, nous tenait compagnie, rythmant nos vies par de rares sorties autorisées que nous respections. Malgré ce contexte inquiétant, l'été était là, réconfortant et revigorant. Dans le désordre : grasse matinée, dîner sur notre terrasse ouverte sur le jardin, baignades dans notre petit bassin et quelques exercices d'aquagym en musique pour me rééduquer en douceur, lecture, détente allongée sur le transat offert par mes beaux-parents, écoute de musique et de méditations guidées : voilà l'essentiel de mes occupations quotidiennes durant ces longues journées estivales. Je n'étais pas à plaindre. Durant la crise sanitaire liée à la COVID-19, Joseph avait été placé, comme bon nombre de travailleurs, en télétravail. Il avait son bureau à l'étage de la maison. Nous étions tranquilles et nous ne désirions qu'une chose : profiter de la vie et du bon temps qui nous était offert, un jour après l'autre, au calme, ensemble. Je profitais de ce temps pour essayer de comprendre les réactions des uns et des autres, même si elles avaient été violentes et abjectes. Avec le temps, je trouvais qu'il m'était plus facile d'éprouver de la clémence pour Javotte que pour mon père, enfin, il me semblait… J'étais faite ainsi à chercher le meilleur dans les autres et dans les situations, tentant de trouver des excuses à tel ou tel comportement pour expliquer l'inexplicable ! Je ne trouvais aucune raison valable à leur attitude méprisable. Pas de pardon en vue, cela m'était impossible… Ils devaient comprendre que dans toute relation, chaque action effectuée, qu'elle soit physique ou verbale, entrainait immanquablement une conséquence positive ou négative, ce qui inexorablement affecterait notre vie ensemble, présente mais aussi future. J'avais essayé de l'expliquer à Javotte. Mais que ce soit mes parents ou ma sœur, tout ce qu'ils disaient ou faisaient n'était que négativité à mon égard. Ils ne pouvaient admettre qu'ils étaient responsables des conséquences de leurs actes. Ils se sentaient de plus en plus esseulés et s'en plaignaient honteusement. Pourtant, cette situation familiale chaotique était le résultat de leurs propres choix et actions. Selon moi, chaque cause a un effet et chaque effet a une cause, c'est comme cela que le monde fonctionne. Dans leur manière d'agir et de réagir, il leur était plus facile de me faire porter le chapeau pour tout ce désastre familial, sans aucune remise en question.

Concernant ma relation fraternelle avec Javotte, malgré tout ce que j'avais entendu de sa part, je n'arrivais pas à baisser les bras. Je tentais de sauver notre relation, prenant sur moi, souvent dans l'incompréhension de mon entourage. Je m'appliquais à ne pas méjuger ma sœur et à être prudente sur ma propre opinion sur elle, bien que je la connaisse par cœur, et aie parfaitement conscience de son mode de fonctionnement. Elle était si prévisible. Mais nous étions des sœurs, elle que j'avais tant souhaité et aimé. J'aurais espéré qu'elle en soit une pour moi… À plusieurs reprises, j'avais discuté longuement avec elle, en dépit de la douleur engendrée par son comportement et par ses propos blessants. Je lui trouvais une quantité de circonstances atténuantes liées à son enfance, sa construction, son absence de codes pour communiquer avec l'autre. Pourtant, elle continuait de fonctionner exactement comme mon père le faisait avec moi ou par moment ma mère. Je pensais qu'elle devait être malheureuse au plus profond de son être pour agir ainsi. Nous échangions beaucoup sur le sujet avec Joseph et parfois avec nos enfants ou d'autres membres de la famille. Mais nous en revenions toujours au même constat... Durant ces premiers mois post-cancer, je m'attachais à encourager ma sœur à se comporter de manière réfléchie et responsable. Mais toutes mes tentatives de discussion restaient vaines, malheureusement. J'ai toujours pensé que chaque être était responsable de sa propre vie et de son propre destin. Je n'ai jamais attendu après qui que ce soit pour me réaliser, que les résultats soient concluants ou non. J'estimais que nous étions tous en mesure de créer notre vie en fonction de nos actes et de nos décisions. Il était insupportable de les entendre se décharger continuellement de leurs responsabilités sur les autres quand ce n'était pas sur mon dos et sur ma maladie. J'aurais aimé que nos liens se resserrent fortement, qu'ils fassent bloc autour de moi en même temps que maman et l'AVC, mais ce n'était pas arrivé. J'aurais souhaité qu'ils soient capables de reconnaitre leurs erreurs et qu'ils s'en excusent avec sincérité, mais cela ne s'était pas produit non plus. Je connaissais sur le bout des doigts leur mode de fonctionnement respectif, tellement prévisible. Cela devenait presque un jeu d'anticiper leurs réactions et nous n'étions jamais déçus ! Peut-être parce que c'est ainsi que j'avais construit ma vie, j'étais intimement convaincue que chaque personne devait être le fondateur actif de sa propre existence plutôt qu'un badaud passif, sans cesse à se plaindre de sa situation, tributaire des autres. Depuis notre jeunesse, combien de fois, j'avais entendu Javotte me reprocher :

— *Oh mais toi, tu as toujours eu de la chance* !

Bon sang, mais quelle chance ? Absolument aucune ! Sa dernière remarque en date avait été :

— *Tu as de la chance d'être arrêtée aussi longtemps...*

Je lui avais rétorqué, fortement agacée, que, si elle le souhaitait, nous pouvions aisément échanger nos places : je lui cédais tout mon vécu depuis bientôt un an, ainsi, elle pourrait avoir "la chance" d'être arrêtée longuement elle aussi ! Au moins, la maladie avait eu cet effet positif et bénéfique sur moi : j'avais maintenant la capacité à laisser sortir les choses telles quelles, sans m'enfermer dans des considérations du style « je ne veux pas blesser ou faire de la peine » et ça me faisait drôlement du bien ! Ce changement de ma part avait perturbé mes parents parce que jusque-là, j'encaissais tout sans broncher, sous prétexte du devoir ou d'une loyauté filiale, du respect des miens, au nom de la bienséance. Depuis mon cancer, j'étais devenue cash avec eux alors qu'auparavant, j'étais plutôt diplomate, voire soumise. Avec cette épreuve, j'avais enfin appris à dire NON, à poser mes limites, lassée de tout accepter pour être la gentille fille, celle qui depuis mon enfance n'avait eu de cesse de ne jamais leur causer de problème. Cette époque-là était définitivement révolue.

Nous avons tous la capacité d'évoluer, de grandir, de changer, de nous améliorer alors pourquoi pas eux ? Chacun d'entre nous est responsable de la qualité de ses relations, qu'elles soient familiales, professionnelles ou amicales. Chacun dirige sa carrière, garant de sa santé et de son propre bonheur. Celui-ci vient de l'intérieur de soi et se retrouve dans de petits riens quotidiens. Chacun peut célébrer chaque petite victoire qui mènera potentiellement un jour à de grandes choses ! Chacun a une manière qui lui est propre de réagir aux évènements positifs ou négatifs de la vie. Bien sûr, tout n'est pas maitrisable, il y a les imprévus de la vie comme la maladie, les accidents, etc. Par mon expérience de vie, certainement pas malheureuse mais par moment cabossée, je me suis toujours concentrée sur les solutions plutôt que sur les problèmes, en essayant de prendre des décisions éclairées, même si avec le recul, cela n'a pas toujours été le cas mais au moins, j'y travaillais. Certes, j'ai commis parfois des erreurs mais je n'ai jamais abandonné. J'ai accepté mes échecs pour rebondir et en faire un tremplin vers un meilleur avenir. Ma résilience m'a aidée à avancer malgré les obstacles et les épreuves rencontrés sur mon chemin. Je vais être claire : je n'ai jamais prétendu être une personne parfaite, loin de là et cela ne m'intéresse pas ! Je préfère le progrès plutôt que la perfection. J'ai accepté mes faiblesses et ma vulnérabilité, m'ouvrant aux conseils des autres, faisant un travail sur moi en me nourrissant notamment de lectures enrichissantes mais pas seulement, quand je me suis retrouvée confrontée à des difficultés majeures. Il est primordial d'admettre avoir des faiblesses et des limites, avec la maladie, je l'avais compris. C'est en reconnaissant mes défauts et mes erreurs que le changement était possible, j'en étais intimement convaincue. Je ne pouvais que progresser en ce sens. Durant ce début de rémission, j'avais tenté de partager toute cette réflexion lors de longues conversations avec Javotte, mais elle n'en avait eu que faire, me riant parfois au nez ! J'essayais de lui faire comprendre la situation dans laquelle nos parents s'étaient mis, m'usant à lui expliquer par tous les moyens que ce que nos parents émettaient, était ce qu'ils recevaient en retour. Ils ne devaient pas s'en étonner, que c'était la même chose pour elle. J'en revenais toujours au même bilan : pour améliorer nos relations intrafamiliales, il aurait fallu qu'ils reconnaissent leurs torts et responsabilités dans les tensions avec les autres, mais cela n'était pas dans leurs habitudes. Jamais de remise en question, toujours la faute aux autres, c'était une succession de problèmes dont on ne voyait jamais la

fin ! Par conséquent, un pardon de ma part n'était pas possible… Le serait-il un jour ? Je n'en étais pas sûre. Je me trouvais parfois bien stupide de vouloir sauver le peu de liens qu'il nous restait, Javotte et moi…
Quoi qu'il en soit, j'étais sur le chemin de la rémission et même si l'incertitude sur l'avenir restait présente à l'esprit, je voulais me montrer résolument optimiste. Il me paraissait important de laisser aux uns et aux autres le temps d'accepter les changements engendrés par la maladie et de retrouver un nouvel équilibre. J'étais reconnaissante pour les petites réussites obtenues durant ces premiers mois de traitement, ne cherchant pas à me projeter plus loin. Nous n'étions pas au bout de nos peines, la vie pouvait être une succession de montagnes à gravir, les unes après les autres…

Chapitre 36 - Chemin de Croix

Fin mai 2020, ma cousine Sophie nous avait téléphoné, alors que nous étions tous réunis à un repas de famille pour l'anniversaire de mon petit neveu. Elle nous annonçait tristement le décès de son père, mon parrain. Nous n'avions plus aucun lien avec ce côté de famille de mon père depuis quelques années déjà. Sa disparition nous avait surpris, nous le pensions en rémission d'un cancer. Sans entendre le chagrin de sa nièce, ma mère en avait profité pour lui dire qu'elle avait été victime d'un AVC en début d'année ! Loin d'être à l'écoute de la douleur et du chagrin de Sophie, autocentrée, ma mère ne lui avait parlé que d'elle-même, pour en fin de conversation lui rajouter de façon anecdotique que j'étais traitée pour un cancer du sein depuis quatre mois. Ma cousine en avait été bouleversée, son papa venant de décéder d'une récidive d'un cancer. L'annonce n'était pas sans effet sur elle. En pleurs, elle avait lancé un touchant :

— *Oh non pas Élodie...*

Nous nous étions perdues de vue depuis de trop longues années, précisément depuis le décès de notre grand-mère, Mamie Lily. Les tensions fratricides autour de l'héritage entre mes parents et les siens avaient finalement eu des répercussions sur nos relations entre cousines, même si nous nous étions promis plus jeunes de ne pas prendre parti. Il n'y avait eu aucune véritable fâcherie entre nous, les petites filles de mamie. Pourtant, une distance s'était bêtement installée et je n'avais pas fait le chemin vers Sophie pour maintenir nos liens pourtant si forts. Après le décès de son père, dès juin 2020, nous avions repris contact toutes les deux, à son initiative. Nous avions échangé d'abord quelques messages, Sophie souhaitait absolument être près de moi, proche de nous pour nous accompagner pendant le combat mené contre la maladie. Elle était touchante de sincérité, de toute façon, elle était une personne totalement dépourvue de toute malveillance… Elle n'était qu'Amour. Durant toutes ces années de guerre d'héritage, nos parents nous donnaient des informations toutes plus glauques et impensables les unes des autres, y compris sur nos cousines. Nous avions fini par tout prendre pour argent comptant, sans même nous concerter pour démêler le vrai du faux en dehors de tout ce tapage familial. Nous avions souvent convenu avec Sophie que nos parents s'étaient très mal comportés les uns envers les autres et qu'il était important que nous ne fassions pas de même. Elle avait terriblement raison, nos parents s'écharpaient depuis des décennies, ce qui avait pollué nos relations petit à petit. Quand Mamie Lily était morte, j'avais espéré que nous, ses sept petites filles, serions capables de nous réunir un après-midi afin de convenir conjointement de ce que chacune aurait envie de garder en

souvenir de notre grand-mère, en fonction de notre vécu respectif avec elle. Mais cela ne s'était pas produit, bien au contraire, ce qui avait jeté un froid. Et à partir de là, le temps s'était écoulé, nous laissant prendre toutes de la distance malgré toute l'affection que nous partagions. Ensuite, les ragots divers et variés avaient achevé le travail. Nous aurions dû nous parler pour clarifier la situation. Nous aurions dû toutes nous voir pour apaiser les possibles tensions mais nous ne l'avions pas fait. Ainsi, une fois de plus, j'avais mis de la distance par solidarité familiale, déçue par de prétendus agissements ou propos qui m'avaient été rapportés par mes parents ou ma sœur mais que je n'avais pas vécus directement ou vérifiés. Pourtant, Sophie et moi avions tant d'affection l'une pour l'autre...
Ma cousine et moi avions convenu de nous retrouver chez moi l'après-midi du 23 juillet 2020. Elle savait que nous étions dans une incertitude angoissante pour l'échographie pelvienne de contrôle à l'ICM et ne cessait de m'envoyer des messages touchants et encourageants. Lors de ce bel après-midi ensoleillé, à son arrivée à la maison, nous étions tombées dans les bras l'une de l'autre, très émues de nous retrouver après sept années d'éloignement et de silence, alors que nos garçons avaient continué à se voir, mais pas nous deux... Comme toujours, elle était chargée de belles attentions, d'abord gustatives avec de succulentes pâtisseries et puis florales. Elle m'avait offert une petite plante qu'on la nomme « la chaîne de cœurs ». Celle-ci avait des tiges retombantes parsemées de petites feuilles en forme de cœur qui étaient vertes et argentées. Sophie l'adorait et voulait que j'en possède une moi aussi. La symbolique était forte...
Nous avions passé tout l'après-midi à papoter comme si nous nous étions quittées la veille. Nous avions tant de bonheur à être à nouveau réunies, tant de temps à rattraper... Nous nous étions mis à jour de nos parcours accomplis pendant ces longues années, perdues de manière absurde. Joseph nous avait laissé nous retrouver dans l'intimité. Il était venu lui faire un bonjour furtif mais affectueux en échangeant avec elle quelques mots, avant de remonter à l'étage, travailler à son bureau. Elle était passionnée par les massages et s'était formée depuis longtemps à différentes techniques. Elle avait voyagé, s'était documentée sur le sujet. Elle m'apprenait qu'elle venait d'ouvrir un lieu atypique dédié à son activité. Elle s'était installée dans une partie indépendante de sa maison, avec une sublime décoration dont elle avait le secret mêlant des ambiances zen et cosy provenant d'Inde et du Maroc. En me montrant des photos, c'était vraiment un endroit propice au calme et à la sérénité, un véritable cocon où elle avait mis toute son âme. Le clou du spectacle : son mari lui avait creusé, dans la roche d'une ancienne carrière sur son terrain, un hammam absolument unique et fabuleux ! Je lui avais alors répondu qu'il m'avait été recommandé médicalement de

faire fréquemment des massages suite à mes problèmes de dos. Malgré quelques essais en instituts, je n'avais pas encore trouvé LE havre de paix qui me correspondait et depuis le cancer, j'avais besoin de prendre soin de mon corps meurtri mais aussi de mon mental bousculé. Je savais qu'avec elle, je serais dans de bonnes mains, sans aucun jeu de mots ! Nous avions convenu de nous retrouver chez elle une fois par mois dès le mois de septembre. Cette journée mensuelle de détente serait notre nouveau rituel de cousines, notre moment… Évidemment, Sophie avait vivement souhaité que mes visites commencent toujours autour d'un déjeuner ensemble à sa maison afin de discuter comme deux pipelettes que nous étions avant de passer aux choses sérieuses et de recevoir un de ses massages corporels sensoriels si divins ! Franchement, elle avait des mains magiques, toute son énergie positive, son âme et sa bienveillance se ressentaient dans chacun de ses gestes. Elle mélangeait différentes techniques de massage, que ce soit l'ayurvédique, le lomi-lomi, la réflexologie plantaire, les pierres chaudes, et j'en passe ! Quoi qu'il en soit, tous ses différents massages étaient incroyablement relaxants, me procurant un bien-être général et une détente profonde. Ils me libéraient de toutes les tensions accumulées. Renouer avec les massages corporels que j'avais cessés de faire depuis des années et les faire en plus avec ma cousine Sophie, me permettait de prendre le temps d'écouter mon corps. Nos retrouvailles nous procuraient littéralement du bonheur à l'une et à l'autre. Nous finissions l'après-midi par un goûter gourmand, souvent avec les pâtisseries que j'avais apportées. Nous avions toujours quelque chose à nous raconter, que ce soit de nos enfants, de nos familles, de nos lectures, de la vie en général, de ses projets de vie et de son avenir serein dans ce magnifique endroit dédié à la détente et aux autres…

Depuis septembre 2020 et tous les mois suivants, nous nous étions retrouvées pour notre parenthèse enchantée. Même si nous n'évoquions que très peu la maladie, elle était réconfortante, jouant le rôle d'une grande sœur à mon égard. Elle venait de le vivre avec le parcours de son papa et par conséquent connaissait exactement tout ce que nous pouvions traverser. Nos parcours, plus jeunes, avaient été similaires : nous étions allées au même collège, j'avais fréquenté le même lycée qu'elle, sauf que j'y étais pensionnaire contrairement à elle. Elle avait ouvert la voie pour être fille au pair au Canada puis aux États-Unis pour elle et, tandis que moi, je l'avais été à côté de Londres. Nous avions eu nos enfants ensemble. Nous avions tant partagé et à partager encore… Il nous serait impossible de rattraper ces sept ans loin l'une de l'autre, mais nous étions résolument décidées de reprendre nos vies là où nous les avions laissées. Nous en avions profité également pour mettre à plat ce qui avait causé notre séparation sur une aussi longue période, déterminées à ce que cela ne se reproduise plus jamais. Sophie n'était pas certaine des raisons et n'avait pas vraiment compris ce qu'il s'était produit. C'est aussi pour cela que nous avions souhaité préserver nos retrouvailles comme un jardin secret pour que personne ne vienne salir nos beaux moments ensemble. Je savais par avance quelle serait la réaction de mes parents et de Javotte sur le sujet…

Sophie me faisait rire à vouloir me faire tester ses nouveaux produits ou des techniques en avant-première ! Nous échangions régulièrement par messagerie ou via des audios durant les périodes s'écoulant d'un rendez-vous à l'autre. La vie avait repris son cours, comme elle aurait toujours dû l'être... Quelle joie de retrouver son rire mutin si particulier, toujours pleine de bêtises et tellement espiègle encore à 53 ans ! Lors d'une de mes visites en septembre, j'avais croisé rapidement sa dernière petite, Hannah. Un véritable rayon de soleil, l'enfant que j'avais connue était devenue une magnifique jeune fille ! Elle avait obtenu son baccalauréat et s'apprêtait à partir s'installer en région parisienne pour la poursuite de ses études supérieures. Après tant d'années sans la voir, elle avait incroyablement grandi, même si elle avait gardé sa petite frimousse d'enfant et ses jolis yeux pétillants. Alors que Sophie devait partir en Cévennes avec une amie pour effectuer une semaine de jeûne, je lui avais vivement conseillé d'acheter en plus des lectures qu'elle avait prévues, le livre qui m'avait bouleversé de Raphaëlle Giordano « *Ta deuxième vie commence quand tu comprends que tu n'en as qu'une* ». Peu de temps après, elle m'avait envoyé une photographie depuis son lieu de retraite, me montrant la couverture du livre en question, heureuse de sa lecture et de ce partage. Tout semblait avoir retrouvé sa place, les mois s'enchainaient joyeusement. À l'approche de Noël, j'avais eu l'idée d'offrir à mon fils et sa petite amie ainsi qu'à ma fille et son amoureux, un bon cadeau : « hammam et massage » chez ma cousine. Sophie était tout excitée de les revoir, même si nos garçons n'avaient jamais cessé de se voir, que ce soit chez l'une ou l'autre. Ma cousine m'avait écrit que maintenant que nous nous étions retrouvées comme « avant », nous allions reprendre nos repas familiaux et notamment l'été à venir pour l'anniversaire de sa fille ainée dont Joseph était le parrain. Par le passé, nous avions l'habitude de nous réunir à la moindre fête ou anniversaire chez l'une ou l'autre et pendant les vacances de Noël, elle nous recevait tous les quatre chez elle. Tout allait pouvoir recommencer… Nos retrouvailles étaient vraiment un cadeau du ciel pour l'une et l'autre. Lors d'un des massages chez Sophie, j'avais croisé ma tante que je n'avais pas revue depuis de nombreuses années, plus encore. Spontanément, elle m'avait enlacé fortement dans ses bras, émue aux larmes de me revoir et de me savoir en lutte moi aussi contre un can-

cer. L'année 2021 venait de pointer le bout de son nez. Cela ferait bientôt un an pour moi. Nous avions déjà planifié nos rendez-vous, un pour la mi-janvier et l'autre pour le début de février. Peu de temps auparavant, Sophie m'avait demandé de décaler mon deuxième rendez-vous à la fin du mois de février, car elle avait une demande particulière d'une cliente qui souhaitait suivre une longue cure et cela bloquait avec ma réservation actuelle. Comme je n'avais aucune contrainte de mon côté, c'était avec plaisir que j'avais accepté de libérer mon créneau pour le déplacer à la fin du mois…
Et puis, il s'était produit l'indicible… L'horreur absolue s'était invitée un mardi matin de la mi-février… Alors que Sophie se rendait dans la petite ville voisine accompagnée d'Hannah venue passer seulement quelques jours de vacances chez ses parents, toutes les deux avaient perdu la vie dans un tragique accident de voiture sur une route qu'elles connaissaient depuis toujours, sur ce court trajet habituel. Elles avaient seulement 53 ans et 18 ans… Ce jour-là, c'est ma mère qui m'avait appelé vers 13 h 00 pour me prévenir. L'heure d'appel était inhabituelle de sa part, car elle faisait toujours la sieste après son repas. Spontanément, je lui avais alors demandé si tout allait bien. Sa voix était monotone, me donnant les informations telles quelles, aussi effroyables soient-elles. De toute façon, il n'y avait aucune bonne manière d'annoncer une telle tragédie. Et ma mère ne savait pas que nous nous revoyions, Sophie et moi, depuis plus de neuf mois déjà… Elle semblait guetter une réaction particulière de ma part, restant silencieuse au bout du fil face à mes cris et pleurs. Le sol s'était dérobé sous moi, l'air manquait dans la pièce… Ce n'était pas possible, pas elles… Joseph et moi étions dévastés, effondrés, accablés par la douleur d'une double perte aussi brutale et injuste. Joseph m'avait laissée seule au téléphone, ayant besoin de sortir dans notre jardin. Ma cousine tant aimée et sa plus jeune fille étaient parties au ciel, pour toujours, comme ça, en un claquement de doigts… Nous n'osions imaginer ce que leurs proches ressentaient. Sophie avait été très présente pour moi, me soutenant avec force et apportant beaucoup de gaieté dans nos échanges. C'était elle qui était partie… J'aurais voulu pouvoir être là pour elle, pour la protéger, pour l'accompagner dans son rétablissement, même avec des blessures très graves. Je crois que tout aurait été acceptable mais pas leur disparition ! Sans parler de son adorable fille, si jeune, leur rayon de soleil… Aujourd'hui encore, les mots me manquent pour en parler. Malheureusement, la vie en avait décidé autrement. L'existence est parfois d'une cruauté sans nom. Lors de leurs crémations, les retrouvailles avec ses deux autres enfants, son mari, ses sœurs et le reste de sa famille avaient été atroces. Ils étaient si dignes dans leur malheur et leur chagrin. C'est à ce moment-là, en discutant avec ma

tante, sœur de mon père, que mes parents avaient appris qu'elle et moi nous revoyions depuis des mois et que mes enfants l'avaient revue en décembre. Au vu de leur réaction et commentaires les jours suivants, je me disais que nous avions bien fait Sophie et moi d'avoir gardé pour nous ces précieux moments partagés et d'avoir préservé de leurs regards jaloux et malsains, la splendeur du bien de nos retrouvailles.

Le penchant que je développais pour la spiritualité en dehors de toute considération religieuse me faisait penser que de nous retrouver, Sophie et moi, à ce moment précis de nos vies, avait été un réel cadeau du ciel, de la même manière que mes enfants et elle. Mais les décès brutaux de Sophie et Hannah avaient pulvérisé nos vies. Nous avions le droit et même le devoir de vivre, pour elles. Il nous fallait trouver des solutions pour supporter l'insupportable. J'avais un besoin vital de me rapprocher d'elle d'une manière ou d'une autre. Elle était une personne très saine dans sa manière de vivre, de s'alimenter, dans sa vision de la vie, une femme pleine de bienveillance, d'altruisme, de gaieté, d'amour pour les siens et dotée d'une aura incroyable. Je savais qu'elle pratiquait la méditation tous les jours en se levant tôt le matin. Alors que j'avais déjà commencé à m'intéresser à cette activité et à ses bienfaits, sans forcément la pratiquer régulièrement, je décidais alors de m'y plonger totalement, comme si cette pratique allait me connecter à ma cousine adorée. Je voulais tout essayer pour alléger ma peine. Je la sentais près de moi, tout le temps : son rire, ses mots, ses blagues, son visage bienveillant me souriant… C'est difficile à exprimer mais durant mes séances de méditation que je préférais faire plutôt le soir au moment de me coucher, une fois les yeux fermés, concentrée sur ma respiration et l'écoute d'une méditation guidée, je la voyais clairement sourire aux lèvres, j'entendais distinctement son rire tinter et sa voix me parler doucement. Je ne pouvais pas me résoudre à la laisser partir, ce n'était pas possible, nous avions tant de choses prévues… Mais tout ceci faisait partie du processus de deuil. Très rapidement, j'avais ressenti le besoin de me faire tatouer pour elles. Cela devenait viscéral… Nuit et jour, je les avais sans cesse dans mes pensées, dans mon cœur… Je les voulais dans ma chair pour toujours… J'avais déjà fait faire deux petits tatouages à différents moments de ma vie : un au bas du dos et un autre à l'intérieur de mon poignet droit. Après mûres réflexions, recherches et ébauches de dessins, j'avais fait réaliser un tatouage discret mais avec une forte symbolique les concernant. Tout ce que je pouvais faire pour tenter d'atténuer mon chagrin n'était jamais assez. Je me rappelais les nombreuses lectures que j'avais pu faire après les agressions, lancée dans ma quête de bien-être, friande de toutes solutions ou perspectives. J'avais toujours été une bonne lectrice mais depuis cette période, je lisais avec frénésie ! Je validais mes expériences et mes ressentis, je doutais et puis je lisais encore. À peine un mois après leurs décès, je m'étais acheté un joli carnet au nom évocateur : « Journal du bonheur, des moments inoubliables ». Il fallait que je reste connectée à l'instant présent, ne voulant me concentrer que sur les moments qui enchantaient ma journée, essayant de m'imprégner de ce qui me rendait heureuse au quotidien et même si de prime abord plus rien ne me donnait du plaisir ou de la joie. Jour après jour, au moment de me mettre au lit, je m'astreignais à cette démarche positive. Je tournais une nouvelle page et je remplissais les lignes vides, cherchant au plus profond de moi la force de trouver quelque chose de positif dans la journée écoulée, dans des petits riens : ce qui m'avait rendu heureuse aujourd'hui, un moment fort de la journée, ce qui m'avait touchée, un moment de bonheur, ce qui m'avait fait rire. Et inlassablement, chaque soir, je recommençais, aucune case ou ligne ne restait vide… C'était une période avec une charge émotionnelle extrêmement lourde pour nous tous. J'essayais de mettre en place tout ce qui était possible pour alléger un tant soit peu notre malheur. J'avais envie de retrouver des plaisirs liés à mon enfance comme de tricoter. Sophie et moi avions appris avec mamie Lily. Alors, je m'étais lancée dans la confection d'une grande écharpe dans différents tons de gris, en laine épaisse achetée au magasin de mon amie Marta. Je ne voulais pas laisser mon esprit vagabonder, me focaliser sur cet ouvrage plusieurs heures par jour m'apaisait. Tout était bon pour survivre à ce drame. Nous étions tous là à jongler avec un ensemble d'émotions que nous étions obligés d'expérimenter malheureusement : le déni, la colère, l'incrédulité, la tristesse, l'injustice, la culpabilité. Toutes se chevauchaient et s'enchainaient sans répit. Même si le deuil est une expérience propre à chaque individu, il était clair que nous passions tous par les mêmes étapes. Une souffrance aigüe nous étreignait, nous savions que nous allions vers une année où tous les évènements seraient vécus sans elles pour la première fois et pour toujours…

Cette tragédie avait été le déclic ultime : je ne voulais plus perdre une seule minute en chamaillerie avec des personnes qui comptaient pour moi et avec lesquelles j'avais mis de la distance pour de mauvaises raisons et de surcroit pour des faits qui ne me concernaient pas directement. Il était venu le temps de la réconciliation avec cette partie de la famille de mon père. Reprendre contact avec mes deux autres cousines, Madeleine, Camille et avec ma tante était une priorité, presque un devoir. C'était ce que Sophie avait souhaité. Elle me l'avait clairement formulé dans l'un de nos derniers échanges par SMS, « reprendre nos petits repas de famille comme avant ». Ainsi, avec Camille et ma tante, nous avions recommencé à nous recevoir régulièrement lors de déjeuners et d'après-midi de bavardages. Les premiers temps, parce que cela nous faisait beaucoup de bien, nous parlions exclusivement et inlassablement de Sophie et d'Hannah, à essayer de comprendre d'abord l'accident. Puis, nous parlions d'elles, comme si elles étaient encore présentes dans nos vies respectives. Nous souvenir d'elles, parler d'elles au présent, c'était continuer à les faire exister… Être ensemble était réconfortant, pour chacune d'entre nous, même si cela n'enlevait aucunement la peine et la douleur. Dans notre cas précis, leurs décès avaient été le facteur jouant en faveur de notre réconciliation, si tant est que nous fussions réellement fâchées. Pour d'autres membres dans la famille, pour ne pas les citer, un tel événement n'avait absolument rien changé…

Chapitre 37 – Scission

Avril 2021, mes 50 ans approchaient… Après les décès de Sophie et Hannah, Joseph et moi avions longuement réfléchi, nous demandant s'il n'était pas indécent de les fêter comme je me l'étais promis un an plus tôt sur la table d'opération. Au fond de mon cœur, je savais ce que Sophie m'aurait dit… Cet anniversaire serait un témoignage de vie. Il était normal de ressentir toutes ces émotions pour essayer de les accepter, car elles étaient utiles pour regarder devant nous, face à une aussi grande tragédie. Il fallait rester en action pour continuer à investir notre vie sans elles et pour moi de continuer sur le chemin de la rémission. Nous n'avions pas d'autres choix : nous devions nous adapter à leurs absences pour accepter leurs pertes, si tant est que cela soit possible un jour. Aussi, pour toutes ces raisons, j'avais pris la décision de maintenir la célébration de mes 50 ans comme prévu. Je le sentais ainsi… Tout le monde savait que j'allais organiser deux fêtes distinctes, fidèle à la promesse que je m'étais faite lors de la deuxième opération le jour de mes 49 ans. Ainsi, un premier repas en petit comité serait organisé le jour J, puisque cette année-là ma date d'anniversaire tombait un samedi, c'était pratique ! Bien que nos relations soient de plus en plus tendues, j'avais néanmoins souhaité inviter mes parents et Javotte. La famille devait être réunie au complet, cela me paraissait évident, à plus forte raison en cette période malheureuse. Pour le repas « version courte », mes tantes et mes cousins étaient conviés ainsi que mes beaux-parents venus faire un saut à l'apéritif, inquiets de la contamination à la COVID-19. Joseph nous avait préparé un repas succulent comme il savait le faire. La journée s'était déroulée agréablement. En amont de ce premier repas, dès le début du mois de mars, j'avais pris soin d'envoyer une invitation à tous nos amis et membres de nos familles respectives pour arrêter une date en août afin de fêter une deuxième fois mes 50 ans en grand comité, dans notre jardin. Il fallait anticiper les préparatifs, car cela représentait près de quarante personnes. Une organisation précise était de rigueur pour recevoir à la maison tous nos invités dans un joli cadre accueillant en soirée. J'avais prévu d'installer dans notre jardin, différentes tables décorées sobrement, divers éclairages fournis par de jolies bougies et des lampes d'ambiance pour que notre jardin s'illumine de toutes les couleurs, offrant ainsi une soirée cosy à nos convives. Je voulais que tous se sentent bien chez nous ce soir-là. Accueillir chaleureusement nos amis et nos familles étaient un plaisir. Recevoir avait toujours été pour nous deux une occasion de partage, prêtant une attention particulière à la table et à la cuisine, aux goûts des uns et des autres ! C'était presque un acte d'amour. La soirée du mois d'août était arrivée assez vite. Il y avait eu quelques désistements liés à des problèmes de santé ou au départ en vacances mais dans l'ensemble, tous nos proches avaient répondu spontanément présents à mon invitation, heureux de partager ce moment festif avec nous. Si pour l'ensemble de nos invités, la confirmation de leur présence avait été instantanée, pour certains, il en avait été tout autrement. À quelques semaines de ma deuxième fête d'anniversaire, il avait fallu que j'insiste à maintes reprises pour obtenir une réponse de la part de Javotte. Il n'était pourtant pas compliqué de me répondre par un oui ou par un non… Je recevais inlassablement de sa part le message suivant :

— *Je verrai, je te dirai ça.*

Comme si elle avait mieux à faire par ailleurs. Elle avait fini par me répondre positivement mais très tardivement. Jour J… Tôt le matin, nous étions en plein préparatif avec nos amis parisiens venus me faire la surprise et logés chez nous pour l'occasion. Alors que nous étions très affairés dans la décoration et les installations de mobiliers extérieurs, ma mère m'avait appelée pour m'informer que mon père et elle ne viendraient qu'un petit moment à l'apéritif ! J'étais effarée qu'ils ne restent pas la totalité de la fête ! L'explication : mon père venait de faire euthanasier son chien malade depuis quelques jours. Je devais me contenter de leur présence quelques instants et être compréhensive. Ils étaient responsables d'amener la grande paella que j'avais commandée à un de leurs amis. Ma mère me demandait de comprendre l'état de mon père :

— *Élodie, ton père est inconsolable et effondré…*

Ses mots me heurtaient de plein fouet ! Quel mépris par rapport à tout ce que nous venions de vivre… Comment pouvait-elle dire une chose pareille : « inconsolable et effondré » ? Mais quelle indécence comparée aux récents drames dans la famille, sans compter la maladie ! J'étais profondément écœurée d'entendre des excuses aussi minables… C'était un véritable coup de poignard dans mon cœur ! Quant à mon père, rien à rajouter… En début d'après-midi, c'était au tour de Javotte de me faire un SMS pour m'annoncer qu'elle n'assisterait pas à mes 50 ans pour d'obscures raisons, toutes aussi déplacées… Je constatais que mes « 50 ans bis », qui revêtaient une importance toute particulière, se feraient sans la présence de mes parents et de ma sœur, censés faire partie de mon noyau familial. Ils ne gagnaient pas des points en agissant ainsi aux yeux de tous. Le soir était arrivé, tous les convives s'étaient mis sur leur trente-et-un. Des clans se formaient, puis tournaient, les gens riaient, chuchotaient, bavardaient, heureux de se retrouver les uns et les autres. J'allais tour à tour auprès de mes hôtes, partageant un délicieux moment avec chacun et échangeant quelques mots. Les affinités avaient formé des petits groupes de jeunes et de moins jeunes installés aux tables éparpillées dans le jardin. Nous avions préparé une table privilégiée pour nos oncles et tantes âgés et mes beaux-parents pour qu'ils soient confortablement assis et éclairés sous l'olivier illuminé de notre jardin. Mes parents étaient prévus à cette table. L'apéritif avait commencé. Un de mes amis m'avait interceptée pour m'informer que ma mère était arrivée toute seule, mon père était resté chez lui. J'avais presque éclaté de rire en lui disant que c'était impossible, qu'il ne fallait pas exagérer. Je lui avais répondu qu'il se trompait, car ma mère m'avait prévenu qu'ils viendraient à deux, mais pour une brève apparition. Mon ami avait insisté, le visage exprimant la gêne et de la compassion :

— *Non, Élodie, tu ne comprends pas, ton père n'est pas venu du tout. Il n'y a que ta mère qui vient d'arriver avec la paella...*

Effectivement, elle venait d'arriver en solitaire. Elle m'avait rejoint dans le jardin pour me rabattre encore une fois les oreilles, que mon père n'était pas venu « *trop effondré par le chagrin* ». Émue aux larmes, elle m'avait demandé encore une fois d'être compréhensive mais j'en étais totalement incapable. La symbolique de ces absences était trop forte à supporter... Pour immortaliser la présence furtive de ma mère ce soir-là, j'avais demandé qu'une photo soit prise de nous deux pour garder un souvenir, bien que douloureux, de cette visite éclair ! Maman avait posé les larmes aux yeux à côté de moi, l'instant serait figé sur du papier glacé... À peine si elle avait pris le temps de boire un verre pour repartir rapidement chez elle. Vous comprenez : « Elle ne voulait pas laisser mon père seul dans cet état... » Les bras m'en tombaient. Comment ne pas mal le prendre !? Je n'arrivais pas à comprendre comment des parents pouvaient faire ça à leur fille, après cette année terrible... Non, mon esprit ne pouvait concevoir un tel mépris. Malgré tout, je la plaignais, car je savais qu'elle ne conduisait pas ou très peu depuis son AVC. Elle s'était sentie obligée de faire le trajet seule pour amener à minima le plat cuisiné que j'avais commandé. Sa présence seule la mettait mal à l'aise, comme tout le monde lui demandait où était mon père et elle devait justifier en expliquant le décès du chien... Je supposais qu'elle ne serait pas venue du tout si elle n'avait pas eu cette contrainte d'apporter notre paella.

J'ouvre une nouvelle parenthèse, car depuis quelque temps, maman connaissait toute l'histoire avec mon père et Javotte. J'avais fini par tout lui raconter un après-midi de printemps. Je n'avais pas eu d'autre choix pour qu'elle comprenne les tensions palpables au sein de notre famille. Lui détailler tous les faits et gestes de chacun, toutes les paroles et les commentaires ignobles par rapport à ma maladie, mais pas seulement contre moi, contre Joseph ou contre d'autres membres de sa famille. Il fallait qu'elle sache et qu'elle puisse comprendre la raison du délabrement complet de notre situation familiale. Il n'était pas question de l'obliger à faire un choix entre moi et mon père ou avec ma sœur. De toute façon, sur ce sujet, je connaissais d'avance sa position mais je voulais qu'elle sache. Je pense qu'au fond de moi, la petite fille que j'avais été, espérait un soutien affectueux de sa part à cet instant précis. Cet après-midi-là, maman m'avait écouté en silence, jouant avec l'écran de son téléphone portable, détachée visiblement de mes propos. Alors que je m'agaçais gentiment de son comportement pendant que je lui narrais tous les évènements, elle m'avait répondu laconique, sans un seul regard vers moi :

— *Ta sœur est incapable de gérer deux choses en même temps...*

Quant à l'attitude de mon père, elle n'en était pas surprise, rétorquant dans la foulée :

— *Quant à ton père, son comportement a été un problème tout au long de sa vie. Cela lui a énormément porté préjudice dans le travail. C'est ainsi...*

Son fatalisme m'avait totalement déconcertée, comme si cela pouvait suffire comme légitimation. Mon père était « ainsi », donc tout était normal ?!! Fin de la parenthèse...

Revenons-en à cette soirée d'anniversaire, un beau soir d'été à la maison. J'avais insisté auprès de ma mère pour qu'elle reste avec nous. Il y avait bon nombre de personnes qu'elle affectionnait et inversement, je savais qu'elle en avait besoin après tout ce qu'elle venait de vivre en plus du confinement pesant. Je voulais qu'elle passe une bonne soirée, qu'elle retrouve un peu de joie et de légèreté dans sa vie marquée par les épreuves. Et puis c'était quand même une belle fête en l'honneur de sa fille ainée ! Mais elle avait fait son choix et avait refusé catégoriquement :

— *Tu sais bien que ton père, c'est drame et mélodrame avec ses chiens, je ne veux pas le laisser seul ce soir.*

Sa réponse était violente. Mes parents étaient totalement hors contexte, même si je pouvais concevoir la peine occasionnée par la perte de son animal de compagnie. Maman avait toujours eu du mal à recueillir mes émotions, cherchant à cet instant-là à me culpabiliser vis-à-vis de mon père. Mais elle se trompait, je n'éprouvais aucun sentiment de faute, juste de la colère et de l'écœurement ! À mes yeux, la relation père-fille est l'un des liens les plus tendres et les plus intenses quand le papa est présent, dévoué et a beaucoup d'amour et de délicatesse pour sa fille. Ce lien est soumis à l'épreuve du temps, le nôtre n'avait pas survécu à la fin de ma petite enfance... Sincèrement, si nous avions eu une relation saine et normale de père à fille, j'aurais pu comprendre qu'il ne vienne pas s'il avait pris la peine de me téléphoner en amont et me dire quelque chose du genre :

— *Écoute Élodie, je suis vraiment très triste d'avoir dû euthanasier mon chien ce matin, je ne fais que pleurer* (puisque c'était le cas), *je ne veux pas être un poids pour ta soirée ou te la gâcher, je reste à la maison mais maman restera avec vous ce soir.*

Voilà, j'aurais accepté son absence s'il avait eu ce type de conversation avec moi, entre adultes responsables ! Mais non… Rien de tout cela n'avait été dit ou fait. Je ne m'étendrais même pas sur les arguments fallacieux de ma sœur pour justifier son absence… Leurs trois défections avaient terriblement choqué nos invités, nos amis et belle-famille. J'entendais se chuchoter d'une table à l'autre :

— *Tu te rends compte, leur fille se bat contre un cancer et aucun des trois ne sont présents pour elle à son anniversaire ! Même sa mère ne reste pas !*

Ou bien

— *Quelle horreur ! Sa fille se soigne pour un cancer et il ne vient même pas parce que son chien est mort et qu'il pleure.*

Non, vraiment, ce soir-là, aucun des trois n'avait gagné en estime aux yeux de tous les invités. Je demeurais impassible devant mes hôtes, ne souhaitant pas donner le pouvoir à mes parents et à Javotte de me gâcher cette soirée si importante à mes yeux. Ils n'avaient même pas conscience de la valeur de ces « 50 ans bis », tant ils étaient éloignés depuis le début de toute préoccupation me concernant. À chaque incident, je me faisais la réflexion qu'un seuil était atteint et qu'après celui-ci, ils ne pourraient pas me faire plus pénible comme peine. Pourtant, c'était le cas : ils trouvaient toujours une parole, une action plus nuisible encore que la précédente. Je ne pouvais pas en être surprise, ils avaient fonctionné ainsi toute leur vie, sous mes yeux d'enfant, d'adolescente et d'adulte. Et que ce soit avec leur entourage amical, professionnel ou familial, le mode opératoire avait été identique. Par contre, ce qui m'était difficile à accepter, c'était qu'ils soient capables de le faire à leur propre fille ! C'est vrai, ils avaient toujours agi de cette manière, se plaignant d'un tel à un tel, y compris avec Javotte et moi, leurs filles. Combien de fois j'avais entendu des propos déplacés sur ma sœur, en son absence ! Ce qui me donnait fortement à penser que je devais subir le même lynchage en bonne et due forme lorsque je n'étais pas présente. Ne pas être capable de préserver ses enfants, dire du mal de ses propres filles, comment cela pouvait-il être possible ? Inévitablement, de tels agissements venant de nos parents avaient fini par créer des tensions entre Javotte et moi. Pire, d'années en années, ma sœur avait pris les mêmes travers qu'eux à mon égard. Elle avait fini par se donner le droit de mal me parler, d'être sans cesse dans le jugement et dans la critique qu'elle avait acerbe, nourrie par sa jalousie. Il était ahurissant d'entendre, au mot près, les mêmes commentaires désobligeants venant de la bouche de mon père ou celle de Javotte. Fréquemment, nous remarquions que le dénigrement leur était commun, que ce soit sur nous, sur d'autres membres de la famille et quand ce n'était pas sur nos enfants. Or nos enfants, il ne faut pas y toucher ! JAMAIS !

Je ne sais pas si c'était lié au fait d'être l'aînée mais dans notre fratrie, clairement, j'avais occupé la place du bouc émissaire. En grandissant, je réalisais que j'étais la seule à prendre conscience du dysfonctionnement familial. Néanmoins, je n'avais jamais rien dit sur le sujet, jamais un mot plus haut qu'un autre, j'encaissais les coups les uns après les autres sans broncher, en me disant que c'était comme cela et espérant un « je ne sais quoi » de leur part à mon encontre, un jour... Et puis le cancer avait fait une entrée fracassante dans ma vie, venant bousculer, notamment, toute cette défaillance intrafamiliale. Je l'ai déjà dit : je savais qu'il y aurait un avant et un après, et qu'eux aussi feraient partie de ces changements. Je connaissais parfaitement bien la punition qui me pendait au nez en dénonçant leurs mauvais comportements. Je sortais de mon rôle de « gentille petite fille obéissante » à qui on pouvait tout dire sans qu'elle fasse la moindre remarque. Mais cette Élodie-là avait changé, elle n'existait plus. Si je commettais l'erreur de partager leurs paroles ou leurs gestes auprès de notre entourage, inévitablement pour se défendre, mes parents transformaient cela en reproches à mon encontre, ma mère pouvant m'accabler d'un :

— *Mais c'est son père, quand même !*

C'est vrai, il l'était, sur le papier. Mais dans les faits, il en était bien loin. Ils oubliaient que l'inverse pouvait être énoncé : j'étais sa fille ! Malgré l'adversité et leur comportement odieux, j'avais essayé de nourrir la cohésion familiale, comme en les invitant à la maison pour le premier Noël après la maladie, tentant ainsi de faire une trêve. Pour moi, Noël, c'est la féerie, c'est la famille, c'est le partage, c'est le bonheur de tous se retrouver autour d'un beau sapin, de magnifiques décorations et d'un excellent repas. Mais cela ne fonctionnait pas, ils ne s'arrêtaient jamais. J'avais tendu une main à mon père ce jour-là pour marquer un répit dans les tensions mais il n'avait pas su la saisir. Pire, en réponse, il avait réitéré ses paroles immondes... Ce premier Noël avait finalement été une terrible épreuve, d'autant que je m'étais retrouvée assise à côté de lui tout le repas, donnant le change, personne n'ayant voulu se sacrifier et être près de lui ! La rupture définitive avec lui était inéluctable. Il m'apparaissait de plus en plus évident que de couper les ponts et de prendre de la distance sur une durée indéterminée était le seul moyen de m'assurer la fin de ce cycle infernal qui m'atteignait et me faisait souffrir. Le moins que l'on puisse dire, c'était que je n'étais pas dans des conditions favorables pour entamer ma rémission, plongée dans un stress permanent et subissant inlassablement bassesse, perversité et malfaisance. Joseph et moi étions abasourdis… Le reste de ma famille, inquiet des répercussions que cela pourrait avoir sur ma santé, me demandait de me protéger davantage. Les tensions avaient atteint un tel niveau que tout était prétexte à des commentaires de leur part et bien au-delà de la maladie d'ailleurs. Les discordes créées par mes parents et Javotte étaient une bombe à retardement. L'explosion s'est produite à l'automne 2021. Ma mère, que j'avais tant protégée et soutenue avec amour et abnégation, avait franchi la ligne rouge en se permettant d'adresser un message odieux à notre fille pour m'atteindre, alors qu'elle avait oublié, une fois de plus, son anniversaire. Nos enfants sont intouchables et quiconque s'y risque comprendra vite qu'il s'agit de la limite à ne jamais franchir. Ma mère l'avait fait. Il ne lui était pas permis qu'elle se serve de notre fille pour lui déverser son fiel par des allusions perfides à mon sujet. Alors, en réaction, Joseph et moi avions eu un accès de colère, il est vrai, se fendant chacun d'une réponse à la hauteur de ce qu'elle lui avait dit dans le message audio à notre fille. Si celui que Joseph lui avait adressé en retour le soir même avait été concis et percutant, le mien en revanche avait été long et très détaillé. Je n'avais pas voulu répondre à chaud, me laissant guider par une colère noire qui me consumait littéralement ! Ne pouvant trouver le sommeil, j'avais passé une bonne partie de la nuit à le rédiger, choisissant chaque mot avec précision, reformulant chacune de mes phrases, traitant chacune des situations vécues depuis février 2020. J'avais tant de rage mais aussi tant d'amour à lui écrire. Le lendemain, une fois rédigé et corrigé, par précaution je l'avais envoyé en premier à mes oncles et tantes, ceux qui avaient été présents depuis le début, ceux qui connaissaient toute la situation à l'origine pour les informer et surtout m'assurer, connaissant parfaitement ma mère, qu'il n'y ait pas de plaintes inappropriées de sa part auprès d'eux, une fois qu'elle le recevrait. Elle était tellement prévisible et savait comme personne inverser les situations ! J'étais navrée de devoir les prendre à partie, même si je savais qu'ils n'en feraient pas état à ma mère mais ils devaient savoir ce que j'avais répondu. Les agissements de ma mère ne me laissaient guère le choix. À la lecture, tous m'avaient fait la même remarque : ils ressentaient clairement à travers cette longue missive toute ma souffrance, un cri d'amour touchant lancé à maman. Appel à l'amour qu'elle n'avait pas été capable d'entendre… Au lieu de me rappeler ou de me répondre par SMS directement, elle avait préféré, sans surprise, se lancer dans des jérémiades auprès de sa fratrie en qualifiant mon long message de « *tas d'immondices* », listant tous les reproches qu'elle avait à me faire, cherchant à me faire culpabiliser par voie interposée. La coupe était pleine. Le gouffre entre nous deux était abyssal. Malheureusement pour elle, comme j'avais pris la précaution de leur envoyer en amont, ils savaient exactement ce que je lui avais réellement écrit, même s'ils ne le lui avaient pas avoué. Je ressentais les assertions de ma mère comme une monstrueuse trahison. Elle que j'aimais pourtant si fort, elle que j'avais protégée envers et contre tout depuis l'annonce de mon cancer jusqu'à son AVC et ses suites. C'était le coup de grâce... Il fallait que tout cela s'arrête et immédiatement. Je n'en pouvais plus de tout ce déferlement de méchanceté gratuite qui devenait nocif pour ma santé. Leur attitude était démesurément malsaine. Le pire dans toute cette histoire, c'est que j'étais convaincue qu'ils ne se rendaient même pas compte de ce qu'ils faisaient. N'acceptant pas mes désapprobations, je recevais, en retour de leur part, une pluie d'accusations et de critiques, refusant de prendre en considération mon ressenti, me fustigeant lorsque je tentais de m'éloigner d'eux, en me qualifiant « *d'ingrate* » parmi d'autres qualificatifs peu reluisants. Il me semble cependant que le plus beau cadeau que des parents puissent faire à leur enfant, dans ce genre de situation suite à de vives tensions, c'est d'accepter au contraire les remarques et les réprobations, de s'excuser avec sincérité d'avoir blessé et d'ouvrir la conversation vers une résolution du problème, tout en respectant le ressenti de leur enfant, même devenu adulte. Nous étions incontestablement bien loin d'un tel comportement bienveillant. Quoi que je fasse ou dise, j'étais encore et toujours la « *méchante de l'histoire* ». Aucun des trois n'avait la capacité de comprendre ni de changer positivement, persistant dans l'attitude qui avait été à l'origine de mon éloignement, niant sans cesse leur responsabilité et témoignant une absence totale de remords sincères. Cela devenait insupportable pour moi ! Je voulais qu'ils me laissent en toute sérénité m'engager sur la voie de la rémission, très long chemin qui me mènerait, je l'espérais, vers la guérison.

Et puis, à ce stade de mon travail introspectif, je refusais de me réengager dans ce type de relation malsaine, ne souhaitant pas régresser dans leurs schémas relationnels dysfonctionnels, après tout le travail que j'avais fait sur moi depuis ces dernières années. Ils avaient toujours mal parlé des autres à leur insu, critiquant vertement autrui. Maintenant, je faisais partie de ces « autres ». Et puis, je n'étais pas encore sortie de la maladie ! Je voulais que mon esprit reste serein, au calme, enveloppé dans une bulle de douceur. Trouver la paix, devenir moi, sans leurs conditionnements négatifs, continuer mon changement, m'améliorer. Il était temps pour moi d'établir des limites strictes et de définir clairement ce que j'accepterais à partir de maintenant et surtout ce que je n'accepterais plus. Alors que je faisais ce voyage intérieur, avançant pas à pas, je me rendais compte que j'avais passé ma vie à essayer de me comporter le mieux possible avec eux, me soumettant à toutes leurs attentes et espérant en retour amour et respect. Cette quête infinie avait été le fil conducteur de toute ma vie. Avec le cancer et le recul que je prenais par rapport aux épreuves, j'en prenais maintenant pleinement conscience. « Grâce » à la maladie et tout ce qui s'était passé ensuite, je réalisais qu'il avait fallu que je traverse toutes ces épreuves pour comprendre que jamais, je ne recevrais ce que j'attendais d'eux. Il était trop tard pour nous quatre. Au lieu d'en discuter calmement et de résoudre le problème avec franchise, authenticité et surtout respect, toutes mes tentatives de discussion avec eux s'étaient montrées vaines. En retour, ils s'étaient montrés agressifs en se manifestant lâchement ensuite dans mon dos. Je constatais que lorsqu'ils perdaient leur contrôle sur moi, ils en devenaient un peu plus cruels, plein de reproches et offensifs. Je ne méritais pas cela, encore moins à ce moment-là de ma vie. Javotte n'était jamais sortie de ce fonctionnement. À presque 40 ans, elle s'assurait une existence plus facile en vivant aux dépens de nos parents. Ils savaient la maintenir dans une dépendance enfantine, mais elle savait aussi s'en servir contre eux et en abuser allégrement, sans aucune vergogne, pour vivre à leurs crochets. Je ne voulais pas faire partie de ce triangle dramatique où chacun était successivement victime, manipulateur et sauveur ! Chacune des postures avaient des effets pernicieux sur l'autre. Nos relations étaient devenues excessivement compliquées et trop déséquilibrées, sans parler de la souffrance qui exacerbait ma blessure d'injustice. Nous étions entrés dans une spirale négative, trop conflictuelle, dont je voulais me sortir à tout prix. Je souhaitais trouver un nouveau modus operandi entre nous, mais le problème était que j'étais la seule à le vouloir. Par conséquent, l'unique solution qui s'imposait à moi, était de dire STOP et de m'éloigner le temps nécessaire. Le Dr O.M. m'avait aidée et accompagnée dans cette démarche indispensable. Lors de nos séances, je finissais par lui parler davantage des dernières manigances de mes parents et de Javotte, plus que de la maladie en elle-même, tant cela prenait de la place dans ma vie ! Inlassablement, ils se faisaient passer pour les victimes auprès de la famille, les « autres » dont je faisais partie, étaient jugés coupables de leur mise à l'écart ! La situation était devenue détestable, je n'en pouvais plus. J'avais vraiment tout essayé pour que notre famille en soit une, refoulant au plus profond de moi mes émotions, acceptant leurs comportements négatifs, me coupant de mes ressentis avec pour espoir puéril de me conformer à un idéal que je pensais qu'ils attendaient de moi. Tout au long de ma

vie, je m'étais imposée de performer encore et encore, repoussant mes limites... Mais tout cela n'avait servi à rien. La preuve... Je sentais que je n'étais plus en capacité de pardonner quoi que ce soit. Depuis la maladie, ils m'avaient blessée profondément. Je voulais tourner le dos à tout ce gâchis et m'éloigner de leurs critiques injustes. J'avais atteint le point de non-retour, celui où je décidais de ne plus subir quoi que ce soit. Alors, j'avais choisi le silence, la meilleure des réponses et la plus digne, à mon sens. Surtout ne plus rentrer en conflit, je m'y étais trop abimée inutilement. Mes paroles étaient restées impuissantes devant tout ce déchaînement. Dorénavant, ce qu'ils pouvaient penser de moi n'aurait plus aucune importance ni incidence sur ma vie. Je choisissais de garder une bonne distance, sachant qu'ils n'admettraient jamais qu'ils aient eu tort, essayant toujours de faire croire, à qui voulait l'entendre, que le problème venait de moi. Je n'ai jamais détesté mes parents ou Javotte, bien au contraire. J'ai toujours eu énormément d'amour pour eux. Mais je devais me protéger et mettre en place un cadre sain et propice pour ma rémission. Alors, je décidais de les exclure de ma vie parce qu'ils m'avaient terriblement déçue et profondément meurtrie, ce qu'ils n'étaient pas capables d'admettre.
Ce silence m'apparaissait comme une sage décision, même si j'avais voulu leur dire tout ce qu'ils méritaient d'entendre ! De toute manière, chacun des trois avait sa propre vision des faits, commune contre la mienne. Ils avaient leur vérité, j'avais la mienne. Le temps finirait peut-être par mettre en place un lien cordial entre nous, sinon tant pis. Le centre de gravité familial avait naturellement changé avec toutes leurs histoires peu reluisantes. Ils ne pouvaient s'en prendre qu'à eux-mêmes, ils avaient largement œuvré pour en arriver là ! Même si une fois de plus, selon eux, la faute incombait aux autres et plus particulièrement à moi. Ils se plaignaient d'être mis à l'écart, considérés comme persona non grata ? Mais à qui la faute ? Les épreuves m'apprenaient petit à petit à rester calme, comprenant maintenant que toute situation ne nécessitait pas forcément une réaction de ma part. Ainsi, durant de longs mois, je ne m'étais plus manifestée, un silence total, lourd de sens, sauf pour souhaiter un anniversaire ou une fête particulière, par politesse, mais rien d'autre. Aucune sollicitation de ma part. Entourée énormément d'amour de la part de toute ma famille et de ma belle-famille, je restais focalisée sur mon objectif : cultiver ma paix intérieure et ma résilience face aux défis de la vie. Vivre chaque jour avec gratitude.

Chapitre 38 - Prendre la plume

Les mois passaient, je me reposais autant que possible en reprenant petit à petit le cours de ma vie. La reprise professionnelle n'était pas encore envisagée, ni possible d'ailleurs, en raison de l'hormonothérapie qui me fatiguait beaucoup. Joseph était plus que jamais à mes petits soins, très protecteur et rassurant. Mes enfants tout autant, sans parler de mes tantes, cousines et oncle. Durant toute l'année qui avait suivi celle de l'annonce, il m'avait été prescrit des séances bihebdomadaires chez une kinésithérapeute pour atténuer mes douleurs d'épaule et masser les zones opérées. Une capsulite, la complication fréquente du cancer du sein lorsqu'on a été opérée et incisée au niveau de l'aisselle, avait fini par s'inviter elle aussi ! Pour y remédier, en complément de mes séances chez la kinésithérapeute en ville, j'avais été admise une nouvelle fois, en hôpital de jour, dans le service de rééducation fonctionnelle du CHU proche de mon domicile. Il m'avait été proposé d'y suivre un protocole de trois semaines, avec l'équipe du professeur D. Les conditions de prise en charge avaient totalement changé, conséquences directes de la pandémie qui continuait à sévir partout en France. Le service paraissait désormais désert, vidé de toute l'effervescence et l'ambiance joviale que j'avais connues lors de mes précédents protocoles.

Je traversais des moments douloureux physiquement et parfois difficiles moralement, mais dans l'ensemble, j'allais bien. Une chose était certaine : je ne souhaitais pas être dirigée par mes peurs, je voulais l'être uniquement par mes envies et apprécier l'instant présent. Je devais aller de l'avant, il n'était pas question de rester stigmatisée par la maladie, ni de me conforter dans cette terrible épreuve. Il était devenu important pour moi de développer une plus grande résilience, une plus grande confiance en moi et une plus grande capacité encore à faire face aux provocations de la vie. La présence réconfortante de Joseph, de nos enfants, de nos familles et amis y était pour beaucoup. Tous m'encourageaient à poursuivre mes rêves et à suivre mes aspirations, constants dans leur soutien et leur présence sans faille. Il manquait à l'appel le trio, totalement étranger à ce que nous vivions. L'introspection que j'avais engagée se poursuivait lentement mais sûrement. Quand le cancer m'avait été diagnostiqué, après l'effroi et la peur, je m'étais profondément interrogée.

— *Qu'est-ce-que je vais faire de tout ça ? Je dois en faire quelque chose de positif.*

Comment procéder ? Sincèrement, je ne le savais pas. Mais tous les moyens seraient bons pour y arriver. Une fois que tous les traitements par radiothérapie s'étaient arrêtés, il y avait eu une période où je m'étais sentie démunie, parfois même avec un sentiment d'insécurité. Quitter le cocon hospitalier, après avoir été quotidiennement confrontée aux soins, sous les yeux vigilants et rassurants des oncologues et autres spécialistes de la maladie, m'avait déstabilisée. Après avoir subi pendant des mois le rythme soutenu imposé par la maladie et sa prise en charge, la période de « l'après-traitement » était une nouvelle étape à appréhender, pas forcément agréable à expérimenter, contrairement à ce que l'on pourrait croire. Je me rappelle avoir beaucoup pleuré, quelques semaines après avoir fait mes deuxièmes échographies et mammographies de contrôle annuel. Pourtant, rien ne pouvait justifier cette émotion, car le Dr D. m'avait rassurée : mes examens mammographiques étaient classés ACR2, en d'autres termes les anomalies relevées et existantes étaient bénignes et ne nécessitaient aucune surveillance ou examen complémentaire. Tout était « encourageant », selon ses termes. Néanmoins, je me sentais triste et anxieuse. La pression était retombée, l'intensité de la prise en charge avait diminué, ce qui était une excellente chose, j'en avais conscience. Les prochains examens ne se feraient que dans un an. Très bonne nouvelle aussi ! Cette situation était vraiment étrange à vivre, mais courante chez les patients atteints d'un cancer en phase de rémission. D'ailleurs, cela pouvait provoquer de l'incompréhension dans l'entourage ignorant. Le cancer avait été l'occasion pour moi d'engager une profonde remise en question et de tendre vers un changement de vie. Lorsque la maladie m'avait frappée, elle n'avait pas seulement changé mon corps, elle m'avait transformée aussi de l'intérieur. Je me sentais irrémédiablement métamorphosée, sentant qu'après ce cancer, plus rien ne serait comme avant. Plus jamais. Je n'étais pas mieux que les autres, j'avais ma propre façon de l'affronter. Évidemment, je n'étais pas en continu dans d'excellentes conditions psychiques ou physiques. D'ailleurs, comment l'exiger d'une personne encore sous traitement. L'hormonothérapie faisait partie de mon quotidien et ses effets secondaires aussi, pour quelques années encore. Je traversais les différentes étapes et phases émotionnelles sans me plaindre, comme une forme de politesse envers mon entourage. Pour certains, il leur était facile de penser et de me dire que le plus dur était passé. Par conséquent, je n'avais pas de raisons « *valables* » selon eux de me plaindre ! Affligeant… Mais de toutes les manières, je ne le faisais pas, non pas pour leur faire ce plaisir, mais parce que ce n'était ma manière d'être tout simplement. Never complain ! Toutefois, il me fallait composer avec une fatigue permanente, parfois avec la tristesse et plus rarement avec la peur de mourir. Même en étant quelqu'un de foncièrement optimiste, j'étais aussi réaliste. Les pensées positives n'avaient rien de magique, cela aurait été trop beau ! Néanmoins, j'étais persuadée qu'en ayant une posture positive le plus souvent possible, cela

me donnerait la force de me lever le matin, la force de m'occuper de et dans ma maison, la force d'être là pour les autres, la force de reprendre progressivement mes activités sportives tout en écoutant mon corps, la force de reprendre une vie professionnelle, la force de profiter de la vie ! Avoir cette attitude positive contribuait à mieux vivre l'instant et à accepter la maladie. Je trouvais que ce n'était pas si mal ! Si je ne l'exprimais pas ouvertement, j'avais aussi pris conscience de la finitude de la vie et l'avais rangée dans un coin de mon esprit. Il m'arrivait de ressentir la crainte d'une récidive. Tout cela avait modifié inévitablement mon rapport au temps. J'étais en train de réévaluer les priorités de mon existence, la façon de la vivre même, m'interrogeant sur mon désir ou non de reprendre mon métier d'enseignante par exemple. Plus le temps passait et moins, j'avais envie de reprendre mes fonctions, pourtant tant désirées, d'enseignante et de directrice d'école. La question professionnelle m'avait tenu longtemps en haleine. Je ne cessais de dire que je ne voulais plus enseigner, moi qui avais fait tant de sacrifices pour concrétiser ce rêve. J'avais du mal à me projeter dans une reprise lambda.
Tout un questionnement s'était mis en place sur les normes attendues de façon générale, celles que la société nous impose et celles que nous nous imposons à nous-mêmes. Puis, plus intimement, je m'interrogeais sur mes habitudes, sur mes relations, sur mes envies, sur mes valeurs, sur les projets que j'avais envie de mener ou non. C'était paradoxal à exprimer : j'étais la même personne tout en étant devenue une autre, comme si j'avais été configurée et paramétrée différemment intérieurement depuis l'annonce du cancer. Je me rendais compte que je n'aimais plus autant faire certaines choses, que je n'étais plus disposée à accepter ou à supporter certaines situations, certaines relations. La maladie me donnait l'occasion de penser mon projet professionnel autrement, sans pour autant savoir vers quoi me tourner. Je savais juste que je voulais rester à la maison, mon refuge, et y travailler paisiblement. Je voulais m'autoriser à rêver à nouveau, en donnant une place importante à mes souhaits et désirs les plus profonds, sans pour autant négliger les miens, les autres. Il n'y avait aucun égocentrisme dans cette démarche, mon empathie envers autrui était restée intacte, peut-être plus forte même. J'avais l'impression d'avoir passé ma vie à courir après les défis, après le temps, en ayant une exigence personnelle intransigeante. Il était temps que je me pose maintenant. J'ai souvent expliqué, en essayant de ne pas choquer mon interlocuteur, que ce cancer avait été nécessaire à mon histoire, mais attention, je n'ai jamais pensé que cette maladie avait été bénéfique, loin de là ! C'était un terrible cataclysme qui s'était abattu sur moi et par ondes de choc avait impacté ma famille. En cela, la maladie avait bouleversé tous mes

repères. En faisant le point, certains étaient à jeter et d'autres à garder... Ainsi, j'ai toujours pensé qu'il fallait croire très fort en nos rêves et même s'ils ne sont pas tous assurément réalisables, il faut leur donner une chance d'exister. Si nous-mêmes, nous n'y croyons pas, alors, à l'évidence, aucun d'entre eux ne se réalisera ! Et c'est ainsi que j'avais vécu jusque-là, je souhaitais continuer sur cette voie. Il est vrai que j'avais réalisé quelques-uns de mes rêves d'enfance, comme de participer à un stage de danse adolescente, de me rendre seule à New York, guère plus âgée, de devenir enseignante, quels que soient les obstacles. Il me restait bien d'autres vieux projets dans mes tiroirs que je souhaitais concrétiser avec encore plus de force dorénavant.

L'idée m'était venue progressivement, à force de réflexions sur ce que j'aimais ou ce que j'avais aimé faire, sur ce que je me sentais capable de réaliser ou pas. Je suivais le cheminement de ma pensée pour trouver une réponse à tout cela. C'est ainsi que l'envie d'écrire m'était apparue, en toute modestie. Bien sûr, je prenais le temps d'analyser mes motivations, tout en restant la plus réaliste possible sur mes compétences et mes capacités. Quel type d'écrit ? Sous quelle forme ? Sur quel sujet ? Je laissais planer ce dessein dans ma tête, un peu comme pour l'éprouver sur la durée et être sûre que ce ne soit pas une simple lubie farfelue ! Mais chaque jour, ce désir grandissait et emplissait mon esprit. J'avais fini par oser partager cette tentation d'écriture avec Joseph. C'est quelqu'un de pragmatique et celui qui me connait mieux que quiconque sur cette terre. Je savais que sa réaction et son avis auraient un aspect décisif dans un sens ou un autre. Il m'avait écouté, il ne s'était pas moqué, au contraire. Joseph m'avait poussée à sauter le pas, me donnant toute sa confiance pour me lancer dans cette aventure. En dehors de mon mari, la seule personne à qui j'avais osé en parler avait été mon amie Saana dont les qualités humaines n'étaient plus à définir. Sa culture littéraire et artistique, son opinion et son jugement avaient de l'importance à mes yeux. C'est vrai que dans un premier temps, je ne savais pas quoi écrire, mais ce dont j'étais certaine, c'était de vouloir coucher des mots sur le papier pour exprimer quelque chose. J'y pensais jour et nuit. Combien de fois, nous en avions discuté toutes les deux autour d'un déjeuner amical en ville. De le verbaliser avec elle régulièrement me faisait avancer dans l'ébauche de mon projet, me permettant petit à petit d'en définir les contours, clarifiant mes idées. Et puis, un jour, elle était arrivée avec un cadeau à mon attention. Elle m'avait offert deux magnifiques carnets, de tailles différentes, ornés chacun d'une étoile. C'était d'autant plus touchant qu'elle les avait confectionnés elle-même. Saana m'avait laissé à l'intérieur un mot attendrissant : « *Pour Élodie, te donner envie d'écrire...* » L'impulsion était donnée !

C'est ainsi que je m'étais mise à écrire, pas quotidiennement les premiers temps, mais régulièrement, me servant de ses petits carnets pour planifier et organiser l'histoire que je voulais raconter, pour construire et poser la structure que je souhaitais bien claire mentalement. J'y notais l'ordre et le cadre de mon récit. Raconter et partager mon expérience de la maladie le plus positivement possible, exposer une partie de l'introspection entamée, retrouver le fil de mon histoire, la raconter et la reconstruire dans une version plus complète, en remontant très loin dans mon enfance, la rendre peut-être plus acceptable aussi. Voilà sur quoi je souhaitais écrire. Je m'étais documentée en amont quant aux contraintes d'écritures, à la présentation, au questionnement que j'avais sur la constitution des chapitres par exemple et d'autres interrogations techniques. À franchir le pas autant essayer d'être conforme aux normes. Tout cela se faisait seul, avec bien-être et surtout sans aucune contrainte, simplement guidée par le plaisir d'écrire. Me retrouver confortablement installée au calme dans mon bureau, devant mon ordinateur, avec mes jolis carnets gribouillés, mes jolies lunettes de vue rondes et de couleur kaki, en attente dans leur étui, bien rangées. J'étais prête à me plonger dans la rédaction, aidée de mes émotions, de mes souvenirs, des épreuves mais aussi des joyeux moments qui avaient jalonné ma vie, m'appuyant sur mes réflexions, sur mon cheminement jusque-là et celui à venir, pensant à ma « nouvelle » vie et au sens que je voulais lui donner. Le plaisir d'écrire avait été immédiat. Je retrouvais la même sensation de douceur ressentie enfant ou adolescente lorsque j'écrivais des poèmes. Pendant ces moments-là, je me sentais enveloppée dans une bulle de sérénité, concentrée sur ce que je souhaitais raconter. Les heures d'écriture s'écoulaient sans que je les voie défiler. Écrire, écrire et écrire encore ! Sincèrement, je prenais autant de plaisir à écrire spontanément que lors des moments de relecture nécessaires pour relever des erreurs et me corriger. Je passais un temps infini à relire pour modifier, reformuler, remanier, adoucir ou accentuer mon texte, choisissant minutieusement mes mots. Bien qu'étant novice, je voulais donner la meilleure version possible de mon récit, continuant à travailler le texte jusqu'à ce que je sois satisfaite du contenu. L'objectif premier était d'écrire pour moi-même, en me fixant certains buts comme de rédiger un chapitre en particulier ou d'aborder tel et tel souvenir ou évènement, tout en notant dans mes petits carnets les idées, les mots clés ou autres pensées à ne pas oublier. Lors des phases de correction des pages précédemment écrites, que ce soit pour faire la liaison avec les suivantes ou pour essayer de les améliorer, plus rien n'existait autour de moi. J'étais heureuse de m'y plonger à chaque fois, ressentant le besoin de me poser, de trouver la paix intérieure et d'exprimer mon ressenti mais pas seulement. Si au début l'écriture était thérapeutique, très rapidement l'idée de partager, d'aidcr humblement par mon parcours, ne scrait-ce qu'une seule personne, me faisait du bien…

Au début, je pouvais passer de longues semaines sans rien écrire. Et puis un rythme s'était mis en place et mon temps d'écriture s'est ritualisé. Ces moments de calme m'appartenaient. Il m'arrivait d'en discuter avec Joseph et plus rarement avec mes enfants. Il n'y avait aucune prétention derrière tout cela. C'est au cours d'un de nos fameux déjeuners, installés en terrasse d'un bistrot que nous affectionnions particulièrement, que Saana m'avait offert le livre de Boris Cyrulnik « *La nuit, j'écrirais des soleils* ». Titre qu'elle avait poursuivi en me laissant une dédicace à l'intérieur, me demandant de la lire qu'une fois seule. Elle y avait noté, de manière poétique : « … Et *des étoiles ! Avec l'amour d'une amie en pointillés, mais pointillés dorés… TOUT CE QUI EST BON POUR TOI.* Saana. » Ses mots m'avaient profondément émue. Si j'étais l'étoile, elle était le soleil. Nos moments ensemble étaient formidables…

Chapitre 39 - Croire en ses rêves

Si je fais un bond en arrière du côté de mes aspirations, non plus d'enfant mais celles d'adulte, je ne sais pas à quand remonte exactement ma fascination pour les escarpins à la semelle rouge de Christian Louboutin. Plus qu'une simple chaussure, je trouvais que cet objet était quasiment un objet d'art, sublimant divinement la jambe des femmes qui les portaient, donnant une courbe parfaite au pied ainsi chaussé. Les vernis noirs avaient ma préférence, épurés et chics.

Je pense que je devais avoir une trentaine d'années lorsque je m'étais promis de m'en offrir une paire pour mes cinquante ans ! Pour quelle raison ? Je ne saurai le dire, mais ce rêve fou était ancré dans ma tête depuis ! Presque deux décennies s'étaient écoulées sans que je perde l'envie de concrétiser ce fantasme un jour, espérant surtout pouvoir me les offrir ! Moi qui ne portais absolument jamais de chaussures à talons, j'étais en admiration totale devant ces escarpins ultra-féminins et glamourissimes. Le comble du chic à mes yeux ! Mes 50 ans avaient été fêtés deux fois, j'avais été gâtée par nos convives tant par leurs présents que par les enveloppes glissées discrètement dans une jolie boîte. C'est en discutant avec Joseph que nous avions évoqué ensemble ce souvenir de m'offrir pour mes cinquante ans des Louboutin ! Grâce à la générosité de mes invités, famille et amis, j'avais une somme suffisamment conséquente pour pouvoir l'envisager. Seule la culpabilité me faisait douter d'aller jusqu'au bout d'un tel achat. Joseph me poussait à le faire, trouvant toujours les bons arguments ! Alors, l'air de rien, j'avais commencé à faire des repérages sur le site internet de cette maison de luxe en me disant que je pouvais simplement les commander et les recevoir directement à la maison. Mais Joseph ne l'entendait pas de cette oreille ! Il avait râlé, arguant qu'il n'était pas question que je procède ainsi, qu'il fallait aller jusqu'au bout de mon plaisir. Il souhaitait que je me rende directement en boutique pour les essayages et évidemment pour les acheter. Il n'y avait pas à tergiverser, selon lui ! Me rendre à Paris, cela tombait bien… Pour remercier ma cousine Athéna d'avoir été d'un tel soutien pour nous, mon mari et moi lui avions offert pour son anniversaire des billets de train aller-retour pour la capitale. En me joignant à elle, je pourrais ainsi rendre visite à mon fils devenu parisien pour y exercer son internat. Athéna passerait du temps avec son grand-frère, parisien de longue date. Je songeais éventuellement à me rendre à la boutique de Christian Louboutin, la plus iconique de Paris, mais sans grande certitude, me demandant s'il était bien raisonnable de réaliser cet achat ! Me connaissant mieux que quiconque, Joseph avait anticipé mes hésitations chargeant secrètement ma cousine Athéna d'une mission : celle dc s'assurer que, non content d'aller à la boutique, je m'achète bien la paire de mes rêves ! C'est ainsi qu'une fois à Paris, accompagnée de ma cousine Athéna et de la compagne de mon cousin, Juliette, nous nous étions rendues dans l'antre tant fantasmé ! J'étais à la fois émue et excitée de m'y rendre ! Le simple fait de me retrouver devant la vitrine était déjà un pur bonheur ! Vous n'y rentriez pas comme dans une boutique lambda. Nous avions sonné à la porte vitrée, non sans avoir, au préalable, admiré toutes les chaussures exposées. Une paire avait retenu mon attention, elle n'était pas vernie mais en velours de cuir bleu marine, absolument sublime ! Un charmant vendeur prénommé Paul était venu nous ouvrir nous accueillant chaleureusement. Nous rentrions dans un monde qui nous était totalement inconnu mais agréable à expérimenter. J'avais immédiatement expliqué au jeune homme, mon désir de m'offrir une paire, hésitant entre celle que j'avais remarquée sur l'étagère mais qu'idéalement, je souhaitais des vernis noirs. Il m'avait questionné sur mes habitudes concernant les chaussures et très rapidement il nous avait installées dans le petit salon privé au fond de la boutique, nous expliquant que celui-ci était au tout début de la carrière de Christian Louboutin, son petit atelier là où tout avait commencé. Quelle émotion ! Nous étions toutes les trois émerveillées comme des enfants entrant dans le repaire du Père Noël ! J'avais expliqué à ce vendeur bienveillant que je réalisais mon rêve, celui de m'offrir des Louboutins pour mes 50 ans. Me sentant à l'aise dans cet espace cocooning, je lui avais même confié que je sortais de soins pour un cancer du sein et que cela doublait mon plaisir d'être là ! Il avait eu cette phrase adorable :

— *Alors Madame, allons-y ! Prenons tout notre temps et savourez ce moment !*

Il était allé chercher en réserve plus d'une dizaine de boites d'escarpins, les bleus marine repérés mais aussi des noirs vernis, avec différentes découpes et hauteurs de talons pour voir comment je marchais avec. Habituellement, j'étais plus souvent chaussée en ballerines, en baskets ou en bottines à peine élevées. Il nous expliquait chaque origine des noms donnés aux escarpins et nous détaillait chacune des inspirations de monsieur Christian Louboutin. Sincèrement, j'aurais pu tous les acheter, mais mon budget n'était fixé qu'à une seule paire ! Que ce moment était féérique… Mes cousines et moi étions aux anges : elles de partager ce moment avec moi et moi d'être là avec elles pour concrétiser ce rêve utopique dans la plus belle boutique qu'il soit, entourées des plus belles chaussures du monde ! Nous en étions émues aux larmes tout en riant de plaisir ! J'aurais tellement souhaité que ma fille soit présente pour vivre ce moment avec elle, mais son planning très chargé d'étudiante en pharmacie n'avait pas permis qu'elle m'accompagne à Paris. Néanmoins, je l'inondais de photos et de messages pour la faire participer à distance, comme à mes tantes ! Nous étions toutes les trois confortablement installées sur les banquettes recouvertes de velours rouge, personne d'autre que nous et ce jeune Paul attentionné et professionnel ! Mes cousines filmaient les essayages, prenaient en photo chaque pose devant l'immense miroir du salon privé, me regardant me déplacer sur le sol moquetté rouge de cet écrin. Petit à petit, nous augmentions la dimension des talons, conseillée par Paul, pour atteindre les 85 mm ! La cambrure du pied obtenue par cette hauteur d'escarpins était sincèrement magnifique ! Il était allé chercher d'autres paires en velours de cuir noir, il m'avait offert la possibilité d'essayer d'autres modèles ouverts sur le devant, de couleurs vives ou à strass ! Il était à mes petits soins, j'étais choyée ! Quel plaisir ! Tant de bonheur ressenti grâce à ce jeune vendeur en m'accordant autant de temps, en me faisant découvrir et essayer autant de paires, toutes plus belles les unes des autres. Je crois que nous y sommes restées plus d'une heure trente avant de finaliser le choix de la paire de chaussures. Sans surprise, j'étais repartie avec la paire d'escarpins « Kate » en cuir de veau vernis noir, hissée sur un talon fin de 85 mm ! Ce modèle était, selon moi, le plus iconique de la maison Louboutin, à la fois sobre et ultra sophistiqué, d'une élégance absolue ! Je venais de cocher une nouvelle case dans ma liste de vœux et je n'en étais pas peu fière ! Nous nous étions remerciées les unes et les autres, se serrant dans le bras, d'avoir vécu ce moment inoubliable ensemble, comme un instant inouï et fantastique suspendu dans le temps. Je remerciais par téléphone Joseph d'avoir tant insisté pour que je concrétise ce rêve et mes cousines d'avoir pris tout ce temps pour partager ce moment de souvenirs et de gratitude.

Je crois qu'il est très important, à tout âge et quel que soit notre mode de vie, de continuer à entretenir nos rêves, d'espérer les concrétiser parce qu'ils réveillent la magie qui est en nous, parfois enfouie, étouffée ou éteinte par une somme de contraintes sociales infligées par la vie que nous menons. Après avoir traversé cette épreuve, il n'y avait rien de plus stimulant que d'avoir des rêves à réaliser encore et encore ! C'était thérapeutique, car ils me gardaient vivante dans une démarche positive, m'aidant à me projeter à nouveau dans un futur et à aller de l'avant. En tout cas, c'est ainsi que je voyais les choses. Il y a une très belle phrase dans le roman *L'alchimiste* de Paulo Coelho, où celui-ci fait dire à Santiago, son jeune berger andalou :

— *C'est justement la possibilité de réaliser un rêve qui rend la vie intéressante.*

J'étais totalement en accord avec lui ! Croire en mes rêves signifiait pour moi, à plus forte raison maintenant, être capable de me recentrer sur les éléments positifs de ma vie et savoir porter mon attention sur ce que je voulais vraiment. Nous avons tous et toutes en nous le pouvoir de transformer notre réalité en nous focalisant sur les choses positives plutôt que sur les négatives. C'est un choix à faire, une question de volonté aussi. J'étais déjà dans cet état d'esprit avant la maladie et je le répétais assez souvent à mes enfants et à mon mari. Ce sentiment et ce mode de pensée sont exacerbés aujourd'hui. Il est primordial de concentrer ses efforts sur ce qui nous fait du bien et de laisser de côté toutes les pensées et les émotions négatives qui ne nous servent pas, si ce n'est qu'à nous abîmer inutilement. C'est la meilleure manière d'améliorer notre bien-être émotionnel mais pas seulement, c'est, de mon humble avis, le meilleur moyen de vivre plus heureuse et épanouie. Je reste foncièrement convaincue que nous sommes les créateurs de notre propre réalité en prenant des décisions réfléchies et en agissant de manière responsable, allant jusqu'à vouloir réaliser nos rêves, même les plus fous. Lorsque j'étais adolescente, ma devise était « *qui ne tente rien, n'a rien* ». Au fil du temps, même si parfois, je m'étais perdue en chemin, je suis restée fidèle à cet adage et il m'a plutôt bien réussi, jusque-là. Certaines mauvaises langues familiales me parleront de « chance », lancée comme un reproche teinté d'une vilaine jalousie. Mais il n'en est rien ! Je parlerai plutôt de détermination. J'ai toujours su ce que je voulais et je n'ai jamais faibli dans ma volonté de l'obtenir, peu importe le temps et les efforts à fournir pour y arriver. La volonté est une grande force, quels que soient les domaines dans lesquels nous l'appliquons. Réaliser mes rêves à différents moments de ma vie a été le résultat de tant d'efforts et de sacrifices fournis, créant une énergie positive en moi pour me mener vers la réussite de l'objectif à atteindre ou la concrétisation d'un souhait chèrement désiré. Rien à voir avec de la chance !

D'autres rêves restaient en attente sur ma wishlist, sans pour autant avoir défini un timing précis pour les réaliser. Certains resteraient probablement à l'état d'utopie mais qu'importe, ils étaient logés au chaud, confortablement installés dans un coin de mon esprit. Tout était de l'ordre du possible. Pour en citer quelques-uns dans le désordre, il y avait ceux plutôt artistiques, comme d'apprendre à jouer de la guitare électrique à partir de cinquante ans, prendre des cours de chant, fouler un jour les marches et le tapis rouge du Festival de Cannes, sans savoir pour quelle occasion ! Puis ceux plutôt nomades comme d'aller en Finlande admirer les aurores boréales, certaine de pleurer d'émotions en les voyant, me rendre avec mes (grands) enfants et mon mari au « Village du Père Noël » à Rovaniemi pour y rencontrer le Père Noël, traverser le magique

Cercle Polaire, visiter d'autres régions du monde comme l'Écosse, l'Irlande, aller à Rome… Ma liste de souhaits à accomplir pouvait s'enrichir régulièrement, se moduler, certains étant de très vieux rêves, d'autres venant se rajouter. Elle était non exhaustive…

Chapitre 40 - Être dans l'affliction

La phase de reconstruction et de quête de sens vis-à-vis de la maladie était, me semblait-il, sur le bon chemin. Je m'entourais de personnes et d'activités qui m'aidaient à me ressourcer et à retrouver de la force. J'acceptais tout ce qui participait à me faire aller mieux physiquement et psychologiquement. Je devenais clairement actrice de mon parcours de soins, sous hormonothérapie principalement. On ne traverse pas de tels bouleversements brutaux de vie sans se poser de questions, c'est impossible. La traversée du cancer, étape par étape, entrainait inévitablement des changements majeurs. Ce que je voulais considérer comme une parenthèse dans ma vie avait toutefois bouleversé tous les domaines de celle-ci, que ce soit personnellement, professionnellement, amicalement, familialement. J'étais forcément amenée à voir les choses autrement. La succession des vagues émotionnelles et son nombre de répétitions liées aux visites, aux contrôles, aux examens, aux résultats à attendre, aux effets secondaires, etc. faisait qu'il m'avait été parfois difficile d'avancer sans courber l'échine. Là était toute ma quête de sens, essentielle pour en avoir une image plus positive, pour me reconstruire avec ce qu'il s'était passé, en osant regarder droit devant et me tourner vers l'avenir. Mais attention, pas vers un horizon lointain, de cela, je n'en étais pas capable, mais plutôt vers un futur à court terme : quelques semaines… L'épreuve du cancer avait considérablement réduit l'échelle du temps, en tout cas de mon point de vue, ne m'autorisant pas à me projeter sur un an ou davantage. Tous ces longs mois de convalescence accordés et recommandés par les équipes médicales afin de me reposer pour reprendre des forces physiquement et moralement étaient bénéfiques. Ce n'était pas moi qui avais décidé de m'arrêter autant de temps, mais les médecins spécialistes qui me suivaient durant cette période de traitements, le médecin expert agrée Éducation Nationale qui avait validé les avis des médecins spécialistes, le comité médical qui avait statué en commission sur mon dossier à chaque demande de renouvellement, la psychiatre qui me suivait régulièrement en consultations dans le cadre du suivi de mon cancer et l'équipe de médecins généralistes qui assurait mon suivi. Toute une équipe médicale compétente et active autour de moi, dont les avis convergeaient vers une décision commune : me donner du temps. D'un point de vue purement administratif, mon congé longue maladie, au bout d'un an effectif, avait basculé vers un congé longue durée. Ces dispositions ne m'étaient pas octroyées par « chance », comme cela avait pu m'être jeté à la figure de façon déplaisante, encore une fois… Le CLD n'est accordé que dans cinq cas précis de maladies graves dont le cancer fait partie. De plus, il est soumis à l'avis du

Conseil médical qui instruit le dossier en commission. Mais encore, fallait-il que ces personnes médisantes aient admis que ma maladie était grave, pour être en capacité ensuite de comprendre que cette interruption de travail, sur aussi une longue période, m'était nécessaire. Étant fonctionnaire de la fonction publique, l'administration m'avait accordé chacune des prolongations de droit et parce que j'en avais besoin, non pour me faire plaisir ou par chance ! Par conséquent, cela n'avait rien d'un cadeau !
Il nous aura fallu en supporter des mauvais, voire terribles moments les deux années qui avaient suivi mon diagnostic. La famille n'avait pas été épargnée. Après les deux décès, il avait fallu faire face à la découverte d'un cancer du sein pour une de mes tantes, à seulement un an d'intervalle du mien. Premier coup de massue… Puis, près de six mois encore après, le diagnostic pour mon autre tante, elle aussi atteinte d'un cancer du sein ! Bis repetita… Nous étions tous anéantis par la succession de ce mal dans la famille maternelle, mais nous restions néanmoins unis, plus que jamais, pour faire front tous ensemble, réunis autour d'elles cette fois-ci, à l'exception du trio évidemment… La situation était étrange, car elles avaient été toutes les deux tellement présentes pour moi, chaque jour que Dieu avait fait, fortes dans leur soutien de chaque instant. Et voilà que maintenant, c'était à elles de combattre cette même merde ! Comme si le cancer du sein devenait une histoire de famille presque banale et pourtant cela ne l'était absolument pas ! Le ressenti était particulièrement douloureux, déconcertant et invraisemblable ! Je ne sais comment le formuler explicitement et cela n'a certainement aucun sens, puisque le cancer ne se donne pas, ne s'attrape pas et ne se développe pas parce que vous y pensez ! Mais c'était comme si mes deux tantes l'avaient inconsciemment développé pour être davantage dans le partage de ce mal avec moi. Une espèce de solidarité inconsciente, je ne sais pas… Nous avions été vraiment fusionnelles, elles et ma cousine, constantes dans la permanence de leurs messages encourageants journaliers. Je savais qu'elles avaient été émotionnellement affectées par ce qui m'arrivait à 48 ans passés, que l'annonce de mon cancer, puis du second, avait déclenché beaucoup d'émotions dans mon entourage, à quelques exceptions… J'avais toujours abordé avec elles un langage de vérité sur le sujet. L'annoncer et le partager avaient été un moment forcément empreint d'émotions, que j'avais essayé d'anticiper au mieux en tenant compte des caractères, de la solidité de chacun pour l'encaisser et en respectant les réactions en retour, pour autant qu'elles fussent saines et respectueuses. Leurs diagnostics respectifs avaient été brutaux ! De les voir toutes les deux, face à ce combat à mener, nous avait profondément bouleversés. Nous recommencions tout le processus mais avec chacune d'elles. C'était sur-

réaliste … Alors que j'étais encore dans les soins, la situation s'était inversée : je devenais leur soutien, leur confidente, leur alliée dans l'épreuve, la référente « cancer », ce dont je me serais passée. Je tenais à être aussi présente qu'elles l'avaient été pour moi. Pour autant, je refusais d'être le coach « spécial cancer ». Je n'en avais pas la force, cela ne m'aidait pas moralement, en tout cas pas les premiers temps qui ont suivi leur annonce de diagnostic. Je comprenais que le fait de l'avoir eu avant elle et la façon dont je l'avais abordé ouvertement jouait un « *rôle bénéfique* » selon leurs propres mots. Elles m'avaient confié qu'elles auraient aimé en parler avec ma mère, leur grande sœur, mais celle-ci n'était pas dans une écoute bienveillante, toujours empêtrée dans cette espèce de concours « du plus grave ». Et puis maman préférait se concentrer sur sa récupération en se préservant de toute agitation, mon père et Javotte la poussant dans ce sens. Nous en revenions toujours au même constat : l'absence de soutien. Pourquoi pas… Mais alors, dans le silence, en s'abstenant de tout commentaire désobligeant. Et de cela, ils en étaient tous les trois incapables.

Ma mère n'ayant pas su être présente et réconfortante pour ses sœurs, c'était naturellement vers moi que mes tantes s'étaient tournées. C'est ainsi qu'elles m'avaient sollicitée à maintes reprises pour se rassurer de tels ou tels examens, de tels ressentis, tels sentiments, douleurs, etc. Je les préparais du mieux que je pouvais à ce qu'elles allaient potentiellement traverser, bien qu'il faille garder en mémoire que chaque cancer était une épreuve différente pour chaque malade. Je le leur répétais à chaque discussion, insistant sur le fait que je n'étais qu'une malade parmi d'autres, non une spécialiste en la matière. Encore moins un médecin oncologue. Donc tout conseil de ma part ne pouvait être que subjectif, à partir de mon vécu. De leurs propres aveux, elles me confiaient que d'avoir été très proches de moi pendant ma maladie, cela leur permettait chacune d'être, selon les circonstances, un peu moins angoissée. Malades, elles venaient de changer de statut, passant de taties supportrices à « sœurs de combat ». Le cancer les avait touchées de plein fouet, à quelques mois d'intervalle du mien, mais cela devait, malgré tout, rester leurs histoires personnelles. Combien de fois elles m'avaient assurée être impressionnées par mon courage et voulant s'en inspirer. Je n'avais pas eu le choix tout simplement ! Écouter et partager mon expérience leur permettaient maintenant de choisir et de construire leur propre chemin thérapeutique en fonction de leur personnalité, des diagnostics et des traitements à venir. Nous étions maintenant toutes les trois sur le même chemin vers la rémission, tous ces enchaînements de cancer du sein avaient eu un impact indéniable. Encore une fois, le centre de gravité familial et toute l'attention étaient en train de se réorganiser. Après avoir été focalisé sur moi à un moment

crucial, il venait de se déplacer sur elles, pour les mêmes raisons. Nous savions que nous étions et resterions fortes et soudées dans l'adversité comme dans les moments de plaisir, ensemble, toujours. Inévitablement, cela avait davantage renforcé nos liens d'affection, déjà naturellement très développés. La fin de l'été 2021 touchait à sa fin, je me préparais à effectuer une réintégration dans mes fonctions de directrice d'école et d'enseignante, à mi-temps thérapeutique à 50 %. Celle-ci était prévue pour la fin du mois de novembre 2021. Tout semblait bien s'organiser…
Fin août 2021, alors que je consultais mon médecin généraliste pour des raisons administratives, j'en avais profité, comme à chaque fois, de lui demander de palper mes seins. Cela me rassurait, même si j'avais été à l'origine de la découverte de ma tumeur par autopalpation. C'est alors que la tête de mon médecin avait changé, insistant sur une petite zone sur l'autre sein, le droit. Après auscultation, elle m'avait dit le plus simplement possible qu'elle sentait un petit nodule de la taille d'un grain de riz qu'il était bon de vérifier. Une vague déferlante venait de s'abattre sur moi sans crier gare, me replongeant littéralement dans un état de sidération totale ! Plus aucun mouvement ou pensée n'était possible ! Je ne pouvais pas revivre cette épreuve, c'était injuste. Pourquoi cet acharnement !? Un autre cancer ? Encore et encore ? Mon médecin me parlait lentement et calmement. Je la voyais me fixer, plongeant son regard dans le mien pour capter mon attention, mais je n'étais plus dans mon corps, je ne voulais plus rien entendre. Je comprenais qu'elle demandait des examens complémentaires « tout simplement » parce qu'elle n'avait pas tous les éléments pour poser un diagnostic. Comment ne pas m'alarmer… Le retour en arrière était brutal et la charge émotionnelle violente. Je savais que j'allais retomber dans un rythme anxiogène : prendre un rendez-vous urgemment, me rendre à l'ICM à nouveau, patienter dans les salles d'attente avec d'autres malades, passer les examens, attendre les comptes-rendus… Toutes ces étapes obligatoires tellement angoissantes, tout ce stress énergivore à revivre ! Immédiatement après l'état de choc, ma première pensée avait été pour mes enfants et mon mari. Je craignais de les angoisser « pour rien », il était de mon devoir de les protéger le plus longtemps possible. Je choisissais alors de ne rien leur dire, à aucun des trois, à personne d'ailleurs. Je me conditionnais mentalement pour attendre seule d'aller passer les examens de contrôle et espérer des résultats rassurants. En tout cas, je le voulais ainsi, mais en aurais-je la force ? Rien n'était moins sûr. Une chose était certaine : je n'étais pas prête pour supporter un autre cancer, quelle que soit la partie de mon corps. En sortant du cabinet médical, je pleurais à m'en couper le souffle. Mon cœur battait rapidement, ma respiration était sac-

cadée, ressentant carrément une sensation d'étouffement. Les pensées de mort refaisaient surface. Je restais assise, prostrée dans ma voiture une bonne vingtaine de minutes, pulvérisée par la situation, avec mille pensées à la seconde. La seule personne que j'avais contactée en sortant ce soir-là du cabinet médical avait été ma collègue qui assurait mon intérim de direction, en attendant ma reprise en novembre. Je lui avais laissé un audio, entrecoupé de gros sanglots, lui expliquant la situation inattendue et extrêmement perturbante à laquelle je me retrouvais confrontée. Je préférais l'informer qu'il était possible que je sois obligée de retarder ma reprise professionnelle pour les raisons évoquées. Elle m'avait immédiatement répondu avec attention et empathie. J'avais attendu de retrouver un peu de calme pour rentrer à mon domicile. De retour à la maison, j'avais figé sur mon visage un masque « zéro expression » : rien ne devait transparaître. C'est ainsi que j'étais restée mutique durant plus d'une semaine, sans rien dire à personne. Je ne sais pas où j'avais puisé la force de ne rien partager, de me comporter comme si tout était normal. Je crois que c'est dans l'amour des miens que j'avais trouvé les ressources nécessaires. Je m'étais mise en mode automatique en me préparant à tout cela mentalement tout en mettant de côté, pour un temps seulement, mes émotions. Il avait été nécessaire d'avancer mon rendez-vous de fin décembre à septembre afin de contrôler ce « grain de riz » dans le sein droit. S'il m'était plus facile de le dissimuler aux enfants, je ne voyais pas comment je pouvais le cacher davantage à Joseph. Lors d'une fin de journée, j'avais respiré un grand coup, rentrant dans son bureau à la maison où il travaillait au calme. Je lui avais demandé si je pouvais l'interrompre quelques instants pour lui faire part de quelque chose d'important. Se retournant vers moi, il avait blêmi instantanément, tout dans son langage corporel, et son changement immédiat d'expression sur son visage me confortait dans ma décision de ne pas lui avoir révélé plus tôt ce qu'il en était. Je l'avais épargné quelques jours seulement mais c'était toujours ça de pris. Personne n'aurait été en mesure de me rassurer ou de me soulager, alors autant préserver mon noyau familial du mieux que je pouvais. Il n'y avait aucune gloire à cela, ce n'était qu'un constat. Joseph avait mal pris la chose, me reprochant de le lui avoir caché, pensant qu'il n'était pas assez fort peut-être pour l'entendre ?! Mais il avait fini par comprendre ma démarche. Je subissais comme lui les évènements. Le jour J était arrivé, comme un air de déjà-vu… Nous nous étions rendus tous les deux à l'ICM effectuer les contrôles mammographiques et échographiques avancés pour l'occasion. Il n'était pas question d'attendre fin décembre pour avoir un diagnostic, qu'il soit bon ou mauvais. Le trajet s'était déroulé dans un silence monacal, chacun absorbé par ses pensées, incrédule et espérant secrètement que cela ne soit qu'une fausse alerte. Je me demandais en mon for intérieur quelle était la probabilité pour que je développe un autre cancer ?! Certes, ce sein était au départ celui que les médecins suivaient de près à cause des micros calcifications et depuis la macro biopsie de 2014. Mais je refusais catégoriquement cette éventualité. Je ressentais une profonde colère contre moi ! Il ne fallait pas se réjouir trop vite dès qu'une accalmie se présentait, car le cancer savait se rappeler à moi d'une manière ou d'une autre ! Foutu cancer ! Je n'avais pas été suffisamment humble face à LUI ! Nous étions suspendus aux lèvres du médecin radiologue, un des plus réputés de l'ICM en termes de lecture, de mammographie et d'examens échographiques… J'étais en apnée dans la salle d'examen, plongée dans une semi obscurité. Joseph n'avait pas pu rentrer dans le bâtiment, précautions sanitaires obligent en lien avec la pandémie. Lui était suspendu à son téléphone dans l'attente de recevoir mon message et le diagnostic, en arpentant le parking. Et la réponse était arrivée : le médecin radiologue, Dr L., ne voyait rien qui ressemble de près ou de loin à un nodule suspect. Il s'était montré extraordinairement rassurant. La chape de plomb s'était levée aussi rapidement que ce qu'elle était tombée quelques semaines auparavant. Je pouvais reprendre ma respiration, reprendre ma vie là où je l'avais laissée en suspens, reprendre confiance. Dès ma sortie de la salle d'examens, j'avais envoyé un SMS à Joseph qui ne cachait pas sa joie à la lecture de celui-ci. Tout cela me confortait dans mon désir de vivre pleinement dans l'ici et maintenant, réalisant que la vie ne se produisait uniquement dans l'instant présent. Forte de ces expériences éprouvantes, je devais prendre le temps maintenant d'apprécier pleinement chaque moment de notre vie, de savourer toutes les expériences simples qui se présenteraient chaque jour à moi, à nous. Ne plus me laisser distraire par des évènements insignifiants, aller à l'essentiel, partager des moments simples avec les gens que j'aimais, tout était là. Je savais aussi que j'avais la force nécessaire pour reprendre le dessus sur les épreuves endurées, que j'étais capable maintenant de lâcher prise plus facilement. Je souhaitais profiter de ce qui était bon pour moi en toute simplicité.

Chapitre 41 - Et maintenant…

Trois ans se sont écoulés depuis ce 5 février 2020. C'est la première fois cette année que je n'y ai pas pensé ! Je m'en suis faite la remarque quelques jours après, surprise et heureuse de constater que finalement cette date, que je pensais marquée au fer rouge dans ma chair et mon âme, n'avait pas fait une entrée fracassante dans mon esprit ce 5 février 2023. Je me dis que c'est bon signe et que je dois être sur la bonne voie. J'ai repris mes fonctions de directrice d'école en octobre 2022, en mi-temps thérapeutique à 50 %, ce qui m'a permis de me remettre le pied à l'étrier tout en douceur et de retrouver mes marques après presque trois années d'arrêt. C'est seulement à la prochaine rentrée scolaire de 2023/2024 que je retrouverai mes fonctions à 100 % de directrice d'école et d'enseignante, et ce, avec plaisir. J'ai repris mon existence en main : je mange sainement comme je l'ai toujours fait, je fais du sport trois à quatre fois par semaine en salle, malgré les douleurs et la fatigue omniprésentes. Même si je râle parfois, j'apprécie de me réveiller tôt pour aller travailler, retrouver mes élèves et mes nouvelles collègues. Je partage de merveilleux moments avec mon mari, nos enfants, nos familles respectives et nos amis. Je prends du temps pour moi et pour les autres avec encore plus de force. La vie reprend ses droits petit à petit.

Grâce à ce formidable voyage introspectif, je contemple aujourd'hui mon paysage intérieur avec gratitude et apaisement. Ce fût long mais j'ai atteint de nouveaux rivages. Le travail personnel effectué participe aujourd'hui à mon bonheur. Guérir profondément, guérir physiquement des chirurgies et des traitements, guérir émotionnellement des séquelles psychologiques du cancer est un long processus dans lequel je suis engagée courageusement, même si c'était éprouvant. J'emploie le verbe « guérir », mais je ne dois pas oublier qu'on ne peut pas parler de guérison, les médecins ne le font pas. Rémission est le bon lexique, pourtant peut-on se « remettre » d'une telle épreuve totalement ? Je ne crois pas. Ce n'est pas une petite égratignure qui se referme, c'est une épreuve qui est à jamais inscrite en moi et avec laquelle j'apprends à vivre. Je ne le vois plus comme une terrible épée de Damoclès au-dessus de ma tête mais plutôt comme une ombre, faisant partie de moi pour toujours avec laquelle je vis. Quand le cancer s'est invité dans ma vie, je n'ai pas voulu me laisser croquer par la maladie, même si elle m'a mise à terre. J'ai déployé jour après jour, soutenue par l'amour des miens, une force et une énergie de vie pour avancer. C'est pourquoi j'ai eu envie de partager mon expérience. Je ne voulais pas rester coincée dans mon histoire. J'ai tout fait pour sortir de ma zone de confort qui n'était d'ailleurs pas si confortable que cela, en acceptant les challenges et les confrontations et en fournissant un certain effort. Mais ce n'est pas tout, il m'a fallu croire : croire que c'était possible, croire en la vigueur de la vie, croire en la force de mon corps et de mon âme, croire en la force de l'Amour qui m'était donné par Joseph, par nos enfants, par notre entourage familial et amical. Je sais que je suis une personne résiliente, cela m'a permis de résister aux chocs que la vie m'a lancés. Alors bien sur des êtres dégueulasses, pardon du terme, diront que j'ai eu de la *chance* d'avoir eu *un petit cancer qui se soigne bien* et que c'est *facile* pour moi de l'avoir géré ainsi. Il n'empêche que je l'ai eu, et même deux fois. Peut-être aurais-je vécu l'épreuve différemment si le pronostic de mon cancer avait été autre, c'est probable, mais ce n'est pas ce qu'il s'est produit. Il ne sert à rien d'imaginer un autre scénario, celui-ci était suffisamment intense à vivre de mon point de vue. Joseph a eu cette jolie phrase, il y a quelque temps :

— *De la façon dont tu as géré ton cancer, tu en as mouché plus d'un dans notre entourage !*

Sincèrement, je ne me suis pas rendu compte d'avoir été autant courageuse, ne me plaignant quasiment jamais, il est vrai. Je n'ai pas eu cette conscience d'avoir donné autant de force à mon entourage, pour m'en redonner en retour. Ma tante Solange m'avait émue aux larmes quand lors d'une de nos nombreuses discussions, alors que je la remerciais chaleureusement de m'avoir donné autant d'amour et un soutien indéfectible chaque jour, comme d'autres membres de la famille, elle m'avait répondu ceci :

— *C'est nous qui te remercions, mon Ange, de nous avoir donné autant de force pour affronter ta maladie…*

À partir du moment où j'ai pris la décision d'agir le plus positivement possible, je ne me suis plus posée de questions. J'ai avancé. Je n'avais pas le choix et j'ai fait au mieux, c'est aussi simple que cela. J'aurai tout entendu durant cette longue période oppressante. Le cancer est un choc quand on reçoit l'annonce du diagnostic, tant sur le plan physique que psychologique, parce que l'autre mot qui est immédiatement associé est celui de mort. Tout ceci aura eu des répercussions sur ma vie personnelle, sociale et professionnelle. Je suis contente que cette sombre période s'éloigne de moi chaque jour un peu plus, en espérant ne plus la revivre. J'entrevois la lumière étincelante au bout du tunnel, je m'en rapproche positivement. Je me sens plus sereine, n'ayant eu d'autres fausses alertes, même si je sais ne pas être forcément à l'abri d'une mauvaise nouvelle lors d'un de mes prochains contrôles annuels. Mais je me dis que j'y ferai face s'il le faut, une fois encore. De toute façon, quelle autre possibilité aurai-je si cela arrivait à nouveau ? Si je fais le bilan à ce jour, je souffre toujours autant de fatigue, un des symptômes les plus fréquents et reconnus médicalement avec l'hormonothérapie, mais je compose avec. Je ne m'en plains pas et j'adapte ma vie en fonction. Je ressens encore des douleurs dans le sein doublement opéré, y compris lorsque j'effectue certains mouvements avec mon bras et dormir à plat ventre relève d'une gestion complexe d'oreillers souples, petits et nécessaires à cette position. Ces douleurs sont devenues avec le temps chroniques mais restent supportables. Néanmoins, elles existent, je ne peux pas les ignorer. Je m'en accommode sans broncher : je suis vivante ! Les troubles de l'attention et de la mémoire font et feront partie de mon quotidien aussi longtemps que je prendrais mon traitement d'hormonothérapie. Ce n'est pas irréversible, je le sais, cela m'a été expliqué maintes fois, je l'accepte et je prends mon mal en patience, mettant en place des stratégies pour ne pas me retrouver gênée dans ma vie quotidienne et surtout professionnelle. Au fil du temps, j'ai clairement ressenti que mes peurs de récidive s'atténuaient, causant moins d'inquiétude. Tout n'est pas toujours rose, car il arrive parfois que des événements particuliers me rendent anxieuse. Parmi ces rappels aux mauvais souvenirs, il y a toutes les visites de suivi à l'ICM. Les dates ont également leur importance, comme celles où j'ai reçu mon diagnostic ou celles des chirurgies, en particulier la deuxième. Je ne peux pas les dissocier, même si je n'en souffre plus aujourd'hui. Et puis il y a les nombreuses indélicatesses de la part de proches ou simples connaissances qui m'informent, avec une sorte de voyeurisme malsain, que telle ou telle personne que je ne connais pas, souffre d'un cancer ou pire qui m'annonce de façon anodine la mort de quelqu'un atteint d'un cancer. Comme si j'appartenais à une sorte d'association : « Le cercle des Cancéreux » ! C'est une chose de connaître quelqu'un qui est atteint, cela en est une autre de le vivre dans sa chair… Je ne commente jamais ces informations-là, ni n'en fais le reproche à ces personnes qui manquent totalement de tact. Ils me consternent. Néanmoins, il me faut apprendre à gérer émotionnellement toutes ces attitudes. Lors de mes derniers examens mammographiques et échographiques de décembre 2022, l'échange avec le Dr D. a été constructif et rassurant. Elle m'a dit quelque chose que je n'avais pas été en capacité d'entendre précédemment. Je venais de lui faire part de mon angoisse vis-à-vis d'une récidive éventuelle, car statistiquement, elle peut se produire dans les deux ans et demi à trois ans après la maladie diagnostiquée. Or, j'étais dans cet espace de temps. Elle m'a expliqué que mon cancer avait un taux de récidive inférieur à 5 % et que le pronostic était encourageant, dès le début. Voilà le genre de phrase qui fait chaud au cœur et apporte un peu d'apaisement, comblant ainsi mon besoin de réassurance. Je me rappelle l'avoir dit à ma fille dès le retour à la maison et d'avoir envoyé un message à mon fils, pour partager avec eux cette excellente nouvelle. Il fallait qu'eux aussi retrouvent de l'apaisement, même s'ils en parlaient peu. Ils devaient également être receveurs de compte rendu médical rassurant. Je suis à la moitié du parcours des cinq ans de traitement par hormonothérapie, qui fait consciencieusement son travail : puissant, anti-récidive et anti-métastases. Ce n'est pas un anodin petit bonbon à la menthe que je prends tous les matins, loin de là ! Le point négatif reste l'épaississement de l'endomètre qui se confirme d'une visite à l'autre et amène à une vigilance accrue, des examens complémentaires stressants et des prélèvements à analyser. Le Dr D. nous a aussi clairement expliqué que ce traitement, pris quotidiennement, est particulièrement efficace bien au-delà des cinq ans de prise, à condition qu'il soit absorbé en continu durant les cinq années préconisées. Malgré les nombreux effets secondaires hautement surveillés, je ne peux pas l'arrêter. Je m'adapte aux recommandations et aux décisions des médecins spécialisés qui me suivent à l'ICM. Je tiens le bon bout, je ne veux pas renoncer maintenant… Bien qu'étant consciente de l'avancée positive de mon état sur le chemin de la rémission, je n'aime pas me réjouir. J'ai perdu cette capacité de projection euphorique sur le long terme. Pour dire les choses plus simplement : à l'instant T, je suis heureuse et satisfaite de l'état de santé dans lequel je me trouve. Point. J'apprécie les discussions, les comptes-rendus des médecins, oncologues, radiologues, gynécologues qui me suivent. Je maintiens mon attention dans l'expérience de l'instant. Chaque jour qui passe me rend un peu plus confiante et consciente que le cancer fait partie d'un temps révolu, me répétant tous les matins que je veux vivre le reste de ma vie sans lui. J'ai compris que les blessures de mon passé m'avaient longtemps empêchée d'être moi-même et que cela avait crée des blocages en moi. Je me sens enfin libre d'être qui je suis, d'être tout ce que je suis. Je m'autorise aujourd'hui à vivre pleinement, telle que je suis ! Il m'aura fallu près d'un demi-siècle, plusieurs agressions sur mon lieu de travail et surtout le cancer pour reconnaitre, accepter mes fêlures et déchirures intérieures et guérir de mes blessures en faisant ce voyage intérieur. J'ai pris ma place, enfin…

Pour ce qui est du pardon envers certaines personnes, je ne suis pas en mesure de le leur accorder pour ce qui m'a été dit, fait, ni pour leur cruelle absence durant cette terrible épreuve. Je n'ai plus cet esprit de générosité et de sacrifice qui me caractérisait les concernant. Repenser à tout cela me donne toujours autant la nausée, même trois ans après. Leurs comportements ont affaibli nos relations, pour ne pas dire détruit. La perte de notre lien familial est intervenue parce que notre relation était tellement endommagée par leurs faits et gestes que la rupture était la seule issue possible. La plupart de leurs agissements et paroles restent inexcusables, m'obligeant à reconsidérer notre engagement relationnel. Il y a eu des manquements de leur part concernant la confiance, la loyauté, l'affection et l'entraide qui ont amené à un incroyable dysfonctionnement et à un nécessaire éloignement dont ils sont entièrement responsables. Dans un milieu familial sain, il est toujours possible de tolérer, d'accepter et de faire confiance aux différences de chacun. Chacun de nous possède ses problèmes, ses traumatismes et ses défis, mais rien ne les autorisait à me faire autant de mal alors que le cancer me frappait. Aujourd'hui, j'ai imposé une limite que j'estime saine. Je l'ai indiquée en ne rentrant pas dans une confrontation douloureuse, comme par le passé, même si évidemment cela les a contrariés. Je ne suis plus l'enfant vulnérable que j'ai pu être, je ne tombe plus dans le piège ni dans les vieux schémas. La révélation s'est faite avec la maladie. Je fais les choses différemment. Le changement que j'ai amorcé se veut durable. J'ai essayé de passer outre tout ce que j'avais entendu et vécu mais même après y avoir longuement réfléchi, travaillé lors d'entretiens avec le Dr O.M., même après avoir analysé et accepté nos personnalités radicalement opposées, nos différentes perceptions existentielles et capacités relationnelles contraires, rien, absolument RIEN ne justifie ce qu'ils m'ont fait. Je ne trouve pas d'excuses valables pour pardonner, ayant largement dépassé mes limites de tolérance. Il aura fallu près de huit mois de silence avant de recevoir une manifestation concrète de ma mère. Il était primordial pour moi que ce soit elle qui fasse la démarche de venir à mon domicile pour que nous discutions toutes les deux en toute tranquillité. J'estimais que c'était à elle de faire le premier pas, moi j'avais déjà tout donné pour elle... Elle était la seule pour qui je pouvais éprouver un peu d'indulgence par rapport aux épreuves qu'elle-même avait vécues, mais je n'oubliais pas qu'elle n'avait pas hésité à me blesser profondément durant ces dernières années. Il avait fallu néanmoins qu'elle soit encouragée à maintes reprises par la famille pour prendre sa voiture et se décider à venir me voir. Certes, elle n'était pas responsable des agissements de mon père ni de Javotte, mais elle les avait largement cautionnés, sans parler de sa touche personnelle non négligeable. Nous avions convenu qu'elle vienne à la maison un après-midi, après sa sieste quotidienne. Elle souhaitait profiter de la présence de mon fils, présent quelques jours à notre domicile. Elle était arrivée avec près d'une heure de retard et sur l'heure et demie de présence, seulement trente minutes avaient pu être consacrées à notre conversation, celle entre une mère et sa fille. Javotte, fidèle à son habitude, avait appelé ma mère pour lui rappeler vivement qu'elle devait récupérer son enfant à l'école. J'étais ulcérée d'autant que j'avais prévenu ma sœur en amont que j'allais recevoir notre mère pour mettre à plat notre situation et essayer de trouver toutes les deux un mode de fonctionnement sain et pérenne, dans la mesure du possible. Mais Javotte adorait ça ! D'ailleurs, je l'avais entendue demander à ma mère qui avait toujours son téléphone réglé fortement :

— *Tout se passe bien chez Élodie ?*

Elle se prenait pour qui ? Évidemment que les choses se passaient en douceur, j'avais conscience que ma mère avait été, elle aussi, très malade... Nous avions été à l'essentiel, compte tenu du peu de temps que ma mère avait à consacrer à notre première rencontre après de nombreux mois sans se voir ou se parler... Notre bref échange, que je souhaitais constructif cet après-midi-là, nous appartenait. Javotte avait voulu savoir ce que nous nous étions dit, me téléphonant quelques jours après. Je l'avais remballée, lui spécifiant que cela ne la regardait pas... Ma mère lui aura plus certainement dit ce qu'il en était. Peu m'importe maintenant. Les liens familiaux avec mes parents et Javotte sont réduits au minimum, car ils ont dépassé ce qui est convenable et acceptable. Peut-être qu'avec le temps, cela s'améliorera, mais je n'en suis pas certaine... Je n'ai pas de contact avec mon père, comme par le passé d'ailleurs, sauf si je passe les voir, ce qui est peu fréquent. Je sais que je suis la seule à pouvoir faire en sorte que cela fonctionne entre nous quatre, car de leur côté, ils sont toujours dans le rejet de leur culpabilité. Pour ma part, je n'ai tout simplement plus envie de faire des efforts pour recevoir en retour méchanceté et jalousie. J'ai renoncé à ce désir de reconnaissance et de justice de leur part, en prenant conscience clairement que je ne pouvais pas changer la réalité de mes parents, celle de Javotte, ni celle de mon enfance passée. La paix intérieure, je l'ai trouvée sans passer par le pardon. Je ne souhaite de mal à personne. Je me suis débarrassée autant que possible de toute colère et de toute rancœur. Contrairement à ce qu'ils pensent et disent, je ne suis pas à l'origine de tout ce désastre familial. Ils auraient dû être attentifs aux mots employés en s'adressant à moi, leur fille, quel que soit mon âge, car ils m'ont blessée profondément. Dans le meilleur des cas, même si j'arrivais à leur pardonner un jour, je ne pourrais résolument jamais oublier. Et je ne peux ni l'un, ni l'autre... Aujourd'hui, je m'en suis détachée, comme cela me reliait et me ramenait immanquablement à mon cancer, je ne le voulais plus. Le passé ne peut pas être changé, il restera derrière moi, tel quel. Je ne vis pas dans le passé mais je ne suis pas pour autant amnésique. Une nouvelle organisation familiale s'est mise en place à mon rythme et selon mes conditions, c'est-à-dire ce que j'accepte et surtout ce que je n'accepte plus. J'entretiens des relations cordiales avec eux mais nous nous voyons peu. Je ne communique que sur des sujets ordinaires ou soulevant des questions banales, ne donnant que très peu d'informations sur ma vie. Mon cancer et tout ce qui allait avec, ne les ayant pas intéressés, par conséquent, je ne vois pas pourquoi le reste de ma vie maintenant les concernerait... Je ne suis pas à l'origine de leur isolement familial, ils en sont complètement responsables, qu'ils l'acceptent ou qu'ils le nient. Avec le temps, j'ai trouvé la force de garder une certaine loyauté vis-à-vis des liens familiaux qui m'unissent à eux. Mes parents sont âgés, ils restent mon père et ma mère, avec l'amour que je leur ai toujours porté, de même pour Javotte qui restera ma petite sœur. Mais cela s'arrête là. Maintenant, je me préserve de leurs conditionnements négatifs. Et puis je constate que si je ne les appelle pas ou si je ne leur envoie pas de SMS, les jours et les semaines passent sans qu'ils ne se manifestent. Je préfère passer du temps avec des personnes positives qui me font me sentir bien et inversement, sans aucun jugement, aucune jalousie exacerbée, aucune méchanceté manifestée. Il est reposant de partager de beaux moments avec des personnes qui me sont chères sans avoir à réfléchir à mes propos, sans censure, de crainte de recevoir des critiques systématiques ou de générer de la jalousie. Il est triste que les choses se soient déroulées ainsi, mais je n'y peux rien. Je ne veux rien garder de négatif ou de toxique dans mon cœur, dans mon esprit et dans mon corps. J'aspire à une vie sans drame en me préservant et en gardant une distance nécessaire. D'aussi loin que je me souvienne dans l'écriture de ce récit, chacune des expériences que j'ai vécues, bonnes et mauvaises, était nécessaire pour devenir la personne que je suis aujourd'hui. J'en suis convaincue. Je me suis servie de mon parcours pour en faire un récit positif malgré les évènements tragiques que nous avons dû affronter dans la famille. Il n'est pas question de faire pitié ni de blâmer quiconque. L'histoire, mon histoire, s'est écrite ainsi. Je ne renie rien, je ne regrette rien. J'espère simplement pouvoir transmettre de l'espérance. Selon la citation d'un célèbre sage, « *la vie est comme un arc-en-ciel, il faut du soleil et de la pluie pour en voir les couleurs* ». C'est exactement cela, c'est une incitation à aller de l'avant quels que soient les obstacles. Je prends toujours beaucoup de temps et même plus qu'avant encore, pour notre famille, pour nos amis parce qu'ils sont importants. Je gère les situations stressantes avec beaucoup plus de calme et de sagesse. Je pense que l'épreuve de la maladie m'aura considérablement transformée et permis de voir la vie sous un autre prisme. L'adversité aura exacerbé mes habitudes et attitudes optimistes et positives que je crois saines. De pratiquer régulièrement la méditation de pleine conscience, la gratitude, l'écoute d'affirmations positives m'aura apporté énormément de bien-être et de sérénité, me permettant de traverser des périodes qui me semblaient impossibles pour certaines à supporter. Toutes mes démarches liées à ma quête de paix intérieure et de sérénité auront convergé pour m'apporter ce calme. Je suis heureuse de ce fabuleux voyage intérieur qui m'aura pris plus de trois années. Je ne suis pas mieux ni pire qu'une autre personne. Je suis, comme n'importe quel autre individu, responsable de ma vie et à l'origine d'un changement possible : nous pouvons toujours mieux faire. Il n'y a aucune prétention ni aucun égoïsme de ma part, au contraire, je ressens beaucoup d'humilité face à la Vie. Avec le cancer, d'avoir eu l'opportunité et la capacité de changer, tenue par une attitude de persévérance, m'aura foncièrement aidée à me transcender lorsque les obstacles sur mon chemin me paraissaient insurmontables. Mon Everest, je l'ai gravi étape après étape, en restant focalisée sur mon objectif. La maladie m'a fait me rendre compte de l'interdépendance des actions et des liens qui nous unissent les uns avec les autres. Chaque action remarquable ou déplorable a un impact bon ou mauvais sur l'autre et sur le monde qui nous entoure. À nous de décider et d'agir en toute responsabilité... Par ce voyage enrichissant, j'ai appris que l'acceptation était un des mots clé, crucial pour avancer positivement. Accepter l'inévitable, faire face à la situation sans déni, comprendre que certains événements, comme la maladie, étaient hors de mon contrôle, m'aura permis d'accéder à une profonde métamorphose personnelle et à une paix intérieure que j'espère pérenne. Accepter la réalité de l'annonce de la maladie, cela n'implique pas la trouver juste ou de se résigner devant la tempête qui dévaste votre vie, au contraire ! C'est une première étape pour avancer vers du positif. Il m'aura fallu accepter toutes les émotions ressenties durant chacune des étapes, me menant alors vers une résilience plus profonde. Comprendre aussi que certains aspects de ma vie ne sont pas permanents. Cela me rappelle d'ailleurs, un conte perse plein de sagesse que mon fils m'avait envoyé, qui permet de percevoir l'impermanence des choses et qui dit en substance : « *ceci aussi passera* ». Tout ceci aura contribué à l'adaptation de nouvelles routines de vie pour améliorer la qualité de mon existence. J'ai choisi de voir le positif dans chaque situation, même si c'était parfois très douloureux ou que cela a pris du temps.

Je termine ce long récit avec émotion. Je suis heureuse d'avoir écrit tout ce temps et du plaisir éprouvé. Poser des mots aura été un processus d'évolution et d'apprentissage vital, mon ancrage intime pendant cette période accablante. Je garde un esprit ouvert au monde, prête à apprendre de nouvelles choses, à surmonter mes peurs et à dépasser les limites que je pensais avoir. Écrire tout au long de cette épreuve et longue marche vers la rémission n'a pas été tous les jours une sinécure. Revivre certains moments aura été douloureux mais nécessaire pour les dépasser. Écrire m'a aidé à ressentir une grande gratitude pour la vie et une paix intérieure. De tels bouleversements, sans compter les drames et les deuils qui nous ont touchés, m'ont fait réaliser de l'importance plus que jamais de donner et de recevoir de l'amour, de se réconcilier quand cela est possible, de ne pas perdre de temps futilement. Il m'aura fallu beaucoup de temps, de réflexion, d'intuition, de patience et de persévérance pour arriver à un lâcher-prise sur les situations qui ne me servaient à rien, à me libérer d'habitudes et de comportements, notamment intrafamiliaux, qui me retenaient dans un carcan de loyauté non partagée. Aujourd'hui, il est important pour moi de me concentrer sur mes valeurs fondamentales, mes passions, mes nouveaux objectifs de vie entourée des personnes qui m'aiment et que j'aime en retour. Je n'avais pas réalisé à quel point écrire était d'une importance capitale pour me connecter à mon essence profonde, me laissant guider par une petite voix intérieure vers un bien-être émotionnel, mais pas seulement. Mettre en mots mon histoire, exposer mon ressenti, mon expérience de la maladie, toute cette connexion intérieure grâce à une longue introspection me permet de vivre maintenant une vie plus épanouissante. Écrire ce récit sans censure ou jugement, exprimer mes émotions et mes réflexions m'aura aidé à clarifier mon esprit, sans parler du bien-être ressenti durant ces moments seule devant mon ordinateur, concentrée et totalement immergée dans ma bulle protectrice. Je trouve que la vie est aussi belle que fragile, parsemée de petits et de grands bonheurs que je m'autorise à vivre pleinement entourée de mon mari, de nos enfants, de nos familles et de nos amis, savourant chaque seconde avec eux. Je choisis de me tourner vers ce qui me fait du bien, ce qui me fait rire et sourire et de me comporter avec les autres, comme je l'ai toujours fait, avec empathie et bienveillance. J'aime profondément l'Autre. C'est le regard que nous posons sur les situations, les personnes et les évènements qui influence notre réalité. Nous avons tous une vérité qui nous est propre. Aujourd'hui, chaque fois que je suis confrontée à une difficulté, je me questionne toujours de la même manière :

— *Est-ce que je peux concrètement et objectivement changer quelque chose à la situation donnée ?*

Si j'y réponds par l'affirmative, alors je fonce pour changer ou améliorer tout ce qui peut l'être, mais si la réponse est négative, je fais en sorte de vivre cette difficulté le mieux possible, en puisant dans mon monde intérieur toute la force, la confiance, le courage et l'espoir. J'ai appris à me préserver des agressions extérieures. Il est primordial de savoir reprendre le contrôle sur soi à défaut de l'avoir sur l'épreuve traversée ou sur les autres. Quoi qu'il en soit, il faut continuer de raisonner positivement face à l'adversité quand elle s'impose à nous, comme dans toutes nos relations. Je crois pouvoir dire que je suis aujourd'hui celle que je veux être, cessant d'être celle que l'on attendait que je sois. Je ressens une harmonie en moi, j'ai trouvé un équilibre dans mon corps, mon esprit et mon âme. Aujourd'hui, je sais que la santé est un cadeau précieux qu'il faut honorer chaque jour. Je finirai par cet aphorisme de Marc Aurèle :

« *En te levant le matin, rappelle-toi combien précieux est le privilège de vivre, de respirer, d'être heureux* ».

TABLE DES MATIERES

Quelques-unes de mes lectures :

- « *Mange, prie, aime* » Elisabeth GILBERT
- « *Ta deuxième vie commence quand tu comprends que tu n'en as qu'une* » Raphaëlle GIORDANO
- « *La tresse* » Laetitia COLOMBANI
- « *Ho'Oponopono – Le secret des guérisseurs hawaïens* » Maria-Elisa HURTADO-GRACIET – Dr Luc BODIN
- « *Histoire d'une âme* » Sainte Thérèse de l'Enfant-Jésus et de la Sainte-Face
- « *Le jour où les lions mangeront de la salade verte* » Raphaëlle GIORDANO
- « *Cupidon a des ailes en carton* » Raphaëlle GIORDANO
- « *Les 4 accords Toltèques - la voie de la liberté personnelle* » Don Miguel RUIZ & collaboration de Janet MILLS
- « *Félix et la source invisible* » Eric-Emmanuel SCHMITT
- « *Le 5ème accord Toltèque – La voie de la maîtrise de soi* » Don Miguel RUIZ – Don José RUIZ & collaboration de Janet MILLS
- « *Avec des si et des peut-être* » Carène PONTE
- « *L'Alchimiste* » Paulo COELHO (relecture)
- « *Le Bazar du zèbre à pois* » - Raphaëlle GIORDANO
- « *Mon ami le serpent à sonnettes – Croire en soi, développer sa force intérieur et devenir libre* » Don José RUIZ
- « *Mieux vivre grâce à la pensée positive* » - Comment transformer et réussir votre vie en modifiant votre façon de pensée – Barbara FREDRICKSON
- « *Et tu trouveras le trésor qui dort en toi* » Laurent GOUNELLE
- « *Le Zahir* » Paulo COELHO
- « *La nuit, j'écrirais des soleils* » Boris CYRULNIK
- « *Les 5 blessures qui empêchent d'être soi-même* » Lise BOURBEAU
- « *J'ai rendez-vous avec MOI – Corps, cœur, cerveau le triptyque essentiel à votre équilibre* » Lætitia OLIVIER
- «*Foutez-vous la paix ! Et commencer à vivre* » Fabrice MIDAL
- «*La clé de votre énergie* » - 22 protocoles pour vous libérer émotionnellement – Natacha CALESTREME
- « *Trouver ma place* » - 22 protocoles pour accéder au bonheur - Natacha CALESTREME
- « *Le Laboureur et les Mangeurs de vent : Liberté intérieure et confortable servitude* » Boris CYRULNIK

- « *Ne vous laissez plus jamais faire – l'art de triompher des emmerdes* » - Fabrice MIDAL

- « *La mélodie des jours* » - Lorraine FOUCHET

- « *Thérèse de Lisieux...SAINTE* » - Véronique GAY-GROSIER

- « *Pensées* » Livres I-VI (Extrait du recueil « Les Stoïciens ») - Marc Aurèle

- « *Pensées* » Livres VII-XII (Extrait du recueil « Les Stoïciens ») - Marc Aurèle

- « *De la brièveté de la vie* » et « *De la vie heureuse* » (Textes extraits du second volume des Stoïciens) – Sénèque

- « *De la providence* » et « *Lettres à Lucilius* » (lettres 71 à 74) – (Textes extraits des Stoïciens II) – Sénèque

- « *Le spleen du pop-corn qui voulait exploser de joie* » - Raphaëlle GIORDANO

Mes Web conférences passionnantes :

Boris CYRULNIK : 1ère conférence « Enseignements et concepts de la résilience – comment renaître de ses souffrances », **2ème conférence** «Le MEILLEUR du savoir, des connaissances scientifiques et psychologiques pour accepter son passé, ses traumatismes et apprendre à mieux vivre - Comment réagir face à tout événement déstabilisant et condition de vie difficile ? Le chemin à suivre, pour (enfin) retrouver confiance en soi et sérénité. »

Fabrice MIDAL : « Stress, anxiété, pression… Foutez-vous la paix, une approche qui change tout »

Frédéric LENOIR : « Les clés pour changer de perspectives et réussir votre vie – Apprendre à vivre»

Thomas D'ANSEMBOURG : « Apprendre à se connaître et à écouter ses sentiments – dépasser ses enfermements et neutraliser le stress pour éviter l'épuisement et la dépression – Améliorer le dialogue »

Christophe ANDRE : « Enseigne la gestion des émotions : comprendre ses émotions – entretenir ses émotions positives, accepter les émotions négatives – gérer un choc émotionnel, dépasser un traumatisme passé – apaiser les émotions douloureuses »

REMERCIEMENTS

Quand j'ai commencé à écrire, il s'agissait au départ de poser des mots de façon presque thérapeutique pour m'apaiser et trouver un sens à ce que j'étais en train de vivre avec l'annonce de ce diagnostic qui me tombait dessus. Un après-midi d'été, lors d'un simple échange, mon amie C. m'a dit que je devrais écrire pour partager, car j'en parlais positivement et avec courage. Cela m'a conforté dans mon projet que je tenais secret humblement. Progressivement, la structure de mon manuscrit s'est élaborée dans mon esprit, souhaitant en faire un récit le plus positif qu'il soit, pas seulement pour moi mais aussi pour celles et ceux qui peut-être le liraient un jour. J'ai voulu aller jusqu'au bout de ma démarche de reconstruction. Écrire aussi pour vous, futurs lecteurs, m'aura donné de la force.

Encouragée par mon mari et boostée par mon amie S., l'envie irrépressible d'écrire et l'espoir de pouvoir aider en partageant sans tabou mon expérience, ne serait-ce qu'une seule personne, m'a motivée chaque jour un peu plus !

Merci à toi, mon mari, sans qui tout cela n'aurait pas pu se faire sans ta patience, tes encouragements et tes conseils. Merci pour la force que tu as su m'insuffler dans les pires moments et pour tout l'amour dont tu m'as entourée. Tu as été mon roc au milieu de la tempête, le phare qui m'a guidé durant ce long voyage intérieur. Merci d'être là et d'être toi.

Merci à vous, mes deux grands trésors, mon fils et ma fille. Vous êtes mes Amours, mon moteur, ma fierté, mon air, ma vie. Votre force, votre courage et votre détermination sont admirables. Merci pour votre indéfectible soutien et amour inconditionnel malgré ma vulnérabilité et mes imperfections.

Merci à toi, mon amie S., sans qui tout cela n'aurait surement pas pris forme, merci pour ton coaching, pour nos dinettes en ville toutes les deux, pour ton humour et nos fous rires, pour ton épaule sans faille et ton écoute sans jugement. Merci d'avoir été mon œil du cyclone, calme et sans nuages, qui m'a permis de trouver mon chemin.

Merci à mes tantes et à ma cousine, que j'aime appeler «ma sœur de cœur ». Merci d'avoir créé ce fabuleux groupe de soutien qui nous aura toutes permis de faire face aux épreuves qui se sont présentées à nous successivement, avec beaucoup d'amour, d'intensité, mais aussi d'humour !

Merci à ma belle-mère pour son attention chaleureuse à notre égard et pour son fabuleux soutien, présente en toute discrétion.

Merci à mon oncle et à ma tante pour vos appels quasi quotidiens de soutien. Merci de nous avoir reçus dans votre « Refuge », le lieu le plus apaisant et bucolique que je connaisse ! Et merci pour les Chamallows à chaque arrivée !

Merci à mon cercle intime, à ma belle-famille, à mes cousins et cousines, à mes amies, à mes collègues, d'avoir été autant présents, pas seulement pour moi, mais aussi pour mon mari et pour mes enfants.

Un immense merci aux équipes médicales de l'ICM de Montpellier, de l'ICG de Nîmes et celles des spécialistes (médecins généralistes, psychiatre, équipe de rééducation du MPR de Nîmes) qui m'ont accompagnées. Merci pour votre professionnalisme, votre gentillesse, votre bienveillance et votre écoute de chaque instant.

Merci enfin aux lecteurs et aux lectrices, d'avoir décidé de se lancer dans la lecture de ce récit, en espérant qu'il vous aura plu.

Et n'oubliez pas, même si nous avons tous et toutes nos propres parcours, ensemble, nous sommes plus forts.

Printed by Amazon Italia Logistica S.r.l.
Torrazza Piemonte (TO), Italy

63139568R00213